U0026599

紅樓夢

曹雪芹 著

【上冊】

通靈寶石
絳珠仙草

滿紙荒唐言
一把辛酸淚
都云作者痴
誰解其中味

曹雪芹

前言

白先勇

《紅樓夢》是中國文學史上最偉大的小說。十九世紀以前，放眼世界各國，似乎還沒有一部小說能超過這本曠世經典。即使在二十一世紀，要我選擇五本世界最傑出的小說，我一定會包括《紅樓夢》，可能還列在很前面。如果說文學是一個民族心靈最深刻的投射，那麼《紅樓夢》在我們民族心靈的構成中，應該佔有舉足輕重的地位。

曹雪芹，名霑，字夢阮，號雪芹，又號芹圃、芹溪。生於康熙五十四年（一七一五），先祖原是漢族，後被後金軍俘虜，編入滿洲正白旗，曹家成為內務府包衣。曾祖父曹璽曾任內廷侍衛，其妻孫氏是康熙玄燁的保母，曹家因此受到康熙特殊的眷顧，康熙二年，曹璽出任江寧織造，負責主管採辦皇室江南地區的絲綢，並監視南方各級官吏，充當康熙耳目。祖父曹寅作過康熙的伴讀及御前侍衛，深得康熙寵信，曹璽病故，曹寅繼任江寧織造，康熙南巡，曹寅在江寧織造府主持四次接駕大典，此時曹氏家族極為顯赫，曹寅二女並被選為王妃。

曹寅是著名的藏書家，精通詩詞戲曲，撰寫《續琵琶》傳奇。受命康熙纂刻《全唐詩》、《佩文韻府》。曹寅病危，康熙親自賜藥搶救。曹寅死後，康熙特命其子曹顒（曹雪芹的父親）接任江寧織造，康熙五十三年，曹顒突然猝死，康熙體諒曹家後繼無人，又特命曹寅胞弟曹荃之子曹頫過繼給曹寅之妻，繼承織造之職。曹家在江南祖孫三代四人，先後繼任江寧織造長達六十年。

雍正即位，曹家捲入皇室政治鬥爭，雍正六年（一七二八），曹頫獲罪革職，此時曹雪芹約十三歲，隨全家遷回北京。曹家從此一蹶不振，家勢敗落。曹雪芹晚年移居北京西郊，落魄潦倒，甚至過著「舉家食粥」的窮困日子。乾隆二十七年（一七六二），曹雪芹的幼子夭亡，他傷心過度，臥倒不起。翌年（一七六三）除夕，中國最偉大的小說家，凄涼病逝。

曹雪芹的個人資料留下不多，但從他晚年來往的朋友如敦敏、敦誠這些沒落的皇室貴族贈詩中，看出一個輪廓：曹雪芹為人狂放不羈，個性傲岸卓犖，有魏晉名士阮籍之風，故取「夢阮」為字。敦誠〈贈曹芹圃〉：「步兵白眼向人斜。」曹雪芹能詩善畫，詩風近李長吉，留下「白傅詩靈應喜甚，定教蠻素鬼排場」的嶔奇詩句。他喜歡畫嶙峋怪石，寄託胸中磊落不平之氣。敦敏〈題芹圃畫石〉：「傲骨如君世已奇，嶙峋更見此支離。醉餘奮掃如椽筆，寫出胸中塊磊時。」相當生動的刻畫出曹雪芹的不群風骨。

《紅樓夢》有曹雪芹自傳的成分，他的身世對他的創作當然有決定性的影響。曹雪芹出身詩禮簪纓之家，從少年的「錦衣紈褲」墮入晚年的「繩床瓦灶」，家世的大起大落，促使曹雪芹對人生況味的體驗感悟，遠超常人。曹雪芹是不世出的天才，他身處在十八世紀的乾隆時代，那正是中國文化由盛入衰的關鍵時期，曹雪芹繼承了中國詩詞歌賦、小說戲劇的大傳統，可是他在《紅樓夢》中卻能樣樣推陳出新，以他藝術家的極度敏感，對大時代的興衰，大傳統的式微，人世無可挽轉的枯榮無常，人生命運無法料測的變幻起伏，譜下一闋史詩式、千古絕唱的輓歌。

作為中國文學史上藝術價值、美學成就最高，哲學思想、文化意義最深刻豐富的一本小說，有幾點值得提出來討論：

《紅樓夢》的神話寓言，架構恢宏。一開始曹雪芹便寫下女媧補天、頑石歷劫、絳珠仙草下凡還淚這幾則神話作為引子，第一回由跛足道人唱出了《紅樓夢》的主題曲〈好了歌〉替整部小說定了調；第五回曹雪芹更進一步創立了一個五色繽紛的「太虛幻境」，掌管「孽海情天」中「痴男怨女」的命運。這些超自然的因素，使得《紅樓夢》在寫實框架上面，形成另外一個充滿象徵意義的神秘宇宙。

《紅樓夢》的底蘊其實從頭到尾一直有儒、釋、道三種哲學思想的暗流在主控著這本小說的發展，曹雪芹卻能以最動人的故事、最鮮活的人物，把這三種形而上的玄思具體的表現出來。例如賈政與賈寶玉相生相剋的父子關係，其實也就是儒家經世濟民的入世思想，與佛道鏡花水月、浮生若夢的出世思想之間的衝突與辯證。《紅樓夢》因為有深刻的哲學底蘊，其份量自然厚重。

《紅樓夢》當然是一本了不起的寫實小說，曹雪芹的寫實功夫無出其右，他以無比細緻精確的筆調把十八世紀乾隆盛世貴族之家的林林總總，巨細無遺的刻畫出來，如同張擇端的《清明上河圖》把北宋汴梁拓印了下來，《紅樓夢》也是曹雪芹用工筆畫下的「神品」。眾所公認，人物塑造是《紅樓夢》最成功的一環，書中人物大大小小，男女老少，個個栩栩如生。曹雪芹有撒豆成兵的本事，人物一出場，他只要度一口氣，便活蹦活跳起來。他塑造人物，運用各種手法，最常用的是對比：賈政—寶玉，黛玉—寶釵，襲人—晴雯，鳳姐—李紈，賈母—劉姥姥；但對比並非單線進行，寶玉與薛蟠、與甄寶玉卻形成另外一種對比。曹雪芹同時也用類比手法，寶玉的名言：「男人是泥作的骨肉，見了男子，便覺濁臭逼人。」但他與柳湘蓮、蔣玉菡這兩個男子卻關係不同，這兩個人的名字都有蓮花的意象，有化身的象徵。柳湘蓮剃髮出家，對寶玉是一種指引，最後寶玉也踏上了柳湘蓮出家的道路。第一百二十回蔣玉菡與花襲人最後完婚，其實這是寶玉替蔣玉菡聘定的，蔣玉菡替寶玉完成了世上最後的俗緣。這兩朵蓮花可以說都是寶玉的化身。寶玉周邊這些對比、類比的人物，如同面面鏡子，把他映襯得多姿多彩，加上他與黛玉——他的另外一個類比認同的人物，寶釵、襲人、晴雯千絲萬縷的關係，《紅樓夢》的男主角成為一個最多面、最複雜而又最教人難忘的小說人物。

最後歸根究柢，《紅樓夢》之所以能在中國文學史上出類拔萃，一覽眾山小，主要歸功於曹雪芹的文字藝術。《紅樓夢》是一部集大成之書，兼容中國文學各種文類，渾然一體。其風格，既有金陵姑蘇杏花烟雨的婉轉纏綿，亦有北地燕都西風殘照的悲涼蒼茫，文白相間，雅俗並存。《紅樓夢》的對話藝術，巧妙無比，每個人物說話都有個性，一張口，便有了生命，這是曹雪芹特有的能耐，他對當時口語白話文的靈活運用，到達爐火純青的地步。

《紅樓夢》是一本天書，有解說不盡的玄機，有探索不完的密碼。自從兩百多年前問世以來，關於這部書的批注、考據、索隱、研究，汗牛充棟，興起所謂「紅學」、「曹學」，各種理論、學派應運而生。一時風起雲湧，波瀾壯闊，至今方興未艾，大概沒有一本文學作品會引起這麼多人如此熱切的關注與投入。但《紅樓夢》一書其內容何其豐富，版本問題又特別複雜，任何一家之言，恐怕都難下斷論。

《紅樓夢》的版本研究是門大學問，這本書的版本分兩個系統：一個是前八十回的脂評抄本系統，這些抄本因有脂硯齋等人的評語，簡稱「脂本」。到目前為止，發現的「脂本」有十二種，比較重要的有「甲戌本」、「己卯本」、「庚辰本」、「甲辰本」、「戚序本」（一稱「有正本」，由上海有正書局刻印）。這些抄本雖然標有年代，但皆非原來版本，乃後人的過錄本。據紅學大師俞平伯的版本研究（〈紅樓夢八十回校本序言〉），這些抄本流行的年間大約四十年不到，從一七五四到一七九一，程偉元、高鶚的初次排印本出現為止。俞平伯認為「這些抄本，無論舊抄新出都是一例的混亂」。原因是這些抄書的人，程度水平不一定很高，錯誤難免，有的可能因為牟利，竟擅自更改，「故意造出文字的差別來眩惑人」。「脂本」中，又以「庚辰本」比較完整，共七十八回，中缺六十四、六十七回，但也有不少訛文脫字，因為全書抄寫，非出一人之手。這些手抄「脂本」，都有一定的研究價值，但許多異文訛誤，卻是研究者頭痛的問題。

另一個系統便是程偉元、高鶚整理的一百二十回印本。乾隆五十六年（一七九一）萃文書屋採木活字排印《紅樓夢》一百二十回，題「新鐫全部繡像紅樓夢」，首程偉元序，次高鶚序。程序稱「原目一百二十卷，今所傳只八十卷，殊非全本。」「爰為竭力搜羅，自藏書家甚至故紙堆中無不留心。數年以來，僅積有二十餘卷。一日，偶於鼓擔上得十餘卷，遂重價購之，欣然翻閱，見其前後起伏，尚屬接榫，然漶漫殆不可收拾。乃同友人細加釐剔，截長補短，抄成全部，復為鐫板，以公同好，紅樓夢全書始自是告成矣。」世稱「程甲本」，成為以後一百二十回各刻本之祖本。

繼「程甲本」之後，緊接著於次年乾隆五十七年（一七九二），程偉元與高鶚不惜工本修訂後，再版重印，世稱「程乙本」。前面有程偉元、高鶚一篇引言，其中透露幾項重要訊息：

「因急欲公諸同好，故初印（指「程甲本」）不及細校，間有紕繆。今復聚各原本詳加校閱，改訂無訛。」

「書中前八十回鈔本，各家互異，今廣集核勘，準情酌理，補遺訂訛。其間或有增損數字處，意在便於披閱，非敢爭勝前人也。」

「書中後四十回，係就歷年所得，集腋成裘，更無他本可考，惟按前後關照者，略為修輯，使其應接而無矛盾。至其原文，未敢臆改，俟再得善本，更為釐定。且不欲盡掩其本來面目也。」

程偉元、高鶚整理出版一百二十回《紅樓夢》是中國文學史上劃時代的一件大事，中國最偉大的小說乃得以全貌問世。綜合程偉元序及程偉元、高鶚引言有如下幾個重點：

一、後四十回本為曹雪芹散佚的原稿，由程偉元各處搜得，因原稿殘缺，所以程偉元邀高鶚一同作了一番修補工作，「細加釐剔，截長補短」。引言更進一步申明，對於後四十回，只是「略為修輯」「至其原文，未敢臆改」。

二、在程偉元與高鶚的時代，當時流行的《紅樓夢》八十回抄本，一定遠比現存的十二種要多，而且比較完整。程高本前八十回是程偉元和高鶚下了一番功夫把當時的各種抄本仔細比對後整理出來的。

三、「程甲本」印行後，程偉元和高鶚發覺「程甲本」印得倉促，有不少「紕繆」，因此不到一年又出「程乙本」，把甲本的錯誤都改正了。因此「程乙本」是「程甲本」的修正本。這兩個本子都是白文本，「脂批」一律刪除。

「程甲本」一出，因是一百二十回足本，即刻洛陽紙貴，風行一時。此後以「程甲本」為底本的各種刻本紛紛出現，其中又以道光十二年（一八三二）雙清仙館刊行的王希廉評本《新評繡像紅樓夢》，簡稱「王評本」，流傳最廣，影響很大。

民國十年，近人汪原放校點整理，以「王評本」為底本，加新式標點，並分段落，由上海亞東圖書館印行，書前並附胡適的〈紅樓夢考證〉，「亞東本」《紅樓夢》問世，象徵著《紅樓夢》出版史又進入了一個新的時代。

「程乙本」初印行時，沒有像「程甲本」那樣受到注意，發行不廣。胡適自己卻收藏了一部「程乙本」，並且十分推崇這個版本，認為這個改本有許多修正之處，勝於「程甲本」。民國十六年汪原放重排「亞東本」，便改以胡適收藏的「程乙本」為底本，把初版「亞東本」標點錯誤、分段不當、校勘不精、錯字不少等多種毛病改正過來。胡適頗為讚許汪原放這種不恤成本、精益求精的精神，又為新版寫了一篇〈重印乾隆壬子本《紅樓夢》序〉。以「程乙本」為底本的新版「亞東本」《紅樓夢》從此數十年間大行其道，風行海內外，影響極大。中國大陸直至一九五四年，在全國發動了對胡適派《紅樓夢》研究問題的批判後，「亞東本」《紅樓夢》才開始失勢，被其他版本所取代。在臺灣如遠東圖書公司等所印行的《紅樓夢》基本上仍是翻印了亞東重排本。

一九八三年，臺北桂冠圖書公司出版了《紅樓夢》，桂冠版在《紅樓夢》出版史上應該是一道里程碑。

這個版本經過極嚴謹的校讀，係以乾隆壬子（一七九二）的「程乙本」作底本，並參校以下各個重要版本：「王希廉評刻本」、「金玉緣本」、「藤花榭本」、「本衙藏版本」、「程甲本」，這些都是一百二十回本。「脂本」有「庚辰本」、「戚蓼生序本」。每回後面並列有比較各版本的校記，以作參考。亞東版「程乙本」的校對只參考了「戚蓼生序本」，桂冠版自然優於亞東版。

這個版本的注釋最為詳備，是以啟功注釋本為底本，配以唐敏等以上書為基礎所作的注釋本，重新整理而成。書中的詩賦，並有白話翻譯。對於一般讀者，甚有助益。我在美國加州大學教授《紅樓夢》二十多年，一直採用桂冠這個本子。作為教科書，桂冠版優點甚多，非常適合學生閱讀。

二〇〇四年桂冠版《紅樓夢》斷版，市上已無銷售。二〇一四年，我在台灣大學教授《紅樓夢》，一連三個學期，因為是導讀課程，我帶領學生從第一回到第一百二十回從頭到尾細讀了一遍。我採用的課本是臺北里仁書局出版由馮其庸等人校注的版本。前八十回以「庚辰本」為底本，並參校其他「脂本」及程甲、乙本。後四十回以「程甲本」為底本，校以諸刻本。這個本子原由人民文學出版社於一九八二年初版梓行，因其校對下過功夫，注釋精善，是中國大陸目前的權威版本。我在講課時，同時也參照桂冠版，因此有機會把兩個版本，一個以「庚辰本」為底本，一個以「程乙本」為底本的《紅樓夢》仔細對照了一次。我比較兩個版本，完全以小說藝術，美學觀點來衡量。我發覺「庚辰本」有不少大大小小的問題需要釐清，今舉其大端：

人物形象

例一，尤三姐。

《紅樓夢》次要人物榜上，尤三姐獨樹一幟，最為突出，可以說是曹雪芹在人物刻畫上一大異彩。在描述過十二金釵、眾丫鬟等人後，小說中段，尤氏姐妹二姐、三姐登場，這兩個人物橫空而出，從第六十四回至六十九回，六回間二尤的故事多姿多彩，把《紅樓夢》的劇情又推往另一個高潮。尤二姐柔順，尤三姐剛烈，這是作者有意設計出來一對強烈對比的人物。二姐與姐夫賈珍有染，後被賈璉收為二房。三姐「風流標致」，賈珍亦有垂涎之意，但不似二姐隨和，因而不敢造次。第六十五回，賈珍欲勾引三姐，賈璉在一旁慫恿，未料卻被三姐將兩人指斥痛罵一場。這是《紅樓夢》寫得最精彩、最富戲劇性的片段之一，三姐聲容並茂，活躍於紙上。但「庚辰本」這一回卻把尤三姐寫成了一個水性淫蕩之人，早已失足於賈珍，這完全誤解了作者有意把三姐塑造成貞烈女子的企圖。「庚辰本」如此描寫：

> 當下四人一處吃酒。尤二姐知局，便邀他母親說：「我怪怕的，媽同我到那邊走走來。」尤老也會意，便真個同他出來，只剩小丫頭們。賈珍便和三姐挨肩擦臉，百般輕薄起來。小丫頭子們看不過，也都躲了出去，憑他兩個自在取樂，不知作些什麼勾當。

這裡尤二姐支開母親尤老娘，母女二人好像故意設局讓賈珍得逞，與三姐狎暱。而剛烈如尤三姐竟然隨賈珍「百般輕薄」、「挨肩擦臉」，連小丫頭們都看不過，躲了出去。這一段把三姐糟蹋得夠嗆，而且文字拙劣，態度輕浮，全然不像出自原作者曹雪芹之筆。「程乙本」這一段這樣寫：

當下四人一處吃酒。二姐兒此時恐怕賈璉一時走來，彼此不雅，吃了兩鍾酒便推故往那邊去了。賈珍此時也無可奈何，只得看著二姐兒自去，剩下尤老娘和三姐兒相陪。那三姐兒雖向來也和賈珍偶有戲言，但不似他姐姐那樣隨和兒，所以賈珍雖有垂涎之意，卻也不肯造次了，致討沒趣。況且尤老娘在旁邊陪著，賈珍也不好意思太露輕薄。

尤二姐離桌是有理由的，怕賈璉闖來看見她陪賈珍飲酒，有些尷尬，因為二姐與賈珍有過一段私情。這一段「程乙本」寫得合情合理，三姐與賈珍之間，並無勾當。如果按照「庚辰本」，賈珍百般輕薄，三姐並不在意，而且還有所逢迎，那麼下一段賈璉勸酒，企圖拉攏三姐與賈珍，三姐就沒有理由，也沒有立場，暴怒起身，痛斥二人，《紅樓夢》這一幕最精彩的場景也就站不住腳了。後來柳湘蓮因懷疑尤三姐不貞，索回聘禮鴛鴦劍，三姐羞憤用鴛鴦劍刎頸自殺。如果三姐本來就是水性婦人，與姐夫賈珍早有私情，那麼柳湘蓮懷疑她乃「淫奔無恥之流」並不冤枉，三姐就更沒有自殺以示貞節的理由了。那麼尤三姐與柳湘蓮的愛情悲劇也就無法自圓其說。尤三姐是烈女，不是淫婦，她的慘死才博得讀者的同情。「庚辰本」把尤三姐這個人物寫岔了，這絕不是曹雪芹的本意，我懷疑恐怕是抄書的人動了手腳。

例二，芳官。

芳官是大觀園眾伶人中最重要的一個，她被分發到怡紅院，甚得寶玉寵愛。芳官活潑、調皮、還有幾分刁鑽。她長得又好，「面如滿月猶白，眼似秋水還清」。賈母點戲，命她唱《牡丹亭》中的〈尋夢〉，扮演杜麗娘，是個色藝雙全的角色。第六十三回，「壽怡紅群芳開夜宴」，曹雪芹下重彩如此描寫芳官：

穿著一件玉色紅青駝絨三色緞子拼的水田小夾襖，束著一條柳綠汗巾；底下是水紅灑花夾褲，也散著褲腿。頭上齊額編著一圈小辮，總歸至頂心，結一根粗辮，拖在腦後，右耳根內只塞著米粒大小的一個小玉塞子，左耳上單一個白果大小的硬紅鑲金大墜子……

芳官這一身打扮活色生香，可是同一回「庚辰本」突然來上一大段，寶玉命芳官改裝，將她「周圍的短髮剃了去，露出碧青頭皮來」，把她改裝成一個小廝，並給她取一個番名「耶律雄奴」，一下子杜麗娘變成了一個小匈奴。而且大觀園裡眾姐妹紛紛效尤，湘雲把葵官扮成了小子，叫她「韋大英」，李紈、探春把荳官變成了小童，叫她「荳童」。這一段有點莫名其妙，寶玉本來就偏愛女孩兒，「見了男子便覺得濁臭逼人」，怎捨得把他憐惜的芳官改變成男裝，取個怪誕的「犬戎名姓」。其他姐妹也絕不會如此戲弄跟隨他們的小伶人。程乙本沒有這一段。

例三，晴雯。

第七十七回「俏丫鬟抱屈夭風流」寫晴雯之死，是《紅樓夢》全書最動人的章節之一。晴雯與寶玉的關係非比一般，她在寶玉的心中地位可與襲人分庭抗禮，在第三十一回「撕扇子作千金一笑」、第五十二回「勇晴雯病補孔雀裘」中，兩人的感情有細膩的描寫。晴雯貌美自負，「水蛇腰，削肩膀兒」，眉眼像「林妹妹」，可是「心比天高，身為下賤，風流靈巧招人怨」，後來遭讒被逐出大觀園，含冤而死。臨終前寶玉到晴雯姑舅哥哥家探望她，晴雯睡在蘆席土炕上：

幸而被褥還是舊日鋪蓋的，心內不知自己怎麼才好，因上來含淚伸手，輕輕拉他，悄喚兩聲。當下晴雯又因著了風，又受了哥嫂的歹話，病上加病，嗽了一日，才矇矓睡了。忽聞有人喚他，強展雙眸，一見是寶玉，又驚又喜，又悲又痛，一把死攥住他的手，哽咽了半日，方說道：「我只道不得見你了！」接著便嗽個不住。寶玉也只有哽咽之分。晴雯道：「阿彌陀佛！你來得好，且把那茶倒半碗我喝。渴了半日，叫半個人也叫不著。」寶玉聽說，忙拭淚問：「茶在那裡？」晴雯道：「在爐臺上。」寶玉看時，雖有個黑煤烏嘴的吊子，也不像個茶壺。只得桌上去拿一個碗，未到手內，先聞得油羶之氣。寶玉只得拿了來，先拿些水，洗了兩次，復用自己的絹子拭了，聞了聞，還有些氣味，沒奈何，提起壺來斟了半碗，看時，絳紅的，也不大像茶。晴雯扶枕道：「快給我喝一口罷！這就是茶了。那裡比得咱們的茶呢！」寶玉聽說，先自己嘗了一嘗，並無茶味，鹹澀不堪，只得遞給晴雯。只見晴雯如得了甘露一般，一氣都灌下去了。

這一段寶玉目睹晴雯悲慘處境，心生無限憐惜，寫得細緻纏綿，語調哀惋，可是「庚辰本」下面突然接上這麼一段：

寶玉心下暗道：「往常那樣好茶，他尚有不如意之處，今日這樣，看來可知古人說的『飽飫烹宰，飢饜糟糠』，又道是『飯飽弄粥』，可見都不錯了。」

這段有暗貶晴雯之意，語調十分突兀。此時寶玉心中只有疼憐晴雯之份，那裡還捨得暗暗批評她！這幾句話，破壞了整節的氣氛，根本不像寶玉的想法，看來倒像手抄本脂硯齋等人的評語，被抄書的人把這些眉批、夾批抄入正文中去了。「程乙本」沒有這一段，只接到下一段：

寶玉看著，眼中淚直流下來，連自己的身子都不知為何物了，⋯⋯。

例四，秦鐘。

秦鐘是《紅樓夢》中極少數受寶玉珍惜的男性角色，兩人氣味相投，惺惺相惜，同進同出，關係親密。秦鐘夭折，寶玉奔往探視，「庚辰本」中秦鐘臨終竟留給寶玉這一段話：

以前你我見識自為高過世人，我今日才知誤了。以後還該立志功名，以榮耀顯達為是。

這段臨終懺悔，完全不符秦鐘這個人物的個性口吻，破壞了人物的統一性。秦鐘這番老氣橫秋、立志功名的話，恰恰是寶玉最憎惡的。如果秦鐘真有這番利祿之心，寶玉一定會把他歸為「祿蠹」，不可能對秦鐘還思念不已。再深一層，秦鐘這個人物在《紅樓夢》中又具有象徵意義，秦鐘與「情種」諧音，第五回賈寶玉遊太虛幻境，聽警幻仙姑《紅樓夢》曲子第一支「紅樓夢引子」：開闢鴻蒙，誰為情種？「情種」便成為《紅樓夢》的關鍵詞，秦鐘與姐姐秦可卿其實是啟發賈寶玉對男女動情的象徵人物，兩人是「情」的一體兩面。「情」是《紅樓夢》的核心。秦鐘這個人物象徵意義的重要性不言而喻。「庚辰本」中秦鐘臨終那幾句「勵志」遺言，把秦鐘變成了一個庸俗「祿蠹」，對《紅樓夢》有主題性的傷害。「程乙本」沒有這一段，秦鐘並未醒轉留言。「脂本」多為手抄本，抄書的人不一定都有很好的學識見解，「庚辰本」那幾句話很可能是抄書者自己加進去的。作者曹雪芹不可能製造這種矛盾。

明顯錯誤

以「繡春囊事件」為例

第七十四回「惑奸讒抄檢大觀園」，「庚辰本」有一處嚴重錯誤。繡春囊事件引發了抄檢大觀園，鳳姐率眾抄到迎春處，在迎春的丫鬟司棋箱中查出一個「字帖兒」，上面寫道：

> 上月你來家後，父母已察覺你我之意了。但姑娘未出閣，尚不能完你我之心願。若園內可以相見，你可以托張媽給你信息。若得在園內一見，倒比來家好說話，千萬，千萬！再所賜香袋二個，今已查收外，特寄香珠一串，略表我心。千萬收好。表弟潘又安拜具。

司棋與潘又安是姑舅兄弟，兩人青梅竹馬，長大後二人互相已心有所屬，第七十一回「鴛鴦女無意遇鴛鴦」，司棋與潘又安果然如帖上所說夜間到大觀園中幽會被鴛鴦撞見。繡春囊本是潘又安贈給司棋的定情物，「庚辰本」的字帖上寫反了，寫成是司棋贈給潘又安的，而且變成兩個。司棋不可能弄個繡有「妖精打架」春宮圖的香囊給潘又安，必定是潘又安從外面坊間買來贈司棋的。程乙本的帖上如此寫道：

> 再所賜香珠二串，今已查收，外特寄香袋一個，略表我心。

繡春囊是潘又安給司棋的，司棋贈給潘又安則是兩串香珠。繡春囊事件是整本小說的重大關鍵，引發了抄查大觀園，大觀園由是衰頹崩壞，預示了賈府最後被抄家的命運。像繡春囊如此重要的物件，其來龍去脈，絕對不可以發生錯誤。

自「程高本」出版以來，爭議未曾斷過，主要是對後四十回的質疑批評。爭論分兩方面，一是質疑後四十回的作者，長期以來，幾個世代的紅學專家都認定後四十回乃高鶚所續，並非曹雪芹的原稿。因此也就引起一連串的爭論：後四十回的一些情節不符合曹雪芹的原意、後四十回的文采風格遠不如前八十回，這樣那樣，後四十回遭到各種攻擊，有的言論走向極端，把後四十回數落得一無是處，高鶚續書變成了千古罪人。我對後四十回一向不是這樣看法。我還是完全以小說創作、小說藝術的觀點來評論後四十回。首先我一直認為後四十回不太可能是另一位作者的續作，世界經典小說，還沒有一本是由兩位或兩位以上作者合寫而成的例子。《紅樓夢》人物情節發展千頭萬緒，後四十回如果換一個作者，怎麼可能把這些無數根長長短短的線索一一理清接榫，前後成為一體。例如人物性格語調的統一就是一個大難題。賈母在前八十回和後四十回中絕對是同一個人，她的舉止言行前後並無矛盾。第一百零六回：「賈太君禱天消禍患」，把賈府大家長的風範發揮到極致，老太君跪地求天的一幕，令人動容。後四十回只有拉高賈母的形象，並沒有降低她。

《紅樓夢》是曹雪芹帶有自傳性的小說，是他的《追憶似水年華》，全書充滿了對過去繁華的追念，尤其後半部寫賈府的衰落，可以感受到作者哀憫之情，躍然紙上，不能自已。高鶚與曹雪芹的家世大不相同，個人遭遇亦迥異，似乎很難由他寫出如此真摯個人的情感來。近年來紅學界已經有愈來愈多的學者相信高鶚不是後四十回本來就是曹雪芹的原稿，只是經過高鶚與程偉元整理過罷了。其實在「程甲本」程偉元序及「程乙本」程偉元與高鶚引言中早已說得清楚明白，後四十回的稿子是程偉元蒐集得來，與高鶚「細加釐剔，截長補短」修輯而成，引言又說「至其原文，未敢臆改」。在其他鐵證還沒有出現以前，我們就姑且相信程偉元、高鶚說的是真話吧。

至於不少人認為後四十回文字功夫、藝術成就遠不如前八十回，這點我絕不敢苟同。後四十回的文字風采、藝術價值絕對不輸前八十回，有幾處可能還有過之。《紅樓夢》前大半部是寫賈府之盛，文字當然應該華麗，後四十回是寫賈府之衰，文字自然比較蕭疏，這是應情節的需要，而非功力不逮。其實後四十回寫得精彩異常的場景真還不少。試舉一兩個例子：寶玉出家、黛玉之死，這兩場是全書的主要關鍵，可以說是《紅樓夢》的兩根柱子，把整本書像一座大廈牢牢撐住。如果兩根柱子折斷，《紅樓夢》就會像座大廈轟然傾頹。

第一百二十回最後寶玉出家，那幾個片段的描寫是中國文學中的一座峨峨高峯。寶玉光頭赤足，身披大紅斗篷，在雪地裡向父親賈政辭別，合十四拜，然後隨著一僧一道飄然而去，一聲禪唱，歸彼大荒，「落了片白茫茫大地真乾淨。」《紅樓夢》這個畫龍點睛式的結尾，恰恰將整本小說撐了起來，其意境之高、其意象之美，是中國抒情文字的極致。我們似乎聽到禪唱聲充滿了整個宇宙，天地為之久低昂。寶玉出家，並不好寫，而後四十回中的寶玉出家，必然出自大家手筆。

第九十七回「林黛玉焚稿斷痴情」，第九十八回「苦絳珠魂歸離恨天」，這兩回寫黛玉之死又是另一座高峰，是作者精心設計、仔細描寫的一幕摧人心肝的悲劇。黛玉夭壽、淚盡人亡的命運，作者明示暗示，早有鋪排，可是真正寫到苦絳珠臨終一刻，作者須煞費苦心，將前面鋪排累積的能量一古腦兒全部釋放出來，達到震撼人心的效果。作者十分聰明的用黛玉焚稿比喻自焚，林黛玉本來就是「詩魂」，焚詩稿等於毀滅自我，尤其黛玉將寶玉所贈的手帕上面題有黛玉的情詩一併擲入火中，手帕是寶玉用過的舊物，是寶玉的一部分，手帕上斑斑點點還有黛玉的淚痕，這是兩個人最親密的結合，兩人愛情的信物，如今黛玉如此絕決將手帕扔進火裡，霎時間，弱不禁風的林黛玉形象突然暴漲成為一個剛烈如火的殉情女子。手帕的再度出現，是曹雪芹善用草蛇灰線、伏筆千里的高妙手法。

後四十回其實還有其他許多亮點：第八十二回「病瀟湘痴魂驚惡夢」、第八十七回「感秋聲撫琴悲往事」，妙玉寶玉聽琴。第一百零八回「死纏綿瀟湘聞鬼哭」，寶玉淚灑瀟湘館，第一百十三回，「釋舊憾情婢感痴郎」，寶玉向紫鵑告白。

張愛玲極不喜歡後四十回，她曾說一生中最感遺憾的事就是曹雪芹寫《紅樓夢》只寫到八十回沒有寫完。而我感到我這一生中最幸運的事情之一，就是能夠讀到程偉元和高鶚整理出來的一百二十回全本《紅樓夢》，這部震古鑠今的文學經典鉅作。

《紅樓夢》的版本眾多，程乙本是其中最重要的版本之一，應當受到重視。但程乙本前八十回有許多與現存手抄脂本相異的地方，常為人詬病，認為是程偉元、高鶚擅自更改，但程高時期的手抄本，比現存十二種要多，程乙本的異文也有可能是依照當時未能傳存下來的抄本更動的。

此次時報出版社不惜重金將以程乙本為底本的桂冠版《紅樓夢》重印發行，這是紅學界一件大事。這套書裝幀美侖美奐，相信會受到愛好《紅樓夢》的讀者熱烈歡迎。

二〇一六年六月十四日

紅樓夢總目

【附錄】

【第一回】

甄士隱夢幻[1]識通靈[2]　賈雨村風塵懷閨秀

此開卷第一回也。作者自云曾歷過一番夢幻之後，故將真事隱去，而借「通靈」說此「石頭記」[3]一書也；故曰「甄士隱」云云。但書中所記何事何人？——自己又云：「今風塵碌碌[4]，一事無成，忽念及當日所有之女子，一一細考較去，覺其行止見識皆出我之上；我堂堂鬚眉[5]，誠不若彼裙釵[6]；我實愧則有餘，悔又無益，大無可如何之日也！當此日，欲將已往所賴天恩祖德[7]，錦衣紈褲[8]之時，飫甘饜肥[9]之日，背父兄教育之恩，負師友規訓[10]之德，以致今日一技無成、半生潦倒[11]之罪，編述一集，以告天下：知我之負罪固多，然閨閣[12]中歷歷[13]有人，萬不可因我之不肖，自護己短，一併使其泯滅[14]也。所以蓬牖茅椽[15]，繩床瓦灶[16]，並不足妨我襟懷；況那晨風夕月，階柳庭花，更覺得潤人筆墨；我雖不學無文，又何妨用假語村言，敷演[17]出來，亦可使閨閣昭傳[18]，復可破一時之悶，醒同人之目，不亦宜乎？故曰『賈雨村』云云。更於篇中間用『夢』『幻』等字，卻是此書本旨，兼寓提醒閱者之意。」

看官：你道此書從何而起？——說來雖近荒唐，細玩頗有趣味。卻說那女媧氏煉石補天[19]之時，於大荒山無稽崖[20]煉成高十二丈、見方二十四丈大的頑石三萬六千五百零一塊，那媧皇只用了三萬六千五百塊，單單剩下一塊未用，棄在青埂峰下。誰知此石自經鍛煉之後，靈性已通，自去自來，可大可小；因見眾石俱得補天，獨自己無才，不得入選，遂自怨自愧，日夜悲哀。

一日，正當嗟悼[21]之際，俄見一僧一道，遠遠而來，生得骨格不凡，丰神迥異[22]，來到這青埂峰下，席地坐談。見著這塊鮮瑩明潔的石頭，且又縮成扇墜[23]一般，甚屬可愛；那僧托於掌上，笑道：「形體倒也是個靈物了！只是沒有實在的好處，須得再鐫[24]上幾個字，使人人見了便知你是件奇物，然後攜你到那昌明隆盛[25]之邦、詩禮簪纓之族[26]、花柳繁華地、溫柔富貴鄉那裡去走一遭。」石頭聽了大喜，因問：「不知可鐫何字？攜到何方？望乞明示。」那僧笑道：「你且莫問，日後自然明白。」說畢，便袖了，同那道人飄然而去，竟不知投向何方。

又不知過了幾世幾劫[27]，因有個空空道人訪道求仙，從這大荒山無稽崖青埂峰下經過，忽見一塊大石，上面字跡分明，編述歷歷；空空道人乃從頭一看，原來是無才補天、幻形[28]入世、被那茫茫大士渺渺真人[29]攜入紅塵、引登彼岸[30]的一塊頑石[31]：上面敘著墮落之鄉，投胎之處，以及家庭瑣事，閨閣閑情，詩詞謎語，倒還全備。只是朝代年紀，失落無考。後面又有一偈[32]云：

無才可去補蒼天[33]，枉[34]入紅塵若許[35]年；
此係身前身後[36]事，倩[37]誰記去作奇傳[38][39]？

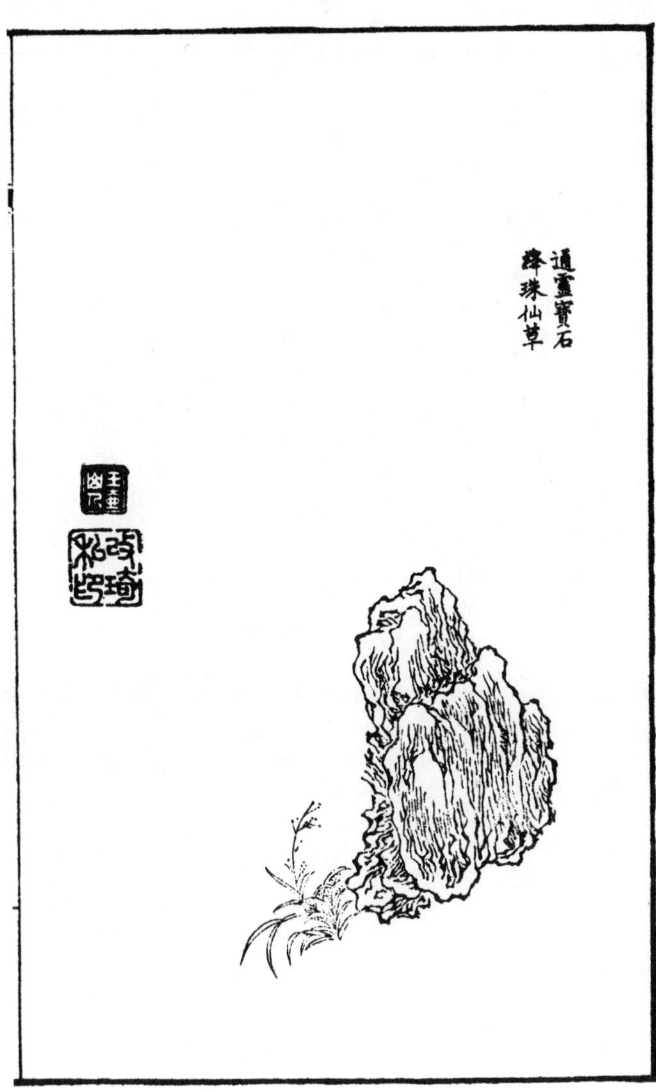

通靈寶石、絳珠仙草

空空道人看了一回，曉得這石頭有些來歷，遂向石頭說道：「石兄，你這一段故事，據你自己說來，有些趣味，故鐫寫在此，意欲聞世❶傳奇；據我看來，第一件，無朝代年紀可考[40]，第二件，並無大賢大忠、理朝廷、治風俗的善政，其中只不過幾個異樣女子，或情或痴，或小才微善，我縱然抄去，也算不得一種奇書。」石頭果然答道：「我師何必太痴！我想歷來野史[41]的朝代，無非假借『漢』『唐』的名色；莫如我這石頭所記，不借此套，只按自己的事體情理，反倒新鮮別致。況且那野史中，或訕謗君相，或貶人妻女，奸淫凶惡，不可勝數；更有一種風月筆墨[42]，其淫穢污臭，最易壞人子弟。至於才子佳人等書，則又開口『文君』，滿篇『子建』[43]，千部一腔，千人一面，且終不能不涉淫濫。──在作者不過要寫出自己的兩首情詩艷賦來，故假捏出男女二人名姓，又必旁添一小人撥亂其間，如戲中的小丑一般。更可厭者，『之乎者也』，非理即文[44]，大不近情，自相矛盾：竟不如我這半世親見親聞的幾個女子，雖不敢說強似前代書中所有之人，但觀其事跡原委，亦可消愁破悶；至於幾首歪詩，也可以噴飯供酒[45]；其間離合悲歡，興衰際遇，俱是按跡循蹤，不敢稍加穿鑿，至失其真。只願世人當那醉餘睡醒之時，或避事消愁之際，把此一玩，不但是洗舊翻新，卻也省了些壽命筋力，不更去謀虛逐妄[46]了。我師意為如何？」

空空道人聽如此說，思忖半晌，將這「石頭記」再檢閱一遍，因見上面大旨不過談情，亦只是實錄其事，絕無傷時誨淫之病，方從頭至尾抄寫回來，聞世傳奇。從此空空道人因空見色[47]，由色生情，傳情入色，自色悟空，遂改名情僧，改「石頭記」為「情僧錄」。東魯孔梅溪題曰「風月寶鑑」[48]。後因曹雪芹於悼紅軒中，披閱十載，增刪五次，纂成目錄，分出章回，又題曰「金陵十二釵」；並題一絕。——即此便是「石頭記」的緣起。詩云：

滿紙荒唐言[49]，一把辛酸淚[50]！都云作者痴，誰解其中味[51][52][53]？

「石頭記」緣起既明，正不知那石頭上面記著何人何事，看官請聽——

按那石上書云：當日地陷東南[54]，這東南有個姑蘇城[55]，城中閶門[56]，最是紅塵中一二等富貴風流之地。這閶門外有個十里街，街內有個仁清巷[57]，巷內有個古廟，因地方狹窄，人皆呼作「葫蘆廟」。廟旁住著一家鄉宦[58]，姓甄名費，字士隱；嫡妻封氏，性情賢淑，深明禮義；家中雖不甚富貴，然本地也推他為望族[59]了。因這甄士隱稟性恬淡[60]，不以功名為念，每日只以觀花種竹、酌酒吟詩為樂，倒是神仙一流人物；只是一件不足：年過半百，膝下無兒；只有一女，乳名英蓮[61]，年方三歲。

一日炎夏永晝，士隱於書房閑坐，手倦拋書，伏几盹睡，不覺朦朧中走至一處，不辨是何地方。忽見那廂來了一僧一道，且行且談，只聽道人問道：「你攜了此物，意欲何往？」那僧笑道：「你放心！如今現有一段風流公案，正該了結，這一干風流冤家尚未投胎入世，趁此機會，就將此物夾帶於中，使他去經歷經歷。」那道人道：「原來近日風流冤家又將造劫歷世[62]，但不知起於何處？落於何方？」那僧道：「此事說來好笑。只因當年這個石頭，媧皇未用，自己卻也落得逍遙自在，各處去遊玩，一日來到警幻仙子處，那仙子知他有些來歷，因留他在赤霞宮中，名他為赤霞宮神瑛[63]侍者。他卻常在西方靈河岸上行走，看見那靈河岸上三生石[64]畔有棵『絳珠仙草』，十分嬌娜可愛，遂日以甘露[65]灌溉，這『絳珠草』始得久延歲月。後來既受天地精華，復得甘露滋養，遂脫了草木之胎，幻化人形，僅僅修成女體，終日遊於『離恨天』外；飢餐『秘情果』，渴飲『灌愁水』。只因尚未酬報灌溉之德，故甚至五內[66]鬱結著一段纏綿不盡之意，常說『自己受了他雨露之惠，我並無此水可還，他若下世為人，我也同去走一遭，但把我一生所有的眼淚還他，也還得過了。』因此一事，就勾出多少風流冤家都要下凡，造歷幻緣[67]，那『絳珠仙草』也在其中。今日這石正該下世❷，我來特地將他仍帶到警幻仙子案前，給他掛了號，同這些情鬼下凡，一了此案。」那道人道：「果是好笑，從來不聞有『還淚』之說！趁此你我何不也下世度脫[68]幾個，豈不是一場功德[69]？」那僧道：「正合吾意。你且同我到警幻仙子宮中，將這『蠢物』交割清楚，待這一干風流孽鬼下世[70]，你我再去。——如今有一半落塵，然猶未全集。」道人道：「既如此，便隨你去來。」

卻說甄士隱俱聽得明白，遂不禁上前施禮，笑問道：「二位仙師請了。」那僧道也忙答禮相問，士隱因說道：「適聞仙師所談因果，實人世罕聞者；但弟子愚拙，不能洞悉明白，若蒙大開痴頑，備細一聞，弟子洗耳諦聽，稍能警省，亦可免沉淪[71]之苦了。」二仙笑道：「此乃玄機❸[72]，不可預洩。到那時只不要忘了我二人，便可跳出火坑矣。」士隱聽了，不便再問，因笑道：「玄機固不可洩漏，但適云『蠢物』，不知為何？或可得見否？」那僧說：「若問此物，倒有一面之緣。」說著取出遞與士隱。

士隱接了看時，原來是塊鮮明美玉，上面字跡分明，鐫著「通靈寶玉」四字。後面還有幾行小字，正欲細看時，那僧便說「已到幻境」，就強從手中奪了去，和那道人竟過了一座大石牌坊，——上面大書四字，乃是「太虛幻境」[73]；兩邊又有一副對聯道：

　　假作真時真亦假，無為有處有還無[74]。

　　士隱意欲也跟著過去，方舉步時，忽聽一聲霹靂，若山崩地陷，士隱大叫一聲，——定睛看時，只見烈日炎炎，芭蕉冉冉，夢中之事，便忘了一半。又見奶母抱了英蓮走來。士隱見女兒越發生得粉裝玉琢[75]，乖覺可喜，便伸手接來，抱在懷中，逗他玩耍一回，又帶至街前看那過會的熱鬧。方欲進來時，只見從那邊來了一僧一道：那僧癩頭跣足[76]，那道跛足[77]蓬頭，瘋瘋癲癲，揮霍[78]談笑而至。及到了他門前，看見士隱抱著英蓮，那僧便大哭起來，又向士隱道：「施主[79]，你把這有命無運[80]、累及爹娘之物抱在懷內作甚？」士隱聽了，知是瘋話，也不睬他；那僧還說：「捨我罷！捨我罷！」士隱不耐煩[81]，便抱著女兒轉身才要進去，那僧乃指著他大笑，口內念了四句言詞，道是：

　　慣養嬌生笑你痴[82]，菱花[83]空對雪澌澌[84]；
　　好防[85]佳節元宵後，便是烟消火滅[86]時[87][88]。

　　士隱聽得明白，心下猶豫，意欲問他來歷，只聽道人說道：「你我不必同行，就此分手，各幹營生去罷，三劫[89]後我在北邙山[90]等你，會齊了，同往太虛幻境銷號。」那僧道：「最妙，最妙！」說畢，二人一去再不見個蹤影了。士隱心中此時自忖：這兩個人必有來歷，很該問他一問，如今後悔卻已晚了。

這士隱正在痴想，忽見隔壁葫蘆廟內寄居的一個窮儒——姓賈名化[91]、表字時飛、別號雨村的走來。這賈雨村原係湖州[92]人氏，也是詩書仕宦之族[93]，因他生於末世[94]，父母祖宗根基已盡，人口衰喪，只剩得他一身一口，在家鄉無益，因進京求取功名[95]，再整基業。自前歲來此，又淹蹇[96]住了，暫寄廟中安身，每日賣文作字為生，故士隱常與他交接。

當下雨村見了士隱，忙施禮陪笑道：「老先生倚門佇望[97]，敢街市上有甚新聞麼？」士隱笑道：「非也，適因小女啼哭，引他出來作耍，——正是無聊得很，賈兄來得正好。請入小齋，彼此俱可消此永晝[98]。」說著，便令人送女兒進去，自攜了雨村，來至書房中，小童獻茶，——方談得三五句話，忽家人飛報：「嚴老爺來拜。」士隱慌忙起身謝道：「恕誑駕[99]之罪，且請略坐，弟即來奉陪。」雨村起身也讓道：「老先生請便，晚生乃常造之客[100]。稍候何妨。」說著士隱已出前廳去了。

這裡雨村且翻弄詩籍解悶，忽聽得窗外有女子嗽聲，雨村遂起身往外一看，原來是一個丫鬟在那裡掐花兒：生得儀容不俗，眉目清秀，雖無十分姿色，卻也有動人之處，雨村不覺看得呆了。那甄家丫鬟掐了花兒，方欲走時，猛抬頭見窗內有人：敝巾舊服，雖是貧窘，然生得腰圓背厚，面闊口方，更兼劍眉星眼，直鼻方腮。這丫鬟忙轉身迴避，心下自想：「這人生得這樣雄壯，卻又這樣襤褸：我家並無這樣貧窘親友，想他定是主人常說的什麼賈雨村了，——怪道又說他必非久困之人，每每有意幫助周濟他，只是沒什麼機會。」如此一想，不免又回頭一兩次。雨村見他回頭，便以為這女子心中有意於他，遂狂喜不禁，自謂此女子必是個巨眼英豪[101]，風塵中之知己。

一時小童進來，雨村打聽得前面留飯，不可久待，遂從夾道中自便門出去了。士隱待客既散，知雨村已去，便也不去再邀。

一日到了中秋佳節，士隱家宴已畢，又另具一席於書房，自己步月至廟中來邀雨村。原來雨村自那日見了甄家丫鬟曾回顧他兩次，自謂是個知己，便時刻放在心上，今又正值中秋，不免對月有懷，因而口占五言一律云：

未卜三生願[102]，頻添一段愁；悶來時斂額[103]，行去幾回頭[104]。
自顧[105]風前影，誰堪月下儔[106]？蟾光如有意[107]，先上玉人樓❹[108][109][110]。

雨村吟罷，因又思及平生抱負，苦未逢時，乃又搔首對天長嘆，復高吟一聯云：

玉在匵中求善價，釵於奩內待時飛[111]。

恰值士隱走來聽見，笑道：「雨村兄真抱負不凡也！」雨村忙笑道：「不敢，不過偶吟前人之句，何期過譽如此。」因問：「老先生何興至此？」士隱笑道：「今夜中秋，俗謂『團圓之節』，想尊兄旅寄僧房，不無寂寥之感，故特具小酌，邀兄到敝齋一飲，不知可納芹意[112]否？」雨村聽了，並不推辭，便笑道：「既蒙謬愛，何敢拂此盛情。」說著便同士隱復過這邊書院中來了。

須臾[113]茶畢，早已設下杯盤，那美酒佳餚[114]，自不必說。二人歸坐，先是款酌慢飲，漸次談至興濃，不覺飛觥獻斝[115]起來。當時街坊上家家簫管，戶戶笙歌，當頭一輪明月，飛彩凝輝，二人愈添豪興，酒到杯乾。雨村此時已有七八分酒意，狂興不禁，乃對月寓懷，口占一絕[116]云：

時逢三五便團圞[117]，滿把清光護玉欄[118]；
天上一輪才捧出，人間萬姓仰頭看[119][120]。

士隱聽了大叫：「妙極！弟每謂兄必非久居人下者，今所吟之句，飛騰之兆已見，不日可接履於雲霄之上[121]了。可賀，可賀！」乃親斟一斗為賀。雨村飲乾，忽嘆道：「非晚生酒後狂言，若論時尚之學[122]，晚生也或可去充數掛名，只是如今行李路費，一概無措，神京[123]路遠，非賴賣字撰文即能到得——」士隱不待說完，便道：「兄何不早言，弟已久有此意，但每遇兄時，並未談及，故未敢唐突。今既如此，弟雖不才，義利二字，卻還識得；且喜明歲正當大比，兄宜作速入都，春闈[124]一捷，方不負兄之所學。其盤費餘事，弟自代為處置，亦不枉兄之謬識矣。」當下即命小童進去速封五十兩白銀並兩套冬衣，又云：「十九日乃黃道之期[125]，兄可即買舟西上，待雄飛高舉，明冬再晤，豈非大快之事！」雨村收了銀衣，不過略謝一語，並不介意，仍是吃酒談笑。那天已交三鼓[126]，二人方散。

士隱送雨村去後，回房一覺，直至紅日三竿方醒，因思昨夜之事，意欲寫薦書兩封與雨村帶至都中去，使雨村投謁個仕宦之家為寄身之地，因使人過去請時，那家人回來說：

「和尚說：『賈爺今日五鼓已進京去了，也曾留下話與和尚轉達老爺，說：「讀書人不在『黃道』『黑道』[127]，總以事理為要，不及面辭了。」』」士隱聽了，也只得罷了。

真是閑處光陰易過，倏忽又是元宵佳節。士隱令家人霍啟[128]抱了英蓮去看社火[129]花燈，半夜中，霍啟因要小解，便將英蓮放在一家門檻上坐著，待他小解完了來抱時，那有英蓮的蹤影？急得霍啟直尋了半夜，至天明不見，那霍啟也不敢回來見主人，便逃往他鄉去了。

那士隱夫婦見女兒一夜不歸，便知有些不好，再使幾人去找尋，回來皆云影響全無。夫妻二人半世只生此女，一旦失去，何等煩惱，因此晝夜啼哭，幾乎不顧性命。看看一月，士隱已先得病，夫人封氏也因思女搆疾，日日請醫問卦。

不想這日三月十五，葫蘆廟中炸供[130]，那和尚不小心，油鍋火逸，便燒著窗紙：此方人家俱用竹籬木壁，——也是劫數[131]應當如此，——於是接二連三，牽五掛四，將一條街燒得如「火焰山」[132]一般；彼時雖有軍民來救，那火已成了勢了，如何救得下，直燒了一夜方息，也不知燒了多少人家。只可憐甄家在隔壁，早成了一堆瓦礫場了，——只有他夫婦並幾個家人的性命不曾傷了，急得士隱惟跌足長嘆而已。與妻子商議且到田莊[133]上去住，偏值近年水旱不收，賊盜蜂起[134]，官兵剿捕，田莊上又難以安身，只得將田地都折變了，攜了妻子與兩個丫鬟，投他岳丈家去。

他岳丈名喚封肅[135]，本貫大如州人氏，雖是務農，家中卻還殷實[136]，今見女婿這等狼狽而來，心中便有些不樂，幸而士隱還有折變田產的銀子在身邊，拿出來托他隨便置買些房地，以為後日衣食之計；那封肅便半用半賺的，略與他些薄田破屋。士隱乃讀書之人，不慣生理稼穡[137]等事，勉強支持了一二年❺，越發窮了。封肅見面時，便說些現成話兒，且人前人後，又怨他不會過、只一味好吃懶作。士隱知道了，心中未免悔恨，再兼上年驚唬，急忿怨痛，暮年之人，那禁得貧病交攻，竟漸漸的露出了那下世的光景來。可巧這日拄了拐扎掙到街前散散心時，忽見那邊來了一個跛足道人，瘋狂落拓[138]，麻鞋鶉衣[139]，口內念著幾句言詞道：

世人都曉神仙好，惟有功名忘不了！古今將相在何方：荒冢[140]一堆草沒了。
世人都曉神仙好，只有金銀忘不了！終朝[141]只恨聚無多，及到多時眼閉了。
世人都曉神仙好，只有姣[142]妻忘不了！君生日日說恩情，君死又隨人去了。
世人都曉神仙好，只有兒孫忘不了！痴心父母古來多，孝順子孫誰見了[143]？

士隱聽了，便迎上來道：「你滿口說些什麼？——只聽見些『好了』『好了』。」那道人笑道：「你若果聽見『好了』二字，還算你明白：可知世上萬般，好便是了，了便是好；若不了，便不好；若要好，須是了。——我這歌兒便叫『好了歌』。」士隱本是有夙慧[144]的，一聞此言，心中早已悟徹[145]，因笑道：「且住！待我將你這『好了歌』注解出來何如？」道人笑道：「你就請解。」士隱乃說道：

陋室[146]空堂，當年笏滿床[147]；衰草枯楊[148]，曾為歌舞場；蛛絲兒結滿雕梁[149]，綠紗[150]今又在蓬窗上❻。說什麼脂正濃、粉正香[151]，如何兩鬢又成霜？昨日黃土隴[152]頭埋白骨，今宵紅綃帳[153]底臥鴛鴦[154]。金滿箱，銀滿箱，轉眼乞丐人皆謗[155]；正嘆他人命不長，那知自己歸來喪？訓有方[156]，保不定日後作強梁[157]。擇膏粱[158]，誰承望[159]流落在烟花巷[160]！因嫌紗帽[161]小，致使鎖枷扛；昨憐[162]破襖寒，今嫌紫蟒[163]長：亂烘烘你方唱罷我登場，反認他鄉是故鄉[164]；甚荒唐，到頭來都是為他人作嫁衣裳[165][166][167]。

那瘋跛道人聽了，拍掌大笑道：「解得切！解得切！」士隱便說一聲「走罷」，將道人肩上的褡褳[168]搶過來背上，竟不回家，同著瘋道人飄飄而去。

當下哄動街坊，眾人當作一件新聞傳說。封氏聞知此信，哭個死去活來，只得與父親商議，遣人各處訪尋。那討音信？無奈何，只得依靠著他父母度日；幸而身邊還有兩個舊日的丫鬟伏侍，主僕三人，日夜作些針線，幫著父親用度。那封肅雖然每日抱怨，也無可奈何了。

這日那甄家的大丫鬟在門前買線，忽聽得街上喝道之聲，眾人都說：「新太爺到任了！」丫鬟隱在門內看時，只見軍牢快手[169]，一對一對過去，俄而大轎內抬著一個烏帽猩袍[170]的官府來了。那丫鬟倒發了個怔，自思：「這官兒好面善，倒像在那裡見過的。」於是進入房中，也就丟過，不在心上。至晚間正待歇息之時，忽聽一片聲打得門響，許多人亂嚷，說：「本縣太爺的差人來傳人問話！」封肅聽了，唬得目瞪口呆。不知有何禍事，且聽下回分解。

■校記

❶「聞世」，藤本、王本作「問世」。後同。

❷「正該下世」，諸本作「復還原處」。

❸「玄機」，原作「元機」，係清人避玄燁（康熙）名諱而改寫，今從脂本改「玄」。後同。

❹「先上玉人樓」，「樓」原作「頭」，與上文「行去幾回頭」韻腳複，從脂本、戚本改。

❺「一二年」，藤本、王本作「二三年」。

❻「綠紗今又在蓬窗上」，藤本、王本「又」字下有「糊」字。

■注釋

1〔**夢幻**〕夢見的事物醒來變空。通過「夢幻」介紹小說主人公賈寶玉，這是作者運用浪漫主義的創作手法，有意為作品披上虛幻的外衣，以避嫌免禍。

2〔**通靈**〕指「靈性已通」的「頑石」，即以後降生人間的賈寶玉。賈寶玉是作者根據現實生活塑造出來的有血有肉的活生生的藝術典型，並不是從天上掉下來的「靈通寶玉」的化身。作者所以這樣寫，不過是給書中主人公蒙上神秘的外殼。

3〔**「石頭記」**〕「紅樓夢」的原名。此書八十回手抄本流傳期間，叫「石頭記」。一七九一年（乾隆五十六年）一百二十回本活字印行問世後，才改名為「紅樓夢」。

4〔**風塵碌碌**〕風塵，這裡指客居在外，到處奔波，備受艱辛，政治上不得意。碌碌，勞累忙碌，平凡庸碌。

5〔**鬚眉**〕鬍子和眉毛。鬍子為男子所獨有，眉毛雖然男女都有，但古時候婦女為了美觀，去掉眉毛，用青黑色畫眉代替，雖有如無，所以鬚眉代指男子。

6〔**裙釵**〕裙，裙子；釵，婦女插在頭上的裝飾品。這裡代指女子。

7 〔天恩祖德〕 天恩，古代皇帝自稱為天子，天恩就是皇恩。祖德，祖宗的功德。這都是舊時例行的恭維話。

8 〔錦衣紈（ㄨㄢˊ／wán）褲〕 錦衣，錦鍛作的上衣；紈褲，綢絹作的褲子。是古代貴族子弟的華麗服裝。

9 〔飫（ㄩˋ／yù）甘饜（ㄧㄢˋ／yàn）肥〕 飫，吃飽；饜，吃膩。甘、肥，甜香精美的食品。甜香精美的東西都吃膩了，反映了貴族生活的奢侈。

10 〔規訓〕 勸戒後輩。

11 〔潦倒〕 窮困不得志的意思。

12 〔閨閣〕 女子的臥室。在此泛指女子。

13 〔歷歷〕 分明，清楚。

14 〔泯（ㄇㄧㄣˇ／mǐn）滅〕 消失。

15 〔蓬牖（ㄧㄡˇ／yǒu）茅椽（ㄔㄨㄢˊ／chuán）〕 指簡陋的草屋，表示生活的貧困。蓬、茅，都是野草；牖，窗子；椽，房椽子。

16 〔繩床瓦灶〕 繩床，用繩綳成的一種坐具；瓦灶，泥瓦作的簡陋鍋灶。形容生活的貧困。

17 〔敷演〕 敘述並加以發揮推演。

18 〔使閨閣昭傳〕 把女子的事跡記錄下來，讓人們知道。昭，明顯。「紅樓夢」裡塑造了大量的各種類型的婦女形象，據諸聯「紅樓夢評」說：「總概書中人數，除無姓名及古人不算外，共男子二百三十二人，女子一百八十九人，亦云夥矣。」可見婦女在書中占了相當大的比重。

19〔女媧氏煉石補天〕古代神話：天原來不整齊，女媧氏煉五色石把它修補起來。後又被共工氏闖壞，天塌了西北角，地陷了東南角。見「列子」。「列子」注說女媧氏是「古天子」，「風」姓。所以又稱「媧皇」。

20〔大荒山無稽崖〕「山海經」：「大荒之中，有山名曰大荒山。」在這裡，大荒、無稽是荒唐、無從查考的意思。用現在的話說，本書的人物情節，並非實錄真人真事，而是典型概括，藝術虛構。

21〔嗟悼〕哀嘆悲傷的意思。

22〔丰神迥（ㄐㄩㄥˇ／jiǒng）異〕風度神采顯得跟平常人大不一樣。迥異，顯然不同。

23〔扇墜〕古代富貴之家用的扇子，扇柄往往繫一塊珠、玉及其他飾物，叫扇墜。

24〔鐫（ㄐㄩㄢ／juān）〕雕刻。

25〔昌明隆盛〕光明發達，繁榮興盛。

26〔詩禮簪纓之族〕指古代貴族家庭。詩禮，詩書禮樂；簪，是用以把頭髮和帽子別在一起的飾物；纓，帽帶；簪纓，都是古代貴族帽上的裝飾品。

27〔幾世幾劫〕佛教思想，認為宇宙是有成有毀，循環不止的。每一次由成到毀，叫作一「劫」，人生的世界叫作「世」。「幾世幾劫」言其時間荒遠。下文「造劫歷世」，即指經過這種「劫」、「世」。佛教思想又認為世界是「虛幻」的，所以生在世界上等於經過一次「虛幻的因緣」。

28 〔幻形〕 變幻原形，把真形藏起來，以假象出現。

29 〔茫茫大士，渺渺真人〕 大士，佛教稱佛和菩薩都叫大士，意思是說德行高的人；真人，是道教對所謂修真得道者的稱號，和仙人的意思差不多。茫茫、渺渺，合起來就是渺渺茫茫的意思。這一僧一道是太虛幻境的使者，他們來往於上天和下界，超渡眾生。他們在書的開頭、中間和結尾多次出現，成為作者招之則來、揮之即去的角色。作者塑造這兩個神仙形象，一方面給小說中的人物和故事披上一層虛無神秘的外衣，以避嫌疑；另一方面也流露出「色空」觀念。

30 〔攜入紅塵、引登彼岸〕 紅塵，原指鬧市的飛塵，佛教用以形容紛繁雜沓的人世間；在這裡是指「紅樓夢」所展現的社會環境。彼岸，佛教徒稱現實世界為此岸，而修行成道，超生到「極樂淨土」叫彼岸，這裡指太虛幻境。由此暗示出賈寶玉最後將又被一僧一道引回太虛幻境。

31 〔頑石〕 按小說的描寫，它是賈寶玉的前身。作者也自比頑石，他喜歡畫石，藉以抒發心中的不平。在「自題畫石」詩中寫道：「愛此一拳石，玲瓏出自然。溯源應太古，墮世又何年？有志歸完璞，無才去補天。不求邀眾賞，瀟灑作頑仙。」

32 〔偈（ㄐㄧˋ／jì）〕 梵語（公元前四世紀印度的書面語）「偈佗」音譯的簡稱。原意是「頌」，佛經中的一種韻文。在古典小說中常作為簡短韻語的借稱，內容往往是闡述某種哲理或預示未來。

33 〔補蒼天〕 指古代神話傳說中女媧煉五色石補蒼天。

34 〔枉〕 白白地。

35〔若許〕這麼些。

36〔身前身後〕指出生前後。

37〔倩（ㄑㄧㄢˋ／qiàn）〕請人代辦事情。

38〔譯文〕我沒有才能彌補坍塌的青天，
白白地來到人間這麼些年；
這裡記的是我降生前後的經歷，
請誰替我抄去作奇聞流傳？

39〔簡評〕在這首詩中，作者以「頑石」自喻，藉寫頑石的經歷，寫「天」已經傾塌。但由於作者對「天」的殘破不免有些惋惜，因而又發出「無才補天」的慨嘆。

40〔無朝代年紀可考〕紀，古代十二年為一紀。年紀，即年代。這句話意思是：「紅樓夢」中沒有寫明是那朝那代那一年發生的事情，也沒有辦法考證。這是作者的「狡猾」之筆。雖然全書開頭到結尾不過十多年的時間，但實際反映的是從清朝建國到乾隆初期這一百年間的興衰史。秦氏說：「如今我們家赫赫揚揚，已將百載。」（第十三回）寧、榮二公之靈囑云：「吾家自國朝定鼎以來，功名奕世，富貴流傳，已歷百年。」（第五回）都說明朝代年紀是可考的。作者故意說不可考，都是為了轉移視線，以免招致「唐突朝廷」之罪。

41〔野史〕與官方編寫的正史相對而言，指私家編寫的不為官方承認的史書。但這裡說的野史，指的是小說、戲曲之類的文學作品。

42〔風月筆墨〕指專門渲染色情的低級下流的小說。

43〔開口「文君」，滿篇「子建」〕文君，即卓文君，西漢臨邛（ㄑㄩㄥˊ／qióng）人，富商卓王孫的女兒，有文學才能，年輕守寡。後和文學家司馬相如結合（見「史記．司馬相如列傳」）。子建，即曹植，字子建，曹操的三兒子，三國時著名詩人。這裡文君、子建是泛指像卓文君、曹子建這樣的佳人才子。在這裡，作者對公式化、概念化的「才子佳人」小說給予嚴格的批評。

44〔非理即文〕理，指書中宣揚的迂腐說教；文，指書中所用的文言詞語。這是對內容宣揚迂腐思想、語言又故作艱深的文章和小說的批評。

45〔噴飯供酒〕噴飯，吃飯時聽到可笑的詩或話，不覺失笑，噴出飯來；供酒，意思是歪詩歪詞，在宴會時念念也可以下酒助興。這是作者對自己書中詩詞的謙虛說法。

46〔謀虛逐妄〕指謀求、追逐將要幻滅的「功名富貴」。

47〔空、色〕佛教用語。佛教把客觀世界的萬事萬物叫作「色」，並認為「色」是不真實的、虛幻的，所謂「色即是空」。按照這一觀念論點，還原回去，即所謂「空即是色」。

48〔東魯孔梅溪題曰「風月寶鑑」〕孔梅溪，「紅樓夢」初稿最早的讀者、評者之一。當是與作者關係較密切的一位親友。風月，指愛情；鑑，鏡子。

49〔荒唐言〕不合傳統禮教情理的話。

50〔辛酸淚〕痛苦悲傷的眼淚。這裡流露了作者經歷家世巨變，飽受世態炎涼，那種既激憤又哀婉的複雜心情。「脂硯齋評」：「能解者方有辛酸之淚，哭成此書。壬午除夕，書未成，芹為淚盡而逝。」

51〔其中味〕其中的滋味、含義。引申為寫作意圖、主題思想。

52〔譯文〕可誰真正理解書中的滋味？
都說作者陷入兒女痴情，
卻浸透著我辛酸的眼淚！
全書看來都是荒唐的言辭，

53〔簡評〕這首短詩對我們理解作者的創作意圖和全書的主題思想，有很大的啟發。曹雪芹稱自己的嘔心之作為「滿紙荒唐言」，「一把辛酸淚」，道盡了他創作這部偉大作品的苦衷。「都云作者痴，誰解其中味？」這是作者深恐自己的創作意圖不能為人理解而發出的感慨。

54〔當日地陷東南〕據「列子．湯問」記載：遠古時候，共工與顓頊（ㄓㄨㄢ ㄒㄩˋ／zhuān xù）爭作帝王，共工一怒之下，撞倒了天柱——不周山，造成西北天空傾塌，東南大地陷落。

55〔姑蘇城〕今江蘇蘇州。因蘇州城西南有姑蘇山，所以蘇州也稱姑蘇城。

56〔閶（ㄔㄤ／chāng）門〕蘇州的一個城門。

57〔十里街、仁清巷〕據脂硯齋批語，「十里」即「勢利」的諧音，「仁清」即「人情」的諧音。

58〔鄉宦〕罷官後退居鄉里的人。

59〔望族〕指有錢有勢、有「聲望」的家族。

60〔稟性恬淡〕天生的安靜、平淡，不願追求功名的脾性。稟性，天生的脾性；恬淡，安靜、平淡。

61〔英蓮〕據脂批，英蓮即「應憐」，甄英蓮即「真應憐」的諧音。這表現了作者對她一生悲慘遭遇的深切同情。

62 〔造劫歷世〕 佛教用語。指到人世間經歷一番苦難生活。

63 〔神瑛（ㄧㄥ / yīng）〕 成了神的玉石。瑛，玉石。文中說賈寶玉是成了神的玉石脫胎成人的。這是一種浪漫主義的寫法，有意給作品披上一層虛幻的外衣。

64 〔三生石〕 三生，指前生、今生和來生。這是佛教轉世投胎的說法。三生石，來源於一個佛教故事：唐代和尚圓觀與好友李源同遊三峽，見一婦女打水。圓觀指著這個婦女說，那就是我將來托生的處所，並約定十二年後在杭州天竺寺外相見。當天圓觀死去。後來李源如期赴約，見一牧童（即打水婦女所生）唱「三生石上舊精魂」。這牧童就是圓觀的後身（見唐代袁郊「甘澤謠」）。作者寫三生石畔的絳珠仙草為報答神瑛侍者的「雨露之惠」，歷世下凡，化為林黛玉對賈寶玉的堅貞愛情，並不是宣揚迷信的「因果報應」和「前世姻緣」，而是用浪漫主義手法，表達作者積極美好的願望：支持基於愛情基礎的「木石前盟」，反對貴族家庭包辦的「金玉良緣」。

65 〔甘露〕 又名天酒。古書記載：「甘露，美露也，神靈之精。」舊時傳說，甘露降則天下太平。

66 〔五內〕 即五臟：心、肝、脾、肺、腎。這裡指內心裡。

67 〔造歷幻緣〕 指到人世間經歷一番像夢幻一樣的情緣。

68 〔度脫〕 佛教用語，即超渡、解脫。佛教經義說，佛可以使他的信徒脫離塵俗，超出生死。

69 〔功德〕 宗教名詞。指誦經念佛，作好事，積功德。

70〔一干風流孽鬼下世〕一干，一夥；孽鬼，佛教認為男女愛情是前生的「罪孽」所造成的結果，所以稱這種青年男女的「前生」都是「孽鬼」；下世，佛教徒稱人的誕生叫作「下世」或「落塵」。這句用現在的話說：一群互相戀愛的男女在世上誕生。

71〔沉淪〕佛教說法，植惡因，得惡果，要遭受從神仙降到人、從人降到惡鬼等「每下愈況」的苦難。書中「度脫」、「沉淪」等說法，實際都是悲觀厭世和迷信的說法。這裡是作者為掩蓋小說的真實內容而披上的一層宗教外衣。

72〔玄機〕指宗教的「玄妙細微的道理」。

73〔太虛幻境〕虛幻的不存在的地方。這是作者虛設的天國裡的一個境界。

74〔假作真時真亦假，無為有處有還無〕這副哲理詩般的對聯的意思是：把假當作真時，真的也是假的；把無當作有時，有也變成了無。這是作者故弄玄虛。「紅樓夢」在藝術處理上，許多地方採用了「真真假假」、以假隱真的手法，以遮人耳目。不過直書其事畢竟是主要手法，真的實的占絕大部分；對於以假隱真的地方，要剝開「假語」求「真事」，透過現象看本質。否則就會陷入「真即是假，假即是真」的不可知論，走入迷宮。

75〔粉裝玉琢〕用粉裝飾，用玉雕刻。比喻女子貌美。

76〔跣（ㄒㄧㄢˇ／xiǎn）足〕光著腳。

77〔跛（ㄅㄛˇ／bǒ）足〕瘸腿。

78〔揮霍〕在這裡是灑脫、無拘束、動作輕快的意思，與一般「揮霍浪費」的意思不同。下文中也多是這種用法。

79〔施主〕佛家把施捨財物給佛寺、和尚的人叫作「施主」。

80〔有命無運〕命，指一個人的生命；運，指時運、運氣。這句是說，一個人雖有好命，但運氣不佳，也很可憐。

81〔不耐煩〕受不了，耐不住。

82〔痴（ㄔ／chī）〕痴迷不悟。

83〔菱花〕指英蓮，被薛家搶去後改名香菱、秋菱。

84〔雪澌澌〕雪，諧音字，指薛蟠；澌澌，本來形容下雪的聲音，這裡比喻薛蟠強占英蓮後對她的折磨。

85〔好防〕要注意提防。

86〔烟消火滅〕指三月十五日葫蘆廟裡炸供失火，燒了甄家的住宅。

87〔譯文〕對女兒嬌生慣養多麼痴迷可笑，
怎能料英蓮淪落薛家受盡煎熬；
謹慎小心提防著元宵佳節以後，
你的家業財產就要遭大火焚燒。

88〔簡評〕這首詩預示了鄉宦甄士隱家的沒落和英蓮以後的悲慘遭遇。甄士隱由「神仙一流人物」，衰敗到「貧病交攻，竟漸漸的露出了那下世的光景來」。

89〔三劫〕佛教名詞。劫，梵文音譯「劫波」之略。佛典說世界有成、住、壞、空四個時期，叫作「四劫」，到壞劫時，有火、水、風三災出現，世界歸於毀滅。

三劫當是指前三個時期，三劫之後也就是世界歸於毀滅到了「空」的境界。

90〔北邙（ㄇㄤˊ／máng）山〕即邙山，在河南洛陽市北。東漢及魏的許多貴族多葬在此處。後來常用它泛指墓地。

91〔賈化〕即假話，也就是開篇所謂「假語村言」。

92〔湖州〕州治（州的統治機構所在地），在今浙江省吳興縣。

93〔詩書仕宦之族〕指知書達禮的官宦家庭。此處說明了賈雨村的出身。

94〔末世〕衰亡的時代。

95〔功名〕科舉考試時代，謂考中者為有了功名。

96〔淹蹇（ㄧㄢ ㄐㄧㄢˇ／yān jiǎn）〕行動不順利，停留、阻滯。

97〔佇（ㄓㄨˋ／zhù）望〕長時間地站著望。

98〔永晝〕漫長的白天。

99〔誑駕〕古代接待賓客時常用的客套話。意思是失陪。

100〔常造之客〕常到的客人。造，到。

101〔巨眼英豪〕指有眼力而才智傑出的人。

102〔未卜句〕未卜，不能預測；三生原為佛家語，指前世、今世、來世。後將男女世世永為夫婦的願望稱為三生願。

103〔斂額〕皺眉，引申為憂愁。

104〔行去句〕指甄家丫鬟看到了他，離去時「不免又回頭一兩次」。

105〔顧〕回頭看。

106〔誰堪句〕堪，能夠；儔（ㄔㄡˊ／chóu），伴侶。

107〔蟾光句〕傳說月宮裡有蟾蜍，後來使用蟾光代指月光；如有意，如果知道我愛她。

108〔玉人樓〕美人住的樓。

109〔譯文〕終身大事如今難以預見，
一段新愁又充塞胸間；
煩悶時不免皺眉思念：
那丫頭幾次回頭莫非有緣？
輕風徐來我顧影自憐，
月光之下誰來將我陪伴？
月老如果知道我愛她，
請先照進繡樓代把情意傳。

110〔簡評〕窮困落魄的文人賈雨村時刻在作著「書中自有千鍾粟」、「書中自有顏如玉」的美夢。在美夢未實現以前，自然憂愁、煩悶，焦急不安。

111〔玉在匱中二句〕匱，匣；奩，盛化妝用具等的盒子。匣盛美玉，等待大價錢才賣，是孔子對於「有才能的人」「等待機會」的比喻；神女留玉釵，後化為燕子飛去，是古代傳說。「待時飛」也是藉以比喻等待「作官發達」的意思。

112〔芹意〕古時傳說，有人自吃並不足珍貴的芹菜，覺得味美，還鄭重的送給別人。後世借來作為對人有所贈送時的謙詞。

113〔須臾（ㄩˊ yú）〕 一會兒。

114〔佳餚（ㄧㄠˊ yáo）〕 好菜。餚，作熟的魚肉等。

115〔飛觥（ㄍㄨㄥ gōng）獻斝（ㄐㄧㄚˇ jiǎ）〕 舉杯碰盞，狂歡痛飲。觥、斝，都是古代酒器。

116〔口占一絕〕 不用起草，隨口作一首絕句。占，即興作詩。絕，絕句，唐以來近體詩的一種，每首四句，一般一、二、四句押韻，有五言和七言兩種。

117〔時逢句〕 時逢，每逢；三五，十五的另一種說法；團圞（ㄌㄨㄢˊ luán）團圓的意思，這裡指月圓。

118〔滿把句〕 月光把清涼的光輝，灑在玉欄杆上，好似保護著它。

119〔譯文〕 每逢十五月亮就變得圓圓，
銀光清輝灑滿了白玉欄杆；
一輪明月騰空升起，
千家萬戶仰首觀看。

120〔簡評〕 這首詠月詩集中反映了賈雨村的政治野心。他當時雖是個住在葫蘆廟裡的窮秀才，但他一天也沒有忘記往上爬。「人間萬姓仰頭看」，即指一舉成名，天下皆知。從本詩可以看出，他以後拍馬鑽營，攀附「四大家族」作為「護官符」，貪贓枉法、草菅人命種種罪惡活動，都有深刻的根源和思想基礎。

121〔接履於雲霄之上〕 即登上朝廷作高官。履，鞋，代指腳；雲霄，比喻朝廷。

122〔時尚之學〕當時流行的學問，指當時科舉考試所用的「八股文」和「試帖詩」（起源於唐代，大多為五言六韻或八韻的排律，以古人詩句或成語為題，並限韻腳）等。時尚，時髦。

123〔神京〕舊時帝王所居的京城尊稱為神京。

124〔大比、春闈〕明清科舉制度：每三年在省裡舉行一次「鄉試」，考試府、縣的生員（秀才），取中的為「舉人」。每次鄉試後在京城舉行一次「會試」，考試各省的舉人，取中的為「進士」。鄉試在秋天，稱為「秋闈」；會試在轉年春天，稱為「春闈」。會試是全國的評選比較，所以稱「大比」。考試要關防嚴密，所以稱「鎖闈」，又簡稱「闈」。

125〔黃道之期〕即黃道吉日。舊時迷信星命之說，認為青龍、明堂、金匱、天德、玉堂、司命等六個星都是吉祥的神。這六個星辰值日時，作各種事情都順利，稱為「黃道吉日」。

126〔三鼓〕三更。舊時將一夜分為五更，每更約兩小時，每到一更，擊更鼓一次；幾更擊幾下。

127〔黃道黑道〕古代曆法家的迷信說法。以為「黃道」日子是「吉日」，作事相宜；「黑道」日子是「凶日」，作事不利。

128〔霍啟〕諧音「禍起」。脂硯齋批：「妙，禍起也。此因事而命名。」英蓮被偷走，這種丟失和拐賣人口的現象，在舊社會屢見不鮮。

129〔社火〕即賽會，古代民間節日的集體遊藝活動。

130〔炸供〕用油煎炸供神的食品。

131〔劫數〕佛家用語。原為劫，後由劫引申為劫數，遇大災難、遭厄運的意思。

132〔火焰山〕神話小說「西遊記」所描寫的火勢盛大的山。實際的火焰山在新疆吐魯番盆地中北部，也叫土孜塔格山，氣候極乾熱。

133〔田莊〕中國舊社會中皇室、貴族、官吏、地主等在所屬的大片土地上設立的管理組織。這裡是指甄士隱的莊園。

134〔賊盜蜂起〕客觀上反映了雍正、乾隆時期，不穩定的社會狀況。這些雖然由於清政府的平定都失敗了，但震撼了清朝，加速它的滅亡。

135〔封肅〕「風俗」的諧音。從封肅對甄士隱的態度，可見當時之世態風俗。

136〔殷實〕充實、富有。

137〔稼穡（ㄐㄧㄚˋ ㄙㄜˋ／jià sè）〕種莊稼。稼，種田；穡，收莊稼；總指農事。

138〔瘋狂落拓〕瘋瘋癲癲，無拘無束。

139〔麻鞋鶉（ㄔㄨㄣˊ／chún）衣〕穿著用麻編的鞋和破爛的衣服。鶉，鵪鶉，鳥名，其尾短禿，像補綻百結，所以稱破爛衣裳為鶉衣。

140〔荒冢（ㄓㄨㄥˇ／zhǒng）〕長滿荒草的墳。

141〔終朝〕這裡是一天到晚的意思。

142〔姣〕容貌美好。

143〔簡評〕這首「好了歌」是跛足道人唱的。它把「神仙」與「功名」、「金銀」、「姣妻」、「兒孫」對立起來，諷刺人類貪婪自私到頭來還是一場空的現象。但是，也表達了人世變化無常，好景難久，「到頭一場空」的幻滅思想。它認為「功名」、「金銀」等都不可靠，只有永世常存的「神仙好」，這完全是消極的虛無主義思想，流露出作者的色空觀念。

144 〔夙（ㄙㄨˋ／sù）慧〕 先天的智慧。夙，前生。

145 〔悟徹〕 宗教用語。即非常透徹地領悟了宗教的道理，也就是俗說的「看破紅塵」。

146 〔陋（ㄌㄡˋ／lòu）室〕 簡陋的房子。

147 〔笏（ㄏㄨˋ／hù）滿床〕 古代臣子上朝時手中所拿的狹長板子，用象牙或竹木製成，用以記事備忘。笏滿床，唐朝崔神慶的兒子都當了大官，每逢歲時家宴，笏板放滿一床（見「舊唐書．崔義玄傳」）。這裡是說家中作官的人多。

148 〔衰草枯楊〕 凋零的野草，枯死的楊樹。

149 〔雕梁〕 雕畫著各種花紋的屋梁。代指貴族的住處。

150 〔綠紗〕 紗，輕薄的絲織品。古代貴族常用它糊窗。

151 〔脂正濃、粉正香〕 脂粉是古代貴族婦女化妝的用品。這句是說貴族婦女正當青春年少。

152 〔黃土隴〕 黃土丘，這裡指墳地。

153 〔紅綃（ㄒㄧㄠ／xiāo）帳〕 紅紗帳。綃，薄紗。

154 〔鴛鴦〕 一種水鳥，常成對生活在水上。此處比喻新婚夫婦。

155〔謗〕誹謗，說壞話。

156〔訓有方〕教訓子女得法。

157〔強梁〕強橫凶暴。這裡指強盜。

158〔膏粱〕膏，肥肉；粱，精米。這裡是膏粱子弟的簡稱，舊稱飽食終日，遊手好閑的子弟。

159〔承望〕料想。

160〔烟花巷〕舊時指妓院聚集的地方。烟花，是妓女的代稱。

161〔紗帽〕古代皇帝和官吏都戴紗帽，但顏色和質料則因官階的大小而不同。這裡指官吏所戴的烏紗帽，是官吏的代稱。

162〔憐〕即嫌的意思。憐、嫌同一含義。

163〔紫蟒〕紫色的繡有蟒、龍等圖像的官服。清代的皇子、親王以及一品官到七品官，都有蟒袍，而三品以上才是紫色的。

164〔他鄉是故鄉〕在這裡「他鄉」指擁有功名、金銀、姣妻、兒孫等塵世生活；「故鄉」指超脫塵世生活的虛無境界。

165〔為他人作嫁衣裳〕唐朝秦韜玉「貧女」詩句：「苦恨年年壓金線，為他人作嫁衣裳。」這裡指空為別人忙碌。

166〔譯文〕

簡陋的臥室和空蕩蕩的廳堂，

當年卻是笏板堆滿了牙床；

那生滿衰草和枯樹的荒野，

曾經是唱歌跳舞的地方；

雕梁畫棟結滿了蛛網，
綠紗如今又罩在破窗上。
說什麼脂濃粉香俏姑娘，
卻怎麼轉眼間兩鬢如冰霜？
昨天才在黃土堆上埋死人，
今晚卻又在紅紗帳裡結成雙。
說什麼家中金滿箱銀滿箱，
轉眼變成乞丐惹得人家說短長；
正在悲嘆著別人的壽命太短促，
那料到自己回到家裡一命亡？
誇口自己教訓子女嚴格有方，
可保不住子弟將來把強盜當。
費心機選擇富家子弟作女婿，
誰承想女兒流落在烟花巷！
因嫌官小拚命往上爬的人，
落得枷鎖套在脖子上；
昨天哀嘆身穿破襖太寒磣，
如今反倒嫌紫色蟒袍拖地長。
亂烘烘這個倒臺那個又登場，
忙碌終身竟把他鄉作故鄉；
多麼可笑和荒唐，
這分明都是為別人空忙一場。

「好了歌解」是甄士隱「悟徹」了「好了歌」而給它作的注解。跛足道人聽了認為：「解得切！解得切！」說明兩者的思想基本上是一致的。不過，「注

167

〔簡評〕

解」裡並未從任何立場去否定「笏滿床」和「金滿箱」，只不過說這些東西不能長久占有，因而不值得追求，從而勸說迷戀俗世生活的人們拋棄眼前的功名富貴，去信奉宗教，追求超然世外的「神仙」生活。這是一種消極的出世思想。

168〔褡褳〕一種裝錢和什物的長方口袋。中間開口，袋內裝上錢和什物，使它兩端輕重對稱下垂，大的可以搭在肩上，小的可以掛在腰帶上。

169〔軍牢快手〕管緝捕、防衛和行刑的隸卒，古代的官吏們，出門常有這種排場。

170〔猩袍〕紅色的袍子。猩，像猩猩的血一樣鮮艷的紅色。古代官服三品以上是紫色的，五品以上是紅色的。

【第二回】賈夫人仙逝[1]揚州城　冷子與演說榮國府

卻說封肅聽見公差傳喚，忙出來陪笑啟問，那些人只嚷：「快請出甄爺來！」封肅忙陪笑道：「小人姓封，並不姓甄；只有當日小婿姓甄，今已出家一二年了。不知可是問他？」那些公人道：「我們也不知什麼『真』『假』，既是你的女婿，就帶了你去面稟太爺便了。」大家把封肅推擁而去，封家個個驚慌，不知何事。

至二更時分，封肅方回來，眾人忙問端的。──「原來新任太爺姓賈名化，本湖州人氏，曾與女婿舊交，因在我家門首看見嬌杏丫頭買線，只說女婿移住此間，所以來傳。我將緣故回明，那太爺感傷嘆息了一回；又問外孫女兒，我說看燈丟了。太爺說：『不妨，待我差人去，務必找尋回來。』說了一回話，臨走又送我二兩銀子。」甄家娘子聽了，不覺感傷。一夜無話。

次日早有雨村遣人送了兩封銀子、四疋錦緞，答謝甄家娘子。又一封密書與封肅，托向他甄家娘子要那嬌杏作二房。封肅喜得眉開眼笑，巴不得去奉承太爺，便在女兒前一力攛掇[2]，當夜用一乘小轎便把嬌杏送進衙內去了。雨村歡喜，自不必言；又封百金贈與封肅，又送甄家娘子許多禮物，令其且自過活，以待訪尋女兒下落。

卻說嬌杏那丫頭，便是當年回顧雨村的，因偶然一看，便弄出這段奇緣，也是意想不到之事。誰知他命運兩濟，不承望自到雨村身邊，只一年，便生一子；又半載，雨村嫡配忽染疾下世，雨村便將他扶作正室夫人，正是：

偶因一回顧，便為人上人。

原來雨村因那年士隱贈銀之後，他於十六日便起身赴京，大比之期，十分得意，中了進士[3]，選入外班[4]，今已升了本縣太爺。雖才幹優長，未免貪酷；且恃才侮上，那同寅[5]皆側目而視，不上一年，便被上司參了一本[6]，說他貌似有才，性實狡猾；又題了一兩件狗庇蠹役[7]、交結鄉紳之事❶。龍顏[8]大怒，即命革職。部文[9]一到，本府各官無不喜悅。那雨村雖十分慚恨，面上卻全無一點怨色，仍是嘻笑自若，交代過了公事，將歷年所積的宦囊[10]，並家屬人等，送至原籍安頓妥當了，卻自己擔風袖月[11]，遊覽天下勝蹟。那日偶又遊至維揚[12]地方，聞得今年鹽政[13]點[14]的是林如海。

這林如海姓林名海，表字如海，乃是前科的探花[15]，今已升蘭臺寺大夫[16]，本貫姑蘇人氏，今欽點為巡鹽御史，到任未久。原來這林如海之祖，也曾襲過列侯[17]的，今到如海，業經五世；起初只襲三世，因當今隆恩盛德[18]，額外加恩，至如海之父，又襲了一代；到了如海，便從科第出身[19]：雖係世祿之家[20]，卻是書香之族[21]。只可惜這林家支庶不盛[22]，人丁[23]有限，雖有幾門，卻與如海俱是堂族，沒甚親支嫡派[24]的。今如海年已五十，只有一個三歲之子，又於去歲亡了，雖有幾房姬妾，奈命中無子，亦無可如何之事。只嫡妻賈氏生得一女，乳名黛玉，年方五歲，夫妻愛之如掌上明珠；見他生得聰明俊秀，也欲使他識幾個字，不過假充養子，聊解膝下荒涼之嘆。

且說賈雨村在旅店偶感風寒，癒後又因盤費不繼，正欲得一個居停[25]之所，以為息肩[26]之地，偶遇兩個舊友，認得新鹽政，知他正要請一西席[27]教訓女兒，遂將雨村薦進衙門去。這女學生年紀幼小，身體又弱，功課不限多寡，其餘不過兩個伴讀丫鬟，故雨村十分省力，正好養病。

看看又是一載有餘。不料女學生之母賈氏夫人一病而亡，女學生奉侍湯藥，守喪盡禮，過於哀痛，素本怯弱，因此舊病復發，有好些時不曾上學。雨村閑居無聊，每當風日晴和，飯後便出來閑步。這一日偶至郊外，意欲賞鑑那村野風光，信步至一山環水漩、茂林修竹之處，隱隱有座廟宇，門巷傾頹，牆垣剝落，有額題曰「智通寺」，門旁又有一副舊破的對聯云：

身後有餘忘縮手，眼前無路想回頭[28]。

雨村看了，因想道：「這兩句文雖甚淺，其意則深，也曾遊過些名山大剎[29]，倒不曾見過這話頭，其中想必有個翻過筋斗來的[30]，也未可知，何不進去一訪？」走入看時，只有一個龍鍾[31]老僧在那裡煮粥，雨村見了，卻不在意，及至問他兩句話，那老僧既聾且昏，又齒落舌鈍，所答非所問。

雨村不耐煩，仍退出來，意欲到那村肆[32]中沽飲三杯，以助野趣，於是移步行來。剛入肆門，只見座上吃酒之客，有一人起身大笑，接了出來，口內說：「奇遇，奇遇！」雨村忙看時，此人是都中古董行中貿易姓冷號子興的，舊日在都相識。——雨村最讚這冷子興是個有作為大本領的人，這子興又借雨村斯文[33]之名，故二人最相投契[34]。——雨村忙亦笑問：「老兄何日到此？弟竟不知，今日偶遇，真奇緣也！」子興道：「去年歲底到家，今因還要入都，從此順路找個敝友說一句話，承他的情，留我多住兩日，我也無甚緊事，且盤桓兩日，待月半時，也就起身了。今日敝友有事，我因閑走到此，不期這樣巧遇！」一面說，一面讓雨村同席坐了，另整上酒餚來，二人閑談慢飲，敘些別後之事。

雨村因問：「近日都中可有新聞沒有？」子興道：「倒沒有什麼新聞，倒是老先生的貴同宗家出了一件小小的異事。」雨村笑道：「弟族中無人在都，何談及此？」子興笑道：「你們同姓——豈非一族？」雨村問是誰家，子興笑道：「榮國賈府中，可也不玷辱老先生的門楣了！」雨村道：「原來是他家。若論起來，寒族人丁卻自不少，東漢賈復[35]以來，支派繁盛，各省皆有，誰能逐細考查；若論榮國一支，卻是同譜，但他那等榮耀，我們不便去認他，故越發生疏了。」子興嘆道：「老先生休這樣說。如今的這榮寧兩府也都蕭索了，不比先時的光景。」雨村道：「當日寧榮兩宅，人口也極多，如何便蕭索了呢？」子興道：「正是，說來也話長。」雨村道：「去歲我到金陵時，因欲遊覽六朝遺跡[36]，那日進了石頭城[37]，從他宅門前經過，街東是寧國府，街西是榮國府，二宅相連，竟將大半條街占了。大門外雖冷落無人，隔著圍牆一望，裡面廳殿樓閣，也還都崢嶸軒峻；就是後邊一帶花園裡，樹木山石，也都還有蔥蔚洇潤之氣，那裡像個衰敗之家？」子興笑道：「虧你是進士出身，——原來不通！古人有言：『百足之蟲，死而不僵』[38]，如今雖說不似先年那樣興盛，較之平常仕宦人家，到底氣象不同。如今人口日多，事務日盛，主僕上下，都是安富尊榮，運籌謀畫的竟無一個。那日用排場，又不能將就省儉，如今外面的架子雖沒很倒，內囊卻也盡上來了。——這也是小事。更有一件大事：誰知這樣鐘鳴鼎食[39]的人家兒，如今養的兒孫，竟一代不如一代了！」雨村聽說，也道：「這樣詩禮之家，豈有不善教育之理？別門不知，只說這寧榮兩宅，是最教子有方的，何至如此？」

子興嘆道：「正說的是這兩門呢！等我告訴你：當日寧國公是一母同胞弟兄兩個。寧公居長，生了兩個兒子❷；寧公死後，長子賈代化襲了官，也養了兩個兒子：長子名賈敷，八九歲上死了，只剩了一個次子賈敬，襲了官，如今一味好道，只愛燒丹煉汞[40]，別事一概不管。幸而早年留下一個兒子，名喚賈珍，因他父親一心想作神仙，把官倒讓他襲了。他父親又不肯住在家裡❸，只在都中城外和那些道士們胡羼[41]。這位珍爺也生了一個兒子，今年才十六歲，名叫賈蓉。如今敬老爺不管事了，這珍爺那裡幹正事？只一味高樂不了，把那寧國府竟翻過來了，也沒有敢來管他的人。再說榮府你聽——方才所說異事就出在這裡：自榮公死後，長子賈代善襲了官，娶的是金陵世家史侯的小姐為妻，生了兩個兒子：長名賈赦，次名賈政；如今代善早已去世，太夫人尚在，長子賈赦襲了官，為人卻也中平，也不管理家事。惟有次子賈政，自幼酷喜讀書，為人端方正直，祖父鍾愛，原要他從科甲[42]出身，不料代善臨終遺本[43]一上，皇上憐念先臣，即叫長子襲了官；又問還有幾個兒子，立刻引見，又將這政老爺賜了個額外主事[44]職銜，叫他入部習學；如今現已升了員外郎[45]。這政老爺的夫人王氏，頭胎生的公子名叫賈珠，十四歲進學[46]，後來娶了妻，生了子，不到二十歲，一病就死了；第二胎生了一位小姐，生在大年初一，就奇了；不想隔了十幾年❹，又生了一位公子，說來更奇：一落胞胎嘴裡便銜下一塊五彩晶瑩的玉來，還有許多字跡；你道是新聞不是？」

雨村笑道：「果然奇異！只怕這人的來歷不小！」子興冷笑道：「萬人都這樣說，因而他祖母愛如珍寶。那周歲時，政老爺試他將來的志向，便將世上所有的東西，擺了無數叫他抓[47]，誰知他一概不取，伸手只把些脂粉釵環抓來玩弄；那政老爺便不喜歡，說將來不過酒色之徒，因此不甚愛惜。獨那太君還是命根子一般。——說來又奇：如今長了十來歲❺，雖然淘氣異常，但聰明乖覺，百個不及他一個；說起孩子話來也奇：他說：『女兒是水作的骨肉，男子是泥作的骨肉，我見了女兒便清爽，見了男子便覺濁臭逼人！』你道好笑不好笑？將來色鬼無疑了！」雨村罕然厲色道：「非也！可惜你們不知道這人的來歷，——大約政老前輩也錯以淫魔色鬼看待了！若非多讀書識事，加以致知格物[48]之功、悟道參玄[49]之力者，不能知也。」

子興見他說得這樣重大，忙請教其故。雨村道：「天地生人，除大仁大惡，餘者皆無大異；若大仁者則應運而生，大惡者則應劫而生，運生世治，劫生世危[50]。堯、舜[51]、禹、湯[52]、文、武[53]、周[54]、召[55]、孔[56]、孟[57]、董[58]、韓[59]、周[60]、程[61]、朱[62]、張[63]，皆應運而生者；蚩尤[64]、共工[65]、桀、紂[66]、始皇[67]、王莽[68]、曹操[69]、桓溫[70]、安祿山[71]、秦檜[72]等，皆應劫而生者：大仁者修治天下，大惡者擾亂天下。清明靈秀，天地之正氣，仁者之所秉也；殘忍乖僻，天地之邪氣，惡者之所秉也。今當祚永運隆之日，太平無為[73]之世，清明靈秀之氣所秉者，上自朝廷，下至草野，比比皆是。所餘之秀氣，漫無所歸，遂為甘露，為和風，洽然溉及四海[74]，彼殘忍乖邪之氣，不能蕩溢於光天化日之下，遂凝結充塞於深溝大壑之中，偶因風蕩，或被雲摧，略有搖動感發之意，一絲半縷，誤而逸出者，值靈秀之氣適過，正不容邪，邪復妒正，兩不相下，如風水雷電，地中既遇，既不能消，又不能讓，必致搏擊掀發；既然發泄，那邪氣亦必賦之於人，假使或男或女，偶秉此氣而生者，上則不能為仁人君子，下亦不能為大凶大惡：置之千萬人之中，其聰俊靈秀之氣，則在千萬人之上；其乖僻邪謬不近人情之態，又在千萬人之下；若生於公侯富貴之家，則為情痴情種；若生於詩書清貧之族，則為逸士高人[75]，縱然生於薄祚寒門，甚至為奇優[76]，為名娼，亦斷不至為走卒健僕，甘遭庸夫驅制，——如前之許由[77]、陶潛[78]、阮籍[79]、嵇康[80]、劉伶[81]、王謝二族[82]、顧虎頭[83]、陳後主[84]、唐明皇[85]、宋徽宗[86]、劉庭芝[87]、溫飛卿[88]、米南宮[89]、石曼卿[90]、柳耆卿[91]、秦少游[92]，近日倪雲林[93]、唐伯虎[94]、祝枝山[95]，再如李龜年[96]、黃幡綽[97]、敬新磨[98]、卓文君[99]、紅拂[100]、薛濤[101]、崔鶯[102]、朝雲[103]之流：此皆易地則同之人也。」

子興道：「依你說，『成則公侯敗則賊』[104]了？」雨村道：「正是這意。你還不知，我自革職以來，這兩年遍遊各省，也曾遇見兩個異樣孩子，所以方才你一說這寶玉，我就猜著了八九也是這一派人物。不用遠說，只這金陵城內，欽差[105]金陵省體仁院總裁[106]甄家，你可知道？」子興道：「誰人不知！這甄府就是賈府老親，他們兩家來往極親熱的，——就是我也和他家往來非止一日了。」

雨村笑道：「去歲我在金陵，也曾有人薦我到甄府處館，我進去看其光景，誰知他家那等榮貴，卻是個『富而好禮』之家，倒是個難得之館。但是這個學生雖是啟蒙[107]，卻比一個舉業[108]的還勞神。說起來更可笑：他說：『必得兩個女兒陪著我讀書，我方能認得字，心上也明白；不然，我心裡自己糊塗。』又常對著跟他的小廝們說：『這「女兒」兩個字極尊貴極清淨的，比那瑞獸珍禽、奇花異草更覺稀罕尊貴呢！你們這種濁口臭舌，萬萬不可唐突了這兩個字，要緊，要緊！但凡要說的時節，必用淨水香茶漱了口方可；設若失錯，便要鑿牙穿眼的。』其暴虐頑劣，種種異常；只放了學進去，見了那些女兒們，其溫厚和平，聰敏文雅，竟變了一個樣子。因此他令尊[109]也曾下死[110]笞楚[111]過幾次，竟不能改，每打得吃疼不過時，他便『姐姐』『妹妹』的亂叫起來。後來聽得裡面女兒們拿他取笑：『因何打急了只管叫姐妹作什麼？莫不叫姐妹們去討情討饒？你豈不愧些！』他回答得最妙，他說：『急痛之時，只叫「姐姐」「妹妹」字樣，或可解疼，也未可知，因叫了一聲，果覺疼得好些，遂得了秘法，每疼痛之極，便連叫姐妹起來了！』你說可笑不可笑？為他祖母溺愛不明，每因孫辱師責子，我所以辭了館出來的。這等子弟必不能守祖父基業、從師友規勸的。——只可惜他家幾個好姐妹都是少有的！」

子興道：「便是賈府中現在三個也不錯。政老爺的長女名元春[112]，因賢孝才德，選入宮作女史[113]去了。二小姐乃是赦老爺姨娘所出，名迎春。三小姐政老爺庶出[114]，名探春。四小姐乃寧府珍爺的胞妹，名惜春，因史老夫人極愛孫女，都跟在祖母這邊，一處讀書，聽得個個不錯。」雨村道：「更妙在甄家風俗，女兒之名，亦皆從男子之名，不似別人家裡，另外用這些『春』『紅』『香』『玉』等艷字；何得賈府亦落此俗套？」子興道：「不然。只因現今大小姐是正月初一所生，故名『元春』，餘者都從了『春』字；上一排的卻也是從弟兄而來的。——現在對證：目今你貴東家林公的夫人，即榮府中赦政二公的胞妹，在家時名字喚賈敏❻，不信時你回去細訪可知。」雨村拍手笑道：「是極！我這女學生名叫黛玉，他讀書凡『敏』字他皆念作『密』字，寫字遇著『敏』字亦減一二筆，我心中每每疑惑，今聽你說，是為此無疑矣。怪道我這女學生言語舉止另是一樣，不與凡女子相同，度其母不凡，故生此女；今知為榮府之外孫，又不足罕矣。——可惜上月其母竟亡故了！」子興嘆道：「老姐妹三個，這是極小的，又沒了！長一輩的姐妹一個也沒了！只看這小一輩的將來的東床[115]何如呢。」

雨村道：「正是。方才說政公已有一個銜玉之子，又有長子所遺弱孫，這赦老竟無一個不成？」子興道：「政公既有玉兒之後，其妾又生了一個，倒不知其好歹。只眼前現有二子一孫，卻不知將來何如。若問那赦老爺，也有一子，名叫賈璉❼，今已二十多歲了，親上作親，娶的是政老爺夫人王氏內姪女，今已娶了四五年❽。這位璉爺身上，現捐了個同知[116]，也是不喜正務的；於世路上好機變，言談去得，所以目今現在乃叔政老爺家住，幫著料理家務。誰知自娶了這位奶奶之後，倒上下無人不稱頌他的夫人，璉爺倒退了一舍之地[117]，——模樣又極標致，言談又爽利，心機又極深細，竟是個男人萬不及一的！」

雨村聽了笑道：「可知我言不謬了：你我方才所說的這幾個人，只怕都是那正邪兩賦而來，一路之人，未可知也！」子興道：「『正』也罷！『邪』也罷！只顧算別人家的賬，你也吃一杯酒才好。」雨村道：「只顧說話，就多吃了幾杯。」子興笑道：「說著別人家的閑話，正好下酒，即多吃幾杯何妨！」雨村向窗外看道：「天也晚了，仔細關了城，我們慢慢進城再談，未為不可。」於是二人起身，算還酒錢。方欲走時，忽聽得後面有人叫道：「雨村兄恭喜了！特來報個喜信的。」雨村忙回頭看時，——要知是誰，且聽下回分解。

■校記

❶「說他貌似有才，性實狡猾；又題了一兩件徇庇蠹役、交結鄉紳之事」，諸本作「說他性情狡猾，擅改禮儀，外沽清正之名，暗結虎狼之勢，使地方多事，民命不堪等語」。

❷「兩個兒子」，諸本作「四個兒子」。

❸「住在家裡」，諸本作「回原籍來」。

❹「不想隔了十幾年」，諸本作「不想次年」。

❺「十來歲」，諸本作「七八歲」。

❻「名字喚賈敏」，「喚」原作「與」，從甲本改。餘本全句作「名喚賈敏」。

❼「也有一子，名叫賈璉」，諸本作「也有二子，次名賈璉」。

❽「四五年」，諸本作「二年」。

■注釋

1〔仙逝〕也稱「仙去」，即成仙而去。

2〔攛掇〕慫恿，促成。

3〔進士〕明清科舉制度規定：考進縣學、府學的稱庠（ㄒㄧㄤˊ／xiáng）生或生員（俗稱秀才）。每三年在省裡舉行一次「鄉試」，取中的為「舉人」。每次鄉試後在京城舉行一次「會試」，考試各省舉人，取中的稱「進士」。

4〔外班〕科舉時代，錄取的優等進士留在京城任職的叫「京官」，一般的放到地方作官的叫作「外班」。

5〔同寅〕古代官吏稱自己的同事為同寅。「尚書．皋陶謨」：「同寅協恭和衷哉。」原意是說諸侯之間尊敬恭謹，合作共事。後稱同官曰同寅。

6〔參了一本〕對失職官吏向帝王提出檢舉，請求懲辦，叫「參」；本，臣下奏事的文書。

7 〔狥（ㄒㄩㄣˋ／xùn）庇蠹役〕曲從私情，包庇壞衙役。狥，同徇，曲從；蠹役，有貪污敲詐行為的衙役。

8 〔龍顏〕古人以龍為神物，稱皇帝是真龍天子，後人因襲下來，把皇帝的臉面及其表情叫作龍顏。

9 〔部文〕清朝的公文，這裡指吏部（負責官吏考核升降的中央機關）所下的免職命令。

10 〔宦囊〕指官吏作官時所積蓄的財物。

11 〔擔風袖月〕擔著清風，袖著明月，比喻無牽無掛，逍遙自在。

12 〔維揚〕即江蘇省江都縣。在清代，揚州是以鹽業著稱的商業城市。

13 〔鹽政〕即巡鹽御史，清代叫鹽運使，是一個地區的鹽務最高長官。由皇帝欽派到地方，除管鹽務外，還代宮廷採辦貴重物品。自清初，即在揚州設立兩淮鹽運使，曹雪芹的祖父曹寅和祖舅李煦都兼任淮揚鹽政多年。

14 〔點〕點名封官。下文的欽點，是皇帝親自點名封官。

15 〔前科的探花〕前科，上屆，即上一次殿試取中的。皇帝親自主考的殿試，成績分一甲、二甲、三甲。一甲三名，第一名稱狀元，第二名稱榜眼，第三名稱探花。

16 〔蘭臺寺大夫〕蘭臺寺，官署名，屬於國家的監察機關。蘭臺寺大夫，漢代官名，清代無此官，作者故意用古代官職名稱，因怕擔「唐突朝廷」之罪。

17 〔列侯〕古代稱異姓臣子封了侯的為列侯。侯，是封建時代的第二等爵位。

18 〔當今隆恩盛德〕意為當代的皇帝。隆恩盛德，厚恩大德。這是臣子對皇帝表示感恩戴德的話。

19〔科第出身〕經過科舉考試而作官。科第，即科舉考試。

20〔世祿之家〕祿，俸祿，引申為富貴。世代傳襲官位的貴族家庭叫世祿之家。

21〔書香之族〕指世代讀書的家庭。

22〔支庶不盛〕子孫後代不興旺。支庶，也作枝屬。

23〔人丁〕即人口。舊時戶籍，稱一男為一丁，一女為一口，並稱人丁或人口。

24〔嫡派〕古代宗法制度下，一脈相傳的親屬關係，稱嫡派或嫡系，即所謂「正支」。

25〔居停〕舊時被僱用的文士，皆稱其主人為「居停」。

26〔息肩〕歇歇肩。這裡指丟官以後，找一個暫時「棲身」的差使。

27〔西席〕古代以西東分賓主，家塾教師和作官吏們私人秘書的「幕客」，都稱為「西賓」，又稱「西席」，主人稱為「東家」。去作塾師、幕客稱為「處館」。

28〔身後有餘忘縮手，眼前無路想回頭〕身後，死後。回頭，即佛教所說的：「苦海無邊，回頭是岸。」這副對聯的意思是，那種貪得無厭的人即使擁有了用不盡的錢財，還不肯罷休；直到碰了壁，走投無路時，才想回頭。

29〔剎（ㄔㄚˋ／chà）〕佛寺，廟宇。

30〔翻過筋斗來的〕佛教禪宗對於所謂「覺悟得道」的人的一種比喻。

31〔龍鍾〕年老衰弱，行動搖顫，不整潔爽利的狀態。

32〔肆〕過去賣茶賣酒的鋪子稱肆。

33〔斯文〕文雅。在此指文人。

34〔投契〕 情投意合。

35〔賈復〕 東漢人，字君文，光武帝時被封為膠東侯。賈雨村硬引他為同宗，完全是為了提高自己的身分，以便向上爬。

36〔六朝遺跡〕 六朝指吳、東晉、宋、齊、梁、陳。因六朝皆建都南京，故這裡的六朝遺跡即指南京遺跡。

37〔石頭城〕 古城名，又稱石城，在今江蘇南京清涼山。又，南京也叫石頭城。

38〔百足之蟲二句〕 比喻賈府財產厚、依傍多，一時衰敗，也不致完全破產。

39〔鐘鳴鼎食〕 鐘，樂器；鼎，火鍋類的食器。古代官吏進食時奏樂擊鐘，排列盛著各種食品的許多鼎，是富貴奢侈的生活。

40〔燒丹煉汞〕 迷信道教的人燒煉丹砂、水銀服食，妄想成仙或長生不老。

41〔胡羼（ㄔㄢˋ／chàn）〕 這裡是瞎胡混的意思。

42〔科甲〕 漢、唐取士皆有甲、乙等科，後故稱科舉為科甲。

43〔遺本〕 死前留下的上奏文書。

44〔額外主事〕 主事，官名，明、清為各部司員的最低一級。進士分到各部，須先作主事，然後升為員外郎（地位較低的部員）。因賈政未經科舉考試，由皇帝直接任命，所以稱「額外」主事。

45〔員外郎〕 官名。明、清時各部下面設司，司由郎中主持，員外郎為郎中之助理。

46〔進學〕 科舉制度：考入京都的太學或府、州、縣學，作了生員，叫作「進學」，普通說「中了秀才」。

47〔抓〕古時風俗，小兒周歲時陳列各種玩物和生活用具，任他抓取，來測驗他的志向和興趣，也近似占卜他的「命運」，叫作「抓周」。

48〔致知格物〕語出「大學」：「致知在格物。」致，獲得；知，知識，指「天」賦予人的先驗的知識。格，推究，領悟；物，事物，指事物之理。意思是，接觸事物，推究其中的道理，就能使人們內心固有的「知識」得到發揮。

49〔悟道參玄〕宗教用語。悟、參，是領會和推究的意思；道、玄，指宗教中玄妙的道理。

50〔運生世治，劫生世危〕氣運到來，則天下大治；劫數臨頭，則天下危機。

51〔堯、舜〕即唐堯、虞舜。傳說是原始社會後期部落聯盟的兩個首領。堯曾把他的職位讓給了舜。

52〔禹、湯〕夏朝和商朝的開國帝王。

53〔文、武〕文，周文王，姓姬，名昌，是殷王朝統轄下的一個諸侯國——周國的國君。他的兒子周武王姬發伐殷紂王而滅商，建立周王朝。

54〔周〕周公，姓姬名旦。周文王的兒子，周武王的弟弟。武王死後，曾輔佐武王的兒子成王治理國家。

55〔召（ㄕㄠˋ shào）〕召公，姓姬名奭（ㄕˋ shì），周公之弟，後封於燕。

56〔孔〕孔丘，字仲尼。春秋末期的思想家、教育家，儒家學派的創始者。他的言行由其門徒記錄在「論語」一書裡。

57〔孟〕孟軻，戰國時期思想家、政治家、教育家。他繼承和發揚了孔子的學說，被稱為「亞聖」。他的言行和思想記載在「孟子」一書中。

58〔董〕董仲舒，西漢儒家的主要代表人物。他建議「罷黜百家，獨尊儒術」，提倡「三綱五常」等倫理道德，宣揚「天人感應」、「天不變，道亦不變」的哲學，發展了儒家的思想。著有「春秋繁露」等書。

59〔韓〕韓愈，字退之，唐代著名的文學家。作品有「韓昌黎文集」。

60〔周〕周敦頤，北宋時期的理學家，程朱理學的奠基者。著有「周子全書」。

61〔程〕指程顥（ㄏㄠˋ hào）、程頤（ㄧˊ yí）兄弟，都是宋代理學的創立者。

62〔朱〕朱熹，南宋的理學家、教育家。他在哲學上發展了程顥、程頤的理學，因稱「程朱學派」。他的學說在明清兩代被提到「儒學正宗」的地位。著作有「四書章句集注」、「晦庵先生朱文公文集」和「朱子語類」等書。

63〔張〕張載，北宋理學家。過去有人把他與周、程、朱並稱，代表宋代理學；其實張載與他們不同。

64〔蚩尤〕上古歷史傳說中一個部族的首領。相傳他曾和黃帝爭奪天下，戰敗被殺。

65〔共工〕上古歷史傳說中一個「勝利的英雄」。傳說他與顓頊爭帝位，發怒而撞倒了不周山，改變了原來天地的面貌。

66〔桀、紂〕桀，夏朝的末代君主。紂，名帝辛，商朝的末代君主，又稱商紂王。

67〔始皇〕秦始皇，姓嬴名政。他平定了六國，建立了中國歷史上第一個統一的中央集權的封建王朝——秦朝。

68〔王莽〕漢元帝皇后的姪子。公元八年，篡奪西漢政權，改號為「新」。後在綠林、赤眉打擊下失敗被殺。

69〔曹操〕三國時期政治家、軍事家、詩人。著作有「曹操集」。

70〔桓溫〕東晉大將，曾任大司馬。後想篡位，未及實現而死。

71〔安祿山〕唐節度使，唐玄宗時夥同史思明發動叛亂（即「安史之亂」）。後被他兒子安慶緒所殺。

72〔秦檜〕南宋高宗時的宰相，是個投降派、大漢奸。

73〔祚（ㄗㄨㄛˋ／zuò）永運隆、太平無為〕祚，帝位。祚永運隆，皇權長久，國運興盛；太平無為，太平無事，無內亂外患。這是賈雨村粉飾當時王朝的話。

74〔洽然溉及四海〕洽然，普遍的；溉及，滋潤到；四海，天下。這句的意思是說，（清明靈秀之氣）普及天下。

75〔逸士高人〕逸士，隱士，舊時隱居不作官的人；高人，舊時指所謂志行高潔的人。

76〔奇優〕有名的音樂、舞蹈、戲劇、雜技等藝人。

77〔許由〕相傳是堯時的隱士。

78〔陶潛〕晉代著名詩人，曾當過彭澤縣令，不久便退居田園，在歷史上被稱為「隱逸詩人」。後人輯有「陶淵明集」。

79〔阮籍〕魏、晉之際的詩人，曾為步兵校尉，「竹林七賢」之一。他反對虛偽的禮法，但也表現出消極避世的頹廢思想。後人輯有「阮步兵集」。

80〔嵇康〕因作過中散大夫，又稱嵇中散，魏、晉之際的文學家、哲學家、音樂家，「竹林七賢」之一。後人輯有「嵇康集」。

81〔劉伶〕魏、晉時期文人，「竹林七賢」之一。愛好喝酒，行為放蕩。著有「酒德頌」等。

82〔王謝二族〕指東晉王導、謝安兩家最大的豪門貴族。其中有文才的有謝安、謝道韞、王羲之、王獻之等人。

83〔顧虎頭〕即顧愷之，字長康，小字虎頭，東晉名畫家。

84〔陳後主〕南朝陳的末代皇帝陳叔寶，在位時，荒淫失政，專作艷詩。在隋兵南下時，亡國被俘。著有「陳後主集」。

85〔唐明皇〕即唐玄宗李隆基。他嗜好音樂舞蹈，荒於國事，歷史上被稱為「風流皇帝」。

86〔宋徽宗〕名趙佶，北宋皇帝。在位時政治腐敗，生活糜爛，後被金兵所俘。由於他愛好古董，又喜繪畫、寫字，歷史上被視為「多才多藝」的皇帝。

87〔劉庭芝〕即劉希夷，字庭芝，唐代詩人，有「代白頭吟」等詩。

88〔溫飛卿〕唐朝詩人，名庭筠。後人輯有「溫庭筠集」。

89〔米南宮〕即米芾（ㄈㄨˊ fú），字元章，北宋書法家、畫家，曾任禮部員外郎和書畫學博士，在南宮教授皇家子弟書畫，故稱米南宮。

90〔石曼卿〕即石延年，字曼卿，北宋文學家。

91〔柳耆卿〕即柳永，字耆卿，北宋詞人。著有「樂章集」。

92〔秦少游〕秦觀，字少游，又字太虛，北宋詞人。著有「淮海集」。

93〔倪雲林〕倪瓚，字元鎮，號雲林，元代畫家。

94〔唐伯虎〕唐寅，字伯虎，明代畫家、文學家。

95〔祝枝山〕祝允明，號枝山，明朝書法家、文學家。著有「懷星集」。

96〔李龜年〕唐玄宗時宮廷樂師，善歌，會作曲。

97〔黃幡綽〕唐玄宗時的宮廷演員，很滑稽，說話幽默風趣，頗受玄宗寵愛。

98〔敬新磨〕一作鏡新磨，五代後唐莊宗時宮廷藝人，擅長詼諧諷刺。

99〔卓文君〕見第一回注43。

100〔紅拂〕隋代大官楊素的侍妾，姓張，名出塵。因執紅拂，故名。後夜奔與李靖結合。

101〔薛濤〕唐代著名妓女，會作詩。

102〔崔鶯〕元雜劇「西廂記」中的女主角。

103〔朝雲〕宋代錢塘妓女，姓王，後被蘇軾納為妾。會楷書，能作詩。

賈雨村把以上許多歷史人物分為三類，並且發了一通議論——「大仁」秉正氣，應運而生，修治天下；「大惡」秉邪氣，應劫而生，擾亂天下；還有一類人是正邪二氣「搏擊掀發後」產生的，既「聰俊靈秀」又「乖僻邪謬不近人情」。這種理論是以理學家朱熹的「氣稟說」為基礎的。朱熹講「理」講「氣」：「人之所以生，理與氣合而已。」聖人之氣「清明」，愚人之氣「昏濁」。賈雨村雖然不講「理」，專講「氣」，但他所講的「正氣」，就是朱熹的「清明」之氣；「邪氣」就是朱熹的「昏濁」之氣。賈雨村的「正邪二氣」說，是程朱理學在小說中的曲折反映。

104〔成則公侯敗則賊〕成功的便是公、侯，失敗了的就是盜賊。

105〔欽差〕由皇帝親自派遣出外辦理重大事件的官員。

106〔體仁院總裁〕體仁院，這是作者根據清代體仁閣虛擬的官署名；總裁，官名，自宋代開始設立，總管編修歷史和主考進士，這裡是借用，指體仁院的長官。

107〔啟蒙〕原意是使初學者得到基本的入門的知識。這裡是指初學。

108 〔舉業〕 準備科舉考試的學業，包括「四書」、「五經」等儒家經典、寫八股文、試帖詩等。

109 〔令尊〕 舊時對對方的父親的尊稱。

110 〔下死〕 用死力，下死勁。

111 〔笞（ㄔ／chī）楚〕 笞，竹板；楚，荊條。舊時塾師或家長用以體罰學生或子弟的工具。

112 〔元春、迎春、探春、惜春〕 這四個人名的含義，「脂硯齋」批語說：「原（元）應（迎）嘆（探）息（惜）」。暗示了她們的悲慘結局，以及作者對她們的同情。

113 〔女史〕 古代皇宮裡掌管書寫記事的女官。

114 〔庶出〕 古代社會一夫多妻，小老婆生的孩子叫「庶出」，大老婆生的孩子叫「正出」。

115 〔東床〕 晉代太尉郗鑑要在王家子弟裡選擇女婿，郗鑑來到王家，大家都很矜持地迎接貴賓，王羲之卻獨自坦著腹躺在東邊床上吃餅，滿不理會，郗鑑便選中了他。後世常用「東床」代稱女婿。

116 〔捐了個同知〕 捐，捐納，花錢買官。同知，在清朝為知府的副職。過去，特別是清代，許多官都可以用錢買，這暴露了政治的腐敗。

117 〔退了一舍之地〕 比喻對人讓步，不敢與爭。舍，古代計算里程的一種單位，一舍為三十里。

【第三回】托內兄如海薦西賓[1]　接外孫賈母惜孤女

卻說雨村忙回頭看時，不是別人，乃是當日同僚一案參革[2]的張如圭；他係此地人，革後家居，今打聽得都中奏准起復[3]舊員之信，他便四下裡尋情找門路，忽遇見雨村，故忙道喜。二人見了禮，張如圭便將此信告知雨村，雨村歡喜，忙忙敘了兩句，各自別去回家。——冷子興聽得此言，便忙獻計，令雨村央求林如海，轉向都中去央煩賈政。

雨村領其意而別。回至館中，忙尋邸報[4]看真確了，次日面謀之如海。如海道：「天緣[5]湊巧：因賤荊[6]去世，都中家岳母念及小女無人依傍，前已遣了男女船隻來接，因小女未曾大痊，故尚未行，此刻正思送女進京。因向蒙教訓之恩，未經酬報，遇此機會，豈有不盡心圖報之理，弟已預籌之，修下薦書一封，托內兄務為周全，方可稍盡弟之鄙誠；即有所費，弟於內家信中寫明，不勞吾兄多慮。」雨村一面打恭，謝不釋口，一面又問：「不知令親大人現居何職？只怕晚生草率，不敢進謁。」如海笑道：「若論舍親，與尊兄猶係一家，乃榮公之孫：大內兄現襲一等將軍[7]之職，名赦，字恩侯。二內兄名政，字存周，現任工部[8]員外郎，其為人謙恭厚道，大有祖父遺風，非膏粱輕薄之流，故弟致書煩托。否則不但有污尊兄清操，即弟亦不屑為矣。」雨村聽了，心下方信了昨日子興之言，於是又謝了林如海。如海又說：「擇了出月初二日小女入都，吾兄即同路而往，豈不兩便？」雨村唯唯聽命，心中十分得意。如海遂打點禮物並餞行之事，雨村一一領了。

那女學生原不忍離親而去，無奈他外祖母必欲其往，且兼如海說：「汝父年已半百，再無續室之意，且汝多病，年又極小，上無親母教養，下無姐妹扶持：今去依傍外祖母及舅氏姐妹，正好減我內顧之憂，如何不去？」黛玉聽了，方灑淚拜別，隨了奶娘及榮府中幾個老婦登舟而去。雨村另有船隻，帶了兩個小童，依附黛玉而行。

一日到了京都，雨村先整了衣冠，帶著童僕，拿了「宗姪」的名帖[9]，至榮府門上投了。彼時賈政已看了妹丈之書，即忙請入相會，見雨村相貌魁偉，言談不俗，且這賈政最喜的是讀書人，禮賢下士[10]，拯溺救危，大有祖風，——況又係妹丈致意，因此優待雨村，更又不同：便極力幫助，題奏[11]之日，謀了一個復職，不上兩月，便選了金陵應天府[12]，辭了賈政，擇日到任去了，不在話下。

且說黛玉自那日棄舟登岸時，便有榮府打發轎子並拉行李車輛伺候。這黛玉常聽得母親說，他外祖母家與別人家不同，他近日所見的這幾個三等的僕婦，吃穿用度，已是不凡，何況今至其家，都要步步留心，時時在意，不要多說一句話，不可多行一步路，恐被人恥笑了去。自上了轎，進了城，從紗窗中瞧了一瞧，其街市之繁華，人烟之阜盛，自非別處可比。又行了半日，忽見街北蹲著兩個大石獅子，三間獸頭大門，門前列坐著十來個華冠麗服之人，正門不開，只東西兩角門有人出入；正門之上有一匾，匾上大書「敕造[13]寧國府」五個大字。

黛玉想道：「這是外祖的長房了。」又往西不遠，照樣也是三間大門，方是「榮國府」，——卻不進正門，只由西角門而進。轎子抬著走了一箭之遠[14]，將轉彎時，便歇了轎，後面的婆子也都下來了，另換了四個眉目秀潔❶的十七八歲的小廝[15]上來抬著轎子。眾婆子步下跟隨，至一垂花門前落下，那小廝俱肅然退出❷，眾婆子上前打起轎簾，扶黛玉下了轎。

黛玉扶著婆子的手進了垂花門：兩邊是超手遊廊[16]，正中是穿堂，當地放著一個紫檀架子大理石屏風。轉過屏風，小小三間廳房，廳後便是正房大院。正面五間上房，皆是雕梁畫棟，兩邊穿山遊廊廂房，掛著各色鸚鵡畫眉等雀鳥。臺階上坐著幾個穿紅著綠的丫頭，——一見他們來了，都笑迎上來，道：「剛才老太太還念誦呢！可巧就來了。」於是三四人爭著打簾子，——一面聽得人說：「林姑娘來了！」

黛玉方進房，只見兩個人扶著一位鬢髮如銀的老母迎上來，黛玉知是外祖母了，正欲下拜，早被外祖母抱住，摟入懷中，「心肝兒肉」叫著大哭起來；當下侍立之人，無不下淚；黛玉也哭個不休。眾人慢慢解勸，那黛玉方拜見了外祖母。賈母方一一指與黛玉道：「這是你大舅母。——這是二舅母。——這是你先前珠大哥的媳婦珠大嫂子。」黛玉一一拜見。賈母又叫：「請姑娘們。今日遠客來了，可以不必上學去。」眾人答應了一聲，便去了兩個。

不一時，只見三個奶媽並五六個丫鬟擁著三位姑娘來了：第一個肌膚微豐，身材合中，腮凝新荔，鼻膩鵝脂[17]，溫柔沉默，觀之可親；第二個削肩細腰，長挑身材，鴨蛋臉兒，俊眼修眉，顧盼神飛[18]，文彩精華，見之忘俗；第三個身量未足，形容尚小。——其釵環裙襖，三人皆是一樣的裝束。黛玉忙起身迎上來見禮，互相廝認；歸了坐位，丫鬟送上茶來；不過敘些黛玉之母，如何得病，如何請醫服藥，如何送死發喪。不免賈母又傷感起來，因說：「我這些女孩兒，所疼的獨有你母親，今一旦先我而亡，不得見面，怎不傷心！」說著攜了黛玉的手又哭起來；眾人都忙相勸慰，方略略止住。

眾人見黛玉年紀雖小，其舉止言談不俗，身體面貌雖弱不勝衣，卻有一段風流態度，便知他有不足之症，因問：「常服何藥？為何不治好了？」黛玉道：「我自來如此，從會吃飯時便吃藥，到如今了，經過多少名醫，總未見效。那一年我才三歲，記得來了一個癩頭和尚，說要化我去出家，我父母自是不從。他又說：「既捨不得他，但只怕他的病一生也不能好的！——若要好時，除非從此以後總不許見哭聲，除父母之外，凡有外親，一概不見，方可平安了此一生。」這和尚瘋瘋癲癲說了這些不經之談[19]，也沒人理他。如今還是吃人參養榮丸[20]。」賈母道：「這正好，我這裡正配丸藥呢，叫他們多配一料就是了。」

一語未完，只聽後院中有笑語聲，說：「我來遲了，沒得迎接遠客！」黛玉思忖道：「這些人個個皆斂聲屏氣如此，這來者是誰，這樣放誕無禮？」心下想時，只見一群媳婦[21]丫鬟擁著一個麗人，從後房進來：這個人打扮與姑娘們不同，彩繡輝煌，恍若神妃仙子，頭上戴著金絲八寶攢珠髻，綰著朝陽五鳳掛珠釵，項上戴著赤金盤螭纓絡圈[22]，身上穿著縷金百蝶穿花大紅雲緞窄褙襖[23]，外罩五彩刻絲[24]石青銀鼠褂，下著翡翠撒花[25]洋縐裙；一雙丹鳳三角眼，兩彎柳葉掉梢眉，身量苗條，體格風騷；粉面含春威不露，丹唇未啟笑先聞。

黛玉連忙起身接見，賈母笑道：「你不認得他：他是我們這裡有名的一個潑辣貨[26]，南京所謂『辣子』[27]，你只叫他『鳳辣子』就是了。」黛玉正不知以何稱呼，眾姐妹都忙告訴黛玉道：「這是璉二嫂子。」黛玉雖不曾識面，聽見他母親說過：大舅賈赦之子賈璉，娶的就是二舅母王氏的內姪女；自幼假充男兒教養，學名叫作王熙鳳。黛玉忙陪笑見禮，以「嫂」呼之。

這熙鳳攜著黛玉的手，上下細細打量一回，便仍送至賈母身邊坐下，因笑道：「天下真有這樣標致人兒！我今日才算看見了！況且這通身的氣派竟不像老祖宗的外孫女兒，竟是嫡親的孫女兒似的，怨不得老祖宗天天嘴裡心裡放不下。——只可憐我這妹妹這麼命苦，怎麼姑媽偏就去世了呢！」說著便用帕拭淚，賈母笑道：「我才好了，你又來招我。你妹妹遠路才來，身子又弱，也才勸住了，快別再提了。」熙鳳聽了，忙轉悲為喜道：「正是呢！我一見了妹妹，一心都在他身上，又是喜歡，又是傷心，竟忘了老祖宗了，該打，該打！」又忙拉著黛玉的手問道：「妹妹幾歲了？可也上過學？現吃什麼藥？在這裡別想家，要什麼吃的、什麼玩的，只管告訴我；丫頭老婆們不好，也只管告訴我。」黛玉一一答應。一面熙鳳又問人：「林姑娘的東西可搬進來了？帶了幾個人來？你們趕早打掃兩間屋子叫他們歇歇兒去。」

說話時，已擺了果茶上來，熙鳳親自布讓[28]。又見二舅母問他：「月錢放完了沒有？」熙鳳道：「放完了。剛才帶了人到後樓上找緞子，找了半日，也沒見昨兒太太說的那個；想必太太記錯了。」王夫人道：「有沒有，什麼要緊。」因又說道：「該隨手拿出兩個來給你這妹妹裁衣裳啊。等晚上想著再叫人去拿罷。」熙鳳道：「我倒先料著了，知道妹妹這兩日必到，我已經預備下了；等太太回去過了目，好送來。」王夫人一笑，點頭不語。

當下茶果已撤，賈母命兩個老嬤嬤[29]帶黛玉去見兩個舅舅去。維時賈赦之妻邢氏忙起身笑回道：「我帶了外甥女兒過去，到底便宜些。」賈母笑道：「正是呢，你也去罷，不必過來了。」那邢夫人答應了，遂帶著黛玉和王夫人作辭，大家送至穿堂。垂花門前早有眾小廝拉過一輛翠幄清油車來，邢夫人攜了黛玉坐上，眾老婆們放下車簾，方命小廝們抬起，拉至寬處，駕上馴騾，出了西角門往東，過榮府正門，入一黑油漆大門內，至儀門[30]前，方下了車。邢夫人挽著黛玉的手進入院中，黛玉度其處必是榮府中之花園隔斷過來的。進入三層儀門，果見正房、廂房、遊廊悉皆小巧別致，不似那邊的軒峻壯麗；且院中隨處之樹木山石皆好。及進入正室，早有許多艷裝麗服之姬妾丫鬟迎著。

邢夫人讓黛玉坐了，一面令人到外書房中請賈赦。一時回來說：「老爺說了：『連日身上不好，見了姑娘彼此傷心，暫且不忍相見。勸姑娘不必傷懷想家，跟著老太太和舅母，是和家裡一樣的。姐妹們雖拙，大家一處作伴，也可以解些煩悶。或有委屈之處，只管說，別外道[31]了才是。』」

黛玉忙站起身來一一答應了。再坐一刻，便告辭，邢夫人苦留吃過飯去，黛玉笑回道：「舅母愛惜賜飯，原不應辭，只是還要過去拜見二舅舅，恐去遲了不恭，異日再領：望舅母容諒。」邢夫人道：「這也罷了。」遂命兩個嬤嬤用方才坐來的車送過去。於是黛玉告辭。邢夫人送至儀門前，又囑咐了眾人幾句，眼看著車去了方回來。

一時黛玉進入榮府，下了車，只見一條大甬路[32]，直接出大門來，眾嬤嬤引著便往東轉彎，走過一座東西穿堂、向南大廳之後，儀門內大院落，上面五間大正房，兩邊廂房鹿頂，耳門鑽山，四通八達，軒昂壯麗，比各處不同，黛玉便知這方是正內室。進入堂屋，抬頭迎面先見一個赤金九龍青地大匾，匾上寫著斗大三個字，是：「榮禧堂」；後有一行小字：「某年月日書賜榮國公賈源」，又有「萬幾宸翰」之寶[33]。大紫檀雕螭案上設著三尺多高青綠古銅鼎，懸著待漏隨朝墨龍大畫[34]，一邊是鏨金彝[35]，一邊是玻璃盆❸[36]，地下兩溜十六張楠木圈椅，又有一副對聯，乃是烏木聯牌鑲著鏨金字跡，道是：

座上珠璣昭日月，堂前黼黻煥烟霞[37]。

下面一行小字，是：「世教弟勳襲東安郡王穆蒔拜手書」。

原來王夫人時常居坐宴息也不在這正室中，只在東邊的三間耳房內。於是嬤嬤們引黛玉進東房門來：臨窗大炕上鋪著猩紅洋毯，正面設著大紅金錢蟒引枕，秋香色金錢蟒大條褥[38]，兩邊設一對梅花式洋漆小几，左邊几上擺著文王鼎，鼎旁匙箸香盒，右邊几上擺著汝窯美人觚[39]，裡面插著時鮮花草；地下面西一溜四張大椅，都搭著銀紅撒花椅搭[40]，底下四副腳踏[41]；兩邊又有一對高几，几上茗碗瓶花俱備。其餘陳設，不必細說。

老嬤嬤讓黛玉上炕坐，炕沿上卻也有兩個錦褥對設，黛玉度其位次，便不上炕，只就東邊椅上坐了。本房的丫鬟忙捧上茶來，黛玉一面吃了，打量這些丫鬟們裝飾衣裙、舉止行動，果與別家不同。

茶未吃了，只見一個穿紅綾襖青綢掐牙[42]背心的丫鬟走來笑道：「太太說：請林姑娘到那邊坐罷。」老嬤嬤聽了，於是又引黛玉出來，到了東廊❹三間小正房內：正面炕上橫設一張炕桌，上面堆著書籍茶具，靠東壁面西設著半舊的青緞靠背引枕；王夫人卻坐在西邊下首，亦是半舊青緞靠背坐褥；見黛玉來了，便往東讓。黛玉心中料定這是賈政之位，因見挨炕一溜三張椅子上也搭著半舊的彈花椅袱，黛玉便向椅上坐了。王夫人再三讓他上炕，他方挨王夫人坐下。王夫人因說：「你舅舅今日齋戒[43]去了，再見罷。只是有句話囑咐你：你三個姐妹倒都極好，以後一處念書認字，學針線，或偶一玩笑，卻都有個儘讓的。——我就只一件不放心：我有一個孽根禍胎，是家裡的「混世魔王」[44]，今日因往廟裡還願去，尚未回來，晚上你看見就知道了。你以後總不用理會他，你這些姐姐妹妹都不敢沾惹他的。」

黛玉素聞母親說過，有個內姪乃銜玉而生，頑劣異常，不喜讀書，最喜在內幃[45]廝混；外祖母又溺愛，無人敢管。今見王夫人所說，便知是這位表兄，一面陪笑道：「舅母所說，可是銜玉而生的？在家時記得母親常說，這位哥哥比我大一歲，小名就叫寶玉，性雖憨頑，說待姐妹們卻是極好的。況我來了，自然和姐妹們一處，弟兄們是另院別房，豈有沾惹之理？」王夫人笑道：「你不知道緣故：他和別人不同，自幼因老太太疼愛，原係和姐妹們一處嬌養慣了的。若姐妹們不理他，他倒還安靜些；若一日姐妹們和他多說了一句話，他心上一喜，便生出許多事來。所以囑咐你別理會他，他嘴裡一時甜言蜜語，一時有天沒日[46]，瘋瘋傻傻，只休信他。」

黛玉一一的都答應著。忽見一個丫鬟來說：「老太太那裡傳晚飯了。」王夫人忙攜了黛玉出後房門，由後廊往西，出了角門，是一條南北甬路，南邊是倒座三間小小抱廈廳，北邊立著一個粉油大影壁，後有一個半大門，小小一所房屋，王夫人笑指向黛玉道：「這是你鳳姐姐的屋子，回來你好往這裡找他去，少什麼東西只管和他說就是了。」這院門上也有幾個才總角[47]的小廝，都垂手侍立。

王夫人遂攜黛玉穿過一個東西穿堂，便是賈母的後院了，於是進入後房門，——已有許多人在此伺候，見王夫人來，方安設桌椅；賈珠之妻李氏捧杯，熙鳳安箸，王夫人進羹。賈母正面榻上獨坐，兩旁四張空椅，熙鳳忙拉黛玉在左邊第一張椅子上坐下，黛玉十分推讓，賈母笑道：「你舅母和嫂子們是不在這裡吃飯的。你是客，原該這麼坐。」黛玉方告了坐，就坐了。賈母命王夫人也坐了。迎春姐妹三個告了坐方上來，迎春坐右手第一，探春左第二，惜春右第二。旁邊丫鬟執著拂塵[48]漱盂巾帕，李紈鳳姐立於案邊布讓；外間伺候的媳婦丫鬟雖多，卻連一聲咳嗽不聞。飯畢，各各有丫鬟用小茶盤捧上茶來。當日林家教女以惜福養身，每飯後必過片時方吃茶，不傷脾胃；今黛玉見了這裡許多規矩，不似家中，也只得隨和些，接了茶。又有人捧過漱盂來，黛玉也漱了口，又盥手畢。然後又捧上茶來，——這方是吃的茶。

賈母便說：「你們去罷，讓我們自在說說話兒。」王夫人遂起身，又說了兩句閑話兒，方引李鳳二人去了。賈母因問黛玉念何書，黛玉道：「剛念了『四書』[49]。」黛玉又問姐妹們讀何書，賈母道：「讀什麼書，不過認幾個字罷了！」

一語未了，只聽外面一陣腳步響，丫鬟進來報道：「寶玉來了。」黛玉心想：「這個寶玉不知是怎樣個憊懶[50]人呢！」及至進來一看，卻是位青年公子：頭上戴著束髮嵌寶紫金冠，齊眉勒著二龍戲珠金抹額[51]，一件二色金百蝶穿花大紅箭袖[52]，束著五彩絲攢花結[53]長穗宮絛，外罩石青起花八團倭緞排穗褂，登著青緞粉底小朝靴；面若中秋之月，色如春曉之花，鬢若刀裁，眉如墨畫，鼻如懸膽，睛若秋波，雖怒時而似笑，即瞋視而有情；項上金螭纓絡，又有一根五色絲條，繫著一塊美玉。

黛玉一見便吃一大驚，心中想道：「好生奇怪，倒像在那裡見過的，何等眼熟！……」只見這寶玉向賈母請了安[54]，賈母便命：「去見你娘來。」即轉身去了。一回再來時，已換了冠帶：頭上周圍一轉的短髮，都結成小辮，紅絲結束，共攢至頂中胎髮，總編一根大辮，黑亮如漆，從頂至梢，一串四顆大珠，用金八寶墜腳[55]，身上穿著銀紅撒花半舊大襖；仍舊帶著項圈、寶玉、寄名鎖、護身符[56]等物；下面半露松綠撒花綾褲，錦邊彈墨襪，厚底大紅鞋：越顯得面如傅粉，唇若施脂；轉盼多情，語言若笑；天然一段風韻，全在眉梢；平生萬種情思，悉堆眼角。——看其外貌，最是極好，卻難知其底細，後人有「西江月」二詞批得極確，詞曰：

> 無故尋愁覓恨，有時似傻如狂；縱然生得好皮囊[57]，腹內原來草莽[58]。
> 潦倒不通庶務[59]，愚頑[60]怕讀文章[61]；行為偏僻[62]性乖張[63]，那管世人[64]誹謗！

又曰：

> 富貴不知樂業，貧窮[65]難耐淒涼；可憐辜負好時光，於國於家無望[66]。
> 天下無能第一，古今不肖[67]無雙；寄言[68]紈褲與膏粱：莫效此兒形狀[69][70]！

卻說賈母見他進來，笑道：「外客沒見就脫了衣裳了！還不去見你妹妹呢。」寶玉早已看見了一個裊裊婷婷[71]的女兒❺，便料定是林姑媽之女，忙來見禮；歸了坐細看時，真是與眾各別。只見：

兩彎似蹙[72]非蹙籠烟眉，一雙似喜非喜含情目。態生兩靨[73]之愁，嬌襲一身之病。淚光點點，嬌喘微微。閑靜似嬌花照水，行動如弱柳扶風。心較比干多一竅[74]，病如西子[75]勝三分。

寶玉看罷，笑道：「這個妹妹我曾見過的。」賈母笑道：「又胡說了！你何曾見過？」寶玉笑道：「雖沒見過，卻看著面善，心裡倒像是遠別重逢的一般。」賈母笑道：「好！好！這麼更相和睦了。」

寶玉便走向黛玉身邊坐下，又細細打量一番，因問：「妹妹可曾讀書？」黛玉道：「不曾讀書，只上了一年學，些須認得幾個字。」寶玉又道：「妹妹尊名？」黛玉便說了名，寶玉又道：「表字？」黛玉道：「無字。」寶玉笑道：「我送妹妹一字，莫若『顰顰』二字極妙。」探春便道：「何處出典？」寶玉道：「『古今人物通考』[76]上說：『西方有石名黛，可代畫眉之墨。』況這妹妹眉尖若蹙❻，取這個字豈不美？」探春笑道：「只怕又是杜撰[77]！」寶玉笑道：「除了『四書』，杜撰的也太多呢[78]。」因又問黛玉：「可有玉沒有？」眾人都不解，黛玉便忖度著：「因他有玉，所以才問我的。」便答道：「我沒有玉。你那玉也是件稀罕物兒，豈能人人皆有？」

寶玉聽了，登時發作起狂病來，摘下那玉，就狠命摔去，罵道：「什麼罕物！人的高下不識，還說靈不靈呢！我也不要這勞什子[79]。」嚇得地下眾人一擁爭去拾玉，賈母急得摟了寶玉道：「孽障！你生氣要打罵人容易，何苦摔那命根子！」寶玉滿面淚痕哭道：「家裡姐姐妹妹都沒有，單我有，我說沒趣兒；如今來了這個神仙似的妹妹也沒有：可知這不是個好東西。」賈母忙哄他道：「你這妹妹原有玉來著，因你姑媽去世時，捨不得你妹妹，無法可處，遂將他的玉帶了去：一則全殉葬之禮，盡你妹妹的孝心；二則你姑媽的陰靈兒也可權作見了你妹妹了。因此他說沒有，——也是不便自己誇張的意思啊。你還不好生帶上，仔細你娘知道！」說著便向丫鬟手中接來，親與他帶上。寶玉聽如此說，想了一想，也就不生別論。

當下奶娘來問黛玉房舍，賈母便說：「將寶玉挪出來，同我在套間暖閣[80]裡；把你林姑娘暫且安置在碧紗廚[81]裡，等過了殘冬，春天再給他們收拾房屋，另作一番安置罷。」寶玉道：「好祖宗！我就在碧紗廚外的床上很妥當，又何必出來，鬧得老祖宗不得安靜呢？」賈母想一想，說：「也罷了。」每人一個奶娘並一個丫頭照管，餘者在外間上夜聽喚。一面早有熙鳳命人送了一頂藕合色花帳並錦被緞褥之類。

黛玉只帶了兩個人來：一個是自己的奶娘王嬤嬤，一個是十歲的小丫頭，名喚雪雁。賈母見雪雁甚小，一團孩氣，王嬤嬤又極老，料黛玉皆不遂心，將自己身邊一個二等小丫頭名喚鸚哥的與了黛玉；亦如迎春等一般：每人除自幼乳母外，另有四個教引嬤嬤；除貼身掌管釵釧盥沐兩個丫頭外，另有四五個灑掃房屋來往使役的小丫頭。當下王嬤嬤與鸚哥陪侍黛玉在碧紗廚內，寶玉乳母李嬤嬤並大丫頭名喚襲人的陪侍在外面大床上。

原來這襲人亦是賈母之婢，本名蕊珠❼，賈母因溺愛寶玉，恐寶玉之婢不中使，素日蕊珠心地純良，遂與寶玉。寶玉因知他本姓花，又曾見舊人詩句有「花氣襲人」之句[82]，遂回明賈母，即把蕊珠更名襲人。

卻說襲人倒有些痴處：伏侍賈母時，心中只有賈母；如今跟了寶玉，心中又只有寶玉了。只因寶玉性情乖僻，每每規諫，見寶玉不聽，心中著實憂鬱。是晚寶玉李嬤嬤已睡了，他見裡面黛玉鸚哥猶未安歇，他自卸了妝，悄悄的進來，笑問：「姑娘怎麼還不安歇？」黛玉忙笑讓：「姐姐請坐。」襲人在床沿上坐了，鸚哥笑道：「林姑娘在這裡傷心，自己淌眼抹淚的，說：『今兒才來了，就惹出你們哥兒的病來。倘或摔壞了那玉，豈不是因我之過！』所以傷心，我好容易勸好了。」襲人道：「姑娘快別這麼著！將來只怕比這更奇怪的笑話兒還有呢。若為他這種行狀，你多心傷感，只怕你還傷感不了呢，快別多心！」黛玉道：「姐姐們說的，我記著就是了。」又敘了一回，方才安歇。

次早起來，省[83]過賈母，因往王夫人處來，正值王夫人與熙鳳在一處拆金陵來的書信，又有王夫人的兄嫂處遣來的兩個媳婦兒來說話。黛玉雖不知原委，探春等卻曉得是議論金陵城中居住的薛家姨母之子——表兄薛蟠，倚財仗勢，打死人命，現在應天府案下審理，如今舅舅王子騰得了信，遣人來告訴這邊，意欲喚取進京之意。畢竟怎的，下回分解。

■校記

❶「眉目秀潔」，諸本作「衣帽周全」。
❷「那小廝俱肅然退出」，諸本作「眾小廝又退了出去」。
❸「玻璃盆」，「盆」諸本作「盒」，脂本作「盒」。
❹「東廊」，原作「東南」，從諸本改。
❺「一個裊裊婷婷的女兒」，王本作「極娉婷一個姐妹」；甲本、藤本作「一個姐妹」。
❻「蹙」，原作「慼」，從藤本、王本改。
❼「蕊珠」，諸本作「珍珠」，後同。

■注釋

1〔西賓〕即西席。這裡是對家塾教師的稱呼。古人席次以右為上，坐北朝南，西席為右，是賓客之座。

2〔參革〕被揭發檢舉而撤職。參，參劾（音何），古代有關官吏向皇帝揭發其他官吏的過錯、罪狀。

3〔起復〕古時官吏無論因事、因病、因父母喪離職以及革職，在恢復官職時都叫作「起復」。

4〔邸報〕又名「宮門抄」，是古代公布政令的一種「公報」。

5〔天緣〕天賜的機緣。

6〔賤荊〕又作「賤內」、「拙荊」，是舊時男子在別人面前稱自己妻子的謙詞。

7〔將軍〕清代宗室貴族的封爵分十四級，「將軍」是較低的爵位。分一、二、三等。

8〔工部〕官署名，為朝廷中央六部之一。掌管工程、營造、屯田、水利、交通等事務，長官為工部尚書。賈政任工部員外郎，是工部所屬司一級長官的副手。

9〔名帖〕明、清時官場拜謁，用紅紙書寫官銜、名字，稱為「名帖」。

10〔禮賢下士〕指古時當政者尊重「賢士」，籠絡人才。禮，以禮相待；下，屈己尊人。

11〔題奏〕明清兩代，臣子上給皇帝的奏摺有題本、奏本之分。題本是關於公事的，用印；奏本是關於私事的，不用印。乾隆中葉之後，就沒有這種區別了。這裡所謂題奏，泛指奏摺。

12〔金陵應天府〕金陵，即今南京市及江寧縣地。明朝在此設應天府，清代沿襲下來。賈雨村被選派為應天府府尹（一府的長官），在清代為正三品官。

13〔敕（ㄔˋ／chì）造〕敕，皇帝發布的文書或命令。敕造，奉皇帝之命建造。

14〔一箭之遠〕一箭射到的距離，稱為「一箭之遠」。古時說法不一，有指為一百五十步的，有指為一百三十步、一百二十步的。

15〔小廝〕古時對年輕男僕的稱呼，也叫小么兒、小子。廝，舊稱打柴養馬的人。

16〔超手遊廊〕自「二門」起向兩旁環抱的走廊，叫作「超手遊廊」。又東西房和南北房連接轉角的地方叫作「鹿頂」，正院或正房的角門叫作「耳門」，從房山牆上開門接起的遊廊叫作「穿山（或鑽山）遊廊」。都見下文。

17〔鵝脂〕指胰皂。古時上等的胰皂號稱是鵝油所作，稱為「鵝胰」。

18〔顧盼神飛〕顧、盼，看。引申為眉眼。此言眉眼間神采飛揚。

19〔不經之談〕荒唐無根據的話。經，通常的道理；不經，不合道理。

20〔人參養榮丸〕中成藥，人參養榮湯製成的蜜丸。治積勞虛損、少氣心悸等症。

21〔媳婦〕這裡專指女僕，夫婦共同在一家作奴僕，婦便被稱為某人媳婦或某人家的。與通常稱子、姪的妻子為「媳婦」意思不同。

22〔盤螭纓絡圈〕圈，項圈；這圈上有盤螭和纓絡的附加飾物。與上文所寫金絲穿珍珠寶石的髻飾和作展翅鳳凰形口銜掛珠的長釵，都是華貴的首飾。

23〔窄褃襖〕衣服前後兩幅合縫處叫作「褃」，腰部叫「腰褃」，腋窩叫「抬褃」。窄褃可以顯出身材纖細。「縷金」指金線，「百蝶穿花」指花蝶圖案。

24〔刻絲〕一種絲織品用絲平織成花紋圖案，與織錦和刺繡不同。這裡「石青」是指石青色衣面，「銀鼠」是指銀鼠皮作的襖裡。

25〔撒花〕指散碎花朵的圖案。這句裡「翡翠」指裙子顏色。

26〔潑辣貨〕形容人的性格豪放、不拘細節的一個諢語。

27〔辣子〕意即能幹、厲害。這是賈母對王熙鳳戲謔的話。這個詞本義是「狠毒」，章太炎「新方言・釋言」：「江寧謂人性很戾者為刺（同辣）子。」

28〔布讓〕在席間用匙箸為客人拈菜叫作「布菜」。讓，是勸讓客人加餐。

29〔嬤嬤（ㄇㄚ・ㄇㄚ／mā ma）〕即乳母、奶娘。她所乳的男子所生的子女，稱她為嬤嬤奶奶；她所乳的女子所生的子女，稱她為嬤嬤姥姥；她所乳的人稱她的子女為嬤嬤哥哥與嬤嬤姐姐。

30〔儀門〕「衙門」或「官邸」轅門內具有「威儀」點綴的正門，稱為儀門。有的旁門也借稱「儀門」。

31〔外道〕見外，客氣、生疏的態度。

32〔甬（ㄩㄥˇ／yǒng）路〕

院子裡堂前居中的路。

33〔萬幾宸翰之寶〕

上四字是皇帝的印文。「萬幾」表示皇帝辦理事務的繁多；「宸翰」表示是皇帝的筆跡。「寶」是帝、王所用印章的專稱。

34〔待漏隨朝墨龍大畫〕

古代大官每天夜裡即坐在「朝房」等候「銅壺滴漏」的報時，以便不誤早朝。這種畫是以雨天海潮裡的龍為題材，「潮」諧音「朝」，來比喻和祝賀「朝見皇帝」的榮耀。

35〔鏨金彝〕

指用金銀嵌錯圖案的古銅器。

36〔玻璃盆〕

明、清時玻璃器皿還多半來自外國，價值昂貴，所以常被當作珍貴的陳設品。

37〔座上珠璣昭日月，堂前黼黻（ㄈㄨˇ ㄈㄨˊ／fǔ fú）煥烟霞〕

珠璣，珍珠，古代貴族婦女衣服上用珍珠作花紋；昭日月，與日月齊輝。黼黻，古代大官貴族朝服上所繡的花紋。黼，黑白相間，成斧形；黻，黑青相間，成兩已相背狀。這兩句聯語意思是，這裡堂前座上，人人佩珠帶玉與日月交相輝映，身穿官服色彩如烟似霞。這副對聯用男女服飾之盛表現了賈府的顯赫聲勢。

38〔大紅金錢蟒引枕，秋香色金錢蟒大條褥〕

錦緞上織寸大的龍形圖案，稱為「寸蟒」。「金錢蟒」是「蟒緞」中小團龍紋的一種。「引枕」指圓墩形的「倚枕」。「秋香色」是一種淡黃綠的顏色。

39〔汝窯美人觚〕

一種仿古的瓷器。汝窯是宋代一個著名瓷窯；觚是三代的酒器，因它長身細腰，所以稱為「美人觚」。

40 〔椅搭〕又名「椅披」、「椅袱」，是用各種長條錦緞等作成，披在椅坐和椅背上的鋪墊物。

41 〔腳踏〕一種常放在炕前或椅前長方形的墊腳小矮木凳。

42 〔掐牙〕這裡「牙」指衣服花邊夾縫裡重加的窄條錦、緞邊線，又名「牙子」，掐是這種縫製手工術語。又第四十回「桌牙子」是指木器邊緣附加的裝飾木片。

43 〔齋戒〕古時代的人，在祭祀和舉行隆重儀式之前，洗澡換衣服，戒絕喝酒、吃肉等嗜欲，以表示誠敬，稱為「齋戒」。

44 〔混世魔王〕古小說中有些「神魔」、「綠林」人物的諢名。這裡是因為賈寶玉幼年驕縱頑皮，特意拿來戲稱他。

45 〔內幃（ㄨㄟˊ／wéi）〕幃，帳子。貴族婦女住處有幃帳圍擋。此用女子的住處代指女子。

46 〔有天沒日〕無法無天、毫無畏懼和顧忌的意思。

47 〔總角〕古時小兒頭髮剛剛長夠長度，可以總起梳成髮髻，稱為「總角」，後世常拿「總角」代表人在這種時候的年齡。

48 〔拂塵〕一撮獸類鬃、尾或棕線繫在長柄的一端，用來揮拂塵土的一種器具。又稱蠅刷。古代專用塵獸的尾製作，稱為「塵尾」。

49 〔四書〕宋代朱熹把「大學」、「中庸」、「論語」、「孟子」合編在一起，並加注解，稱為「四書」。它和「五經」（「詩經」、「書經」、「易經」、「春秋」、「禮記」）都曾被作為古代教育的主要教材，尤其「四書」，對於當時讀書人更是起碼的必讀物。

50 〔憊懶〕頑劣，沒皮賴臉。

51〔二龍戲珠金抹額〕抹額是一種帽箍類的飾物。這裡指抹額上有金色「二龍戲珠」的裝飾圖案。

52〔箭袖〕一種窄袖袍服，原為便於射箭的，所以稱為箭袖。這裡所說「二色金」，指那些花蝶圖案是用深淺二色金線所繡成。

53〔攢花結〕「結」，又稱「結子」。是條帶上一種裝飾性的「結扣」，這裡攢花是指作成攢聚花朵的圖案形狀。

54〔請了安〕請安本是問安、問好的通稱，在清代成了見面問安問好時所行禮節儀式的名稱了。這「請安」儀式是見面時口稱「請某人安」，隨著的行動：男子是「打千」，即屈右膝半跪，較隆重時是長跪，即雙膝跪下；女子是雙手扶左膝，右腿微屈，往下蹲身。

55〔墜腳〕成串懸綴的飾物或條帶的下端，有時綴以金珠寶石等物，稱為墜子，亦稱「墜腳」。本句「墜腳」是作動詞用。金飾物上嵌各色珍珠寶石，泛稱「八寶」；又一種如指頂大的各類「吉祥圖案」的小金玩物，如升、斗、如意、印盒等，也叫「八寶」。

56〔寄名鎖、護身符〕古代習俗，恐怕小孩夭亡，在神或僧、道前「寄名」為「弟子」，再用鎖形飾物掛在項間，表示借神的命令鎖住，稱為「寄名鎖」；「護身符」是道士所畫的一種「符籙」，號稱可以護身的東西。

57〔皮囊〕指人的軀體。佛教說法，認為人的靈魂不死不滅，人的軀體只是靈魂暫時寄居的地方，所以稱人的軀體為皮囊。

58〔草莽〕雜草，此處意思同「草包」。

59〔庶務〕各種事務、雜務。「脂戚本」作「時務」，即指讀書應舉、應酬官場等。

60〔愚頑〕無知而頑劣。寶玉反對禮教科舉制度的性格，被認為是「愚頑」。

61〔文章〕指八股文。

62〔偏僻〕不端正，與世俗的要求背道而馳。

63〔乖張〕不馴服，性格不合乎傳統思想標準。

64〔世人〕本指世俗之人，而這裡指具有傳統觀念的人。

65〔貧窮〕曹雪芹原寫作計畫是給寶玉一個貧窮潦倒的結局，高鶚的續書卻以「家道復初」收場，違背了曹雪芹的原意。

66〔於國句〕賈府的家長曾把齊家治國的希望寄托在寶玉身上，然而都落空了，所以說「無望」。

67〔不肖〕不像自己的祖先。這裡指寶玉的叛逆思想與賈政的正統思想毫無共同之處。

68〔寄言〕贈言，告訴。

69〔譯文〕

一　無故自尋憂愁悲傷，
有時像呆痴又像瘋狂；
雖然相貌長得標致，
原來腹內空空草包一樣。
荒唐頹廢不會應酬官場，
愚昧固執害怕讀文章；
行為不端性情反常，
那管世俗之人說短論長！

二　富貴時不知安居樂業，
貧窮了又忍不住飢餓寒涼；
可惜浪費了大好時光，

理家治國都沒有希望。
普天之下數他無能，
從古至今他最不賢良；
勸告那些公子哥兒們，
可別學這孩子模樣！

70〔簡評〕這兩首詞，用寓褒於貶的手法，對賈寶玉的性格作了藝術概括。前一首寫出了寶玉蔑視仕途經濟和世俗的性格。後一首寫出寶玉這樣的人物是「於國於家無望」，宣告了指望寶玉作繼承人的希望終將破滅。

71〔裊裊（ㄋㄧㄠˇ／niǎo）婷婷〕姿態美好。

72〔蹙（ㄘㄨˋ／cù）〕縮，皺。這裡作皺眉愁容解釋。

73〔靨（ㄧㄝˋ／yè）〕本指酒窩兒，此處代指面頰。

74〔心較比干多一竅〕比干，紂王的叔父。傳說比干心有七竅。竅，孔，即心眼，俗謂人的聰明與否，決定於心眼多少。多一竅，是說較比干的心眼還多。這裡比喻黛玉聰明。

75〔西子〕即西施，春秋時越國的美女。相傳西施有病時，常皺眉，更加嫵媚。

76〔「古今人物通考」〕無考。是寶玉杜撰的，用以諷刺古書的虛假。

77〔杜撰〕指沒根據、臆造。

78〔除了「四書」，杜撰的也太多呢〕杜撰，無根據地假編。「四書」指「大學」、「中庸」、「論語」、「孟子」，是儒家的經典，在元、明、清三代，被朝廷規定為必讀的教科書。寶玉這句話，表面似乎是肯定「四書」，但統觀全書，聯繫寶玉的思想行動看，實質上對它也是否定的。表現了寶玉對儒家思想的態度。第十九回寶玉說「除了什麼『明明德』外就沒書了」的言論，第三十六回寶玉「除『四書』外，竟將別的書焚了」的舉動（見脂京本和脂戚本），意義同此。

79〔勞什子〕如同說「東西」，但更含有厭惡情緒。

80〔套間暖閣〕正房兩旁相連的「耳房」，也叫作「套間」，這裡「暖閣」是指一種前面兩旁有槅扇、上有橫楣的小炕。

81〔碧紗廚〕幃幛一類的東西。用木頭作成架子，頂上和四周蒙上碧紗，可以摺疊。夏天張開擺在室內或園中，坐臥在裡面，可避蚊蠅。

82〔「花氣襲人」之句〕全句是「花氣襲人知驟暖」，是宋陸游的詩句，意謂天氣暖了，更覺得花香撲人。但本書後文第二十三回和二十八回兩次引用，「驟」均作「晝」。

83〔省（ㄒㄧㄥˇ／xǐng）〕古代禮節，子女在早晨和晚間向父母問安，稱為「定省」，簡稱為「省」。或謂子女對父母早上問安叫「省」，晚上服侍父母就寢叫「定」。

【第四回】

薄命女偏逢薄命郎　葫蘆[1]僧判斷葫蘆案

卻說黛玉同姐妹們至王夫人處，見王夫人正和兄嫂處的來使計議家務，又說姨母家遭人命官司等語；因見王夫人事情冗雜，姐妹們遂出來，至寡嫂李氏房中來了。

原來這李氏即賈珠之妻。珠雖夭亡，幸存一子，取名賈蘭，今方五歲，已入學攻書。這李氏亦係金陵名宦之女，父名李守中，曾為國子祭酒[2]；族中男女無不讀詩書者，至李守中繼續以來，便謂「女子無才便是德」[3]，故生了此女不曾叫他十分認真讀書，只不過將些「女四書」[4]、「列女傳」[5]讀讀，認得幾個字，記得前朝這幾個賢女便了；卻以紡績女紅[6]為要，因取名為李紈，字宮裁。所以這李紈雖青春喪偶，且居處於膏粱錦繡之中，竟如「槁木死灰」一般，一概不問不聞，惟知侍親養子，閑時陪侍小姑等針黹[7]誦讀而已。今黛玉雖客居於此，已有這幾個姑嫂相伴，除老父之外，餘者也就無用慮了。

如今且說賈雨村授[8]了應天府，一到任就有件人命官司詳至案下[9]，卻是兩家爭買一婢，各不相讓，以致毆傷人命。彼時雨村即拘原告來審，那原告道：「被打死的乃是小人的主人。因那日買了個丫頭，不想係拐子拐來賣的：這拐子先已得了我家的銀子，我家小主人原說第三日方是好日，再接入門；這拐子又悄悄的賣與了薛家，被我們知道了，去找拿賣主，奪取丫頭。無奈薛家原係金陵一霸，倚財仗勢，眾豪奴將我小主人竟打死了。凶身[10]主僕已皆逃走，無有蹤跡，只剩了幾個局外的人。小人告了一年的狀，竟無人作主；求太老爺拘拿凶犯，以扶善良，存歿[11]感激大恩不盡！」

雨村聽了大怒道：「那有這等事！打死人竟白白的走了拿不來的！」便發籤[12]差公人立刻將凶犯家屬拿來拷問。只見案旁站著一個門子[13]，使眼色不叫他發籤。雨村心下狐疑，只得停了手。退堂至密室，令從人退去，只留這門子一人伏侍；門子忙上前請安，笑問：「老爺一向加官進祿，八九年來，就忘了我了？」雨村道：「我看你十分眼熟，但一時總想不起來。」門子笑道：「老爺怎麼把出身之地竟忘了！老爺不記得當年葫蘆廟裡的事麼？」

雨村大驚，方想起往事。原來這門子本是葫蘆廟裡一個小沙彌[14]，因被火之後，無處安身，想這件生意倒還輕省，耐不得寺院淒涼，遂趁年紀輕，蓄了髮，充當門子。雨村那裡想得是他？便忙攜手笑道：「原來還是故人。」因賞他坐了說話。這門子不敢坐，雨村笑道：「你也算貧賤之交了；此係私室，但坐不妨。」門子才斜簽著坐下[15]。

雨村道：「方才何故不令發籤？」門子道：「老爺榮任到此，難道就沒抄一張本省的『護官符』來不成？」雨村忙問：「何為『護官符』？」門子道：「如今凡作地方官的都有一個私單，上面寫的是本省最有權勢極富貴的大鄉紳名姓，各省皆然；倘若不知，一時觸犯了這樣的人家，不但官爵，只怕連性命也難保呢！——所以叫作『護官符』。方才所說的這薛家，老爺如何惹得他！他這件官司並無難斷之處，從前的官府，都因礙著情分臉面，所以如此。」一面說，一面從順袋[16]中取出一張抄的「護官符」[17]來，遞與雨村，看時，上面皆是本地大族名宦之家的俗諺口碑[18]，云：

賈不假，白玉為堂金作馬[19]。

（寧國榮國二公之後共二十房份，除寧榮親派八房在都外，現原籍住者十二房。）

阿房宮，三百里，住不下金陵一個史[20]。

（保齡侯尚書令史公之後，房份共十八，都中現住十房，原籍八房。）

東海缺少白玉床，龍王來請金陵王[21]。

（都太尉統制縣伯王公之後，共十二房，都中二房，餘在籍。）

豐年好大「雪」，珍珠如土金如鐵❶[22][23][24]。

（紫薇舍人薛公之後，現領內庫帑銀行商，共八房。）

雨村尚未看完，忽聞傳點[25]，報：「王老爺來拜。」雨村忙具衣冠接迎。有頓飯工夫方回來，問這門子，門子道：「四家皆連絡有親，一損俱損，一榮俱榮，今告打死人之薛，就是『豐年大雪』之『薛』，——不單靠這三家，他的世交親友在都在外的本也不少，老爺如今拿誰去？」雨村聽說，便笑問門子道：「這樣說來，卻怎麼了結此案？——你大約也深知這凶犯躲的方向了？」

門子笑道：「不瞞老爺說，不但這凶犯躲的方向，並這拐的人我也知道，死鬼買主也深知道，待我細說與老爺聽：這個被打死的是一個小鄉宦之子，名喚馮淵，父母俱亡，又無兄弟，守著些薄產度日；年紀十八九歲，酷愛男風，不好女色。這也是前生冤孽[26]：可巧遇見這丫頭，他便一眼看上了，立意買來作妾，設誓不近男色，也不再娶第二個了，所以鄭重其事，必得三日後方進門。誰知這拐子又偷賣與薛家，——他意欲捲了兩家的銀子逃去，誰知又走不脫，兩家拿住，打了個半死，都不肯收銀，各要領人。那薛公子便喝令下人動手，將馮公子打了個稀爛，抬回去三日竟死了。這薛公子原擇下日子要上京的，既打了人，奪了丫頭，他便沒事人一般，只管帶了家眷走他的路，並非為此而逃；這人命些些小事，自有他弟兄奴僕在此料理。——這且別說，老爺可知這被賣的丫頭是誰？」雨村道：「我如何曉得？」門子冷笑道：「這人還是老爺的大恩人呢！他就是葫蘆廟旁住的甄老爺的女兒，小名英蓮的。」雨村駭然道：「原來是他！聽見他自五歲被人拐去，怎麼如今才賣呢？」

門子道：「這種拐子單拐幼女，養至十二三歲，帶至他鄉轉賣。當日這英蓮，我們天天哄他玩耍，極相熟的，所以隔了七八年，雖模樣兒出脫[27]得齊整，然大段未改，所以認得，——且他眉心中原有米粒大的一點胭脂痣[28]，從胎裡帶來的，偏這拐子又租了我的房子居住，那日拐子不在家，我也曾問他，他說是打怕了的，萬不敢說，只說拐子是他的親爹，因無錢還債才賣的。再四哄他，他又哭了，只說：『我原不記得小時的事！』這無可疑了。那日馮公子相見了，兌了銀子，因拐子醉了，英蓮自嘆說：『我今日罪孽可滿了！』後又聽見三日後才過門，他又轉有憂愁之態。我又不忍，等拐子出，又叫內人去解勸他：『這馮公子必待好日期來接，可知必不以丫鬟相看。況他是個絕風流人品，家裡頗過得，素性又最厭惡堂客❷[29]，今竟破價買你，後事不言可知。只耐得三兩日，何必憂悶？』他聽如此說，方略解些；自謂從此得所。——誰料天下竟有不如意事，第二日，他偏又賣與了薛家！若賣與第二家還好，這薛公子的諢名，人稱他『呆霸王』，最是天下第一個弄性尚氣的人，而且使錢如土，只打了個落花流水，生拖死拽，把個英蓮拖去，如今也不知死活。這馮公子空喜一場，一念未遂，反花了錢，送了命，豈不可嘆！」

雨村聽了也嘆道：「這也是他們的孽障[30]遭遇，亦非偶然，不然這馮淵如何偏只看上了這英蓮？這英蓮受了拐子這幾年折磨，才得了個路頭，且又是個多情的，若果聚合了，倒是件美事；偏又生出這段事來！這薛家縱比馮家富貴，想其為人，自然姬妾眾多，淫佚無度，未必及馮淵定情於一人：這正是夢幻情緣，恰遇見一對薄命兒女。——且不要議論他人，只目今這官司如何剖斷才好？」門子笑道：「老爺當年何其明決，今日何反成個沒主意的人了！小的聽見老爺補升此任，係賈府王府之力；此薛蟠即賈府之親：老爺何不順水行舟，作個人情，將此案了結，日後也好去見賈王二公。」雨村道：「你說的何嘗不是。但事關人命，蒙皇上隆恩起復委用，正竭力圖報之時，豈可因私枉法[31]，是實不忍為的。」門子聽了冷笑道：「老爺說的自是正理，但如今世上是行不去的！豈不聞古人說的『大丈夫相時而動』[32]，又說『趨吉避凶者為君子』，依老爺這話，不但不能報效朝廷，亦且自身不保，還要三思為妥。」

雨村低了頭，半日說道：「依你怎麼看？」門子道：「小人已想了個很好的主意在此：老爺明日坐堂[33]，只管虛張聲勢，動文書[34]，發籤拿人，——凶犯自然是拿不來的，原告固是不依，只用將薛家族人及奴僕人等拿幾個來拷問，小的在暗中調停，令他們報個『暴病身亡』，合族中及地方上共遞一張保呈[35]，老爺只說善能扶鸞[36]請仙，堂上設了乩壇，令軍民人等只管來看，老爺便說：『乩仙批了，死者馮淵與薛蟠原係夙孽[37]，今狹路相遇，原因了結。今薛蟠已得了無名之病，被馮淵的魂魄追索而死。其禍皆由拐子而起，除將拐子按法處治外，餘不累及……』等語。小人暗中囑咐拐子，令其實招；眾人見乩仙批語與拐子相符，自然不疑了。薛家有的是錢，老爺斷一千也可，五百也可，與馮家作燒埋[38]之費；那馮家也無甚要緊的人，不過為的是錢，有了銀子，也就無話了。——老爺細想，此計如何？」雨村笑道：「不妥，不妥。等我再斟酌斟酌，壓服得口聲[39]才好。」二人計議已定。

至次日坐堂，勾取[40]一干有名人犯[41]，雨村詳加審問，果見馮家人口稀少，不過賴此欲得些燒埋之銀；薛家仗勢倚情[42]，偏不相讓，故致顛倒未決。雨村便徇情枉法，胡亂判斷了此案，馮家得了許多燒埋銀子，也就無甚話說了。雨村便疾忙修書二封與賈政並京營節度使[43]王子騰，不過說「令甥之事已完，不必過慮」之言寄去。此事皆由葫蘆廟內沙彌新門子所為，雨村又恐他對人說出當日貧賤時事來，因此心中大不樂意；後來到底尋了他一個不是，遠遠的充發[44]了才罷。

當下言不著雨村。且說那買了英蓮、打死馮淵的薛公子，亦係金陵人氏，本是書香繼世之家，只是如今這薛公子幼年喪父，寡母又憐他是個獨根孤種，未免溺愛縱容些，遂致老大無成；且家中有百萬之富，現領著內帑錢糧[45]，採辦雜料。這薛公子學名薛蟠，表字文起，性情奢侈，言語傲慢；雖也上過學，不過略識幾個字，終日惟有鬥雞[46]走馬，遊山玩景而已；雖是皇商[47]，一應經紀世事，全然不知，不過賴祖父舊日的情分，戶部[48]掛個虛名，支領錢糧，其餘事體，自有伙計老家人等措辦。寡母王氏乃現任京營節度王子騰之妹，與榮國府賈政的夫人王氏是一母所生的姐妹，今年方五十上下❸，只有薛蟠一子。還有一女，比薛蟠小兩歲，乳名寶釵，生得肌骨瑩潤，舉止嫻雅，當時他父親在日，極愛此女，令其讀書識字，較之乃兄，竟高十倍；自父親死後❹，見哥哥不能安慰母心，他便不以書字為念，只留心針黹家計等事，好為母親分憂代勞。近因今上崇尚詩禮，徵採才能，降不世之隆恩，除聘選妃嬪[49]外，在世宦名家之女，皆得親名達部，以備選擇，為宮主❺郡主[50]入學陪侍，充為才人贊善[51]之職。自薛蟠父親死後，各省中所有的賣買承局、總管、伙計人等，見薛蟠年輕不諳世事，便趁時拐騙起來，京都幾處生意，漸亦銷耗。薛蟠素聞得都中乃第一繁華之地，正思一遊，便趁此機會❻，一來送妹待選，二來望親，三來親自入部銷算舊賬，再計新支，——其實只為遊覽上國風光之意，因此早已檢點下行裝細軟，以及饋送[52]親友各色土物人情等類，正擇日起身，不想偏遇著那拐子，買了英蓮。薛蟠見英蓮生得不俗，立意買了作妾，又遇馮家來奪，因恃強喝令豪奴將馮淵打死，便將家中事務，一一囑托了族中人並幾個老家人，自己同著母親妹子，竟自起身長行[53]去了；人命官司，他卻視為兒戲，自謂花上幾個錢，沒有不了的。

在路不記其日。那日已將入都，又聽見母舅王子騰❼升了九省統制[54]，奉旨出都查邊，薛蟠心中暗喜道：「我正愁進京去有舅舅管轄，不能任意揮霍，如今升出去，可知天從人願！」因和母親商議道：「咱們京中雖有幾處房舍，只是這十來年沒人居住，那看守的人，未免偷著租賃給人住，須得先著人去打掃收拾才好。」他母親道：「何必如此招搖！咱們這進京去，原是先拜望親友，或是在你舅舅處，或是你姨父家，他兩家的房舍極是寬敞的，咱們且住下再慢慢兒的著人去收拾，豈不消停[55]些？」薛蟠道：「如今舅舅正升了外省去，家裡自然忙亂起身，咱們這會子反一窩一拖[56]的奔了去，豈不沒眼色呢？」他母親道：「你舅舅雖升了去，還有你姨父家。況這幾年來，你舅舅姨娘兩處每每帶信捎書接咱們來。如今既來了，你舅舅雖忙著起身，你賈家的姨娘未必不苦留我們。咱們且忙忙的收拾房子，豈不使人見怪？你的意思我早知道了：守著舅舅姨母住著，未免拘緊了，不如各自住著，好任意施為。你既如此，你自去挑所宅子去住，我和你姨娘姐妹們別了這幾年，卻要住幾日，我帶了你妹子去投你姨娘家去，你道好不好？」薛蟠見母親如此說，情知扭不過，只得吩咐人夫，一路奔榮國府而來。

那時王夫人已知薛蟠官司一事虧賈雨村就中維持了，才放了心，又見哥哥升了邊缺，正愁少了娘家的親戚來往，略加寂寞；過了幾日，忽家人報：「姨太太帶了哥兒姐兒合家進京在門外下車了。」喜得王夫人忙帶了人接到大廳上，將薛姨媽等接進去了，姐妹們一朝相見，悲喜交集，自不必說；敘了一番契闊[57]，又引著拜見賈母，將人情土物各種酬獻了，合家俱廝見過；又治席接風[58]。

薛蟠拜見過賈政賈璉，又引著見了賈赦賈珍等。賈政便使人進來對王夫人說：「姨太太已有了年紀，外甥年輕，不知庶務，在外住著，恐又要生事；咱們東南角上梨香院，那一所房十來間，白空閑著，叫人請了姨太太和姐兒哥兒住了甚好。」王夫人原要留住，賈母也就遣人來說：「請姨太太就在這裡住下，大家親密些。」薛姨媽正欲同居一處，方可拘緊些兒，若另在外邊，又恐縱性惹禍，遂忙應允；又私與王夫人說明：「一應日費供給，一概都免，方是處常之法。」王夫人知他家不難於此，遂亦從其自便。從此後，薛家母女就在梨香院住了。

原來這梨香院乃當日榮公暮年養靜之所，小小巧巧，約有十餘間房舍，前廳後舍俱全，另有一門通街，薛蟠的家人就走此門出入；西南上又有一個角門，通著夾道子，出了夾道，便是王夫人正房的東院了。每日或飯後，或晚間，薛姨媽便過來，或與賈母閑談，或與王夫人相敘。寶釵日與黛玉、迎春姐妹等一處，或看書下棋，或作針黹，倒也十分相安。只是薛蟠起初原不欲在賈府中居住，生恐姨父管束，不得自在；無奈母親執意在此，且賈宅中又十分殷勤苦留，只得暫且住下，一面使人打掃出自家的房屋，再移居過去。誰知自此間住了不上一月，賈宅族中凡有的子姪，俱已認熟了一半，都是那些紈褲氣息，莫不喜與他來往，今日會酒，明日觀花，甚至聚賭嫖娼，無所不至，引誘得薛蟠比當日更壞了十倍。雖說賈政訓子有方，治家有法，一則族大人多，照管不到；二則現在房長乃是賈珍，彼乃寧府長孫，又現襲職，凡族中事都是他掌管；三則公私冗雜，且素性瀟灑，不以俗事為要，每公暇之時，不過看書著棋而已；況這梨香院相隔兩層房舍，又有街門別開，任意可以出入，這些子弟們，所以只管放意暢懷的。因此薛蟠遂將移居之念，漸漸打滅了。日後如何，下回分解。

校記

❶口碑下小字四行，原本無，從脂本補。

❷「素性又最厭惡堂客」，「素」原作「索」，從諸本改。

❸「五十上下」，諸本作「四十上下」。

❹「（寶釵）自父親死後」，「親」原作「母」，從諸本改。

❺「宮主」，藤本、王本作「公主」。

❻「便趁此機會」，「便」原作「更」，從諸本改。

❼「又聽見母舅王子騰」，原無「母」字；諸本作「又聞得母舅王子騰」，今從諸本酌增一「母」字。

注釋

1 〔葫蘆〕 宋、元時代俗語有「葫蘆提」一詞，意思是糊塗。作者用「葫蘆僧判斷葫蘆案」作標題，字面上是從葫蘆廟的名稱來的，同時也暗示了「葫蘆案」是一宗胡亂判斷的糊塗案。

2 〔國子祭酒〕 中國古代最高學官。國子即國子監，中國社會的教育管理機關和最高學府；祭酒，官名，為國子監的主管官。

3 〔女子無才便是德〕 女子沒有才能便是賢德。

4 〔「女四書」〕 清代康熙年間王相編，包括東漢班昭的「女誡」、唐代宋若莘、宋若昭的「女論語」、明成祖后徐氏的「內訓」和王相母劉氏的「女範捷錄」四部書。

5 〔「列女傳」〕 漢朝儒生劉向編著，表彰歷代的「賢女」、「烈女」。

6 〔女紅（ㄍㄨㄥ／gūng）〕 指女子從事的紡織、刺繡等工作。

7〔針黹（ㄓˇ／zhǐ）〕針線活。黹，刺繡。

8〔授〕這裡是被任命的意思。

9〔詳至案下〕意思是把公文送到衙門。舊時下級官吏對上級陳報事情所用的一種公文，叫作「詳」。「案下」，指衙門。

10〔凶身〕凶犯。

11〔存歿（ㄇㄛˋ／mò）〕存，活著；歿，死去。引申為終身。

12〔籤〕官府派遣吏役出外辦事的命令憑證。一般用木製，插在公案的籤筒中，用時取出。

13〔門子〕古代衙門和公案兩旁站班的差役。清代官府使用的外役也叫門子。

14〔沙彌〕古印度語的音譯，指剛削髮出家的小和尚。

15〔斜簽著坐下〕表示謙恭，側身的坐著。

16〔順袋〕一種掛在腰帶旁邊的小袋。講究的用彩色綢緞製成，鑲邊繡花，甚為華麗，用以盛放珍貴的東西。

17〔護官符〕用門子的話說：「如今凡作地方官的都有一個私單，上面寫的是本省最有權勢極富貴的大鄉紳姓名，各省皆然；倘若不知，一時觸犯這樣的人家，不但官爵，只怕連性命也難保呢！——所以叫『護官符』。」這就是說，要想官作得牢穩，就必須以大鄉紳為靠山；要想升得快，就要替他們效犬馬之勞。否則，官爵性命都難保。

18〔口碑〕眾口相傳歌功頌德的話叫「口碑」。

19 〔賈不假句〕賈是指賈家，即榮國府和寧國府。不假，名不虛傳。白玉為堂，白玉砌成的廳堂，指豪貴之族的宅第，漢樂府「相逢行」：「黃金為君門，白玉為君堂。」金作馬，即金馬，本是漢宮門名，「史記．東方朔傳」：「金馬門者，宦署門也，門旁有銅馬，故謂之金馬門。」「白玉為堂金作馬」一句，不僅寫賈家豪華富貴，而且也表現了賈家的官高爵顯。賈家祖上是開國功臣，現今賈珍、賈赦還分別襲著爵位，賈政「入部習學」，又升了員外郎。可見賈家是極顯赫的仕宦之家。

20 〔阿房宮句〕阿房宮，秦朝的宮殿，在咸陽，規模極大，唐朝詩人杜牧「阿房宮賦」有「覆壓三百餘里」的說法。史，指史家，即賈母的娘家。史家是「金陵世勳」，祖上作過尚書令，襲封保齡侯、忠靖侯，還有人兼任「外省大員」。這句話是說，像阿房宮那樣規模極大的宮殿，也住不下這個史家。

21 〔東海句〕金陵王，指王家，即賈政妻王夫人和賈璉妻王熙鳳的娘家。王家祖上「專管各國進貢朝賀的事」，「凡有外國人來」，都是王家接待。王子騰作著「京營節度使」，後來升為「九省統制」。在神話傳說中，龍王有一百八十五個，東海龍王敖廣的寶物最多，但還要向金陵王家尋求白玉床，可見王家是多麼豪富。

22 〔豐年句〕雪，諧「薛」音，指薛家。薛家是皇商，皇商就是專為宮廷購置用物的商人。「珍珠如土金如鐵」，形容薛家財富極多，可以恣意揮霍。

23 〔譯文〕
賈府富貴名不虛假，
白玉砌廳堂門前鑄金馬。
金陵史家財勢大，
三百里阿房宮也住不下。
東海龍王缺少白玉床，

還得請金陵王家來幫忙。
薛家越富越揮霍，
珍珠當泥土黃金看成鐵。

24〔簡評〕「護官符」這首民間謠諺，用誇張的手法，概括了賈、史、王、薛四大家族的豪華生活和顯赫權勢。所謂「護官符」就是保官升官的秘訣。賈雨村深得其妙。他極力巴結「四大家族」，在仕途道路上就官運亨通，青雲直上，從一個小縣官一直爬到「協理軍機，參贊朝政」的大司馬這樣的高官。

25〔傳點〕「衙門」或大官的住宅裡，「二門」旁常設有一種鐵製打擊樂器的「點」，向內院「報事」時，打「點」作為信號。「點」形常作雲頭形狀，所以第十三回稱它為「雲板」。

26〔前生冤孽〕前生欠的債，造的罪。

27〔出脫〕也說「出落」、「出挑」。多指少女的身體容貌向美的方向發育、變化。

28〔胭脂痦（ㄐㄧˋ／jì）〕痦，皮膚上生下來就有的色斑。這裡指紅色的，所以叫胭脂痦。

29〔堂客〕舊時稱婦女為「堂客」，就是「女眷」的意思；相對的稱男子為「官客」。

30〔孽障〕又稱「業障」，佛教徒指所謂妨礙修行的罪惡。或說因為前世作了惡事，造成今生的障礙。這是佛教因果報應的說法。

31〔因私枉法〕因自己的私情，而不按法律辦事。下文的「循情枉法」同。

32〔大丈夫相時而動〕相時而動，看形勢行動。相，察看；時，時機。原話見「左傳」隱公十一年：「相時而動，無累後人，可謂知禮矣。」

33〔坐堂〕舊時官吏坐在官署的廳堂上問事判案。

34〔動文書〕發公文。

35〔保呈〕類似保證書的一種呈文。

36〔扶鸞〕又名扶乩，多用一長橫板，中間架縛一木筆，兩人各持橫板的一端，在沙盤上寫字，號稱「神仙降臨」「催動」兩人所寫，是一種迷信騙術。

37〔夙（ㄙㄨˋ／sù）孽〕指前生的冤仇。夙，前生。這是宿命論的觀點。

38〔燒埋〕燒紙、埋葬。

39〔口聲〕指社會上的輿論。

40〔勾取〕提取。

41〔一干有名人犯〕指與訴訟有關係的那些人。

42〔倚情〕倚仗情面。

43〔京營節度使〕節度使，唐代開始設置，是管轄邊境地區十州或兩三州軍政大權的地方軍事長官。京營節度使，意思是在京城掌管軍事的大官。清代無此官名，作者故意用古官名，以避嫌疑。

44〔充發〕即充軍發配。古代的一種流刑，把罪犯押解到邊遠地方去服役。

45〔內帑（ㄊㄤˇ／tǎng）〕專門收藏皇帝錢財的內廷府庫。其中的錢財也叫內帑。

46〔鬥雞〕以雞相鬥，是宮廷和世家子弟常玩的一種遊戲。

47〔皇商〕專門承辦「政府」或宮廷購置用物的商人。

48〔戶部〕隋唐以來朝廷中央六部之一。掌管全國的土地、戶口、賦稅等。

49〔妃嬪（ㄈㄟ ㄆㄧㄣˊ／fēi pín）〕妃，妻。後專指皇帝的妾，太子和王侯的妻；嬪，宮廷中的女官。

50〔宮主、郡主〕宮主，即公主，皇帝的女兒。郡主，親王或太子的女兒。

51〔才人、贊善〕宮廷裡的「女官」名。

52〔饋（ㄎㄨㄟˋ／kuì）送〕贈送（食品等禮物）。

53〔長行〕指出行，遠路的旅行。第一百回「揀了長行日子」即是選個行期。

54〔九省統制〕九省，指九個邊遠的省分。統制，宋代在邊遠地區設都統制，為屯駐外地的禁軍將官。清代無此官，作者故意用古官名。

55〔消停〕從容地、舒緩地。

56〔一窩一拖〕一家人。「一窩」、「一拖」與「一家」同義。

57〔契闊〕契，情投意合；闊，長久離別。這裡是指久別的情意。

58〔治席接風〕設宴慰勞遠來的客人。

【第五回】賈寶玉神遊太虛境　警幻仙曲演紅樓夢

第四回中既將薛家母子在榮府中寄居等事略已表明，此回暫可不寫了。如今且說林黛玉自在榮府，一來賈母萬般憐愛，寢食起居，一如寶玉，把那迎春、探春、惜春三個孫女兒倒且靠後了；就是寶玉黛玉二人的親密友愛，也較別人不同；日則同行同坐，夜則同止同息，真是言和意順，似漆如膠。不想如今忽然來了一個薛寶釵，年紀雖大不多，然品格端方，容貌美麗，人人都說黛玉不及。那寶釵卻又行為豁達，隨分從時[1]，不比黛玉孤高自許，目無下塵，故深得下人之心；就是小丫頭們，亦多和寶釵親近。因此黛玉心中便有些不忿[2]；寶釵卻是渾然不覺。

那寶玉也在孩提[3]之間，況他天性所稟，一片愚拙偏僻，視姐妹兄弟皆如一體，並無親疏遠近之別。如今與黛玉同處賈母房中，故略比別的姐妹熟慣些。既熟慣，便更覺親密；既親密，便不免有些不虞之隙，求全之毀[4]。這日不知為何，二人言語有些不和起來，黛玉又在房中獨自垂淚，寶玉也自悔言語冒撞，前去俯就，那黛玉方漸漸的回轉過來。

因東邊寧府花園內梅花盛開，賈珍之妻尤氏乃治酒具，請賈母、邢夫人、王夫人等賞花；是日先帶了賈蓉夫妻二人來面請。賈母等於早飯後過來，就在會芳園遊玩，先茶後酒。不過是寧榮二府眷屬家宴，並無別樣新文趣事可記。

一時寶玉倦怠，欲睡中覺，賈母命人好生哄著歇息一回再來。賈蓉媳婦秦氏便忙笑道：「我們這裡有給寶二叔收拾下的屋子，老祖宗放心，只管交給我就是了。」因向寶玉的奶娘丫鬟等道：「嬤嬤、姐姐們，請寶二叔跟我這裡來。」賈母素知秦氏是極妥當的人，——因他生得裊娜纖巧，行事又溫柔和平，乃重孫媳中第一個得意之人，——見他去安置寶玉，自然是放心的了。

當下秦氏引一簇人來至上房內間，寶玉抬頭看見是一幅畫掛在上面，人物固好，其故事乃是「燃藜圖」[5]也，心中便有些不快。又有一副對聯，寫的是：

世事洞明皆學問，人情練達即文章[6]。

及看了這兩句，縱然室宇精美，鋪陳華麗，亦斷斷不肯在這裡了，忙說：「快出去！快出去！」秦氏聽了笑道：「這裡還不好，往那裡去呢？——要不就往我屋裡去罷。」寶玉點頭微笑，一個嬤嬤說道：「那裡有個叔叔往姪兒媳婦房裡睡覺的禮呢？」秦氏笑道：「不怕他惱：他能多大了，就忌諱這些個？上月你沒有看見我那個兄弟來了，雖然和寶二叔同年，兩個人要站在一處，只怕那一個還高些呢。」寶玉道：「我怎麼沒有見過他，你帶他來我瞧瞧。」眾人笑道：「隔著二三十里，那裡帶去？見的日子有呢！」

可卿

說著大家來至秦氏臥房。剛至房中，便有一股細細的甜香，寶玉此時便覺眼餳[7]骨軟，連說：「好香！」入房向壁上看時，有唐伯虎畫的「海棠春睡圖」[8]，兩邊有宋學士秦太虛[9]寫的一副對聯云：

嫩寒鎖夢因春冷，芳氣襲人是酒香[10]。

案上設著武則天[11]當日鏡室中設的寶鏡[12]。一邊擺著趙飛燕[13]立著舞的金盤，盤內盛著安祿山擲過傷了太真[14]乳的木瓜。上面設著壽昌公主[15]於含章殿下臥的寶榻，懸的是同昌公主[16]製的連珠帳。寶玉含笑道：「這裡好！這裡好！」秦氏笑道：「我這屋子大約神仙也可以住得了。」說著，親自展開了西施浣過的紗衾，移了紅娘[17]抱過的鴛枕，於是眾奶姆伏侍寶玉臥好了，款款散去，只留下襲人、晴雯、麝月、秋紋四個丫鬟為伴。秦氏便叫小丫鬟們好生在檐下看著貓兒打架。

那寶玉才合上眼，便恍恍惚惚的睡去，猶似秦氏在前，悠悠蕩蕩，跟著秦氏到了一處。但見朱欄玉砌，綠樹清溪，真是人跡不逢，飛塵罕到。寶玉在夢中歡喜，想道：「這個地方兒有趣，我若能在這裡過一生，強如天天被父母師傅管束呢❶！」正在胡思亂想，聽見山後有人作歌曰：

春夢隨雲散[18]，飛花[19]逐水流；寄言眾兒女：何必覓閑愁[20][21]。

寶玉聽了是個女孩兒的聲氣。歌音未息，早見那邊走出一個美人來，蹁躚裊娜[22]，與凡人大不相同。有賦為證：

方離柳塢[23]，乍出花房。但行處，鳥驚庭樹；將到時，影度迴廊。仙袂[24]乍飄兮，聞麝蘭[25]之馥郁；荷衣[26]欲動兮，聽環珮[27]之鏗鏘。靨笑春桃兮，雲髻堆翠[28]；唇綻櫻顆[29]兮，榴齒含香。盼[30]纖腰[31]之楚楚[32]兮，風迴雪舞；耀珠翠[33]之的的兮，鴨綠鵝黃[34]。出沒花間兮，宜嗔宜喜；徘徊池上兮，若飛若揚。蛾眉[35]欲顰兮，將言而未語；蓮步[36]乍移兮，欲止而仍行。羨美人之良質[37]兮，冰清玉潤[38]；慕美人之華服兮，閃爍文章[39]。愛美人之容貌兮，香培玉篆[40]；比美人之態度兮，鳳翥龍翔[41]。其素若何：春梅綻雪；其潔若何：秋蕙[42]披霜。其靜若何：松生空谷；其艷若何：霞映澄塘。其文若何：龍游曲沼；其神若何：月射寒江。——遠慚西子[43]，近愧王嬙[44]。生於孰地？降自何方？若非宴罷歸來，瑤池[45]不二；定應吹簫引去[46]，紫府[47]無雙者也[48][49]。

寶玉見是一個仙姑，喜得忙來作揖笑問道：「神仙姐姐，不知從那裡來，如今要往那裡去？我也不知這裡是何處，望乞攜帶攜帶。」那仙姑道：「吾居離恨天之上，灌愁海之中，乃放春山遣香洞太虛幻境警幻仙姑是也。司人間之風情月債，尚塵世之女怨男痴。因近來風流冤孽，纏綿於此，是以前來訪察機會，布散相思。今日與爾相逢，亦非偶然。此離吾境不遠，別無他物，僅有自採仙茗一盞，親釀美酒幾甕，素練魔舞歌姬數人，新填

『紅樓夢』仙曲十二支，可試隨我一遊否？」

寶玉聽了，喜躍非常，便忘了秦氏在何處了，竟隨著這仙姑到了一個所在。忽見前面有一座石牌橫建，上書「太虛幻境」四大字，兩邊一副對聯，乃是：

假作真時真亦假，無為有處有還無。

轉過牌坊，便是一座宮門，上面橫書著四個大字，道是：「孽海情天」[50]。也有一副對聯大書云：

厚地高天，堪嘆古今情不盡；痴男怨女，可憐風月債難酬[51]。

寶玉看了，心下自思道：「原來如此。但不知何為『古今之情』？又何為『風月之債』？從今倒要領略領略。」寶玉只顧如此一想，不料早把些邪魔招入膏肓[52]了。當下隨了仙姑進入二層門內，只見兩邊配殿，皆有匾額對聯，一時看不盡許多，惟見幾處寫著的是：「痴情司」，「結怨司」，「朝啼司」，「暮哭司」，「春感司」，「秋悲司」。看了，因向仙姑道：「敢煩仙姑引我到那各司中遊玩遊玩，不知可使得麼？」仙姑道：「此中各司存的是普天下所有的女子過去未來的簿冊，爾乃凡眼塵軀，未便先知的。」寶玉聽了，那裡肯捨？又再四的懇求，那警幻便說：「也罷，就在此司內略隨喜隨喜[53]罷。」寶玉喜不自勝，抬頭看這司的匾上，乃是「薄命司」三字，兩邊寫著對聯道：

春恨秋悲皆自惹，花容月貌為誰妍[54]。

寶玉看了，便知感嘆。進入門中，只見有十數個大櫥，皆用封條封著。看那封條上，皆有各省字樣。寶玉一心只揀自己家鄉的封條看，只見那邊櫥上封條大書「金陵十二釵正冊」。寶玉因問：「何為『金陵十二釵正冊』？」警幻道：「即爾省中十二冠首女子之冊，故為正冊。」寶玉道：「常聽人說，金陵極大，怎麼只十二個女子？如今單我們家裡，上上下下就有幾百個女孩兒。」警幻微笑道：「一省女子固多，不過擇其緊要者錄之，兩邊二櫥則又次之。——餘者庸常之輩便無冊可錄了。」

寶玉再看下首一櫥，上寫著「金陵十二釵副冊」；又一櫥上寫著「金陵十二釵又副冊」。寶玉便伸手先將「又副冊」櫥門開了，拿出一本冊來，揭開看時，只見這首頁上畫的，既非人物，亦非山水，不過是水墨滃染[55]，滿紙烏雲濁霧而已。後有幾行字跡，寫道是：

霽月難逢，彩雲易散[56]。心比天高，身為下賤[57]。風流靈巧[58]招人怨。壽夭多因誹謗生[59]，多情公子[60]空牽念[61][62]。

寶玉看了不甚明白。又見後面畫著一簇鮮花，一床破席[63]，也有幾句言詞，寫道是：

枉自溫柔和順，空云似桂如蘭[64]；堪羨優伶[65]有福，誰知公子[66]無緣[67][68]。

寶玉看了，益發解說不出是何意思，遂將這一本冊子擱起來，又去開了「副冊」櫥門，拿起一本冊來。打開看時，只見首頁也是畫，卻畫著一枝桂花，下面有一方池沼，其中水涸泥乾，蓮枯藕敗[69]，後面書云：

根並荷花一莖香[70]，平生遭際[71]實堪傷；
自從兩地生孤木[72]，致使香魂返故鄉[73][74][75]。

寶玉看了又不解。又去取那「正冊」看時，只見頭一頁上畫著是兩株枯木，木上懸著一圍玉帶；地下又有一堆雪，雪中一股金簪[76]。也有四句詩道：

可嘆停機德[77]，堪憐詠絮才[78]！玉帶林中掛[79]，金簪雪裡埋[80][81][82]。

寶玉看了仍不解，待要問時，知他必不肯泄漏天機；待要丟下，又不捨，遂往後看。只見畫著一張弓，弓上掛著一個香櫞[83]。也有一首歌詞云：

二十年來辨是非[84]，榴花開處照宮闈；
三春[85]爭及初春景，虎兔相逢大夢歸[86][87][88]。

後面又畫著兩個人放風箏，一片大海，一隻大船，船中有一女子，掩面泣涕之狀[89]。畫後也有四句寫著道：

才自[90]清明志自高，生於末世運偏消❷[91]；
清明涕泣江邊望[92]，千里東風一夢遙[93][94][95]。

後面又畫著幾縷飛雲，一灣逝水[96]。其詞曰：

富貴又何為？襁褓之間父母違[97]；展眼弔斜暉[98]，湘江水逝楚雲飛[99][100][101]。

後面又畫著一塊美玉，落在泥污之中[102]。其斷語云：

欲潔何曾潔[103]，云空未必空[104]；可憐金玉質[105]，終陷淖泥[106]中[107][108]。

後面忽畫一惡狼，追撲一美女——欲啖之意[109]。其下書云：

子係中山狼[110]，得志便猖狂；金閨花柳質❸[111]，一載赴黃粱[112][113][114]。

後面便是一所古廟，裡面有一美人，在內看經獨坐[115]。其判云：

勘破三春景不長[116]，緇衣[117]頓改昔年妝；
可憐繡戶侯門[118]女，獨臥青燈[119]古佛旁[120][121]。

後面便是一片冰山，上有一隻雌鳳[122]。其判云：

凡鳥偏從末世來，都知愛慕此生才；
一從二令三人木[123]，哭向金陵[124]事更哀[125][126]。

後面又是一座荒村野店，有一美人在那裡紡績[127]。其判曰：

勢敗[128]休云貴，家亡[129]莫論親；偶因濟村婦[130]，巧得遇恩人[131][132][133]。

詩後又畫一盆茂蘭，旁有一位鳳冠霞帔[134]的美人。也有判云：

桃李春風結子完[135]，到頭誰似一盆蘭[136]；
如冰水好[137]空相妒，枉與他人作笑談[138][139]。

詩後又畫一座高樓，上有一美人懸梁自盡[140]。其判云：

情天情海[141]幻情深，情既相逢[142]必主淫；
漫言[143]不肖皆榮出，造釁[144]開端實在寧[145][146]。

寶玉還欲看時，那仙姑知他天分高明、性情穎慧，恐泄漏天機，便掩了卷冊，笑向寶玉道：「且隨我去遊玩奇景，何必在此打這悶葫蘆[147]！」

寶玉恍恍惚惚，不覺棄了卷冊，又隨警幻來至後面。但見畫棟雕檐，珠簾繡幕，仙花馥郁，異草芬芳，真好所在也。正是：

光搖朱戶金鋪地，雪照瓊窗玉作宮[148]。

又聽警幻笑道：「你們快出來迎接貴客！」一言未了，只見房中走出幾個仙子來：荷袂蹁躚，羽衣飄舞，嬌若春花，媚如秋月。見了寶玉，都怨謗警幻道：「我們不知係何『貴客』，忙得接出來！姐姐曾說今日今時必有絳珠妹子的生魂前來遊玩，故我等❹久待。何故反引這濁物來污染清淨女兒之境？」

寶玉聽如此說，便嚇得欲退不能，果覺自形污穢不堪。警幻忙攜住寶玉的手向眾仙姬笑道：「你等不知原委：今日原欲往榮府去接絳珠，適從寧府經過，偶遇寧榮二公之靈，囑吾云：『吾家自國朝[149]定鼎[150]以來，功名奕世[151]，富貴流傳，已歷百年，奈運終數盡[152]，不可挽回！我等之子孫雖多，竟無可以繼業者。惟嫡孫寶玉一人，稟性乖張，用情怪譎[153]，雖聰明靈慧，略可望成，無奈吾家運數合終，恐無人規引入正。幸仙姑偶來，望先以情欲

警幻

聲色等事警其痴頑，或能使他跳出迷人圈子，入於正路，便是吾兄弟之幸了。』如此囑吾，故發慈心，引彼至此。先以他家上中下三等女子的終身冊籍，令其熟玩，尚未覺悟；故引了再到此處，遍歷那飲饌聲色之幻，或冀將來一悟，未可知也。」

說畢，攜了寶玉入室。但聞一縷幽香，不知所聞何物。寶玉不禁相問，警幻冷笑道：「此香乃塵世所無，爾如何能知！此係諸名山勝境初生異卉之精，合各種寶林珠樹之油所製，名為『群芳髓』[154]。」寶玉聽了，自是羡慕。於是大家入座，小鬟捧上茶來，寶玉覺得香清味美，迥非常品，因又問何名。警幻道：「此茶出在放春山遣香洞，又以仙花靈葉上所帶的宿露烹了，名曰『千紅一窟』。」寶玉聽了，點頭稱賞。因看房內瑤琴、寶鼎、古畫、新詩，無所不有；更喜窗下亦有唾絨[155]，奩間時漬粉污。壁上也掛著一副對聯，書云：

幽微靈秀地，無可奈何天。

寶玉看畢，因又請問眾仙姑姓名：一名痴夢仙姑，一名鍾情大士，一名引愁金女，一名度恨菩提[156]，各各道號不一。少刻，有小鬟來調桌安椅，擺設酒饌，正是：

瓊漿滿泛玻璃盞，玉液濃斟琥珀杯。

寶玉因此酒香冽異常，又不禁相問。警幻道：「此酒乃以百花之蕤，萬木之汁，加以麟髓鳳乳釀成，因名為『萬艷同杯』。」寶玉稱賞不迭。

飲酒間，又有十二個舞女上來，請問演何調曲。警幻道：「就將新製『紅樓夢』十二支演上來。」舞女們答應了，便輕敲檀板[157]，款按銀箏[158]，聽他歌道是：

開闢鴻蒙……

方歌了一句，警幻道：「此曲不比塵世中所填傳奇[159]之曲，必有生旦淨末[160]之則，又有南北九宮之調[161]。此或詠嘆一人，或感懷一事，偶成一曲，即可譜入管弦。若非個中人[162]，不知其中之妙；料爾亦未必深明此調，若不先閱其稿，後聽其曲[163]，反成嚼蠟[164]矣。」說畢，回頭命小鬟取了「紅樓夢」原稿來，遞與寶玉。寶玉接過來，一面目視其文，耳聆其歌曰：

〔紅樓夢引子〕

開闢鴻蒙[165]，誰為情種[166]？都只為風月情濃。奈何天，傷懷日[167]，寂寥時[168]，試遣愚衷[169]：因此上，演出這悲金悼玉[170]的「紅樓夢」[171][172]。

〔終身誤〕[173]

都道是金玉良緣[174]，俺只念木石前盟[175]。空對著，山中高士[176]晶瑩雪；終不忘，世外仙姝[177]寂寞林。嘆人間，美中不足今方信：縱然是齊眉舉案[178]，到底意難平[179][180]。

【枉凝眉[181]】

一個是閬苑[182]仙葩，一個是美玉無瑕[183]。若說沒奇緣，今生偏又遇著他；若說有奇緣，如何心事終虛話[184]？一個枉自嗟呀[185]，一個空勞牽掛。一個是水中月，一個是鏡中花[186]。想眼中能有多少淚珠兒，怎禁得秋流到冬，春流到夏[187][188]！

卻說寶玉聽了此曲，散漫無稽，未見得好處；但其聲韻淒婉，竟能銷魂醉魄。因此也不問其原委，也不究其來歷，就暫以此釋悶而已。因又看下面道：

【恨無常】

喜榮華正好，恨無常[189]又到。眼睜睜，把萬事全拋。蕩悠悠，芳魂銷耗。望家鄉，路遠山高。故向爹娘夢裡[190]相尋告：兒命已入黃泉[191]，天倫[192]呵，需要退步抽身早[193][194]！

【分骨肉[195]】

一帆風雨路三千[196]，把骨肉家園，齊來拋閃，恐哭損殘年[197]。告爹娘，休把兒懸念：自古窮通[198]皆有定，離合豈無緣？從今分兩地，各自保平安。奴去也，莫牽連[199][200]。

【樂中悲】

襁褓中，父母嘆雙亡。縱居那綺羅叢[201]，誰知嬌養？幸生來，英豪闊大[202]寬宏量，從未將兒女私情，略縈[203]心上。好一似，霽月光風[204]耀玉堂。廝配[205]得才貌仙郎，博得個地久天長。准折得幼年時坎坷形狀[206]。終久是雲散高唐[207]，水涸湘江[208]，這是塵寰中消長數應當[209]，何必枉悲傷[210][211]？

〔世難容〕

氣質[212]美如蘭，才華馥[213]比仙。天生成孤癖人皆罕。你道是啖[214]肉食腥膻[215]，視綺羅俗厭；卻不知好高人愈妒，過潔世同嫌。可嘆這，青燈古殿人將老，孤負[216]了，紅粉朱樓春色闌[217]！到頭來，依舊是風塵骯髒違心願；好一似，無瑕白玉遭泥陷；又何須，王孫公子[218]嘆無緣[219][220]？

〔喜冤家〕[221]

中山狼[222]，無情獸。全不念當日根由[223]，一味的，驕奢淫蕩貪歡媾。覷[224]著那，侯門艷質同蒲柳[225]；作踐的，公府千金似下流。嘆芳魂艷魄，一載蕩悠悠[226][227]。

〔虛花悟〕

將那三春看破[228]，桃紅柳綠[229]待如何？把這韶華[230]打滅，覓那清淡天和[231]。說什麼天上天桃盛，雲中杏蕊多[232]？到頭來，誰見把秋捱過？則看那❺，白楊村[233]裡人嗚咽，青楓[234]林下鬼吟哦。更兼著[235]，連天衰草遮墳墓，這的是，昨貧今富人勞碌，春榮秋謝花折磨。似這般，生關死劫[236]誰能躲？聞說道，西方寶樹喚婆娑[237]，上結著長生果[238][239][240]。

〔聰明累〕[241]

機關[242]算盡太聰明，反算了卿卿[243]性命！生前❻心已碎，死後性空靈。家富人寧；終有個，家亡人散各奔騰。枉費了意懸懸[244]半世心，好一似，蕩悠悠三更夢。忽[245]喇喇似大廈傾，昏慘慘似燈將盡。呀！一場歡喜忽悲辛。嘆人世，終難定[246][247]！

〔留餘慶〕

留餘慶[248]，留餘慶，忽遇恩人；幸娘親，幸娘親❼，積得陰功[249]。勸人生，濟困扶窮。休似俺那愛銀錢、忘骨肉的狠舅奸兄[250]！正是乘除加減[251]，上有蒼穹[252][253][254]。

〔晚韶華〕[255]

鏡裡恩情[256]。更那堪夢裡功名[257]！那美韶華去之何迅！再休提繡帳鴛衾。只這戴珠冠，披鳳襖，也抵不了無常性命[258]。雖說是，人生莫受老來貧，也需要陰騭[259]積兒孫。氣昂昂，頭戴簪纓，光燦燦，胸懸金印，威赫赫，爵祿高登，——昏慘慘，黃泉路近！問古來將相可還存？也只是虛名兒後人欽敬❽[260][261]。

〔好事終〕

畫梁春盡落香塵[262]。擅風情[263]，秉月貌[264]，便是敗家的根本。箕裘[265]頹墮皆從敬[266]，家事消亡首罪寧[267]。宿孽總因情[268][269]！

〔飛鳥各投林〕

為官的，家業凋零；富貴的，金銀散盡；有恩的，死裡逃生；無情的，分明報應；欠命的，命已還；欠淚的，淚已盡：冤冤相報自非輕[270]，分離聚合皆前定。欲知命短問前生，老來富貴也真僥倖。看破的，遁入空門[271]；痴迷的，枉送了性命。——好一似食盡鳥投林，落了片白茫茫大地真乾淨[272][273]！

歌畢，還又歌副歌。警幻見寶玉甚無趣味，因嘆：「痴兒竟尚未悟！」那寶玉忙止歌姬不必再唱，自覺曚矓恍惚，告醉求臥。警幻便命撤去殘席，送寶玉至一香閨繡閣中。其間鋪陳之盛，乃素所未見之物。更可駭者，早有一位仙姬在內，其鮮艷嫵媚，大似寶釵；裊娜風流，又如黛玉。正不知是何意，忽見警幻說道：「塵世中多少富貴之家，那些綠窗風月，繡閣烟霞，皆被那些淫污紈褲與流蕩女子玷辱了；更可恨者，自古來，多少輕薄浪子，皆以『好色不淫』為解，又以『情而不淫』作案，此皆飾非掩醜之語耳：好色即淫，知情更淫。是以巫山之會，雲雨之歡，皆由既悅其色、復戀其情所致。——吾所愛汝者，乃天下古今第一淫人也。」

寶玉聽了，唬得慌忙答道：「仙姑差了：我因懶於讀書，家父母尚每垂訓飭[274]，豈敢再冒『淫』字?況且年紀尚幼，不知『淫』為何事。」警幻道：「非也。淫雖一理，意則有別。如世之好淫者，不過悅容貌，喜歌舞，調笑無厭，雲雨無時，恨不能天下之美女供我片時之趣興：此皆皮膚濫淫之蠢物耳。如爾則天分中生成一段痴情，吾輩推之為『意淫』。惟『意淫』二字，可心會而不可口傳，可神通而不能語達。汝今獨得此二字，在閨閣中雖可為良友，卻於世道中未免迂闊怪詭，百口嘲謗，萬目睚眥[275]。今既遇爾祖寧榮二公剖腹深囑，吾不忍子獨為我閨閣增光而見棄於世道，故引子前來，醉以美酒，沁以仙茗[276]，警以妙曲，再將吾妹一人，乳名兼美表字可卿者，許配與汝。今夕良時，即可成姻：不過令汝領略此仙閨幻境之風光尚然如此，何況塵世之情景呢。從今後，萬萬解釋，改悟前情，留意於孔孟之間，委身於經濟[277]之道。」說畢，便秘授以雲雨之事，推寶玉入房中，將門掩上自去。

那寶玉恍恍惚惚，依著警幻所囑，未免作起兒女的事來，也難以盡述。至次日，便柔情繾綣[278]，軟語溫存，與可卿難解難分。因二人攜手出去遊玩之時，忽然至一個所在，但見荊榛[279]遍地，狼虎同行，迎面一道黑溪阻路，並無橋梁可通。正在猶豫之間，忽見警幻從後追來，說道：「快休前進，作速回頭要緊！」寶玉忙止步問道：「此係何處？」警幻道：「此乃迷津[280]，深有萬丈，遙亙[281]千里，中無舟楫可通，只有一個木筏[282]，乃木居士[283]掌舵，灰侍者撐篙，不受金銀之謝，但遇有緣者渡之。爾今偶遊至此，設如墜落其中，便深負我從前諄諄警戒之語了。」一語猶未了，只聽迷津內響如雷聲，有許多夜叉[284]海鬼，將寶玉拖將下去，嚇得寶玉汗下如雨，一面失聲喊叫：「可卿救我！」嚇得襲人輩眾丫鬟忙上來摟住，叫：「寶玉不怕，我們在這裡呢。」

卻說秦氏正在房外囑咐小丫頭們好生看著貓兒狗兒打架，忽聞寶玉在夢中喚他的小名兒，因納悶道：「我的小名兒這裡從無人知道，他如何得知，在夢中叫出來？」未知何因，下回分解。

■校記

❶「這個地方兒有趣，我若能在這裡過一生，強如天天被父母師傅管束呢」，諸本作「這個去處有趣，我就在這裡過一生，雖然失了家也願意，強如天天被父母先生打去」。
❷「消」原作「淆」，從諸本改。
❸「花柳質」原作「柳花質」，從諸本改。
❹「我等」，「等」字原無，從金本、脂本、戚本增。
❺「則看那」，藤本、王本作「則見那」。
❻「生前」原作「前生」，按「生前」與下「死後」對仗，從脂本改。
❼「幸娘親」疊句，「幸」字原缺，從脂本補。
❽「也只是虛名兒後人欽敬」，諸本「兒」下有「與」字。

■注釋

1 〔隨分從時〕行動符合禮教所規定的名分，又能隨機應變。分，是禮法所規定的名分；時，環境需要，是從適應當時環境的需要而說的。寶釵這種性格是在禮教和道德的薰陶下形成的。

2 〔不忿〕實意是忿，生氣，不服氣。

3 〔孩提〕指幼兒時期。

4 〔不虞之隙二句〕指意外的誤會。「不虞」是「沒想到」；「隙」指「不和」。這兩句借「論語」「不虞之譽，求全之毀」的成句，換「譽」為「隙」，說明誤會的「意料不及」。

5 〔燃藜圖〕「劉向別傳」記載：漢代劉向在黑夜裡獨坐誦書，來了一個神人，手持青藜杖，吹杖頭出火照著，教給他許多古書。「燃藜圖」即是用這個「勤學」故事為題材的。

6 〔世事洞明皆學問，人情練達即文章〕洞明，透徹明白的意思；學問，指仕途經濟的學問；人情，人情世故；練達，熟悉通達。這副對聯說，懂得人情世故比讀書作文章還重要，是勸人學「仕途經濟」的格言。

7 〔眼餳〕眼似蜜糖般的黏澀。

8 〔海棠春睡圖〕古代小說曾記載唐玄宗有一次把楊貴妃比作海棠春睡未醒，所以這幅畫是所謂「香艷」的畫面。

9 〔秦太虛〕即秦少游（見第二回）。

10 〔嫩寒鎖夢因春冷，芳氣襲人是酒香〕嫩寒，輕微的寒氣；鎖夢，作不成夢，睡不著覺；春冷，它的含蓄意義是青春孤單冷清。芳氣襲人，像是醇酒的香氣撲人。這副對聯和畫以及下文提到的古代故事中的器物（寶鏡、金盤、木瓜等），是作者用以渲染秦氏臥房的陳設華麗。

11 〔武則天〕名曌（ㄓㄠˋ zhào），唐高宗時立為皇后，高宗李治死後，公元六九〇年，自稱神聖皇帝。公元七〇五年，大臣張柬之率兵進宮，以其老病為由，逼遷上陽宮，讓唐中宗復位。

12 〔武則天的寶鏡〕用許多古代「香艷故事」中的器物，來說明屋內的古玩陳設的華麗，同時更有諷刺的涵義。

13 〔趙飛燕〕漢成帝皇后。善歌舞，身輕如燕，故稱「飛燕」。

14 〔太真〕即楊玉環。唐玄宗封為貴妃，號太真。安祿山叛亂後，在唐玄宗西奔四川途中被迫縊死。

15〔壽昌公主〕是唐代宗之女。按所寫事應是指南朝宋武帝劉裕的女兒壽陽公主，她曾臥含章殿檐下，梅花飄落額上，成五出之花。

16〔同昌公主〕唐懿宗的女兒。同昌公主出嫁時，堂中設著用珍珠續成的帳子。

17〔紅娘〕元雜劇「西廂記」中的丫鬟。她撮合崔鶯鶯和張生結為情侶。

18〔春夢句〕這裡以春夢易散暗指愛情的破滅。

19〔飛花〕隨風飛舞的落花，這裡暗指作品中命運悲慘的眾女子。

20〔覓閑愁〕尋找無謂的憂愁。

21〔譯文〕春天的夢境像烟雲一樣易散，
隨風飛舞的落花都付諸東流；
我告誡你們這些痴情的男女：
何必自尋無謂的憂愁。

22〔蹁躚裊娜（ㄆㄧㄢˊ ㄒㄧㄢ ㄋㄧㄠˇ ㄋㄨㄛˊ／pián xiān niǎo nuó）〕形容舞姿輕快，體態柔美。

23〔柳塢（ㄨˋ／wù）〕柳林。塢，四周高中間凹下的平地。

24〔袂（ㄇㄟˋ／mèi）〕衣袖。

25〔麝蘭〕麝（ㄕㄜˋ／shè），指麝香；蘭，蘭花。兩者都是香的東西。古代貴族婦女常帶在身邊。

26〔荷衣〕用荷花作的衣裳，神仙所著。

27〔環珮（ㄆㄟˋ／pèi）〕古人衣帶上所繫的佩玉。

28〔雲髻堆翠〕雲彩狀的髮髻好像青翠的山堆在那兒。翠，青綠的山色。

29〔唇綻（ㄓㄢˋ／zhàn）櫻顆〕櫻桃似的嘴唇微張。綻，裂開。

30〔盻（ㄒㄧˋ／xì）〕不停擺動的樣子。

31〔纖腰〕苗條的腰肢。

32〔楚楚〕細柔的樣子。

33〔珠翠〕指頭上的珠玉之類的裝飾品。的的，鮮明光亮的樣子。

34〔鴨綠鵝黃〕指綠色翠珠；鵝黃，指黃珠。

35〔蛾眉〕蛾，蠶蛾，其觸鬚細長彎曲，舊時用它比喻婦女的眉毛。

36〔蓮步〕舊稱婦女的腳步。

37〔良質〕優良的素質。

38〔冰清玉潤〕像冰一樣清澈，像玉一樣光潔滑潤。

39〔閃爍文章〕閃爍，光亮閃動；文章，指顏色花紋錯雜相間。

40〔香培玉篆〕用香料造就，用玉石刻成。篆，刻。

41〔鳳翥龍翔〕翥（ㄓㄨˋ／zhù），高飛；翔，翱翔。

42〔秋蕙〕香草名。秋初開花，氣味清香。

43〔西子〕即春秋時越國美女西施。

44〔王嬙〕即漢元帝時宮女王昭君，後嫁匈奴。

45〔瑤池〕神話傳說中崑崙山上的池名，為西王母所居之處。

46〔吹簫引去〕據「列仙傳」記載：春秋時，秦穆公有個女兒弄玉，嫁給了愛吹簫的蕭史，弄玉學吹簫，模仿鳳的叫聲，果然引得鳳凰飛來。於是二人便乘鳳凰飛升上天。

47〔紫府〕仙府。

48〔譯文〕她剛離開柳林，才走出花房。
凡她走過的地方，鳥兒從樹上驚起飛翔；
她的腳步將到，身影兒早過了迴廊。
仙女的衣袖剛一舒展呵，
早聞到麝蘭般的芳香；
荷花般的衣裳將要舞動呵，
只聽得環珮叮噹作響。
春桃般的臉兒現出笑窩呵，
流雲似的髮髻堆成青山模樣；
櫻桃小口微微張開呵，
石榴子般的牙齒含著清香。
那擺動的苗條的細腰呵，
像雪花飛舞微風迴盪；
頭上的明珠翠玉璀璨閃光，
不是鴨綠便是鵝黃。
她在花叢中時隱時現呵，

喜笑嗔怒都那樣美觀大方；
在水池邊徬徨留戀呵，
飄飄然像要騰空飛揚。
又細又彎的眉兒將要皺起呵，
似乎想要說話而又沒有聲響；
嬌弱的腳步剛一挪動呵，
像要停步卻又走向前方。
我羨慕美人的優良素質呵，
像冰那樣清澈如玉那樣潔白光亮；
我愛慕美人的華麗衣裳呵，
花紋燦爛閃爍發光。
我愛美人的容貌呵，
如同香料培出美玉雕琢一樣；
把美人的神態風度打個比方，
像是鳳在飛舞龍在翱翔。
她的潔白像什麼？
春天的梅花帶雪開放；
她的純潔像什麼？
秋天的蕙草身披寒霜。
她安靜時像什麼？
猶如青松在幽谷生長。
她的艷麗像什麼？
彩霞映照清澈的池塘。
她的文雅像什麼？
像蛟龍在彎曲的池沼裡游蕩；

她的神采像什麼？
猶如皎潔的月光照射寒江。
——遠看使西施羞慚，近看使王嬙愧怍。
她生在那裡？來自何方？
若不是瑤池赴宴歸來，
數一無二的仙女；
一定是乘風吹簫飛升到
仙宮裡無與倫比的姑娘。

49〔簡評〕以上一歌一賦是表現警幻仙姑的。警幻仙姑是作者著力塑造的一個女神的形象。她是太虛幻境的主宰者。這篇賦側重寫她的外貌，作者以鋪張的手法，華麗的詞藻，描繪了仙姑的「容貌」、「華服」、「良質」、「態度」，凸顯出仙子的美麗，飄渺的特色。

上一首歌則揭示了警幻仙姑的思想。根據此回小說的敘述，她是受榮寧二公鬼魂「剖腹深囑」，要將寶玉「規引入正」。這首歌以「春夢」比喻男女的愛情，以「飛花」比喻命運悲慘的女子，說明這兩者都是不能長存的，青年男女不必去自尋煩惱。什麼是青年的正路呢？她勸誡寶玉要「留意於孔孟之間，委身於經濟之道」。作者以讚美、熱愛的感情來描寫她。

50〔孽海情天〕孽，罪惡。佛教把情欲說成是罪惡苦難的根源，即所謂情孽。「孽海情天」，意即情欲的罪孽深如海，高於天。

51〔厚地高天，堪嘆古今情不盡；痴男怨女，可憐風月債難酬〕情意比天高比地厚，令人嘆息的是從古至今的情意沒有完了的時候；痴情的男子，哀怨的女子，令人可憐的是愛情的債務難以酬還。風月，男女情事；風月債，以欠債還債比喻愛情。

52〔膏肓〕臟腑中的一個部分。古代故事，有「病鬼」在這裡隱藏，針和藥都達不到。後世對於病症到了不能醫治的程度常說「病入膏肓」。

53〔隨喜〕佛家以為行善事可生「歡喜心」。隨人作善事稱為「隨喜」。引申對於到廟中的一般行動也都稱「隨喜」。

54〔春恨秋悲皆自惹，花容月貌為誰妍〕春天的怨恨秋天的悲傷都是自己招惹，鮮花似的容顏明月般的相貌究竟為誰嬌艷？

55〔滃（ㄨㄥ／wēng）染〕中國畫技法的一種，即用墨水或淡彩潤刷畫面，不露筆痕或少露筆痕。

56〔霽（ㄐㄧˋ／jì）月二句〕霽，雨後新晴；霽月，雨後月出，點出「晴」字；彩雲，成花紋的雲彩，點出「雯」（ㄨㄣˊ／wén）字；難逢和易散寓晴雯的一生遭遇很不好。

57〔心比天高，身為下賤〕晴雯雖然是出身卑微，但她的品質高尚。

58〔風流靈巧〕指晴雯的美麗聰明。

59〔壽夭句〕夭，未成年死去；壽夭，年歲不大就死去，晴雯死時，只有十六歲；誹謗，指王善保家的和襲人等對晴雯的誹謗。

60〔多情公子〕指賈寶玉。

61〔譯文〕
雨後的明月多麼難遇，
天空的雲彩容易飄散。
剛強的心比天還高，

但身為奴婢是那樣低賤。
美麗聰明招致別人恨怨。
短命而亡多是因為遭到誣陷，
那多情的公子只有白白地思念。

62〔簡評〕晴雯是大觀園裡地位「下賤」的婢女，但她「心比天高」，具有剛烈的性情。她敢於批評她所不滿的事情，因此而遭受殘酷無情的傷害，終於悲慘地死去。作者對她寄予深切的同情，表現了作者憐香惜玉的思想。

63〔一簇鮮花，一床破席〕襲人判詞的配畫是「一簇鮮花，一床破席」。「花」是襲人的姓，「席」是「襲」的諧音。「破席」暗示襲人與寶玉的私情。

64〔似桂如蘭〕桂，桂花；蘭，蘭花。古時常以這兩種香花比喻人的高貴品質。因襲人名字來自「花氣襲人知晝暖」的詩句，而蘭、桂都有馥郁的香氣，所以也暗指襲人的名字。

65〔優伶〕舊時把歌舞戲劇藝人稱作優伶。這裡指蔣玉菡，襲人後來嫁給了他。

66〔公子〕指賈寶玉。

67〔譯文〕
性情溫柔和善也是枉然，
空誇她品德美好像桂花草蘭；
那演員有福多麼令人羨慕，
誰知道公子卻和她無緣。

68〔簡評〕襲人是賈府裡的大丫頭（丫頭分三等，她屬於上等），「溫柔和順」是對她性格的概括，「空云似桂如蘭」是對她品德的讚美，「優伶有福」、「公子無緣」一則寫出了襲人的結局。

69 〔一枝桂花……蓮枯藕敗〕香菱判詞的配畫是「一枝桂花，下面有一方池沼，其中水涸泥乾，蓮枯藕敗。」「桂花」，指薛蟠的妻子夏金桂。水涸泥乾的「池沼」比喻香菱所處的惡劣生活環境。「蓮藕」，指香菱，原名英蓮。

70 〔根並句〕菱和荷根兒相連，發出一脈芳香。暗含其名，香菱原名英蓮，蓮就是荷，菱與荷同生池中，所以說根在一起。

71 〔遭際〕遭遇。指英蓮被人拐賣，受薛蟠和夏金桂折磨。

72 〔兩地生孤木〕孤木，一個木，即木字旁；地，土也，兩「地」是兩個「土」字，合起來是「桂」字，隱括了夏金桂的名字。

73 〔致使句〕香魂，專指女人的靈魂；故鄉，指靈魂原來所在的地方；返故鄉，也就是死亡。最後兩句點出了香菱的悲慘結局是被夏金桂虐待致死。一百二十回本小說寫的與判詞不合，高鶚違背了曹雪芹的原意。

74 〔譯文〕

香菱蓮花根連根散發芳香，
一生的遭遇實在令人悲傷；
自從薛蟠娶了夏金桂，
致使她一命見了閻王。

75 〔簡評〕香菱是「鄉宦」甄士隱的女兒，由於被拐賣而淪為婢妾，遭到薛蟠、夏金桂的欺凌、折磨。作者對香菱不幸的命運，深表同情。高鶚的續書最後把香菱扶正，「遺一子於薛家以繼宗祧」，似改變了曹雪芹的原意。

76 〔兩株枯木……一股金簪〕林黛玉、薛寶釵判詞的配畫是「兩株枯木，木上懸著一圍玉帶；地下又有一堆雪，雪中一股金簪。」兩株枯木是「林」字，「玉帶」是黛玉諧音的倒置。

「雪」是薛的諧音，「金簪」和寶釵是同義詞。

77〔停機德〕典故。據「後漢書．列女傳」載：後漢人樂羊子到遠處去尋師求學，未滿期便返回家中。其妻拿刀走到織布機旁說：「你求學中途返回，跟割斷織的布有什麼兩樣？」樂羊子聽從了妻子的勸告，於是回去完成了學業。這個勸夫求學的樂羊子妻，成為賢妻的典範，後遂稱合乎傳統道德標準的婦女為有「停機德」。在此指薛寶釵力圖用傳統道德影響賈寶玉。

78〔詠絮才〕據「晉書．列女傳」載：有一次下雪，宰相謝安問：「白雪紛紛何所似？」他姪子謝朗說：「撒鹽空中差可擬。」姪女謝道韞說：「未若柳絮因風起。」後人因以「詠絮才」來稱讚女子的文才。這裡指林黛玉有文才。

79〔玉帶句〕「玉帶林」三字為「林黛玉」的倒念。玉帶本腰中之物，今掛林間，寓黛玉的悲劇命運。

80〔金簪句〕「金簪雪」寓薛寶釵的名字。雪裡埋，喻寶釵為傳統禮教犧牲的命運。

81〔譯文〕可嘆一個白有樂羊子妻般的賢德，
可惜一個空懷謝道韞樣的詩才！
這一個如白玉帶掛在林中，
那一個似金簪被積雪深埋。

82〔簡評〕林黛玉、薛寶釵是兩種典型的人物，薛寶釵具有「德」，林黛玉具有「才」。後兩句隱喻林黛玉的悲慘命運，和薛寶釵為傳統禮教犧牲的結局。過去，有新紅學派以兩人同在一首判詞來宣揚「釵黛合一論」。

83〔一張弓……一個香櫞〕賈元春判詞的配畫是「一張弓，弓上掛著一個香櫞。」「弓」是宮的諧音，「櫞」是元的諧音。暗喻元春被選進皇宮，充當了皇帝的妃嬪。

84 〔二十年來句〕元春自選入宮中作女史到死去共二十多年，二十年舉其約數。辨是非，指元春感到入宮作妃子是到了「那不得見人的去處」，體驗到了作宮女、妃子的痛苦生活。

85 〔三春〕指春季的三個月；暗指迎春、探春、惜春。爭及，怎及。初春，指元春。

86 〔虎兔句〕虎兔相逢，一說指虎年和兔年之交。據小說九十五回說，元春死在甲寅年的十二月十九日，十二月十八日立春，雖未過年，節氣已交立春，次年是乙卯年。「寅」的屬相是虎，「卯」的屬相是兔。大夢歸，指死亡。

87 〔譯文〕二十年來當妃子辨出了是非，
火紅的榴花開放映照宮闈；
三春時光怎及那初春景象，
虎年和兔年相交便夢醒魂歸。

88 〔簡評〕見「紅樓夢十二支曲．恨無常」。

89 〔兩個人……涕泣之狀〕賈探春判詞的配畫是「兩個人放風箏，一片大海，一隻大船，船中有一女子，掩面涕泣之狀。」「兩個人放風箏」，暗寓探春是賈府的妾趙姨娘生的，名分上又是王夫人的「女兒」，她的一生受嫡、庶兩種力量的影響、牽制。「風箏」暗喻她隨風飄蕩的命運。「一片大海，一隻大船」指她遠嫁海疆。

90 〔自〕縱然、即使。

91 〔運偏消〕運，命運；消，消退。

92 〔江邊望〕寓探春遠嫁海疆，思親望鄉。古代風俗，外出人在清明節到水邊祭祖。

93 〔千里句〕說探春嫁到千里之遙的地方，只能在夢中與親人相見。

94〔譯文〕縱然是才能清明志氣也很高，
怎奈是生在末世好運偏偏消失了；
清明節在江邊痛哭流涕遠處望，
願東風把思鄉的夢兒傳向千里遙遙。

95〔簡評〕見「紅樓夢十二支曲．分骨肉」。

96〔幾縷飛雲，一灣逝水〕史湘雲判詞的配畫是「幾縷飛雲，一灣逝水。」「水」指湘水，「飛雲逝水」隱喻史湘雲的名字，並暗示史湘雲家勢衰敗，終身不幸。

97〔富貴二句〕說史湘雲從小失去了父母，由親戚撫養，因而「金陵世勳史侯家」的富貴對她來說又有什麼用呢？襁褓（ㄑㄧㄤˇ ㄅㄠˇ／qiǎng bǎo），包裹嬰兒的被服，這裡指嬰兒時期。違，離開，死去。

98〔展眼句〕展眼，放眼。弔斜暉，憑弔夕陽的餘暉，夕陽西下，好景不長，指史湘雲婚後不久，丈夫得了重病。

99〔湘江句〕湘江，隱一「湘」字；楚雲，隱一「雲」字。因湘江在湖南，古為楚地，故稱楚雲。這裡用湘江逝去，白雲飛散，暗示湘雲後半生家勢衰落，命運悲慘。

100〔譯文〕生在富貴的人家又有什麼用？
還在幼兒時父母就雙亡；
放眼遠方憑弔夕陽的餘暉，
只見湘江流逝楚雲飛翔。

101〔簡評〕見「紅樓夢十二支曲．樂中悲」。

102 〔一塊美玉，落在泥污之中〕

妙玉判詞的配畫是「一塊美玉，落在泥污之中。」「美玉」指妙玉。「落在泥污之中」，暗喻妙玉的結局。

103 〔潔〕

即佛教中所標榜的淨。佛教認為：殺生吃肉、婚嫁生育等都是不潔淨的行為，甚至人世間沒有淨處，唯有佛教徒嚮往的「極樂世界」為「淨土」。

104 〔空〕

佛教認為萬事萬物都是虛空的，並以「四大皆空」（指地、水、火、風）作為教義。「云空未必空」是說想超脫一切，未必真能超脫一切。

105 〔金玉質〕

指其出身高貴。妙玉是「讀書仕宦之家」的小姐。

106 〔淖（ㄋㄠˋ nào）泥〕

爛泥。寓妙玉以後被劫的悲劇結局。

107 〔譯文〕

想求潔淨那能夠得潔淨，
說超脫塵世未必行得通；
可憐金玉般的千金小姐，
到頭來卻陷進爛泥之中。

108 〔簡評〕

見「紅樓夢十二支曲．世難容」。

109 〔一惡狼……欲啖之意〕

賈迎春判詞的配畫是「一惡狼，追撲一美女——欲啖（ㄉㄢˋ dàn）之意。」惡狼指迎春丈夫孫紹祖。美女，指迎春。暗示迎春受孫紹祖虐待而死。

110 〔子係句〕

子，你；係，是；子、係合成一個孫字。隱賈迎春的丈夫孫紹祖的姓。中山狼，古代寓言：趙簡子在中山打獵，一隻狼被趕得走投無路，後因東郭先生掩護得救。但趙簡子一走，狼不但不報恩，反而要吃掉東郭先生（明代馬中錫「中山狼傳」）。後來人們便把凶狠殘忍而又忘恩負義的人稱為中山狼。

這裡比喻忘恩負義的孫紹祖。

111〔金閨句〕金閨，華美的閨房；花柳質，比喻迎春像花柳那樣嬌弱，經不起摧殘。

112〔一載句〕載，年。赴黃粱，比喻死亡。黃粱夢，出自唐代沈既濟「枕中記」，故事寫盧生睡在呂翁所授的枕上，夢見自己榮華富貴的一生——年過八十而死時，大夢方醒，還不到燒熟黃粱米飯的時間。

113〔譯文〕你是一隻忘恩負義的狼，
一旦飛黃騰達便無比猖狂；
如花似柳的貴小姐，
摧殘得一年把命喪。

114〔簡評〕見「紅樓夢十二支曲．喜冤家」。

115〔一所古廟……看經獨坐〕賈惜春判詞的配畫是「一所古廟，裡面有一美人，在內看經獨坐。」暗示惜春的結局。

116〔勘破句〕勘破，即看破；三春，指暮春，時值春末，所以說盛景不長；又，三春，隱指元、迎、探三春。惜春從她們三人的「好景不長」中看破了世情，決心出家。

117〔緇（ㄗ／zī）衣〕黑色衣服，僧尼穿的服裝。

118〔繡戶侯門〕繡戶，富貴人家的閨房。侯門，豪門貴族之家。

119〔青燈〕舊時的植物油燈。這裡指供佛用的長明燈。

120〔譯文〕看破了三個姐姐好景不久長，
身穿青衣改換了當年的紅妝；

可憐這官宦人家的千金女，
獨坐在青燈下陪伴著佛像。

121〔簡評〕見「紅樓夢十二支曲．虛花悟」。

122〔一片冰山……一隻雌鳳〕王熙鳳判詞的配畫是「一片冰山，上有一隻雌鳳。」冰山，比喻即將傾塌的豪門貴族之家。雌鳳指王熙鳳。

123〔一從二令三人木〕概括了王熙鳳出嫁後的遭際。一從，順從賈府賈母史太君；二令，在賈府發號施令；三人木，「人木」合成一個「休」字，她最終被休棄。曹雪芹原意鳳姐的結局大概如此，但高鶚續書有很大出入。

124〔哭向金陵〕王熙鳳娘家在金陵（南京），被休後哭著回去。高鶚續寫她死後魂返金陵，與曹的原意不盡相同。

125〔譯文〕鳳凰偏偏生在衰亡的時代，
大家都知道愛慕她的幹才；
誰料她竟是「一從二令」後被休，
痛哭流涕回金陵下場更悲哀。

126〔簡評〕見「紅樓夢十二支曲．聰明累」。

127〔一座荒村……紡績〕巧姐判詞的配畫是「一座荒村野店，有一美人在那裡紡績。」暗示巧姐後來流落鄉村，過著貧民的生活。

128〔勢敗〕勢運衰敗，指賈府破落。

129〔家亡〕即家業凋零。

130〔偶因句〕村婦，似指劉姥姥。高鶚續書第一百十八回、一百十九回寫王仁、賈芸拐賣巧姐，為劉姥姥所救。

131〔巧得句〕巧，恰巧，並嵌一巧姐的「巧」字。遇恩人，遇到劉姥姥。

132〔譯文〕勢運衰敗休再提當年的富貴，
家業凋零切莫講什麼親不親；
因為偶然幫助過鄉下老婦，
巧姐才算遇到了救命恩人。

133〔簡評〕見「紅樓夢十二支曲．留餘慶」。

134〔一盆茂蘭……鳳冠霞帔的美人〕李紈判詞的配畫是「一盆茂蘭，旁有一位鳳冠霞帔的美人。」茂蘭，指李紈的獨生子賈蘭。鳳冠，古代貴族婦女的禮冠；霞帔，古代貴族婦女的禮服。美人指李紈。李紈也叫李宮裁，「鳳冠霞帔」，即暗切「宮裁」。

135〔桃李句〕李紈生賈蘭不久，丈夫賈珠就死去了。所以說李紈的婚姻生活，像春風中的桃李一樣，一到結果實，景色就完了。又，「李」、「完」暗寓李紈姓名。

136〔一盆蘭〕喻指李紈之子賈蘭。賈府子孫到「草」字輩，只有賈蘭「爵祿高登」，李紈也因此顯貴。

137〔如冰水好〕以冰之冷、水之潔比喻李紈恪守傳統禮教，過著清心寡欲的生活。又以「冰易融化，水易流失」比喻李紈在賈蘭中舉後的榮華不能長久。

138〔譯文〕春風中桃李開花結果便凋殘，
到頭來誰能比上她的一盆蘭；

品德如冰似水空使人嫉羨，
落得個白給別人作為笑談。

139 〔簡評〕見「紅樓夢十二支曲．晚韶華」。

140 〔一座高樓……懸梁自盡〕秦可卿判詞的配畫是「一座高樓，上有一美人懸梁自盡。」「脂硯齋評」：「秦可卿淫喪天香樓是作者用史筆也，老朽因有魂托鳳姐賈家後事二件……其言其意則令人悲切感服，故赦之。因命芹溪刪去。」所以，曹雪芹在書中沒有照原來的設想去寫，對秦的死處理得比較隱晦。

141 〔情天情海〕男女之情如天空、大海一樣廣闊深邃。

142 〔情既相逢〕暗指秦可卿與賈珍的曖昧關係。

143 〔漫言〕莫說，不要說。

144 〔造釁〕造成禍患。

145 〔譯文〕情天情海變幻出男女情深，
兩個浪蕩人相遇必生淫心；
別說沒出息的子孫都在榮府，
最初造成禍患的倒是寧府人。

146 〔簡評〕見「紅樓夢十二支曲．好事終」。

147 〔打這悶葫蘆〕猜測不明白的事。

148 〔光搖朱戶金鋪地，雪照瓊窗玉作宮〕朱紅大門黃金鋪地如陽光映射，美玉飾窗築宮似冰雪照耀。形容警幻仙子住處的光彩奪目、華麗潔淨。

149〔國朝〕當代的人對本朝的稱呼，這裡暗指清朝。

150〔定鼎〕舊指建立王朝或定都。相傳大禹鑄九鼎，歷朝傳為國寶。「鼎」便成為國家政權的象徵。

151〔功名奕（ㄧˋ／yì）世〕功名，指官職和科舉資格；奕世，代代相傳。奕，在這裡是連續的意思。

152〔運終數盡〕運，命運；數，氣數，氣運。運和數本都是宿命論的說法。

153〔怪譎（ㄐㄩㄝˊ／jué）〕怪異。

154〔群芳髓〕寓意「群芳碎」。後邊茶名「千紅一窟」，寓意「千紅一哭」；酒名「萬艷同杯」，寓意「萬艷同悲」。暗示少年女子們的悲慘命運。

155〔唾絨〕是舊時一種調情的表示。唾，吐；絨，極細的繡花線。舊日婦女繡花，繡線有斷頭，就用嘴咬掉。與男子調情時，則將口中絨線吐向對方。南唐李煜「一斛珠」詞：「繡床斜凭嬌無那，爛嚼紅茸，笑向檀郎唾。」（紅茸即紅絨。）

156〔菩提〕梵文音譯，意譯為「覺」、「智」、「道」等，此處指得道成仙的仙子。

157〔檀板〕檀木製成的拍板，演奏音樂時打拍子用。

158〔箏〕中國古代的弦樂器，有弦十三至十六根。

159〔傳奇〕此處指傳奇劇本。傳奇是明代以唱南曲為主的戲曲形式，後來也兼用少數北曲，分「齣」或「折」。

160〔生旦淨末〕戲曲角色行當。扮演男性人物叫生；扮演女性人物叫旦；扮演性格剛烈的男性人物叫淨，即花臉；末，主要是扮演中年男性的人物，現在京劇歸入老生一類。

161 〔南北九宮之調〕 中國古代以宮、商、角、變徵（ㄓˇ／zhǐ）、徵、羽、變宮為七聲。其中任何一聲為主都可以構成一種調式。凡以宮為主的調式稱「宮」或「宮調」，以其他聲為主的則只稱「調」。實際戲曲裡常用的南曲（戲曲音律中的一派，盛於明代）、北曲（盛於元代）曲牌（曲調名稱），大都屬於正宮、中呂、南呂、仙呂、黃鐘五宮，大石調、雙調、商調、越調四調，合稱九宮調或南北九宮。

162 〔個中人〕 此中人，指曾經親歷其境或深知其中道理的人。

163 〔曲〕 散曲。這十二支曲的曲牌都是作者自擬的。

164 〔嚼蠟〕 形容「無味」。

165 〔開闢鴻蒙〕 即開天闢地以來；鴻蒙，這裡指開天闢地前最原始的階段是一片茫茫。

166 〔情種〕 痴情的種子。

167 〔傷懷日〕 榮華富貴的「好日子」已經過去，所以感到心情悲傷。

168 〔寂寥時〕 由於作者親身經歷了由興盛到衰亡的現實生活，使他能在「寂寞無聊」時創作「紅樓夢」。

169 〔試遣愚衷〕 試圖表達自己內心的思想感情。遣，排遣；愚，自謙詞；衷，衷曲，情懷。

170 〔悲金悼玉〕 哀悼青年一代的不幸遭遇。金玉，並非專指寶釵、寶玉、黛玉。

171 〔譯文〕 自從開天闢地以來，
誰是天生的情種？

都只因為懷著深厚的兒女之情。
在這無可奈何，滿懷悲傷，
寂寞無聊的時候，
請讓我抒發內心的衷情：
因此啊，才編演出，
悲悼男女青年一代的「紅樓夢」。

172〔簡評〕「紅樓夢」十二支曲，同判詞一樣，預示了書中主要人物的身世、歷史和以賈府為代表的四大家族的結局。這支「引子」是「紅樓夢」組曲的「序曲」，它反映了曹雪芹創作本書時的時代背景、個人遭遇、心情以及創作意圖。面對著大家族「天崩地解」的形勢，曹雪芹內心充滿憤懣、寂寞和悲哀，無可奈何地唱出了「悲金悼玉」的輓歌。歷來一些新、舊「紅學家」們以引子裡的「情種」、「風月情濃」等詞句，推斷「紅樓夢」是「情場懺悔之作」。

173〔終身誤〕作者自擬的曲牌名，下面同此。曲牌名即概括那支曲子的題旨。

174〔金玉良緣〕金，指寶釵的金鎖；玉，指寶玉的「通靈寶玉」。在第八十四回裡鳳姐說寶玉和寶釵是「天配的姻緣」。

175〔木石前盟〕木，指林黛玉，第一回裡說她是靈河畔的絳珠仙草；石，指賈寶玉，第一回裡說他是青埂峰頑石轉世；前盟，前世的盟約。

176〔高士〕品德高尚的人，語帶諷刺。「雪」與「薛」同音，兼喻其冰冷。

177〔仙姝（ㄕㄨ／shū）〕美麗的仙女。這裡喻林黛玉聰明美麗。

178〔齊眉舉案〕案，進食用的短腳托盤。齊眉舉案即將托盤舉到與眉相平的高度。東漢梁鴻家貧，為人舂米，他的妻子孟光對他很恭順，每當他回來時，將拌好的飯用托盤舉到眼眉，遞給他吃。後用「舉案齊眉」比喻妻子對丈夫恭順（見「後漢書．梁鴻傳」）。

179〔譯文〕

都說我和寶釵是「金玉良緣」，
俺只是牢記著和黛玉的木石前盟。
白對著道貌岸然冷若冰霜的「薛」；
終不忘仙女般的孤高傲世的「林」。
可嘆這人世間，
今天我才相信美好的事情還有缺陷：
即使寶釵有孟光似的賢德，
我還是按捺不住憤懣的心情。

180〔簡評〕

這支曲子是以賈寶玉的口吻唱的，寫他對黛玉、寶釵的不同態度。表示他對與林黛玉之間的「木石前盟」不能忘懷，而對家庭強迫撮合的「金玉良緣」始終不滿。作者把它當作全書的線索進行描寫，有力地表現了作品的主題思想。

181〔凝眉〕皺眉。

182〔閬苑（ㄌㄤˋ ㄩㄢˋ／làng yuàn）仙葩（ㄆㄚ／pā）〕閬苑，傳說中仙人的園林；仙葩，仙花，這裡指林黛玉。

183〔美玉無瑕（ㄒㄧㄚˊ／xiá）〕瑕，玉的疵斑。完美無缺的玉，這裡指賈寶玉。

184〔心事終虛話〕心事，指寶、黛真心相愛的思想感情；虛話，空話。

185〔嗟（ㄐㄧㄝ／jiē）呀〕嘆息。

186 〔水中月、鏡中花〕都是虛幻的非真實的景象，以此來比喻寶、黛愛情的破滅，水中月指寶玉，鏡中花指黛玉。

187 〔譯文〕

一個是仙境裡的香花，
一個是純潔美玉無瑕。
若說沒有奇特的姻緣，
這輩子偏又遇著他；
若說有奇特的姻緣，
為什麼兩人相愛成了空話？
一個是枉然地獨自嘆氣，
一個是白白地勞神牽掛。
一個是水中的月亮，
一個是鏡子裡的鮮花。
試想眼中能有多少淚水，
怎能禁得從秋流到冬，
從春流到夏！

188 〔簡評〕這支曲子是寫寶、黛愛情悲劇的。它熱情歌頌了寶、黛的愛情，表達了作者對寶、黛愛情悲劇的同情。寶、黛在走向共同的道路上，締造了純潔的愛情。但是，傳統的思想，使他們的愛情造成悲劇的結局。

189 〔無常〕無常鬼。迷信說這種鬼勾魂。無常到，指死亡到。

190 〔爹娘夢裡〕高鶚續書中無元春給爹娘托夢事，但第八十六回敘元春生前，賈母曾夢見過她：「你們不信，元妃還和我說是：『榮華易盡，需要退步抽身。』」

191 〔黃泉〕本指地下水，入黃泉，表示人已死去。

192 〔天倫〕 指父子兄弟等親屬關係，這裡指父母。

193 〔譯文〕 喜的是榮華富貴正美好，
恨的是無常鬼又來到。
眼睜睜，把人間一切全部拋掉。
蕩悠悠，美好的魂靈消失了。
遙望家鄉，山高路迢迢。
只能在夢裡向爹娘來勸告：
女兒已埋黃泉下，
爹娘啊，退步抽身要及早！

194 〔簡評〕 這支曲子是寫賈元春的。她先是「因賢孝才德，選入宮作女史」，接著又「封為鳳藻宮尚書，加封賢德妃」，成為宮廷中的人物。但這種「烈火烹油，鮮花著錦」般的「榮華」並沒有給她帶來任何歡樂，實際上卻等於把她送進滿嵌著珠寶的囚籠，幽禁起來。

賈元春「二十年來」的宮廷生活，對於「四大家族」具有重大的意義，她是賈府在朝廷中的代表。她的死亡使賈府失去了有力的靠山，預示著「四大家族」的衰敗。這個曲子寫元春死後，托夢給賈政夫婦，勸告他們從仕途官場抽身退步，以挽救賈府的敗落。

作者描寫元春的「芳魂銷耗」時，用了如泣如訴的筆調，寄予了深切的哀悼。

195 〔分骨肉〕 指和家人分別遠離。

196 〔一帆句〕 指探春乘著一隻小船，冒著風雨，出嫁到了遙遠的海疆。

197 〔殘年〕 晚年，這裡指父母等老人。

198 〔窮通〕 窮困和顯達。

199〔譯文〕

風雨吹送孤舟行程三千，
從此拋棄了親人和家園，
唯恐離情別緒傷了二老。
勸爹娘，休要把女兒惦念：
自古來窮和富皆由命定，
離別團聚那能沒有因緣？
從今分兩地，各自保平安。
我走了，請不要再掛念。

200〔簡評〕

這支曲子是以探春的口吻唱的。探春在作者的筆下是作為改革家的形象出現的。「才自清明志自高」，概括了她的性格特徵，她既有「補天」之志，又有「補天」之才，在她協理家政的過程中，提出了不少的改革方案，妄圖支撐住將要坍塌的大廈。

但是，她生不逢時，腐朽的大廈注定要坍塌，要想「補天」是枉費心機，最後連她自己也沒有逃脫「把骨肉家園，齊來拋閃」的悲劇命運。探春的遠嫁，標誌著家族的衰亡已經到了分崩離析、骨肉飄零的地步。在書中，作者讚賞「才」和「志」，對探春的遭遇流露出深沉的惋惜，並認為這是「自古窮通皆有定，離合豈無緣」。

201〔綺羅叢〕綺羅，絲綢織品。叢，喻其多。這句指富貴人家。

202〔英豪闊大〕英豪，才氣過人，性格豪邁；闊大，器度開朗大方。

203〔縈（ㄧㄥˊ／yíng）〕纏繞。

204〔霽月光風〕光風，雨夜日出使草木映滿陽光。一般用霽月光風形容人胸懷磊落。

205〔廝配〕廝，相；廝配，相配。

206〔准折句〕准折，彌補；坎坷，道路高低不平，這裡指生活艱難。

207〔雲散高唐〕高唐，戰國時楚臺觀名，在雲夢澤中，宋玉「高唐賦」中寫：楚襄王曾遊高唐，夢中有仙女與他相會，仙女走時對楚襄王說：「妾在巫山之陽，高丘之陰，旦為朝雲，暮為行雨，朝朝暮暮，陽臺之下。」後遂以巫山雲雨、高唐雲雨等詞喻男女夫妻之情。「雲散高唐」，是說湘雲丈夫早死。

208〔水涸湘江〕湘江，隱湘雲的「湘」字；涸，水枯乾；水涸，似指湘雲隨家勢衰亡而窮困。

209〔這是句〕塵寰，人世間；消長（ㄓㄤˇ／zhǎng），即消滅和生長；數，必然的命運。

210〔譯文〕

可嘆你孩提時候父母就雙亡。
縱然生在豪門貴族，有誰嬌養？
幸虧你生來，性情豪爽寬宏大量，
從未把兒女私情，放在心上。
好像那，雨後明月和陽光照玉堂。
配了個才貌雙全的如意郎，
想博得白頭到老地久天長。
好彌補幼年時候艱難景況。
結果是家勢衰敗，丈夫夭亡，
這只因人世間盛衰命裡定，
何必空悲傷？

211〔簡評〕

這支曲子是寫史湘雲的。史湘雲從小父母雙亡，寄養在叔父史鼎家，不被寵愛。成人後，找了個「才貌仙郎」，可是不久丈夫早亡。隨後史家又敗落，這就是曲中所寫的史湘雲的「坎坷形狀」。史湘雲個人生活的變化，從側面寫出了史家的沒落，反映了四大家族的衰亡。

212〔氣質〕性情和品質。

213〔馥（ㄈㄨˋ／fù）〕芳香。

214〔啖〕吃。

215〔膻（ㄕㄢ／shān）〕腥騷的氣味。

216〔孤負〕辜負。

217〔紅粉句〕紅粉，代指年輕女子；朱樓，紅色的繡樓；春色闌，春色將盡，指青春凋殘。

218〔王孫公子〕貴族子弟。這裡指賈寶玉。

219〔譯文〕

氣質美好猶如香蘭，
才華出眾賽過神仙。
天生的孤僻性格人少見。
你說是吃肉太腥膻，
看那穿綢著緞太討厭；
那知道品質越高尚人們越嫉妒，
要知道過分潔淨世人都棄嫌。
可嘆你，青燈照著佛殿人將老，
辜負了，昔日紅樓青春快凋殘！
到頭來，依然是落入塵世違背心願；
好像那，沒有斑點的白玉陷泥潭，
又何必，讓公子哥兒感嘆與你沒因緣？

220〔簡評〕這支曲子是寫妙玉的。妙玉原是「仕宦之家」的小姐，由於家庭破落而遁入空門。她企圖在「佛門靜地」找一個避難所，但宗教不可能超脫現實社會的生活，「到頭來，依舊是風塵骯髒違心願」，「終陷淖泥中」。作者的這些描寫，某種程度地批評了宗教的禁欲主義。不過，作者對妙玉畢竟是同情和讚美的。

221〔喜冤家〕反語，實是恨冤家。

222〔中山狼〕喻指迎春的忘恩負義的丈夫孫紹祖。

223〔當日根由〕往日的恩義。孫紹祖的祖父原是賈府門生，在賈府的包庇下，了結了「不能了結之事」而逍遙法外。

224〔覷（ㄑㄩˋ／qù）〕看。

225〔蒲柳〕水楊。舊時常用來比喻地位低賤的人。

226〔譯文〕忘恩負義的豺狼，
不講情面的野獸。
全忘了當年的情深意厚，
只知道驕奢淫佚貪享受。
把侯門小姐視同蒲柳；
把公府千金當作丫頭。
可嘆她一年喪命埋荒丘。

227〔簡評〕這支曲子是寫賈迎春的。迎春是一個懦弱無能的侯門小姐。隨著賈府的衰敗，她成了債務的抵押品，嫁給中山狼後被「作踐的」「一載赴黃粱」。這就說明賈府已破落到骨肉不保的地步了。

作者在同情哀嘆迎春的不幸遭遇的同時，憤怒地批評了孫紹祖，他是一個趨炎附勢、荒淫殘暴的暴發戶的典型。

228〔三春看破〕三春，雙關語，字面上是看破了暮春時節好景不長；寓意是從元、迎、探三春的遭遇上看破了現實生活中好景不長。

229〔桃紅柳綠〕比喻榮華富貴。

230〔韶華〕美好的青春。韶，美好；華，年華。

231〔清淡天和〕指佛教宣揚的清心寡欲、超脫塵世的境界。清淡，清心寡欲；天和，事物順從自然規律的生長。覓天和，這裡指養性修道。

232〔天上夭桃、雲中杏蕊〕唐代高蟾「下第後上永崇高侍郎」詩：「天上碧桃和露種，日邊紅杏倚雲栽。」朝廷士大夫以天、日喻皇帝，以雨露喻君恩；所以高蟾藉天上桃杏比在朝的顯貴。這裡的天上夭桃、雲中杏蕊都是比喻富貴榮華。

233〔白楊村〕古時墓地多種白楊，所以後來常用白楊暗指墳墓。

234〔青楓〕古時墓地也多種青楓，青楓林都是指墓地。

235〔更兼著〕再加上。

236〔生關死劫〕關劫，關頭，劫數。佛教所謂命定的災難。

237〔西方句〕西方，西天，佛教宣揚的極樂世界。娑娑（ㄙㄨㄛˊsuō），係「娑羅」之誤。相傳佛教創始人釋迦牟尼，死於兩棵娑羅樹之間，因此佛教徒把娑羅樹叫作寶樹。

238〔長生果〕果，佛語，佛教徒稱致力於修行積「功德」，接受了佛教的「真理」，叫

「果」。長生果，是說惜春嚮往佛祖的歸宿，希望領悟佛教所謂「真理」，達到「圓寂」境界。

239 〔譯文〕

把三春的盛景看破，
到處桃紅柳綠又如何？
你把美妙的青春毀滅，
追求清心寡欲的生活。
說什麼天上鮮桃長得盛，
雲中杏花開得多？
到頭來，嚴霜寒秋捱不過！
只見那，白楊村中有人哭，
　青楓林下鬼悲歌。
更加上，枯草無邊，
　盡把荒墳野墓掩沒，
這真是，昨貧今富空忙碌，
好像那，花開花謝白張羅。
像這樣，生死關頭誰能躲？
聽說是，西方寶樹叫婆娑，
上面結著長生果。

240 〔簡評〕

這支曲子是寫賈惜春的。在四大家族的迅速崩潰中，惜春從三位姐姐——元、迎、探「三春」的遭遇上，看破了「紅塵」。但她無力抗爭現實，找不著出路，只好選擇了「獨臥青燈古佛旁」的逃避現實的道路，這當然是消極的態度。

作者否定了「天上夭桃盛，雲中杏蕊多」的說法，而對「寶樹」結「長生果」有所肯定。他所謂「生關死劫誰能躲」，這是宿命論的觀點。

241 〔聰明累〕聰明反而被聰明所誤。

242 〔機關〕心眼。這裡指王熙鳳的權術和詭計。

243 〔卿卿〕卿，古代皇帝對臣下的稱呼，後來作為對女子的愛稱，也有用來稱男子的。

244 〔意懸懸〕提心吊膽。

245 〔忽〕忽然，突然。

246 〔譯文〕要盡心眼自以為聰明，
算來算去反斷送了自己性命！
生前已經把心操碎，
死後落得個白機靈。
本指望家庭富貴人安寧；
最終是家破人亡各奔騰。
半輩子提心吊膽白費心，
蕩悠悠恰似作了一場夢。
好像是大廈傾倒忽喇喇，
好像是油乾燈盡黑蒙蒙。
呀！一場歡喜突然變悲痛。
唉！一生禍福難斷定！

247 〔簡評〕這支曲子是寫王熙鳳的。王熙鳳是賈府的實權派，也是即將傾倒的家族「大廈」的支柱，為了支撐即將倒塌的「大廈」，她「機關算盡」，在家族內外間玩弄權術，在官場之中施展手段。她一手抓權，一手抓錢，十足表現出她的權欲和貪欲。在她短暫的幾年掌權中，製造了許多罪惡，直接死在她手上的就有好幾條人命，但是在家族注定走向衰亡的命運下，她的一切「機關」

都不能挽救「似燈將盡」的命運，結果是「一場歡喜忽悲辛」，「反算了卿卿性命」。對於她的遭遇，作者因此有「嘆人世，終難定」的感慨。

248〔餘慶〕因前輩的善行而使後人得到某種好處叫餘慶。「易」：「積善之家，必有餘慶。」這裡指因鳳姐偶然對劉姥姥施小惠積下善功，使巧姐免於被拐賣。

249〔陰功〕按佛教說法，人在陽間行善，閻王就在陰間給記上功勞，謂之陰功。這是因果報應的說法。

250〔狠舅奸兄〕據高鶚續書，狠舅指王仁，奸兄指賈芸。

251〔乘除加減〕即消長、增損的意思。言人的命運皆由上天安排。

252〔蒼穹〕天空，這裡指老天爺。

253〔譯文〕是上輩留下的恩德，
是上輩留下的恩德，
大難臨頭遇恩人；
多虧我娘親，
多虧我娘親，
積攢陰功為後人。
奉勸世人們，
都要接濟窮苦人。
不要像我那狠舅奸兄，
為了金錢害親人！
一切善惡有報應，
老天在上看得真。

254〔簡評〕這支曲子是寫巧姐的。巧姐從公府千金小姐淪為荒村野店中的「紡織」窮婦，這是家族沒落所造成的。巧姐和王仁、賈芸的關係，說明了親族與親族間，在覆滅前早已揭去了溫情脈脈的面紗。作者把獲救於劉姥姥，看成是「幸娘親，積得陰功」的因果報應，因而有那種「勸人生，濟困扶窮」和「乘除加減，上有蒼穹」的想法。

255〔晚韶華〕美好的晚年。這裡是反語。

256〔鏡裡恩情〕恩情，指夫妻間的感情。李紈早寡，故說這種感情如鏡裡影子般的空虛。

257〔更那堪句〕又那能經得起兒子的功名像夢一樣很快消失。

258〔無常性命〕無常，即死亡。指賈蘭高升後很快死去；高鶚續書只寫賈蘭中舉而沒有寫很快死去，是違背曹雪芹原意的。

259〔陰騭（ㄓˋ／zhì）〕陰功，即暗中有德於人。

260〔譯文〕夫妻恩情成了鏡中的幻影。
那裡再能忍受住兒子功名落空！
美好青春的消失又是何等迅速！
別再提錦繡帳中夫妻恩情。
頭戴珠冠，身披鳳襖，
也抵擋不了死神的決定。
雖說是，都想人生老來不受貧，
也需要為兒孫多積攢德行。
意氣揚揚，頭戴簪纓冠，
金光閃閃，腰掛黃金印，
威風凜凜，官祿全榮升，
——轉眼間，昏沉沉淒慘，

死神即來臨！
試問自古至今將相功名何處尋？
也只是留了個空名叫後人崇敬。

261〔簡評〕這支曲子是寫李紈的。李紈是傳統社會培養出來的，是恪守「三從四德」的「賢妻良母」，是節婦烈女的典型。作者少著墨於她老來富貴的歡樂，而多描繪她守寡的苦悶和兒子的死亡，希望破滅，「枉與他人作笑談」的下場。對這種悲觀結局，作者的解釋是因為人生虛幻，沒有作到「陰隲積兒孫」。

262〔畫梁句〕畫梁，雕繪的屋梁。全句指秦可卿懸梁自盡事。

263〔擅風情〕擅長於風情。風情，指男女情事。

264〔秉月貌〕具有美麗的容貌。

265〔箕裘〕比喻繼承祖業的意思。「禮記．學記」：「良冶之子，必學為裘；良弓之子，必學為箕。」意思是說，要繼承冶煉的祖業，子孫必先學製裘（皮袍）；要繼承製造良弓的祖業，子孫必先學編簸箕之類的技術。

266〔敬〕指賈敬。

267〔寧〕指寧國府。

268〔譯文〕
在彩繪的房梁上自盡，
結束了青春，抖落了含香的灰塵。
擅長風月情，具有花月貌，
這就是賈府敗家的根本。
祖業衰退開始於賈敬，
家道消亡禍首，是寧府的可卿。
前生罪過，全因男女情！

269 〔簡評〕這支曲子是寫秦可卿的。從秦可卿判詞和本曲看，作者原計畫把她寫成一個淫婦，最後懸梁自盡。後經作者反覆修改，重新安排了她的結局。書中的秦可卿是一個頭腦較為清醒有遠見的人物，她死後還向鳳姐提供方案，為自己的家族策畫後事。「擅風情，秉月貌，便是敗家的根本」，作者把賈府的衰亡歸咎為「情」，顯然是受了把婦女當作「禍水」的思想的影響。

270 〔冤冤相報自非輕〕冤冤相報，即所謂冤家對頭世世循環報應。自非輕，指這種因果報應來歷不淺，並非輕易造成，意思是「前生命定」的。

271 〔遁入空門〕出家作和尚。遁，作逃解。空門，佛教的別稱。

272 〔譯文〕作官的，丟官家業破；
富貴的，金銀揮霍淨；
行善的，死裡揀條命；
作惡的，分明遭報應；
前生欠命的，性命已經還；
前生欠淚的，淚水已流淨：
前因後果並非輕易就造成，
分離聚合從來都是命注定。
命短本是前世造的孽，
老來富貴實在太僥倖。
看破「紅塵」的，出家作尼僧；
痴迷不悟的，白白送性命。
好像那吃完食的鳥雀各投林，
只剩一片白茫茫大地真乾淨！

273〔簡評〕這支曲子是十二支曲的總結。在曲中作者對「四大家族」的命運和十二個女子的悲劇結局作了總概括，四大家族最後結局就是「落了片白茫茫大地真乾淨」。全文中，作者是用因果報應等宿命論觀點來解釋四大家族的崩潰。

274〔每垂訓飭（ㄔˋ／zhì）〕經常教訓。垂，舊時上對下稱垂。

275〔睚眥（ㄧㄞˊㄗˋ／yá zì）〕發怒瞪眼。

276〔沁以仙茗〕拿好茶來供品嘗。沁，浸潤，滋潤肺腑。茗，茶。

277〔經濟〕「經邦濟世」，指所謂「辦理國計民生的大事」。與近代指「財政經濟」的含義不同。

278〔繾綣（ㄑㄧㄢˇㄑㄩㄢˇ／qiǎn quǎn）〕情意纏綿，戀戀不捨。

279〔荊榛（ㄓㄣ／zhēn）〕荊，荊棘，叢生多刺的灌木。榛，落葉灌木。荊榛泛指叢雜帶刺的草木。

280〔迷津〕佛教用語。迷妄的境界，指的是世界一切「聲色貨利」等項，皆能使人迷失本性。

281〔遙亙（ㄍㄣˋ／gèn）千里〕形容兩地相隔很遠。空間或時間上延續不斷，叫亙。

282〔木筏〕這裡意為「寶筏」。佛教把佛法喻為寶筏，說能超渡人的生死災難到達彼岸，如同木筏渡河一樣。

283 〔居士〕 佛教稱在家信佛的人為居士。

284 〔夜叉〕 印度語音譯。意為捷疾（行動迅速）惡鬼。後來用以比喻相貌醜陋、凶惡的人。

【第六回】賈寶玉初試雲雨情　劉姥姥一進榮國府

卻說秦氏因聽見寶玉夢中喚他的乳名，心中納悶，又不好細問。彼時寶玉迷迷惑惑，若有所失，遂起身解懷整衣，襲人過來給他繫褲帶時，剛伸手至大腿處，只覺冰冷黏濕的一片，嚇得忙褪回手來，問：「是怎麼了？」寶玉紅了臉，把他的手一捻，襲人本是個聰明女子，年紀又比寶玉大兩歲，近來也漸省人事，今見寶玉如此光景，心中便覺察了一半，不覺把個粉臉羞得飛紅❶，遂不好再問。仍舊理好衣裳，隨至賈母處來，胡亂吃過晚飯，過這邊來，趁眾奶娘丫鬟不在旁時，另取出一件中衣，與寶玉換上。

寶玉含羞央告道：「好姐姐，千萬別告訴人。」襲人也含著羞悄悄的笑問道：「你為什麼……」說到這裡，把眼又往四下裡瞧了瞧，才又問道：「那是那裡流出來的？」寶玉只管紅著臉不言語，襲人卻只瞅[1]著他笑，遲了一會，寶玉才把夢中之事細說與襲人聽。說到雲雨私情，羞得襲人掩面伏身而笑。寶玉亦素喜襲人柔媚嬌俏，遂強拉襲人同領警幻所訓之事。襲人自知賈母曾將他給了寶玉，也無可推托的，扭捏了半日，無奈何，只得和寶玉溫存了一番❷。自此寶玉視襲人更自不同，襲人待寶玉也越發盡職了。這話暫且不提。

且說榮府中合算起來，從上至下，也有三百餘口人，一天也有一二十件事，竟如亂麻一般，沒個頭緒可作綱領。正思從那一件事那一個人寫起方妙？卻好忽從千里之外，芥豆之微[2]，小小一個人家，因與榮府略有些瓜葛[3]，這日正往榮府中來，因此便就這一家說起，倒還是個頭緒。

原來這小小之家，姓王，乃本地人氏，祖上也作過一個小小京官，昔年曾與鳳姐之祖王夫人之父認識。因貪王家的勢利，便連了宗[4]，認作姪兒。那時只有王夫人之大兄鳳姐之父與王夫人隨在京的知有此一門遠族，餘者也皆不知。目今其祖早故，只有一個兒子，名喚王成，因家業蕭條，仍搬出城外鄉村中住了。王成亦相繼身故，有子小名狗兒，娶妻劉氏，生子小名板兒；又生一女，名喚青兒：一家四口，以務農為業。因狗兒白日間自作些生計，劉氏又操井臼[5]等事，青板姐弟兩個，無人照管，狗兒遂將岳母劉姥姥[6]接來，一處過活。

這劉姥姥乃是個久經世代的老寡婦，膝下又無子息，只靠兩畝薄田度日。如今女婿接了養活，豈不願意呢，遂一心一計，幫著女兒女婿過活。因這年秋盡冬初，天氣冷將上來，家中冬事未辦，狗兒未免心中煩躁，吃了幾杯悶酒，在家裡閑尋氣惱，劉氏不敢頂撞。因此劉姥姥看不過，便勸道：「姑爺，你別嗔著我多嘴：咱們村莊人家兒，那一個不是老老實實守著多大碗兒吃多大的飯呢！你皆因年小時候，托著老子娘的福，吃喝慣了，如今所以有了錢就顧頭不顧尾，沒了錢就瞎生氣，成了什麼男子漢大丈夫了！如今咱們雖離城住著，終是天子腳下。這『長安』城中，遍地皆是錢，只可惜沒人會去拿罷了。在家跳蹋[7]也沒用！」狗兒聽了道：「你老只會在炕頭上坐著混說，難道叫我打劫去不成？」

劉姥姥說道：「誰叫你去打劫呢？也到底大家想個方法兒才好。不然，那銀子錢會自己跑到咱們家裡來不成？」狗兒冷笑道：「有法兒還等到這會子呢！我又沒有收稅的親戚、作官的朋友，有什麼法子可想的？就有，也只怕他們未必來理我們呢！」

劉姥姥道：「這倒也不然。『謀事在人，成事在天』，咱們❸謀到了，靠菩薩的保佑，有些機會，也未可知。我倒替你們想出一個機會來。當日你們原是和金陵王家連過宗的。二十年前，他們看承你們還好，如今是你們拉硬屎[8]，不肯去就和他，才疏遠起來。想當初我和女兒還去過一遭，他家的二小姐，著實爽快會待人的，倒不拿大[9]。如今現是榮國府賈二老爺的夫人，聽見他們說，如今上了年紀，越發憐貧恤老的了，又愛齋僧[10]布施。如今王府雖升了官兒，只怕二姑太太還認得咱們，你為什麼不走動走動？或者他還念舊，有些好處也未可知。只要他發點好心，拔根寒毛比咱們的腰還壯呢！」劉氏接口道：「你老說得好。你我這樣嘴臉，怎麼好到他門上去？只怕他那門上人也不肯進去告訴，沒的[11]白打嘴現世[12]的！」

誰知狗兒利名心重，聽如此說，心下便有些活動；又聽他妻子這番話，便笑道：「姥姥既這麼說，況且當日你又見過這姑太太一次，為什麼不你老人家明日就去走一遭，先試試風頭兒去？」劉姥姥道：「哎喲！可是說的了：『侯門似海』[13]，我是個什麼東西兒！他家人又不認得我，去了也是白跑。」狗兒道：「不妨，我教給你個法兒。你竟帶了小板兒先去找陪房[14]周大爺，要見了他，就有些意思了。這周大爺先時和我父親交過一樁事，我們本極好的。」劉姥姥道：「我也知道。只是許多時不走動，知道他如今是怎樣？這也說不得了！你又是個男人，這麼個嘴臉❹，自然去不得。我們姑娘年輕的媳婦兒，也難賣頭賣腳[15]的，倒還是捨著我這副老臉去碰碰。果然有好處，大家也有益。」當晚計議已定。

次日天未明時，劉姥姥便起來梳洗了，又將板兒教了幾句話；五六歲的孩子，聽見帶了他進城逛去，喜歡得無不應承。於是劉姥姥帶了板兒，進城至寧榮街來。到了榮府大門前石獅子旁邊，只見滿門口的轎馬。劉姥姥不敢過去，撣撣衣服，又教了板兒幾句話，然後溜到角門前，只見幾個挺胸疊肚，指手畫腳的人坐在大門上，說東談西的。劉姥姥只得蹭[16]上來問：「太爺們納福[17]。」眾人打量了一會，便問：「是那裡來的？」劉姥姥陪笑道：「我找太太的陪房周大爺的。煩那位太爺替我請他出來。」那些人聽了，都不理他，半日，方說道：「你遠遠的那牆畸角兒等著，一會子他們家裡就有人出來。」內中有個年老的說道：「何苦誤他的事呢❺？」因向劉姥姥道：「周大爺往南邊去了。他在後一帶住著，他們奶奶兒倒在家呢。你打這邊繞到後街門上找就是了。」

劉姥姥謝了，遂領著板兒繞至後門上，只見門上歇著些生意擔子，也有賣吃的，也有賣玩耍的，鬧吵吵三二十個孩子在那裡。劉姥姥便拉住一個道：「我問哥兒一聲：有個周大娘在家麼？」那孩子翻眼瞅著道：「那個周大娘？我們這裡周大娘有幾個呢，不知那一個行當兒[18]上的？」劉姥姥道：「他是太太的陪房。」那孩子道：「這個容易，你跟了我來。」引著劉姥姥進了後院，到一個院子牆邊，指道：「這就是他家。」又叫道：「周大媽，有個老奶奶子找你呢。」

周瑞家的在內忙迎出來，問：「是那位？」劉姥姥迎上來笑問道：「好啊？周嫂子。」周瑞家的認了半日，方笑道：「劉姥姥，你好？你說麼，這幾年不見，我就忘了。請家裡坐。」劉姥姥一面走，一面笑說道：「你老是『貴人多忘事』了，那裡還記得我們？」說著，來至房中，周瑞家的命僱的小丫頭倒上茶來吃著。周瑞家的又問道：「板兒長了這麼大了麼！」又問些別後閑話，又問劉姥姥：「今日還是路過，還是特來的？」劉姥姥便說：「原是特來瞧瞧嫂子；二則也請請姑太太的安。若可以領我見一見更好，若不能，就借重嫂子轉致意罷了。」

周瑞家的聽了，便已猜著幾分來意。只因他丈夫昔年爭買田地一事，多得狗兒他父親之力，今見劉姥姥如此，心中難卻其意；二則也要顯弄自己的體面。便笑說：「姥姥你放心。大遠的誠心誠意來了，豈有個不叫你見個真佛兒去的呢？論理，人來客至，卻都不與我相干。我們這裡都是各一樣兒：我們男的只管春秋兩季地租子，閑了時帶著小爺們出門就完了；我只管跟太太奶奶們出門的事。皆因你是太太的親戚，又拿我當個人，投奔了我來，我竟破個例給你通個信兒去。——但只一件，你還不知道呢！我們這裡不比五年前了，如今太太不理事，都是璉二奶奶當家。你打量璉二奶奶是誰？就是太太的內姪女兒，大舅老爺的女孩兒，小名兒叫鳳哥的。」

劉姥姥聽了，忙問道：「原來是他？怪道呢，我當日就說他不錯。這麼說起來，我今兒還得見他了？」周瑞家的道：「這個自然，如今有客來，都是鳳姑娘周旋接待，今兒寧可不見太太，倒得見他一面，才不枉走這一遭兒。」劉姥姥道：「阿彌陀佛！這全仗嫂子方便了。」周瑞家的說：「姥姥說那裡話？俗語說得好：『與人方便，自己方便。』不過用我一句話，又費不著我什麼事。」說著，便喚小丫頭到倒廳[19]兒上悄悄的打聽老太太屋裡擺了飯了沒有。小丫頭去了。

這裡二人又說了些閑話。劉姥姥因說：「這位鳳姑娘，今年不過十八九歲罷了，就這等有本事，當這樣的家，可是難得的！」周瑞家的聽了道：「嗨！我的姥姥，告訴不得你了！這鳳姑娘年紀兒雖小，行事兒比是[20]人都大呢。如今出挑[21]得美人兒似的，少說著只怕有一萬心眼子，再要賭口齒，十個會說的男人也說不過他呢！回來你見了就知道了。——就只一件，待下人未免太嚴些兒。」說著，小丫頭回來說：「老太太屋裡擺完了飯了，二奶奶在太太屋裡呢。」

周瑞家的聽了，連忙起身催著劉姥姥：「快走，這一下來就只吃飯是個空兒，咱們先等著去。若遲了一步，回[22]事的人多了，就難說了。再歇了中覺，越發沒時候了。」說著，一齊下了炕，整頓衣服，又教了板兒幾句話，跟著周瑞家的，逶迤往賈璉的住宅來。先至倒廳，周瑞家的將劉姥姥安插住等著，自己卻先過影壁，走進了院門，知鳳姐尚未出來，先找著鳳姐的一個心腹通房[23]大丫頭名喚平兒的；周瑞家的先將劉姥姥起初來歷說明，又說：「今日大遠的來請安，當日太太是常會的，所以我帶了他過來。等著奶奶下來，我細細兒的回明了，想來奶奶也不致嗔著我莽撞的。」

平兒聽了，便作了個主意：「叫他們進來，先在這裡坐著就是了。」周瑞家的才出去領了他們進來。上了正房臺階，小丫頭打起猩紅氈簾，才入堂屋，只聞一陣香撲了臉來，竟不知是何氣味，身子就像在雲端裡一般。滿屋裡的東西都是耀眼爭光，使人頭暈目眩；劉姥姥此時只有點頭咂嘴念佛而已。於是走到東邊這間屋裡，乃是賈璉的女兒睡覺之所。平兒站在炕沿邊，打量了劉姥姥兩眼，只得問個好，讓上坐。劉姥姥見平兒遍身綾羅，插金戴銀，花容月貌，便當是鳳姐兒了，才要稱「姑奶奶」，只見周瑞家的說：「他是平姑娘。」又見平兒趕著周瑞家的叫他「周大娘」，方知不過是個有體面的丫頭。於是讓劉姥姥和板兒上了炕，平兒和周瑞家的對面坐在炕沿上，小丫頭們倒了茶來吃了。

劉姥姥只聽見咯當咯當的響聲，很似打籮篩麵的一般，不免東瞧西望的，忽見堂屋中柱子上掛著一個匣子，底下又墜著一個秤鉈似的[24]，卻不住的亂晃，劉姥姥心中想著：「這是什麼東西？有煞[25]用處呢？」正發呆時，陡聽得「當」的一聲，又若金鐘銅磬[26]一般，倒嚇得不住的展眼兒。接著一連又是八九下，欲待問時，只見小丫頭們一齊亂跑，說：「奶奶下來了。」平兒和周瑞家的忙起身說：「姥姥只管坐著，等是時候兒，我們來請你。」說著迎出去了。

劉姥姥只屏聲側耳默候，只聽遠遠有人笑聲，約有一二十個婦人，衣裙窸窣[27]，漸入堂屋，往那邊屋內去了。又見三兩個婦人，都捧著大紅油漆盒，進這邊來等候。聽得那邊說道「擺飯」，漸漸的人才散出去，只有伺候端菜的幾個人，半日鴉雀不聞。忽見兩個人抬了一張炕桌來，放在這邊炕上，桌上碗盤擺列，仍是滿滿的魚肉，不過略動了幾樣。板兒一見就吵著要肉吃，劉姥姥打了他一巴掌。忽見周瑞家的笑嘻嘻走過來，點手兒叫他❻，劉姥姥會意，於是帶著板兒下炕，至堂屋中間，周瑞家的又和他咕唧了一會子，方蹭到這邊屋內。

只見門外銅鉤上懸著大紅灑花軟簾，南窗下是炕，炕上大紅條氈，靠東邊板壁立著一個鎖子錦[28]的靠背和一個引枕，鋪著金線閃的大坐褥，旁邊有銀唾盒。那鳳姐家常帶著紫貂昭君套[29]，圍著那攢珠勒子[30]，穿著桃紅灑花襖，石青刻絲灰鼠披風[31]，大紅洋縐銀鼠皮裙；粉光脂艷，端端正正坐在那裡，手內拿著小銅火箸兒撥手爐內的灰。平兒站在炕沿

王熙鳳

邊，捧著小小的一個填漆[32]茶盤，盤內一個小蓋鍾兒。鳳姐也不接茶，也不抬頭，只管撥那灰，慢慢的道：「怎麼還不請進來？」一面說，一面抬身要茶時，只見周瑞家的已帶了兩個人立在面前了，這才忙欲起身，猶未起身，滿面春風的問好，又嗔著周瑞家的：「怎麼不早說！」劉姥姥已在地下拜了幾拜，問姑奶奶安。鳳姐忙說：「周姐姐，攙著不拜罷。我年輕，不大認得，可也不知是什麼輩數兒，不敢稱呼。」周瑞家的忙回道：「這就是我才回的那個姥姥了。」鳳姐點頭，劉姥姥已在炕沿上坐下了。板兒便躲在他背後，百般的哄他出來作揖，他死也不肯。

鳳姐笑道：「親戚們不大走動，都疏遠了。知道的呢，說你們棄嫌我們，不肯常來；不知道的那起小人，還只當我們眼裡沒人似的。」劉姥姥忙念佛道：「我們家道艱難，走不起。來到這裡，沒得給姑奶奶打嘴，就是管家爺們瞧著也不像。」鳳姐笑道：「這話沒得叫人噁心，——不過托賴著祖父的虛名，作個窮官兒罷咧，誰家有什麼？不過也是個空架子。俗語兒說得好，『朝廷還有三門子窮親』呢，何況你我？」說著，又問周瑞家的：「回了太太了沒有？」周瑞家的道：「等奶奶的示下。」鳳姐兒道：「你去瞧瞧，要是有人就罷；要得閑呢，就回了，看怎麼說。」周瑞家的答應去了。

這裡鳳姐叫人抓了些果子給板兒吃，剛問了幾句閑話時，就有家下許多媳婦兒管事的來回話。平兒回了，鳳姐道：「我這裡陪客呢，晚上再來回。要有緊事，你就帶進來現辦。」平兒出去，一會進來說：「我問了，沒什麼要緊的。我叫他們散了。」鳳姐點頭。只見周瑞家的回來，向鳳姐道：「太太說：『今日不得閑兒，二奶奶陪著也是一樣，多謝費心想著。要是白來逛逛呢便罷；有什麼說的，只管告訴二奶奶。』」劉姥姥道：「也沒甚的說，不過來瞧瞧姑太太姑奶奶，也是親戚們的情分。」周瑞家的道：「沒有什麼說的便罷；要有話，只管回二奶奶，和太太是一樣兒的。」一面說，一面遞了個眼色兒。

劉姥姥會意，未語先紅了臉，待要不說，今日所為何來？只得勉強說道：「論今日初次見，原不該說的；只是大遠的奔了你老這裡來，少不得說了……」剛說到這裡，只聽二門上小廝們回說：「東府裡小大爺進來了。」鳳姐忙和劉姥姥擺手道：「不必說了。」一面便問：「你蓉大爺在那裡呢？」只聽一路靴子響，進來了一個十七八歲的少年，面目清秀，身段苗條，美服華冠，輕裘寶帶。劉姥姥此時坐不是，站不是，藏沒處藏，躲沒處躲。鳳姐笑道：「你只管坐著罷，這是我姪兒。」劉姥姥才扭扭捏捏的在炕沿兒上側身坐下。

那賈蓉請了安，笑回道：「我父親打發來求嬸子，上回老舅太太給嬸子的那架玻璃炕屏[33]，明兒請個要緊的客，略擺一擺就送來。」鳳姐道：「你來遲了，昨兒已經給了人了。」賈蓉聽說，便笑嘻嘻的在炕沿上下個半跪道：「嬸子要不借，我父親又說我不會說話了；又要挨一頓好打。好嬸子，只當可憐我罷！」鳳姐笑道：「也沒見我們王家的東西都是好的？你們那裡放著那些好東西，只別看見我的東西才罷，一見了就想拿了去。」賈蓉笑道：「只求嬸娘開恩罷！」鳳姐道：「碰壞一點兒，你可仔細你的皮！」因命平兒拿了樓門上鑰匙，叫幾個妥當人來抬去。賈蓉喜得眉開眼笑，忙說：「我親自帶人拿去，別叫他們亂碰。」說著便起身出去了。

這鳳姐忽然想起一件事來：便向窗外叫：「蓉兒回來。」外面幾個人接聲說：「請蓉大爺回來呢。」賈蓉忙回來，滿臉笑容的瞅著鳳姐[7]，聽何指示。那鳳姐只管慢慢吃茶，出了半日神，忽然把臉一紅❽，笑道：「罷了，你先去罷。晚飯後你來再說罷。這會子有人，我也沒精神了。」賈蓉答應個是，抿著嘴兒一笑❾，方慢慢退去。

這劉姥姥方安頓了，便說道：「我今日帶了你姪兒，不為別的，因他爹娘連吃的沒有，天氣又冷，只得帶了你姪兒奔了你老來。」說著，又推板兒道：「你爹在家裡怎麼教你的？打發咱們來作煞事的？只顧吃果子！」鳳姐早已明白了，聽他不會說話，因笑道：「不必說了，我知道了。」因問周瑞家的道：「這姥姥不知用了早飯沒有呢？」劉姥姥忙道：「一早就往這裡趕咧，那裡還有吃飯的工夫咧？」鳳姐便命：「快傳飯來。」

一時周瑞家的傳了一桌客饌[34]，擺在東屋裡，過來帶了劉姥姥和板兒過去吃飯，鳳姐這裡道：「周姐姐好生讓著些兒，我不能陪了。」一面又叫過周瑞家的來問道：「方才回了太太，太太怎麼說了？」周瑞家的道：「太太說：『他們原不是一家子；當年他們的祖和太老爺在一處作官，因連了宗的，這幾年不大走動。當時他們來了，卻也從沒空過的；如今來瞧我們，也是他的好意，別簡慢了他。要有什麼話，叫二奶奶裁奪著就是了。』」鳳姐聽了說道：「怪道既是一家子，我怎麼連影兒也不知道！」

說話間，劉姥姥已吃完了飯，拉了板兒過來，舔唇咂嘴的道謝。鳳姐笑道：「且請坐下，聽我告訴你：方才你的意思，我已經知道了。論起親戚來，原該不等上門就有照應才是；但只如今家裡事情太多，太太上了年紀，一時想不到是有的。我如今接著管事，這些親戚們又都不大知道，況且外面看著，雖是烈烈轟轟，不知大有大的難處，說給人也未必信。你既大遠的來了，又是頭一遭兒和我張個口，怎麼叫你空回去呢？可巧昨兒太太給我的丫頭們作衣裳的二十兩銀子還沒動呢，你不嫌少，先拿了去用罷。」

那劉姥姥先聽見告艱苦，只當是沒想頭了，又聽見給他二十兩銀子，喜得眉開眼笑道：「我們也知道艱難的，但只俗語說的：『瘦死的駱駝比馬還大』呢。憑他怎樣，你老拔一根寒毛比我們的腰還壯哩！」周瑞家的在旁聽見他說得粗鄙，只管使眼色止他。鳳姐笑而不睬，叫平兒把那包銀子拿來，再拿一串錢，都送至劉姥姥跟前。鳳姐道：「這是二十兩銀子，暫且給這孩子們作件冬衣罷。改日沒事，只管來逛逛，才是親戚們的意思。天也晚了，不虛留你們了。到家該問好的都問個好兒罷。」一面說，一面就站起來了。

劉姥姥只是千恩萬謝的，拿了銀錢，跟著周瑞家的走到外邊。周瑞家的道：「我的娘！你怎麼見了他倒不會說話了呢？開口就是『你姪兒』；我說句不怕你惱的話：就是親姪兒也要說得和軟些兒。那蓉大爺才是他的姪兒呢，他怎麼又跑出這麼個姪兒來了呢！」劉姥姥笑道：「我的嫂子！我見了他，心眼兒裡愛還愛不過來，那裡還說得上話來？」二人說著，又到周瑞家坐了片刻，劉姥姥要留下一塊銀子給周家的孩子們買果子吃，周瑞家的那裡放在眼裡，執意不肯，劉姥姥感謝不盡，仍從後門去了。未知去後如何，且聽下回分解。

校記

❶「不覺把個粉臉羞得飛紅」，諸本作「不覺羞得紅脹了臉面」。

❷自「寶玉含羞央告道」至「只得和寶玉溫存了一番」一段，諸本作「寶玉含羞央道，好姐姐，千萬別告訴別人，襲人含羞笑問道，你夢見什麼故事了，是那裡流出來的那些髒東西，寶玉道，一言難盡，便把夢中之事細說與襲人知了，說至警幻所授雲雨之情，羞得襲人掩面伏身而笑，寶玉亦素喜襲人柔媚嬌俏，遂與襲人同領警幻所訓雲雨之事，襲人自知係賈母將他與了寶玉的，今便如此，亦不為越理，遂和寶玉偷試了一番，幸無人撞見」。

❸「咱們」原作「咱他」，從諸本改。

❹「嘴臉」原作「嘴眼」，從諸本改。

❺「何苦誤他的事呢」，諸本作「不要誤了他的事，何苦耍他」。

❻「點手兒叫他」，「點手兒」，原作「點兒手」，諸本作「招手兒」。今酌改「點手兒」。

❼「滿面笑容的瞅著鳳姐」，諸本作「垂手侍立」。

❽「忽然把臉一紅」六字，諸本作「方」。

❾「答應個是，抿著嘴兒一笑」，諸本無。

注釋

1〔瞅（ㄔㄡˇ／chǒu）〕看；一般較用「瞧」（ㄑㄧㄠˊ／qiáo）略輕率些，和「窺伺」意思的「溜湫」不同。

2〔芥豆之微〕比喻人的家境貧寒，地位低下。芥豆，即芥子和豆粒，兩者體積都很小。

3〔瓜葛〕指疏遠的親戚關係。

4〔連了宗〕本不是一族的人，因同姓而認了本家，叫「連宗」。

5〔操井臼（ㄐㄧㄡˋ／jiù）〕指作打水、舂米等家務事。

6〔姥姥〕北方一般習慣，外孫對外祖母稱「姥姥」，對外祖父稱「老爺」（見六十四回）。這兩個詞都是上一字重讀，下一字輕讀。又常以子女對某人的稱呼作為對這人的「公稱」。所以板兒對她的稱呼便成為王家以至賈家對她的共同稱呼了。

7〔跳蹋〕頓足，跳腳。引申來形容著急、發怒、沒辦法的情狀。

8〔拉硬屎〕強裝有理，裝硬，不認錯。這裡有「自恃清高」的含義。

9〔拿大〕自大，擺架子。

10〔齋僧〕供僧人吃飯。

11〔沒的〕無端地，沒來由或無緣無故地。

12〔打嘴現世〕這是由打嘴巴引申為丟臉的意思。

13〔侯門似海〕形容仕宦貴族之家深宅大院，門禁森嚴，一般人不得輕易進去。

14〔陪房〕女子結婚時從娘家帶去的僕人，叫作「陪房」。

15〔賣頭賣腳〕傳統禮教是不許婦女「拋頭露面」的。「賣頭賣腳」即指和人見面。

16〔蹭（ㄘㄥˋ／cèng）〕行動緩慢。

17〔納福〕接受祝福。舊時通信或見面時常用的問好話。

18〔行當兒〕「行當」一般的原指「行業」，這裡指所任職務的類別。

19〔倒廳〕大廳多數向南，那些坐南向北的廳房和有些前層廳房後面向後院開門的附屬部分，都叫「倒廳」。

20〔是〕這裡如同說「任何」，「無論那個」。參看第一百十三回注1。

21〔出挑〕年齡漸長，體貌改變。也說「出落」，「出息」。

22〔回〕此處指婢僕向主人請示、稟報事情。

23〔通房〕指「同居」，丫頭與東家同居，當時又叫作「收房」。

24〔秤鉈似的〕寫劉姥姥不識大坐鐘的「掛擺」。

25〔煞〕什麼。現在習慣寫作「啥」。這裡和作「特別」、「殺害」等義用的「煞」字不同。

26〔銅磬（ㄑㄧㄥˋ／qìng）〕古代的一種打擊樂器。

27〔窸窣（ㄒㄧ ㄙㄨˋ／xī sù）〕綢緞衣服摩擦所發出的輕微響聲。

28〔鎖子錦〕用金線織成鎖鏈形圖案的錦緞。

29〔昭君套〕如同圖畫上漢昭君所戴的式樣的帽罩。

30〔勒子〕珠石穿成的帽絆和錦緞作的帽箍都稱為「勒子」。

31〔披風〕即斗篷。

32〔填漆〕雕花填彩的漆器。

33〔炕屏〕炕上陳設的木器，都比較矮小。所以炕上的屏、几、桌名上都加「炕」。

34〔饌（ㄓㄨㄢˋ／zhuàn）〕飲食。

【第七回】送宮花賈璉戲熙鳳　宴寧府寶玉會秦鐘

話說周瑞家的送了劉姥姥去後，便上來回王夫人話，誰知王夫人不在上房，問丫鬟們，方知往薛姨媽那邊說話兒去了。周瑞家的聽說，便出東角門，過東院，往梨香院來。剛至院門前，只見王夫人的丫鬟金釧兒和那一個才留頭[1]的小女孩兒站在臺階兒上玩呢。看見周瑞家的進來，便知有話來回，因往裡呶嘴兒。

周瑞家的輕輕掀簾進去，見王夫人正和薛姨媽長篇大套的說些家務人情話，周瑞家的不敢驚動，遂進裡間來，只見薛寶釵家常打扮，頭上只綰著鬢兒，坐在炕裡邊，伏在几上和丫鬟鶯兒正在那裡描花樣子呢。見他進來，便放下筆，轉過身，滿面堆笑讓：「周姐姐坐。」周瑞家的也忙陪笑問道：「姑娘好？」一面炕沿邊坐了，因說：「這有兩三天也沒見姑娘到那邊逛逛去，只怕是你寶兄弟衝撞了你不成？」寶釵笑道：「那裡的話！只因我那宗病又發了，所以且靜養兩天。」周瑞家的道：「正是呢！姑娘到底有什麼病根兒？也該趁早請個大夫認真醫治醫治。小小的年紀兒，倒作下個病根兒，也不是玩的呢！」寶釵聽說笑道：「再別提起這個病！也不知請了多少大夫，吃了多少藥，花了多少錢，總不見一點效驗兒。後來還虧了一個和尚，專治無名的病症，因請他看了，他說我這是從胎裡帶來的一股熱毒，幸而我先天壯，還不相干；要是吃丸藥，是不中用的。他就說了個海上仙方兒，又給了一包末藥作引子，異香異氣的。他說犯了時吃一丸就好了。——倒也奇怪，這倒效驗些。」

周瑞家的因問道：「不知是什麼方兒？姑娘說了，我們也好記著，說給人知道；要遇見這樣病，也是行好的事。」寶釵笑道：「不問這方兒還好，若問這方兒，真把人瑣碎死了！東西藥料一概卻都有限，最難得是『可巧』二字：要春天開的白牡丹花蕊十二兩，夏天開的白荷花蕊十二兩，秋天的白芙蓉蕊十二兩，冬天的白梅花蕊❶十二兩。將這四樣花蕊於次年春分這一天曬乾，和在末藥一處，一齊研好；又要雨水這日的天落水十二錢，……」周瑞家的笑道：「噯呀！這麼說就得三年的工夫呢！倘或雨水這日不下雨，可又怎麼著呢？」寶釵笑道：「所以了！那裡有這麼可巧的雨？也只好再等罷了。還要白露這日的露水十二錢，霜降這日的霜十二錢，小雪這日的雪十二錢。把這四樣水調勻了，丸了龍眼大的丸子，盛在舊磁罈裡，埋在花根底下，若發了病的時候兒，拿出來吃一丸；用一錢二分黃柏[2]煎湯送下。」

周瑞家的聽了，笑道：「阿彌陀佛！真巧死了人。等十年還未必碰得全呢！」寶釵道：「竟好。自他去後，一二年間，可巧都得了，好容易配成一料，如今從家裡帶了來，現埋在梨花樹底下。」周瑞家的又道：「這藥有名字沒有呢？」寶釵道：「有。也是那和尚說的，叫作『冷香丸』。」周瑞家的聽了點頭兒，因又說：「這病發了時，到底怎麼著？」寶釵道：「也不覺什麼，不過只喘嗽些，吃一丸也就罷了。」

周瑞家的還要說話時，忽聽王夫人問道：「誰在裡頭？」周瑞家的忙出來答應了，便回了劉姥姥之事，略待半刻，見王夫人無話，方欲退出去，薛姨媽忽又笑道：「你且站住。我有一件東西，你帶了去罷。」說著便叫：「香菱。」簾櫳響處，才和金釧兒玩的那個小丫頭進來，問：「太太叫我作什麼？」薛姨媽道：「把那匣子裡的花兒拿來。」香菱答應了，向那邊捧了個小錦匣兒來。薛姨媽道：「這是宮裡頭作的新鮮花樣兒堆紗花[3]，十二枝。昨兒我想起來，白放著可惜舊了，何不給他們姐妹們戴去！昨兒要送去，偏又忘了；你今兒來得巧，就帶了去罷。你家的三位姑娘，每位兩枝，下剩六枝，送林姑娘兩枝，那四枝給鳳姐兒罷。」王夫人道：「留著給寶丫頭戴也罷了，又想著他們！」薛姨媽道：「姨太太不知，寶丫頭怪著呢！他從來不愛這些花兒粉兒的。」

說著，周瑞家的拿了匣子，走出房門，見金釧兒仍在那裡曬日陽兒，周瑞家的問道：「那香菱小丫頭子可就是時常說的、臨上京時買的、為他打人命官司的那個小丫頭嗎？」金釧兒道：「可不就是他。」正說著，只見香菱笑嘻嘻的走來，周瑞家的便拉了他的手細細的看了一回，因向金釧兒笑道：「這個模樣兒，竟有些像咱們東府裡的小蓉奶奶的品格兒。」金釧兒道：「我也這麼說呢。」周瑞家的又問香菱：「你幾歲投身到這裡？」又問：「你父母在那裡呢？今年十幾了？本處是那裡的人？」香菱聽問，搖頭說：「不記得了。」周瑞家的和金釧兒聽了，倒反為嘆息了一回。

一時周瑞家的攜花至王夫人正房後。原來近日賈母說孫女們太多，一處擠著倒不便，只留寶玉黛玉二人在這邊解悶，卻將迎春、探春、惜春三人移到王夫人這邊房後三間抱廈內居住，令李紈陪伴照管。如今周瑞家的故順路先往這裡來，只見幾個小丫頭都在抱廈內默坐，聽著呼喚。迎春的丫鬟司棋和探春的丫鬟侍書二人，正掀簾子出來，手裡都捧著茶盤茶鍾，周瑞家的便知他姐妹在一處坐著，也進入房內。只見迎春、探春二人正在窗下圍棋。周瑞家的將花送上，說明緣故，二人忙住了棋，都欠身道謝，命丫鬟們收了。

周瑞家的答應了，因說：「四姑娘不在房裡，只怕在老太太那邊呢？」丫鬟們道：「在那屋裡不是？」周瑞家的聽了，便往這邊屋裡來。只見惜春正同水月庵的小姑子智能兒兩個一處玩耍呢；見周瑞家的進來，便問他何事。周瑞家的將花匣打開，說明緣故，惜春笑道：「我這裡正和智能兒說，我明兒也要剃了頭跟他作姑子去呢，可巧又送了花來，要剃了頭，可把花兒戴在那裡呢？」說著，大家取笑一回，惜春命丫鬟收了。

周瑞家的因問智能兒：「你是什麼時候來的？你師父那禿歪剌[4]那裡去了？」智能兒道：「我們一早就來了。我師父見過太太，就往余老爺府裡去了，叫我在這裡等他呢。」周瑞家的又道：「十五的月例香供銀子可得了沒有？」智能兒道：「不知道。」惜春便問周瑞家的：「如今各廟月例銀子是誰管著？」周瑞家的道：「余信管著。」惜春聽了笑道：「這就是了。他師父一來了，余信家的就趕上來，和他師父咕唧了半日❷，想必就是為這個事了。」

那周瑞家的又和智能兒嘮叨了一回，便往鳳姐處來，穿過了夾道子，從李紈後窗下越過西花牆，出西角門，進鳳姐院中。走至堂屋，只見小丫頭豐兒坐在房門檻兒上，見周瑞家的來了，連忙的擺手兒，叫他往東屋裡去，周瑞家的會意，忙著躡手躡腳兒的往東邊屋裡來，只見奶子拍著大姐兒睡覺呢。周瑞家的悄悄兒問道：「二奶奶睡中覺呢嗎？也該請醒了。」奶子笑著，撇著嘴搖頭兒。正問著，只聽那邊微有笑聲兒，卻是賈璉的聲音。接著房門響，平兒拿著大銅盆出來，叫人舀水。

平兒便進這邊來，見了周瑞家的，便問：「你老人家又來作什麼？」周瑞家的忙起身拿匣子給他看道：「送花兒來了。」平兒聽了，便打開匣子，拿了四枝，抽身去了；半刻工夫，手裡拿出兩枝來，先叫彩明來，吩咐：「送到那邊府裡，給小蓉大奶奶戴的。」次後方命周瑞家的回去道謝。

周瑞家的這才往賈母這邊來，過了穿堂，頂頭忽見他的女孩兒，打扮著才從他婆家來。周瑞家的忙問：「你這會子跑來作什麼？」他女孩兒說：「媽，一向身上好？我在家裡等了這半日，媽竟不去，什麼事情這麼忙得不回家？我等煩了，自己先到了老太太跟前請了安了，這會子請太太的安去。媽還有什麼不了的差事？手裡是什麼東西？」周瑞家的笑道：「噯？今兒偏偏來了個劉姥姥，我自己多事，為他跑了半日；這會子叫姨太太看見了，叫送這幾枝花兒給姑娘奶奶們去。這還沒有送完呢！你今兒來，一定有什麼事情。」他女孩兒笑道：「你老人家倒會猜，一猜就猜著了！實對你老人家說：你女婿因前兒多喝了點子酒，和人分爭起來，不知怎麼叫人放了把邪火[5]，說他來歷不明，告到衙門裡，要遞解[6]還鄉。所以我來和你老人家商量商量，討個情分。不知求那個可以了事？」周瑞家的聽了道：「我就知道。這算什麼大事，忙得這麼著！你先家去，等我送下林姑娘的花兒就回去。這會兒太太二奶奶都不得閑兒呢！」他女孩兒聽說，便回去了，還說：「媽，好歹快來。」周瑞家的道：「是了罷！小人兒家沒經過什麼事，就急得這麼個樣兒。」說著，便到黛玉房中去了。

誰知此時黛玉不在自己房裡，卻在寶玉房中，大家解九連環[7]作戲。周瑞家的進來，笑道：「林姑娘，姨太太叫我送花兒來了。」寶玉聽說，便說：「什麼花兒？拿來我瞧瞧。」一面便伸手接過匣子來看時，原來是兩枝宮製堆紗新巧的假花，黛玉只就寶玉手中看了一看，便問道：「還是單送我一個人的，還是別的姑娘們都有呢？」周瑞家的道：「各位都有了，這兩枝是姑娘的。」黛玉冷笑道：「我就知道麼！別人不挑剩下的也不給我呀。」

周瑞家的聽了，一聲兒也不敢言語。寶玉問道：「周姐姐，你作什麼到那邊去了？」周瑞家的因說：「太太在那裡，我回話去了，姨太太就順便叫我帶來的。」寶玉道：「寶姐姐在家裡作什麼呢？怎麼這幾日也不過來？」周瑞家的道：「身上不大好呢？」寶玉聽了，便和丫頭們說：「誰去瞧瞧，就說我和林姑娘打發來問姨娘姐姐安，問姐姐是什麼病，吃什麼藥。論理，我該親自來的，就說才從學裡回來，也著了些涼，改日再親自來看。」說著，茜雪便答應去了。周瑞家的自去，無話。

原來周瑞家的女婿便是雨村的好友冷子興，近日因賣古董，和人打官司，故叫女人來討情。周瑞家的仗著主子的勢，把這些事也不放在心上，晚上只求求鳳姐便完了。

至掌燈時，鳳姐卸了妝，來見王夫人，回說：「今兒甄家送了來的東西，我已收了；咱們送他的，趁著他家有年下送鮮[8]的船，交給他帶了去了。」王夫人點點頭兒。鳳姐又道：「臨安伯老太太生日的禮已經打點了，太太派誰送去？」王夫人道：「你瞧誰閑著，叫四個女人去就完了；又來問我！」鳳姐道：「今日珍大嫂子來請我明日去逛逛，明日有什麼事沒有？」王夫人道：「有事沒事，都礙不著什麼。每常他來請，有我們，你自然不便；他不請我們單請你，可知是他的誠心叫你散蕩散蕩；別辜負了他的心，倒該過去走走才是。」鳳姐答應了。當下李紈探春等姐妹們也都定省畢，各歸房，無話。

次日鳳姐梳洗了，先回王夫人畢，方來辭賈母。寶玉聽了，也要逛去，鳳姐只得答應著，立等換了衣裳，姐兒兩個坐了車，一時進入寧府；早有賈珍之妻尤氏與賈蓉媳婦秦氏，婆媳兩個帶著多少侍妾丫鬟等接出儀門。

那尤氏一見鳳姐，必先嘲笑一陣，一手拉了寶玉，同入上房裡坐下。秦氏獻了茶，鳳姐便說：「你們請我來作什麼？拿什麼孝敬我？有東西就獻上來罷；我還有事呢！」尤氏未及答應，幾個媳婦們先笑道：「二奶奶，今日不來就罷；既來了，就依不得你老人家了。」正說著，只見賈蓉進來請安，寶玉因道：「大哥哥今兒不在家麼？」尤氏道：「今兒出城請老爺的安去了。」又道：「可是你怪悶的，坐在這裡作什麼？何不出去逛逛呢？」

秦氏笑道：「今日可巧：上回寶二叔要見我兄弟，今兒他在這裡書房裡坐著呢，為什麼不瞧瞧去？」寶玉便去要見，尤氏忙吩咐人小心伺候著跟了去。鳳姐道：「既這麼著，為什麼不請進來我也見見呢？」尤氏笑道：「罷，罷！可以不必見。比不得咱們家的孩子，胡打海摔[9]的慣了的。人家的孩子，都是斯斯文文的，沒見過你這樣潑辣貨，還叫人家笑話死呢！」鳳姐笑道：「我不笑話他就罷了，他敢笑話我！」賈蓉道：「他生得靦腆[10]，沒見過大陣仗[11]兒，嬸子見了，沒得生氣。」鳳姐啐道：「呸！扯臊[12]！他是『哪吒』[13]我也要見見。別放你娘的屁了！再不帶來打你頓好嘴巴子！」賈蓉溜湫著眼兒[14]笑道：「何苦嬸子又使利害！我們帶了來就是了。」——鳳姐也笑了——說著出去❸，一會兒，果然帶了個後生來，比寶玉略瘦些，眉清目秀，粉面朱唇，身材俊俏，舉止風流，似更在寶玉之上；只是怯怯羞羞有些女兒之態，靦腆含糊的向鳳姐請安問好。鳳姐喜得先推寶玉笑道：「比下去了！」便探身一把攥了這孩子的手，叫他身旁坐下，慢慢問他年紀讀書等事，方知他學名叫秦鐘。

早有鳳姐跟的丫鬟媳婦們，看見鳳姐初見秦鐘，並未備得表禮[15]來，遂忙過那邊去告訴平兒。平兒素知鳳姐和秦氏厚密，遂自作主意，拿了一疋尺頭[16]，兩個「狀元及第」[17]的小金錁子[18]，交付來人送過去；鳳姐還說太簡薄些。秦氏等謝畢，一時吃過了飯，尤氏、鳳姐、秦氏等抹骨牌[19]，不在話下。

寶玉秦鐘二人隨便起坐說話兒，那寶玉自一見秦鐘，心中便如有所失，痴了半日，自己心中又起了個呆想，乃自思道：「天下竟有這等的人物！如今看了，我竟成了泥豬癩狗了！可恨我為什麼生在這侯門公府之家？要也生在寒儒薄宦的家裡，早得和他交接，也不枉生了一世。我雖比他尊貴，但綾錦紗羅，也不過裹了我這枯株朽木；羊羔美酒，也不過填了我這糞窟泥溝。『富貴』二字，真真把人荼毒[20]了❹！」那秦鐘見了寶玉形容出眾，舉止不凡❺，更兼金冠繡服，艷婢嬌童[21]，——「果然怨不得姐姐素日提起來就誇不絕口❻，我偏偏生於清寒之家，怎能和他交接親厚一番，也是緣法❼。」二人一樣胡思亂想。寶玉又問他讀什麼書，秦鐘見問，便依實而答。二人你言我語，十來句話，越覺親密起來了。

一時捧上茶果吃茶，寶玉便說：「我們兩個又不吃酒，把果子擺在裡間小炕上，我們那裡去，省了鬧得你們不安。」於是二人進裡間來吃茶。秦氏一面張羅鳳姐吃果酒，一面忙進來囑咐寶玉道：「寶二叔，你姪兒年輕，倘或說話不防頭[22]，你千萬看著我，別理他。他雖靦腆，卻脾氣拐孤[23]，不大隨和兒。」寶玉笑道：「你去罷，我知道了。」秦氏又囑咐了他兄弟一回，方去陪鳳姐兒去了。

一時鳳姐尤氏又打發人來問寶玉：「要吃什麼，只管要去。」寶玉只答應著，也無心在飲食上，只問秦鐘近日家務等事。秦鐘因言：「業師[24]於去歲辭館，家父年紀老了，殘疾在身，公務繁冗，因此尚未議及延師，目下不過在家溫習舊課而已。再讀書一事，也必須有一二知己為伴，時常大家討論，才能有些進益——」寶玉不待說完，便道：「正是呢！我們家卻有個家塾，合族中有不能延師的便可入塾讀書，親戚子弟可以附讀。我因上年業師回家去了，也現荒廢著。家父之意，亦欲暫送我去，且溫習著舊書，待明年業師上來，再各自在家讀書。家祖母因說：一則家學裡子弟太多，恐怕大家淘氣，反不好；二則也因我病了幾天，遂暫且耽擱著。如此說來，尊翁如今也為此事懸心，今日回去，何不稟明，就在我們這敝塾中來？我也相伴，彼此有益，豈不是好事？」秦鐘笑道：「家父前日在家提起延師一事，也曾提起這裡的義學[25]倒好，原要來和這裡的老爺商議引薦；因這裡又有事忙，不便為這點子小事來絮聒[26]。二叔果然度量姪兒或可磨墨洗硯，何不速速作成，彼此不致荒廢，即可以常相聚談，又可以慰父母之心，又可以得朋友之樂，豈不是美事？」寶玉道：「放心，放心！咱們回來告訴你姐夫姐姐和璉二嫂子，今日你就回家稟明令尊，我回去稟明了祖母，再無不速成之理。」

二人計議已定，那天氣已是掌燈時分，出來又看他們玩了一回牌，算賬時，卻又是秦氏尤氏二人輸了戲酒的東道，言定後日吃這東道，一面又吃了晚飯。

因天黑了，尤氏說：「派兩個小子送了秦哥兒家去。」媳婦們傳出去半日。秦鐘告辭起身，尤氏問：「派誰送去？」媳婦們回說：「外頭派了焦大，誰知焦大醉了，又罵呢。」尤氏秦氏都道：「偏又派他作什麼？那個小子派不得？偏又惹他！」鳳姐道：「成日家說，你太軟弱了，縱得家裡人這樣，還了得嗎？」尤氏道：「你難道不知這焦大的？連老爺都不理他，你珍大哥哥也不理他。因他從小兒跟著太爺出過三四回兵，從死人堆裡把太爺背出來了，才得了命；自己挨著餓，卻偷了東西給主子吃；兩日沒水，得了半碗水，給主子喝，他自己喝馬溺。不過仗著這些功勞情分，有祖宗時，都另眼相待，如今誰肯難為他？他自己又老了，又不顧體面，一味的好酒，喝醉了無人不罵。我常說給管事的：以後不用派他差使，只當他是個死的就完了。今兒又派了他！」鳳姐道：「我何曾不知這焦大？到底是你們沒主意，何不遠遠的打發他到莊子上去就完了？」說著，因問：「我們的車可齊備了？」眾媳婦們說：「伺候齊了。」鳳姐也起身告辭，和寶玉攜手同行。

尤氏等送至大廳前，見燈火輝煌，眾小廝都在丹墀[27]侍立。那焦大又恃賈珍不在家，因趁著酒興，先罵大總管賴二，說他：「不公道，欺軟怕硬！有好差使派了別人；這樣黑更半夜送人，就派我，沒良心的忘八羔子！瞎充管家！你也不想想焦大太爺蹺起一隻腿，比你的頭還高些。二十年頭裡的焦大太爺眼裡有誰？別說你們這一把子的雜種們！」正罵得興頭上，賈蓉送鳳姐的車出來，眾人喝他不住，賈蓉忍不住便罵了幾句，叫人「捆起來！等明日酒醒了，再問他還尋死不尋死！」

那焦大那裡有賈蓉在眼裡？反大叫起來，趕著賈蓉叫：「蓉哥兒，你別在焦大跟前使主子性兒！別說你這樣兒的，就是你爹、你爺爺，也不敢和焦大挺腰子[28]呢！不是焦大一個人，你們作官兒，享榮華，受富貴！你祖宗九死一生掙下這個家業，到如今不報我的恩，反和我充起主子來了。不和我說別的還可；再說別的，咱們白刀子進去，紅刀子出來！」鳳姐在車上和賈蓉說：「還不早些打發了沒王法的東西！留在家裡，豈不是害？親友知道，豈不笑話咱們這樣的人家，連個規矩都沒有？」賈蓉答應了「是」。

眾人見他太撒野，只得上來了幾個，揪翻捆倒，拖往馬圈裡去。焦大益發連賈珍都說出來，亂嚷亂叫，說：「要往祠堂裡哭太爺去，那裡承望到如今生下這些畜生來！每日偷狗戲雞，爬灰的爬灰[29]，養小叔子的養小叔子，我什麼不知道？咱們『肐膊折了往袖子裡藏[30]』！」眾小廝見說出來的話有天沒日[31]的，唬得魂飛魄喪，把他捆起來，用土和馬糞滿滿的填了他一嘴。

鳳姐和賈蓉也遙遙的聽見了，都裝作沒聽見。寶玉在車上聽見，因問鳳姐道：「姐姐，你聽他說『爬灰的爬灰』，這是什麼話？」鳳姐連忙喝道：「少胡說！那是醉漢嘴裡胡唚[32]，你是什麼樣的人，不說沒聽見，還倒細問！等我回了太太，看是捶你不捶你！」嚇得寶玉連忙央告：「好姐姐，我再不敢說這些話了。」鳳姐哄他道：「好兄弟，這才是呢。等回去咱們回了老太太，打發人到家學裡去說明了，請了秦鐘學裡念書去要緊。」說著自回榮府而來。要知端的，下回分解。

校記

❶「白梅花蕊」，「白」字原無，從王本、脂本、戚本補。
❷「他（智能）師父一來了，余信家的就趕上來，和他師父咕唧了半日」，「和他」原作「他和」，從諸本改。
❸「賈蓉溜湫著眼兒笑道，何苦嬸子又使利害！我們帶了來就是了。鳳姐也笑了，說著出去」，諸本作「賈蓉笑道，我不敢強，就帶他來」。
❹「富貴二字，真真把人荼毒了」（「荼」原作「塗」），諸本作「富貴二字，不啻遭我荼（塗）毒了」。
❺「舉止不凡」，「凡」諸本作「浮」。
❻「果然怨不得姐姐素日提起來就誇不絕口」，諸本作「果然怨不得人人溺愛他，可恨」。
❼「怎能和他交接親厚一番，也是緣法」，諸本作「那能與他交接，可知貧富二字限人，亦世界上大不快事」。

＊第六回末及本回中有十二處「周瑞家的」，乙本原皆無「瑞」字，今參上下文例從諸本增，不一一校記。

注釋

1〔留頭〕女孩幼年剃髮；年齡漸長，先蓄頂心頭髮，再蓄全部頭髮。這種全部蓄髮叫作「留頭」，又叫「留滿頭」。

2〔黃柏〕即黃檗（ㄅㄛˋ bò），中草藥名，性寒味苦。

3〔堆紗花〕指用紗堆縫製成的簪飾花朵。

4〔禿歪剌〕禿，指光頭。歪剌，也說「歪剌骨」，「歪剌貨」，是罵人的話。也作「歪辣」。

5〔放了把邪火〕從旁挑撥，使人發怒。

6〔遞解（ㄐㄧㄝˋ jiè）〕舊時解往遠地的犯人，由沿途各地官衙派人輪流押送，叫遞解。

7〔九連環〕一種玩物，用鐵絲、銅絲或銀絲製成。一個長圈，一端是柄，中套九個圓環，每環下邊連著垂下的直絲，到下邊總聯起一個橫條。摘下套上，手續極繁。

8〔送鮮〕饋贈有季節性的新鮮食品，如應時的水果、魚蝦等。

9〔胡打海摔〕慣經磕碰，不嬌貴。

10〔靦腆（ㄇㄧㄢˇ ㄊㄧㄢˇ／miǎn tiǎn）〕害羞，不敢見生人。

11〔大陣仗〕大場面。

12〔扯臊〕如同說「扯淡」、「瞎說」。

13〔那吒（ㄋㄜˊ ㄓㄚˋ／né zhà）〕小說「封神演義」裡的一個神將，三頭六臂，很有本事。

14〔溜湫著眼兒〕從旁窺伺，隨時看風色，不敢正視的樣子。

15〔表禮〕又作表裡，指作禮物的衣料，又稱「尺頭」。第六十八回「上色尺頭」即指上等的衣料。

16〔尺頭〕衣料。

17〔狀元及第〕這裡指一種「吉祥圖案」，有的作騎馬、戴金花狀元及第的形狀，也有只用「狀元及第」四字的。這類「吉祥圖案」還有：「流雲百蝠」，用雲彩和蝙蝠構成，表示幸福的眾多（見第十七回）。「事事如意」，用雙柿和「如意」構成；「歲歲平安」是用穀穗、瓶子、鵪鶉構成（見第二十九回）。筆、銀錠、「如意」為「必定如意」（見第四十二回）。「雲龍捧壽」，是用雲龍和「壽」字作圖案；松、竹、梅為「歲寒三友」；玉蘭、海棠、牡丹為「玉堂富貴」；雜樣花卉為「八寶聯春」（都見第五十三回）。多半是諧音的「祝頌」詞句。

18 〔錁（ㄎㄜˋ／kè）子〕 金銀鑄成的小錠。

19 〔骨牌〕 用「骰子點」從「么」至「六」錯綜配合，每兩組「點」配成「一張牌」，共成三十二張。又名「牙牌」，或「牛兒牌」，有各種玩法。這裡「抹（摸）骨牌」，即指用骨牌遊戲或賭博。

20 〔荼（ㄊㄨˊ／tú）毒〕 毒害的意思。荼，一種苦菜；毒，毒蟲、毒蛇之類。

21 〔艷婢姣童〕 漂亮的丫頭，美好的侍童。

22 〔不防頭〕 冒失、粗心沒顧忌。

23 〔拐孤〕 乖僻、特別。

24 〔業師〕 教過自己的老師。

25 〔義學〕 也叫「義塾」。中國古代的一種免費私塾。有宗族辦的，也有私人集資或用地方公費辦的。

26 〔絮聒（ㄍㄨㄚ／guā）〕 嘮嘮叨叨。

27 〔丹墀（ㄔˊ／chí）〕 古代宮殿臺階上面的空地塗成紅色，叫「丹墀」。後來泛指高官貴族家庭正廳前的臺階上面。

28 〔挺腰子〕 擺架子。

29 〔爬灰〕 公公和兒媳「通奸」，被罵作「爬灰」。

30 〔肐膊折了往袖子裡藏〕 意思是把壞事、醜事遮掩起來。

31 〔有天沒日〕 毫無畏懼和顧忌。

32 〔胡唚〕 畜類嘔吐叫作「唚」。「胡唚」比罵人「胡說」更重。

【第八回】賈寶玉奇緣識金鎖　薛寶釵巧合認通靈

話說寶玉和鳳姐回家，見過眾人，寶玉便回明賈母要約秦鐘上家塾之事，自己也有個伴讀的朋友，正好發憤[1]；又著實稱讚秦鐘人品行事，最是可人憐愛的。鳳姐又在一旁幫著說：「改日秦鐘還來拜見老祖宗呢。」說得賈母喜歡起來。鳳姐又趁勢請賈母一同過去看戲。賈母雖年高，卻極有興頭。後日，尤氏來請，遂帶了王夫人、黛玉、寶玉等過去看戲。至晌午，賈母便回來歇息。王夫人本好清淨，見賈母回來，也就回來了。然後鳳姐坐了首席，盡歡至晚而罷。

卻說寶玉送賈母回來，待賈母歇了中覺，還要回去看戲，又恐攪得秦氏等人不便，因想起寶釵近日在家養病，未去看視，意欲去望他；若從上房後角門過去，恐怕遇見別事纏繞，又怕遇見他父親，更為不妥，寧可繞個遠兒。當下眾嬤嬤丫鬟伺候他換衣服，見不曾換，仍出二門去了；眾嬤嬤丫鬟只得跟隨出來，還只當他去那邊府中看戲，誰知到了穿堂兒，便向東北邊繞過廳後而去。偏頂頭遇見了門下清客相公[2]詹光、單聘仁二人走來，一見了寶玉，便都趕上來，笑著，一個抱著腰，一個拉著手，道：「我的菩薩哥兒！我說作了好夢呢，好容易遇見你了！」說著，又嘮叨了半日，才走開。老嬤嬤叫住，因問：「你們二位是往老爺那裡去的不是？」二人點頭道：「是。」又笑著說：「老爺在夢坡齋小書房裡歇中覺呢，不妨事的。」一面說，一面走了。說得寶玉也笑了，於是轉彎向北奔梨香院來。可巧管庫房的總領吳新登和倉上的頭目名叫戴良的，同著幾個管事的頭目，共七個人，從賬房裡出來，一見寶玉，趕忙都一齊垂手站立；獨有一個買辦，名喚錢華，因他多日未見寶玉，忙上來打千兒[3]請寶玉的安，寶玉含笑伸手叫他起來。眾人都笑說：「前兒在一處看見二爺寫的斗方兒[4]，越發好了，多早晚賞我們幾張貼貼。」寶玉笑道：「在那裡看見了？」眾人道：「好幾處都有，都稱讚得了不得，還和我們尋呢！」寶玉笑道：「不值什麼，你們說給我的小么兒[5]們就是了。」一面說，一面前走，眾人待他過去，方都各自散了。

閑言少述，且說寶玉來至梨香院中，先進薛姨媽屋裡來，見薛姨媽打點針黹與丫鬟們呢；寶玉忙請了安，薛姨媽一把拉住，抱入懷中笑說：「這麼冷天，我的兒！難為你想著來。快上炕來坐著罷。」命人：「沏滾滾的茶來。」寶玉因問：「哥哥沒在家麼？」薛姨媽嘆道：「他是沒籠頭的馬，天天逛不了，那裡肯在家一日呢？」寶玉道：「姐姐可大安了？」薛姨媽道：「可是呢！你前兒又想著打發人來瞧他。他在裡間不是，你去瞧。他那裡比這裡暖和，你那裡坐著，我收拾收拾就進來和你說話兒。」

寶玉聽了，忙下炕來到了裡間門前，只見吊著半舊的紅紬軟簾。寶玉掀簾一步進去，先就看見寶釵坐在炕上作針線，頭上綰著黑漆油光的鬢兒，蜜合色的棉襖，玫瑰紫二色金銀線的坎肩兒，蔥黃綾子棉裙：一色兒半新不舊的，看去不見奢華，惟覺雅淡❶。罕言寡語，人謂裝愚；安分隨時，自云「守拙」[6]。

寶玉一面看，一面問：「姐姐可大癒了？」寶釵抬頭看見寶玉進來，連忙起身含笑答道：「已經大好了，多謝惦記著。」說著，讓他在炕沿上坐下，即令鶯兒：「倒茶來。」一面又問老太太姨娘安，又問別的姐妹們好；一面看寶玉頭上戴著纍絲嵌寶紫金冠，額上勒著二龍捧珠抹額，身上穿著秋香色立蟒白狐腋箭袖，繫著五色蝴蝶鸞條，項上掛著長命鎖、記名符，——另外有那一塊落草時銜下來的寶玉。寶釵因笑說道：「成日家說你的這塊玉，究竟未曾細細的賞鑑過，我今兒倒要瞧瞧。」說著便挪近前來。寶玉亦湊過去，便從項上摘下來，遞在寶釵手內。寶釵托在掌上，只見大如雀卵，燦若明霞，瑩潤如酥，五色花紋纏護。

看官們須知道，這就是大荒山中青埂峰下的那塊頑石幻相，後人有詩嘲云：

女媧煉石已荒唐[7]，又向荒唐演大荒[8]。
失去本來真面目[9]，幻來新就臭皮囊[10]。
好知[11]運敗[12]金無彩[13]，堪嘆時乖[14]玉不光[15]。
白骨如山忘姓氏，無非公子與紅妝[16][17]。

那頑石亦曾記下他這幻相並癩僧所鐫篆文，今亦按圖畫於後面，——但其真體最小，方從胎中小兒口中銜下，今若按式畫出，恐字跡過於微細，使觀者大費眼光，亦非暢事，所以略展放些，以便燈下醉中可閱。今註明此故，方不致以胎中之兒口有多大，怎得銜此狼犺[18]蠢大之物為誚。

通靈寶玉正面[19]

通靈寶玉

莫失莫忘

仙壽恆昌

通靈寶玉反面[20]

一除邪祟

二療冤疾

三知禍福

寶釵看畢，又重新翻過正面來細看，口裡念道：「莫失莫忘，仙壽❷恆昌。」念了兩遍，乃回頭向鶯兒笑道：「你不去倒茶，也在這裡發呆作什麼？」鶯兒也嘻嘻的笑道：「我聽這兩句話，倒像和姑娘項圈上的兩句話是一對兒。」寶玉聽了，忙笑道：「原來姐姐那項圈上也有字？我也賞鑑賞鑑。」寶釵道：「你別聽他的話，沒有什麼字。」寶玉央及道：「好姐姐，你怎麼瞧我的呢！」寶釵被他纏不過，因說道：「也是個人給了兩句吉利話兒，鏨[21]上了，所以天天帶著；不然沉甸甸的，有什麼趣兒？」一面說，一面解了排扣，從裡面大紅襖兒上將那珠寶晶瑩、黃金燦爛的瓔珞[22]摘出來。寶玉忙托著鎖看時，果然一面有四個字，兩面八個字，共成兩句吉讖[23]。——亦曾按式畫下形相：

金鎖正面 24

金鎖反面 25

寶玉看了，也念了兩遍，又念自己的兩遍，因笑問：「姐姐，這八個字倒和我的是一對兒。」鶯兒笑道：「是個癩頭和尚送的，他說必須鏨在金器上——」寶釵不等他說完，便嗔著不去倒茶，一面又問寶玉從那裡來。

寶玉此時與寶釵挨肩坐著，只聞一陣陣的香氣，不知何味，遂問：「姐姐薰的是什麼香？我竟沒聞過這味兒。」寶釵道：「我最怕薰香！好好兒的衣裳，為什麼薰它？」寶玉道：「那麼著這是什麼香呢？」寶釵想了想，說：「是了！是我早起吃了冷香丸的香氣。」寶玉笑道：「什麼『冷香丸』，這麼好聞？好姐姐，給我一丸嘗嘗呢。」寶釵笑道：「又混鬧了。一個藥也是混吃的？」

一語未了，忽聽外面人說：「林姑娘來了。」話猶未完，黛玉已搖搖擺擺的進來，一見寶玉，便笑道：「哎喲！我來得不巧了！」寶玉等忙起身讓坐，寶釵笑道：「這是怎麼說？」黛玉道：「早知他來，我就不來了。」寶釵道：「這是什麼意思？」黛玉道：「什麼意思呢：來呢一齊來，不來一個也不來；今兒他來，明兒我來，間錯開了來，豈不天天有人來呢？也不致太冷落，也不致太熱鬧。——姐姐有什麼不解的呢？」

寶玉因見他外面罩著大紅羽緞對襟褂子[26]，便問：「下雪了麼？」地下老婆們說：「下了這半日了。」寶玉道：「取了我的斗篷來。」黛玉便笑道：「是不是？我來了他就該走了！」寶玉道：「我何曾說要去？不過拿來預備著。」寶玉的奶母李嬤嬤便說道：「天又下雪，也要看時候兒，就在這裡和姐姐妹妹一處玩玩兒罷。姨太太那裡擺茶呢。我叫丫頭去取了斗篷來，說給小么兒們散了罷？」寶玉點頭。李嬤嬤出去，命小廝們：「都散了罷。」

這裡薛姨媽已擺了幾樣細巧茶食，留他們喝茶吃果子。寶玉因誇前日在東府裡珍大嫂子的好鵝掌。薛姨媽連忙把自己糟的取了來給他嘗。寶玉笑道：「這個就酒才好！」薛姨媽便命人灌了上等酒來。李嬤嬤上來道：「姨太太，酒倒罷了。」寶玉笑央道：「好嬤嬤，我只喝一鍾。」李嬤嬤道：「不中用，當著老太太、太太，那怕你喝一罈呢！不是那日我眼錯不見[27]，不知那個沒調教的，只圖討你的喜歡，給了你一口酒喝，葬送得我挨了兩天罵！——姨太太不知道他的性子呢，喝了酒更弄性。有一天老太太高興，又盡著他喝；什麼日子又不許他喝。何苦我白賠在裡頭呢？」薛姨媽笑道：「老貨！只管放心喝你的去罷！我也不許他喝多了。就是老太太問，有我呢。」一面命小丫頭：「來，讓你奶奶去也吃一杯搪搪[28]寒氣。」那李嬤嬤聽如此說，只得且和眾人吃酒去。

這裡寶玉又說：「不必燙暖了，我只愛喝冷的。」薛姨媽道：「這可使不得：吃了冷酒，寫字手打顫兒。」寶釵笑道：「寶兄弟，虧你每日家雜學旁收[29]的，難道就不知道酒性最熱，要熱吃下去，發散的就快；要冷吃下去，便凝結在內，拿五臟去暖他，豈不受害？從此還不改了呢。快別吃那冷的了。」寶玉聽這話有理，便放下冷的，令人燙來方飲。

黛玉嗑著瓜子兒，只管抿著嘴兒笑。可巧黛玉的丫鬟雪雁走來給黛玉送小手爐兒，黛玉因含笑問他說：「誰叫你送來的？難為他費心。——那裡就冷死我了呢！」雪雁道：「紫鵑姐姐怕姑娘冷，叫我送來的。」黛玉接了，抱在懷中，笑道：「也虧了你倒聽他的話！我平日和你說的，全當耳旁風；怎麼他說了你就依，比聖旨還快呢！」寶玉聽這話，知道黛玉藉此奚落，也無回覆之詞，只嘻嘻的笑了一陣罷了。寶釵素知黛玉是如此慣了的，也不理他。薛姨媽因笑道：「你素日身子單弱，禁不得冷，他們惦記著你倒不好？」黛玉笑道：「姨媽不知道：幸虧是姨媽這裡，倘或在別人家，那不叫人家惱嗎？難道人家連個手爐也沒有，巴巴兒的打家裡送了來？不說丫頭們太小心，還只當我素日是這麼輕狂慣了的呢。」薛姨媽道：「你是個多心的，有這些想頭。我就沒有這些心。」

說話時，寶玉已是三杯過去了。李嬤嬤又上來攔阻。寶玉正在個心甜意洽之時，又兼姐妹們說說笑笑，那裡肯不吃？只得屈意央告：「好嬤嬤，我再吃兩杯就不吃了。」李嬤嬤道：「你可仔細今兒老爺在家，提防著問你的書！」

寶玉聽了此話，便心中大不悅，慢慢的放下酒，垂了頭。黛玉忙說道：「別掃大家的興！舅舅若叫，只說姨媽這裡留住你。——這嬤嬤，他又該拿我們來醒脾[30]了❸！」一面悄悄的推寶玉，叫他賭賭氣；一面咕噥[31]說：「別理那老貨！咱們只管樂咱們的！」那李嬤嬤也素知黛玉的為人，說道：「林姐兒，你別助著他了！你要勸他，只怕他還聽些。」黛玉冷笑道：「我為什麼助著他？——我也不犯著勸他。你這嬤嬤太小心了！往常老太太又給他酒吃，如今在姨媽這裡多吃了一口，想來也不妨事。必定姨媽這裡是外人，不當在這裡吃，也未可知。」李嬤嬤聽了，又是急，又是笑，說道：「真真這林姐兒，說出一句話來，比刀子還利害。」寶釵也忍不住笑著把黛玉腮上一擰，說道：「真真的這個顰丫頭一張嘴，叫人恨又不是，喜歡又不是。」

薛姨媽一面笑著，又說：「別怕，別怕，我的兒！來到這裡，沒好的給你吃，別把這點子東西嚇得存在心裡，倒叫我不安。只管放心吃，有我呢！索性吃了晚飯去。要醉了，就跟著我睡罷。」因命：「再燙些酒來，——姨媽陪你吃兩杯，可就吃飯罷。」寶玉聽了，方又鼓起興來。李嬤嬤因吩咐小丫頭：「你們在這裡小心著，我家去換了衣裳就來。」悄悄的回薛姨媽道：「姨太太別由他盡著吃了。」說著便家去了。

這裡雖還有兩三個老婆子，都是不關痛癢的，見李嬤嬤走了，也都悄悄的自尋方便去了。只剩了兩個小丫頭，樂得討寶玉的喜歡。幸而薛姨媽千哄萬哄，只容他吃了幾杯，就忙收過了。作了酸筍雞皮湯，寶玉痛喝了幾碗，又吃了半碗多碧粳粥[32]，一時薛林二人也吃完了飯，又釅釅[33]的喝了幾碗茶。薛姨媽才放了心。雪雁等幾個人，也吃了飯進來伺候。黛玉因問寶玉道：「你走不走？」寶玉乜斜[34]倦眼道：「你要走我和你同走。」黛玉聽說，遂起身道：「咱們來了這一日，也該回去了。」說著，二人便告辭。

小丫頭忙捧過斗笠來，寶玉把頭略低一低，叫他戴上，那丫頭便將這大紅猩氈斗笠一抖，——才往寶玉頭上一合，寶玉便說：「罷了，罷了！好蠢東西！你也輕些兒；難道沒見別人戴過？等我自己戴罷。」黛玉站在炕沿上道：「過來！我給你戴罷。」寶玉忙近前來。黛玉用手輕輕籠住束髮冠兒，將笠沿掖在抹額之上，把那一顆核桃大的絳絨簪纓扶起，顫巍巍露於笠外。整理已畢，端詳了一會，說道：「好了，披上斗篷罷。」寶玉聽了，方接了斗篷披上。薛姨媽忙道：「跟你們的嬤嬤都還沒來呢，且略等等兒。」寶玉道：「我們倒等著他們！有丫頭們跟著就是了。」薛姨媽不放心，吩咐兩個女人送了他兄妹們去。

他二人道了擾，一徑回至賈母房中。賈母尚未用晚飯，知是薛姨媽處來，更加喜歡。因見寶玉吃了酒，遂叫他自回房中歇著，不許再出來了，又令人好生招呼著。忽想起跟寶玉的人來，遂問眾人：「李奶子怎麼不見？」眾人不敢直說他家去了，只說：「才進來了，想是有事，又出去了。」寶玉踉蹌著回頭道：「他比老太太還受用呢！問他作什麼！沒有他只怕我還多活兩日兒。」一面說，一面來至自己臥室。只見筆墨在案。晴雯先接出來，笑道：「好啊，叫我研了墨，早起高興，只寫了三個字，扔下筆就走了，哄我等了這一天。快來給我寫完了這些墨才算呢！」寶玉方想起早起的事來，因笑道：「我寫的那三個字在那裡呢？」晴雯笑道：「這個人可醉了。你頭裡過那府裡去，囑咐我貼在門斗兒上的，我恐怕別人貼壞了，親自爬高上梯，貼了半天，這會子還凍得手僵著呢！」寶玉笑道：「我忘了，你手冷，我替你握著。」便伸手拉著晴雯的手，同看門斗上新寫的三個字。

一時黛玉來了，寶玉笑道：「好妹妹❹，你別撒謊，你看這三個字那一個好？」黛玉仰頭看見是「絳芸軒」三字，笑道：「個個都好。怎麼寫得這樣好了！明兒也替我寫個匾。」寶玉笑道：「你又哄我了。」說著又問：「襲人姐姐呢？」晴雯向裡間炕上努嘴兒。寶玉看時，見襲人和衣睡著。寶玉笑道：「好啊！這麼早就睡了。」又問晴雯道：「今兒我那邊吃早飯，有一碟子豆腐皮兒的包子。我想著你愛吃，和珍大奶奶要了，只說我晚上吃，叫人送來的。你可見了沒有？」晴雯道：「快別提了。一送來我就知道是我的。偏才吃了飯，就擱在那裡。後來李奶奶來了看見，說：『寶玉未必吃了，拿去給我孫子吃罷。』就叫人送了家去了。」正說著，茜雪捧上茶來，寶玉還讓：「林妹妹喝茶。」眾人笑道：「林姑娘早走了，還讓呢！」

寶玉吃了半盞，忽又想起早晨的茶來，問茜雪道：「早起沏了碗楓露茶，我說過那茶是三四次後才出色，這會子怎麼又斟上這個茶來？」茜雪道：「我原留著來著，那會子李奶奶來了，喝了去了。」寶玉聽了，將手中茶杯順手往地下一摔，豁瑯一聲，打了個粉碎，潑了茜雪一裙子。又跳起來問著茜雪道：「他是你那一門子的『奶奶』，你們這麼孝敬他？不過是我小時候兒吃過他幾日奶罷了，如今慣得比祖宗還大，攆出去大家乾淨！」說著立刻便要去回賈母。

原來襲人未睡，不過是故意兒裝睡，引著寶玉來慪[35]他玩耍；先聽見說字，問包子，也還可以不必起來；後來摔了茶鍾，動了氣，遂連忙起來解勸。早有賈母那邊的人來問：「是怎麼了？」襲人忙道：「我才倒茶，叫雪滑倒了，失手砸了鍾子了。」一面又勸寶玉道：「你誠心要攆他也好，我們都願意出去，不如就勢兒連我們一齊攆了，你也不愁沒有好的來伏侍你。」寶玉聽了，方才不言語了。襲人等便攙至炕上，脫了衣裳，不知寶玉口內還說些什麼，只覺口齒纏綿[36]，眉眼愈加餳澀，忙伏侍他睡下。襲人摘下那「通靈寶玉」來，用絹子包好，塞在褥子底下，恐怕次日帶時冰了他的脖子。那寶玉到枕就睡著了。彼時李嬤嬤等已進來了，聽見醉了，也就不敢上前，只悄悄的打聽睡著了，方放心散去。

次日醒來，就有人回：「那邊小蓉大爺帶了秦鐘來拜。」寶玉忙接出去，領了拜見賈母。賈母見秦鐘形容標致，舉止溫柔，堪陪寶玉讀書，心中十分喜歡，便留茶留飯，又叫人帶去見王夫人等。眾人因愛秦氏，見了秦鐘是這樣人品，也都歡喜，臨去時，都有表禮。賈母又給了一個荷包和一個金魁星[37]，取「文星和合」[38]之意。又囑咐他道：「你家住得遠，或一時冷熱不便，只管住在我們這裡。只和你寶二叔在一處，別跟著那不長進的東西們學。」秦鐘一一的答應，回家稟知他父親。

他父親秦邦業現任營繕司郎中[39]，年近七旬，夫人早亡；因年至五旬時尚無兒女，便向養生堂抱了一個兒子和一個女兒。誰知兒子又死了，只剩下個女兒，小名叫作可兒，又起個官名叫作兼美。長大時，生得形容裊娜，性格風流，因素與賈家有些瓜葛，故結了親。秦邦業卻於五十三歲上得了秦鐘，今年十二歲了；因去歲業師回南，在家溫習舊課，正要與賈親家商議附往他家塾中去；可巧遇見寶玉這個機會，又知賈家塾中司塾的乃現今之老儒賈代儒，秦鐘此去，可望學業進益，從此成名，因十分喜悅。只是宦囊羞澀[40]，那邊都是一雙富貴眼睛，少了拿不出來；因是兒子的終身大事所關，說不得東拼西湊，恭恭敬敬封了二十四兩贄見禮[41]，帶了秦鐘到代儒家來拜見，然後聽寶玉揀的好日子，一同入塾。塾中從此鬧起事來。未知如何，下回分解。

■校記

❶「惟覺雅淡」，諸本作「唇不點而紅，眉不畫而翠，臉若銀盆，眼如水杏」。

❷「仙壽」原作「壽仙」，從諸本改。

❸「只說姨媽這裡留住你這嬤嬤他又該拿我們來醒脾了」，諸本作「只說姨媽留著呢，這個嬤嬤，他吃了酒又拿我們來醒脾了」，斷句較易。

❹「好妹妹」，原作「好姐姐」；藤本作「好姐妹」。今從王本、金本改。

■注釋

1〔發憤〕這裡指發憤用功讀書。

2〔清客相公〕專門陪著大官們「談文論藝」玩樂的無聊文人被稱為「清客」。「相公」是類似「老爺」、「先生」一類的稱呼。

3〔打千兒〕清代滿族男子向人請安時所通行的禮節，上身前傾，右腳後彎，右手下垂，介乎作揖、下跪之間。

4〔斗方兒〕門屏槅扇上貼的方幅紙塊，上書吉語，叫作「斗方」，也指一般方幅詩箋、畫冊。

5〔小么兒〕「小廝」、「僕人」、小「聽差」。

6〔裝愚、守拙〕裝愚，不願顯露自己的見識和本領。守拙，不願應酬世務而以此自安。「人謂裝愚」、「自云守拙」，是薛寶釵處世態度的概括，也是作者對薛寶釵內斂性格的評語。

7〔女媧（ㄨㄚ／wā）句〕女媧煉石補天是神話故事，並非實有其事，故說是荒唐。

8 〔又向句〕荒唐，指荒唐的人世間。演大荒，演述大荒山石頭的故事。意思是說，「紅樓夢」是演述大荒山石頭的故事。

9 〔真面目〕即頑石的原貌。

10 〔幻來句〕幻來，變成。新就，新形成。臭皮囊，佛家認為人的軀體是污臭髒濁的，故稱臭皮囊。

11 〔好知〕深知。

12 〔運敗〕運數衰敗。

13 〔金無彩〕暗示薛寶釵淒涼暗淡的結局。金，指薛寶釵所佩之金鎖。

14 〔時乖〕時，時運；乖，背離；即時運不濟。

15 〔玉不光〕玉，代指賈寶玉，他的結局是窮困潦倒，不能「光宗耀祖」。

16 〔譯文〕

女媧煉石補天的傳說已經很荒唐，
又向荒唐的人間演述頑石入世的景象。
頑石下凡失去了原來的模樣，
變幻一番形成了污臭的皮囊。
深知道運數衰敗金鎖也無彩呵，
可嘆這時運不濟寶玉也不發光。
那如山的白骨早被人忘卻了名姓，
也無非都是些公子哥兒和姑娘。

17 〔簡評〕這首詩是說，「紅樓夢」是記述了頑石變幻入世後的故事。其實，這是作者的隱喻手法。在「紅樓夢」中，作者深刻地描寫了深居紅樓的豪門家族如何地走向衰敗、沒落，他們的權勢、富貴像夢一般地幻滅。詩中所謂「運敗」、「時乖」，指的是時運不濟的家族狀況，「金無彩」、「玉不光」也正是生活在這個環境的賈寶玉、薛寶釵思想性格發展的必然的悲劇結局。這是作者要著意表現的「真事」，但卻用荒唐的頑石故事來「隱去」了。

18 〔狼抗（ㄌㄤˊ ㄎㄤˋ／láng kàng）〕笨重。

19 〔通靈寶玉正面〕通靈寶玉，莫失莫忘，仙壽恆昌：靈，靈驗；仙壽，像神仙一樣長壽；恆昌，永遠昌盛興隆。

20 〔通靈寶玉反面〕弌除邪祟，弍療冤疾，弎知禍福：邪祟（ㄙㄨㄟˋ／suì），妖魔鬼怪帶給人的災禍；冤疾，冤孽之症；弌、弍、弎，即一、二、三。

21 〔鏨（ㄗㄢˋ／zàn）〕在金、玉、石上雕刻花紋文字。

22 〔瓔珞（ㄧㄥ ㄌㄨㄛˋ／yīng luò）〕古代一種用珠玉穿成串，戴在脖子上的裝飾品。

23 〔吉讖（ㄔㄣˋ／chèn）〕指以後要應驗的吉祥的預言。

24 〔金鎖正面〕不離不棄：指金鎖不能離身，不能丟棄。

25 〔金鎖反面〕芳齡永繼：舊稱年輕女子的年齡為芳齡；永繼，永遠保持。

26 〔大紅羽緞對襟褂子〕羽緞，一種毛製的衣料，不受水濕，用作褂子或斗篷，可防雨雪。第四十九回「羽縐」也是這種性質的衣料。

27 〔眼錯不見〕一眨眼的時間沒注意到，剎那間。

28 〔搪〕抵擋。

29 〔雜學旁收〕指不讀「四書」「五經」等儒家經典，而愛好詩詞小說和其他書籍。

30 〔醒脾〕開心的意思。

31 〔咕噥〕和嘟囔的意思相同（嘟囔又作嘟嘟囔囔），噘著嘴含混地自言自語。亦指低聲說私話。

32 〔碧粳（ㄐㄧㄥ／jīng）粥〕大米粥。碧粳，晚稻的一種，米香，有黏性。

33 〔釅（ㄧㄢˋ／yàn）〕濃，這裡指濃茶。

34 〔乜斜（ㄇㄧㄝ ㄒㄧㄝˊ／miē xié）〕眼睛瞇成一條縫，斜了眼看人。

35 〔慪（ㄡˋ／òu）〕又寫作「嘔」，故意引逗人。惹人發笑叫作嘔人笑。互相吵嘴、鬧意見、鬥氣，叫作「嘔氣」。

36 〔口齒纏綿〕語言不大清楚。

37 〔荷包、金魁星〕荷包是二寸餘扁圓形的抽口繡花小袋，是裝藥品、檳榔及細小物件的。金魁星是披髮、短衣、左手持斗、右手持筆的神怪形狀的「魁星」像。「魁星」是號稱「主管科舉」的「文星」。佩帶這種金製小像，具有祝頌科舉功名順利的意思。

38 〔文星和合〕文星，舊時說法，天上有文曲星，地上某人有文才，也認為是文曲星下凡。和合，相應和、結合。這裡是祝願秦鐘將來可以和文星一樣有文才。

39 〔營繕司郎中〕營繕司，屬工部的一個機構，掌管京都的修建工役；郎中，是主管營繕司的官員。

40〔宦囊羞澀（ㄙㄜˋ／sè）〕以前官吏謙稱自己的錢財不多。

41〔贄（ㄓˋ／zhì）見禮〕古代下對上、晚輩對長輩，初次求見時所送的禮物。

【第九回】

訓劣子李貴承申飭[1] 嗔[2]頑童茗烟鬧書房

話說秦邦業父子專候賈家人來送上學之信。原來寶玉急於要和秦鐘相遇，遂擇了後日一定上學，打發人送了信。到了這天，寶玉起來時，襲人早已把書筆文物收拾停妥，坐在床沿上發悶；見寶玉起來，只得伏侍他梳洗。寶玉見他悶悶的，問道：「好姐姐，你怎麼又不喜歡了？難道怕我上學去，撂得你們冷清❶了不成？」襲人笑道：「這是那裡的話？念書是很好的事，不然就潦倒一輩子了，終久怎麼樣呢？但只一件：只是念書的時候兒想著書，不念的時候兒想著家。總別和他們玩鬧，碰見老爺不是玩的。雖說是奮志要強，那功課寧可少些：一則貪多嚼不爛，二則身子也要保重。這就是我的意思，你好歹體諒些。」襲人說一句，寶玉答應一句。襲人又道：「大毛兒[3]衣服我也包好了，交給小子們去了。學裡冷，好歹想著添換，比不得家裡有人照顧。腳爐手爐也交出去了，你可逼著他們給你籠[4]上。那一起懶賊，你不說，他們樂得不動，白凍壞了你。」寶玉道：「你放心，我自己都會調停的。你們也可別悶死在這屋裡，長和林妹妹一處玩玩兒去才好。」說著俱已穿戴齊備，襲人催他去見賈母、賈政、王夫人。寶玉又囑咐了晴雯麝月幾句，方出來見賈母。賈母也不免有幾句囑咐的話。然後去見王夫人，又出來到書房中見賈政。

這日賈政正在書房中和清客相公們說閑話兒，忽見寶玉進來請安，回說上學去。賈政冷笑道：「你要再提『上學』兩個字，連我也羞死了。依我的話，你竟玩你的去是正經。看仔細站腌臢[5]了我這個地，靠腌臢了我這個門！」眾清客都起身笑道：「老世翁[6]何必如此。今日世兄[7]一去，二三年就可顯身成名的，斷不似往年仍作小兒之態了。——天也將飯時了，世兄竟快請罷。」說著便有兩個年老的攜了寶玉出去。

賈政因問：「跟寶玉的是誰？」只聽見外面答應了一聲，早進來三四個大漢，打千兒請安。賈政看時，是寶玉奶姆的兒子，名喚李貴的；因向他道：「你們成日家跟他上學，他到底念了些什麼書！倒念了些流言混話在肚子裡，學了些精緻的淘氣。等我閑一閑，先揭了你的皮，再和那不長進的東西算賬！」嚇得李貴忙雙膝跪下，摘了帽子碰頭，連連答應「是」，又回說：「哥兒已經念到第三本『詩經』[8]，什麼『呦呦鹿鳴，荷葉浮萍』[9]，小的不敢撒謊。」說得滿座哄然大笑起來，賈政也掌不住[10]笑了。因說道：「那怕再念三十本『詩經』，也是『掩耳盜鈴』[11]，哄人而已。你去請學裡太爺的安，就說我說的：什麼『詩經』、古文[12]，一概不用虛應故事[13]，只是先把『四書』一齊講明背熟，是最要緊的。」李貴忙答應「是」。見賈政無話，方起來退出去。

此時寶玉獨站在院外，屏聲靜候，等他們出來同走。李貴等一面撣衣裳，一面說道：「哥兒可聽見了？先要揭我們的皮呢！人家的奴才跟主子賺些個體面；我們這些奴才白陪著挨打受罵的。從此也可憐見些才好！」寶玉笑道：「好哥哥，你別委屈，我明兒請你。」李貴道：「小祖宗，誰敢望『請』，只求聽一兩句話就有了。」

說著又至賈母這邊，秦鐘早已來了，賈母正和他說話兒呢。於是二人見過，辭了賈母。寶玉忽想起未辭黛玉，又忙至黛玉房中來作辭。彼時黛玉在窗下對鏡理妝，聽寶玉說上學去，因笑道：「好！這一去，可是要『蟾宮折桂』[14]了！我不能送你了。」寶玉道：「好妹妹，等我下學再吃晚飯。那胭脂膏子也等我來再製❷。」嘮叨了半日，方抽身去了。黛玉忙又叫住問道：「你怎麼不去辭你寶姐姐來呢？」寶玉笑而不答，一徑同秦鐘上學去了。

原來這義學也離家不遠，原係當日始祖所立，恐族中子弟有力不能延師者，即入此中讀書；凡族中為官者，皆有幫助銀兩，以為學中膏火之費[15]；舉年高有德之人為塾師。如今秦寶二人來了，一一的都互相拜見過，讀起書來。自此後，二人同來同往，同起同坐，愈加親密。兼賈母愛惜，也常留下秦鐘，一住三五天，和自己重孫一般看待。因見秦鐘家中不甚寬裕，又助些衣服等物。不上一兩月工夫，秦鐘在榮府裡便慣熟了。寶玉終是個不能安分守理的人，一味的隨心所欲，因此發了癖性，又向秦鐘悄說：「咱們兩個人，一樣的年紀，況又同窗，以後不必論叔姪，只論弟兄朋友就是了。」先是秦鐘不敢，寶玉不從，只叫他「兄弟」，叫他表字「鯨卿」；秦鐘也只得混著亂叫起來。

原來這學中雖都是本族子弟與些親戚家的子姪，俗語說得好，「一龍九種，種種各別」[16]，未免人多了就有龍蛇混雜，下流人物在內。自秦寶二人來了，都生得花朵兒一般的模樣，又見秦鐘靦腆溫柔，未語先紅，怯怯羞羞，有女兒之風；寶玉又是天生成慣能作小服低，賠身下氣，性情體貼，話語纏綿；因他二人又這般親厚，也怨不得那起同窗人起了嫌疑之念；背地裡你言我語，詬誶謠諑[17]，布滿書房內外。

秦鐘

原來薛蟠自來王夫人處住後，便知有一家學，學中廣有青年子弟，偶動了「龍陽」[18]之興，因此也假說來上學，不過是「三日打魚，兩日曬網」，白送些束脩[19]禮物與賈代儒，卻不曾有一點兒進益，只圖結交些契弟[20]。誰想這學內的小學生，圖了薛蟠的銀錢穿吃，被他哄上手了，也不消多記。又有兩個多情的小學生，亦不知是那一房的親眷，亦未考真姓名，只因生得嫵媚風流，滿學中都送了兩個外號，一個叫「香憐」，一個叫「玉愛」。別人雖都有羨慕之意、「不利於孺子」[21]之心，只是懼怕薛蟠的威勢，不敢來沾惹。如今秦寶二人一來了，見了他兩個，也不免繾綣羨愛，亦知係薛蟠相知，未敢輕舉妄動；香玉二人心中，一般的留情與秦寶。因此四人心中雖有情意，只未發出。每日一入學中，四處各坐，卻八目勾留，或設言托意，或詠桑寓柳，遙以心照[22]，卻外面自為避人眼目。不料偏又有幾個滑賊看出形景來，都背後擠眉弄眼，或咳嗽揚聲。——這也非止一日。

可巧這日代儒有事回家，只留下一句七言對聯[23]，令學生對了明日再來上書[24]；將學中之事，又命長孫賈瑞管理。妙在薛蟠如今不大上學應卯[25]了，因此秦鐘趁此和香憐弄眉擠眼，二人假出小恭，走至後院說話。秦鐘先問他：「家裡的大人可管你交朋友不管——」一語未了，只聽見背後咳嗽了一聲，二人嚇得忙回顧時，原來是窗友名金榮的。香憐本有些性急，便羞怒相激，問他道：「你咳嗽什麼？難道不許我們說話不成？」金榮笑道：「許你們說話，難道不許我咳嗽不成？我只問你們：有話不分明說，許你們這樣鬼鬼祟祟的幹什麼故事？我可也拿住了！還賴什麼？先讓我抽個頭兒，咱們一聲兒不言語；不然大家就翻起來！」秦香二人就急得飛紅的臉，便問道：「你拿住什麼了？」金榮笑道：「我現拿住了是真的。」說著又拍著手笑嚷道：「貼得好燒餅！你們都不買一個吃去？」秦鐘香憐二人又氣又急，忙進來向賈瑞前告金榮，說金榮無故欺負他兩個。

原來這賈瑞最是個圖便宜沒行止的人，每在學中以公報私，勒索子弟們請他；後又助著薛蟠圖些銀錢酒肉，一任薛蟠橫行霸道，他不但不去管約，反「助紂為虐」[26]討好兒。偏那薛蟠本是浮萍心性，今日愛東，明日愛西，近來有了新朋友，把香玉二人丟開一邊；——就連金榮也是當日的好友，自有了香玉二人，便見棄了金榮，近日連香玉亦已見棄。故賈瑞也無了提攜幫襯之人，不怨薛蟠得新厭故，只怨香玉二人不在薛蟠跟前提攜了，因此賈瑞金榮等一干人，也正醋妒他兩個。今見秦香二人來告金榮，賈瑞心中便不自在[27]起來，雖不敢呵叱[28]秦鐘，卻拿著香憐作法[29]，反說他多事，著實搶白了幾句。香憐反討了沒趣，連秦鐘也訕訕的各歸坐位去了。

金榮越發得了意，搖頭咂嘴的，口內還說許多閑話，玉愛偏又聽見，兩個人隔坐咕咕唧唧的角起口來。金榮只一口咬定說：「方才明明的撞見他兩個在後院裡親嘴摸屁股，兩個商議定了，一對兒論長道短。」那時只顧得志亂說，卻不防還有別人，誰知早又觸怒了一個人。你道這一個人是誰？

原來這人名喚賈薔，亦係寧府中之正派玄孫❸，父母早亡，從小兒跟著賈珍過活，如今長了十六歲，比賈蓉生得還風流俊俏。他兄弟二人最相親厚，常共起居，寧府中人多口雜，那些不得志的奴僕，專能造言誹謗主人，因此不知又有什麼小人詬誶謠諑之辭。賈珍想亦風聞得些口聲不好，自己也要避些嫌疑，如今竟分與房舍，命賈薔搬出寧府，自己立門戶過活去了。這賈薔外相既美，內性又聰敏，雖然應名來上學，亦不過虛掩眼目而已；仍是鬥雞走狗、賞花閱柳❹為事。上有賈珍溺愛，下有賈蓉匡助，因此族中人誰敢觸逆於他。他既和賈蓉最好，今見有人欺負秦鐘，如何肯依？如今自己要挺身出來報不平，心中且忖度一番：「金榮賈瑞一等人，都是薛大叔的相知，我又與薛大叔相好，倘或我一出頭，他們告訴了老薛，我們豈不傷和氣呢。欲要不管，這謠言說得大家沒趣。如今何不用計制伏，又止息了口聲，又不傷臉面。」想畢，也裝出小恭去，走至後面，悄悄❺把跟寶玉書童茗烟叫至身邊，如此這般，調撥他幾句。

這茗烟乃是寶玉第一個得用且又年輕不諳事的，今聽賈薔說：「金榮如此欺負秦鐘，連你們的爺寶玉都干連在內，不給他個知道，下次越發狂縱。」這茗烟無故就要欺壓人的，如今得了這信，又有賈薔助著，便一頭進來找金榮，也不叫「金相公」了，只說：「姓金的，你什麼東西！」——賈薔遂跺一跺靴子，故意整整衣服、看看日影兒說：「正時候了。」遂先向賈瑞說有事要早走一步。賈瑞不敢止他，只得隨他去了。

這裡茗烟走進來，便一把揪住金榮問道：「我們屁股不肏，管你𣬉𣯠相干？橫豎沒肏你的爹罷了！你是好小子❻，出來動一動你茗大爺！」嚇得滿屋中子弟都芒芒❼的痴望。賈瑞忙喝：「茗烟不得撒野！」金榮氣黃了臉，說：「反了！奴才小子都敢如此，我只和你主子說。」便奪手要去抓打寶玉。秦鐘剛轉出身來，聽得腦後颼的一聲，早見一方硯瓦飛來，並不知係何人打來，卻打了賈藍賈菌的座上❽。

這賈藍賈菌亦係榮府近派的重孫。這賈菌少孤，其母疼愛非常，書房中與賈藍最好，所以二人同坐。誰知這賈菌年紀雖小，志氣最大，極是淘氣不怕人的。他在位上，冷眼看見金榮的朋友暗助金榮，飛硯來打茗烟，偏打錯了落在自己面前，將個磁硯水壺兒打粉碎，濺了一書墨水。賈菌如何依得，便罵：「好囚攮的們！這不都動了手了麼！」罵著，也便抓起硯臺來要飛。賈藍是個省事的，忙按住硯臺，忙勸道：「好兄弟，不與咱們相干。」賈菌如何忍得住，見按住硯臺，他便兩手抱起書篋子來，照這邊扔去。終是身小力薄，卻扔不到，反扔到寶玉秦鐘案上就落下來了。只聽豁啷一響，砸在桌上，書本、紙片、筆、硯等物，撒了一桌；又把寶玉的一碗茶也砸得碗碎茶流。

那賈菌即便跳出來，要揪打那飛硯的人。金榮此時隨手抓了一根毛竹大板在手，地狹人多，那裡經得舞動長板。茗烟早吃了一下，亂嚷❾：「你們還不來動手？」寶玉還有幾個小廝：一名掃紅，一名鋤藥，一名墨雨，這三個豈有不淘氣的，一齊亂嚷❿：「小婦[30]養的！動了兵器了！」墨雨遂掇起一根門閂，掃紅鋤藥手中都是馬鞭子，蜂擁而上。

賈瑞急得攔一回這個，勸一回那個，誰聽他的話？肆行大亂。眾頑童也有幫著打太平拳[31]助樂的，也有膽小藏過一邊的，也有立在桌上拍著手亂笑、喝著聲兒叫打的：登時鼎沸起來。

外邊幾個大僕人李貴等聽見裡邊作反起來，忙都進來一齊喝住，問是何故，眾聲不一，這一個如此說，那一個又如彼說。李貴且喝罵了茗烟等四個一頓，攆了出去。秦鐘的頭早撞在金榮的板上，打去一層油皮，寶玉正拿褂襟子替他揉，見喝住了眾人，便命：「李貴，收書！拉馬來，我去回太爺去！我們被人欺負了，不敢說別的，守禮來告訴瑞大爺，瑞大爺反派我們的不是，聽著人家罵我們，還調唆人家打我們。茗烟見人欺負我，他豈有不為我的；他們反打夥兒打了茗烟，連秦鐘的頭也打破了。還在這裡念書麼？」李貴勸道：「哥兒不要性急，太爺既有事回家去了，這會子為這點子事去聒噪[32]他老人家，倒顯得咱們沒禮似的。依我的主意，那裡的事情那裡了結，何必驚動老人家。——這都是瑞大爺的不是，太爺不在家裡，你老人家就是這學裡的頭腦了，眾人看你行事。眾人有了不是，該打的打，該罰的罰，如何等鬧到這步田地還不管呢？」賈瑞道：「我吆喝著都不聽。」李貴道：「不怕你老人家惱我：素日你老人家到底有些不是，所以這些兄弟不聽。就鬧到太爺跟前去，連你老人家也脫不了的。還不快作主意撕擄[33]開了罷！」寶玉道：「撕擄什麼？我必要回去的！」秦鐘哭道：「有金榮在這裡，我是要回去的了。」寶玉道：「這是為什麼？難道別人家來得，咱們倒來不得的？我必回明白眾人，攆了金榮去。」又問李貴：「這金榮是那一房的親戚？」李貴想一想，道：「也不用問了。若說起那一房親戚，更傷了兄弟們的和氣了。」

茗烟在窗外道：「他是東府裡璜大奶奶的姪兒，什麼硬掙仗腰子的[34]，也來嚇我們！璜大奶奶是他姑媽，你那姑媽只會打旋磨兒[35]給我們璉二奶奶跪著借當頭。我眼裡就看不起他那樣主子奶奶麼！」李貴忙喝道：「偏這小狗攮知道，有這些蛆嚼[36]喝！」寶玉冷笑道：「我只當是誰的親戚⓫，原來是璜嫂子姪兒，我就去向他問問！」說著便要走，叫茗烟進來包書。茗烟進來包書，又得意洋洋的道：「爺也不用自己去見他，等我去找他，就說老太太有話問他呢，僱上一輛車子拉進去，當著老太太問他，豈不省事？」李貴忙喝道：「你要死啊！仔細回去我好不好先捶了你，然後回老爺、太太，就說寶哥兒全是你調唆的⓬。我這裡好容易勸哄得好了一半，你又來生了新法兒！你鬧了學堂，不說變個法兒壓息了才是，還往火裡奔！」茗烟聽了，方不敢作聲。

此時賈瑞也生恐鬧不清，自己也不乾淨，只得委屈著來央告秦鐘，又央告寶玉。先是他二人不肯，後來寶玉說：「不回去也罷了，只叫金榮賠不是便罷。」金榮先是不肯⓭，後來經不得賈瑞也來逼他權賠個不是，李貴等只得好勸金榮，說：「原來是你起的頭兒，你不這樣，怎麼了局呢？」金榮強不過，只得與秦鐘作了個揖，寶玉還不依，定要磕頭。賈瑞只要暫息此事，又悄悄的勸金榮說：「俗語說的：『忍得一時忿，終身無惱悶。』」未知金榮從也不從，下回分解。

校記

❶「冷清」原作「清冷」，從諸本改。

❷「也等我來再製」，「來再」原作「再來」，從諸本改。

❸「玄孫」原作「元孫」，從諸本改。

❹「雖然應名來上學，亦不過虛掩眼目而已……賞花閱柳」，「應」原作「虛」，從脂本改。「賞」原作「嘗」，從諸本改。

❺「悄悄」原作「睄睄」，從諸本改。

❻「你是好小子」，「你」上原有「說」字，從諸本刪。

❼「芒芒」原作「忙忙」，從甲本、藤本改。王本作「茫茫」；脂本作「怔怔」。

❽「座上」原作「坐上」，「座」「坐」有通用例，今從俗依諸本改。

❾、❿「亂嚷」原作「亂囔」，從諸本改。

⓫「誰的親戚」，「的」字原缺，諸本作「誰的親」，今酌補「的」字。

⓬「全是你調唆的」，「的」字原缺，從諸本補。

⓭「金榮先是不肯」，「肯」原作「背」，從諸本改。

注釋

1〔申飭〕 即「申斥」，教訓、斥責。

2〔嗔（ㄔㄣ／chēn）〕 不滿、生氣、發怒。

3〔大毛兒〕 直毛的皮筩子，如狐皮、貂皮、猞猁皮等都可以叫大毛兒。但習慣多指白狐皮。

4〔籠〕 又寫作「攏」（見第四十二回），生火。梳頭髮稱攏，也寫作「籠」。

5〔腌臢（ㄤ ㄗㄤ／āng zāng）〕骯髒，不乾淨。

6〔世翁〕舊時稱有世代交誼的長輩為世翁，如同現在叫老伯、伯父。

7〔世兄〕舊時稱有世代交誼的平輩人為世兄。

8〔「詩經」〕我國最早的一部詩歌總集，共三〇五篇，大體編訂於春秋中期。相傳曾經孔子刪改，後被儒家視為「五經」之一。

9〔呦呦鹿鳴二句〕「詩經・小雅」：「呦呦鹿鳴，食野之苹。」這裡是不懂「詩經」誤聽原文的笑柄。

10〔掌不住〕保持不住嚴肅的態度。掌也作「撐」。但第四十九回「撐病了」的「撐」另是「填塞」、「膨脹」的意思。

11〔掩耳盜鈴〕對於「自欺欺人」行動的比喻。

12〔古文〕通常指先秦兩漢以及唐宋八家（朝愈、柳宗元、歐陽修、王安石、蘇洵、蘇軾、蘇轍、曾鞏）的散文。

13〔虛應故事〕照例應付，敷衍了事。清設科取士，謂：「設制科取士，首重在四書文」，把「四書」定為最高經典。作為學政的賈政把讀「四書」以外的書都看作「虛應故事」。

14〔蟾宮折桂〕晉代文士郤詵（ㄒㄧˋ ㄕㄣ／xì shēn）因長於答對策問，當上了官，他認為自己「舉賢良對策，為天下第一，猶桂林之一枝」（見「晉書」）。後遂以「折桂」比喻科舉及第。蟾宮，月宮，古代傳說月中有蟾蜍（ㄔㄢˊ ㄔㄨˊ／chán chú，俗稱癩蛤蟆）。又因傳說月中有桂樹，所以又把折桂與蟾宮聯繫起來。這裡是黛玉對寶玉上學的嘲諷，並非真要他讀書作官。

15〔膏火之費〕代指學費。膏火，燈火。

16〔一龍九種，種種各別〕傳說龍生九子不成龍，各有所好。如贔屓好負重，螭（ㄔ／chī）吻好望，蒲牢好吼，饕餮（ㄊㄠ ㄊㄧㄝˋ／tāo tiè）好飲食等。這裡比喻同一祖宗傳下來的子孫，也不會一樣。

17〔詬誶謠諑（ㄍㄡˋ ㄙㄨㄟˋ ㄧㄠˊ ㄓㄨㄛˊ／gòu suì yáo zhuó）〕辱罵嘲笑，造謠誹謗。詬，辱罵；誶，責罵；謠，謠言；諑，毀謗。

18〔龍陽〕龍陽君是戰國時魏王的嬖臣，是男子而「以色事人」的。

19〔束脩〕束，捆；脩，乾肉。孔子樂於教學生，曾說道：即使拿日常食品的一捆並不很值錢的乾肉來作禮物，都一樣的願意教導。後世便用「束脩」來稱給塾師的薪金。

20〔契弟〕本是意氣相合結為兄弟的意思。這裡指有不正當關係的朋友。

21〔不利於孺子〕對小孩子不利。孺子，小孩。周武王死後，其子成王年幼，國事由成王叔父周公代行處理，成王的其他叔父散布流言說：「公將不利於孺子。」（指周公要篡位。）

22〔遙以心照〕雖不明說，但心聲暗通。

23〔七言對聯〕對聯，也叫對對子，是私塾課程之一。要求上聯和下聯字數相等，字的平仄、詞性要相對。七言，即七字句。

24〔上書〕這裡「上」指「增讀」，「書」指「課文」，上書即增讀新課文。

25〔應卯〕古代軍營、官府點名都在卯時（上午五時至七時），所以又稱「點卯」。應卯本義是應名到班，這裡是「到一次」、「敷衍一下便走」的意思。

26〔助紂為虐〕商代紂王是歷史上的暴君，這個成語是指幫助壞人作壞事的行為。
27〔不自在〕不舒服，不痛快，不高興。
28〔呵叱〕大聲喝斥。
29〔作法〕故意找個岔子對某人施加懲罰，以警告其餘。又叫「作筏子」。
30〔小婦〕小老婆、小婆子。
31〔太平拳〕別人相打時，在旁趁機會打幾下冷拳。因為很安全，所以叫太平拳。
32〔聒（ㄍㄨㄚ／guā）噪〕聲音噪雜。
33〔撕擄〕扯開、解決。由於是交手的行動，所以有時「糾纏」也說撕擄。
34〔硬掙仗腰子的〕有勢力的撐腰的。
35〔打旋磨兒〕盤旋，看機會有所尋求。這裡還包含「獻殷勤」的性質。
36〔有這些蛆嚼〕「嚼蛆」是罵人語言不清，或譴責人妄言多嘴。

【第十回】金寡婦貪利權[1]受辱　張太醫論病細窮源

話說金榮因人多勢眾，又兼賈瑞勒令賠了不是，給秦鐘磕了頭，寶玉方才不吵鬧了。大家散了學，金榮自己回到家中，越想越氣，說：「秦鐘不過是賈蓉的小舅子，又不是賈家的子孫，附學讀書，也不過和我一樣，因他仗著寶玉和他相好，就目中無人。既是這樣，就該幹些正經事，也沒得說；他素日又和寶玉鬼鬼祟祟的，只當人家都是瞎子，看不見。今日他又去勾搭人，偏偏撞在我眼裡，就是鬧出事來，我還怕什麼不成？」

他母親胡氏聽見他咕咕唧唧的，說：「你又要管什麼閑事？好容易我和你姑媽說了，你姑媽又千方百計的和他們西府裡璉二奶奶跟前說了，你才得了這個念書的地方兒。若不是仗著人家，咱們家裡還有力量請得起先生麼？況且人家學裡，茶飯都是現成的，你這兩年在那裡念書，家裡也省好大的嚼用呢！省出來的，你又愛穿件體面衣裳。再者你不在那裡念書，你就認得什麼薛大爺了？那薛大爺一年也幫了咱們七八十兩銀子。你如今要鬧出了這個學房，再想找這麼個地方兒，我告訴你說罷，比登天的還難呢！你給我老老實實的玩一會子睡你的覺去，好多著呢！」於是金榮忍氣吞聲，不多一時，也自睡覺去了。次日仍舊上學去了，不在話下。

且說他姑媽原給了賈家「玉」字輩的嫡派，名喚賈璜，但其族人那裡皆能像寧榮二府的家勢？原不用細說。這賈璜夫妻，守著些小小的產業，又時常到寧榮二府裡去請安，又會奉承鳳姐兒並尤氏，所以鳳姐兒尤氏也時常資助資助他，方能如此度日。今日正遇天氣晴明，又值家中無事，遂帶了一個婆子，坐上車，來家裡走走，瞧瞧嫂子和姪兒。

說起話兒來，金榮的母親偏提起昨日賈家學房裡的事，從頭至尾，一五一十，都和他小姑子說了。這璜大奶奶不聽則已，聽了，怒從心上起，說道：「這秦鐘小雜種是賈門的親戚，難道榮兒不是賈門的親戚？也別太勢利了！況且都作的是什麼有臉的事！就是寶玉也不犯向著他到這個田地。等我到東府裡瞧瞧我們珍大奶奶，再和秦鐘的姐姐說說，叫他評評理！」金榮的母親聽了，急得了不得，忙說道：「這都是我的嘴快，告訴了姑奶奶，求姑奶奶快別去說罷！別管他們誰是誰非，倘或鬧出來，怎麼在那裡站得住？要站不住，家裡不但不能請先生，還得他身上添出許多嚼用來呢！」璜大奶奶說道：「那裡管得那些個？等我說了，看是怎麼樣！」也不容他嫂子勸，一面叫老婆子瞧了車，坐上竟往寧府裡來。

到了寧府，進了東角門，下了車，進去見了尤氏，那裡還有大氣兒？殷殷勤勤敘過了寒溫，說了些閑話兒，方問道：「今日怎麼沒見蓉大奶奶？」尤氏說：「他這些日子不知怎麼了，經期有兩個多月沒有來。叫大夫瞧了，又說並不是喜。那兩日，到下半日就懶怠動了；話也懶怠說，神也發涅[2]。我叫他『你且不必拘禮，早晚不必照例上來，你竟養養兒罷。就有親戚來，還有我呢。別的長輩怪你，等我替你告訴』。連蓉哥兒我都囑咐了，我說：『你不許累掯[3]他，不許招他生氣，叫他靜靜兒的養幾天就好了。他要想什麼吃，只管到我屋裡來取。倘或他有個好歹，你再要娶這麼一個媳婦兒，這麼個模樣兒，這麼個性格兒，只怕「打著燈籠兒也沒處找去」呢！』他這為人行事兒，那個親戚長輩兒不喜歡他？所以我這兩日心裡很煩。——偏偏兒的早起他兄弟來瞧他，誰知那小孩子家不知好歹，看見他姐姐身上不好，這些事也不當告訴他，就受了萬分委屈也不該向著他說！——誰知昨日學房裡打架，不知是那裡附學的學生，倒欺負他，裡頭還有些不乾不淨的話，都告訴了他姐姐。嬸子，你是知道的，那媳婦雖則見了人有說有笑的，他可心細，不拘聽見什麼話兒，都要忖量個三日五夜才算。這病就是打這『用心太過』上得的。今兒聽見有人欺負了他的兄弟，又是惱，又是氣：惱的是那狐朋狗友，搬弄是非，調三窩四[4]；氣的是為他兄弟不學好，不上心念書，才弄得學房裡吵鬧。他為這件事，索性連早飯還沒吃。我才到他那邊解勸了他一會子，又囑咐了他的兄弟幾句，我叫他兄弟到那邊府裡又找寶玉兒去；我又瞧著他吃了半鍾兒燕窩湯，我才過來了。嬸子，你說我心焦不心焦？況且目今又沒個好大夫，我想到他病上，我心裡如同針扎的一般！你們知道有什麼好大夫沒有？」

金氏聽了這一番話，把方才在他嫂子家的那一團要向秦氏理論的盛氣，早嚇得丟在爪洼國[5]去了。——聽見尤氏問他好大夫的話，連忙答道：「我們也沒聽見人說什麼好大夫。如今聽起大奶奶這個病來，定不得還是喜呢。嫂子倒別教人混治，倘若治錯了，可了不得！」尤氏道：「正是呢。」

說話之間，賈珍從外進來，見了金氏，便問尤氏道：「這不是璜大奶奶麼？」金氏向前給賈珍請了安，賈珍向尤氏說：「你讓大妹妹吃了飯去。」賈珍說著話便向那屋裡去了。金氏此來原要向秦氏說秦鐘欺負他姪兒❶的事，聽見秦氏有病，連提也不敢提了。況且賈珍尤氏又待得甚好，因轉怒為喜的，又說了一會子閑話，方家去了。

金氏去後，賈珍方過來坐下，問尤氏道：「今日他來又有什麼說的？」尤氏答道：「倒沒說什麼，一進來臉上倒像有些個惱意似的，及至說了半天話兒，又提起媳婦的病，他倒漸漸的氣色平和了。你又叫留他吃飯，他聽見媳婦這樣的病，也不好意思只管坐著，又說了幾句話就去了，倒沒有求什麼事。——如今且說媳婦這病，你那裡尋一個好大夫給他瞧瞧要緊，可別耽誤了！現今咱們家走的這群大夫，那裡要得！一個個都是聽著人的口氣兒，人怎麼說，他也添幾句文話兒說一遍；可倒殷勤得很：三四個人，一日輪流著，倒有四五遍來看脈！大家商量著立個方兒，吃了也不見效，倒弄得一日三五次換衣裳、坐下起來的見大夫。其實於病人無益。」

賈珍道：「可是這孩子也糊塗，何必又脫脫換換的，倘或又著了涼，更添一層病，還了得？任憑什麼好衣裳，又值什麼呢？孩子的身體要緊，——就是一天穿一套新的，也不值什麼。我正要告訴你：方才❷馮紫英來看我，他見我有些心裡煩，問我怎麼了，我告訴他媳婦身子不大爽快，因為不得個好大夫，斷不透是喜是病，又不知有妨礙沒妨礙，所以我心裡實在著急。馮紫英因說他有一個幼時從學的先生，姓張名友士，學問最淵博，更兼醫理極精，且能斷人的生死。今年是上京給他兒子捐官[6]，現在他家住著呢。這樣看來，或者媳婦的病該在他手裡除災，也未可定。我已叫人拿我的名帖去請了。今日天晚，或未必來；明日想一定來的。——且馮紫英又回家親替我求他，務必請他來瞧的。等待張先生來瞧了再說罷。」

尤氏聽說，心中甚喜，因說：「後日是太爺的壽日，到底怎麼個辦法？」賈珍說道：

「我方才到了太爺那裡去請安，兼請太爺來家受一受一家子的禮。太爺因說道：『我是清淨慣了的，我不願意往你們那是非場中去。你們必定說是我的生日，要叫我去受些眾人的頭，你莫如把我從前注的「陰隲文」[7]給我好好的叫人寫出來刻了，比叫我無故受眾人的頭還強百倍呢！倘或明日後日這兩天一家子要來，你就在家裡好好的款待他們就是了，也不必給我送什麼東西來。連你後日也不必來。——你要心中不安，你今日就給我磕了頭去。倘或後日你又跟許多人來鬧我，我必和你不依。』如此說了，後日我是再不敢去的了。且叫賴升來，吩咐他預備兩日的筵席。」

尤氏因叫了賈蓉來：「吩咐賴升照例預備兩日的筵席，要豐豐富富的。你再親自到西府裡請老太太、大太太、二太太和你璉二嬸子來逛逛。你父親今日又聽見一個好大夫，已經打發人請去了，想明日必來。你可將他這些日子的病症細細的告訴他。」

賈蓉一一答應著出去了。正遇著剛才到馮紫英家去請那先生的小子回來了，因回道：「奴才方才到了馮大爺家，拿了老爺名帖請那先生去，那先生說是：『方才這裡大爺也和我說了，但只今日拜了一天的客，才回到家，此時精神實在不能支持，就是去到府上也不能看脈，須得調息一夜，明日務必到府。』他又說：『醫學淺薄，本不敢當此重薦，因馮大爺和府上既已如此說了，又不得不去，你先替我回明大人就是了。大人的名帖著實不敢當。』還叫奴才拿回來了。哥兒替奴才回一聲兒罷。」賈蓉復轉身進去，回了賈珍尤氏的話，方出來叫了賴升，吩咐預備兩日的筵席的話。賴升答應，自去照例料理，不在話下。

且說次日午間，門上人回道：「請的那張先生來了。」賈珍遂延入大廳坐下，茶畢，方開言道：「昨日承馮大爺示知老先生人品學問，又兼深通醫學，小弟不勝欽敬。」張先生❸道：「晚生粗鄙下士，知識淺陋。昨因馮大爺示知，大人家第謙恭下士，又承呼喚，不敢違命。但毫無實學，倍增汗顏[8]。」賈珍道：「先生不必過謙，就請先生進去看看兒婦，仰仗高明，以釋下懷。」

於是賈蓉同了進去，到了內室，見了秦氏，向賈蓉說道：「這就是尊夫人了？」賈蓉道：「正是。請先生坐下，讓我把賤內的病症說一說再看脈如何？」那先生道：「依小弟意下，竟先看脈，再請教病源為是。我初造尊府，本也不知道什麼，但我們馮大爺務必叫小弟過來看看，小弟所以不得不來。如今看了脈息，看小弟說得是不是，再將這些日子的病勢講一講，大家斟酌一個方兒。可用不可用，那時大爺再定奪就是了。」賈蓉道：「先生實在高明，如今恨相見之晚。就請先生看一看脈息可治不可治，得以使家父母放心。」於是家下媳婦們，捧過大迎枕來，一面給秦氏靠著，一面拉著袖口，露出手腕來。這先生方伸手按在右手脈上，調息了至數[9]，凝神細診了半刻工夫。換過左手，亦復如是。診畢了，說道：「我們外邊坐罷。」

賈蓉於是同先生到外邊屋裡炕上坐了。一個婆子端了茶來，賈蓉道：「先生請茶。」茶畢，問道：「先生看這脈息還治得治不得？」先生道：「看得尊夫人脈息：左寸沉數，左關❹沉伏；右寸細而無力，右關虛而無神。其左寸沉數者，乃心氣虛而生火；左關❺沉伏者，乃肝家氣滯血虧。右寸細而無力者，乃肺經氣分太虛；右關虛而無神者，乃脾土被肝木尅制。心氣虛而生火者，應現今經期不調，夜間不寐。肝家血虧氣滯者，應脅下痛脹，月信過期，心中發熱。肺經氣分太虛者，頭目不時眩暈，寅卯間[10]必然自汗，如坐舟中。脾土被肝木尅制者，必定不思飲食，精神倦怠，四肢痠軟。——據我看這脈，當有這些症候才對。或以這個的為喜脈，則小弟不敢聞命矣。」

旁邊一個貼身伏侍的婆子道：「何嘗不是這樣呢！真正先生說得如神，倒不用我們說了。如今我們家裡現有好幾位太醫老爺瞧著呢！都不能說得這樣真切。有的說道是喜，有的說道是病；這位說不相干，這位又說怕冬至前後：總沒有個真著話兒。求老爺明白指示指示。」

那先生說：「大奶奶這個症候，可是眾位耽擱了！要在初次行經的時候就用藥治起，只怕此時已痊癒了。如今既是把病耽誤到這地位，也是應有此災。依我看起來，病倒尚有三分治得。吃了我這藥看，若是夜間睡得著覺，那時又添了二分拿手了。據我看這脈息，大奶奶是個心性高強、聰明不過的人；但聰明太過，則不如意事常有；不如意事常有，則思慮太過：此病是憂慮傷脾，肝木忒旺，經血所以不能按時而至。大奶奶從前行經的日子問一問，斷不是常縮，必是常長的。是不是？」這婆子答道：「可不是！從沒有縮過，或是長兩日三日，以至十日不等，都長過的。」

先生聽道：「是了，這就是病源了。從前若能以養心調氣之藥服之，何至於此！這如今明顯出一個水虧火旺的症候來。——待我用藥看。」於是寫了方子，遞與賈蓉，上寫的是：

益氣養榮[11]補脾和肝湯

人參二錢 白朮二錢土炒 雲苓三錢 熟地四錢 歸身二錢 白芍二錢 川芎[12]一錢五分 黃芪[13]三錢 香附米二錢 醋柴胡八分 懷山藥二錢炒 真阿膠二錢蛤粉炒 延胡索錢半酒炒 炙甘草八分

引用建蓮子七粒去心、大棗二枚

賈蓉看了說：「高明得很。還要請教先生：這病與性命終久有妨無妨？」先生笑道：「大爺是最高明的人：病到這個地位，非一朝一夕的症候了；吃了這藥，也要看醫緣了。依小弟看來，今年一冬是不相干的；總是過了春分，就可望痊癒了。」賈蓉也是個聰明人，也不往下細問了。

於是賈蓉送了先生去了，方將這藥方子並脈案都給賈珍看了，說的話也都回了賈珍並尤氏了。尤氏向賈珍道：「從來大夫不像他說得痛快，想必用藥不錯的。」賈珍笑道：「他原不是那等混飯吃久慣行醫的人；因為馮紫英我們相好，他好容易求了他來的。既有了這個人，媳婦的病或者就能好了。他那方子上有人參，就用前日買的那一斤好的罷。」賈蓉聽畢了話，方出來叫人抓藥去煎給秦氏吃。不知秦氏服了此藥，病勢如何，且聽下回分解。

校記

❶「姪兒」原作「兄弟」，從金本改。

❷「方才」原作「方子」，從諸本改。

❸「張先生」原作「張公」，似於上下文例不合，從諸本改。

❹、❺「左關」原作「右關」，從諸本改。

注釋

1〔權〕在這裡是姑且的意思。

2〔涅〕「涅」也寫作「乜」，都音ㄋㄧㄝˋ／niè。人的神色痴呆，物體的光彩昏暗。

3〔累掯〕煩人代勞，也作「累懇」。第二十二回王熙鳳說賈母「累掯我們」，音、義都另和「勒克」相同。

4〔調三窩四〕挑撥。

5〔爪洼國〕古代南洋一個國名，常被代表遠方的外國。

6〔捐官〕自漢代以後，政府常公開出賣官職，按錢數多少定官職大小，叫作「捐納」，捐納得官叫作「捐官」。

7〔陰隲（ㄓˋ／zhì）文〕即「文昌帝君陰隲文」，是道家宣揚因果報應的書。文昌帝君，中國神話傳說中主宰功名、祿位的神，舊時多為讀書人所崇祀。陰隲，暗中保佑平安的意思。又一說：「文昌帝君陰隲文」是舊時一種「勸善書」，賈敬來注解、刊印流傳，是為了積累功德。

8〔汗顏〕由於心裡慚愧而臉上出汗。

9〔調息了至數〕中醫診脈，先穩定自己的呼吸，叫作「調息」，這裡是作「診視」意思的動詞用。病人脈搏在常人一呼吸間跳動的次數叫作「至數」。快的叫「數」，慢的叫「遲」。不同情況的浮動和低沉也有各種術語，像這裡的「浮」、「虛」、「沉」、「伏」、「細」等。用三指診脈，靠近病人手的一指部分叫「寸」，中間一指部分叫「關」，末一指部分叫「尺」。中醫學說又將臟腑器官各用五行之一作標誌，來表示它們相互間的「生」、「剋」關係。稱臟腑器官說「經」或說「家」，如「肝家」、「肺經」。

10〔寅卯間〕古人用地支「子、丑、寅、卯、辰、巳、午、未、申、酉、戌、亥」來計時，每一時辰兩小時，從夜十一點至晨一點為子時，以此類推。寅時為三至五時，卯時為五至七時，寅卯間，指凌晨五點前後。

11〔養榮〕養，補養；榮，指血。

12〔川芎（ㄑㄩㄥ／qiōng）〕又名芎藭，中草藥名。主治月經不調等症。

13〔黃芪（ㄑㄧ／qí）〕同黃者，中草藥名，主治氣虛、自汗等。

【第十一回】慶壽辰寧府排家宴　見熙鳳賈瑞起淫心

話說是日賈敬的壽辰，賈珍先將上等可吃的東西，稀奇的果品，裝了十六大捧盒，著賈蓉帶領家下人送與賈敬去，向賈蓉說道：「你留神看太爺喜歡不喜歡，你就行了禮起來，說：『父親遵太爺的話，不敢前來，在家裡率領合家都朝上行了禮了。』」賈蓉聽罷，即率領家人去了。

這裡漸漸的就有人來。先是賈璉、賈薔來看了各處的座位，並問：「有什麼玩意兒沒有？」家人答道：「我們爺算計，本來請太爺今日來家，所以並未敢預備玩意兒。前日聽見太爺不來了，現叫奴才們找了一班小戲兒並一檔子[1]打十番[2]的，都在園子裡戲臺上預備著呢。」

次後邢夫人、王夫人、鳳姐兒、寶玉都來了，賈珍並尤氏接了進去。尤氏的母親已先在這裡，大家見過了，彼此讓了坐。賈珍尤氏二人遞了茶，因笑道：「老太太原是個老祖宗，我父親又是姪兒，這樣年紀，這個日子，原不敢請他老人家來；但是這時候，天氣又涼爽，滿園的菊花盛開，請老祖宗過來散散悶，看看眾兒孫熱熱鬧鬧的，是這個意思。——誰知老祖宗又不賞臉。」鳳姐兒未等王夫人開口，先說道：「老太太昨日還說要來呢，因為晚上看見寶兄弟吃桃兒，他老人家又嘴饞，吃了有大半個，五更天時候就一連起來兩次，今日早晨略覺身子倦些；因叫我回大爺，今日斷不能來了，說有好吃的要幾樣，還要很爛的呢。」賈珍聽了笑道：「我說老祖宗是愛熱鬧的，今日不來，必定有個緣故。——這就是了。」

王夫人說：「前日聽見你大妹妹說，蓉哥媳婦身上有些不大好，到底是怎麼樣？」尤氏道：「他這個病得的也奇。上月中秋還跟著老太太、太太玩了半夜，回家來好好的。到了二十日以後，一日比一日覺懶了，又懶怠吃東西，這將近有半個多月。經期又有兩個月沒來。」——邢夫人接著說道：「不要是喜罷？」

正說著，外頭人回道：「大老爺、二老爺並一家的爺們都來了，在廳上呢。」賈珍連忙出去了。這裡尤氏復說：「從前大夫也有說是喜的，昨日馮紫英薦了他幼時從學過的一個先生，醫道很好，瞧了說不是喜，是一個大症候。昨日開了方子，吃了一劑藥，今日頭暈的略好些；別的仍不見大效。」鳳姐兒道：「我說他不是十分支持不住，今日這樣日子，再也不肯不掙扎著上來。」尤氏道：「你是初三日在這裡見他的，他強扎掙了半天，也是因你們娘兒兩個好得上頭，還戀戀的捨不得去。」鳳姐聽了，眼圈兒紅了一會子，方說道：「『天有不測風雲，人有旦夕禍福。』這點年紀，倘或因這病上有個長短，人生在世，還有什麼趣兒呢！」

正說著，賈蓉進來，給邢夫人、王夫人、鳳姐兒都請了安，方回尤氏道：「方才我給太爺送吃食去，並說我父親在家伺候老爺們，款待一家子爺們，遵太爺話，並不敢來。太爺聽了很喜歡❶，說：『這才是。』叫告訴父親母親，好生伺候太爺太太們。叫我好生伺侯叔叔嬸子並哥哥們。還說：『那「陰隲文」叫他們急急刻出來，印一萬張散人。』我將這話都回了我父親了。我這會子還得快出去打發太爺們並合家爺們吃飯。」鳳姐兒說：「蓉哥兒，你且站著。你媳婦今日到底是怎麼著？」賈蓉皺皺眉兒說道：「不好呢！嬸子回來瞧瞧去就知道了。」於是賈蓉出去了。

這裡尤氏向邢夫人王夫人道：「太太們在這裡吃飯，還是在園子裡吃去？有小戲兒現在園子裡預備著呢。」王夫人向邢夫人道：「這裡很好。」尤氏就吩咐媳婦婆子們：「快擺飯來。」門外一齊答應了一聲，都各人端各人的去了。不多時，擺上了飯。尤氏讓邢夫人王夫人並他母親都上坐了，他與鳳姐兒寶玉側席坐了。邢夫人王夫人道：「我們來原為給大老爺拜壽，這豈不是我們來過生日[3]來了麼？」鳳姐兒說：「大老爺原是好養靜的，已修煉成了，也算得是神仙了。太太們這麼一說，就叫作『心到神知』了。」一句話說得滿屋子裡笑起來。

尤氏的母親並邢夫人、王夫人、鳳姐兒都吃了飯，漱了口、淨了手，才說要往園子裡去，賈蓉進來向尤氏道：「老爺們並各位叔叔哥哥們都吃了飯了。大老爺說家裡有事，二老爺是不愛聽戲又怕人鬧得慌，都去了。別的一家子爺們被璉二叔並薔大爺都讓過去聽戲去了。方才南安郡王、東平郡王、西寧郡王、北靜郡王四家王爺，並鎮國公牛府等六家，忠靖侯史府等八家，都差人持名帖送壽禮來，俱回了我父親，收在賬房裡，禮單都上了檔子了[4]，領謝名帖[5]都交給各家的來人了，來人也各照例賞過，都讓吃了飯去了。母親該請二位太太、老娘、嬸子都過園子裡去坐著罷。」

尤氏道：「這裡也是才吃完了飯，就要過去了。」鳳姐兒說道：「我回太太，我先瞧瞧蓉哥媳婦兒去，我再過去罷。」王夫人道：「很是。我們都要去瞧瞧，倒怕他嫌我們鬧得慌。說我們問他好罷。」尤氏道：「好妹妹，媳婦聽你的話，你去開導開導他，我也放心。你就快些過園子裡來罷。」寶玉也要跟著鳳姐兒去瞧秦氏，王夫人道：「你看看就過來罷，那是姪兒媳婦呢。」於是尤氏請了王夫人邢夫人並他母親都過會芳園去了。

鳳姐兒寶玉方和賈蓉到秦氏這邊來。進了房門，悄悄的走到裡間房內，秦氏見了要站起來，鳳姐兒說：「快別起來，看頭暈。」於是鳳姐兒緊行了兩步，拉住了秦氏的手，說道：「我的奶奶！怎麼幾日不見，就瘦得這樣了！」於是就坐在秦氏坐的褥子上。寶玉也問了好，在對面椅子上坐了。賈蓉叫：「快倒茶來，嬸子和二叔在上房還未吃茶呢。」

秦氏拉著鳳姐兒的手，強笑道：「這都是我沒福：這樣人家，公公婆婆當自家的女孩兒似的待。嬸娘，你姪兒雖說年輕，卻是他敬我，我敬他，從來沒有紅過臉兒。就是一家子的長輩同輩之中，除了嬸子不用說了，別人也從無不疼我的，也從無不和我好的。如今得了這個病，把我那要強心一分也沒有。公婆面前未得孝順一天；嬸娘這樣疼我，我就有十分孝順的心，如今也不能夠了！我自想著，未必熬得過年去。」

寶玉正把眼瞅著那「海棠春睡圖」並那秦太虛寫的「嫩寒鎖夢因春冷，芳氣襲人是酒香」的對聯，不覺想起在這裡睡晌覺時夢到「太虛幻境」的事來。正在出神，聽得秦氏說了這些話，如萬箭攢心，那眼淚不覺流下來了。鳳姐兒見了，心中十分難過；但恐病人見了這個樣子反添心酸，倒不是來開導他的意思了，因說：「寶玉，你忒[6]婆婆媽媽的了。他病人不過是這樣說，那裡就到這個田地？況且年紀又不大，略病病兒就好了。」又回向秦氏道：「你別胡思亂想，豈不是自己添病了麼？」賈蓉道：「他這病也不用別的，只吃得下些飯食就不怕了。」鳳姐兒道：「寶兄弟，太太叫你快些過去呢。你倒別在這裡只管這麼著，倒招得媳婦也心裡不好過；太太那裡又惦著你。」因向賈蓉說道：「你先同你寶叔叔過去罷；我還略坐坐呢。」賈蓉聽說，即同寶玉過會芳園去。

這裡鳳姐兒又勸解了一番，又低低說許多衷腸話兒。尤氏打發人來兩三遍，鳳姐兒才向秦氏說道：「你好生養著，我再來看你罷。合該[7]你這病要好了，所以前日遇著這個好大夫，再也是不怕的了。」秦氏笑道：「任憑他是神仙，『治了病治不了命』❷。嬸子，我知道這病不過是挨日子的。」鳳姐說道：「你只管這麼想，這那裡能好呢？總要想開了才好。況且聽得大夫說：若是不治，怕的是春天不好。咱們若是不能吃人參的人家，也難說了；你公公婆婆聽見治得好，別說一日二錢人參，就是二斤也吃得起。好生養著罷，我就過園子裡去了。」秦氏又道：「嬸子，恕我不能跟過去了。閑了的時候還求過來瞧瞧我呢，咱們娘兒們坐坐，多說幾句閑話兒。」鳳姐兒聽了，不覺得眼圈兒又紅了，道：「我得了閑兒必常來看你。」於是帶著跟來的婆子媳婦們，並寧府的媳婦婆子們，從裡頭繞進園子的便門來。只見：

黃花[8]滿地，白柳[9]橫坡。小橋通若耶之溪[10]，曲徑接天臺之路[11]。石中清流滴滴，籬落[12]飄香；樹頭紅葉翩翩，疏林[13]如畫。西風乍緊，猶聽鶯啼；暖日常暄[14]，又添蛩[15]語。遙望東南，建幾處依山之榭[16]；近觀西北，結三間臨水之軒[17]。笙簧[18]盈座，別有幽情；羅綺穿林，倍添韻致[19]。

鳳姐兒看著園中景致，一步步行來❸，正讚賞時，猛然從假山石後走出一個人來，向前對鳳姐說道：「請嫂子安。」鳳姐猛吃一驚，將身往後一退，說道：「這是瑞大爺不是？」賈瑞說道：「嫂子連我也不認得了？」鳳姐兒道：「不是不認得，猛然一見，想不到是大爺在這裡。」賈瑞道：「也是合該我與嫂子有緣。我方才偷出了席，在這裡清淨地方，略散一散，不想就遇見嫂子。這不是有緣麼？」一面說著，一面拿眼睛不住的觀看鳳姐。

鳳姐是個聰明人，見他這個光景，如何不猜八九分呢，因向賈瑞假意含笑道：「怪不得你哥哥常提你，說你好。今日見了，聽你這幾句話兒，就知道你是個聰明和氣的人了。這會子我要到太太們那邊去呢，不得合你說話；等閑了再會罷。」賈瑞道：「我要到嫂子家裡去請安，又怕嫂子年輕，不肯輕易見人。」鳳姐又假笑道：「一家骨肉，說什麼年輕不年輕的話。」賈瑞聽了這話，心中暗喜，因想道：「再不想今日得此奇遇！」那情景越發難堪了。鳳姐兒說道：「你快去入席去罷。看他們拿住了，罰你的酒。」賈瑞聽了，身上已木了半邊，慢慢的走著，一面回過頭來看。鳳姐兒故意的把腳放遲了，見他去遠了，心裡暗忖道：「這才是『知人知面不知心』呢。那裡有這樣禽獸的人？他果如此，幾時叫他死在我手裡，他才知道我的手段！」

於是鳳姐兒方移步前來。將轉過了一重山坡兒，見兩三個婆子慌慌張張的走來，見鳳姐兒，笑道：「我們奶奶見二奶奶不來，急得了不得，叫奴才們又來請奶奶來了。」鳳姐兒說：「你們奶奶就是這樣『急腳鬼』似的。」鳳姐兒慢慢的走著，問：「戲文唱了幾齣了？」那婆子回道：「唱了八九齣了。」說話之間，已到天香樓後門，見寶玉和一群丫頭小子們那裡玩呢。鳳姐兒說：「寶兄弟，別忒淘氣了。」一個丫頭說道：「太太們都在樓上坐著呢。請奶奶就從這邊上去罷。」

鳳姐兒聽了，款步[20]提衣上了樓。尤氏已在樓梯口等著。尤氏笑道：「你們娘兒兩個忒好了，見了面總捨不得來了。你明白搬來和他同住罷。──你坐下，我先敬你一鍾。」於是鳳姐兒至邢夫人王夫人前告坐。尤氏拿戲單來讓鳳姐兒點戲，鳳姐兒說：「太太們在這裡，我怎麼敢點。」邢夫人王夫人道：「我們和親家太太點了好幾齣了。你點幾齣好的我們聽。」鳳姐兒立起身來答應了，接過戲單，從頭一看，點了一齣「還魂」[21]，一齣「彈詞」❹[22]，遞過戲單來，說：「現在唱的這『雙官誥』[23]完了，再唱這兩齣，也就是時候了。」

王夫人道：「可不是呢，也該趁早叫你哥哥嫂子歇歇。他們心裡又不靜。」尤氏道：「太太們又不是常來的，娘兒們多坐一會子去，才有趣兒。天氣還早呢。」鳳姐兒立起身來望樓下一看，說：「爺們都往那裡去了？」旁邊一個婆子道：「爺們才到凝曦軒，帶了十番那裡吃酒去了。」鳳姐兒道：「在這裡不便宜，背地裡又不知幹什麼去了！」尤氏笑道：「那裡都像你這麼正經人呢！」

於是說說笑笑，點的戲都唱完了，方才撤下酒席，擺上飯來。吃畢，大家才出園子來，到上房坐下，吃了茶，才叫預備車，向尤氏的母親告了辭。尤氏率同眾姬妾並家人媳婦們送出來，賈珍率領眾子姪在車旁侍立，都等候著；見了邢王二夫人，說道：「二位嬸子明日還過來逛逛。」王夫人道：「罷了，我們今兒整坐了一日，也乏了，明日也要歇歇。」於是都上車去了。賈瑞猶不住拿眼看著鳳姐兒。賈珍進去後，李貴才拉過馬來，寶玉騎上，隨了王夫人去了。

這裡賈珍同一家子的弟兄子姪吃過飯，方大家散了。次日，仍是眾族人等鬧了一日，不必細說。此後鳳姐不時親自來看秦氏。秦氏也有幾日好些，也有幾日歹些。賈珍、尤氏、賈蓉甚是焦心。

且說賈瑞到榮府來了幾次，偏都值鳳姐兒往寧府去了。這年正是十一月三十日冬至。到交節的那幾日，賈母、王夫人、鳳姐兒日日差人去看秦氏。回來的人都說：「這幾日沒見添病，也沒見大好。」王夫人向賈母說：「這個症候遇著這樣節氣，不添病就有指望了。」賈母說：「可是呢！好個孩子，要有個長短，豈不叫人疼死。」說著，一陣心酸，向鳳姐兒說道：「你們娘兒們好了一場，明日大初一，過了明日，你再看看他去。你細細的瞧瞧他的光景，倘或好些兒，你回來告訴我。那孩子素日愛吃什麼，你也常叫人送些給他。」

鳳姐兒一一答應了。到初二日，吃了早飯，來到寧府裡，看見秦氏光景，雖未添什麼病，但那臉上身上的肉都瘦乾了。於是和秦氏坐了半日，說了些閑話，又將這病無妨的話開導了一番。秦氏道：「好不好，春天就知道了。如今現過了冬至，又沒怎麼樣，或者好得了也未可知。嬸子回老太太、太太放心罷。昨日老太太賞的那棗泥餡的山藥糕，我吃了兩塊，倒像克化[24]得動的似的。」鳳姐兒道：「明日再給你送來。我到你婆婆那裡瞧瞧，就要趕著回去回老太太話去。」秦氏道：「嬸子替我請老太太、太太的安罷。」

鳳姐兒答應著就出來了。到了尤氏上房坐下。尤氏道：「你冷眼瞧媳婦是怎麼樣？」鳳姐兒低了半日頭，說道：「這個就沒法兒了。你也該將一應的後事給他料理料理，——

沖一沖[25]也好。」尤氏道：「我也暗暗的叫人預備了。就是那件東西不得好木頭，且慢慢的辦著呢。」於是鳳姐兒喝了茶，說了一會子話兒，說道：「我要快些回去回老太太的話去呢。」尤氏道：「你可慢慢兒的說，別嚇著老人家。」鳳姐兒道：「我知道。」

於是鳳姐兒起身，回到家中，見了賈母，說：「蓉哥媳婦請老太太安，給老太太磕頭，說他好些了，求老祖宗放心罷。他再略好些，還給老太太磕頭請安來呢。」賈母道：「你瞧他是怎麼樣？」鳳姐兒說：「暫且無妨；精神還好呢。」賈母聽了，沉吟了半日，因向鳳姐說：「你換換衣裳歇歇去罷。」

鳳姐兒答應著出來，見過了王夫人，到了家中，平兒將烘的家常衣服給鳳姐兒換上了。鳳姐兒坐下，因問：「家中有什麼事沒有？」平兒方端了茶來遞過去，說道：「沒有什麼事。就是那三百兩銀子的利銀，旺兒嫂子送進來，我收了。還有瑞大爺使人來打聽奶奶在家沒有，他要來請安說話。」鳳姐兒聽了，哼了一聲，說道：「這畜生合該作死，看他來了怎麼樣！」平兒回道：「這瑞大爺是為什麼，只管來？」鳳姐兒遂將九月裡在寧府園子裡遇見他的光景、他說的話，都告訴了平兒。平兒說道：「『癩蛤蟆想吃天鵝肉』，沒人倫[26]的混賬東西，起這樣念頭，叫他不得好死！」鳳姐兒道：「等他來了，我自有道理。」不知賈瑞來時作何光景，且聽下回分解。

■校記

❶「喜歡」原作「喜嘆」，從脂本改。諸本作「歡喜」。

❷「治了病治不了命」，「了命」原作「得命」，從諸本改。

❸「看著園中景致，一步步行來」，「致」原作「的」，雖亦有義可通，終似欠順，仍從諸本改。

❹「彈詞」原作「談詞」，從王本、金本改。

■注釋

1〔一檔子〕一夥。

2〔十番〕合奏音樂名。有兩種：純用打擊樂器，鈸、大鑼、堂鼓、小鑼、木魚、板、碰鐘、堂鑼、撲鈸、小鼓等十種樂器的叫「素十番」，加用絲、竹樂器的叫「渾十番」。

3〔過生日〕一般用豐盛的酒食來慶祝生日，稱「過生日」。這裡王夫人是客氣地說：原是為拜壽，反倒成了來享受筵席了。

4〔檔子〕檔案，記錄賬簿。

5〔領謝名帖〕印有「領謝」二字和收領人名字的帖子，相當於現在的收條。

6〔忒（ㄊㄜˋ／tè）〕方言。太，過於。

7〔合該〕一般讀作「活該」，機會巧合。又有指「責任自負」、「不足同情」的意思，如下文「這畜生合該作死」。

8〔黃花〕菊花。

9〔白柳〕秋天柳葉經霜後，顏色淺白，所以稱白柳。

10〔若耶之溪〕即若耶溪，在浙江紹興南，出若耶山，北流入運河。相傳春秋時越國的西施曾在此浣紗。

11〔天臺之路〕天臺，山名，位於浙江省天臺縣。該山風景秀麗，石梁瀑布最為著名，傳說東漢劉晨、阮肇在此遇二仙女。

12〔籬落〕籬笆。此代指籬下的菊花。

13〔疏林〕秋後葉落而顯得稀疏的樹林。

14〔暄（ㄒㄩㄢ／xuān）〕溫暖。

15〔蛩（ㄑㄩㄥˊ／qióng）〕蟋蟀的別名。

16〔榭（ㄒㄧㄝˋ／xiè）〕建築在高臺上的敞屋。

17〔軒〕有窗檻的長廊或小屋。

18〔笙簧〕樂器，在此指樂隊。

19〔羅綺穿林，倍添韻致〕羅綺，綾羅綢緞的總稱，這裡指富貴人們；穿林，在林中來往走動；倍添韻致，更增添了風雅的情趣。

20〔款步〕緩步。

21〔「還魂」〕即「牡丹亭」，明戲曲家湯顯祖作。「牡丹亭」又名「還魂記」，寫書生柳夢梅與杜麗娘的愛情故事，劇中有杜麗娘死後還魂復活的情節。

22〔「彈詞」〕清代戲曲家洪昇所作傳奇「長生殿」中的一齣。「長生殿」以唐明皇、楊貴妃愛情故事為題材。「彈詞」這一齣是寫唐宮廷樂師李龜年在戰亂中流落江南，賣藝餬口，彈琵琶敘述唐明皇、楊貴妃的榮枯陳跡。

23〔「雙官誥」〕劇名，清陳二白作，寫書生馮琳如因受陷害，出逃他鄉。馮有一妻一妾，皆改嫁。婢女碧蓮留家，辛苦撫養馮琳如的兒子馮雄。馮雄長大，一舉成名。馮琳如也得官歸來，以碧蓮為妻，一家榮顯。京劇「三娘教子」由此改編。作者通過點戲，暗示賈氏雖是「雙官」（榮、寧二公世襲俸祿），但世澤不能延續，雖經「還魂」，但「彈詞」所描寫的悲劇結局在等待著他們。

24〔克化〕能夠消化。克，能夠。

25〔沖〕古人以為用某一種行動可以沖破災禍。如這裡用製造喪事用物和後文寶玉病中結婚等來破除病患。

26〔人倫〕人與人之間應當遵守的行為準則。

【第十二回】

王熙鳳毒設相思局[1]　賈天祥正照風月鑑

話說鳳姐正與平兒說話，只見有人回說：「瑞大爺來了。」鳳姐命：「請進來罷。」賈瑞見請，心中暗喜。見了鳳姐，滿面陪笑，連連問好。鳳姐兒也假意殷勤讓坐讓茶。賈瑞見鳳姐如此打扮，越發酥倒，因餳了眼[2]問道：「二哥哥怎麼還不回來？」鳳姐道：「不知什麼緣故。」賈瑞笑道：「別是路上有人絆住了腳，捨不得回來了罷？」鳳姐道：「可知男人家見一個愛一個也是有的。」賈瑞笑道：「嫂子這話錯了，我就不是這樣人。」鳳姐笑道：「像你這樣的人能有幾個呢，十個裡也挑不出一個來！」

賈瑞聽了，喜得抓耳撓腮。又道：「嫂子天天也悶得很。」鳳姐道：「正是呢。只盼個人來說話解解悶兒。」賈瑞笑道：「我倒天天閑著。若天天過來替嫂子解解悶兒，可好麼？」鳳姐笑道：「你哄我呢！你那裡肯往我這裡來？」賈瑞道：「我在嫂子面前，若有一句謊話，天打雷劈！只因素日聞得人說，嫂子是個利害人，在你跟前一點也錯不得，所以唬住我了。我如今見嫂子是個有說有笑極疼人的，我怎麼不來？——死了也情願。」鳳姐笑道：「果然你是個明白人，比蓉兒兄弟兩個強遠了。我看他那樣清秀，只當他們心裡明白，誰知竟是兩個糊塗蟲，一點不知人心。」

賈瑞聽這話，越發撞在心坎上，由不得又往前湊一湊，覷著眼[3]看鳳姐的荷包，又問：「戴著什麼戒指？」鳳姐悄悄的道：「放尊重些，別叫丫頭們看見了。」賈瑞如聽綸音佛語[4]一般❶，忙往後退，鳳姐笑道：「你該去了。」賈瑞道：「我再坐一坐兒，——好狠心的嫂子！」鳳姐兒又悄悄的道：「大天白日人來人往，你就在這裡也不方便。你且去，等到晚上起了更你來，悄悄的在西邊穿堂兒等我。」賈瑞聽了，如得珍寶，忙問道：「你別哄我。但是那裡人過得多，怎麼好躲呢？」鳳姐道：「你只放心：我把上夜的小廝們都放了假，兩邊門一關，再沒別人了。」

賈瑞聽了，喜之不盡，忙忙的告辭而去，心內以為得手。盼到晚上，果然黑地裡摸入榮府，趁掩門時，鑽入穿堂。果見漆黑無一人來往，賈母那邊去的門已倒鎖了，只有向東的門未關。賈瑞側耳聽著，半日不見人來。忽聽「咯噔」一聲，東邊的門也關上了。賈瑞急得也不敢則聲，只得悄悄出來，將門撼了撼，關得鐵桶一般。此時要出去，亦不能了：南北俱是大牆，要跳也無攀援。這屋內又是過堂風，空落落的；現是臘月天氣，夜又長，朔風凜凜，侵肌裂骨，一夜幾乎不曾凍死！好容易盼到早晨，只見一個老婆子先將東門開了進來，去叫西門，賈瑞瞅他背著臉，一溜烟抱了肩跑出來，幸而天氣尚早，人都未起，從後門一徑跑回家去。

原來賈瑞父母早亡，只有他祖父代儒教養。那代儒素日教訓最嚴，不許賈瑞多走一步，生怕他在外吃酒賭錢，有誤學業。今忽見他一夜不歸，只料定他在外非飲即賭，嫖娼宿妓，那裡想到這段公案[5]？因此也氣了一夜。賈瑞也捻著一把汗，少不得回來撒謊，只說：「往舅舅家去了，天黑了，留我住了一夜。」代儒道：「自來出門非稟我不敢擅出，如何昨日私自去了！據此也該打，何況是撒謊！」因此發狠按倒打了三四十板，還不許他吃飯，叫他跪在院內讀文章，定要補出十天功課來方罷。賈瑞先凍了一夜，又挨了打，又餓著肚子，跪在風地裡念文章，其苦萬狀。

此時賈瑞邪心未改，再不想到鳳姐捉弄他。過了兩日，得了空兒，仍找尋鳳姐。鳳姐故意抱怨他失信，賈瑞急得起誓。鳳姐因他自投羅網，少不得再尋別計令他知改，故又約他道：「今日晚上，你別在那裡了，你在我這房後小過道兒裡頭那間空屋子裡等我。——可別冒撞了！」賈瑞道：「果真麼？」鳳姐道：「你不信就別來！」賈瑞道：「必來，必來！死也要來的！」鳳姐道：「這會子你先去罷。」賈瑞料定晚間必妥，此時先去了。鳳姐在這裡便點兵派將，設下圈套。

那賈瑞只盼不到晚，偏偏家裡親戚又來了，吃了晚飯才去，那天已有掌燈時候；又等他祖父安歇，方溜進榮府，往那夾道中屋子裡來等著，熱鍋上螞蟻一般。只是左等不見人影，右聽也沒聲響，心中害怕，不住猜疑道：「別是不來了，又凍我一夜不成？……」

正自胡猜，只見黑魆魆[6]的進來一個人，賈瑞便打定是鳳姐，不管青紅皂白，那人剛到面前，便如餓虎撲食、貓兒捕鼠的一般，抱住叫道：「親嫂子，等死我了！」說著，抱到屋裡炕上就親嘴扯褲子，滿口裡「親爹」「親娘」的亂叫起來。那人只不作聲，賈瑞便扯下自己的褲子來，硬梆梆就想頂入。忽然燈光一閃，只見賈薔舉著個蠟臺，照道：「誰在這屋裡呢？」只見炕上那人笑道：「瑞大叔要肏我呢！」

賈瑞不看則已，看了時真臊[7]得無地可入，——你道是誰？卻是賈蓉。賈瑞回身要跑，被賈薔一把揪住，道：「別走！如今璉二嬸子已經告到太太跟前，說你調戲他，他暫時穩住你在這裡。太太聽見氣死過去了，這會子叫我來拿你。快跟我走罷！」賈瑞聽了，魂不附體，只說：「好姪兒！你只說沒有我，我明日重重的謝你！」賈薔道：「放你不值什麼，只不知你謝我多少？況且口說無憑，寫一張文契才算。」賈瑞道：「這怎麼落紙呢？」賈薔道：「這也不妨，寫個賭錢輸了，借銀若干兩，就完了。」賈瑞道：「這也容易。」

賈薔翻身出來，紙筆現成，拿來叫賈瑞寫。他兩個作好作歹，只寫了五十兩銀子，畫了押，賈薔收起來。然後撕擄賈蓉。賈蓉先咬定牙不依，只說：「明日告訴族中的人評評理。」賈瑞急得至於磕頭。賈薔作好作歹的，也寫了一張五十兩欠契才罷。

賈薔又道：「如今要放你，我就擔著不是。老太太那邊的門早已關了。老爺正在廳上看南京來的東西，那一條路定難過去，如今只好走後門。要這一走，倘或遇見了人，連我也不好。等我先去探探，再來領你。這屋裡你還藏不住，少時就來堆東西，等我尋個地方。」說畢，拉著賈瑞，仍熄了燈，出至院外，摸著大臺階底下，說道：「這窩兒裡好。只蹲著，別哼一聲，等我來再走。」說畢，二人去了。

賈瑞此時身不由己，只得蹲在那臺階下。正要盤算，只聽頭頂上一聲響，嗶喇喇一淨桶尿糞從上面直潑下來，可巧澆了他一身一頭。賈瑞掌不住「噯喲」一聲，忙又掩住口，不敢聲張，滿頭滿臉皆是尿屎，渾身冰冷打顫。只見賈薔跑來叫：「快走，快走！」賈瑞方得了命，三步兩步從後門跑到家中，天已三更，只得叫開了門。

家人見他這般光景，問：「是怎麼了？」少不得撒謊說：「天黑了，失腳掉在茅廁裡了。」一面即到自己房中更衣洗濯[8]，心下方想到鳳姐玩他，因此發一回狠；再想想鳳姐的模樣兒標致，又恨不得一時摟在懷裡。胡思亂想，一夜也不曾合眼。自此雖想鳳姐，只不敢往榮府去了。

賈蓉等兩個常常來要銀子，他又怕祖父知道。正是相思尚且難禁，況又添了債務，日間功課又緊；他二十來歲的人，尚未娶親，想著鳳姐不得到手，自不免有些「指頭兒告了消乏」；更兼兩回凍惱奔波：因此三五下裡夾攻，不覺就得了一病，——心內發膨脹，口內無滋味，腳下如綿，眼中似醋，黑夜作燒，白日常倦，下溺遺精，嗽痰帶血，諸如此症，不上一年，都添全了。於是不能支持，一頭躺倒，合上眼還只夢魂顛倒，滿口胡話，驚怖異常。百般請醫療治，諸如肉桂、附子、鱉甲、麥冬、玉竹等藥，吃了有幾十斤下去，也不見個動靜。

倏[9]又臘盡春回，這病更加沉重。代儒也著了忙，各處請醫療治，皆不見效。因後來吃「獨參湯」，代儒如何有這力量，只得往榮府裡來尋。王夫人命鳳姐秤二兩給他。鳳姐回說：「前兒新近替老太太配了藥，那整的太太又說留著送楊提督[10]的太太配藥，偏偏昨兒我已經叫人送了去了。」王夫人道：「就是咱們這邊沒了，你叫個人往你婆婆那裡問問，或是你珍大哥哥那裡有，尋些來，湊著給人家，吃好了，救人一命，也是你們的好處。」鳳姐應了，也不遣人去尋，只將些渣末湊了幾錢，命人送去。只說：「太太叫送來的，再也沒了。」然後向王夫人說：「都尋了來了，共湊了二兩多，送去了。」

那賈瑞此時要命心急，無藥不吃，只是白花錢，不見效。忽然這日有個跛足道人❷來化齋，口稱專治冤孽之症。賈瑞偏偏在內聽見了，直著聲叫喊，說：「快去請進那位菩薩來救命！」一面在枕頭上磕頭。眾人只得帶進那道士來。賈瑞一把拉住，連叫：「菩薩救我！」那道士嘆道：「你這病非藥可醫。我有個寶貝與你，你天天看時，此命可保矣。」說畢，從褡褳中取出個正面反面皆可照人的鏡子來，——背上鏨著「風月寶鑑」四字，——遞與賈瑞道：「這物出自太虛幻境空靈殿上，警幻仙子所製，專治邪思妄動之症，有濟世保生之功。所以帶他到世上來，單與那些聰明俊秀、風雅王孫等照看。千萬不可照正面，只照背面，要緊，要緊！三日後我來收取，管叫你病好。」說畢，佯[11]長而去。眾人苦留不住。

賈瑞接了鏡子，想道：「這道士倒有意思，我何不照一照試試？」想畢，拿起那「寶鑑」來，向反面一照，只見一個骷髏[12]兒立在裡面。賈瑞忙掩了，罵那道士：「混賬！如何嚇我！——我倒再照照正面是什麼？」想著，便將正面一照，只見鳳姐站在裡面點手兒叫他。賈瑞心中一喜，蕩悠悠覺得進了鏡子，與鳳姐雲雨一番，鳳姐仍送他出來。到了床上，「噯喲」了一聲，一睜眼，鏡子重新又掉過來，仍是反面立著一個骷髏。賈瑞自覺汗津津的，底下已遺了一灘精。心中到底不足，又翻過正面來，只見鳳姐還招手叫他，他又進去：如此三四次。到了這次，剛要出鏡子來，只見兩個人走來，拿鐵鎖把他套住，拉了就走。賈瑞叫道：「讓我拿了鏡子再走……」只說這句就再不能說話了。

旁邊伏侍的人，只見他先還拿著鏡子照，落下來，仍睜開眼拾在手內，末後鏡子掉下來，便不動了。眾人上來看時，已經嚥了氣了，身子底下冰涼精濕遺下了一大灘精。這才忙著穿衣抬床，代儒夫婦哭得死去活來，大罵道士：「是何妖道❸！」遂命人架起火來燒那鏡子。只聽空中叫道：「誰叫他自己照了正面呢！你們自己以假為真，為何燒我此鏡！」忽見那鏡從房中飛出。代儒出門看時，卻還是那個跛足道人，喊道：「還我的『風月寶鑑』來！」說著，搶了鏡子，眼看著他飄然去了。

當下代儒沒法，只得料理喪事，各處去報。三日起經[13]，七日發引[14]，寄靈鐵檻寺後。一時賈家眾人齊來弔問。榮府賈赦贈銀二十兩，賈政也是二十兩，寧府賈珍亦有二十兩，其餘族中人貧富不一，或一二兩，三四兩，不等。外又有各同窗家中分資，也湊了二三十兩。代儒家道雖然淡薄，得此幫助，倒也豐豐富富完了此事。

誰知這年冬底，林如海因為身染重疾，寫書來特接黛玉回去。賈母聽了，未免又加憂悶，只得忙忙的打點黛玉起身。寶玉大不自在，爭奈父女之情，也不好攔阻。於是賈母定要賈璉送他去，仍叫帶回來。一應土儀[15]盤費，不消絮說，自然要妥貼的。作速擇了日期，賈璉同著黛玉辭別了眾人，帶領僕從，登舟往揚州去了。要知端的，且聽下回分解。

校記

❶「如聽綸音佛語一般」原作「聽如綸音佛話一般」，從諸本改。

❷「跛足道人」，「跛」原作「疲」，從藤本、王本改。後同。

❸「是何妖道」，「道」諸本作「鏡」，下有「若不毀此鏡遺害世人不小」十一字。

注釋

1〔局〕

此處指騙人的圈套。

2〔餳（ㄒㄧㄥˊ／xíng）了眼〕

眼半睜半閉，形容人眼色輕薄。

3〔覷（ㄑㄩˋ／qù）著眼〕

即把眼瞇縫著，偷著看。

4〔綸（ㄌㄨㄣˊ／lún）音佛語〕

綸音，皇帝的話，如同說「聖旨」。「禮記．緇衣」：「王言如絲，其出如綸（絲繩）。」佛語，佛說的話。在這裡是藉「綸音佛語」嘲諷賈瑞。

5〔公案〕

古代官吏審理案件時用的桌子，後來引申為案件、事件。這裡是對賈瑞和王熙鳳的糾紛事件說的趣話。

6〔黑魆魆（ㄒㄩ／xū）〕

黑糊糊。

7〔臊（ㄙㄠˋ／sào）〕

羞。

8〔洗濯（ㄓㄨㄛˊ／zhuó）〕

洗滌。

9 〔倏（ㄕㄨˋ／shù）〕忽然、極快。

10 〔提督〕官名。明代駐防京師的京營設有提督，清設提督軍務總兵官，簡稱提督，為地方的高級武官。

11 〔佯〕在此同「揚」。

12 〔骷髏（ㄎㄨ ㄌㄡˊ／kū lóu）〕死人的屍骨。

13 〔起經〕是說人死了後，第三天開始請和尚念經。

14 〔發引〕將靈柩抬出門稱「出殯」，也叫發引。

15 〔土儀〕用來送人的土產品。

【第十三回】

秦可卿死封龍禁尉[1]　王熙鳳協理寧國府

話說鳳姐兒自賈璉送黛玉往揚州去後，心中實在無趣，每到晚間，不過同平兒說笑一回就胡亂睡了。這日夜間和平兒燈下擁爐，早命濃薰繡被，二人睡下，屈指計算行程該到何處，不知不覺已交三鼓。平兒已睡熟了。鳳姐方覺睡眼微矇，恍惚只見秦氏從外走進來，含笑說道：「嬸娘好睡！我今日回去，你也不送我一程。因娘兒們素日相好，我捨不得嬸娘，故來別你一別。還有一件心願未了，非告訴嬸娘，別人未必中用。」

鳳姐聽了，恍惚問道：「有何心願？只管托我就是了。」秦氏道：「嬸娘，你是個脂粉隊裡的英雄，連那些束帶頂冠的男子也不能過你，你如何連兩句俗語也不曉得？常言：『月滿則虧，水滿則溢』，又道是：『登高必跌重』。如今我們家赫赫揚揚，已將百載，一日倘或『樂極生悲』[2]，若應了那句『樹倒猢猻散』[3]的俗語，豈不虛稱了一世詩書舊族了？」鳳姐聽了此話，心胸不快❶，十分敬畏，忙問道：「這話慮的極是，但有何法可以永保無虞？」秦氏冷笑道：「嬸娘好痴也！『否極泰來』[4]，榮辱自古周而復始，豈人力所能長保的；但如今能於榮時籌畫下將來衰時的世業，亦可以長遠保全了。即如今日諸事俱妥，只有兩件未妥，若把此事如此一行，則後日可保無患了。」

鳳姐便問道：「什麼事？」秦氏道：「目今祖塋雖四時祭祀，只是無一定的錢糧；第二，家塾雖立，無一定的供給。依我想來，如今盛時固不缺祭祀供給，但將來敗落之時，此二項有何出處？莫若依我定見，趁今日富貴，將祖塋附近多置田莊、房舍、地畝，以備祭祀、供給之費皆出自此處；將家塾亦設於此。合同族中長幼，大家定了則例，日後按房掌管這一年的地畝錢糧、祭祀供給之事。如此周流，又無爭競，也沒有典賣諸弊。便是有罪，己物可以入官，這祭祀產業[5]，連官也不入的。便敗落下來，子孫回家讀書務農，也有個退步，祭祀又可永繼。若目今以為榮華不絕，不思後日，終非長策。眼見不日又有一件非常的喜事，真是烈火烹油、鮮花著錦之盛。——要知道也不過是瞬息的繁華，一時的歡樂，萬不可忘了那『盛筵必散』❷的俗語。若不早為後慮，只恐後悔無益了！」鳳姐忙問：「有何喜事？」秦氏道：「天機不可泄漏。只是我與嬸娘好了一場，臨別贈你兩句話，需要記著！」因念道：

三春去後諸芳盡，各自須尋各自門[6]。

鳳姐還欲問時，只聽二門上傳出雲板[7]，連叩四下，正是喪音[8]，將鳳姐驚醒，人回：「東府蓉大奶奶沒了。」鳳姐嚇了一身冷汗，出了一回神，只得忙穿衣服往王夫人處來。彼時合家皆知，無不納悶[9]，都有些傷心❸。那長一輩的，想他素日孝順；平輩的，想他素日和睦親密；下一輩的❹，想他素日慈愛；以及家中僕從老小，想他素日憐貧惜賤、愛老慈幼之恩，莫不悲號痛哭。

閑言少敘，卻說寶玉因近日林黛玉回去，剩得自己落單，也不和人玩耍，每到晚間，便索然睡了。如今從夢中聽見說秦氏死了，連忙翻身爬起來，只覺心中似戳了一刀❺的，不覺的「哇」的一聲，直噴出一口血來。襲人等慌慌忙忙上來扶著，問：「是怎麼樣的？」又要回賈母去請大夫。寶玉道：「不用忙，不相干。這是急火攻心，血不歸經。」說著便爬起來，要衣服換了，來見賈母，即時要過去。襲人見他如此，心中雖放不下，又不敢攔阻，只得由他罷了。賈母見他要去，因說：「才嚥氣的人，那裡不乾淨；二則夜裡風大，等明早再去不遲。」寶玉那裡肯依。賈母命人備車多派跟從人役，擁護前來。一直到了寧國府前，只見府門大開，兩邊燈火，照如白晝，亂烘烘人來人往；裡面哭聲搖山振岳❻。寶玉下了車，忙忙奔至停靈之室，痛哭一番，然後見過尤氏。——誰知尤氏正犯了胃氣疼的舊症，睡在床上。——然後又出來見賈珍。

彼時賈代儒、代修、賈敕、賈效、賈敦、賈赦、賈政、賈琮、賈㻞、賈珩、賈珖、賈琛、賈瓊、賈璘、賈薔、賈菖、賈菱、賈芸、賈芹、賈蓁、賈萍、賈藻、賈蘅、賈芬、賈芳、賈蘭、賈菌、賈芝等都來了。賈珍哭得淚人一般，正和賈代儒等說道：「合家大小，遠近親友，誰不知我這媳婦比兒子還強十倍。如今伸腿去了，可見這長房內絕滅無人了！」說著又哭起來。眾人勸道：「人已辭世，哭也無益，且商議如何料理要緊。」賈珍拍手道：「如何料理！不過盡我所有罷了！」

正說著，只見秦邦業、秦鐘、尤氏幾個眷屬尤氏姐妹也都來了。賈珍便命賈瓊、賈琛、賈璘、賈薔四個人去陪客，一面吩咐去請欽天監陰陽司[10]來擇日。擇准停靈七七四十九日，三日後開喪送訃聞[11]。這四十九日，單請一百零八眾僧人在大廳上拜「大悲懺」[12]，超渡前亡後死鬼魂；另設一壇於天香樓，是九十九位全真道士，打十九日解冤洗業醮[13]。然後停靈於會芳園中，靈前另外五十眾高僧，五十位高道，對壇按七作好事。

那賈敬聞得長孫媳婦死了，因自為早晚就要飛升，如何肯又回家染了紅塵，將前功盡棄呢，故此並不在意，只憑賈珍料理。

且說賈珍恣意奢華，看板時，幾副杉木板皆不中意。可巧薛蟠來弔，因見賈珍尋好板，便說：「我們木店裡有一副板，說是鐵網山上出的，作了棺材，萬年不壞的。這還是當年先父帶來的，原係忠義親王老千歲要的，因他壞了事[14]，就不曾用。現在還封在店裡，也沒有人買得起。你若要，就抬來看看。」

賈珍聽說甚喜，即命抬來，大家看時，只見幫底皆厚八寸，紋若檳榔，味若檀麝，以手扣之，聲如玉石，大家稱奇。賈珍笑問道：「價值幾何？」薛蟠笑道：「拿著一千兩銀子只怕沒處買；什麼價不價，賞他們幾兩銀子作工錢就是了。」賈珍聽說，連忙道謝不盡，即命解鋸造成。賈政因勸道：「此物恐非常人可享；殮以上等杉木也罷了。」賈珍如何肯聽。

忽又聽見秦氏之丫鬟名喚瑞珠的❼，見秦氏死了，也觸柱而亡。此事更為可罕，合族都稱嘆。賈珍遂以孫女之禮殯殮之，一併停靈於會芳園之登仙閣。又有小丫鬟名寶珠的，因秦氏無出，乃願為義女，請任摔喪駕靈[15]之任。賈珍甚喜，即時傳命，從此皆呼寶珠為「小姑娘」。那寶珠按未嫁女之禮在靈前哀哀欲絕。

於是合族人並家下諸人都各遵舊制行事，自不得錯亂。賈珍因想道：「賈蓉不過是黌門監生[16]，靈幡上寫時不好看，便是執事[17]也不多。」因此，心下甚不自在。

可巧這日正是首七第四日，早有大明宮掌宮內監[18]戴權，先備了祭禮遣人來，次後坐了大轎，打道鳴鑼，親來上祭。賈珍忙接待，讓坐至逗蜂軒獻茶。賈珍心中早打定主意，因而趁便就說要與賈蓉捐個前程的話。戴權會意，因笑道：「想是為喪禮上風光些？」賈珍忙道：「老內相[19]所見不差。」戴權道：「事倒湊巧，正有個美缺：如今三百員龍禁尉缺了兩員，昨兒襄陽侯的兄弟老三來求我，現拿了一千五百兩銀子送到我家裡；你知道，咱們都是老相好，不拘怎麼樣，看著他爺爺的份上，胡亂應了。還剩了一個缺。誰知永興節度使馮胖子要求與他孩子捐，我就沒工夫應他。既是咱們的孩子要捐，快寫個履歷來。」賈珍忙命人寫了一張紅紙履歷來。戴權看了，上寫著：

江南應天府江寧縣監生賈蓉，年二十歲。曾祖，原任京營節度使世襲一等神威將軍賈代化。祖，丙辰科進士賈敬。父，世襲[20]三品爵威烈將軍賈珍。

戴權看了，回手遞與一個貼身的小廝收了，道：「回去送與戶部堂官[21]老趙，說我拜上他起一張五品龍禁尉的票[22]，再給個執照，就把這履歷填上。明日我來兌銀子送過去。」小廝答應了。戴權告辭，賈珍款留不住，只得送出府門。臨上轎，賈珍問：「銀子還是我到部去兌，還是送入內相府中？」戴權道：「若到部裡兌，你又吃虧了；不如平準一千兩銀子送到我家就完了。」賈珍感謝不盡，說：「待服滿，親帶小犬到府叩謝。」於是作別。

接著又聽喝道之聲，原來是忠靖侯史鼎的夫人，帶著姪女史湘雲來了。王夫人、邢夫人、鳳姐等剛迎入正房，又見錦鄉侯、川寧侯、壽山伯三家祭禮也擺在靈前；少時，三人下轎，賈珍接上大廳。

如此親朋你來我去，也不能計數。只這四十九日，寧國府街上一條白漫漫人來人往，花簇簇官去官來。

賈珍令賈蓉次日換了吉服，領憑回來。靈前供用執事等物俱按五品職例，靈牌疏上皆寫「誥授[23]賈門秦氏宜人[24]之靈位」。會芳園臨街大門洞開，兩邊起了鼓樂廳，兩班青衣按時奏樂；一對對執事擺得刀斬斧截。更有兩面朱紅銷金大牌[25]豎在門外，上面大書道：「防護內廷紫禁道御前侍衛龍禁尉。」對面高起著宣壇[26]，僧道對壇；榜上大書「世襲寧國公冢孫[27]婦防護內廷御前侍衛龍禁尉賈門秦氏宜人之喪。四大部洲至中之地[28]，奉天永建[29]太平之國[30]，總理虛無寂靜沙門[31]僧錄司[32]正堂萬[33]、總理元始正一教門[34]道紀司[35]正堂葉等，敬謹修齋，朝天叩佛」以及「恭請諸『伽藍』[36]『揭諦』[37]『功曹』[38]等神，聖恩普錫，神威遠振，四十九日銷災洗業平安水陸道場[39]」等語，亦不及繁記。

只是賈珍雖然心意滿足，但裡面尤氏又犯了舊疾，不能料理事務，惟恐各誥命[40]來往，虧了禮數，怕人笑話，因此心中不自在。當下正憂慮時，因寶玉在側，便問道：「事事都算妥貼了，大哥哥還愁什麼？」賈珍便將裡面無人的話告訴了他。寶玉聽說，笑道：「這有何難，我薦一個人與你，權理這一個月的事，管保妥當！」賈珍忙問：「是誰？」寶玉見坐間還有許多親友，不便明言，走向賈珍耳邊說了兩句。賈珍聽了，喜不自勝，笑道：「這果然妥貼。如今就去。」說著，拉了寶玉，辭了眾人，便往上房裡來。

可巧這日非正經[41]日期，親友來得少，裡面不過幾位近親堂客，邢夫人、王夫人、鳳姐並合族中的內眷陪坐。聞人報：「大爺進來了。」唬得眾婆娘「唿」的一聲，往後藏之不迭；獨鳳姐款款站了起來。

賈珍此時也有些病症在身，二則過於悲痛，因拄個拐踱了進來。邢夫人等因說道：「你身上不好，又連日多事，該歇歇才是，又進來作什麼？」賈珍一面拄拐，扎掙著要蹲身跪下請安道乏；邢夫人等忙叫寶玉攙住，命人挪椅子與他坐。賈珍不肯坐，因勉強陪笑道：「姪兒進來有一件事要求二位嬸娘、大妹妹。」邢夫人等忙問：「什麼事？」賈珍忙說道：「嬸娘自然知道，如今孫子媳婦沒了，姪兒媳婦又病倒，我看裡頭著實不成體統；要屈尊大妹妹一個月，在這裡料理料理，我就放心了。」邢夫人笑道：「原來為這個。你大妹妹現在你二嬸娘家，只和你二嬸娘說就是了。」王夫人忙道：「他一個小孩子，何曾經過這些事，倘或料理不清，反叫人笑話，倒是再煩別人好。」賈珍笑道：「嬸娘的意思，姪兒猜著了：是怕大妹妹勞苦了。若說料理不開，從小兒大妹妹玩笑時就有殺伐決斷，如今出了閣，在那府裡辦事，越發歷練老成了。我想了這幾日，除了大妹妹再無人可求了。嬸娘不看姪兒和姪兒媳婦面上，只看死的份上罷！」說著流下淚來。

王夫人心中為的是鳳姐未經過喪事，怕他料理不起，被人見笑；今見賈珍苦苦的說，心中已活了幾分，卻又眼看著鳳姐出神。那鳳姐素日最喜攬事，好賣弄能幹，今見賈珍如此央他，心中早已允了；又見王夫人有活動之意，便向王夫人道：「大哥說得如此懇切，太太就依了罷。」王夫人悄悄的問道：「你可能麼？」鳳姐道：「有什麼不能的！外面的大事已經大哥哥料理清了，不過是裡面照管照管。便是我有不知的，問太太就是了。」王夫人見說得有理，便不出聲。賈珍見鳳姐允了，又陪笑道：「也管不得許多了，橫豎要求大妹妹辛苦辛苦。我這裡先與大妹妹行禮，等完了事，我再到那府裡去謝。」說著就作揖，鳳姐連忙還禮不迭。

賈珍便命人取了寧國府的對牌[42]來，命寶玉送與鳳姐，說道：「妹妹愛怎麼就怎麼樣辦❽，要什麼，只管拿這個取去，也不必問我。只求別存心替我省錢，要好看為上；二則也同那府裡一樣待人才好，不要存心怕人抱怨。只這兩件外，我再沒不放心的了。」鳳姐不敢就接牌，只看著王夫人，王夫人道：「你大哥既這麼說，你就照看照看罷了。只是別自作主意，有了事打發人問你哥哥嫂子一聲兒要緊。」寶玉早向賈珍手裡接過對牌來，強遞與鳳姐了。

賈珍又問：「妹妹還是住在這裡，還是天天來呢？若是天天來，越發辛苦了。我這裡趕著收拾出一個院落來，妹妹住過這幾日，倒安穩。」鳳姐笑說：「不用，那邊也離不得我，倒是天天來的好。」賈珍說：「也罷了。」然後又說了一回閑話，方才出去。

一時女眷散後，王夫人因問鳳姐：「你今兒怎麼樣？」鳳姐道：「太太只管請回去；我須得先理出一個頭緒來才回得去呢。」王夫人聽說，便先同邢夫人回去，不在話下。

這裡鳳姐來至三間一所抱廈中坐了，因想：頭一件是人口混雜，遺失東西；二件，事無專管，臨期推諉。三件，需用過費，濫支冒領；四件，任無大小，苦樂不均；五件，家人豪縱，有臉者不能服鈐束[43]，無臉者不能上進。——此五件實是寧府中風俗。不知鳳姐如何處治，且聽下回分解。

■校記

❶「心胸不快」，「不」脂本作「大」。

❷「盛筵必散」，「必」原作「不」，從戚本改。

❸「傷心」，甲本、本衙本、金本、脂本皆作「疑心」。

❹「下一輩的」，「的」字原無，從諸本增。

❺「戳了一刀」，「戳」原作「戮」，從藤本、王本改。

❻「搖山振岳」原作「搖振山岳」，從諸本改。

❼「名喚瑞珠的」，「的」字原無，從諸本增。

❽「……送與鳳姐，說道，妹妹愛怎麼就怎麼樣辦」，原作「……送與鳳姐就怎麼樣說道妹妹愛怎麼樣辦」，從諸本改。

■注釋

1〔死封龍禁尉〕龍禁尉，作者虛擬的官名，是皇帝的侍從武官。舊社會婦女沒有獨立的人格，只能依附男人。秦氏死後，賈珍為講虛榮，給賈蓉買了個龍禁尉官銜（不是秦氏被封龍禁尉），她才跟著得了一個封號。

2〔樂極生悲〕歡樂達到了極點，轉而產生悲哀。在這裡暗示賈府雖然赫赫揚揚，不可一世，但總有一天會敗落。

3〔樹倒猢猻（ㄏㄨˊㄙㄨㄣ／hú sūn）散〕猢猻，猴子。這句比喻所依靠的人或勢力一旦垮臺，隨從者就一哄而散。暗喻賈府這個家族必然滅亡的命運。

4〔否（ㄆㄧˇ／pǐ）極泰來〕意思是事物發展到過了頭，就要轉化為它的相反面。「否」可以轉化為「泰」，即情況從極壞轉好。否、泰，「周易」中的兩個卦名，天地交通（相互作用）叫作泰，「泰」就亨通；天地滯塞叫作否，「否」就失利。

5 〔祭祀產業〕官家、地主家的「祭田」之類的產業，租稅或利息專作祭祀之用。

6 〔三春去後諸芳盡，各自須尋各自門〕意即迎春、探春、惜春離開賈府後，其他眾女子也都散盡。暗示了賈府最後人財散盡的結局。

7 〔雲板〕寺院用以集合僧眾，官衙及巨宅用以傳事的鐵製響器。器形多作雲朵形。

8 〔喪音〕舊日習俗：祭神和一般「吉禮」叩頭次數、祭品數目常用「三」，「喪禮」常用「四」，有「神三鬼四」的諺語。所以這裡「傳點」四下知是報喪的信號。

9 〔納悶〕因疑惑不解而心裡發悶。秦可卿的死因，作者沒有明寫。根據脂硯齋批語透露，這回原題目是「秦可卿淫喪天香樓」，後作者「刪去天香樓一節，少缺四、五頁」，「將可卿如何死故隱去」。

10 〔欽天監陰陽司〕欽天監，舊官署名。主管天文、氣象、易卜、曆法一類事情，還負責為皇帝婚喪大典選擇日期。陰陽司是其所屬的一個部門，掌管陰陽宅（墳墓和住房）的測度，即「看風水」、「看地脈」等。

11 〔訃（ㄈㄨˋ／fù）聞〕亦作訃文、訃告。報告喪事的通知。俗稱「報喪帖」。

12 〔大悲懺（ㄔㄢˋ／chàn）〕佛教儀式。僧侶禮拜、念經，為死者懺悔消災。「大悲」是經文名，即「大悲經」。

13 〔解冤洗業醮（ㄐㄧㄠˋ／jiào）〕

為死人贖罪免災而請和尚道士設壇祈禱的儀式。業，也作孽，罪孽。醮，和尚道士設壇祈禱叫醮。

14〔壞了事〕這裡指獲罪、革職一類情況。

15〔摔喪駕靈〕有些地方舊時喪禮，靈柩出殯時，主喪的人摔一瓦盆，然後「起杠」，叫作「摔盆」，「摔喪」即指此事。主喪的「孝子」在柩前領路，稱為「駕靈」。

16〔黌（ㄏㄨㄥˊ／hóng）門監生〕黌門，古代學校名，即國子監。監生，明清在國子監上學的，統稱監生，後僅存虛名，可以花錢買到，不一定在監讀書。賈蓉就是如此。

17〔執事〕官員和他們的夫人出門時所排列的儀仗，如旗、傘、官銜牌等。第二十九回說「全副執事」，「全副」是指按官職規定的所應有的數目。

18〔內監〕宮廷又稱「大內」、「內府」、「內廷」，所以宦官、太監又稱為「內監」。

19〔內相〕對掌權太監的尊稱。

20〔世襲〕舊指世代繼承祖先的爵位。

21〔堂官〕明、清「衙門」的正副「長官」，辦公座位在「大堂」上，所以稱為「堂官」。

22〔票〕執照。

23〔誥授〕皇帝授給的。皇帝命令叫「誥」。

24〔宜人〕舊社會對婦女的一種封號。明清五品官的母親和妻子可以封贈宜人。

25〔朱紅銷金大牌〕即「官銜牌」，木質朱漆，用金字或黑字書寫官銜。

26〔宣壇〕僧道宣經作法的臺子。

27 〔冢（ㄓㄨㄥˇ／zhǒng）孫〕 冢，大，引申為嫡長。冢孫，嫡長孫。

28 〔四大部洲至中之地〕 佛教認為人類所住的世界分四大洲：東方勝身洲、南方瞻部洲、西方牛貨洲、北方俱盧洲。四大部洲的中心之地是須彌山（亦譯為妙高山），為佛居住之地。

29 〔奉天永建〕 奉天意永久建立。

30 〔太平之國〕 太平之國是道士宣傳的理想國土。

31 〔沙門〕 佛教名詞，指和尚。

32 〔僧錄司〕 官署名，明制，清代相沿，掌管有關佛教徒事務，主官稱正印、副印。

33 〔正堂萬〕 正堂，正官。萬，姓萬。

34 〔元始正一教門〕 指道教，元始天尊、正一天師，都是道教供奉的偶像。

35 〔道紀司〕 官署名。掌管有關道教徒事務。在各省則設道紀司，州、府設道正司，縣設道會司。

36 〔「伽（ㄑㄧㄝˊ／qié）藍」〕 原指佛寺。在此指佛寺守衛神。

37 〔「揭諦」〕 佛教神名。

38 〔「功曹」〕 道教所供奉的值班神。

39 〔水陸道場〕 也叫「水陸齋」，是晉時已經流行的僧徒宗教儀式。意思是告訴水陸各種神靈，說某人已經修煉，可以「得道」等。

40〔誥命〕本指皇帝的命令，習慣上用來指受過皇帝封贈的官家夫人；亦叫「命婦」。

41〔正經〕經指佛經、道經，這裡指喪禮中所作的宗教道場。

42〔對牌〕即「對號牌」，用竹、木等製成，上寫號碼，中劈兩半，作為一種信物。

43〔鈐束〕管制，約束。

【第十四回】林如海靈返蘇州郡　賈寶玉路謁北靜王

話說寧國府中都總管賴升聞知裡面委請了鳳姐，因傳齊同事人等說道：「如今請了西府裡璉二奶奶管理內事，倘或他來支取東西，或是說話，小心伺候才好。每日大家早來晚散，寧可辛苦這一個月，過後再歇息，別把老臉面扔了。那是個有名的烈貨，臉酸心硬；一時惱了，不認人的！」眾人都道：「說得是。」又有一個笑道：「論理，我們裡頭也得他來整治整治，都忒不像了。」正說著，只見來旺媳婦拿了對牌來領呈文經文榜紙，票上開著數目。眾人連忙讓坐倒茶，一面命人按數取紙；來旺抱著同來旺媳婦一路來至儀門，方交與來旺媳婦自己抱進去了。

鳳姐即命彩明釘造冊簿；即時傳了賴升媳婦，要家口花名冊查看；又限明日一早傳齊家人媳婦進府聽差。大概點了一點數目單冊，問了賴升媳婦幾句話，便坐車回家。

至次日卯正二刻，便過來了。那寧國府中老婆媳婦早已到齊，只見鳳姐和賴升媳婦分派眾人執事，不敢擅入，在窗外打聽。聽見鳳姐和賴升媳婦道：「既托了我，我就說不得要討你們嫌了。我可比不得你們奶奶好性兒，諸事由得你們。再別說你們『這府裡原是這麼樣』的話，如今可要依著我行，錯我一點兒，管不得誰是有臉的，誰是沒臉的，一例清白處治。」

說罷，便吩咐彩明念花名冊，按名一個一個叫進來看視。一時看完，又吩咐道：「這二十個分作兩班，一班十個，每日在內單管親友來往倒茶，別的事不用管。這二十個也分作兩班，每日單管本家親戚茶飯，也不管別的事。這四十個人也分作兩班，單在靈前上香、添油、掛幔、守靈、供飯、供茶、隨起舉哀[1]，也不管別的事。這四個人專在內茶房收管杯碟茶器，要少了一件，四人分賠。這四個人單管酒飯器皿，少一件也是分賠。這八個單管收祭禮。這八個人單管各處燈油、蠟燭、紙劄[2]，我一總支了來，交給你們八個人，然後按我的數兒往各處分派。這二十個每日輪流各處上夜，照管門戶，監察火燭，打掃地方。這下剩的按房分開，某人守某處，某處所有桌椅古玩起，至於痰盒撣子等物，一草一苗，或丟或壞，就問這看守的賠補。賴升家的每日攬總查看，或有偷懶的，賭錢吃酒打架拌嘴的，立刻拿了來回我。你要狗情，叫我查出來，三四輩子的老臉，就顧不成了。如今都有了定規，以後那一行亂了，只和那一行算賬。素日跟我的人，隨身俱有鐘錶，不論大小事，都有一定的時刻，——橫豎你們上房裡也有時辰鐘：卯正二刻我來點卯；巳正吃早飯；凡有領牌回事，只在午初二刻；戌初燒過黃昏紙，我親到各處查一遍，回來上夜的交明鑰匙❶。第二日還是卯正二刻過來。說不得咱們大家辛苦這幾日罷，事完了你們大爺自然賞你們。」

說畢，又吩咐按數發茶葉、油燭、雞毛撣子、笤帚等物，一面又搬取傢伙：桌圍、椅搭、坐褥、氈席、痰盒、腳踏之類，一面交發，一面提筆登記，——某人管某處，某人領物件，開得十分清楚。眾人領了去，也都有了投奔，不似先時只揀便宜的作，剩下苦差沒個招攬。各房中也不能趁亂迷失東西。便是人來客往，也都安靜了，不比先前紊亂無頭緒：一切偷安竊取等弊，一概都蠲[3]了。

鳳姐自己威重令行，心中十分得意。因見尤氏犯病，賈珍也過於悲哀，不大進飲食，自己每日從那府中熬了各樣細粥，精美小菜，令人送過來。賈珍也另外吩咐每日送上等菜到抱廈內，單預備鳳姐。鳳姐不畏勤勞，天天按時刻過來，點卯理事，獨在抱廈內起坐，不與眾妯娌合群；便有女眷來往，也不迎送。

這日乃五七正五日上，那應佛僧[4]正❷開方破獄[5]，傳燈照亡[6]，參閻君[7]，拘都鬼[8]，延請地藏王[9]，開金橋[10]，引幢幡[11]；那道士們正伏章申表，朝三清[12]，叩玉帝[13]，禪僧們行香[14]，放焰口[15]，拜水懺[16]；又有十二眾青年尼僧，搭繡衣，靸紅鞋，在靈前默誦接引諸咒[17]，十分熱鬧。

那鳳姐知道今日的客不少，寅正便起來梳洗，及收拾完備，更衣盥手，喝了幾口奶子，漱口已畢，正是卯正二刻了。來旺媳婦率領眾人伺候已久。鳳姐出至廳前，上了車，前面一對明角燈，上寫「榮國府」三個大字。來至寧府大門首，門燈朗掛，兩邊一色綽燈[18]，照如白晝，白汪汪穿孝家人兩行侍立。請車至正門上，小廝退去，眾媳婦上來揭起車簾。鳳姐下了車，一手扶著豐兒，兩個媳婦執著手把燈照著，攝擁鳳姐進來。寧府諸媳婦迎著請安。

鳳姐款步入會芳園中登仙閣靈前，一見棺材，那眼淚恰似斷線之珠，滾將下來。院中多少小廝垂手侍立，伺候燒紙。鳳姐吩咐一聲：「供茶燒紙。」只聽一棒鑼鳴，諸樂齊奏，早有人請過一張大圈椅來，放在靈前，鳳姐坐下放聲大哭，於是裡外上下男女接聲嚎哭。

賈珍、尤氏忙令人勸止，鳳姐才止住了哭。來旺媳婦倒茶漱口畢，方起身，別了族中諸人，自入抱廈來，按名查點，各項人數，俱已到齊，只有迎送親友上的一人未到，即令傳來。那人惶恐，鳳姐冷笑道：「原來是你誤了！你比他們有體面，所以不聽我的話！」那人回道：「奴才天天都來得早，只有今兒來遲了一步，求奶奶饒過初次。」正說著，只見榮國府中的王興媳婦來了，往裡探頭兒。

鳳姐且不發放這人，卻問：「王興媳婦來作什麼？」王興家的近前說：「領牌取線，打車轎網絡[19]。」說著將帖兒遞上，鳳姐令彩明念道：「大轎兩頂，小轎四頂，車四輛，共用大小絡子若干根，每根用珠兒線若干斤。」鳳姐聽了數目相合，便命彩明登記，取榮國對牌發下。王興家的去了。

鳳姐方欲說話，只見榮國府的四個執事人進來，都是支取東西領牌的，鳳姐命他們要了帖念過，聽了一共四件，因指兩件道：「這個開銷錯了，再算清了來領。」說著將帖子摔下來。那二人掃興而去。

鳳姐因見張材家的在旁，便問：「你有什麼事？」張材家的忙取帖子回道：「就是方才車轎圍子作成，領取裁縫工銀若干兩。」鳳姐聽了，收了帖子，命彩明登記：待王興交過，得了買辦的回押相符，然後與張材家的去領。一面又命念那一件，是為寶玉外書房完竣，支領買紙料糊裱。鳳姐聽了，即命收帖兒登記，待張材家的繳清再發。

鳳姐便說道：「明兒他也來遲了，後兒我也來遲了，將來都沒有人了。本來要饒你，只是我頭一次寬了，下次就難管別人了，不如開發了好。」登時放下臉來，叫：「帶出去打他二十板子！」眾人見鳳姐動怒，不敢怠慢，拉出去照數打了，進來回覆；鳳姐又擲下寧府對牌：「說與賴升革他一個月的錢糧。」吩咐：「散了罷。」眾人方各自辦事去了。那被打的也含羞飲泣而去。彼時榮寧兩處領牌交牌人往來不絕，鳳姐又一一開發了。於是寧府中人才知鳳姐利害，自此俱各兢兢業業，不敢偷安，不在話下。

如今且說寶玉，因見人眾，恐秦鐘受委屈，遂同他往鳳姐處坐坐。鳳姐正吃飯，見他們來了，笑道：「好長腿子，快上來罷[20]。」寶玉道：「我們偏[21]了。」鳳姐道：「在這邊外頭吃的，還是那邊吃的？」寶玉道：「同那些渾人吃什麼！還是那邊跟著老太太吃了來的。」說著，一面歸坐。

鳳姐飯畢，就有寧府一個媳婦來領牌，為支取香燈，鳳姐笑道：「我算著你今兒該來支取，想是忘了。要終久忘了，自然是你包出來，都便宜了我。」那媳婦笑道：「何嘗不是忘了，方才想起來，再遲一步，也領不成了！」說畢，領牌而去。

一時登記交牌。秦鐘因笑道：「你們兩府裡都是這牌，倘別人私造一個，支了銀子去，怎麼好？」鳳姐笑道：「依你說，都沒王法了！」寶玉因道：「怎麼咱們家沒人來領牌子支東西？」鳳姐道：「他們來領的時候，你還作夢呢。——我且問你，你們多早晚[22]才念夜書呢？」寶玉道：「巴不得今日就念才好；只是他們不快給收拾書房，也是沒法兒。」鳳姐笑道：「你請我請兒，包管就快了。」寶玉道：「你也不中用，他們該作到那裡的時候，自然有了。」鳳姐道：「就是他們作也得要東西，擱不住我不給對牌，是難的。」寶玉聽說，便猴[23]向鳳姐身上立刻要牌，說：「好姐姐，給他們牌，好支東西去收拾。」鳳姐道：「我乏得身上生疼，還擱得住你這麼揉搓？你放心罷，今兒才領了裱糊紙去了，他們該要的還等叫去呢，可不傻了？」寶玉不信，鳳姐便叫彩明查冊子給他看。

正鬧著，人來回：「蘇州去的昭兒來了。」鳳姐急命叫進來。昭兒打千兒請安。鳳姐便問：「回來作什麼？」昭兒道：「二爺打發回來的。林姑老爺是九月初三巳時歿的。二爺帶了林姑娘同送林姑老爺的靈到蘇州，大約趕年底回來。二爺打發奴才來報個信兒請安，討老太太的示下。還瞧瞧奶奶家裡好，叫把大毛衣裳帶幾件去。」鳳姐道：「你見過別人了沒有？」昭兒道：「都見過了。」說畢，連忙退出。鳳姐向寶玉笑道：「你林妹妹可在咱們家住長了。」寶玉道：「了不得，想來這幾日他不知哭得怎麼樣呢！」說著蹙眉長嘆。

鳳姐見昭兒回來，因當著人不及細問賈璉，心中七上八下，待要回去，奈事未畢，少不得耐到晚上回來，又叫進昭兒來，細問一路平安。連夜打點大毛衣服，和平兒親自檢點收拾，再細細追想所需何物，一併包裹交給昭兒。又細細兒的吩咐昭兒：「在外好生小心些伏侍，別惹你二爺生氣。時常勸他少喝酒，別勾引他認得混賬女人，——我知道了，回來打折了你的腿！」昭兒笑著答應出去。那時天已四更，睡下，不覺早又天明，忙梳洗過寧府來。

那賈珍因見發引[24]日近，親自坐車帶了陰陽生[25]，往鐵檻寺來踏看寄靈之所；又一一囑咐住持[26]色空好生預備新鮮陳設，多請名僧，以備接靈使用。色空忙備晚齋，賈珍也無心茶飯，因天晚不及進城，就在淨室胡亂歇了一夜，次日一早趕忙的進城來料理出殯之事；一面又派人先往鐵檻寺，連夜另外修飾停靈之處，並廚茶等項，接靈人口。

鳳姐見發引日期在邇，也預先逐細分派料理，一面又派榮府中車轎人從跟王夫人送殯，又顧自己送殯去占下處[27]。目今正值繕國公誥命亡故，邢王二夫人又去弔祭送殯；西安郡妃華誕[28]，送壽禮；又有胞兄王仁連家眷回南，一面寫家信❸並帶往之物；又兼迎春染疾，每日請醫服藥，看醫生的啟帖，講論症源，斟酌藥案……各事冗雜，亦難盡述：因此忙得鳳姐茶飯無心，坐臥不寧。到了寧府裡，這邊榮府的人跟著；回到榮府裡，那邊寧府的人又跟著。鳳姐雖然如此之忙，只因素性好勝，惟恐落人褒貶，故費盡精神，籌畫得十分整齊，於是合族中上下無不稱嘆。

這日伴宿之夕，親朋滿座，尤氏猶臥於內室，一切張羅款待，都是鳳姐一人周全承應，合族中雖有許多妯娌，也有言語鈍拙的，也有舉止輕浮的，也有羞口羞腳不慣見人的，也有懼貴怯官的，越顯得鳳姐灑爽風流，典則俊雅，真是「萬綠叢中一點紅」了，——那裡還把眾人放在眼裡❹？揮霍指示，任其所為。那一夜中燈明火彩，客送官迎，百般熱鬧，自不用說。至天明吉時，一般六十四名青衣請靈，前面銘旌[29]上大書：「誥封一等寧國公冢孫婦防護內廷紫禁道御前侍衛龍禁尉享強壽[30]賈門秦氏宜人之靈柩」。一應執事陳設，皆係現趕新作出來的，一色光彩奪目。寶珠自行未嫁女之禮，摔喪駕靈，十分哀苦。

那時官客送殯的，有鎮國公牛清之孫現襲一等伯牛繼宗，理國公柳彪之孫現襲一等子柳芳，齊國公陳翼之孫世襲三品威鎮將軍陳瑞文，治國公馬魁之孫世襲三品威遠將軍馬尚德，修國公侯曉明之孫世襲一等子侯孝康，——繕國公誥命亡故，其孫石光珠守孝不得來。——這六家與榮寧二家，當日所稱「八公」的便是。

餘者更有南安郡王之孫，西寧郡王之孫，忠靖侯史鼎，平原侯之孫世襲二等男蔣子寧，定城侯之孫世襲二等男兼京營游擊[31]謝鯤，襄陽侯之孫世襲二等男戚建輝，景田侯之孫五城兵馬司[32]裘良。餘者錦鄉伯公子韓奇、神武將軍公子馮紫英、陳也俊、衛若蘭等，

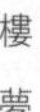

北靜王

諸王孫公子，不可枚數。堂客也共有十來頂大轎，三四十頂小轎，連家下大小轎子車輛，不下百十餘乘。連前面各色執事陳設，接連一帶擺了有三四里遠。

走不多時，路上彩棚高搭，設席張筵，和音奏樂，俱是各家路祭：第一棚是東平郡王府的祭，第二棚是南安郡王的祭，第三棚是西寧郡王的祭，第四棚便是北靜郡王的祭。原來這四王，當日惟北靜王功最高，及今子孫猶襲王爵。現今北靜王世榮年未弱冠[33]，生得美秀異常，性情謙和；近聞寧國府冢孫婦告殂，因想當日彼此祖父有相與之情，同難同榮，因此不以王位自居，前日也曾探喪弔祭，如今又設了路奠，命麾下[34]的各官在此伺候。自己五更入朝，公事一畢，便換了素服，坐著大轎，鳴鑼張傘而來，到了棚前落轎，手下各官兩旁擁侍，軍民人眾不得往還。

一時只見寧府大殯浩浩蕩蕩、壓地銀山一般從北而至。早有寧府開路傳事人報與賈珍，賈珍急命前面執事扎住，同賈赦賈政三人連忙迎上來，以國禮相見。北靜王轎內欠身，含笑答禮，仍以世交稱呼接待，並不自大。賈珍道：「犬婦之喪，累蒙郡駕下臨，蔭生[35]輩何以克當。」北靜王笑道：「世交至誼，何出此言。」遂回頭令長府官主祭代奠。賈赦等一旁還禮，復親身來謝。

北靜王十分謙遜。因問賈政道：「那一位是銜玉而誕者？久欲一見為快，今日一定在此，何不請來？」賈政忙退下來，命寶玉更衣，領他前來謁見。那寶玉素聞北靜王的賢德，且才貌俱全，風流跌宕[36]，不為官俗國體[37]所縛，每思相會，只是父親拘束，不克如願，今見反來叫他，自是喜歡。一面走，一面瞥見那北靜王坐在轎內，好個儀表。不知近前又是怎樣，且聽下回分解。

■校記

❶「回來上夜的交明鑰匙」，「的」字原無，從諸本增。

❷「應佛僧正」原作「應付僧正」，從諸本改。

❸「寫家信」下，諸本有「稟叩父母」四字。

❹「越顯得鳳姐灑爽風流，典則俊雅，真是『萬綠叢中一點紅』了，那裡還把眾人放在眼裡」，藤本、王本作「種種之類俱不及鳳姐舉止大雅言語典則因此也不把眾人放在眼裡」。

■注釋

1〔舉哀〕 齊聲大哭，表示哀悼。

2〔紙箚〕 成疊的剪刻有錢形的「燒紙」。紙糊的車、馬、樓、庫等焚燒的冥器，稱為「紙紮」，也或寫作「紙箚」。

3〔蠲（ㄐㄩㄢ／juān）〕 免除。

4〔應佛僧〕 值班的和尚。

5〔開方破獄〕 傳說人死後會下地獄受罪。開方破獄，即打開地獄之門，把冤魂們從地獄中拯救出來。

6〔傳燈照亡〕 傳遞燈光，照亮亡魂。這裡指和尚在念經時一種模擬動作。

7〔閻君〕 即閻羅，傳說中主管地獄的神。亦稱「閻羅王」、「閻王」。

8〔都鬼〕 傳說中閻君所在的酆（ㄈㄥ／fēng）都城裡的鬼卒。

9〔地藏王〕 菩薩名。相傳常現身於地獄中，以救眾生之苦難。

10 〔金橋〕傳說善人死後走金橋、銀架，惡人死後走奈何橋。這裡開金橋，即為死者開橋，讓他托生一個好地方。

11 〔幢幡（ㄔㄨㄤˊ ㄈㄢ / chuáng fān）〕招引靈魂的旗子。

12 〔三清〕道教所尊的三位神。即玉清元始天尊、上清靈寶道君、太清太上老君。

13 〔玉帝〕即玉皇大帝，是道教中天上最高的神。

14 〔行香〕佛教的祭禮儀式，即行道燒香。

15 〔放焰口〕焰口，佛教所說的一種餓鬼，渴望飲食，口吐火焰。放焰口，即念誦經咒，撒布少量飲食，以布施餓鬼。

16 〔拜水懺〕水懺是佛教經文的一種。這裡指念這種經文，祈禱免疫免災。

17 〔接引諸咒〕咒是佛教的秘密語言（真言）。佛門說法，默念咒語，可以通神，以免除死者的災難，其鬼魂就會被佛接引到「極樂世界」。

18 〔綽燈〕「綽」也寫作「矗」、「戳」。是一種長柄有底座直立地上而可以移動的燈。

19 〔車轎網絡〕「方車」上和轎上的線織的網絡，是一種裝飾物。

20 〔好長腿子二句〕這裡是戲說寶玉腿快，聞風趕來吃飯；「上來」指到炕上入座。

21 〔偏〕客氣話，表示沒有等待共同享受，自己已先得到了。

22 〔多早晚〕也說多早，意思是什麼時候。

23 〔猴〕這裡是屈身攀援，糾纏不放鬆的意思。第十五回「猴在馬上」，義同。

24 〔發引〕靈柩出門稱為「出殯」，又稱「發引」；前一日稱「伴宿」，又稱「坐夜」。

25〔陰陽生〕舊時替喪家推算殮、葬日辰，替喜事人家擇日的一種職業者。

26〔住持〕寺院內的和尚頭目。也稱方丈、長老。

27〔下處〕指休息的地方。

28〔華誕〕對別人生日的敬稱。

29〔銘旌〕舊時喪具，一種長條幡，上寫死者官銜、姓名，豎在靈前。

30〔強壽〕意思是活的壽命很長。秦氏死時年紀不大，而說「享強壽」，暗含對賈府淫亂的諷刺。

31〔京營游擊〕官名。清代綠營兵設游擊，是軍營長官，官位次於參將。

32〔五城兵馬司〕明代官署名，清沿其制。是朝廷維護京城治安的軍事機構。

33〔弱冠〕古時男子二十歲左右行冠禮加冠，表示成人，但還未到壯年，故稱弱冠。後來泛指男子二十歲左右的年齡。

34〔麾（ㄏㄨㄟ／huī）下〕部下。原意是在主帥的旗麾之下。麾，古代用來指揮的旗幟。

35〔廕生〕亦作「蔭生」；皇帝對官員的恩賜，在某種條件下給予他們子孫的一種「出身資格」的名稱。

36〔風流跌宕（ㄉㄤˋ／dàng）〕有文才而不拘禮法。

37〔官俗國體〕指官場的世俗禮節，朝廷的禮儀規定。

【第十五回】

王鳳姐弄權鐵檻寺　秦鯨卿得趣饅頭庵

話說寶玉舉目見北靜王世榮頭上戴著淨白簪纓銀翅王帽，穿著江牙海水[1]五爪龍白蟒袍，繫著碧玉紅鞓帶[2]；面如美玉，目似明星，真好秀麗人物。寶玉忙搶上來參見，世榮從轎內伸手攙住。見寶玉戴著束髮銀冠，勒著雙龍出海抹額，穿著白蟒箭袖，圍著攢珠銀帶；面若春花，目如點漆。北靜王笑道：「名不虛傳，果然如『寶』似『玉』。」問：「銜的那寶貝在那裡？」寶玉見問，連忙從衣內取出，遞與北靜王細細看了，又念了那上頭的字，因問：「果靈驗否？」賈政忙道：「雖如此說，只是未曾試過。」北靜王一面極口稱奇，一面理順彩絛，親自與寶玉帶上，又攜手問寶玉幾歲，現讀何書。寶玉一一答應。

北靜王見他語言清朗，談吐有致，一面又向賈政笑道：「令郎真乃龍駒鳳雛，非小王在世翁前唐突，將來『雛鳳清於老鳳聲』[3]，未可量也❶。」賈政陪笑道：「犬子豈敢謬承[4]金獎[5]，賴藩郡[6]餘恩❷，果如所言，亦蔭生輩之幸矣。」北靜王又道：「只是一件：令郎如此資質[7]，想老太夫人自然鍾愛；但吾輩後生，甚不宜溺愛，溺愛則未免荒失了學業。昔小王曾蹈此轍，想令郎亦未必不如是也。若令郎在家難以用功，不妨常到寒邸[8]，小王雖不才，卻多蒙海內眾名士凡至都者，未有不垂青目[9]的。是以寒邸高人頗聚，令郎常去談談會會，則學問可以日進矣。」賈政忙躬身答道：「是。」

北靜王又將腕上一串念珠卸下來，遞與寶玉，道：「今日初會，倉卒無敬賀之物，此係聖上所賜蕶苓香[10]念珠一串，權為賀敬之禮。」寶玉連忙接了，回身奉與賈政。賈政帶著寶玉謝過了。於是賈赦、賈珍等一齊上來叩請回輿，北靜王道：「逝者已登仙界[11]，非你我碌碌塵寰中人。小王雖上叨[12]天恩，虛邀郡襲，豈可越仙輀[13]而進呢？」賈赦等見執意不從，只得謝恩回來，命手下人掩樂停音[14]，將殯過完，方讓北靜王過去。不在話下。

且說寧府送殯，一路熱鬧非常。剛至城門，又有賈赦、賈政、賈珍諸同寅屬下各家祭棚接祭，一一的謝過，然後出城，竟奔鐵檻寺大路而來。彼時賈珍帶著賈蓉來到諸長輩前讓坐轎上馬，因而賈赦一輩的各自上了車轎，賈珍一輩的也將要上馬；鳳姐因惦記著寶玉，怕他在郊外縱性不服家人的話，賈政管不著，惟恐有閃失，因此命小廝來喚他。寶玉只得到他車前。鳳姐笑道：「好兄弟，你是個尊貴人，和女孩兒似的人品，別學他們猴在馬上。下來，咱們姐兒兩個同坐車，好不好？」寶玉聽說，便下了馬，爬上鳳姐車內，二人說笑前進。

不一時，只見那邊兩騎馬直奔鳳姐車來，下馬扶車回道：「這裡有下處，奶奶請歇歇更衣。」鳳姐命請邢王二夫人示下，那二人回說：「太太們說不歇了，叫奶奶自便。」鳳姐便命歇歇再走。小廝帶著轎馬岔出人群，往北而來。寶玉忙命人去請秦鐘。那時秦鐘正騎著馬隨他父親的轎，忽見寶玉的小廝跑來請他去打尖[15]，秦鐘遠看著寶玉所騎的馬，搭著鞍籠，隨著鳳姐的車往北而去，便知寶玉同鳳姐一車，自己也帶馬趕上來，同入一莊門內。

那莊農人家，無多房舍，婦女無處迴避；那些村姑野婦見了鳳姐、寶玉、秦鐘的人品衣服，幾疑天人下降。鳳姐進入茅屋，先命寶玉等出去玩玩。寶玉會意，因同秦鐘帶了小廝們各處遊玩。凡莊家動用之物，俱不曾見過的，寶玉見了，都以為奇，不知何名何用。小廝中有知道的，一一告訴了名色並其用處。寶玉聽了，因點頭道：「怪道古人詩上說：『誰知盤中飧，粒粒皆辛苦！』正為此也。」一面說，一面又到一間房內，見炕上有個紡車兒，越發以為稀奇。小廝們又說：「是紡線織布的。」寶玉便上炕搖轉，只見一個村妝丫頭，約有十七八歲，走來說道：「別弄壞了！」眾小廝忙上來吆喝，寶玉也住了手，說道：「我因沒有見過，所以試一試玩兒。」那丫頭道：「你不會轉，等我轉給你瞧。」秦鐘暗拉寶玉道：「此卿大有意趣。」寶玉推他道：「再胡說，我就打了！」說著，只見那丫頭紡起線來，果然好看。忽聽那邊老婆子叫道：「二丫頭，快過來！」那丫頭丟了紡車，一徑去了。

寶玉悵然無趣。只見鳳姐打發人來叫他兩個進去。鳳姐洗了手，換了衣服，問他換不換，寶玉道：「不換。」也就罷了。僕婦們端上茶食果品來，又倒上香茶來，鳳姐等吃了茶，待他們收拾完備，便起身上車。外面旺兒預備賞封，賞了那莊戶人家，那婦人等忙來謝賞。寶玉留心看時，並不見紡線之女。走不多遠，卻見這二丫頭，懷裡抱著個小孩子，同著兩個小女孩子，在村頭站著瞅他。寶玉情不自禁，然身在車上，只得眼角留情而已❸。一時電捲風馳，回頭已無蹤跡了。

說笑間，已趕上大殯。早又前面法鼓金鐃[16]，幢幡寶蓋：鐵檻寺中僧眾擺列路旁。少時到了寺中，另演佛事，重設香壇，安靈於內殿偏室之中，寶珠安理寢室為伴。外面賈珍款待一應親友，——也有坐住的，也有告辭的，一一謝了乏[17]；從公、侯、伯、子、男[18]，一起一起的，散至未末方散盡了。裡面的堂客皆是鳳姐接待，先從誥命散起，也到未正上下方散完了。只有幾個近親本族，等作過三日道場方去的。那時邢王二夫人知鳳姐必不能回家，便要帶了寶玉同進城去。那寶玉乍到郊外，那裡肯回去？只要跟著鳳姐住著，王夫人只得交與鳳姐而去。

原來這鐵檻寺是寧榮二公當日修造的，現今還有香火地畝，以備京中老[19]了人口，在此停靈。其中陰陽兩宅[20]俱是預備妥貼的，好為送靈人口寄居。不想如今後人繁盛，其中貧富不一，或性情參商[21]：有那家道艱難的，便住在這裡了；有那有錢有勢尚排場的，只說這裡不方便，一定另外或村莊，或尼庵，尋個下處，為事畢宴退之所。即今秦氏之喪，族中諸人，也有在鐵檻寺的，也有別尋下處的。鳳姐也嫌不方便❹，因遣人來和饅頭庵的姑子靜虛說了，騰出幾間房來預備。——原來這饅頭庵和水月寺一勢❺，因他廟裡作的饅頭好，就起了這個諢號；離鐵檻寺不遠。

當下和尚功課已完，奠過晚茶，賈珍便命賈蓉請鳳姐歇息。鳳姐見還有幾個妯娌們陪著女親，自己便辭了眾人，帶著寶玉秦鐘往饅頭庵❻來。只因秦邦業年邁多病，不能在此，只命秦鐘等待安靈罷，所以秦鐘只跟著鳳姐寶玉。一時到了庵中，靜虛帶領智善智能兩個徒弟出來迎接，大家見過。鳳姐等至淨室更衣淨手畢，因見智能兒越發長高了，模樣兒越發出息[22]得水靈了，因說道：「你們師徒怎麼這些日子也不往我們那裡去？」靜虛道：「可是這幾日因胡老爺府裡產了公子，太太送了十兩銀子來這裡，叫請幾位師父念三日『血盆經』[23]，忙得就沒得來請奶奶的安。」

不言老尼陪著鳳姐，且說那秦鐘寶玉二人正在殿上玩耍，因見智能兒過來，寶玉笑道：「能兒來了。」秦鐘說：「理他作什麼？」寶玉笑道：「你別弄鬼兒！那一日在老太太屋裡，一個人沒有，你摟著他作什麼呢？這會子還哄我！」秦鐘笑道：「這可是沒有的話。」寶玉道：「有沒有也不管你，你只叫他倒碗茶來我喝，就撂[24]過手。」秦鐘笑道：「這又奇了！你叫他倒去，還怕他不倒？何用我說呢！」寶玉道：「我叫他倒的是無情意的，不及你叫他倒的是有情意的。」秦鐘沒法，只得說道：「能兒倒碗茶來。」那能兒自幼在榮府走動，無人不識，常和寶玉秦鐘玩笑，如今長大了，漸知風月[25]，便看上了秦鐘人物風流，那秦鐘也愛他妍媚，二人雖未上手，卻已情投意合了。智能走去倒了茶來。秦鐘笑說：「給我。」寶玉又叫：「給我！」智能兒抿著嘴兒笑道：「一碗茶也爭，難道我手上有蜜！」寶玉先搶著了，喝著，方要問話，只見智善來叫智能去擺果碟子，一時來請他兩個去吃果茶。他兩個那裡吃這些東西？略坐坐仍出來玩耍。

鳳姐也便回至淨室歇息，老尼相伴。此時眾婆子媳婦見無事，都陸續散了，自去歇息，跟前不過幾個心腹小丫頭，老尼便趁機說道：「我有一事，要到府裡求太太，先請奶奶的示下。」鳳姐問道：「什麼事？」老尼道：「阿彌陀佛！只因當日我先在長安縣善才庵裡出家的時候兒，有個施主姓張，是大財主。他的女孩兒小名金哥，那年都往我廟裡來進香，不想遇見長安府太爺的小舅子李少爺❼。那李少爺一眼看見金哥就愛上了，立刻打發人來求親，不想金哥已受了原任長安守備[26]公子的聘定。張家欲待退親，又怕守備不依，因此說已有了人家了。誰知李少爺一定要娶，張家正在沒法，兩處為難；不料守備家聽見此信，也不問青紅皂白，就來吵鬧，說：『一個女孩兒你許幾家子人家兒？』偏不許退定禮，就打起官司來。女家急了，只得著人上京找門路，賭氣偏要退定禮。我想如今長安節度雲老爺，和府上相好，怎麼求太太和老爺說說，寫一封書子，求雲老爺和那守備說一聲，不怕他不依。要是肯行，張家那怕傾家孝順，也是情願的。」

鳳姐聽了笑道：「這事倒不大，只是太太再不管這些事。」老尼道：「太太不管，奶奶可以主張了。」鳳姐笑道：「我也不等銀子使，也不作這樣的事。」靜虛聽了，打去妄想，——半晌嘆道：「雖這麼說，只是張家已經知道求了府裡。如今不管，張家不說沒工夫、不希圖他的謝禮，倒像府裡連這點子手段也沒有似的。」

鳳姐聽了這話，便發了興頭，說道：「你是素日知道我的，從來不信什麼陰司[27]地獄報應[28]的；憑是什麼事，我說要行就行。你叫他拿三千兩銀子來，我就替他出這口氣。」老尼聽說，喜之不勝，忙說：「有！有！這個不難。」鳳姐又道：「我比不得他們扯篷拉縴[29]的圖銀子。這三千兩銀子，不過是給打發說去的小廝們作盤纏，使他賺幾個辛苦錢兒；我一個錢也不要。就是三萬兩我此刻還拿得出來。」

老尼忙答應道：「既如此，奶奶明日就開恩罷了。」鳳姐道：「你瞧瞧我忙的，那一處少得了我？我既應了你，自然給你了結啊。」老尼道：「這點子事，要在別人，自然忙得不知怎麼樣；要是奶奶跟前，再添上些，也不夠奶奶一辦的。俗語說的：『能者多勞。』太太見奶奶這樣才情，越發都推給奶奶了，——只是奶奶也要保重貴體些才是。」一路奉承，鳳姐越發受用了，也不顧勞乏，更攀談起來。

誰想秦鐘趁黑晚無人，來尋智能兒，剛到後頭房裡，只見智能兒獨在那裡洗茶碗。秦鐘便摟著親嘴，智能兒急得跺腳說：「這是作什麼！」就要叫喚。秦鐘道：「好妹妹，我要急死了！你今兒再不依我，我就死在這裡。」智能兒道：「你要怎麼樣，除非我出了這牢坑[30]，離了這些人，才好呢。」秦鐘道：「這也容易，只是『遠水解不得近渴』——」說著一口吹了燈，滿屋裡漆黑，將智能兒抱到炕上。那智能兒百般的扎掙不起來，又不好嚷，不知怎麼樣就把中衣兒解下來了❽。

這裡剛才入港，說時遲，那時快，猛然間一個人從身後冒冒失失的按住，也不出聲，二人唬得魂飛魄散。只聽「嗤」的一笑，這才知是寶玉。秦鐘連忙起來抱怨道：「這算什麼？」寶玉道：「你倒不依？——咱們就嚷出來。」羞得智能兒趁暗中跑了。寶玉拉著秦鐘出來道：「你可還強嘴不強？」秦鐘笑道：「好哥哥，你只別嚷，你要怎麼著都使得。」寶玉笑道：「這會子也不用說，等一會兒睡下，咱們再慢慢兒的算賬。」

一時寬衣安歇的時節，鳳姐在裡間，寶玉秦鐘在外間，滿地下皆是婆子們打鋪坐更。鳳姐因怕「通靈玉」失落，等寶玉睡下，令人拿來塞在自己枕邊❾。卻不知寶玉和秦鐘如何算賬，未見真切，此係疑案，不敢創纂。

且說次日一早，便有賈母王夫人打發了人來看寶玉，命多穿兩件衣服，無事寧可回去。寶玉那裡肯？又兼秦鐘戀著智能兒，調唆寶玉求鳳姐再住一天。鳳姐想了一想，喪儀大事雖妥，還有些小事，也可以再住一日：一則賈珍跟前送了滿情，二則又可以完了靜虛的事，三則順了寶玉的心；因此便向寶玉道：「我的事都完了。你要在這裡逛，少不得索性辛苦了。明兒是一定要走的了。」寶玉聽說，千「姐姐」、萬「姐姐」的央求：「只住一日，明兒必回去的。」於是又住了一夜。

智能

鳳姐便命悄悄將昨日老尼之事說與來旺兒。旺兒心中俱已明白，急忙進城，找著主文的相公[31]，假托賈璉所囑，修書一封，連夜往長安縣來。不過百里之遙，兩日工夫，俱已妥協。那節度使名喚雲光，久懸賈府之情，這些小事，豈有不允之理，給了回書，旺兒回來，不在話下。且說鳳姐等又過了一日，次日方別了老尼，著他三日後往府裡去討信。那秦鐘和智能兒兩個，百般的不忍分離，背地裡設了多少幽期密約，只得含恨而別，俱不用細述。鳳姐又到鐵檻寺中照望一番。寶珠執意不肯回家。賈珍只得派婦女相伴。後事如何，且聽下回分解。

校記

❶「未可量也」原作「未可諒也」，從藤本、王本改。

❷「餘恩」，諸本作「餘禎」。

❸「卻見這二丫頭，懷裡抱著個小孩子，同著兩個小女孩子，在村頭站著瞅他。寶玉情不自禁，然身在車上，只得眼角留情而已」，諸本作「卻見這二丫頭懷裡抱了個小孩子，想是他的兄弟，同著幾個小女孩子，說笑而來。寶玉情不自禁，然身在車上，只得以目相送」。

❹「也有在鐵檻寺的，也有別尋下處的，鳳姐也嫌不方便」，諸本作「皆權在鐵檻寺下榻，獨鳳姐嫌不方便」。

❺「和水月寺一勢」，諸本作「就是水月庵（『庵』一作『寺』）」。

❻「饅頭庵」，諸本作「水月庵」。

❼「少爺」，諸本作「衙內」。下同。

❽「不知怎麼樣就把中衣兒解下來了」，諸本作「少不得依的（了）」。

❾「令人拿來塞在自己枕邊」，「來」原作「手」，從諸本改。

注釋

1〔江牙海水〕 指袍子「下襬」處所繡波濤和人字形五色花紋圖案。

2〔鞓（ㄊㄧㄥ／tīng）帶〕 皮帶。

3〔「雛鳳清於老鳳聲」〕 唐朝詩人李商隱「韓冬郎即席為詩相送」中的詩句。雛鳳，小鳳，比喻好的子弟。全句意為：兒子勝於父親。

4〔謬承〕 錯誤地承受。

5 〔金獎〕過高的誇獎。

6 〔藩郡〕這裡指郡王。古代皇帝將子姪功臣分封為王，各占一地，如同中央政權的藩籬一樣，所以郡王也叫藩王。

7 〔資質〕指人的天賦資性。

8 〔寒邸〕古代貴爵和大官的住宅稱為「邸」，這裡是北靜王指自己住宅的謙詞。

9 〔垂青目〕器重、見愛。據說晉朝詩人阮籍以青眼看人表示器重，以白眼看人表示輕蔑，故後人以「青眼」稱對人的喜愛或器重。

10 〔蘅芩香〕一種香草，又名蕙。

11 〔仙界〕佛家認為人死後是進入了神仙境界。

12 〔叨（ㄊㄠ tāo）〕此處指勉強承受，表示謙虛的意思。

13 〔仙輀（ㄦˊ ér）〕輀，古代載運棺柩的車。仙，這裡是尊稱。

14 〔掩樂停音〕舊時出喪，沿途奏樂。這裡表示尊敬北靜王，不敢在他面前「炫耀威儀」，故掩樂停音。

15 〔打尖〕出門人在途中休息吃飯。

16 〔法鼓金鐃（ㄋㄠˊ náo）〕僧侶用的兩種古樂器。

17 〔謝了乏〕對客人答謝勞乏。

18 〔公、侯、伯、子、男〕古代的五等爵位名，到清代這些人有爵而無職。

19〔老〕忌諱說死，用「老」字代替。

20〔陰陽兩宅〕墳地稱為「陰宅」，相對的人住的房子稱為「陽宅」。

21〔參（ㄕㄣ／shēn）商〕參、商，兩個星宿名，一在西，一在東，互不相遇。古語拿來比喻人的離別或意見的距離。

22〔出息〕這裡用作形容詞，意思是長得漂亮。

23〔「血盆經」〕佛經名，即「女人血盆經」。

24〔撂〕又寫作「撩」。有兩義：作「放開」、「揭過」、「撒手」；作「放下」。這裡是前一義。

25〔風月〕指男女愛情的事。

26〔守備〕官名。明代於總兵下設守備，駐守城哨，為當地最高武官。清代綠營統兵馬，分領營兵，稱營守備。

27〔陰司〕佛家所說陰間的官府。

28〔報應〕佛家語。即「因果報應」，佛家認為「善有善報，惡有惡報」。

29〔扯篷拉縴〕指一般不正當的介紹撮合，以至關說人情從中取利的行為。

30〔牢坑〕這裡把所處環境比作監牢。

31〔主文的相公〕管文書的幕賓，第十七回「書啟相公」義同。

【第十六回】賈元春才選鳳藻宮　秦鯨卿夭逝黃泉路

且說秦鐘寶玉二人跟著鳳姐自鐵檻寺照應一番，坐車進城，到家見過賈母王夫人等，回到自己房中，一夜無話。至次日，寶玉見收拾了外書房，約定了和秦鐘念夜書。偏偏那秦鐘稟賦[1]最弱，因在郊外受了些風霜，又與智能兒幾次偷期繾綣，未免失於檢點，回來時便咳嗽傷風，飲食懶進，大有不勝之態[2]，只在家中調養，不能上學，寶玉便掃了興，然亦無法，只得候他病痊再議。

那鳳姐卻已得了雲光的回信，俱已妥協，老尼達知張家，那守備無奈何，忍氣吞聲受了前聘之物。誰知愛勢貪財的父母，卻養了一個知義多情的女兒，聞得退了前夫，另許李門，他便一條汗巾悄悄的尋了自盡。那守備之子誰知也是個情種，聞知金哥自縊，遂投河而死。可憐張李二家沒趣，真是「人財兩空」。這裡鳳姐卻安享了三千兩，王夫人連一點消息也不知。自此鳳姐膽識愈壯，以後所作所為，諸如此類，不可勝數。

一日正是賈政的生辰，寧榮二處人丁都齊集慶賀，熱鬧非常，忽有門吏報道：「有六宮都太監[3]夏老爺特來降旨。」嚇得賈赦賈政一干人不知何事，忙止了戲文，撤去酒席，擺香案，啟中門跪接。早見都太監夏秉忠乘馬而至，又有許多跟從的內監。那夏太監也不曾負詔捧敕[4]，直至正廳下馬，滿面笑容，走至廳上，南面而立，口內說：「奉特旨：立刻宣賈政入朝，在臨敬殿陛見。」說畢，也不吃茶，便乘馬去了。

賈政等也猜不出是何來頭，只得即忙更衣入朝。賈母等合家人心俱惶惶不定，不住的使人飛馬來往探信。有兩個時辰，忽見賴大等三四個管家喘吁吁跑進儀門報喜，又說：「奉老爺的命：就請老太太率領太太等進宮謝恩呢。」

那時賈母心神不定，在大堂廊下佇候[5]，邢王二夫人、尤氏、李紈、鳳姐、迎春姐妹以及薛姨媽等，皆聚在一處打聽信息。賈母又喚進賴大來細問端底，賴大稟道：「奴才們只在外朝房伺候著，裡頭的信息一概不知。後來夏太監出來道喜，說咱們家的大姑奶奶封為鳳藻宮尚書[6]，加封賢德妃。後來老爺出來也這麼吩咐。如今老爺又往東宮裡去了。急速請太太們去謝恩。」賈母等聽了方放下心來，一時皆喜見於面。於是都按品大妝起來。賈母率領邢王二夫人並尤氏，一共四乘大轎，魚貫入朝。賈赦賈珍亦換了朝服，帶領賈薔賈蓉，奉侍賈母前往。

寧榮兩處上下內外人等，莫不歡天喜地，獨有寶玉置若罔聞。你道什麼緣故？原來近日水月庵的智能私逃入城來找秦鐘，不意被秦邦業知覺，將智能逐出，將秦鐘打了一頓，自己氣得老病發了，三五日，便嗚呼哀哉了。秦鐘本自怯弱，又帶病未痊，受了笞杖，今見老父氣死，悔痛無及，又添了許多病症。因此，寶玉心中悵悵不樂。雖有元春晉封之事，那解得他的愁悶？賈母等如何謝恩，如何回家，親友如何來慶賀，寧榮兩府近日如何熱鬧，眾人如何得意，獨他一個皆視有如無，毫不介意：因此眾人嘲他越發呆了。

且喜賈璉與黛玉回來，先遣人來報信，明日就可到家了，寶玉聽了，方略有些喜意。細問緣由，方知賈雨村也進京引見❶[7]，——皆由王子騰累上薦本[8]，此來候補京缺，——與賈璉是同宗弟兄，又與黛玉有師徒之誼，故同路作伴而來。林如海已葬入祖塋了，諸事停妥。賈璉這番進京，若按站走時，本該出月到家，因聽見元春喜信，遂晝夜兼程而進，一路俱各平安。寶玉只問了黛玉好，餘者也就不在意了。

好容易盼到明日午錯[9]，果報：「璉二爺和林姑娘進府了。」見面時彼此悲喜交集，未免大哭一場，又致慶慰之詞。寶玉細看那黛玉時，越發出落[10]得超逸了。黛玉又帶了許多書籍來，忙著打掃臥室，安排器具，又將些紙筆等物分送與寶釵、迎春、寶玉等。寶玉又將北靜王所贈蕶苓香串珍重取出來，轉送黛玉。黛玉說：「什麼臭男人拿過的，我不要這東西。」遂擲還不取。寶玉只得收回，暫且無話。

且說賈璉自回家見過眾人，回至房中，正值鳳姐事繁，無片刻閑空，見賈璉遠路歸來，少不得撥冗[11]接待。因房內別無外人，便笑道：「國舅老爺大喜！國舅老爺一路風塵辛苦！小的聽見昨日的頭起報馬來說，今日大駕歸府，略預備了一杯水酒撣塵，不知可賜光謬領否？」賈璉笑道：「豈敢，豈敢！多承！多承！」一面平兒與眾丫鬟參見畢，端上茶來。

賈璉遂問別後家中諸事，又謝鳳姐的辛苦。鳳姐道：「我那裡管得上這些事來！見識又淺，嘴又笨，心又直，『人家給個棒槌，我就拿著認作針』了。臉又軟，擱不住人家給兩句好話兒。況且又沒經過事，膽子又小，太太略有點不舒服，就嚇得也睡不著了。我苦辭過幾回，太太不許，倒說我圖受用，不肯學習，那裡知道我是捻著把汗兒呢！一句也不敢多說，一步也不敢妄行。你是知道的，咱們家所有的這些管家奶奶，那一個是好纏的？錯一點兒他們就笑話打趣，偏一點兒他們就『指桑罵槐』的抱怨：『坐山看虎鬥』，『借刀殺人』，『引風吹火』[12]，『站乾岸兒』，『推倒了油瓶兒不扶』，都是全掛子的本事[13]；況且我又年輕，不壓人，怨不得不把我擱在眼裡。更可笑那府裡蓉兒媳婦死了，珍大哥再三在太太跟前跪著討情，只要請我幫他幾天；我再四推辭，太太作情應了，只得從命，——到底叫我鬧了個馬仰人翻，更不成個體統。至今珍大哥還抱怨後悔呢。你明兒見了他，好歹賠釋賠釋，就說我年輕，原沒見過世面，誰叫大爺錯委了他呢。」

說著，只聽外間有人說話，鳳姐便問：「是誰？」平兒進來回道：「姨太太打發香菱妹子來問我一句話，我已經說了，打發他回去了。」賈璉笑道：「正是呢。我才見姨媽去，和一個年輕的小媳婦子剛走了個對臉兒，長得好齊整模樣兒。我想咱們家沒這個人哪，說話時問姨媽，才知道是打官司的那小丫頭子，叫什麼『香菱』的，竟給薛大傻子作了屋裡人[14]，開了臉[15]，越發出挑得標致了。——那薛大傻子真玷辱了他！」

鳳姐把嘴一撇，道：「哎！往蘇杭走了一趟回來，也該見點世面了，還是這麼眼饞肚飽的。你要愛他，不值什麼，我拿平兒換了他來好不好？那薛老大也是『吃著碗裡瞧著鍋裡』的，這一年來的時候，他為香菱兒不能到手，和姑媽打了多少飢荒[16]。姑媽看著香菱的模樣兒好還是小事，因他作人行事，又比別的女孩子不同，溫柔安靜，差不多兒的主子姑娘還跟不上他，才擺酒請客的費事，明堂正道給他作了屋裡人。——過了沒半月，也沒事人一大堆[17]了。」一語未了，二門上的小廝傳報：「老爺在大書房裡等著二爺呢。」賈璉聽了，忙忙整衣出去。

這裡鳳姐因問平兒：「方才姑媽有什麼事，巴巴兒的打發香菱來？」平兒道：「那裡來的香菱！是我藉他暫撒個謊兒。奶奶瞧，旺兒嫂子越發連個算計兒也沒了！」說著，又走至鳳姐身邊，悄悄說道：「那項利銀早不送來，晚不送來，這會子二爺在家，他偏送這個來了！幸虧我在堂屋裡碰見了，不然他走了來回奶奶，叫二爺要是知道了，咱們二爺那脾氣，油鍋裡的還要撈出來花呢，知道奶奶有了體己[18]，他還不大著膽子花麼？所以我趕著接過來，叫我說了他兩句，誰知奶奶偏聽見了。——為什麼當著二爺我才只說是香菱來了呢！」鳳姐聽了笑道：「我說呢，姑媽知道你二爺來了，忽刺巴兒的[19]打發個屋裡人來！原來是你這蹄子鬧鬼！」說著賈璉已進來了，鳳姐命擺上酒饌來，夫妻對坐。鳳姐雖善飲，卻不敢任興。正喝著，見賈璉的乳母趙嬤嬤走來。賈璉鳳姐忙讓吃酒，叫他上炕去。趙嬤嬤執意不肯。平兒等早於炕沿設下一几，擺一腳踏，趙嬤嬤在腳踏上坐了，賈璉向桌上揀兩盤餚饌與他，放在几上自吃。鳳姐又道：「嬤嬤很嚼不動那個，沒的倒硌[20]了他的牙。」因問平兒道：「早起我說那一碗火腿燉肘子很爛，正好給嬤嬤吃，你怎麼不拿了去趕著叫他們熱來？」又道：「嬤嬤，你嘗一嘗你兒子帶來的惠泉酒。」

趙嬤嬤道：「我喝呢！奶奶也喝一鍾。怕什麼？只不要過多了就是了。我這會子跑了來，倒也不為酒飯，倒有一件正經事，奶奶好歹記在心裡，疼顧我些罷！我們這爺，只是嘴裡說得好，到了跟前就忘了我們。幸虧我從小兒奶了你這麼大。我也老了，有的是那兩個兒子，你就另眼照看他們些，別人也不敢齜牙[21]兒的。我還再三的求了你幾遍，你答應得倒好，如今還是落空。這如今又從天上跑出這樣一件大喜事來，那裡用不著人？所以倒是來和奶奶說是正經。靠著我們爺，只怕我還餓死了呢！」

鳳姐笑道：「嬤嬤，你的兩個奶哥哥都交給我。你從小兒奶的兒子還有什麼不知他那脾氣的？拿著皮肉倒往那不相干的外人身上貼。可是現放著奶哥哥那一個不比人強？你疼顧照看他們，誰敢說個『不』字兒？沒的白便宜了外人。——我這話也說錯了：我們看著是『外人』，你卻看著是『內人』[22]一樣呢！」說著，滿屋裡人都笑了。趙嬤嬤也笑個不住，又念佛道：「可是屋子裡跑出青天來了。要說『內人』『外人』這些混賬事，我們爺是沒有的；不過是臉軟心慈，擱不住人求兩句罷了。」鳳姐笑道：「可不是呢。有『內人』的他才慈軟呢！他在咱們娘兒們跟前才是剛硬呢！」趙嬤嬤道：「奶奶說的太盡情了，我也樂了，再喝一鍾好酒。從此我們奶奶作了主，我就沒得愁了。」

賈璉此時不好意思，只是訕笑道：「你們別胡說了，快盛飯來吃，還要到珍大爺那邊去商量事呢。」鳳姐道：「可是！別誤了正事。才剛老爺叫你說什麼？」賈璉道：「就為省親的事。」鳳姐忙問道：「省親的事竟准了？」賈璉笑道：「雖不十分準，也有八九分了。」鳳姐笑道：「可是當今[23]的恩典呢！從來聽書聽戲，古時候兒也沒有的。」趙嬤嬤又接口道：「可是呢！我也老糊塗了！我聽見上上下下吵嚷了這些日子，什麼省親不省親，我也不理論；如今又說省親，到底是怎麼個緣故呢？」賈璉道：「如今當今體貼萬人之心，世上至大莫如『孝』字，想來父母兒女之性，皆是一理，不在貴賤上分的。當今自為日夜侍奉太上皇、皇太后，尚不能略盡孝意，因見宮裡嬪妃才人等皆是入宮多年，拋離父母，豈有不思想之理？且父母在家，思想女兒，不能一見，倘因此成疾，亦大傷天和之事。所以啟奏太上皇、皇太后，每月逢二六日期，准椒房[24]眷屬入宮請候。於是太上皇、皇太后大喜，深讚當今至孝純仁，體天格物[25]，因此二位老聖人又下諭旨說：椒房眷屬入宮，未免有關國體儀制，母女尚未能愜懷[26]。竟大開方便之恩，特降諭諸椒房貴戚，除二六日入宮之恩外，凡有重宇別院之家，可以駐蹕關防[27]者，不妨啟請內廷鑾輿[28]入其私第，庶可盡骨肉私情，共享天倫之樂事。此旨下了，誰不踴躍感戴[29]！現今周貴妃的父親已在家裡動了工，修蓋省親的別院呢。又有吳貴妃的父親吳天祐家，也往城外踏看地方去了。——這豈非有八九分了？」

趙嬤嬤道：「阿彌陀佛！原來如此。這樣說起，咱們家也要預備接大姑奶奶了？」賈璉道：「這何用說？不麼這會子忙的是什麼？」鳳姐笑道：「果然如此，我可也見個大世面了。可恨我小幾歲年紀，若早生二三十年，如今這些老人家也不薄我沒見世面了。說起當年太祖[30]皇帝仿舜巡[31]的故事，比一部書還熱鬧，我偏偏的沒趕上。」趙嬤嬤道：「噯喲！那可是千載難逢的！那時候我才記事兒。咱們賈府正在姑蘇揚州一帶監造海船，修理海塘，只預備接駕一次，把銀子花得像淌海水似的！說起來——」鳳姐忙接道：「我們王府裡也預備過一次。那時我爺爺專管各國進貢朝賀的事，凡有外國人來，都是我們家養活。粵、閩、滇、浙所有的洋船貨物都是我們家的。」

趙嬤嬤道：「那是誰不知道的？如今還有個俗語兒呢，說：『東海少了白玉床，龍王來請金陵王。』這說的就是奶奶府上了。如今還有現在江南的甄家，噯喲！好勢派！獨他們家接駕四次，要不是我們親眼看見，告訴誰也不信的。別講銀子成了糞土，憑是世上有的，沒有不是堆山積海的。『罪過可惜』四個字竟顧不得了！」鳳姐道：「我常聽見我們太爺說，也是這樣的。豈有不信的？只納罕他家怎麼就這樣富貴呢？」趙嬤嬤道：「告訴奶奶一句話：也不過拿著皇帝家的銀子往皇帝身上使罷了！誰家有那些錢買這個虛熱鬧去？」

正說著，王夫人又打發人來瞧鳳姐吃完了飯不曾。鳳姐便知有事等他，趕忙的吃了飯，漱口要走，又有二門上小廝們回：「東府裡蓉薔二位哥兒來了。」賈璉才漱了口，平兒捧著盆盥手，見他二人來了，便問：「說什麼話？」鳳姐因亦止步，只聽賈蓉先回說：「我父親打發我來回叔叔：老爺們已經議定了，從東邊一帶，接著東府裡花園起，至西北，丈量了，一共三里半大，可以蓋造省親別院了。已經傳人畫圖樣去了，明日就得。叔叔才回家，未免勞乏，不用過我們那邊去，有話明日一早再請過去面議。」賈璉笑說：「多謝大爺費心，體諒我，就從命不過去了。正經是這個主意，才省事，蓋造也容易；若採置別的地方去，那更費事，且不成體統。你回去說：這樣很好，若老爺們再要改時，全仗大爺諫阻，萬不可另尋地方。明日一早，我給大爺請安去，再細商量。」賈蓉忙應幾個「是」。

賈薔又近前回說：「下姑蘇請聘教習，採買女孩子，置辦樂器行頭等事，大爺派了姪兒，帶領著賴管家兩個兒子，還有單聘仁、卜固修兩個清客相公，一同前去，所以叫我來見叔叔。」賈璉聽了，將賈薔打量了打量，笑道：「你能夠在行麼？這個事雖不甚大，裡頭卻有藏掖[32]的。」賈薔笑道：「只好學著辦罷咧。」

賈蓉在燈影兒後頭悄悄的拉鳳姐兒的衣裳襟兒，鳳姐會意，也悄悄的擺手兒佯作不知。因笑道：「你也太操心了！難道大爺比咱們還不會用人？偏你又怕他不在行了。誰都是在行的？孩子們這麼大了，『沒吃過豬肉，也見過豬跑。』大爺派他去，原不過是個坐纛旗兒[33]，難道認真的叫他講價錢會經紀去呢！依我說，很好。」賈璉道：「這是自然。

不是我駁回，少不得替他籌算籌算。」因問：「這一項銀子動那一處的？」賈薔道：「剛才也議到這裡。賴爺爺說：竟不用從京裡帶銀子去。江南甄家還收著我們五萬銀子。明日寫一封書信會票[34]我們帶去，先支三萬兩，剩二萬存著，等置辦彩燈花燭並各色簾帳的使用。」賈璉點頭道：「這個主意好。」鳳姐忙向賈薔道：「既這麼著，我有兩個妥當人，你就帶了去辦。這可便宜你。」賈薔忙陪笑道：「正要和嬸娘討兩個人呢，這可巧了。」因問名字。鳳姐便問趙嬤嬤。彼時趙嬤嬤已聽呆了，平兒笑著推他，才醒悟過來，忙說：「一個叫趙天梁，一個叫趙天棟。」鳳姐道：「可別忘了。我幹我的去了。」說著便出去了。賈蓉忙跟出來，悄悄的笑向鳳姐道：「你老人家要什麼，開個賬兒帶去，按著置辦了來。」鳳姐笑著啐道❷：「別放你娘的屁！你拿東西換我的人情來了嗎？我很不稀罕你那鬼鬼祟祟的！」說著，一笑走了。

這裡賈薔也問賈璉：「要什麼東西，順便織來孝敬。」賈璉笑道：「你別興頭。才學著辦事，倒先學會了這把戲。短了什麼，少不得寫信來告訴你。」說畢，打發他二人去了。接著回事的人不止三四起，賈璉乏了，便傳與二門上，一應不許傳報，俱待明日料理。鳳姐至三更時分方下來安歇。一宿無話。

次早賈璉起來，見過賈赦賈政，便往寧國府中來，合同老管事的家人等，並幾位世交門下清客相公們，審察兩府地方，繕畫省親殿宇，一面參度辦理人丁。自此後，各行匠役齊全，金銀銅錫以及土木磚瓦之物，搬運移送不歇。先令匠役拆寧府會芳園的牆垣樓閣，直接入榮府東大院中。榮府東邊所有下人一帶群房已盡拆去。當日寧榮二宅，雖有一條小巷界斷不通，然亦係私地，並非官道，故可以聯絡。會芳園本是從北牆角下引了來的一股活水，今亦無煩再引。其山樹木石雖不敷用，賈赦住的乃是榮府舊園，其中竹樹山石以及亭榭欄杆等物，皆可挪就前來。如此兩處又甚近便，湊成一處，省許多財力，大概算計起來，所添有限。全虧一個胡老名公，號山子野[35]，一一籌畫起造。

賈政不慣於俗務，只憑賈赦、賈珍、賈璉、賴大、賴升、林之孝、吳新登、詹光、程日興等幾人安插擺布。堆山鑿池，起樓豎閣，種竹栽花，一應點景，又有山子野制度。下朝閑暇，不過各處看望看望，最要緊處和賈赦等商議商議便罷了。賈赦只在家高臥，有芥豆之事，賈珍等或自去回明，或寫略節[36]，或有話說，便傳呼賈璉賴大等來領命。賈蓉單管打造金銀器皿。賈薔已起身往姑蘇去了。賈珍賴大等又點人丁，開冊籍，監工等事。一筆不能寫到，不過是喧闐[37]熱鬧而已。暫且無話。

且說寶玉近因家中有這等大事，賈政不來問他的書，心中自是暢快；無奈秦鐘之病，日重一日，也著實懸心，不能快樂。這日一早起來，才梳洗了，意欲回了賈母去望候秦鐘，忽見茗烟在二門影壁前探頭縮腦，寶玉忙出來問他：「作什麼？」茗烟道：「秦大爺不中用了！」寶玉聽了，嚇了一跳，忙問道：「我昨兒才瞧了他還明明白白的，怎麼就不中用了呢？」茗烟道：「我也不知道，剛才是他家的老頭子特來告訴我的。」寶玉聽畢，忙轉身回明賈母，賈母吩咐派妥當人跟去，「到那裡盡一盡同窗之情就回來，不許多耽擱了。」

寶玉忙出來更衣。到外邊，車猶未備，急得滿廳亂轉，一時催促的車到，忙上了車，李貴茗烟等跟隨。來至秦家門首，悄無一人，遂蜂擁至內室，嚇得秦鐘的兩個遠房嬸娘、嫂子並幾個姐妹，都藏之不迭。

此時秦鐘已發過兩三次昏，易簀[38]多時矣。寶玉一見，便不禁失聲的哭起來。李貴忙勸道：「不可，秦哥兒是弱症，怕炕上硌的不受用，所以暫且挪下來鬆泛些。哥兒這一哭，倒添了他的病了。」寶玉聽了，方忍住近前，見秦鐘面如白蠟，合目呼吸，輾轉枕上。寶玉忙叫道：「鯨哥！寶玉來了。」連叫了兩三聲，秦鐘不睬。寶玉又叫道：「寶玉來了。」

那秦鐘早已魂魄離身，只剩得一口悠悠餘氣在胸，正見許多鬼判持牌提索來捉他。那秦鐘魂魄那裡肯就去？又記念著家中無人管理家務，又惦記著智能兒尚無下落，因此百般求告鬼判。無奈這些鬼判都不肯徇私，反叱咤秦鐘道：「虧你還是讀過書的人，豈不知俗語說的：『閻王叫你三更死，誰敢留人到五更。』我們陰間上下都是鐵面無私的，不比陽間瞻情顧意，有許多的關礙處。」

正鬧著，那秦鐘的魂魄忽聽見「寶玉來了」四字，便忙又央求道：「列位神差略慈悲慈悲，讓我回去，和一個好朋友說一句話，就來了。」眾鬼道：「又是什麼好朋友？」秦鐘道：「不瞞列位，就是榮國公的孫子，小名兒叫寶玉的。」那判官聽了，先就唬得慌張起來，忙喝罵那些小鬼道：「我說你們放了他回去走走罷，你們不依我的話。如今鬧得請出個運旺時盛的人來了，怎麼好？」眾鬼見都判如此，也都忙了手腳，一面又抱怨道：「你老人家先是那麼『雷霆火炮』[39]，原來見不得『寶玉』二字。依我們想來，他是陽間，我們是陰間，怕他亦無益。」那都判越發著急，吆喝起來❸。畢竟秦鐘死活如何，且聽下回分解。

校記

❶「引見」原作「引兒」，從諸本改。

❷「鳳姐笑著啐道」，諸本作「鳳姐笑道」。

❸「那都判越發著急，吆喝起來」，諸本無。

注釋

1〔稟賦〕指人生來的體質。

2〔不勝（ㄕㄥ／shēng）〕受不了，不能擔任，這裡指身體柔弱的狀態。

3〔六宮都太監〕六宮，古代皇后的寢宮，正寢一，燕寢五，合為六宮。六宮都太監，即在六宮總管事的太監。

4〔負詔捧敕〕拿著皇帝的命令。詔、敕，都是帝王的命令。

5〔佇候〕久立等候。

6〔鳳藻宮尚書〕鳳藻宮，作者虛擬的皇宮名；尚書，當指女尚書，三國時魏國曾設此官，管理秘書省以外的奏章。清代無此官，這裡作者是使用曲筆。

7〔引見〕面見皇帝。

8〔薦本〕「本」指向皇帝「奏事」的「本章」。將所奏之事寫入本章稱為「題奏」，亦稱「題本」，見第十八回。「薦本」指「薦舉人才」的「本章」。

9〔午錯〕剛過正午的時候。

10〔出落〕顯現得。

11〔撥冗〕拋開繁雜的事務。

12〔引風吹火〕從中煽動，挑起是非。

13〔全掛子的本事〕全副的本領。

14〔屋裡人〕指被「收房」的丫頭。

15〔開了臉〕古時風俗女子結婚後才開始絞除臉上汗毛，描畫眉毛和鬢角，叫作「開臉」。

16〔飢荒〕這裡指衝突、爭吵；第三十九回作「困難」、「禍患」講。

17〔沒事人一大堆〕「沒事人」，不相干、不重視；「一大堆」是加重形容的附加語。

18〔體己〕個人切身私有的，如心腹人、內心私話或自己特別獨有的財物等。又寫作「梯己」、「梯息」等。

19〔忽剌巴兒的〕無端地、憑空地。

20〔硌〕東西局部地受了硬物的壓、擠、墊而受損傷叫作「硌」。

21〔齜牙〕掀唇露齒的樣子，引申為開口發言。這裡是說旁人不敢因不滿意而發議論。

22〔內人〕男子對人稱自己妻子為「內人」。這裡借用作「自己人」，和「外人」字面相對，所以可笑。

23〔當今〕過去朝臣指當時的皇帝為「今上」，又稱「當今」。

24〔椒房〕古代后妃住的房子，用花椒類的香料和泥塗牆壁。花椒果實結得很多，又表示「多子」的吉利。後來就用「椒房」代表后妃。

25〔體天格物〕體會天意，深察人情。

26〔愜（ㄑㄧㄝˋ qiè）懷〕心意滿足，暢快。

27〔駐蹕關防〕　皇帝和后妃臨時停留稱為「駐蹕」，為了安全和禮貌，加以防衛，叫作「關防」。

28〔鑾輿（ㄌㄨㄢˊ ㄩˊ／luán yú）〕　皇宮裡用的車子。

29〔感戴〕　感恩戴德。

30〔太祖〕　開國的皇帝，如唐太祖、明太祖都稱太祖。清的開國皇帝努爾哈赤，也稱太祖。但他無南巡事。這裡暗指康熙和乾隆。

31〔舜巡〕　相傳舜在位時，曾巡遊過江南。

32〔藏掖〕　夾帶、隱匿，這裡指有可貪污的機會。

33〔坐纛旗兒〕　纛旗是軍中的帥旗。坐纛旗兒是比喻作一個領袖、指揮者，身為主宰、辦事自有主張。

34〔會票〕　今稱「匯票」，寄兑銀錢的憑證。

35〔山子野〕　「山子」指花園中的假山，這裡「山子野」是一個擅長設計堆製假山的人的綽號。

36〔略節〕　即節略，簡要地記述事情梗概，向上呈報。

37〔喧闐（ㄊㄧㄢˊ／tián）〕　聲音大而雜。

38〔易簀（ㄗㄜˊ／zé）〕　易，更換；簀，竹席。古人病重將死時，要換掉原來鋪的席子。

39〔雷霆火炮〕　比喻威勢逼人。

【第十七回】

大觀園試才題對額[1]　榮國府歸省慶元宵

話說秦鐘既死，寶玉痛哭不止，李貴等好容易勸解半日方住，歸時還帶餘哀。賈母幫了幾十兩銀子，外又另備奠儀，寶玉去弔祭。七日後便送殯掩埋了，別無記述。只有寶玉日日感悼，思念不已，然亦無可如何了。又不知過了幾時才罷。

這日賈珍等來回賈政：「園內工程俱已告竣，大老爺已瞧過了，只等老爺瞧了，或有不妥之處，再行改造，好題匾額對聯。」賈政聽了，沉思一會，說道：「這匾對倒是一件難事：論禮該請貴妃賜題才是。然貴妃若不親觀其景，亦難懸擬[2]。若直待貴妃遊幸時再行請題，偌大景致，若干亭榭，無字標題，任是花柳山水，也斷不能生色。」

眾清客[3]在旁笑答道：「老世翁所見極是。如今我們有個主意：各處匾對斷不可少，亦斷不可定。如今且按其景致，或兩字、三字、四字，虛合其意擬了來，暫且作出燈匾對聯懸了，待貴妃遊幸時，再請定名，豈不兩全？」賈政聽了道：「所見不差。我們今日且看看去，只管題了，若妥便用；若不妥，將雨村請來，令他再擬。」

眾人笑道：「老爺今日一擬定佳，何必又待雨村。」賈政笑道：「你們不知：我自幼於花鳥山水題詠上就平平的；如今上了年紀，且案牘[4]勞煩，於這怡情悅性的文章[5]更生疏了。便擬出來，也不免迂腐，反使花柳園亭因而減色，轉沒意思。」眾清客道：「這也無妨。我們大家看了公擬，各舉所長，優則存之，劣則刪之，未為不可。」賈政道：「此論極是。且喜今日天氣和暖，大家去逛逛。」說著，起身引眾人前往。賈珍先去園中知會。

可巧近日寶玉因思念秦鐘，憂傷不已，賈母常命人帶他到新園子裡來玩耍。此時也才進去，忽見賈珍來了，和他笑道：「你還不快出去呢，一會子老爺就來了。」寶玉聽了，帶著奶娘小廝們，一溜烟跑出園來。方轉過彎，頂頭看見賈政引著眾客來了，躲之不及，只得一旁站住。賈政近來聞得代儒稱讚他專能對對，雖不喜讀書，卻有些歪才，所以此時便命他跟入園中，意欲試他一試。寶玉未知何意，只得隨往。

剛至園門，只見賈珍帶領許多執事人旁邊侍立。賈政道：「你且把園門關上，我們先瞧外面，再進去。」賈珍命人將門關上，賈政先秉正[6]看門，只見正門五間，上面筒瓦泥鰍脊[7]，那門欄窗槅，俱是細雕時新花樣，並無朱粉塗飾，一色水磨群牆；下面白石臺階，鑿成西番蓮花樣。左右一望，雪白粉牆，下面虎皮石，砌成紋理❶不落富麗俗套，自是喜歡。遂命開門進去。只見一帶翠嶂[8]擋在面前。眾清客都道：「好山，好山！」賈政道：「非此一山，一進來園中所有之景悉入目中，更有何趣？」眾人都道：「極是。非胸中大有丘壑，焉能想到這裡。」

說畢，往前一望，見白石崚嶒[9]，或如鬼怪，或似猛獸，縱橫拱立；上面苔蘚斑駁，或藤蘿掩映；其中微露羊腸小徑。賈政道：「我們就從此小徑遊去，回來由那一邊出去，方可遍覽。」說畢，命賈珍前導，自己扶了寶玉，逶迤走進山口。抬頭忽見山上有鏡面白石一塊，正是迎面留題處。賈政回頭笑道：「諸公請看，此處題以何名方妙？」眾人聽說，也有說該題「疊翠」[10]二字的，也有說該題「錦嶂」[11]的，又有說「賽香爐」[12]的，又有說「小終南」[13]的，種種名色，不止幾十個。原來眾客心中，早知賈政要試寶玉的才情，故此只將些俗套敷衍。寶玉也知此意。

賈政聽了，便回頭命寶玉擬來。寶玉道：「嘗聽見古人說：『編新不如述舊，刻古終勝雕今。』況這裡並非主山正景，原無可題，不過是探景的一進步耳。莫如直書古人『曲徑通幽』[14]這舊句在上，倒也大方。」眾人聽了，讚道：「是極，好極！二世兄天分高，才情遠，不似我們讀腐了書的。」賈政笑道：「不當過獎他。他年小的人，不過以一知充十用，取笑罷了。再俟選擬。」

說著，進入石洞，只見佳木蘢蔥，奇花爛熳，一帶清流，從花木深處瀉於石隙之下。再進數步，漸向北邊，平坦寬豁，兩邊飛樓[15]插空，雕甍繡檻[16]，皆隱於山坳樹杪[17]之間。俯而視之，但見青溪瀉玉[18]，石磴穿雲[19]，白石為欄，環抱池沼，石橋三港，獸面銜吐[20]。橋上有亭。賈政與諸人到亭內坐了，問：「諸公以何題此？」諸人都道：「當日歐陽公『醉翁亭記』[21]有云：『有亭翼然』[22]，就名『翼然』罷。」賈政笑道：「『翼然』雖佳，但此亭壓水而成，還須偏於水題為稱。依我拙裁，歐陽公句：『瀉於兩峰之間』，竟用他這一個『瀉』字。」有一客道：「是極，是極！竟是『瀉玉』二字妙。」賈政拈鬚尋思，因叫寶玉也擬一個來。

寶玉回道：「老爺方才所說已是。但如今追究了去，似乎當日歐陽公題釀泉用一

『瀉』字則妥，今日此泉也用『瀉』字，似乎不妥。況此處既為省親別墅，亦當依應制之體，用此等字，亦似粗陋不雅。求再擬蘊藉含蓄者。」賈政笑道：「諸公聽此論何如？方才眾人編新，你說『不如述古』；如今我們述古，你又說『粗陋不妥』。你且說你的。」寶玉道：「用『瀉玉』二字，則不若『沁芳』[23]二字，豈不新雅？」賈政拈鬚點頭不語。眾人都忙迎合，稱讚寶玉才情不凡。賈政道：「匾上二字容易。再作一副七言對來。」寶玉四顧一望，機上心來，乃念道：

繞堤柳借三篙翠，隔岸花分一脈香[24]。

賈政聽了，點頭微笑。眾人又稱讚了一番。於是出亭過池，一山一石，一花一木，莫不著意觀覽。忽抬頭見前面一帶粉垣，數楹修舍，有千百竿翠竹遮映，眾人都道：「好個所在！」於是大家進入，只見進門便是曲折遊廊，階下石子漫成甬路，上面小小三間房舍，兩明一暗，裡面都是合著地步打的床几椅案。從裡間房裡，又有一小門，出去卻是後園，有大株梨花，闊葉芭蕉，又有兩間小小退步[25]。後院牆下忽開一隙，得泉一派，開溝尺許，灌入牆內，繞階緣屋至前院，盤旋竹下而出。

賈政笑道：「這一處倒還好；若能月夜至此窗下讀書，也不枉虛生一世。」說著，便看寶玉，唬得寶玉忙垂了頭，眾人忙用閑話解說。又二客說：「此處的匾該題四個字。」賈政笑問：「那四字？」一個道是：「淇水遺風」[26]。賈政道：「俗。」又一個道是：「睢園遺跡」[27]。賈政道：「也俗。」賈珍在旁說道：「還是寶兄弟擬一個罷。」

賈政道：「他未曾作，先要議論人家的好歹，可見是個輕薄東西。」眾客道：「議論得是，也無奈他何。」賈政忙道：「休如此縱了他。」因說道：「今日任你狂為亂道，等說出議論來，方許你作。方才眾人說的，可有使得的沒有？」寶玉見問，便答道：「都似不妥。」賈政冷笑道：「怎麼不妥？」寶玉道：「這是第一處行幸[28]之所，必須頌聖方可。若用四字的匾，又有古人現成的，何必再作？」賈政道：「難道『淇水』、『睢園』不是古人的？」寶玉道：「這太板了。莫若『有鳳來儀』[29]四字。」眾人都哄然叫妙。賈政點頭道：「畜生，畜生！可謂『管窺蠡測』[30]矣。」因命：「再題一聯來。」寶玉便念道：

寶鼎茶閑烟尚綠，幽窗棋罷指猶涼[31]。

賈政搖頭道：「也未見長。」說畢，引人出來。方欲走時，忽想起一事來，問賈珍道：「這些院落屋宇，並几案桌椅都算有了。還有那些帳幔簾子並陳設玩器古董，可也都是一處一處合式配就的麼？」賈珍回道：「那陳設的東西早已添了許多，自然臨期合式陳設。帳幔簾子，昨日聽見璉兄弟說，還不全；那原是一起工程之時就畫了各處的圖樣，量準尺寸，就打發人辦去的；想必昨日得了一半。」

賈政聽了，便知此事不是賈珍的首尾，便叫人去喚賈璉。一時來了。賈政問他：「共有幾宗？現今得了幾宗？尚欠幾宗？」賈璉見問，忙向靴筒內取出靴掖[32]裡裝的一個紙摺略節來，看了一看，回道：「裝蟒灑堆，刻絲彈墨[33]，並各色綢綾大小幔子一百二十架，昨日得了八十架，下欠四十架。簾子二百掛，昨日俱得了。外有猩猩氈簾二百掛，湘妃竹簾一百掛，金絲藤紅漆竹簾一百掛，黑漆竹簾一百掛，五彩線絡盤花簾二百掛：每樣得了一半；也不過秋天都全了。椅搭、桌圍❷、床裙、杌套，每份一千二百件，也有了。」

一面說，一面走，忽見青山斜阻。轉過山懷中，隱隱露出一帶黃泥牆，牆上皆用稻莖掩護。有幾百枝杏花，如噴火蒸霞一般。裡面數楹茅屋，外面卻是桑、榆、槿、柘，各色樹稚新條，隨其曲折，編就兩溜青籬。籬外山坡之下，有一土井，旁有桔槔轆轤[34]之屬；下面分畦列畝，佳蔬菜花，一望無際。

賈政笑道：「倒是此處有些道理。雖係人力穿鑿，卻入目動心，未免勾引起我歸農之意。我們且進去歇息歇息。」說畢，方欲進去，忽見籬門外路旁有一石，亦為留題之所，眾人笑道：「更妙，更妙！此處若懸匾待題，則田舍家風一洗盡矣。立此一碣，又覺許多生色，非范石湖[35]田家之詠不足以盡其妙。」賈政道：「諸公請題。」眾人云：「方才世兄云：『編新不如述舊。』此處古人❸已道盡矣：莫若直書『杏花村』為妙。」

賈政聽了，笑向賈珍道：「正虧提醒了我。此處都好，只是還少一個酒幌，明日竟作一個來，就依外面村莊的式樣，不必華麗，用竹竿挑在樹梢頭。」賈珍答應了，又回道：「此處竟不必養別樣雀鳥，只養些鵝、鴨、雞之類，才相稱。」賈政與眾人都說：「好。」賈政又向眾人道：「『杏花村』固佳，只是犯了正村名[36]，直待請名方可。」眾客都道：「是呀！如今虛的，卻是何字樣好呢？」

大家正想，寶玉卻等不得了，也不等賈政的話，便說道：「舊詩云：『紅杏梢頭掛酒旗』[37]，如今莫若且題以『杏帘在望』[38]四字。」眾人都道：「好個『在望』！又暗合『杏花村』意思。」寶玉冷笑道：「村名若用『杏花』二字，便俗陋不堪了。唐人詩裡，還有『柴門臨水稻花香』[39]，何不用『稻香村』的妙？」眾人聽了，越發同聲拍手道：「妙！」賈政一聲斷喝：「無知的畜生！你能知道幾個古人，能記得幾首舊詩，敢在老先生們跟前賣弄！方才任你胡說，也不過試你的清濁，取笑而已，你就認真了！」

說著，引眾人步入茆堂[40]，裡面紙窗木榻，富貴氣象一洗皆盡。賈政心中自是歡喜，卻瞅寶玉道：「此處如何？」眾人見問，都忙悄悄的推寶玉教他說好。寶玉不聽人言，便應聲道：「不及『有鳳來儀』多了。」賈政聽了道：「咳！無知的蠢物，你只知朱樓畫棟、惡賴富麗[41]為佳，那裡知道這清幽氣象呢？——終是不讀書之過！」寶玉忙答道：「老爺教訓的固是，但古人云『天然』二字，不知何意？」

眾人見寶玉牛心[42]，都怕他討了沒趣；今見問「天然」二字，眾人忙道：「哥兒別的都明白，如何『天然』反要問呢？『天然』者，天之自成，不是人力之所為的。」寶玉道：「卻又來！此處置一田莊，分明是人力造作成的：遠無鄰村，近不負郭，背山無脈，臨水無源，高無隱寺之塔，下無通市之橋，峭然孤出，似非大觀，那及前數處有自然之理、自然之趣呢？雖種竹引泉，亦不傷穿鑿。古人云『天然圖畫』四字，正恐非其地而強為其地，非其山而強為其山，即百般精巧，終不相宜……」未及說完，賈政氣得喝命：「扠出去！」才出去，又喝命：「回來！」命：「再題一聯，若不通，一併打嘴巴！」寶玉嚇得戰兢兢的，半日，只得念道：

新綠漲添澣葛處，好雲香護采芹人[43]。

賈政聽了，搖頭道：「更不好。」一面引人出來，轉過山坡，穿花度柳，撫石依泉，過了荼蘼架，入木香棚，越牡丹亭，度芍藥圃，到薔薇院，傍芭蕉塢裡❹盤旋曲折。忽聞水聲潺潺，出於石洞；上則蘿薜倒垂，下則落花浮蕩。眾人都道：「好景，好景！」賈政道：「諸公題以何名？」眾人道：「再不必擬了，恰恰乎是『武陵源』[44]三字。」賈政笑道：「又落實了，——而且陳舊。」眾人笑道：「不然就用『秦人舊舍』[45]四字也罷。」寶玉道：「越發背謬了。『秦人舊舍』是避亂之意，如何使得？莫若『蓼汀花漵』[46]四字。」賈政聽了道：「更是胡說。」

於是賈政進了港洞，又問賈珍：「有船無船？」賈珍道：「採蓮船共四隻，座船一隻，如今尚未造成。」賈政笑道：「可惜不得入了！」賈珍道：「從山上盤道也可以進去的。」說畢，在前導引，大家攀藤撫樹過去。只見水上落花愈多，其水愈加清溜，溶溶蕩蕩，曲折縈紆[47]。池邊兩行垂柳，雜以桃杏遮天，無一些塵土。忽見柳陰中又露出一個折帶朱欄板橋來，渡過橋去，諸路可通，便見一所清涼瓦舍，一色水磨磚牆，清瓦花堵。那大主山所分之脈皆穿牆而過。

賈政道：「此處這一所房子，無味得很。」因而步入門時，忽迎面突出插天的大玲瓏山石來，四面群繞各式石塊，竟把裡面所有房屋悉皆遮住。且一樹花木也無，只見許多異草：或有牽藤的，或有引蔓的，或垂山嶺，或穿石腳，甚至垂檐繞柱，縈砌盤階，或如翠帶飄颻，或如金繩蟠屈，或實若丹砂，或花如金桂，味香氣馥，非凡花之可比。賈政不禁道：「有趣！只是不大認識。」有的說：「是薜荔藤蘿。」賈政道：「薜荔藤蘿那得有此異香？」寶玉道：「果然不是。這眾草中也有藤蘿薜荔，那香的是杜若蘅蕪，那一種大約是茝蘭[48]，這一種大約是金葛，那一種是金薆草，這一種是玉蕗藤，紅的自然是紫芸，綠的定是青芷。想來那『離騷』[49]『文選』所有的那些異草：有叫作什麼霍納姜匯的，也有叫作什麼綸組紫絳的。還有什麼石帆、清松、扶留等樣的，見於左太沖[50]『吳都賦』。又有叫作什麼綠荑的，還有什麼丹椒、蘼蕪、風蓮，見於『蜀都賦』。如今年深歲改，人不能識，故皆象形奪名，漸漸的喚差了，也是有的……」未及說完，賈政喝道：「誰問你來？」唬得寶玉倒退，不敢再說。

賈政因見兩邊俱是超手遊廊，便順著遊廊步入，只見上面五間清廈，連著捲棚，四面出廊，綠窗油壁，更比前清雅不同。賈政嘆道：「此軒中煮茗操琴，也不必再焚香了。此造卻出意外，諸公必有佳作新題，以顏其額，方不負此。」眾人笑道：「莫若『蘭風蕙露』[51]貼切了。」賈政道：「也只好用這四字。其聯云何？」一人道：「我想了一對，大家批削改正。」道是：

麝蘭芳靄斜陽院❺，杜若香飄明月洲[52]。

眾人道：「妙則妙矣！只是『斜陽』二字不妥。」那人引古詩「蘼蕪滿院泣斜陽❻」句，眾人云：「頹喪，頹喪！」又一人道：「我也有一聯，諸公評閱評閱。」念道：

三徑香風飄玉蕙，一庭明月照金蘭[53]。

賈政拈鬚沉吟，意欲也題一聯，忽抬頭見寶玉在旁不敢作聲，因喝道：「怎麼你應說話時又不說了！還要等人請教你不成？」寶玉聽了回道：「此處並沒有什麼『蘭麝』、『明月』、『洲渚』之類，若要這樣著跡說來，就題二百聯也不能完。」賈政道：「誰按著你的頭，教你必定說這些字樣呢？」寶玉道：「如此說，則匾上莫若『蘅芷清芬』[54]四字。對聯則是：

吟成豆蔻詩猶艷，睡足荼蘼夢亦香[55]。」

賈政笑道：「這是套的『書成蕉葉文猶綠』，不足為奇。」眾人道：「李太白[56]『鳳凰臺』[57]之作，全套『黃鶴樓』[58]，只要套得妙。如今細評起來，方才這一聯竟比『書成蕉葉』尤覺幽雅活動。」賈政笑道：「豈有此理！」

說著，大家出來，走不多遠，則見崇閣巍峨，層樓高起，面面琳宮合抱，迢迢複道縈紆[59]。青松拂檐，玉蘭繞砌；金輝獸面，彩煥螭頭[60]。賈政道：「這是正殿了。——只是太富麗了些！」眾人都道：「要如此方是。雖然貴妃崇尚節儉，然今日之尊，禮儀如此，不為過也。」一面說，一面走，只見正面現出一座玉石牌坊，上面龍蟠螭護，玲瓏鑿就。賈政道：「此處書以何文？」眾人道：「必是『蓬萊仙境』方妙。」賈政搖頭不語。

寶玉見了這個所在，心中忽有所動，尋思起來，倒像在那裡見過的一般，卻一時想不起那年那日的事了。賈政又命他題詠。寶玉只顧細思前景，全無心於此了。眾人不知其意，只當他受了這半日折磨，精神耗散，才盡詞窮了；再要牛難逼迫著了急，或生出事來，倒不便。遂忙都勸賈政道：「罷了，明日再題罷了。」賈政心中也怕賈母不放心，遂冷笑道：「你這畜生，也竟有不能之時了。——也罷，限你一日，明日題不來，定不饒你。這是第一要緊處所，要好生作來！」

說著，引人出來，再一觀望，原來自進門至此，才遊了十之五六。又值人來回，有雨村處遣人回話。賈政笑道：「此數處不能遊了。雖如此，到底從那一邊出去，也可略觀大概。」說著，引客行來，至一大橋，水如晶簾一般奔入；原來這橋邊是通外河之閘，引泉而入者。賈政因問：「此閘何名？」寶玉道：「此乃沁芳源之正流，即名『沁芳閘』。」賈政道：「胡說，偏不用『沁芳』二字。」

於是一路行來，或清堂，或茅舍，或堆石為垣，或編花為門，或山下得幽尼佛寺，或林中藏女道丹房[61]，或長廊曲洞，或方廈圓亭：賈政皆不及進去。因半日未嘗歇息，腿痠腳軟，忽又見前面露出一所院落來，賈政道：「到此可要歇息歇息了。」說著一徑引入，繞著碧桃花，穿過竹籬花障[62]編就的月洞門，俄見粉垣環護，綠柳周垂。賈政與眾人進了門，兩邊盡是遊廊相接，院中點襯幾塊山石，一邊種幾本芭蕉，那一邊是一樹西府海棠，其勢若傘，絲垂金縷❼，葩吐丹砂。

眾人都道：「好花，好花！海棠也有，從沒見過這樣好的。」賈政道：「這叫作『女兒棠』，乃是外國之種，俗傳出『女兒國』，故花最繁盛，——亦荒唐不經之說耳。」眾人道：「畢竟此花不同，『女國』之說，想亦有之。」寶玉云：「大約騷人詠士以此花紅若施脂，弱如扶病，近乎閨閣風度，故以『女兒』命名。世人以訛傳訛，都未免認真了。」眾人都說：「領教！妙解！」

一面說話，一面都在廊下榻上坐了。賈政因道：「想幾個什麼新鮮字來題？」一客道：「『蕉鶴』二字妙。」又一個道：「『崇光泛彩』方妙。」賈政與眾人都道：「好個『崇光泛彩』！」寶玉也道：「妙。」又說：「只是可惜了！」眾人問：「如何可惜？」寶玉道：「此處蕉棠兩植，其意暗蓄『紅』『綠』二字在內，若說一樣，遺漏一樣，便不足取。」賈政道：「依你如何？」寶玉道：「依我，題『紅香綠玉』四字，方兩全其美。」賈政搖頭道：「不好，不好！」

說著，引人進入房內。只見其中收拾得與別處不同，竟分不出間隔來。原來四面皆是雕空玲瓏木板，或「流雲百蝠」，或「歲寒三友」[63]，或山水人物，或翎毛花卉，或集錦，或博古，或萬福萬壽，各種花樣，皆是名手雕鏤，五彩銷金嵌玉的。一槅一槅❽，或貯書，或設鼎，或安置筆硯，或供設瓶花，或安放盆景；其槅式樣，或圓，或方，或葵花蕉葉，或連環半璧：真是花團錦簇，剔透玲瓏。倏爾五色紗糊，竟係小窗；倏爾彩綾輕覆，竟如幽戶。且滿牆皆是隨依古董玩器之形摳成的槽子，如琴、劍、懸瓶之類，俱懸於壁，卻都是與壁相平的。眾人都讚：「好精緻！難為怎麼作的！」

原來賈政走進來了，未到兩層，便都迷了舊路，左瞧也有門可通，右瞧也有窗隔斷，及到跟前，又被一架書擋住，回頭又有窗紗明透門徑。及至門前，忽見迎面也進來了一起人，與自己的形相一樣，——卻是一架大玻璃鏡。轉過鏡去，一發見門多了。賈珍笑道：「老爺隨我來，從這裡出去就是後院，出了後院倒比先近了。」引著賈政及眾人轉了兩層紗廚，果得一門出去，院中滿架薔薇，轉過花障，只見青溪前阻。眾人咤異：「這水又從何而來？」賈珍遙指道：「原從那閘起流至那洞口，從東北山坳裡引到那村莊裡，又開一道岔口，引至西南上，共總流到這裡，仍舊合在一處，從那牆下出去。」眾人聽了，都道：「神妙之極！」說著，忽見大山阻路，眾人都迷了路，賈珍笑道：「跟我來。」乃在前導引，眾人隨著，由山腳下一轉，便是平坦大路，豁然大門現於面前，眾人都道：「有趣，有趣！搜神奪巧，至於此極！」於是大家出來。

那寶玉一心只記掛著裡邊姐妹們，又不見賈政吩咐，只得跟到書房。賈政忽想起來道：「你還不去，看老太太惦記你。難道還逛不足麼？」寶玉方退了出來．至院外，就有跟賈政的小廝上來抱住，說道：「今日虧了老爺喜歡，方才老太太打發人出來問了幾遍，我們回說老爺喜歡；要不然，老太太叫你進去了，就不得展才了。人人都說你才那些詩比眾人都強，今兒得了彩頭，該賞我們了。」寶玉笑道：「每人一吊。」眾人道：「誰沒見那一吊錢！把這荷包賞了罷。」說著，一個個都上來解荷包，解扇袋，不容分說，將寶玉所佩之物，盡行解去。又道：「好生送上去罷。」一個個圍繞著，送至賈母門前。那時賈母正等著他，見他來了，知道不曾難為他，心中自是喜歡。

少時襲人倒了茶來，見身邊佩物，一件不存，因笑道：「帶的東西必又是那起沒臉的東西們解了去了。」黛玉聽說，走過來一瞧，果然一件沒有，因向寶玉道：「我給你的那個荷包也給他們了？你明兒再想我的東西，可不能夠了！」說畢，生氣回房，將前日寶玉囑咐他沒作完的香袋兒[64]，拿起剪子來就鉸。寶玉見他生氣，便忙趕過來，——早已剪破了。寶玉曾見過這香袋。雖未完工，卻十分精巧，無故剪了，卻也可氣。因忙把衣領解了，從裡面衣襟上將所繫荷包解下來了，遞與黛玉道：「你瞧瞧，這是什麼東西？我何從把你的東西給人來著？」

黛玉見他如此珍重，帶在裡面，可知是怕人拿去之意，因此自悔莽撞剪了香袋，低著頭一言不發。寶玉道：「你也不用鉸，我知你是懶怠給我東西。我連這荷包奉還，何如？」說著擲向他懷中而去。黛玉越發氣得哭了，拿起荷包又鉸。寶玉忙回身搶住，笑道：「好妹妹，饒了他罷！」黛玉將剪子一摔，拭淚說道：「你不用合我好一陣、歹一陣的，要惱就撂開手。」說著賭氣上床，面向裡倒下拭淚。禁不住寶玉上來「妹妹」長「妹妹」短賠不是。

前面賈母一片聲找寶玉。眾人回說：「在林姑娘房裡。」賈母聽說道：「好，好！讓他姐妹們一處玩玩兒罷。才他老子拘了他這半天，讓他鬆泛一會子罷。——只別叫他們拌嘴。」眾人答應著。

黛玉被寶玉纏不過，只得起來道：「你的意思不叫我安生，我就離了你。」說著往外就走。寶玉笑道：「你到那裡我跟到那裡。」一面仍拿著荷包來帶上。黛玉伸手搶道：「你說不要，這會子又帶上，我也替你怪臊的！」說著「嗤」的一聲笑了。寶玉道：「好妹妹，明兒另替我作個香袋兒罷！」黛玉道：「那也瞧我的高興罷了。」

一面說，一面二人出房，到王夫人上房中去了，可巧寶釵也在那裡。此時王夫人那邊熱鬧非常。原來賈薔已從姑蘇採買了十二個女孩子、並聘了教習以及行頭[65]等事來了。那時薛姨媽另於東北上一所幽靜房舍居住，將梨香院另行修理了，就令教習在此教演女戲；又另派了家中舊曾學過歌唱的眾女人們，——如今皆是皤然老嫗——著他們帶領管理。其日月出入銀錢等事，以及諸凡大小所需之物料賬目，就令賈薔總理。

又有林之孝❾來回：「採訪聘買得十二個小尼姑、小道姑，都到了；連新作的二十分道袍❿也有了。外又有一個帶髮修行的，本是蘇州人氏，祖上也是讀書仕宦之家，因自幼多病，買了許多替身[66]，皆不中用，到底這姑娘入了空門，方才好了，所以帶髮修行。今年十八歲，取名妙玉。如今父母俱已亡故，身邊只有兩個老嬤嬤、一個小丫頭服侍，文墨也極通，經典也極熟，模樣又極好。因聽說『長安』都中有觀音遺跡，並貝葉遺文[67]，去年隨了師父上來，現在西門外牟尼院住著。他師父精演先天神數，於去冬圓寂[68]了。遺言說他：『不宜回鄉，在此靜候，自有結果。』所以未曾扶靈回去。」王夫人便道：「這樣我們何不接了他來？」林之孝家的回道：「若請他，他說：『侯門公府，必以貴勢壓人，我再不去的。』」王夫人道：「他既是宦家小姐，自然要性傲些。就下個請帖請他何妨？」林之孝家的答應著出去，叫書啟相公寫個請帖去請妙玉，次日遣人備車轎去接。不知後來如何，且聽下回分解。

■校記

❶「砌成紋理」，諸本作「隨意亂砌，自成紋理」。
❷「桌匱」，原作「桌園」，從諸本改。
❸「古人」原作「此人」，從諸本改。
❹「傍芭蕉塢裡」，諸本作「來到芭蕉塢」，脂本作「出芭蕉塢」。
❺「蘼蘭芳靄斜陽院」，「蘼蘭」原作「蘭蘼」，從諸本改。
❻「泣斜陽」原作「斜泣陽」，從藤本、王本改。
❼「金縷」，原作「金樓」，從諸本改。
❽「一槅一槅」，「槅」原作「隔」，「隔」「槅」有通用例，今從俗依諸本改。後同。
❾合下文看，「林之孝」似當作「林之孝家的」；但各本皆缺「家的」字。
❿「二十分道袍」，諸本並同。僅金本作「十二分道袍」，然似不足為據。按道袍二十分，若執以平均分配，則於「十二個小尼姑、小道姑」，在數目上為未合。今姑存原文。

■注釋

1 〔對額〕 對聯匾額。
2 〔懸擬〕 憑空想像著擬定。
3 〔清客〕 指豪門所寄食的一些幫閑文人。
4 〔案牘（ㄉㄨˊ／dú）〕 指官府的公文案件。
5 〔怡（ㄧˊ／yí）情悅（ㄩㄝˋ／yuè）性的文章〕 這裡指作詩題詞。怡，愉快；悅，喜悅，把作詩題詞看作娛樂。
6 〔秉正〕 秉，掌握、衡量。秉正，這裡指站在最合適的地點。

7 〔筒瓦泥鰍脊〕「筒瓦」是圓筒狀的屋瓦；「泥鰍脊」是圓背的屋脊。這種建築制度在當時必須具有一定等級地位的貴族才能用。

8 〔翠嶂〕青綠的像屏障一樣的山峰。

9 〔崚嶒（ㄌㄥˊ ㄘㄥˊ／léng céng）〕原意形容山高。在此形容山石奇形怪狀。

10 〔疊翠〕翠綠的山石重重疊疊。

11 〔錦嶂〕美麗、高峻像屏障的山。

12 〔賽香爐〕景致秀麗，賽過了廬山上的香爐峰。

13 〔小終南〕終南，山名，位於陝西西安市南，以風景秀麗出名。此處以「小終南」比喻山景之美。

14 〔曲徑通幽〕唐人常建《題破山寺後禪院》詩：「曲徑通幽處，禪房花木深。」

15 〔飛樓〕形容高樓如凌空架起一樣。

16 〔雕甍（ㄇㄥˊ／méng）繡檻（ㄐㄧㄢˋ／jiàn）〕有浮雕作裝飾的屋脊，有彩畫的欄杆。甍，屋脊。

17 〔山坳（ㄠˋ／ào）樹杪（ㄇㄧㄠˇ／miǎo）〕坳，山間平地；杪，樹梢。

18 〔青溪瀉玉〕溪水碧綠，清澈如玉流瀉。

19 〔石磴穿雲〕石階一層層高上去，像穿入雲間。

20 〔石橋三港（ㄏㄨㄥˋ／hòng），獸面銜吐〕三孔的石橋，橋欄有獸面形的石雕，或銜或吐，姿態不同。港，橋下涵洞。

21〔歐陽公「醉翁亭記」〕歐陽公即歐陽修，北宋著名文學家，唐宋八大家之一。「醉翁亭記」是歐陽修記述滁州名勝和自己生活景況的一篇文章。

22〔有亭翼然〕「醉翁亭」的飛檐像鳥翅翹起的樣子。該句及下文中的「瀉於兩峰之間」，都是「醉翁亭記」中的句子。

23〔沁（ㄑㄧㄣˋ／qìn）芳〕水浸透著芳香。

24〔繞堤柳借三篙翠，隔岸花分一脈香〕泉水澄碧，好像借來堤上楊柳的翠色；泉水芬芳，彷彿分得岸邊花兒的香氣。三篙，寫水深。

25〔退步〕正屋後面的小廳舍，供遊人臨時休息之用。

26〔淇水遺風〕淇水，在今河南省北部，春秋時屬衛國，古代盛產竹子。「詩經．衛風．淇奧」篇：「瞻彼淇奧，綠竹猗猗。有匪君子，如切如磋，如琢如磨。」（瞻，看；淇奧，淇水之岸；猗猗，美而茂盛的樣子；匪，同「斐」，有文采的樣子；如切如磋，如琢如磨，形容刻苦鑽研，勸奮好學。）相傳此詩是頌揚衛國的衛武公刻苦好學的。後常用「淇水遺風」來比喻環境多竹或人的勸奮好學。因賈政提到「月夜至此窗下讀書」，清客們為了迎合賈政，便提出擬題「淇水遺風」四字。

27〔睢園遺跡〕睢園，漢代梁孝王劉武在睢陽（今河南商丘）所造的花園，又名梁園。其園以建築富麗豪華著稱。梁孝王常邀集一些文人在此吟詩作賦。後人常把「睢園」看成「文采風流」的地方。唐代王勃「滕王閣序」中又有「睢園綠竹」的句子，所以清客們提擬「睢園遺跡」四字。

28 〔行幸〕

皇帝出行叫行幸。這裡指元春省親。

29 〔有鳳來儀〕

來儀，來歸。儀，也是來的意思。這句原意是讚美舜時韶樂的美妙動聽，演奏幾遍，連鳳凰都可招來（「尚書．益稷」）。在此指元春歸省，好比鳳凰降臨。

30 〔管窺蠡（ㄌㄧˊ／lí）測〕

「漢書．東方朔傳」中「以管窺天，以蠡測海」的簡用。意思是，從管子裡看天，用葫蘆瓢量海。比喻見識短淺，認識範圍狹小。蠡，水瓢。

31 〔寶鼎茶閑烟尚綠，幽窗棋罷指猶涼〕

寶鼎，這裡是煮茶用的炊具，像鍋，下有腳；茶閑，茶罷；烟，此指煮茶時冒的水氣；棋罷，棋局結束。這副對聯意思是，寶鼎不煮茶了，屋裡還飄散著綠色的蒸氣；幽靜的窗下棋局結束了，手指還覺著有涼意。它表現了文人雅士悠閑的情趣。

32 〔靴掖〕

綢緞或皮製的能摺疊的夾子，用來裝名帖、錢票、文件等物，可塞藏在靴筒內，所以叫「靴掖」。

33 〔裝蟒灑堆，刻絲彈墨〕

「裝」指「裝緞」，織成花卉等裝飾圖案的緞子。「蟒」指「蟒緞」，見第三回「金錢蟒」條。「灑」指「灑花」的綢緞，「灑花」又作「撒花」、「撇花」，見第三回撒花條。「堆」指「堆花」，是用各色綾緞剪成花、葉或各種圖案，拼合堆縫，代替織繡。刻絲見第三回「刻絲」條。「彈墨」指夾有黑線「衲」成行線或簡單圖案的裝飾。

34 〔桔槔（ㄐㄧㄝˊ ㄍㄠ／jié gāo）轆轤〕

農村兩種古老、簡易的井上提水工具。這樣的設備在大觀園裡純屬點綴。

35〔范石湖〕即南宋詩人范成大，字致能，號石湖居士。以田園詩著名，著有「石湖集」。

36〔犯了正村名〕唐代杜牧「清明」詩句：「借問酒家何處有?牧童遙指杏花村。」因前人已實有這個村名，所以清客們提出書「杏花村」，賈政說「犯了正村名」。正，真正。

37〔紅杏梢頭掛酒旗〕明代唐寅「題杏林春燕」詩句：「綠楊枝上囀黃鸝，紅杏梢頭掛酒旗。」

38〔杏帘在望〕杏帘，即酒旗；在望，可以望見。

39〔柴門臨水稻花香〕唐代許暉「曉至章隱居郊園」詩句：「村徑繞山松葉暗，柴門臨水稻花香。」即農村小路環繞在松林的山中（用松葉暗說明山路的幽靜），柴門小屋傍臨在水邊可以嗅到稻花的香味。

40〔茆堂〕茅草堂屋。茆同茅。

41〔惡賴富麗〕富麗過分，令人生厭。

42〔牛心〕固執，死心眼。下文「牛難」、第一一七回「牛著他」的「牛」，都是「執拗」、「彆扭」、「不順著」的意思。又第二十二回「牛心拐孤」義同。

43〔新綠漲添澣葛處，好雲香護采芹人〕新綠，指春水；澣同「浣」（ㄏㄨㄢˋ huàn），浣葛，洗布衣。「詩經．周南．葛覃」篇，寫一個新婦很勤儉，洗淨葛布衣服才回娘家。上句喻元春省親，並頌揚其勤儉。好雲，祥雲；采芹人，科舉時代稱考中秀才作生員為「采芹」，此指讀書人。下句喻元春如祥雲保護著詩書門第的賈府。

44〔武陵源〕即「桃花源」，是晉代詩人陶淵明的「桃花源詩並記」寫的一個幻想境界。作品中說桃花源的地點在武陵（地名，今湖南省常德縣），所以人們也稱「桃花源」為「武陵源」。

45 **〔秦人舊舍〕** 指「桃花源」。因桃花源中人自稱「先世避秦時亂」來到這裡，從此與世隔絕，故稱桃花源為「秦人舊舍」。大觀園的建造及題詩，是為迎接元春省親，應表示喜慶和歌頌，「秦人舊舍」則用了「避亂」的典故，所以賈寶玉說「越發背謬了」。

46 **〔蓼（ㄌㄧㄠˇ／liǎo）汀花漵（ㄒㄩˋ／xù）〕** 汀和漵都是池邊平地。蓼，生在水邊的一種草。意思是：長滿了花草的水邊平地。

47 **〔縈紆（ㄧㄥˊ ㄩ／yíng yū）〕** 曲折，纏繞。

48 **〔茝（ㄔㄞˇ／chǎi）蘭〕** 一種香草，即白芷。

49 **〔「離騷」〕** 「離騷」是戰國時楚國人屈原的代表作。在屈原的詩歌中，借用不少奇花異草，表達他的愛憎感情和理想。

50 **〔左太沖〕** 即左思，字太沖，西晉文學家。構思十年，寫成「三都賦」，即「魏都賦」、「吳都賦」、「蜀都賦」。

51 **〔蘭風蕙露〕** 蘭、蕙是兩種香草。這四字意思是，微風吹拂著蘭草，露珠點綴著蕙草。

52 **〔麝蘭芳靄（ㄞˇ／ǎi）斜陽院，杜若香飄明月洲〕** 麝蘭，香蘭。靄，香霧，這裡當動詞「瀰漫」講。杜若，一種香草。

53 **〔三徑香風飄玉蕙，一庭明月照金蘭〕** 三徑，庭院間的小路；玉蕙，一種香草；金蘭，蘭花。

54 〔蘅（ㄏㄥˊ／héng）芷清芬〕杜蘅、白芷散發著清香。蘅，杜蘅，一種香草。

55 〔吟成豆蔻（ㄎㄡˋ／kòu）詩猶艷，睡足荼蘼（ㄊㄨˊ ㄇㄧˊ／tú mí）夢亦香〕意思是，吟詠豆蔻的詩也覺艷麗，在荼蘼花下睡覺夢也芳香。豆蔻，多年生草本植物，初夏開淡黃花。古人用它比喻處女，謂女子十三、四歲為「豆蔻年華」。荼蘼，落葉小灌木，春末夏初開白花，有清香。

56 〔李太白〕即李白，字太白，號青蓮居士。唐代著名的浪漫主義詩人，作品有「李太白集」。

57 〔鳳凰臺〕即李白作的「登金陵鳳凰臺」詩。

58 〔黃鶴樓〕唐朝崔顥（ㄏㄠˋ／hào）作的一首詠黃鶴樓的七律詩。

59 〔複道縈紆〕樓閣之間在空中連接的通道，曲折迴旋。複道，亦稱「閣道」。

60 〔螭（ㄔ／chī）頭〕龍頭。螭，無角的黃龍。舊時宮殿式建築物，在屋脊兩頭和殿臺四角多用琉璃或雕龍頭作裝飾。

61 〔丹房〕道士煉丹之處。「丹」即丹砂。煉丹，道教法術之一，一般指將朱砂放在爐火中燒煉。道教稱，煉出仙丹，人吃了可以長生不老。

62 〔花障〕用竹或蘆葦編成的籬笆。

63 〔歲寒三友〕指松、竹、梅。松、竹嚴冬不凋，梅則傲冰雪而盛開，故有「歲寒三友」之稱。

64 〔香袋兒〕一種佩帶的飾物。用綢緞作成一、二寸大各種形狀的繡花小袋，填滿香料粉末，綴有絲線穗子。

65〔行頭〕一般指演劇的服裝道具等，第一一二回「置辦些買賣行頭」是指那次化妝逃跑所用的商人行裝。

66〔替身〕古人認為「命中有災難」的人應該捨身出家作僧、道，富有人家買窮人家子女代替出家，叫作「替身」。

67〔貝葉遺文〕貝葉是印度貝多羅樹的葉子，可當紙用，印度人多用此葉子寫經，因此佛經也叫「貝葉經」。貝葉遺文，即用貝葉抄寫的佛經遺文。

68〔圓寂〕佛家稱佛或和尚去世為圓寂。

【第十八回】皇恩重元妃省父母　天倫樂[1]寶玉呈才藻[2]

話說彼時有人回，工程上等著糊東西的紗綾，請鳳姐去開庫；又有人來回，請鳳姐收金銀器皿。王夫人並上房丫鬟等皆不得空兒。寶釵因說道：「咱們別在這裡礙手礙腳。」說著，和寶玉等便往迎春房中來。

王夫人日日忙亂，直到十月裡才全備了：監辦的都交清賬目；各處古董文玩，俱已陳設齊備；採辦鳥雀，自仙鶴、鹿、兔以及雞、鵝等，亦已買全，交於園中各處飼養；賈薔那邊也演出二三十齣雜戲來；一班小尼姑、道姑也都學會念佛誦經。於是賈政略覺心中安頓，遂請賈母到園中，色色斟酌，點綴妥當，再無些微不合之處，賈政才敢題本。本上之日，奉旨：「於明年正月十五日上元之日貴妃省親。」賈府奉了此旨，一發日夜不閑，連年也不能好生過了。

轉眼元宵在邇[3]，自正月初八，就有太監出來，先看方向：何處更衣，何處燕坐，何處受禮，何處開宴，何處退息。又有巡察地方總理關防太監，帶了許多小太監來各處關防，擋圍幕[4]，指示賈宅人員何處出入，何處進膳，何處啟事，種種儀注[5]。外面又有工部官員並五城兵馬司打掃街道，攆逐閑人。賈赦等監督匠人紮花燈烟火之類，至十四日，俱已停妥。這一夜，上下通不曾睡。

至十五日五鼓，自賈母等有爵者，俱各按品大妝。此時園內❶帳舞蟠龍，簾飛繡鳳，金銀煥彩，珠寶生輝，鼎焚百合之香，瓶插長春之蕊[6]，靜悄悄無一人咳嗽。賈赦等在西街門外，賈母等在榮府大門外，街頭巷口，用圍幕擋嚴。正等得不耐煩，忽見一個太監騎著匹馬來了，賈政接著，問其消息。太監道：「早多著呢！未初用晚膳，未正還到寶靈宮拜佛，酉初進大明宮領宴看燈方請旨。只怕戌初才起身呢。」鳳姐聽了道：「既這樣，老太太和太太且請回房，等到了時候，再來也還不遲。」於是賈母等自便去了，園中俱賴鳳姐照料。執事人等，帶領太監們去吃酒飯，一面傳人挑進蠟燭，各處點起燈來。

忽聽外面馬跑之聲不一，有十來個太監，喘吁吁跑來拍手兒。這些太監都會意，知道是來了，各按方向站立。賈赦領合族子弟在西街門外，賈母領合族女眷在大門外迎接，半日靜悄悄的。忽見兩個太監騎馬緩緩而來，至西街門下了馬，將馬趕出圍幕之外，便面西站立；半日又是一對，亦是如此。少時便來了十來對，方聞隱隱鼓樂之聲。一對對鳳翣龍旌[7]，雉[8]羽宮扇，又有銷金提爐，焚著御香，然後一把曲柄七鳳金黃傘過來，便是冠袍帶履，又有執事太監捧著香巾、繡帕、漱盂、拂塵等物。一隊隊過完，後面方是八個太監抬著一頂金頂鵝黃繡鳳鑾輿，緩緩行來。

賈母等連忙跪下，早有太監過來，扶起賈母等來，將那鑾輿抬入大門往東一所院落門前，有太監跪請下輿更衣，於是入門，太監散去，只有昭容、彩嬪[9]等引著元春下輿。只見苑內各色花燈閃爍，皆係紗綾紮成，精緻非常。上面有一燈匾，寫著「體仁沐德」[10]四個字。元春入堂，更衣復出，上輿進園。只見園中香烟繚繞，花影繽紛，處處燈光相映，時時細樂聲喧：說不盡這太平景象，富貴風流。

卻說賈妃在轎內看了此園內外光景，因點頭嘆道：「太奢華過費了！」忽又見太監跪請登舟。賈妃下輿登舟，只見清流一帶，勢若遊龍，兩邊石欄上，皆係水晶玻璃各色風燈，點得如銀光雪浪；上面柳杏諸樹，雖無花葉，卻用各色綢綾紙絹及通草為花，黏於枝上，每一株懸燈萬盞；更兼池中荷荇鳧鷺[11]諸燈，亦皆係螺蚌羽毛作就的，上下爭輝，水天煥彩，真是玻璃世界，珠寶乾坤。船上又有各種盆景，珠簾繡幕，桂楫蘭橈，自不必說了。已而入一石港，港上一面匾燈，門現著「蓼汀花溆」四字。

看官聽說：這「蓼汀花溆」及「有鳳來儀」等字，皆係上回賈政偶試寶玉之才，何至便認真用了？想賈府世代詩書，自有一二名手題詠，豈似暴富之家，竟以小兒語搪塞了事呢？只因當日這賈妃未入宮時，自幼亦係賈母教養。後來添了寶玉，賈妃乃長姐，寶玉為幼弟，賈妃念母年將邁，始得此弟，是以獨愛憐之。且同侍賈母，刻不相離。那寶玉未入學之先，三四歲時，已得元妃口傳教授了幾本書，識了數千字在腹中。雖為姐弟，有如母子。自入宮後，時時帶信出來與父兄說：「千萬好生扶養：不嚴不能成器；過嚴恐生不虞，且致祖母之憂。」眷念之心，刻刻不忘。前日賈政聞塾師讚他盡有才情，故於遊園時聊一試之，雖非名公大筆，卻是本家風味；且使賈妃見之，知愛弟所為，亦不負其平日切望之意。因此故將寶玉所題用了。——那日未題完之處，後來又補題了許多。

且說賈妃看了四字，笑道：「『花溆』二字便好，何必『蓼汀』？」侍坐太監聽了，忙下舟登岸，飛傳與賈政，賈政即刻換了。彼時舟臨內岸，去舟上輿，便見琳宮綽約，桂殿巍峨，石牌坊上寫著「天仙寶境」四大字，賈妃命換了「省親別墅」四字。於是進入行

元春

宮[12]，只見庭燎繞空，香屑布地，火樹琪花，金窗玉檻；說不盡簾捲蝦鬚[13]，毯鋪魚獺[14]，鼎飄麝腦之香[15]，屏列雉尾之扇。真是：

金門玉戶神仙府，桂殿蘭宮妃子家。

賈妃乃問：「此殿何無匾額？」隨侍太監跪啟道：「此係正殿，外臣未敢擅擬。」賈妃點頭。禮儀太監請升座受禮，兩階樂起。二太監引赦政等於月臺下排班上殿，昭容傳諭曰：「免。」乃退。又引榮國太君及女眷等自東階升月臺上排班，昭容再諭曰：「免。」於是亦退。

茶三獻，賈妃降座，樂止，退入側室更衣，方備省親車駕出園。至賈母正室，欲行家禮，賈母等俱跪止之。賈妃垂淚，彼此上前廝見，一手挽賈母，一手挽王夫人，——三人滿心皆有許多話，但說不出，只是嗚咽對泣而已。邢夫人、李紈、王熙鳳、迎春、探春、惜春等，俱在旁垂淚無言。半日，賈妃方忍悲強笑，安慰道：「當日既送我到那不得見人的去處，好容易今日回家，娘兒們這時不說不笑，反倒哭個不了，一會子我去了，又不知多早晚才能一見！」說到這句，不禁又哽咽起來。邢夫人忙上來勸解。賈母等讓賈妃歸坐，又逐次一一見過，又不免哭泣一番。然後東西兩府執事人等在外廳行禮。其媳婦丫鬟行禮畢❷。賈妃嘆道：「許多親眷，可惜都不能見面！」

王夫人啟道：「現有外親薛王氏及寶釵黛玉在外候旨。外眷無職，不敢擅入。」賈妃即請來相見❸。一時薛姨媽等進來，欲行國禮，元妃降旨免過，上前各敘闊別。又有原帶進宮的丫鬟抱琴等叩見，賈母連忙扶起，命入別室款待。執事太監及彩嬪昭容各侍從人等，寧府及賈赦那宅兩處自有人款待，只留三四個小太監答應。母女姐妹，不免敘些久別的情景，及家務私情。

又有賈政至簾外問安行參等事。元妃又向其父說道：「田舍之家，齏鹽布帛，得遂天倫之樂[16]；今雖富貴，骨肉分離，終無意趣。」賈政亦含淚啟道：「臣草芥寒門，鳩群鴉屬之中，豈意得徵鳳鸞之瑞。今貴人上錫天恩，下昭祖德，此皆山川日月之精華，祖宗之遠德，鍾於一人，幸及政夫婦。且今上體天地生生之大德，垂古今未有之曠恩，雖肝腦塗地，豈能報效萬一！惟朝乾夕惕，忠於厥職[17]。伏願聖君萬歲千秋，乃天下蒼生之福也。貴妃切勿以政夫婦殘年為念。更祈自加珍愛，惟勤慎肅恭以侍上，庶不負上眷顧隆恩也。」賈妃亦囑以「國事宜勤，暇時保養，切勿記念」。

賈政又啟：「園中所有亭臺軒館，皆係寶玉所題；如果有一二可寓目者，請即賜名為幸。」元妃聽了寶玉能題，便含笑說道：「果進益了。」賈政退出。元妃因問：「寶玉因何不見？」賈母乃啟道：「無職外男，不敢擅入。」元妃命引進來。小太監引寶玉進來，先行國禮畢，命他近前，攜手攬於懷內，又撫其頭頸笑道：「比先長了好些──」一語未終，淚如雨下。

尤氏鳳姐等上來啟道：「筵宴齊備，請賈妃遊幸。」元妃起身，命寶玉導引，遂同諸人步至園門前。早見燈光之中，諸般羅列，進園先從「有鳳來儀」、「紅香綠玉」、「杏帘在望」、「蘅芷清芬」等處，登樓步閣，涉水緣山，眺覽徘徊。一處處鋪陳華麗，一樁樁點綴新奇。元妃極加獎讚，又勸：「以後不可太奢了，此皆過分。」既而來至正殿，降諭免禮歸坐，大開筵宴，賈母等在下相陪，尤氏、李紈、鳳姐等捧羹把盞。

元妃乃命筆硯伺候，親拂羅箋，擇其喜者賜名。因題其園之總名曰「大觀園」，正殿匾額云：「顧恩思義」[18]，對聯云：

天地啟宏慈，赤子蒼生同感戴；古今垂曠典，九州萬國被恩榮[19]。

又改題：「有鳳來儀」賜名「瀟湘館」。「紅香綠玉」改作「怡紅快綠」，賜名「怡紅院」。「蘅芷清芬」賜名「蘅蕪院」。「杏帘在望」賜名「瀚葛山莊」。正樓曰「大觀樓」。東面飛樓曰「綴錦樓」。西面斂樓❹曰「含芳閣」。更有「蓼風軒」、「藕香榭」、「紫菱洲」、「荇葉渚」等名。匾額有「梨花春雨」、「桐剪秋風」、「荻蘆夜雪」等名。又命舊有匾聯不可摘去。於是先題一絕句云：

銜山[20]抱水建來精，多少工夫築始成！
天上人間諸景備，芳園[21]應錫[22]「大觀」[23]名[24]。

題畢，向諸姐妹笑道：「我素乏捷才，且不長於吟詠，姐妹輩素所深知；今夜聊以塞責，不負斯景而已，異日少暇，必補撰『大觀園記』併『省親頌』等文，以記今日之事。妹等亦各題一匾一詩，隨意發揮，不可為我微才所縛。且知寶玉竟能題詠，一發可喜。此中瀟湘館蘅蕪院二處，我所極愛；次之怡紅院澣葛山莊：此四大處，必得別有章句題詠方妙。前所題之聯雖佳，如今再各賦五言律一首，使我當面試過，方不負我自幼教授之苦心。」寶玉只得答應了，下來自去構思。

迎春、探春、惜春三人中，要算探春又出於姐妹之上，然自忖似難與薛林爭衡，只得隨眾應命。李紈也勉強作成一絕。賈妃挨次看姐妹們的題詠，寫道是：

曠性怡情[25]（匾額）　迎春

園成景物特精奇[26]，奉命[27]羞題額曠怡。誰信世間有此境，遊來寧不暢神思[28][29]？

文采風流（匾額）　探春❺

秀水明山❻抱復迴[30]，風流[31]文采[32]勝蓬萊[33]。綠裁歌扇[34]迷芳草[35]，紅襯湘裙[36]舞落梅[37]。

珠玉[38]自應傳盛世[39]，神仙[40]何幸下瑤臺[41]！名園一自[42]邀遊賞，未許凡人到此來[43]。

文章造化（匾額）　惜春

山水橫拖[44]千里外，樓臺高起五雲[45]中。園修日月光輝裡[46]，景奪[47]文章[48]造化功[49][50]。

萬象爭輝（匾額）　李紈❼

名園築就勢巍巍[51]，奉命多慚學淺微[52]。精妙一時言不盡，果然萬物有光輝[53]。

凝暉鍾瑞（匾額）[54]　　薛寶釵

芳園築向帝城西，華日祥雲籠罩奇。高柳喜遷鶯出谷[55]，修篁[56]時待鳳來儀[57]。文風已著宸遊夕[58]，孝化應隆歸省時[59]。睿藻[60]仙才[61]瞻仰處，自慚何敢再為辭[62]？

世外仙源（匾額）　　林黛玉

宸遊[63]增悅豫[64]，仙境別[65]紅塵。借得山川[66]秀，添來氣象新。香融金谷[67]酒，花媚玉堂人[68]。何幸邀恩寵，宮車過往頻[69]。

元妃看畢，稱賞不已，又笑道：「終是薛林二妹之作與眾不同，非愚姐妹所及。」原來黛玉安心今夜大展奇才，將眾人壓倒，不想元妃只命一匾一詠，倒不好違諭多作，只胡亂作了一首五言律應命便罷了。

時寶玉尚未作完，才作了「瀟湘館」與「蘅蕪院」兩首，正作「怡紅院」一首，起稿內有「綠玉春猶捲」一句。寶釵轉眼瞥見，便趁眾人不理論，推他道：「貴人因不喜『紅香綠玉』四字，才改了『怡紅快綠』；你這會子偏又用『綠玉』二字，豈不是有意和他分馳了？況且蕉葉之典故頗多，再想一個改了罷。」寶玉見寶釵如此說，便拭汗說道：「我這會子總想不起什麼典故出處來！」寶釵笑道：「你只把『綠玉』的『玉』字改作『蠟』字就是了。」寶玉道：「『綠蠟』可有出處？」寶釵悄悄的咂嘴點頭笑道：「虧你今夜不過如此，將來金殿對策[70]，你大約連『趙錢孫李』都忘下呢！——唐朝韓翊❽詠芭蕉詩[71]頭一句：『冷燭無烟綠蠟乾』都忘了麼？」寶玉聽了，不覺洞開心意，笑道：「該死，該死！眼前現成的句子竟想不到。姐姐真是『一字師』了！從此只叫你師傅，再不叫姐姐了。」寶釵也悄悄的笑道：「還不快作上去，只姐姐妹妹的！誰是你姐姐？那上頭穿黃袍的才是你姐姐呢。」一面說笑，因怕他耽延工夫，遂抽身走開了。

寶玉續成了此首，共有三首。此時黛玉未得展才，心上不快。因見寶玉構思太苦，走至案旁，知寶玉只少「杏帘在望」一首，因叫他抄錄前三首，卻自己吟成一律，寫在紙條上，搓成個團子，擲向寶玉跟前。寶玉打開一看，覺比自己作的三首高得十倍，遂忙恭楷謄完呈上。元妃看道是：

有鳳來儀　寶玉

秀玉初成實[72]，堪宜待鳳凰。竿竿青欲滴，个个綠生涼[73]。迸砌防階水，穿簾礙鼎香[74]。莫搖分碎影，好夢正初長[75]。

蘅芷清芬

蘅蕪[76]滿靜苑[77]，蘿薜[78]助芬芳。軟襯三春[79]草，柔拖一縷香。輕烟迷曲徑，冷翠濕衣裳。誰謂「池塘」曲，謝家幽夢長[80][81]？

怡紅快綠

深庭長日靜，兩兩出嬋娟[82]。綠蠟[83]春猶捲，紅妝[84]夜未眠。凭欄垂絳袖[85]，倚石護清烟。對立東風裡，主人應解憐[86]。

杏帘在望

杏帘[87]招客飲，在望有山莊。菱[88]荇[89]鵝兒水，桑榆燕子梁[90]。一畦[91]春韭熟，十里稻花香。盛世無飢餒[92]，何須耕織忙[93][94]？

元妃看畢，喜之不盡，說：「果然進益了！」又指「杏帘」一首為四首之冠，遂將「澣葛山莊」改為「稻香村」。又命探春將方才十數首詩，另以錦箋謄出，令太監傳與外廂。賈政等看了，都稱頌不已。賈政又進「歸省頌」。元妃又命以瓊酪金膾[95]等物，賜與寶玉並賈蘭。——此時賈蘭尚幼，未諳諸事，只不過隨母依叔行禮而已。

那時賈薔帶領一班女戲子在樓下，正等得不耐煩，只見一個太監飛跑下來，說：「作完了詩了，快拿戲單來！」賈薔忙將戲目呈上，——並十二個人的花名冊子。少時，點了四齣戲：第一齣，「豪宴」；第二齣，「乞巧」；第三齣，「仙緣」；第四齣，「離魂」[96]。賈薔忙張羅扮演起來，一個個歌有裂石之音[97]，舞有天魔之態[98]，雖是裝演的形容，卻作盡悲歡的情狀。

剛演完了，一個太監托著一金盤糕點之屬進來，問：「誰是齡官？」賈薔便知是賜齡官之物，連忙接了，命齡官叩頭。太監又道：「貴妃有諭，說：『齡官極好，再作兩齣戲，不拘那兩齣就是了。』」賈薔忙答應了，因命齡官作「遊園」「驚夢」[99]二齣。齡官自為此二齣非本角之戲，執意不從，定要作「相約」「相罵」[100]二齣。賈薔扭不過他，只得依他作了。元妃甚喜，命：「莫難為了這女孩子，好生教習。」額外賞了兩疋宮綢，兩個荷包，並金銀錁子之類。然後撤筵，將未到之處，復又遊玩。忽見山環佛寺，忙盥手進去焚香拜佛，又題一匾云：「苦海慈航[101]」；又額外加恩與一班幽尼女道。

少時，太監跪啟：「賜物俱齊，請驗按例行賞。」乃呈上略節。元妃從頭看了無話，即命照此而行。太監下來，一一發放。原來賈母的是金玉如意各一柄，沉香拐杖一根，伽楠念珠一串，「富貴長春」宮緞四疋，「福壽綿長」宮紬四疋，紫金「筆錠如意」錁十錠，「吉慶有餘」銀錁十錠。邢夫人等二份，只減了如意、拐、珠四樣。賈敬、賈赦、賈政等每份御製新書二部，寶墨二匣，金銀盞各二隻，表禮按前。寶釵黛玉諸姐妹等，每人新書一部，寶硯一方，新樣格式金銀錁二對。寶玉和賈蘭是金銀項圈二個，金銀錁二對。尤氏、李紈、鳳姐等皆金銀錁四錠，表禮四端。另有表禮二十四端，清錢五百串，是賞與賈母王夫人及各姐妹房中奶娘眾丫鬟的。賈珍、賈璉、賈環、賈蓉等皆是表禮一端，金銀錁一對。其餘彩緞百疋，白銀千兩，御酒數瓶，是賜東西兩府及園中管理工程、陳設、答應[102]及司戲、掌燈諸人的。外又有清錢三百串，是賜廚役、優伶、百戲、雜行人等的。

眾人謝恩已畢，執事太監啟道：「時已丑正三刻，請駕回鑾。」元妃不由得滿眼又滴下淚來，卻又勉強笑著，拉了賈母王夫人的手不忍放，再四叮嚀：「不須記掛，好生保養！如今天恩浩蕩，一月許進內省視一次，見面盡容易的，何必過悲？倘明歲天恩仍許歸省，不可如此奢華糜費了。」賈母等已哭得哽噎難言。元妃雖不忍別，奈皇家規矩，違錯不得的，只得忍心上輿去了。這裡眾人好容易將賈母勸住，及王夫人攙扶出園去了。未知如何，下回分解。

校記

❶「此時園內」原作「大觀園內」，從王本、金本改。

❷「其媳婦丫鬟行禮畢」，脂本作「及兩府掌家事媳婦丫鬟行禮畢」。

❸「賈妃即請來相見」，「即」王本、金本作「命」。

❹「西面敘樓」，「敘」脂本作「斜」。

❺脂本作「李紈」。

❻「秀水明山」，「明」原作「名」，從藤本、王本、脂本改。

❼脂本作「接春」。

❽「韓翃」，諸本同。按韓翃一作韓翃，各書歧出。一說，「冷燭無烟綠蠟乾」係錢珝詩，非韓翃。今姑存原文。

注釋

1〔天倫樂〕父母、兒女在一起，非常快樂。倫，稱人與人之間的關係。

2〔呈才藻〕顯露文才。

3〔元宵在邇（ㄦˇ ěr）〕元宵節就在眼前了。邇，近的意思。

4〔擋圍幕〕用布幔幃圍繞遮蔽。也說「撒圍幕」。

5〔儀注〕傳統禮節。

6〔鼎焚百合之香，瓶插長春之蕊〕香爐裡燒著用各種香料配製的香，花瓶裡插著鮮艷的四季花。長春，即長春花，月季花的別名。

7 〔鳳翣（ㄕㄚˋ／shà）龍旌〕鳳翣，用羽毛編織成的大扇；旌，繡著龍形圖案的旗子。

8 〔雉（ㄓˋ／zhì）〕野雞。

9 〔昭容、彩嬪〕古代宮廷中「女官」名稱。

10 〔體仁沐德〕體驗到仁愛，沐浴著恩德。頌詞。

11 〔荷荇鳧鷺（ㄒㄧㄥˋ ㄈㄨˊ ㄌㄨˋ／xìng fú lù）〕野鴨水鳥在蓮花水草中遊樂。荇，水草；鳧，野鴨；鷺，水鳥。

12 〔行宮〕帝王、皇后外出時臨時居住的宮殿。

13 〔蝦鬚〕是用很細的竹絲編的簾子。

14 〔毯鋪魚獺（ㄊㄚˇ／tǎ）〕鋪著用水獺皮作的毯子。魚獺，又名水獺，穴居水邊，善於捕魚，皮毛珍貴。

15 〔麝腦之香〕麝，麝香；腦，龍腦，也叫冰片。

16 〔田舍之家，齏（ㄐㄧ／jī）鹽布帛，得遂天倫之樂〕田舍，本指農家屋舍，此處泛指一般人家，與宮廷相對而言；齏，切碎的鹹菜，齏鹽，泛指粗茶淡飯；布帛，棉織品和絲織品的總稱，這裡指布衣；遂，如願享受。這幾句話的意思是，一般人吃的是粗茶淡飯，穿的是布衣，卻能夠如願享受家人團聚的歡樂。它表達了元春對宮廷生活的厭棄和說不出的苦衷。

17 〔朝乾夕惕，忠於厥職〕朝乾夕惕，從早到晚小心翼翼地努力工作。乾，指作事勤懇，自強不息；忠於厥職，忠於自己的職守。厥，相當於文言文裡的「其」，即他的。賈政這話是向朝廷表忠心的。

18〔顧恩思義〕思念恩義。顧，念。

19〔天地啟宏慈，赤子蒼生同感戴；古今垂曠典，九州萬國被恩榮〕啟宏慈，大開慈悲；赤子、蒼生，指老百姓；垂，頒下；曠典，盛大典禮。這句話意思是說，皇帝大開慈悲，老百姓都感恩戴德，頒布舉行這盛大的典禮，普天下都受到恩寵。

20〔銜山〕含山。

21〔芳園〕景色美好的林園。

22〔錫〕賜給。

23〔大觀〕萬千景象，十分美好。

24〔譯文〕含青山繞綠水建造精工，
多少工夫才能修築成功！
天地美景融為一體，
美好園林應賜「大觀園」名稱。

25〔曠性怡情〕這是匾額的名稱，詩的第二句縮寫為「曠怡」，意思是心胸開闊、精神愉快。

26〔特精奇〕特別精巧神奇。

27〔奉命〕遵奉元妃的命令題詠。

28〔寧不暢神思〕怎能不精神舒暢，心曠神怡！

29〔譯文〕大觀園景物特別神奇精美，

30〔抱復迴〕我遵命題詠「曠怡」匾因才疏而感愧。世間有此仙境有誰相信，到此遊覽怎不令人心醉？形容山水環抱而又縈迴曲折。

31〔風流〕這裡指大觀園結構布局的幽雅風格。

32〔文采〕原指景物的花紋、色彩，這裡指大觀園山光水色的美麗。

33〔勝蓬萊〕傳說渤海中有三座神山，叫蓬萊、方丈、瀛洲。這裡說，大觀園中的風景比蓬萊仙山還美好。

34〔綠裁歌扇〕用綠綢裁剪成的舞扇。歌扇舞動像碧草連綿，迷離一片。

35〔迷芳草〕

36〔紅襯湘裙〕用紅緞子襯托，用湖南湘繡製成的衣裙。

37〔舞落梅〕舞裙翩翩，如落梅飄飛，五彩繽紛。

38〔珠玉〕文人雅士對別人詩文的稱讚之詞，這裡是對元春題詞的恭維。

39〔盛世〕太平盛世。這是粉飾太平的話。

40〔神仙〕指貴妃賈元春。

41〔瑤臺〕傳說神仙西王母居住的地方。此指皇妃居住的地方。

42〔一自〕自從。

43〔譯文〕清秀的山水曲折縈迴，美麗的風光勝過蓬萊。

舞動綠綢歌扇如碧草連緜，
湘繡舞裙翩翩像紛飛的落梅。
珠玉般的題詞應流傳盛世，
貴妃幸臨就像神仙降下瑤臺！
娘娘遊賞過的地方便成仙境，
從此再也不許凡人到來。

44〔橫拖〕從旁延伸，綿延不斷。千里外，形容由於建築精巧，大觀園的山水給人以尺幅千里、意境深遠之感。

45〔五雲〕五色彩雲，是所謂祥瑞之雲。

46〔園修句〕大觀園修建在日月光輝之中。這裡含有為元春歌功頌德的意思。即大觀園修建在皇妃的恩澤榮光之中。

47〔景奪〕景色勝過。奪，爭、勝過。

48〔文章〕文采。指大觀園裡華麗的鋪陳，錯綜的布局。

49〔造化功〕自然界的創造力。這句意思是說，園景巧奪天工。

50〔譯文〕
山水如畫構成深遠的意境，
樓閣高聳在五彩祥雲之中。
大觀園沐浴著日月的光輝，
奇妙的景色真是巧奪天工。

51〔勢巍巍〕氣勢高大雄偉。

52〔學淺微〕才學淺薄。

53〔譯文〕
名園築成氣勢雄偉，

奉命題詩深愧學識淺微。
景色的精妙一時說不完，
貴妃幸臨果然萬物生輝。

54 〔凝暉鍾瑞〕凝、鍾，都是聚集的意思。暉，日光；瑞，祥瑞。意思是，光輝和祥瑞都聚集到大觀園裡了。

55 〔遷鶯出谷〕「詩・小雅・伐木」：「伐木丁丁，鳥鳴嚶嚶，出自幽谷，遷於喬木。」喬木，高樹。黃鶯從深谷中遷到高樹上。所以後來用「鶯遷」、「喬遷」祝賀人的遷居或升遷。薛寶釵用這個典故來祝賀賈元春晉封鳳藻宮尚書，加封賢德妃。

56 〔修篁（ㄏㄨㄤˊ／huáng）〕修，長；篁，竹田、竹林，這裡指竹子。

57 〔鳳來儀〕（詳見十七回注釋）這裡薛寶釵恭維賈元春像鳳凰一樣降臨大觀園。

58 〔文風句〕文風，本指文章的風氣，這裡指朝廷所謂文明教化之風，即「詩書六藝」和「禮樂制度」。著，顯著。宸（ㄔㄣˊ／chén）遊，皇帝的巡遊，這裡指元春的遊賞。

59 〔孝化句〕元春的歸省時刻，傳統的孝道，應更加隆盛。孝化，使孝道成為一種社會風氣。隆，隆盛。

60 〔睿（ㄖㄨㄟˋ／ruì）藻〕睿，深明事理；藻，詞藻。過去文人稱帝妃的文章叫「睿藻」。這裡指賈元春題大觀園的詩。

61 〔仙才〕神仙般的才華。這裡指元春的才華。

62 〔譯文〕

美麗的大觀園建築在京城以西，
陽光燦爛祥雲五彩籠罩下千珍百奇。
高高的楊柳喜迎從深谷遷出的黃鶯，
長長的翠竹等待著鳳凰的棲息。
娘娘遊賞之夜詩書禮樂已是發揚昭著，
貴妃省親時刻孝道教化更加昌盛普及。
在這裡瞻仰著賢德妃的天才詩章，
自愧學識淺薄怎敢再寫詩填詞？

63 〔宸（ㄔㄣˊ／chén）遊〕 宸，北辰所居，因以稱帝王的宮殿。又引申為王位，這裡指代元妃。

64 〔悅豫〕 喜悅歡樂。

65 〔別〕 區別。此處指仙境和人間截然不同。

66 〔山川〕 指大觀園中的山水。

67 〔金谷〕 即金谷園，晉代官家富豪石崇的花園，在今河南省洛陽縣西北。

68 〔玉堂人〕 此指元春。玉堂，白玉堂，泛指妃嬪居住的宮殿。

69 〔譯文〕

貴妃來遊幸增添了無限歡欣，
大觀園似仙境不同人間紅塵。
憑藉著青山綠水的秀麗，
萬千氣象更加煥然一新。
金谷美酒浸透芳草香氣，
鮮花兒向宮中美人獻媚。
什麼福氣受到皇妃的恩寵，

70〔金殿對策〕 龍車鳳輦來往頻頻。
指殿試，由皇帝主考的考試。對策，應考的人對答皇帝有關政治、經濟的策問。寶釵說這句話，表明她時刻不忘把寶玉引到科舉考試、仕途經濟的路上去。

71〔唐朝韓翃詠芭蕉詩〕 唐代詩人錢珝（ㄒㄩˇ，xǔ，書中誤作韓翃）詩「未展芭蕉」：「冷燭無烟綠蠟乾，芳心猶捲怯春寒。」寶玉的「綠蠟春猶捲」一句，即從這兩句剪裁而成。

72〔秀玉句〕 美好的綠竹。秀，美好；玉，綠玉，竹子的別名。實，竹子結的果實，傳說鳳凰專吃竹實。

73〔竿竿二句〕 竿竿，竹竿；青欲滴，青翠得好像要滴水。个个，指竹葉，竹葉的形狀像「个」字；綠葉葱綠得使人覺得有涼意。這兩句極力描寫竹子的青翠。

74〔迸砌二句〕 迸，濺；砌，石砌的臺階；防，阻擋。礙，妨礙；鼎香，香爐裡的烟香。這兩句極力描寫竹林的茂密。

75〔譯文〕 秀美的竹子剛剛結實，
正好款待尊貴的鳳凰。
竿竿竹子青翠欲滴，
片片竹葉濃綠生涼。
竹林擋住濺到臺階上的泉水，
密葉阻礙穿簾飄散的烟香。
莫搖碎那斑斑點點的竹影，
甜蜜的夢境正美好而久長。

76〔蘅蕪〕蘅，即杜蘅，香草。這裡泛指杜蘅一類的香草。

77〔苑〕原指養禽獸的園子，這裡指林園——大觀園。

78〔蘿薜〕即女蘿、薜荔，都是植物名。

79〔三春〕孟春、仲春、季春合稱為「三春」，即農曆一月、二月、三月。此處泛指春天。

80〔誰謂「池塘」曲二句〕據「南史．謝靈運傳」：謝靈運的族弟謝惠連很有才華。有一次，謝靈運想寫詩，整天構思也沒寫成，夜間忽然夢見了謝惠連，就得到了「池塘生春草」的佳句。誰謂，誰說。全句的意思是，誰說「池塘生春草」的詩句，是謝靈運從夢中得到的呢？賈寶玉認為，好詩是觸景生情產生的，而不是作夢得來的。

81〔譯文〕杜蘅香草生滿寧靜的林苑，
攀繞的女蘿薜荔又添芬芳。
軟綿的枝葉襯托著春光融融的綠草，
柔和拖蔓的花條散播著脈脈清香。
彎曲的小路瀰漫著輕淡的烟霧，
綠葉上的露珠沾濕行人的衣裳。
誰說「池塘生春草」的佳句，
是謝靈運得自酣暢的夢鄉？

82〔嬋娟〕姿態美好。這裡指芭蕉的姿態和海棠的顏色極為美好。

83〔綠蠟〕指芭蕉。芭蕉葉綠，在未展開時像綠蠟。

84〔紅妝〕本指年輕女子，此指海棠。蘇軾「海棠」詩：「只恐夜深花睡去，故燒高燭照紅妝。」

85〔絳（ㄐㄧㄤˋ／jiàng）袖〕絳，深紅色。這裡比喻低垂的花朵，猶如下垂的紅色衣袖。

86〔譯文〕幽深的庭院終日寂靜，
對對花枝姿態特別嬌艷。
綠色芭蕉在春光中半舒半捲，
紅色海棠開得徹夜不眠。
艷麗的花朵如憑欄垂下的紅袖，
挺立的芭蕉像倚石聳立守護雲烟。
紅綠相間在春風中爭芳，
主人應懂得加意愛憐。

87〔杏帘〕也叫酒旗。因多用杏黃色，所以叫杏帘。

88〔菱〕水生植物菱角。

89〔荇（ㄒㄧㄥˋ／xìng）〕水生植物荇草之類。

90〔桑榆燕子梁〕燕子把桑樹榆樹當屋梁，來回飛翔和停棲。

91〔畦（ㄑㄧˊ／qí）〕有土埂圍著的小田塊。

92〔餒（ㄋㄟˇ／něi）〕飢餓。

93〔譯文〕杏黃酒旗招人暢飲美酒，
隱隱在望遠處有座山莊。
鵝兒在菱角浮萍中游動，

燕子在桑樹榆樹上棲翔。
一畦春韭嫩綠生長，
十里水田稻花正香。
太平盛世沒有飢荒，
耕田織布何必匆忙？

94〔簡評〕「大觀園題詠」十一首，是元妃遊賞大觀園時的「頌聖應酬」之作。在「大觀園題詠」中，全面描繪了園中豪華的景象，堆砌著歌功頌德、粉飾太平的詞藻，同時也表現了不同人物的思想感情和性格特點。薛寶釵、探春、李紈等，在「應制詩」中熱烈地頌揚皇恩雨露，表達了他們對朝廷的感戴。林黛玉的「世外仙源」等二首，表達了她坦蕩蕩，不隨流俗的內心世界，但也有為皇帝、貴妃歌功頌德的地方。賈寶玉「有鳳來儀」等三首詩則不寫感恩戴德的詞藻，這正是他率真性格的流露。

95〔瓊酪（ㄌㄠˋ／lào）金膾（ㄎㄨㄞˋ／kuài）〕指精美的食品。酪，用動物乳汁作的食品；膾，細切的肉。

96〔「豪宴」等劇目〕「豪宴」是「一捧雪」的一齣；「乞巧」是「長生殿」的一齣，即「密誓」；「仙緣」是「邯鄲夢」的一齣，通作「仙圓」；「離魂」是「牡丹亭」的一齣。下文「遊園」「驚夢」也是「牡丹亭」的劇目。「相約」「相罵」是「釵釧記」的兩齣，寫一個丫鬟跟老夫人拌嘴的故事。

97〔裂石之音〕比喻歌聲清脆、響亮。

98〔天魔之態〕唐代有一種舞樂，名叫「天魔舞」。這裡藉以形容舞姿的優美。

99〔「遊園」「驚夢」〕湯顯祖雜劇「牡丹亭」中只有「驚夢」一齣，演出本改為「遊園」和「驚夢」兩齣，寫杜麗娘在夢中與柳夢梅相會的故事。

100 〔「相約」「相罵」〕是明代月榭主人「釵釧記」中的兩齣。「釵釧記」寫的是皇甫吟和史碧桃悲歡離合的故事。

101 〔慈航〕佛教認為佛、菩薩以大慈大悲救渡眾生出「生死苦海」，有如舟航，故名慈航。

102 〔答應〕本是明代近侍太監和清代宮女的一種稱號，這裡代指僕人。

【第十九回】

情切切良宵花解語[1]　意綿綿靜日玉生香

話說賈妃回宮，次日見駕謝恩，並回奏歸省之事，龍顏甚悅，又發內帑彩緞金銀等物，以賜賈政及各椒房[2]等員，不必細說。

且說榮寧二府中連日用盡心力，真是人人力倦，各各神疲；又將園中一應陳設動用之物收拾了兩三天方完。第一個鳳姐事多任重，別人或可偷閑躲靜，獨他是不能脫得的；二則本性要強，不肯落人褒貶，只扎掙著與無事的人一樣。第一個寶玉是極無事最閑暇的。偏這一早，襲人的母親又親來回過賈母，接襲人家去吃年茶，晚上才得回來。因此，寶玉只和眾丫頭們擲骰子趕圍棋作戲。正在房內玩得沒興頭，忽見丫頭們來回說：「東府裡珍大爺來請過去看戲，放花燈。」寶玉聽了，便命換衣裳。才要去時，忽又有賈妃賜出糖蒸酥酪來；寶玉想上次襲人喜吃此物，便命留與襲人了，自己回過賈母，過去看戲。

誰想賈珍這邊唱的是「丁郎認父」[3]、「黃伯央大擺陰魂陣」[4]，更有「孫行者大鬧天宮」、「姜太公斬將封神」[5]等類的戲文。倏爾神鬼亂出，忽又妖魔畢露。內中揚幡過會、號佛行香[6]、鑼鼓喊叫之聲，聞於巷外。弟兄子姪，互為獻酬[7]；姐妹婢妾，共相笑語❶。

獨有寶玉見那繁華熱鬧到如此不堪的田地，只略坐了一坐，便走往各處閑耍。先是進內去和尤氏並丫頭姬妾鬼混❷了一回，便出二門來。尤氏等仍料他出來看戲，遂也不曾照管。賈珍、賈璉、薛蟠等只顧猜謎行令，百般作樂。縱一時不見他在座，只道在裡邊去了，也不理論。至於跟寶玉的小廝們：那年紀大些的，知寶玉這一來了必是晚上才散，因此偷空兒也有會賭錢的，也有往親友家去的，或賭或飲，都私自散了，待晚上再來；那些小些的，都鑽進戲房裡瞧熱鬧兒去了。

寶玉見一個人沒有，因想：「素日這裡有個小書房內曾掛著一軸美人，畫得很得神。今日這般熱鬧，想那裡自然無人，那美人也自然是寂寞的，須得我去望慰他一回。」想著，便往那裡來。剛到窗前，聽見屋裡一片喘息之聲。寶玉倒唬了一跳，心想：「美人活了不成？」乃大著膽子，舐破窗紙，向內一看，——那軸美人卻不曾活，卻是茗烟按著個女孩子，也幹那警幻所訓之事，正在得趣，故此呻吟❸。寶玉禁不住大叫：「了不得！」一腳踹進門去，將兩個唬得抖衣而顫。

茗烟見是寶玉，忙跪下哀求。寶玉道：「青天白日，這是怎麼說！珍大爺要知道了，你是死是活？」一面看那丫頭，倒也白白淨淨兒的有些動人心處，在那裡羞得臉紅耳赤，低首無言。寶玉跺腳道：「還不快跑？」一語提醒，那丫頭飛跑去了。寶玉又趕出去叫道：「你別怕，我不告訴人。」急得茗烟在後叫：「祖宗，這是分明告訴人了！」

寶玉因問：「那丫頭十幾歲了？」茗烟道：「不過十六七了。」寶玉道：「連他的歲數也不問問，就作這個事，可見他白認得你了！可憐，可憐！」又問：「名字叫什麼？」茗烟笑道：「若說出名字來話長，真正新鮮奇文！——他說他母親養他的時節，作了一個夢，夢得了一疋錦，上面是五色富貴不斷頭的『卍』字花樣，所以他的名字就叫作萬兒。」寶玉聽了笑道：「想必他將來有些造化。等我明兒說了給你作媳婦，好不好？」

茗烟也笑了。因問：「二爺為何不看這樣的好戲？」寶玉道：「看了半日，怪煩的，出來逛逛，就遇見你們了。——這會子作什麼呢？」茗烟微微笑道：「這會子沒人知道，我悄悄的引二爺城外逛去，一會兒再回這裡來。」寶玉道：「不好，看仔細花子拐了去。況且他們知道了，又鬧大了。不如往近些的地方去，還可就來。」茗烟道：「就近地方誰家可去？這卻難了。」寶玉笑道：「依我的主意，咱們竟找花大姐姐去，瞧他在家作什麼呢？」茗烟笑道：「好，好！倒忘了他家。」又道：「他們知道了，說我引著二爺胡走，要打我呢？」寶玉道：「有我呢！」茗烟聽說，拉了馬，二人從後門就走了。幸而襲人家不遠，不過一半里路程，轉眼已到門前。

茗烟先進去叫襲人之兄花自芳。此時襲人之母接了襲人與幾個外甥女兒幾個姪女兒來家，正吃果茶，聽見外面有人叫「花大哥」，花自芳忙出去看時，見是他主僕兩個，唬得驚疑不定，連忙抱下寶玉來，至院內嚷道：「寶二爺來了！」別人聽見還可，襲人聽了，也不知為何，忙跑出來迎著寶玉，一把拉著問：「你怎麼來了？」寶玉笑道：「我怪悶的，來瞧瞧你作什麼呢。」

襲人聽了，才把心放下來，說道：「你也胡鬧了！可作什麼來呢？」一面又問茗烟：「還有誰跟了來了？」茗烟笑道：「別人都不知道。」襲人聽了，復又驚慌道：「這還了得！倘或碰見人，或是遇見老爺，街上人擠馬碰，有個失閃，這也是玩得的嗎？你們的膽子比斗還大呢！——都是茗烟調唆的；等我回去告訴嬤嬤們，一定打你個賊死。」茗烟噘了嘴道：「爺罵著打著叫我帶了來的，這會子推到我身上。我說別來罷！——要不，我們回去罷。」花自芳忙勸道：「罷了，已經來了，也不用多說了。只是茅檐草舍，又窄又不乾淨，爺怎麼坐呢？」

襲人的母親也早迎出來了。襲人拉著寶玉進去。寶玉見房中三五個女孩兒，見他進來，都低了頭，羞得臉上通紅。花自芳母子兩個恐怕寶玉冷，又讓他上炕，又忙另擺果子，又忙倒好茶。襲人笑道：「你們不用白忙，我自然知道，不敢亂給他東西吃的。」一面說，一面將自己的坐褥拿了來，鋪在一個杌子上，扶著寶玉坐下，又用自己的腳爐墊了腳，向荷包內取出兩個梅花香餅兒來，又將自己的手爐掀開焚上，仍蓋好，放在寶玉懷裡，然後將自己的茶杯斟了茶，送與寶玉。彼時他母兄已是忙著整整齊齊的擺上一桌子果品來，襲人見總無可吃之物，因笑道：「既來了，沒有空回去的理，好歹嘗一點兒，也是來我家一趟。」說著，捻了幾個松瓤，吹去細皮，用手帕托著給他。

寶玉看見襲人兩眼微紅，粉光融滑，因悄問襲人道：「好好的哭什麼？」襲人笑道：「誰哭來著？才瞇了眼揉的。」因此便遮掩過了。因見寶玉穿著大紅金蟒狐腋箭袖，外罩石青貂裘排穗褂，說道：「你特為往這裡來，又換新衣裳，他們就不問你往那裡去嗎？」寶玉道：「原是珍大爺請過去看戲換的。」襲人點頭，又道：「坐一坐就回去罷；這個地方兒不是你來得的。」寶玉笑道：「你就家去才好呢，我還替你留著好東西呢。」襲人笑道：「悄悄兒的罷！叫他們聽著作什麼？」一面又伸手從寶玉項上將「通靈玉」摘下來，向他姐妹們笑道：「你們見識見識。時常說起來都當稀罕，恨不能一見，今兒可盡力兒瞧瞧。再瞧什麼稀罕物兒，也不過是這麼著了❹。」說畢，遞與他們傳看了一遍，仍與寶玉掛好，又命他哥哥去僱一輛乾乾淨淨、嚴嚴緊緊的車，送寶玉回去。花自芳道：「有我送去，騎馬也不妨了。」襲人道：「不為不妨，為的是碰見人。」

花自芳忙去僱了一輛車來，眾人也不好相留，只得送寶玉出去。襲人又抓些果子給茗烟，又把些錢給他買花爆放，叫他：「別告訴人，連你也有不是。」一面說著，一面送寶玉至門前，看著上車，放下車簾。茗烟二人牽馬跟隨。來至寧府街，茗烟命住車，向花自芳道：「須得我和二爺還到東府裡混一混，才過去得呢，看人家疑惑。」花自芳聽說有理，忙將寶玉抱下車來，送上馬去。寶玉笑說：「倒難為你了。」於是仍進了後門來，俱不在話下。

卻說寶玉自出了門，他房中這些丫鬟們都索性恣意的玩笑，也有趕圍棋的，也有擲骰抹牌的，嗑了一地的瓜子皮兒。偏奶母李嬤嬤拄拐進來請安，瞧瞧寶玉；見寶玉不在家，丫鬟們只顧玩鬧，十分看不過，因嘆道：「只從我出去了不大進來，你們越發沒了樣兒了；別的嬤嬤越不敢說你們了。那寶玉是個『丈八的燈臺，——照見人家，照不見自己』的，只知嫌人家腌臢。這是他的房子，由著你們糟蹋。越不成體統了。」

這些丫頭們明知寶玉不講究這些；二則李嬤嬤已是告老解事出去的了，如今管不著他們。因此，只顧玩笑，並不理他。那李嬤嬤還只管問：「寶玉如今一頓吃多少飯？什麼時候睡覺？」丫頭們總胡亂答應，有的說：「好個討厭的老貨！」

李嬤嬤又問道：「這蓋碗裡是酪，怎麼不送給我吃？」說畢，拿起就吃。一個丫頭道：「快別動！那是說了給襲人留著的，回來又惹氣了。你老人家自己承認，別帶累我們受氣。」李嬤嬤聽了，又氣又愧，便說道：「我不信他這麼壞了腸子！別說我吃了一碗牛奶，就是再比這個值錢的，也是應該的。難道待襲人比我還重？難道他不想想怎麼長大了？我的血變了奶，吃的長這麼大；如今我吃他碗牛奶，他就生氣了？我偏吃了，看他怎麼著！你們看襲人不知怎麼樣，那是我手裡調理出來的毛丫頭，什麼阿物兒[8]！」一面說，一面賭氣把酪全吃了。又一個丫頭笑道：「他們不會說話，怨不得你老人家生氣。寶玉還送東西給你老人家去，豈有為這個不自在的？」李嬤嬤道：「你也不必裝狐媚子哄我，打量上次為茶攆茜雪的事我不知道呢！明兒有了不是，我再來領。」說著，賭氣去了。

少時，寶玉回來，命人去接襲人，只見晴雯躺在床上不動，寶玉因問：「可是病了？還是輸了呢？」秋紋道：「他倒是贏的；誰知李老太太來了混輸了，他氣得睡去了。」寶玉笑道：「你們別和他一般見識，由他去就是了。」

說著，襲人已來，彼此相見。襲人又問寶玉何處吃飯，多早晚回來；又代母妹問諸同伴姐妹好。一時換衣卸妝。寶玉命取酥酪來，丫鬟們回說：「李奶奶吃了。」寶玉才要說話，襲人便忙笑說道：「原來留的是這個，多謝費心。前兒我因為好吃，吃多了，好肚子疼，鬧得吐了才好了。他吃了倒好，擱在這裡白糟蹋了。我只想風乾栗子吃，你替我剝栗子，我去鋪炕。」

寶玉聽了，信以為真，方把酥酪丟開，取了栗子來，自向燈下檢剝。一面見眾人不在房中，乃笑問襲人道：「今兒那個穿紅的是你什麼人？」襲人道：「那是我兩姨姐姐。」寶玉聽了，讚嘆了兩聲。襲人道：「嘆什麼？我知道你心裡的緣故，想是說：他那裡配穿紅的？」寶玉笑道：「不是，不是。那樣的人不配穿紅的，誰還敢穿？我因為見他實在好得很，怎麼也得他在咱們家就好了。」襲人冷笑道：「我一個人是奴才命罷了，難道連我的親戚都是奴才命不成？定還要揀實在好的丫頭才往你們家來？」寶玉聽了，忙笑道：「你又多心了！我說往咱們家來，必定是奴才不成，說親戚就使不得？」襲人道：「那也搬配不上。」

寶玉便不肯再說，只是剝栗子。襲人笑道：「怎麼不言語了？想是我才冒撞沖犯了你？明兒賭氣花幾兩銀子買進他們來就是了。」寶玉笑道：「你說的話怎麼叫人答言呢？我不過是讚他好，正配生在這深宅大院裡，沒得我們這宗濁物倒生在這裡！」襲人道：「他雖沒這樣造化，倒也是嬌生慣養的，我姨父姨娘的寶貝兒似的，如今十七歲，各樣的嫁妝都齊備了，明年就出嫁。」

寶玉聽了「出嫁」二字，不禁又「嗐」了兩聲。正不自在，又聽襲人嘆道：「我這幾年，姐妹們都不大見，如今我要回去了，他們又都去了！」寶玉聽這話裡有文章，不覺吃了一驚，忙扔下栗子，問道：「怎麼著，你如今要回去？」襲人道：「我今兒聽見我媽和哥哥商量，教我再耐一年，明年他們上來就贖出我去呢。」寶玉聽了這話，越發忙了，因問：「為什麼贖你呢？」襲人道：「這話奇了！我又比不得是這裡的家生子[9]兒，我們一家子都在別處，獨我一個人在這裡，怎麼是個了手呢？」寶玉道：「我不叫你去也難哪！」襲人道：「從來沒這個理。就是朝廷宮裡，也有定例，幾年一挑，幾年一放，沒有長遠留下人的理，別說你們家！」

寶玉想一想，果然有理，又道：「老太太要不放你呢？」襲人道：「為什麼不放呢？我果然是個難得的，或者感動了老太太、太太不肯放我出去，再多給我們家幾兩銀子留下，也還有的；其實我又不過是個最平常的人，比我強的多而且多。我從小兒跟著老太太，先伏侍了史大姑娘幾年，這會子又伏侍了你幾年，我們家要來贖我，正是該叫去的，——只怕連身價不要，就開恩放我去呢。要說為伏侍得你好不叫我去，斷然沒有的事。那伏侍得好，是份內應當的，不是什麼奇功；我去了仍舊又有好的了，不是沒了我就使不得的。」寶玉聽了這些話，竟是有去的理，無留的理，心裡越發急了，因又道：「雖然如此說，我的一心要留下你，不怕老太太不和你母親說，多多給你母親些銀子，他也不好意思接你了。」襲人道：「我媽自然不敢強。且慢說和他好說，又多給銀子；就便不好和他說，一個錢也不給，安心要強留下我，他也不敢不依。但只是咱們家從沒幹過這倚勢仗貴霸道的事。這比不得別的東西，因為喜歡，加十倍利弄了來給你，那賣的人不吃虧，就可以行得的；如今無故憑空留下我，於你又無益，反教我們骨肉分離，這件事，老太太、太太肯行嗎？」

寶玉聽了，思忖半晌，乃說道：「依你說來說去，是去定了？」襲人道：「去定了。」寶玉聽了自思道：「誰知這樣一個人，這樣薄情無義呢！」乃嘆道：「早知道都是要去的，我就不該弄了來。臨了剩我一個孤鬼兒！」說著便賭氣上床睡了。

原來襲人在家，聽見他母兄要贖他回去，他就說：「至死也不回去。」又說：「當日原是你們沒飯吃，就剩了我還值幾兩銀子，要不叫你們賣，沒有個看著老子娘餓死的理；如今幸而賣到這個地方兒，吃穿和主子一樣，又不朝打暮罵。況如今爹雖沒了，你們卻又整理得家成業就，復了元氣。若果然還艱難，把我贖出來，再多掏摸幾個錢，也還罷了，其實又不難了❺。——這會子又贖我作什麼？權當我死了，再不必起贖我的念頭了！」因此哭了一陣。

他母兄見他這般堅執，自然必不出來的了。況且原是賣倒的死契[10]，明仗著賈宅是慈善寬厚人家兒，不過求求，只怕連身價銀一併賞了還是有的事呢；二則賈府中從不曾作踐下人，只有恩多威少的，且凡老少房中所有親侍的女孩子們，更比待家下眾人不同，平常寒薄人家的女孩兒也不能那麼尊重：因此他母子兩個就死心不贖了。次後忽然寶玉去了，他兩個又是那個光景兒，母子二人心中更明白了，越發一塊石頭落了地，而且是意外之想，彼此放心，再無別意了。

且說襲人自幼兒見寶玉性格異常，其淘氣憨頑出於眾小兒之外，更有幾件千奇百怪口不能言的毛病兒。近來仗著祖母溺愛，父母亦不能十分嚴緊拘管，更覺放縱弛蕩，任情恣性，最不喜務正。每欲勸時，諒不能聽。今日可巧有贖身之論，故先用騙詞以探其情，以壓其氣，然後好下箴規[11]。今見寶玉默默睡去，知其情有不忍，氣已餒墮。自己原不想栗子吃，只因怕為酥酪生事，又像那茜雪之茶，是以假要栗子為由，混過寶玉不提就完了。於是命小丫頭子們將栗子拿去吃了，自己來推寶玉。只見寶玉淚痕滿面，襲人便笑道：「這有什麼傷心的？你果然留我，我自然不肯出去。」寶玉見這話頭兒活動了，便道：「你說說，我還要怎麼留你？我自己也難說了！」襲人笑道：「咱們兩個的好，是不用說了。但你要安心留我，不在這上頭。我另說出三件事來，你果然依了，那就是真心留我了，刀擱在脖子上，我也不出去了。」

寶玉忙笑道：「你說，那幾件？我都依你。好姐姐，好親姐姐！別說兩三件，就是兩三百件我也依的。只求你們看守著我，等我有一日化成了飛灰，——飛灰還不好，灰還有

襲人

形有跡，還有知識的。——等我化成一股輕烟，風一吹就散了的時候兒，你們也管不得我，我也顧不得你們了，憑你們愛那裡去那裡去就完了。」急得襲人忙握他的嘴，道：「好爺！我正為勸你這些個。更說得狠了！」寶玉忙說道：「再不說這話了。」襲人道：「這是頭一件要改的。」寶玉道：「改了，再說你就擰嘴！還有什麼？」

襲人道：「第二件，你真愛念書也罷，假愛也罷，只在老爺跟前，或在別人跟前，你別只管嘴裡混批❻，只作出個愛念書的樣兒來，也叫老爺少生點兒氣，在人跟前也好說嘴。老爺心裡想著：我家代代念書，只從有了你，不承望不但不愛念書，——已經他心裡又氣又惱了——而且背前面後混批評❼。凡讀書上進的人，你就起個外號兒，叫人家『祿蠹』[12]；又說只除了什麼『明明德』[13]外就沒書了，都是前人自己混編，纂出來的。——這些話，你怎麼怨得老爺不氣，不時時刻刻的要打你呢？」

寶玉笑道：「再不說了。那是我小時候兒不知天多高地多厚信口胡說的，如今再不敢說了。還有什麼呢？」襲人道：「再不許謗僧毀道的了。還有更要緊的一件事，再不許弄花兒，弄粉兒，偷著吃人嘴上搽的胭脂，和那個愛紅的毛病兒了。」寶玉道：「都改！都改！再有什麼快說罷。」襲人道：「也沒有了，只是百事檢點些，不任意任性的就是了。你要果然都依了，就拿八人轎也抬不出我去了[14]。」寶玉笑道：「你這裡長遠了，不怕沒八人轎你坐。」襲人冷笑道：「這我可不稀罕的。有那個福氣，沒有那個道理，縱坐了也沒趣兒。」

二人正說著，只見秋紋走進來，說：「三更天了，該睡了。方才老太太打發嬤嬤來問，我答應睡了。」寶玉命取錶來看時，果然針已指到子初二刻了，方重新盥漱，寬衣安歇，不在話下。

至次日清晨，襲人起來，便覺身體發重，頭疼目脹，四肢火熱。先時還扎掙得住，次後捱不住，只要睡，因而和衣躺在炕上。寶玉忙回了賈母，傳醫診視，——說道：「不過偶感風寒，吃一兩劑藥疏散疏散就好了。」開方去後，令人取藥來煎好，剛服下去，命他蓋上被窩渥汗，寶玉自去黛玉房中來看視。

彼時黛玉自在床上歇午，丫鬟們皆出去自便，滿屋內靜悄悄的。寶玉揭起繡線軟簾，進入裡間，只見黛玉睡在那裡，忙上來推他道：「好妹妹，才吃了飯，又睡覺！」將黛玉喚醒。黛玉見是寶玉，因說道：「你且出去逛逛，我前兒鬧了一夜，今兒還沒歇過來，渾身痠疼。」寶玉道：「痠疼事小，睡出來的病大，我替你解悶兒，混過困去就好了。」黛玉只合著眼，說道：「我不困，只略歇歇兒，你且別處去鬧會子再來。」寶玉推他道：「我往那裡去呢，見了別人就怪膩的。」

黛玉聽了，「嗤」的一笑道：「你既要在這裡，那邊去老老實實的坐著，咱們說話兒。」寶玉道：「我也歪著。」黛玉道：「你就歪著。」寶玉道：「沒有枕頭，咱們在一個枕頭上罷。」黛玉道：「放屁！外頭不是枕頭？拿一個來枕著。」寶玉出至外間，看了一看，回來笑道：「那個我不要，也不知是那個腌臢老婆子的。」黛玉聽了，睜開眼，起身笑道：「真真你就是我命中的『魔星』，——請枕這一個！」說著，將自己枕的推給寶玉，又起身將自己的再拿了一個來枕上，二人對著臉兒躺下。

黛玉一回眼，看見寶玉左邊腮上有鈕扣大小的一塊血跡，便欠身湊近前來，以手撫之細看道：「這又是誰的指甲劃破了？」寶玉倒身，一面躲，一面笑道：「不是劃的，只怕是才剛替他們淘澄胭脂膏子濺上了一點兒。」說著，便找絹子要擦。黛玉便用自己的絹子替他擦了，咂著嘴兒說道：「你又幹這些事了。——幹也罷了，必定還要帶出幌子來。就是舅舅看不見，別人看見了，又當作奇怪事新鮮話兒去學舌討好兒，吹到舅舅耳朵裡，大家又該不得心淨了。」

寶玉總沒聽見這些話，只聞見一股幽香，卻是從黛玉袖中發出，聞之令人醉魂酥骨。寶玉一把便將黛玉的衣袖拉住，要瞧瞧籠著何物。黛玉笑道：「這時候誰帶什麼香呢？」寶玉笑道：「那麼著，這香是那裡來的？」黛玉道：「連我也不知道，想必是櫃子裡頭的香氣薰染的，也未可知。」寶玉搖頭道：「未必。這香的氣味奇怪，不是那些香餅子、香球子、香袋兒的香。」黛玉冷笑道：「難道我也有什麼『羅漢』[15]『真人』給我些奇香不成？就是得了奇香，也沒有親哥哥親兄弟弄了花兒、朵兒、霜兒、雪兒替我炮製。我有的是那些俗香罷了！」

寶玉笑道：「凡我說一句，你就拉上這些。不給你個利害也不知道，從今兒可不饒你了！」說著翻身起來，將兩隻手呵了兩口，便伸向黛玉膈肢窩內兩脅下亂撓。黛玉素性觸癢不禁，見寶玉兩手伸來亂撓，便笑得喘不過氣來，口裡說：「寶玉！你再鬧，我就惱了。」寶玉方住了手，笑問道：「你還說這些不說了？」黛玉笑道：「再不敢了。」一面理鬢笑道：「我有奇香，你有『暖香』沒有？」

寶玉見問，一時解不來，因問：「什麼『暖香』？」黛玉點頭笑嘆道：「蠢才，蠢才！你有玉，人家就有金來配你；人家有『冷香』，你就沒有『暖香』去配他？」寶玉方聽出來，因笑道：「方才告饒，如今更說狠了！」說著又要伸手。黛玉忙笑道：「好哥哥，我可不敢了。」寶玉笑道：「饒你不難，只把袖子我聞一聞。」說著便拉了袖子籠在面上，聞個不住。黛玉奪了手道：「這可該去了。」寶玉笑道：「要去不能。咱們斯斯文文的躺著說話兒。」說著復又躺下，黛玉也躺下，用絹子蓋上臉。

寶玉有一搭沒一搭的說些鬼話，黛玉總不理。寶玉問他幾歲上京，路上見何景致，揚州有何古蹟，土俗民風如何，黛玉不答。寶玉只怕他睡出病來，便哄他道：「噯喲！你們揚州衙門裡有一件大故事，你可知道麼？」黛玉見他說得鄭重，又且正言厲色，只當是真事，因問：「什麼事？」寶玉見問，便忍著笑，順口謅道：「揚州有一座黛山，山上有個林子洞……」黛玉笑道：「這就扯謊，自來也沒聽見這山。」寶玉道：「天下山水多著呢，你那裡都知道？等我說完了你再批評。」黛玉道：「你說。」寶玉又謅道：

「林子洞裡原來有一群耗子精。那一年臘月初七老耗子升座議事，說：『明兒是臘八兒了，世上的人都熬臘八粥，如今我們洞裡果品短少，須得趁此打劫些個來才好。』乃拔令箭一支，遣了個能幹小耗子去打聽。小耗子回報：『各處都打聽了，惟有山下廟裡果米最多。』老耗子便問：『米有幾樣？果有幾品？』小耗子道：『米豆成倉。果品卻只有五樣：一是紅棗，二是栗子，三是落花生，四是菱角，五是香芋。』

老耗子聽了大喜，即時拔了一支令箭，問：『誰去偷米？』一個耗子便接令去偷米。又拔令箭問：『誰去偷豆？』又一個耗子接令去偷豆。然後一一的都各領令去了，只剩下香芋。因又拔令箭問：『誰去偷香芋？』只見一個極小極弱的小耗子應道：『我願去偷香芋。』

老耗子和眾耗見他這樣，恐他不諳練[16]，又怯懦無力，不准他去。小耗子道：『我雖年小身弱，卻是法術無邊，口齒伶俐，機謀深遠。這一去，管比他們偷得還巧呢！』眾耗子忙問：『怎麼比他們巧呢？』小耗子道：『我不學他們直偷，我只搖身一變，也變成個香芋，滾在香芋堆裡，叫人瞧不出來，卻暗暗兒的搬運，漸漸的就搬運盡了；這不比直偷硬取的巧嗎？』

眾耗子聽了，都說：『妙卻妙，只是不知怎麼變？你先變個我們瞧瞧。』小耗子聽了，笑道：『這個不難，等我變來。』說畢，搖身說：『變。』竟變了一個最標致美貌的小姐。眾耗子忙笑說：『錯了，錯了！原說變果子，怎麼變出個小姐來了呢？』小耗子現了形笑道：『我說你們沒見世面，只認得這果子是香芋，卻不知鹽課林老爺的小姐才是真正的「香玉」呢。』」

黛玉聽了，翻身爬起來，按著寶玉笑道：「我把你這個爛了嘴的！我就知道你是編派[17]我呢。」說著便擰。寶玉連連央告：「好妹妹，饒了我罷，再不敢了！我因為聞見你的香氣，忽然想起這個故典來。」黛玉笑道：「饒罵了人，你還說是故典呢！」

一語未了，只見寶釵走來，笑問：「誰說故典呢？我也聽聽。」黛玉忙讓坐，笑道：「你瞧瞧，還有誰？他饒罵了，還說是故典。」寶釵笑道：「哦！是寶兄弟喲！怪不得他。他肚子裡的故典本來多麼！——就只是可惜一件，該用故典的時候兒他就偏忘了。有今兒記得的，前兒夜裡的芭蕉詩就該記得呀！眼面前兒的倒想不起來。別人冷得了不得，他只是出汗。這會子偏又有了記性了！」黛玉聽了笑道：「阿彌陀佛！到底是我的好姐姐。你一般也遇見對子[18]了。可知一還一報，不爽不錯的。」剛說到這裡，只聽寶玉房中一片聲吵嚷起來。未知何事，下回分解。

■校記

❶「弟兄子姪，互為獻酬；姐妹婢妾，共相笑語」，諸本作「滿街上個都讚好熱鬧戲，別人家斷不能有的」。

❷「鬼混」，諸本作「說笑」。

❸「正在得趣，故此呻吟」，諸本無此八字。按上文「一片喘息之聲」亦但作「呻吟之聲」。

❹「今兒可盡力兒瞧瞧。再瞧什麼稀罕物兒，也不過是這麼著了」，「瞧瞧」諸本皆作「瞧了」。若依「了」字，似當以「瞧了再瞧」為句。今但從乙本原文點斷。

❺「其實又不難了」，「難」原作「能」，從脂本改。藤本、王本作「必」。

❻「嘴裡混批」，諸本作「批駁誚謗」。

❼「混批評」，諸本作「亂說那些混話」。

■注釋

1 **〔花解語〕** 解，作「能」講。花解語，即能說話的花，比喻指花襲人能說會道，口齒伶俐。

2 **〔椒房〕** 漢代后妃所住的宮殿，用花椒和泥塗壁，取其溫暖有香氣，兼有多子之意。後常用「椒房」泛指後宮或后妃的代稱。

3 **〔「丁郎認父」〕** 演的是明代杜文學因受嚴嵩迫害，和前妻之子丁郎，經一番波折，終於在胡丞相府中，父子相認的故事。見「川劇傳統劇本匯編」、「河南傳統劇目匯編」。

4 **〔「黃伯央大擺陰魂陣」〕** 演的是樂毅圖齊的故事。齊國孫臏和燕國樂毅對敵，樂毅請師父黃伯央（又名：黃伯揚）下山，設迷魂陣，孫臏被困。孫的師父鬼谷子下山，破了迷魂陣。見「七國春秋平話」下卷。

5 〔「姜太公斬將封神」〕是根據神話小說「封神演義」改編的劇本。姜太公，即呂尚，字子牙。因輔助西周滅商有功，封於齊，稱太公。

6 〔號佛行香〕號佛，大聲念佛。行香，燒香拜佛的儀式。

7 〔獻酬〕給人敬酒叫獻，向上回敬叫酬。

8 〔什麼阿物兒〕如同說「什麼東西」，是卑視的口氣。

9 〔家生子〕婢僕的子孫，仍須世代在主子家作婢僕，稱為家生子。

10 〔賣倒的死契〕舊時婦女被賣作婢妾有「死門」、「活門」的分別。「死門」是和娘家永斷一切關係；「活門」號稱是可以有往來或可以贖回的。

11 〔箴（ㄓㄣ／zhēn）規〕勸告、規勸。

12 〔祿蠹（ㄉㄨˋ／dù）〕蠹，蛀蟲。寶玉把那些追名逐利，一心向上爬的人稱為蛀蟲。

13 〔明明德〕闡明發揚完美的德行。第一個「明」作動詞，是闡明發揚的意思；第二個「明」是完美。語出「禮記．大學」。

14 〔八人轎句〕當時八人抬的轎子本是「高官」所坐，還有民間的「正式」結婚也用。這裡指娶作「正妻」。

15 〔羅漢〕梵語，阿羅漢的省稱，是佛教對某種得道者的稱呼，地位次於菩薩。

16 〔諳（ㄢ／ān）練〕懂事、熟悉、熟練。

17 〔編派〕背地裡捏造、形容別人的行動或狀態作為譏誚，較「誣蔑」的意思略輕。

18 〔對子〕這裡指「對手」。

【第二十回】王熙鳳正言彈妒意　林黛玉俏語謔[1]嬌音

話說寶玉在黛玉房中說「耗子精」，寶釵撞來，諷刺寶玉元宵不知「綠蠟」之典，三人正在房中互相取笑。那寶玉恐黛玉飯後貪眠，一時存了食，或夜間走了困，身體不好；幸而寶釵走來，大家談笑，那黛玉方不欲睡，自己才放了心。忽聽他房中嚷起來，大家側耳聽了一聽，黛玉先笑道：「這是你嬤嬤和襲人叫喚呢。那襲人待他也罷了，你嬤嬤再要認真排揎[2]她，可見老背晦[3]了。」

寶玉忙欲趕過去，寶釵一把拉住道：「你別和你嬤嬤吵才是呢！他是老糊塗了，倒要讓他一步兒的是。」寶玉道：「我知道了。」說畢，走來，只見李嬤嬤拄著拐杖，在當地罵襲人：「忘了本的小娼婦兒！我抬舉起你來，這會子我來了，你大模廝樣兒的躺在炕上，見了我也不理一理兒。一心只想裝狐媚子哄寶玉，哄得寶玉不理我，只聽你的話。你不過是幾兩銀子買了來的小丫頭子罷咧，這屋裡你就作起耗[4]來了！，好不好的，拉出去配一個小子，看你還妖精似的哄人不哄！」襲人先只道李嬤嬤不過因他躺著生氣，少不得分辯說：「病了，才出汗，蒙著頭，原沒看見你老人家。」後來聽見他說「哄寶玉」，又說「配小子」等，由不得又羞又委屈，禁不住哭起來了。

寶玉雖聽了這些話，也不好怎樣，少不得替他分辯說：「病了，吃藥……」又說：「你不信，只問別的丫頭。」李嬤嬤聽了這話，越發氣起來了，說道：「你只護著那起狐狸，那裡還認得我了呢？叫我問誰去？誰不幫著你呢？誰不是襲人拿下馬來[5]的？我都知道那些事！我只和你到老太太、太太跟前去講講：把你奶了這麼大，到如今吃不著奶了，把我扔在一邊兒，逞[6]著丫頭們要我的強！」一面說，一面哭。

彼時黛玉寶釵等也過來勸道：「嬤嬤，你老人家擔待他們些就完了。」李嬤嬤見他二人來了，便訴委屈，將當日吃茶、茜雪出去，和昨日酥酪等事，嘮嘮叨叨，說個不了。

可巧鳳姐正在上房算了輸贏賬，聽見後面一片聲嚷，便知是李嬤嬤老病發了，又值他今兒輸了錢，遷怒於人，排揎寶玉的丫頭，便連忙趕過來，拉了李嬤嬤，笑道：「嬤嬤別生氣。大節下，老太太剛喜歡了一日個。你是個老人家，別人吵，你還要管他們才是；難道你倒不知規矩，在這裡嚷起來，叫老太太生氣不成？你說誰不好，我替你打他。我屋裡燒的滾熱的野雞，快跟了我喝酒去罷。」一面說，一面拉著走，又叫：「豐兒，替你李奶奶拿著拐棍子、擦眼淚的絹子。」那李嬤嬤腳不沾地，跟了鳳姐兒走了，一面還說：「我也不要這老命了，索性今兒沒了規矩，鬧一場子，討個沒臉，強似受那些娼婦的氣！」後面寶釵黛玉見鳳姐兒這般，都拍手笑道：「虧他這一陣風來，把個老婆子撮了去了。」

寶玉點頭嘆道：「這又不知是那裡的賬，只揀軟的欺負！又不知是那個姑娘得罪了，上在他賬上了——」一句未完，晴雯在旁說道：「誰又沒瘋了，得罪他作什麼？既得罪了他，就有本事承任，犯不著帶累別人！」襲人一面哭，一面拉著寶玉道：「為我得罪了一個老奶奶，你這會子又為我得罪這些人，這還不夠我受的？還只是拉扯人！」寶玉見他這般病勢，又添了這些煩惱，連忙忍氣吞聲，安慰他仍舊睡下出汗。又見他湯燒火熱，自己守著他，歪在旁邊勸他：「只養病，別想那些沒要緊的事。」襲人冷笑道：「要為這些事生氣，這屋裡一刻還住得了？但只是天長日久，盡著這麼鬧，可叫人怎麼過呢！你只顧一時為我得罪了人，他們都記在心裡，遇著坎兒，說得好說不好聽的，大家什麼意思呢？」一面說，一面禁不住流淚——又怕寶玉煩惱，只得又勉強忍著。

一時雜使的老婆子端了二和藥[7]來。寶玉見他才有點汗兒，便不叫他起來，自己端著給他就枕上吃了，即令小丫鬟們鋪炕。襲人道：「你吃飯不吃飯，到底老太太、太太跟前坐一會子，和姑娘們玩一會子，再回來。我就靜靜的躺一躺也好啊。」寶玉聽說，只得依他，看著他去了簪環躺下，才去上屋裡跟著賈母吃飯。

飯畢，賈母猶欲和那幾個老管家的嬤嬤鬥牌。寶玉惦記襲人，便回至房中，見襲人矇矓睡去。自己要睡，天氣尚早。彼時晴雯、綺霞、秋紋、碧痕都尋熱鬧找鴛鴦琥珀等耍戲去了。見麝月一人在外間屋裡燈下抹骨牌。寶玉笑道：「你怎麼不和他們去？」麝月道：「沒有錢。」寶玉道：「床底下堆著錢，還不夠你輸的？」麝月道：「都樂去了，這屋子交給誰呢？那一個又病了，滿屋裡上頭是燈，下頭是火；那些老婆子們都『老天拔地』[8]，伏侍了一天，也該叫他們歇歇兒了；小丫頭們也伏侍了一天，這會子還不叫玩玩兒去嗎？——所以我在這裡看著。」

寶玉聽了這話，公然又是一個襲人了。因笑道：「我在這裡坐著，你放心去罷。」麝月道：「你既在這裡，越發不用去了。咱們兩個說話兒不好？」寶玉道：「咱們兩個作什麼呢？怪沒意思……。也罷了，早起你說頭上癢癢，這會子沒什麼事，我替你篦頭罷。」

麝月聽了道：「使得。」說著，將文具鏡匣搬來，卸去釵環，打開頭髮，寶玉拿了篦子替他篦。

只篦了三五下兒，見晴雯忙忙走進來取錢，一見他兩個，便冷笑道：「哦！交杯盞兒還沒吃，就上了頭了[9]！」寶玉笑道：「你來，我也替你篦篦。」晴雯道：「我沒這麼大造化！」說著，拿了錢，摔了簾子，就出去了。

寶玉在麝月身後，麝月對鏡，二人在鏡內相視而笑。寶玉笑著道：「滿屋裡就只是他磨牙。」麝月聽說，忙向鏡中擺手兒，寶玉會意。忽聽「唿」一聲簾子響，晴雯又跑進來問道：「我怎麼磨牙了？咱們倒得說說！」麝月笑道：「你去你的罷，又來拌嘴兒了。」晴雯也笑道：「你又護著他了！你們瞞神弄鬼的，打量我都不知道呢！等我撈回本兒來再說。」說著，一徑去了。這裡寶玉通了頭，命麝月悄悄的伏侍他睡下，不肯驚動襲人。一宿無話。

次日清晨，襲人已是夜間出了汗，覺得輕鬆了些，只吃些米湯靜養。寶玉才放了心。因飯後走到薛姨媽這邊來閑逛。

彼時正月內，學房中放年學，閨閣中忌針黹，都是閑時，因賈環也過來玩。正遇見寶釵、香菱、鶯兒三個趕圍棋作耍。賈環見了也要玩。寶釵素日看他也如寶玉，並沒他意；今兒聽他要玩，讓他上來，坐在一處玩，一注十個錢。頭一回，自己贏了，心中十分喜歡。誰知後來接連輸了幾盤，就有些著急。趕著這盤正該自己擲骰子，若擲個七點便贏了，若擲個六點也該贏，擲個三點就輸了。因拿起骰子來狠命一擲，一個坐定了二，那一個亂轉。鶯兒拍著手兒叫「么！」賈環便瞪著眼，「六！」「七！」「八！」混叫。那骰子偏生轉出么來。賈環急了，伸手便抓起骰子來，就要拿錢，說是個四點。鶯兒便說：「分明是個么！」

寶釵見賈環急了，便瞅了鶯兒一眼，說道：「越大越沒規矩！難道爺們還賴你？還不放下錢來呢。」鶯兒滿心委屈，見姑娘說，不敢出聲，只得放下錢來，口內嘟囔說：「一個作爺的，還賴我們這幾個錢，——連我也瞧不起！前兒和寶二爺玩，他輸了那些，也沒著急，下剩的錢還是幾個小丫頭子們一搶，——他一笑就罷了。」寶釵不等說完，連忙喝住了。賈環道：「我拿什麼比寶玉？你們怕他，都和他好，都欺負我不是太太養的！」說著便哭。寶釵忙勸他：「好兄弟，快別說這話，人家笑話。」又罵鶯兒。

正值寶玉走來，見了這般景況，問：「是怎麼了？」賈環不敢則聲。寶釵素知他家規矩：凡作兄弟的怕哥哥。卻不知那寶玉是不要人怕他的。他想著：「兄弟們一併都有父母教訓，何必我多事，反生疏了。況且我是正出，他是庶出，饒這樣看待，還有人背後談論，還禁得轄治了他？」更有個呆意思存在心裡。你道是何呆意？因他自幼姐妹叢中長大，親姐妹有元春探春，叔伯的有迎春惜春，親戚中又有湘雲、黛玉、寶釵等人，他便料定天地間靈淑之氣，只鍾於女子，男兒們不過是些渣滓濁沫而已。因此把一切男子都看成濁物，可有可無。只是父親、伯叔、兄弟之倫，因是聖人遺訓，不敢違忤[1]，所以弟兄間亦不過盡其大概就罷了，並不想，自己是男子，需要為子弟之表率。是以賈環等都不甚怕他，只因怕賈母不依，才只得讓他三分。

現今寶釵生怕寶玉教訓他，倒沒意思，便連忙替賈環掩飾。寶玉道：「大正月裡，哭什麼？這裡不好，到別處玩去。你天天念書，倒念糊塗了。譬如這件東西不好，橫豎那一件好，就捨了這件取那件。難道你守著這件東西哭會子就好了不成？你原是要取樂兒，倒招得自己煩惱，還不快去呢。」賈環聽了，只得回來。

趙姨娘見他這般，因問：「又那裡墊了踹窩[11]來了？」賈環便說：「同寶姐姐玩來著。鶯兒欺負我，賴我的錢；寶玉哥哥攆了我來了。」趙姨娘啐道：「誰叫你上高臺盤了？下流沒臉的東西！那裡玩不得？誰叫你跑了去討這沒意思？」正說著，可巧鳳姐在窗外過，都聽到耳內，便隔著窗戶說道：「大正月裡，怎麼了？兄弟們小孩子家，一半點兒錯了，你只教導他，說這樣話作什麼？憑他怎麼著，還有老爺太太管他呢，就大口家啐他？他現是主子，不好，橫豎有教導他的人，與你什麼相干？——環兄弟，出來！跟我玩去。」

賈環素日怕鳳姐，比怕王夫人更甚，聽見叫他，便趕忙出來。趙姨娘也不敢出聲。鳳姐向賈環道：「你也是個沒性氣的東西呦！時常說給你：要吃，要喝，要玩，你愛和那個姐姐妹妹哥哥嫂子玩，就和那個玩。你總不聽我的話。倒叫這些人教得你歪心邪意、狐媚魘道[12]的。自己又不尊重，要往下流裡走，安著壞心，還只怨人家偏心呢。輸了幾個錢，就這麼個樣兒！」因問賈環：「你輸了多少錢？」賈環見問，只得諾諾的說道：「輸了一二百錢。」鳳姐啐道：「虧了你還是個爺，輸了一二百錢就這麼著！」回頭叫：「豐兒，去取一吊錢來；姑娘們都在後頭玩呢，把他送了去。——你明兒再這麼狐媚子，我先打了你，再叫人告訴學裡，皮不揭了你的！為你這不尊貴，你哥哥恨得牙癢癢，不是我攔著，窩心腳把你的腸子還窩出來呢！」喝令「去罷！」賈環諾諾的，跟了豐兒，得了錢，自去和迎春等玩去，不在話下。

且說寶玉正和寶釵玩笑，忽見人說：「史大姑娘來了。」寶玉聽了，連忙就走，寶釵笑道：「等著，咱們兩個一齊兒走，瞧瞧他去。」說著，下了炕，和寶玉來至賈母這邊。只見史湘雲大說大笑的，見了他兩個，忙站起來問好。正值黛玉在旁，因問寶玉：「打那裡來？」寶玉便說：「打寶姐姐那裡來。」黛玉冷笑道：「我說呢！虧了絆住，不然，早就飛了來了。」寶玉道：「只許和你玩，替你解悶兒；不過偶然到他那裡，就說這些閑話。」黛玉道：「好沒意思的話！去不去，管我什麼事？又沒叫你替我解悶兒！——還許你從此不理我呢！」說著，便賭氣回房去了。

寶玉忙跟了來，問道：「好好兒的又生氣了；就是我說錯了，你到底也還坐坐兒，合別人說笑一會子啊。」黛玉道：「你管我呢！」寶玉笑道：「我自然不敢管你，只是你自己糟蹋壞了身子呢。」黛玉道：「我作踐了我的身子，我死我的，與你何干？」寶玉道：「何苦來？大正月裡，『死』了『活』了的。」黛玉道：「偏說『死』！我這會子就死！你怕死，你長命百歲的活著！好不好？」寶玉笑道：「要像只管這麼鬧，我還怕死嗎？倒不如死了乾淨。」黛玉忙道：「正是了，要是這樣鬧，不如死了乾淨！」寶玉道：「我說自家死了乾淨，別錯聽了話，又賴人。」正說著，寶釵走來，說：「史大妹妹等你呢。」說著，便拉寶玉走了。這黛玉越發氣悶，只向窗前流淚。

沒兩盞茶時，寶玉仍來了。黛玉見了，越發抽抽搭搭❷的哭個不住。寶玉見了這樣，知難挽回，打疊[13]起百樣的款語溫言來勸慰。不料自己沒張口，只見黛玉先說道：「你又來作什麼？死活憑我去罷了！橫豎如今有人和你玩；比我又會念，又會作，又會寫，又會說會笑，——又怕你生氣，拉了你去哄著你。你又來作什麼呢？」寶玉聽了，忙上前悄悄的說道：「你這麼個明白人，難道連『親不隔疏，後不僭先』[14]也不知道？我雖糊塗，卻明白這兩句話。頭一件，咱們是姑舅姐妹，寶姐姐是兩姨姐妹，論親戚也比你遠。第二件，你先來，咱們兩個一桌吃，一床睡，從小兒一處長大的，他是才來的，豈有個為他遠你的呢？」黛玉啐道：「我難道叫你遠他？我成了什麼人了呢？——我為的是我的心！」寶玉道：「我也為的是我的心。你難道就知道你的心，不知道我的心不成？」

黛玉聽了，低頭不語，半日說道：「你只怨人行動嗔怪你，你再不知道你慪得人難受。就拿今日天氣比，分明冷些，怎麼你倒脫了青肷披風[15]呢？」寶玉笑道：「何嘗沒穿？見你一惱，我一暴躁，就脫了。」黛玉嘆道：「回來傷了風，又該訛著吵吃的了❸。」

二人正說著，只見湘雲走來，笑道：「愛哥哥，林姐姐，你們天天一處玩，我好容易來了，也不理我理兒。」黛玉笑道：「偏是咬舌子愛說話，連個『二』哥哥也叫不上來，只是『愛』哥哥『愛』哥哥的。回來趕圍棋兒，又該你鬧么『愛』三了。」寶玉笑道：「你學慣了，明兒連你還咬起來呢。」

湘雲道：「他再不放人一點兒，專會挑人。就算你比世人好，也不犯見一個打趣一個。我指出個人來，你敢挑他，我就服你。」黛玉便問：「是誰？」湘雲道：「你敢挑寶姐姐的短處，就算你是個好的。」黛玉聽了冷笑道：「我當是誰，原來是他！我可那裡敢挑他呢？」寶玉不等說完，忙用話分開。

湘雲笑道：「這一輩子我自然比不上你。我只保佑著明兒得一個咬舌兒林姐夫，時時刻刻你可聽『愛』呀『厄』的去！阿彌陀佛，那時才現在我眼裡呢！」說得寶玉一笑❹，湘雲忙回身跑了。要知端詳，且聽下回分解。

■校記

❶「不敢違忤」，諸本此下皆有「只得聽他幾句」六字。

❷「抽抽搭搭」，藤本、王本作「抽抽噎噎」。

❸「訛著吵吃的了」，「訛」諸本作「餓」。

❹「說得寶玉一笑」，甲本作「說得眾人一笑」，餘本作「說得眾人大笑」。

■注釋

1〔謔（ㄋㄩㄝˋ／nuè）〕　這裡指開玩笑。

2〔排揎〕　數落、責備的意思。

3〔背晦〕　指年老的人神志糊塗。

4〔作起耗〕　製造禍端，有意的搗亂或生事、胡鬧的意思。

5〔拿下馬來〕　降服。

6〔逞〕　帶有鼓勵作用的縱任。第二十一回「興得他」的「興」與此同義。

7〔二和（ㄏㄨㄛˋ／hwò）藥〕　中藥服法，普通湯藥是用水煎藥，澄出藥湯，叫作「頭煎藥」或「頭和藥」，先服；原藥材再加水煎，再澄出，叫作「二煎藥」或「二和藥」，續服。

8〔老天拔地〕　老態龍鍾的樣子。

9〔交杯盞二句〕　古時婚禮，新郎新婦交換著飲兩杯酒，叫作「交杯」，新郎為新婦改梳髮髻和加簪飾物叫作「上頭」。下文「通頭」是指梳通頭髮。

10〔違忤（ㄨˇ／wǔ）〕不順從。

11〔墊了踹窩〕第二十一回又作「墊喘兒」，也說「替人墊被」。意思是指供人犧牲，代人受過。

12〔狐媚魘（ㄧㄢˇ／yǎn）道〕迷惑人的歪門邪道。狐媚，傳說狐狸善於變幻形象迷惑人。魘，夢魘，夢中遇到可怕的事而驚叫。

13〔打疊〕安排。

14〔親不隔疏，後不僭（ㄐㄧㄢˋ／jiàn）先〕隔，間隔，隔開；僭，超越，以下越上，以後越先。這句是說，關係親密的人在關係疏遠的第三者面前，不要使其感到冷淡；後來的人不會超越先來的人。

15〔青肷（ㄑㄧㄢˇ／qiǎn）披風〕青肷，青狐腋。披風，斗篷。這裡指青狐腋作的皮斗篷。

【第二十一回】

賢襲人嬌嗔箴[1]寶玉　俏平兒軟語救賈璉

話說史湘雲說著笑著跑出來，怕黛玉趕上。寶玉在後忙說：「絆倒了！那裡就趕上了？」黛玉趕到門前，被寶玉叉手在門框上攔住，笑道：「饒他這一遭兒罷。」黛玉拉著手說道：「我要饒了雲兒，再不活著！」湘雲見寶玉攔著門，料黛玉不能出來，便立住腳，笑道：「好姐姐，饒我這遭兒罷！」恰值寶釵來在湘雲身背後，也笑道：「我勸你們兩個看寶兄弟面上，都撂開手罷。」黛玉道：「我不依。你們是一氣的，都來戲弄我。」寶玉勸道：「罷喲[2]！誰敢戲弄你？你不打趣他，他就敢說你了？」四人正難分解，有人來請吃飯，方往前邊來。那天已掌燈時分，王夫人、李紈、鳳姐、迎探惜姐妹等，都往賈母這邊來，大家閑話了一回，各自歸寢。湘雲仍往黛玉房中安歇。

寶玉送他二人到房，那天已二更多了，襲人來催了幾次方回。次早，天方明時，便披衣靸[3]鞋往黛玉房中來了，卻不見紫鵑翠縷二人，只有他姐妹兩個尚臥在衾內。那黛玉嚴嚴密密裹著一幅杏子紅綾被，安穩合目而睡。湘雲卻一把青絲，拖於枕畔；一幅桃紅紬被，只齊胸蓋著，襯著那一彎雪白的膀子，撂在被外，上面明顯著兩個金鐲子。寶玉見了嘆道：「睡覺還是不老實！回來風吹了，又嚷肩膀疼了。」一面說，一面輕輕的替他蓋上。

黛玉早已醒了，覺得有人，就猜是寶玉，翻身一看，果然是他。因說道：「這早晚就跑過來作什麼？」寶玉說道：「這還早呢！你起來瞧瞧罷。」黛玉道：「你先出去，讓我們起來。」

寶玉出至外間。黛玉起來，叫醒湘雲，二人都穿了衣裳。寶玉又復進來，坐在鏡臺旁邊。只見紫鵑翠縷進來伏侍梳洗。湘雲洗了臉，翠縷便拿殘水要潑。寶玉道：「站著，我就勢兒洗了就完了，省了又過去費事。」說著，便走過來，彎著腰洗了兩把。紫鵑遞過香肥皂去，寶玉道：「不用了，這盆裡就不少了。」又洗了兩把，便要手巾。翠縷撇嘴笑道：「還是這個毛病兒❶。」

寶玉也不理他，忙忙的要青鹽擦了牙，漱了口，完畢，見湘雲已梳完了頭，便走過來笑道：「好妹妹，替我梳梳呢。」湘雲道：「這可不能了。」寶玉笑道：「好妹妹，你先時候兒怎麼替我梳了呢？」湘雲道：「如今我忘了，不會梳了。」寶玉道：「橫豎我不出門，不過打幾根辮子就完了。」說著，又千「妹妹」萬「妹妹」的央告。湘雲只得扶過他的頭來梳篦。原來寶玉在家並不戴冠，只將四圍短髮編成小辮，往頂心髮上歸了總，編一根大辮，紅條[4]結住。自髮頂至辮梢，一路四顆珍珠，下面又有金墜腳兒。湘雲一面編著，一面說道：「這珠子只三顆了，這一顆不是了，我記得是一樣的，怎麼少了一顆？」寶玉道：「丟了一顆。」湘雲道：「必定是外頭去，掉下來，叫人揀了去了。倒便宜了揀的了。」黛玉旁邊冷笑道：「也不知是真丟，也不知是給了人鑲什麼戴去了呢！」寶玉不答，因鏡臺兩邊都是妝奩等物，順手拿起來賞玩，不覺拈起了一盒子胭脂，意欲往口邊送，又怕湘雲說。正猶豫間，湘雲在身後伸過手來，「啪」的一下將胭脂從他手中打落，說道：「不長進的毛病兒！多早晚才改呢？」

一語未了，只見襲人進來，見這光景，知是梳洗過了，只得回來自己梳洗。忽見寶釵走來，因問：「寶兄弟那裡去了？」襲人冷笑道：「『寶兄弟』那裡還有在家的工夫！」寶釵聽說，心中明白。襲人又嘆道：「姐妹們和氣，也有個分寸兒❷，也沒個黑家白日鬧的！憑人怎麼勸，都是耳旁風。」寶釵聽了，心中暗忖道：「倒別看錯了這個丫頭，聽他說話，倒有些識見。」寶釵便在炕上坐了，慢慢的閑言中，套問他年紀家鄉等語。留神窺察其言語志量，深可敬愛。

一時寶玉來了，寶釵方出去。寶玉便問襲人道：「怎麼寶姐姐和你說得這麼熱鬧，見我進來就跑了？」問一聲不答。再問時，襲人方道：「你問我嗎？我不知道你們的緣故。」寶玉聽了這話，見他臉上氣色非往日可比，便笑道：「怎麼又動了氣了呢？」襲人冷笑道：「我那裡敢動氣呢？只是你從今別進這屋子了，橫豎有人伏侍你，再不必來支使我。我仍舊還伏侍老太太去。」一面說，一面便在炕上合眼倒下。

寶玉見了這般景況，深為駭異，禁不住趕來央告❸。那襲人只管合著眼不理。寶玉沒了主意，因見麝月進來，便問道：「你姐姐怎麼了？」麝月道：「我知道麼？問你自己就明白了。」寶玉聽說，呆了一回，自覺無趣，便起身嘆道：「不理我罷！我也睡去。」說著，便起身下炕，到自己床上睡下。

襲人聽他半日無動靜，微微的打齁[5]，料他睡著，便起來拿了一領斗篷來替他蓋上。

秋紋、蕙香

只聽「唿」的一聲，寶玉便掀過去，仍合著眼裝睡。襲人明知其意，便點頭冷笑道：「你也不用生氣，從今兒起，我也只當是個啞巴，再不說你一聲兒了，好不好？」寶玉禁不住起身問道：「我又怎麼了？你又勸我。你勸也罷了；剛才又沒勸，我一進來，你就不理我，賭氣睡了，我還摸不著是為什麼。這會子你又說我惱了！我何嘗聽見你勸我的是什麼話呢？」襲人道：「你心裡還不明白？還等我說呢！」

正鬧著，賈母遣人來叫他吃飯，方往前邊來，胡亂吃了一碗，仍回自己房中。只見襲人睡在外頭炕上，麝月在旁抹牌。寶玉素知他兩個親厚，並連麝月也不理，揭起軟簾，自往裡間來。麝月只得跟進來。寶玉便推他出去，說：「不敢驚動。」麝月便笑著出來，叫了兩個小丫頭進去。

寶玉拿了本書，歪著看了半天，因要茶，抬頭見兩個小丫頭在地下站著，那個大兩歲清秀些的❹，寶玉問他道：「你不是叫什麼『香』嗎？」那丫頭答道：「叫『蕙香』。」寶玉又問：「是誰起的名字？」蕙香道：「我原叫『芸香』，是花大姐姐改的。」寶玉道：「正經叫『晦氣』也罷了，又『蕙香』咧！你姐兒幾個？」蕙香道：「四個。」寶玉道：「你第幾個？」蕙香道：「第四。」寶玉道：「明日就叫『四兒』，不必什麼『蕙』香『蘭』氣的。那一個配比這些花兒？沒有玷辱[6]了好名好姓的！」一面說，一面叫他倒了茶來。襲人和麝月在外間聽了半日，只管悄悄的抿著嘴兒笑。

這一日，寶玉也不出房，自己悶悶的，只不過拿書解悶，或弄筆墨，也不使喚眾人，只叫四兒答應。誰知這四兒是個乖巧不過的丫頭，見寶玉用他，他就變盡方法兒籠絡寶玉。

至晚飯後，寶玉因吃了兩杯酒，眼餳耳熱之餘，若往日則有襲人等大家嘻笑有興；今日卻冷清清的，一人對燈，好沒興趣。待要趕了他們去，又怕他們得了意，以後越來勸了；若拿出作上人的光景鎮唬他們，似乎又太無情了。說不得橫著心：「只當他們死了，橫豎自家也要過的。」如此一想，卻倒毫無牽掛，反能怡然自悅。因命四兒剪燭烹茶，自己看了一回「南華經」[7]，至外篇「胠篋」[8]一則，其文曰：

……故絕聖棄智[9]，大盜乃止；擿[10]玉毀珠，小盜不起。焚符[11]破璽[12]，而民樸鄙[13]；剖斗折衡，而民不爭；殫殘[14]天下之聖法[15]，而民始可與論議。擢亂六律[16]，鑠絕竽瑟[17]，塞瞽曠[18]之耳，而天下始人含其聰[19]矣；滅文章，散五彩，膠離朱[20]之目，而天下始人含其明矣；毀絕鉤繩，而棄規矩，攦[21]工垂[22]之指❺，而天下始人含其巧矣[23]。

看至此，意趣洋洋，趁著酒興，不禁提筆續曰：

焚花散麝[24]，而閨閣始人含其勸矣；戕[25]寶釵之仙姿，灰黛玉之靈竅，喪滅情意，而閨閣之美惡始相類矣。彼含其勸，則無參商之虞[26]矣；戕其仙姿，無戀愛之心矣；灰其靈竅，無才思之情矣。彼釵、玉、花、麝者，皆張其羅而邃[27]其穴❻，所以迷惑纏陷天下者也[28]。

續畢，擲筆就寢。頭剛著枕，便忽然睡去，一夜竟不知所之，直至天明方醒。翻身看時，只見襲人和衣睡在衾上。寶玉將昨日的事，已付之度外，便推他說道：「起來好生睡，看凍著！」

原來襲人見他無明無夜和姐妹們鬼混❼，若真勸他，料不能改，故用柔情以警之，料他不過半日片刻，仍舊好了；不想寶玉竟不回轉，自己反不得主意，直一夜沒好生睡。今忽見寶玉如此，料是他心意回轉，便索性不理他。寶玉見他不應，便伸手替他解衣，剛解開鈕子，被襲人將手推開，又自扣了。寶玉無法，只得拉他的手笑道：「你到底怎麼了？」連問幾聲，襲人睜眼說道：「我也不怎麼著。你睡醒了，快過那邊梳洗去。再遲了，就趕不上了。」寶玉道：「我過那裡去？」襲人冷笑道：「你問我，我知道嗎？你愛過那裡去就過那裡去。從今咱們兩個人撂開手，省得雞生鵝鬥❽，叫別人笑話。橫豎那邊膩了過來，這邊又有什麼『四兒』『五兒』伏侍你。我們這起東西，可是『白玷辱了好名好姓』的！」寶玉笑道：「你今兒還記著呢？」襲人道：「一百年還記著呢！比不得你，拿著我的話當耳旁風，夜裡說了，早起就忘了。」

寶玉見他嬌嗔滿面，情不可禁，便向枕邊拿起一根玉簪來，一跌兩段，說道：「我再不聽你說，就和這簪子一樣！」襲人忙得拾了簪子，說道：「大早起，這是何苦來？聽不聽在你，也不值得這麼著呀。」寶玉道：「你那裡知道我心裡的急呢？」襲人笑道：「你也知道著急麼？你可知道我心裡是怎麼著？——快洗臉去罷。」說著，二人方起來梳洗。

寶玉往上房去後，誰知黛玉走來，見寶玉不在房中，因翻弄案上書看。可巧便翻出昨兒的「莊子」來。看見寶玉所續之處，不覺又氣又笑，不禁也提筆續了一絕云：

無端[30]弄筆是何人？剿襲[31]「南華」莊子文。不悔自家無見識[32]，卻將醜語[33]詆[34]他人[35][36]！

題畢，也往上房來見賈母，後往王夫人處來。

誰知鳳姐之女大姐兒病了，正亂著請大夫診脈。大夫說：「替太太奶奶們道喜：姐兒發熱是見喜[37]了，並非別症。」王夫人鳳姐聽了，忙遣人問：「可好不好？」大夫回道：「症雖險，卻順，倒還不妨。預備桑蟲、豬尾[38]要緊。」鳳姐聽了，登時忙將起來：一面打掃房屋，供奉「痘疹娘娘」；一面傳與家人忌煎炒等物；一面命平兒打點鋪蓋衣服與賈璉隔房；一面又拿大紅尺頭給奶子丫頭親近人等裁衣裳。外面打掃淨室，款留兩位醫生，輪流斟酌診脈下藥，十二日不放家去。賈璉只得搬出外書房來安歇。鳳姐和平兒都跟王夫人日日供奉「娘娘」。

那賈璉只離了鳳姐，便要尋事，獨寢了兩夜，十分難熬，只得暫將小廝內清俊的選來出火。不想榮國府內有一個極不成材破爛酒頭[39]廚子，名叫多官兒，因他懦弱無能，人都叫他作「多渾蟲」。二年前，他父親給他娶了個媳婦，今年才二十歲，也有幾分人材，又兼生性輕薄，最喜拈花惹草。多渾蟲又不理論，只有酒有肉有錢，就諸事不管了。所以寧榮二府之人，都得入手。因這媳婦妖調異常，輕狂無比，眾人都叫他「多姑娘兒」。如今賈璉在外熬煎，往日也見過這媳婦，垂涎久了，只是內懼嬌妻，外懼孌童[40]，不曾得手，——那多姑娘兒也久有意於賈璉，只恨沒空兒；今聞賈璉挪在外書房來，他便沒事也要走三四趟，招惹得賈璉似飢鼠一般，少不得和心腹小廝❾計議，許以金帛，焉有不允之理，況都和這媳婦子是舊交，一說便成。

是夜，多渾蟲醉倒在炕，二鼓人定，賈璉便溜進來相會，一見面，早已神魂失據，也不及情談款敘，便寬衣動作起來。誰知這媳婦子有天生的奇趣：一經男子挨身，便覺遍體筋骨癱軟，使男子如臥綿上；更兼淫態浪言，壓倒娼妓。賈璉此時恨不得化在他身上。那媳婦子故作浪語，在下說道：「你們姐兒出花兒，供著娘娘，你也該忌兩日，倒為我腌臢了身子，快離了我這裡罷！」賈璉一面大動，一面喘吁吁答道：「你就是『娘娘』！那裡還管什麼『娘娘』呢！」那媳婦子越浪起來，賈璉亦醜態畢露。一時事畢，不免盟山誓海，難捨難分。自此後，遂成相契[41]。

一日，大姐毒盡癍回，十二日後送了「娘娘」，合家祭天祀祖，還願焚香，慶賀放賞已畢，賈璉仍復搬進臥室。見了鳳姐，正是俗語云：「新婚不如遠別」，是夜更有無限恩愛，自不必說。

次日早起，鳳姐往上屋裡去後，平兒收拾外邊拿進來的衣服鋪蓋，不承望枕套中抖出一綹青絲來，平兒會意，忙藏在袖內，便走到這邊房裡，拿出頭髮來，向賈璉笑道：「這是什麼東西？」賈璉一見，連忙上來要搶，平兒就跑，被賈璉一把揪住，按在炕上，從手中來奪。平兒笑道：「你這個沒良心的，我好意瞞著他來問你，你倒賭利害！等我回來告訴了，看你怎麼著？」賈璉聽說，忙陪笑央求道：「好人，你賞我罷！我再不敢利害了。」

一語未了，忽聽鳳姐聲音，賈璉此時鬆了不是，搶又不是，只叫：「好人，別叫他知道！」平兒才起身，鳳姐已走進來，叫平兒：「快開匣子，替太太找樣子。」平兒忙答應了。找時，鳳姐見了賈璉，忽然想起來，便問平兒：「前日拿出去的東西都收進來了沒有？」平兒道：「收進來了。」鳳姐道：「少什麼不少？」平兒道：「細細查了，沒少一件兒。」鳳姐又道：「可多什麼？」平兒笑道：「不少就罷了，那裡還有多出來的份兒？」鳳姐又笑道：「這十幾天，難保乾淨，或者有相好的丟下什麼戒指兒，汗巾兒，也未可定？」一席話，說得賈璉臉都黃了，在鳳姐身背後，只望著平兒「殺雞兒抹脖[42]子」的使眼色兒，求他遮蓋。平兒只裝看不見，因笑道：「怎麼我的心就和奶奶一樣！我就怕有緣故，留神搜了一搜，竟一點破綻兒都沒有。奶奶不信，親自搜搜。」鳳姐笑道：「傻丫頭！他就有這些東西，肯叫咱們搜著？」說著，拿了樣子出去了。

平兒指著鼻子，搖著頭兒，笑道：「這件事你該怎麼謝我呢？」喜得賈璉眉開眼笑，跑過來摟著，「心肝乖乖兒肉」的便亂叫起來。平兒手裡拿著頭髮，笑道：「這是一輩子的把柄兒。好便罷，不好咱們就抖出來。」賈璉笑著央告道：「你好生收著罷，千萬可別叫他知道！」嘴裡說著，瞅他不提防，一把就搶過來，笑道：「你拿著到底不好，不如我燒了就完了事了。」一面說，一面掖在靴掖子內。平兒咬牙道：「沒良心的，『過了河兒就拆橋』，明兒還想我替你撒謊呢！」

賈璉見他嬌俏動情，便摟著求歡，平兒奪手跑出來，急得賈璉彎著腰恨道：「死促狹[43]小娼婦兒！一定浪上人的火來，他又跑了。」平兒在窗外笑道：「我浪我的，誰叫你動火？難道圖你舒服，叫他知道了，又不待見[44]我呀❿。」賈璉道：「你不用怕他！等我性子上來，把這『醋罐子』打個稀爛，他才認得我呢！他防我像防賊的似的，只許他和男人說話，不許我和女人說話，我和女人說話，略近些，他就疑惑；他不論小叔子、姪兒、大

平兒

的、小的，說說笑笑，就都使得了！以後我也不許他見人！」平兒道：「他防你使得，你醋他使不得，他不籠絡著人，怎麼使喚呢？你行動就是壞心⑪，連我也不放心，別說他呀。」賈璉道：「哦！也罷了麼⑫！都是你們行的是，我行動兒就存壞心！多早晚才叫你們都死在我手裡呢。」

正說著，鳳姐走進院來，因見平兒在窗外，便問道：「要說話，怎麼不在屋裡說，又跑出來隔著窗戶鬧，這是什麼意思？」賈璉在內接口道：「你可問他麼，倒像屋裡有老虎吃他呢！」平兒道：「屋裡一個人沒有，我在他跟前作什麼？」鳳姐笑道：「沒人才便宜呢！」平兒聽說，便道：「這話是說我麼？」鳳姐便笑道：「不說你說誰？」平兒道：「別叫我說出好話來了！」說著，也不打簾子，賭氣往那邊去了。

鳳姐自己掀簾進來，說道：「平兒丫頭瘋魔了，這蹄子認真要降伏起我來了！仔細你的皮。」賈璉聽了，倒在炕上，拍手笑道：「我竟不知平兒這麼利害，從此倒服了他了。」鳳姐道：「都是你興得他，我只和你算賬就完了。」賈璉聽了啐[45]道：「你們兩個人不睦，又拿我來墊喘兒了。我躲開你們就完了。」鳳姐道：「我看你躲到那裡去！」賈璉道：「我自然有去處。」說著就走，鳳姐道：「你別走，我還有話和你說呢。」不知何事，且聽下回分解。

■校記

❶「還是這個毛病兒」，諸本此下有「多早晚才改呢」六字。
❷「分寸兒」，諸本作「分寸禮節」。
❸「央告」，諸本作「勸慰」。
❹「那個大兩歲清秀些的」，諸本作「一個大些的，生得十分清秀」。
❺「擺工垂之指」，「擺」原作「儷」，從脂本改。
❻「邃其穴」，諸本作「穴其隧」。
❼「鬼混」，甲本、王本作「廝鬧」（藤本誤「廝悶」）。
❽「雞生鵝鬥」，「生」金本作「爭」，脂本、戚本作「聲」。
❾「心腹小廝」，「腹」原作「服」，從藤本、王本改。
❿「又不待見我呀」，「待」原作「代」，從脂本改。王本、金本「代見」作「貸」。
⓫「他防你使得，你醋他使不得，他不籠絡著人，怎麼使喚呢，你行動就是壞心」，諸本作「他醋你使得，你醋他使不得，他原行得正，走得正，你行動便有壞心」。
⓬「哦，也罷了麼」，諸本作「你兩個一口賊氣」。

■注釋

1〔箴（ㄓㄣ／zhēn）〕勸告、勸戒。

2〔呦（ㄧㄡ／yōu）〕嘆詞，表示驚異。

3〔靸〕原是一種古代深頭的草履名。這裡借作動詞「穿著」。第二十五回「靸拉著鞋」是指「拖著」。

4〔紅條（ㄊㄠ／tāo）〕用絲線編織的花邊或扁平的帶子，可以裝飾衣物。

5 〔齁（ㄏㄡ／hōu）〕睡著後的鼻息聲。

6 〔玷（ㄉㄧㄢˋ／diàn）辱〕污損。玷，玉上的斑點。

7 〔「南華經」〕即「莊子」，戰國時代思想家莊周所著。莊周思想屬於道家，唐朝統治者尊崇道教，把道家的著作奉為經典，稱「莊子」為「南華經」或「南華真經」。

8 〔「胠篋（ㄑㄩ ㄑㄧㄝˋ／qū qiè）」〕「南華經」裡的一篇，意思是開箱盜竊。

9 〔絕聖棄智〕滅絕聖人，拋棄知識和智慧。莊周認為，社會上出了「聖人」、「上智」，反而會引起大亂。儒家推崇「聖人」、「上智」，莊周則相反，主張「絕聖棄智」。

10 〔擿（ㄓˋ／zhì）〕在這裡同擲，引申為拋掉。

11 〔符〕用竹、木、銅等製的信符，古時作證明用。

12 〔璽〕皇帝的印章。

13 〔樸鄙〕樸實。

14 〔殫（ㄉㄢ／dān）殘〕全部毀壞。殫，竭盡。

15 〔聖法〕聖人之法。此指儒家那一套仁義道德。

16 〔擢（ㄓㄨㄛˊ／zhuó）亂六律〕擢，「攪」的假借字；擢亂，攪亂；六律，古代用十二個標準的竹管審定音調的高低。十二竹管又分陰陽各六，陽聲叫「六律」，陰聲叫「六呂」。這裡指打亂音階。

17〔鑠（ㄕㄨㄛˋ／shuò）絕竽瑟〕鑠，銷毀；竽、瑟，兩種樂器。

18〔瞽（ㄍㄨˇ／gǔ）曠〕即師曠，春秋時晉國著名音樂家，因為目盲，又叫他「瞽曠」。相傳他善於用耳朵審音辨律，以占吉凶。

19〔人含其聰〕含，保藏；聰，高度的聽覺能力。這裡是說只有使一切的音律、樂器、音樂家都不存在，人類的聽覺能力才能真正保全（無所謂好壞了）。下文「含其明」、「含其巧」等皆仿此義。

20〔離朱〕也叫「離婁」，傳說是上古黃帝時代的人，視力很強。

21〔攦（ㄌㄧˋ／lì）〕折斷。

22〔工垂〕相傳是堯時的巧匠。

23〔譯文〕所以說滅絕聖人拋棄智慧，大盜就會停止；扔掉、毀滅珠寶等貴重器物，小偷也就絕跡了。燒掉兵符和璽印，老百姓就會安分守己；破壞斗和秤等度量工具，那麼老百姓就不會發生爭物之事；全部毀滅聖人之法，人民才可以談論真理。攪亂音樂的六律，銷毀瑟竽等樂器，塞住瞽曠等音樂家的耳朵，天下人的耳朵就都一樣了；毀滅文彩，驅散五色，黏合離朱等視力極強的人的眼睛，天下人的眼力就都一樣了；毀壞定曲線和直線的鉤繩，去掉各種定圓形和方形的規矩，折斷工垂等靈巧的人的手指頭，天下人的手就都一樣了。

24〔焚花散麝〕即燒掉襲人，攆走麝月。花，指花襲人；麝，指麝月。

25〔戕（ㄑㄧㄤˊ／qiáng）〕損害。

26 〔參商之虞〕參、商是二星名，一在西，一在東，永不相見，故引申為衝突的意思；虞，憂慮。

27 〔邃（ㄙㄨㄟˋ／suì）〕深。

28 〔譯文〕燒掉襲人，驅走麝月，那麼閨閣中才人人隱藏她們的勸說；損害寶釵神仙般的姿態，燒掉黛玉的靈巧，滅絕情意，那麼閨閣中的美和醜才相似。她們能夠懷藏她們的勸說，就沒有發生衝突的憂慮了；損壞她們的仙姿，就沒有互相留戀愛慕的心了；燒（毀）掉她們的靈巧，就沒有才能思考情意了。

29 〔雞生鵝鬥〕即雞爭鵝鬥。這裡指小的口角和爭執。

30 〔無端〕無緣無故。端，事情的起始，起因。

31 〔剿（ㄔㄠ／chāo）襲〕抄襲套用。

32 〔無見識〕表面上指寶玉續「胠篋」一文沒有什麼深刻的見解，實際上是黛玉怨恨寶玉對自己不理解。

33 〔醜語〕惡語，罵人的話。

34 〔詆（ㄉㄧˇ／dǐ）〕詆毀，說別人的壞話。

35 〔譯文〕無緣無故玩弄筆墨的是何人？
不過是抄襲莊子「南華」經文。
不慚愧自己沒有見識，
卻用惡語詆毀別人！

36 〔簡評〕見第二十二回「寄生草．參禪」簡評。

37〔見喜〕當時對於天花症由懼怕而忌諱，又以痘既發出便可以比較平安，所以稱為「見喜」。

38〔桑蟲、豬尾〕「桑蟲」，可能是指中藥的「蠶矢」；「豬尾」，據偏方說，用豬尾熬水內服，能促使痘疱出齊。

39〔酒頭〕愚蠢的意思。

40〔孌（ㄌㄨㄢˊ／luán）童〕漂亮的男孩子。孌，俊秀、漂亮。

41〔相契〕情投意合，感情親密。

42〔殺雞抹脖〕打手式賭誓的急迫狀態。

43〔促狹〕促狹，指不太嚴重的刻薄、陰狠的行為。

44〔不待見〕不喜歡，含有「憎厭」的意思。

45〔啐（ㄘㄨㄟˋ／cuì）〕唾聲，表示憤怒或鄙棄。

【第二十二回】

聽曲文[1]寶玉悟禪機[2]　製燈謎賈政悲讖語[3]

話說賈璉聽鳳姐兒說有話商量，因止步問：「什麼話？」鳳姐道：「二十一是薛妹妹的生日，你到底怎麼樣？」賈璉道：「我知道怎麼樣？你連多少大生日都料理過了，這會子倒沒有主意了！」鳳姐道：「大生日是有一定的則例。如今他這生日，大又不是，小又不是：所以和你商量。」賈璉聽了，低頭想了半日，道：「你竟糊塗了！現有比例，那林妹妹就是例。往年怎麼給林妹妹作的，如今也照樣給薛妹妹作就是了。」

鳳姐聽了冷笑道：「我難道這個也不知道！我也這麼想來著。但昨日聽見老太太說，問起大家的年紀生日來，聽見薛大妹妹今年十五歲，雖不算是整生日，也算得將笄[4]的年分兒了。老太太說要替他作生日，自然和往年給林妹妹作的不同了。」賈璉道：「這麼著，就比林妹妹的多增些。」鳳姐道：「我也這麼想著，所以討你的口氣兒。我私自添了，你又怪我不回明白了你了。」賈璉笑道：「罷，罷！這空頭情我不領；你不盤察我，就夠了。我還怪你？」說著，一徑去了，不在話下。

且說湘雲住了兩日，便要回去，賈母因說：「等過了你寶姐姐的生日，看了戲，再回去。」湘雲聽了，只得住下，又一面遣人回去，將自己舊日作的兩件針線活計取來，為寶釵生辰之儀。

誰想賈母自見寶釵來了，喜他穩重和平，正值他才過第一個生辰，便自己捐資二十兩，喚了鳳姐來，交與他備酒戲。鳳姐湊趣，笑道：「一個老祖宗，給孩子們作生日，不拘怎麼著，誰還敢爭？又辦什麼酒席呢？既高興，要熱鬧，就說不得自己花費幾兩老庫裡的體己。這早晚找出這霉爛的二十兩銀子來作東，意思還叫我們賠上！果然拿不出來，也罷了；金的、銀的、圓的、扁的，壓塌了箱子底，只是累掯我們！老祖宗看看，誰不是你老人家的兒女？難道將來只有寶兄弟頂你老人家上五臺山[5]不成？那些東西只留給他！我們雖不配使，也別太苦了我們，——這個夠酒的夠戲的呢？」說得滿屋裡都笑起來。賈母亦笑道：「你們聽聽這嘴！我也算會說的了，怎麼說不過這猴兒？——你婆婆也不敢強嘴，你就和我『啷』啊『啷』的[6]！」鳳姐笑道：「我婆婆也是一樣的疼寶玉，我也沒處訴冤！倒說我強嘴！」說著，又引賈母笑了一會。賈母十分喜悅。

到晚上，眾人都在賈母前，定省之餘，大家娘兒們說笑時，賈母因問寶釵愛聽何戲，愛吃何物。寶釵深知賈母年老之人，喜熱鬧戲文，愛吃甜爛之物，便總依賈母素喜者說了一遍。賈母更加喜歡。次日，先送過衣服玩物去，王夫人、鳳姐、黛玉等諸人皆有隨份的，不須細說。

至二十一日，賈母內院搭了家常小巧戲臺，定了一班新出的小戲，崑弋兩腔[7]俱有。就在賈母上房擺了幾席家宴酒席，並無一個外客，只有薛姨媽、史湘雲、寶釵是客，餘者皆是自己人。

這日早起，寶玉因不見黛玉，便到他房中來尋。只見黛玉歪在炕上，寶玉笑道：「起來吃飯去。——就開戲了，你愛聽那一齣？我好點。」黛玉冷笑道：「你既這麼說，你就特叫一班戲，揀我愛的唱給我聽，這會子犯不上借著光兒問我。」寶玉笑道：「這有什麼難的，明兒就叫一班子，也叫他們借著咱們的光兒。」一面說，一面拉他起來，攜手出去。

吃了飯，點戲時，賈母一面先叫寶釵點，寶釵推讓一遍，無法，只得點了一齣「西遊記」。賈母自是喜歡。又讓薛姨媽，薛姨媽見寶釵點了，不肯再點。賈母便特命鳳姐點。鳳姐雖有邢王二夫人在前，但因賈母之命，不敢違拗；且知賈母喜熱鬧，更喜謔笑科諢[8]，便先點了一齣，卻是「劉二當衣」[9]。賈母果真更又喜歡。然後便命黛玉點，黛玉又讓王夫人等先點。賈母道：「今兒原是我特帶著你們取樂，咱們只管咱們的，別理他們。我巴巴兒的唱戲擺酒，為他們呢？他們白聽戲，白吃，已經便宜了，還讓他們點戲呢！」說著，大家都笑。黛玉方點了一齣。然後寶玉、史湘雲、迎、探、惜、李紈等俱各點了，按齣扮演。

至上酒席時，賈母又命寶釵點，寶釵點了一齣「山門」[10]。寶玉道：「你只好點這些戲。」寶釵道：「你白聽了這幾年戲，那裡知道這齣戲——排場詞藻都好呢。」寶玉道：「我從來怕這些熱鬧戲。」寶釵笑道：「要說這一齣『熱鬧』，你更不知戲了！你過來，我告訴你，這一齣戲是一套『北點絳唇』[11]，鏗鏘頓挫，那音律不用說是好了；那詞藻中，有支『寄生草』，極妙，你何曾知道！」寶玉見說得這般好，便湊近來央告：「好姐姐，念給我聽聽。」寶釵便念給他聽道：

漫揾[12]英雄淚，相離處士[13]家。謝慈悲，剃度[14]在蓮臺[15]下。沒緣法[16]，轉眼分離乍[17]。赤條條，來去無牽掛。那裡討，烟蓑雨笠捲單行？一任俺，芒鞋破缽[18]隨緣化！

寶玉聽了，喜得拍膝搖頭，稱賞不已——又讚寶釵無書不知。黛玉把嘴一撇道：「安靜些看戲罷！還沒唱『山門』，你就『裝瘋』[19]了。」說得湘雲也笑了。於是大家看戲，到晚方散。

賈母深愛那作小旦的和那作小丑的，因命人帶進來，細看時，益發可憐見的。因問他年紀：那小旦才十一歲，小丑才九歲；大家嘆息了一回。賈母令人另拿些肉果給他兩個，又另賞錢。鳳姐笑道：「這個孩子扮上活像一個人，你們再瞧不出來。」寶釵心內也知道，卻點頭不說；寶玉也點了點頭兒不敢說。湘雲便接口道：「我知道，是像林姐姐的模樣兒。」寶玉聽了，忙把湘雲瞅了一眼。眾人聽了這話，留神細看，都笑起來了，說：「果然像他！」一時散了。

晚間，湘雲便命翠縷把衣包收拾了，翠縷道：「忙什麼？等去的時候包也不遲。」湘雲道：「明早就走，還在這裡作什麼？——看人家的臉子[20]！」寶玉聽了這話，忙近前說道：「好妹妹，你錯怪了我，林妹妹是個多心的人。別人分明知道，不肯說出來，也皆因怕他惱。誰知你不防頭就說出來了，他豈不惱呢？我怕你得罪了人，所以才使眼色。你這會子惱了我，豈不辜負了我？要是別人，那怕他得罪了人❶，與我何干呢？」

湘雲摔手道：「你那花言巧語，別望著我說。我原不及你林妹妹。別人拿他取笑兒都使得，我說了就有不是。我本也不配和他說話：他是主子姑娘，我是奴才丫頭麼❷！」寶玉急得說道：「我倒是為你為出不是來了。我要有壞心，立刻化成灰，教萬人拿腳踹！」湘雲道：「大正月裡，少信著嘴胡說這些沒要緊的歪話❸！你要說，你說給那些小性兒、行動愛惱人、會轄治你的人聽去！別叫我啐你。」說著，進賈母裡間屋裡，氣忿忿的躺著去了。

寶玉沒趣，只得又來找黛玉。誰知才進門，便被黛玉推出來了，將門關上，寶玉又不解何故，在窗外只是低聲叫：「好妹妹，好妹妹！」黛玉總不理他。寶玉悶悶的垂頭不語。紫鵑❹卻知端底，當此時，料不能勸。

那寶玉只呆呆的站著。黛玉只當他回去了，卻開了門，只見寶玉還站在那裡。黛玉不好再閉門，寶玉因跟進來，問道：「凡事都有個緣故，說出來人也不委屈。好好的就惱，到底為什麼起呢？」黛玉冷笑道：「問我呢！我也不知為什麼。我原是給你們取笑兒的，——拿著我比戲子，給眾人取笑兒！」寶玉道：「我並沒有比你，也並沒有笑你，為什麼惱我呢？」黛玉道：「你還要比！你還要笑！你不比不笑，比人家比了笑了的還利害呢！」寶玉聽說，無可分辯。

黛玉又道：「這還可恕。你為什麼又和雲兒使眼色兒？這安的是什麼心？莫不是他和我玩，他就自輕自賤了？他是公侯的小姐，我原是民間的丫頭❺。他和我玩，設如我回了口，那不是他自惹輕賤？——你是這個主意不是？你卻也是好心，只是那一個不領你的情，一般也惱了。你又拿我作情，倒說我『小性兒、行動愛惱人』。你又怕他得罪了我，——我惱他與你何干，他得罪了我又與你何干呢？」

寶玉聽了，方知才和湘雲私談，他也聽見了。細想自己原為怕他二人惱了，故在中間調停，不料自己反落了兩處的數落[21]，正合著前日所看「南華經」內：「巧者勞而智者憂，無能者無所求，蔬食而遨遊，泛若不繫之舟」[22]，又曰：「山木自寇，源泉自盜」[23]等句，因此越想越無趣；再細想來：「如今不過這幾個人，尚不能應酬妥協，將來猶欲何為？……」想到其間，也不分辯，自己轉身回房。黛玉見他去了，便知回思無趣，賭氣去的，一言也不發❻，不禁自己越添了氣，便說：「這一去，一輩子也別來了，——也別說話！」

那寶玉不理，竟回來，躺在床上，只是悶悶的❼。襲人雖深知原委，不敢就說，只得以別事來解說，因笑道：「今兒聽了戲，又勾出幾天戲來。寶姑娘一定要還席的。」寶玉冷笑道：「他還不還，與我什麼相干？」襲人見這話不似往日，因又笑道：「這是怎麼說呢？好好兒的大正月裡，娘兒們姐兒們都喜喜歡歡的，你又怎麼這個樣兒了？」寶玉冷笑道：「他們娘兒們姐兒們喜歡不喜歡，也與我無干。」襲人笑道：「大家隨和兒，你也隨點和兒不好？」寶玉道：「什麼『大家彼此』？——他們有『大家彼此』，我只是赤條條無牽掛的！」說到這句，不覺淚下。襲人見這景況，不敢再說。寶玉細想這一句意味，不禁大哭起來。翻身站起來，至案邊，提筆立占一偈云：

你證我證[24]，心證意證。是無有證，斯可云證[25]。無可云證[26]，是立足境[27][28][29]。

寫畢，自己雖解悟，又恐人看了不解，因又填一支「寄生草」，寫在偈後。又念了一遍，自覺心中無有罣礙，便上床睡了。

誰知黛玉見寶玉此番果斷而去，假以尋襲人為由，來看動靜。襲人回道：「已經睡了。」黛玉聽了，就欲回去，襲人笑道：「姑娘請站著，有一個字帖兒，瞧瞧寫的是什麼話。」便將寶玉方才所寫的拿給黛玉看。黛玉看了，知是寶玉為一時感忿而作，不覺又可笑又可嘆。便向襲人道：「作的是個玩意兒，無甚關係的。」說畢，便拿了回房去，次日，和寶釵湘雲同看❽，寶釵念其詞曰：

無我原[30]非你，從他不解伊[31]。肆行無礙[32]憑來去，茫茫著甚悲愁喜？紛紛說甚親疏密？從前碌碌卻因何？到如今，回頭試想真無趣[33][34]！

看畢，又看那偈語，因笑道：「這是我的不是了。我昨兒一支曲子，把他這個話惹出來。這些道書機鋒[35]，最能移性的，明兒認真說起這些瘋話，存了這個念頭，豈不是從我這支曲子起的呢？我成了個罪魁了！」說著，便撕了個粉碎，遞給丫頭們，叫：「快燒了。」黛玉笑道：「不該撕了，等我問他，你們跟我來，包管叫他收了這個痴心。」

三人說著，過來見了寶玉。黛玉先笑道：「寶玉，我問你：至貴者『寶』，至堅者『玉』。爾有何貴？爾有何堅？」寶玉竟不能答。二人笑道：「這樣愚鈍，還參禪[36]呢！」湘雲也拍手笑道：「寶哥哥可輸了！」黛玉又道：「你道『無可云證，是立足境』，固然好了，只是據我看來，還未盡善。我還續兩句云：『無立足境，方是乾淨[37]。』」寶釵道：「實在這方悟徹。當日南宗六祖惠能[38]初尋師至韶州[39]，聞五祖宏忍[40]在黃梅[41]，他便充作火頭僧。五祖欲求法嗣[42]，令諸僧各出一偈，上座神秀說道：『身是菩提樹[43]，心如明鏡臺：時時勤拂拭，莫使有塵埃。』惠能在廚房舂米，聽了道：『美則美矣，了則未了。』因自念一偈曰：『菩提本非樹，明鏡亦非臺：本來無一物，何處染塵埃？』五祖便將衣缽[44]傳給了他。今兒這偈語亦同此意了。只是方才這句機鋒，尚未完全了結，這便丟開手不成？」黛玉笑道：「他不能答就算輸了，這會子答上了也不為出奇了。只是以後再不許談禪了。——連我們兩個人所知所能的，你還不知不能呢，還去參什麼禪呢！」寶玉自己以為覺悟，不想忽被黛玉一問，便不能答；寶釵又比出「語錄」[45]來：此皆素不見他們所能的。自己想了一想：「原來他們比我的知覺在先，尚未解悟，我如今何必自尋苦惱。」想畢，便笑道：「誰又參禪，不過是一時的玩話兒罷了。」說罷，四人仍復如舊。

忽然人報娘娘差人送出一個燈謎來，命他們大家去猜，猜後每人也作一個送進去。四人聽說，忙出來至賈母上房，只見一個小太監，拿了一盞四角平頭白紗燈，專為燈謎而製，上面已有了一個，眾人都爭看亂猜。小太監又下諭道：「眾小姐猜著，不要說出來，每人只暗暗的寫了，一齊封送進去，候娘娘自驗是否。」

寶釵聽了，近前一看，是一首七言絕句，並無新奇，口中少不得稱讚，只說：「難猜。」故意尋思，其實一見早猜著了。寶玉、黛玉、湘雲、探春四個人也都解了，各自暗暗的寫了。一併將賈環賈蘭等傳來，一齊各揣心機猜了，寫在紙上，然後各人拈一物作成一謎，恭楷寫了，掛於燈上。

太監去了，至晚出來，傳諭道：「前日娘娘所製，俱已猜著，惟二小姐與三爺猜的不是。小姐們作的也都猜了，不知是否？」說著，也將寫的拿出來，也有猜著的，也有猜不著的。太監又將頒賜之物，送與猜著之人：每人一個宮製詩筒，一柄茶筅[46]。獨迎春賈環二人未得，迎春自以為玩笑小事，並不介意。賈環便覺得沒趣，且又聽太監說：「三爺所作這個不通，娘娘也沒猜，叫我帶回問三爺是個什麼。」眾人聽了，都來看他作的是什麼，——寫道：

大哥有角只八個[47]，二哥有角只兩根。大哥只在床上坐，二哥愛在房上蹲。

眾人看了，大發一笑。賈環只得告訴太監說：「是一個枕頭，一個獸頭[48]。」太監記了，領茶而去。

賈母見元春這般有興，自己一發喜樂，便命速作一架小巧精緻圍屏燈來，設於堂屋，命他姐妹們各自暗暗的作了，寫出來，黏在屏上，然後預備下香茶細果，以及各色玩物，為猜著之賀。賈政朝罷，見賈母高興，況在節間，晚上也來承歡取樂。上面賈母、賈政、寶玉一席；王夫人、寶釵、黛玉、湘雲又一席，迎春、探春、惜春三人又一席，俱在下面。地下老婆丫鬟站滿。李宮裁王熙鳳二人在裡間又一席。

賈政因不見賈蘭，便問：「怎麼不見蘭哥兒？」地下女人們忙進裡間問李氏，李氏起身笑著回道：「他說方才老爺並沒叫他去，他不肯來。」女人們回覆了賈政，眾人都笑說：「天生的牛心拐孤！」賈政忙遣賈環和個女人將賈蘭喚來，賈母命他在身邊坐了，抓果子給他吃，大家說笑取樂。往常間只有寶玉長談闊論，今日賈政在這裡，便唯唯而已。

餘者，湘雲雖係閨閣弱質，卻素喜談論，今日賈政在席，也自拑口[49]禁語；黛玉本性嬌懶，不肯多話；寶釵原不妄言輕動，便此時亦是坦然自若：故此一席，雖是家常取樂，反見拘束。

賈母亦知因賈政一人在此所致，酒過三巡，便攆賈政去歇息。賈政亦知賈母之意，攆了他去好讓他姐妹兄弟們取樂，——因陪笑道：「今日原聽見老太太這裡大設春燈雅謎，故也備了彩禮酒席，特來入會，何疼孫子孫女之心，便不略賜與兒子半點？」賈母笑道：「你在這裡，他們都不敢說笑，沒的倒叫我悶得慌。你要猜謎兒，我說一個你猜，猜不著是要罰的。」賈政忙笑道：「自然受罰。——若猜著了，也要領賞呢！」賈母道：「這個自然。」便念道：

猴子身輕站樹梢[50]。——打一果名。

賈政已知是荔枝，故意亂猜，罰了許多東西，然後方猜著了，也得了賈母的東西，然後也念一個燈謎與賈母猜。念道：

身自端方，體自堅硬。雖不能言，有言必[51]應[52][53]。——打一用物。

說畢，便悄悄的說與寶玉，寶玉會意，又悄悄的告訴了賈母。賈母想了一想，果然不差，便說：「是硯臺。」賈政笑道：「到底是老太太，一猜就是。」回頭說：「快把賀彩獻上來。」地下婦女答應一聲，大盤小盒，一齊捧上。賈母逐件看去，都是燈節下所用所玩新巧之物，心中甚喜，遂命：「給你老爺斟酒。」寶玉執壺，迎春送酒。賈母因說：「你瞧瞧那屏上，都是他姐兒們作的，再猜一猜我聽。」賈政答應，起身走至屏前，只見第一個是元妃的，寫著道：

能使妖魔膽盡摧[54]，身如束帛[55]氣[56]如雷。一聲震得人方恐，回首相看已化灰[57]。

——打一玩物。

賈政道：「這是爆竹嗎？」寶玉答道：「是。」賈政又看迎春的，道：

天運人功❾理不窮[58]，有功無運也難逢[59]。因何鎮日[60]紛紛亂？因為陰陽[61]數不通❿[62]。

——打一用物。

賈政道：「是算盤？」迎春笑道：「是。」又往下看，是探春的，道：

階下兒童仰面[63]時，清明[64]妝點最堪宜。遊絲[65]一斷渾無力，莫向東風怨別離[66]。

——打一玩物。

賈政道：「好像風箏。」探春道：「是。」賈政再往下看，是黛玉的，道：

朝罷誰攜兩袖烟[67]？琴邊衾裡兩無緣[68]。曉籌不用雞人報[69]，五夜[70]無煩侍女添。焦首[71]朝朝還暮暮，煎心[72]日日復年年。光陰荏苒[73]須當惜，風雨陰晴任變遷[74]。——打一用物。

賈政道：「這個莫非是更香[75]？」寶玉代言道：「是。」賈政又看道：

南面而坐，北面而朝[76]，「象憂亦憂，象喜亦喜[77,78]。」——打一用物。

賈政道：「好，好！如猜鏡子，妙極！」寶玉笑回道：「是。」賈政道：「這一個卻無名字，是誰作的？」賈母道：「這個大約是寶玉作的？」賈政就不言語。往下再看寶釵的，道是：

有眼無珠[79]腹內空，荷花出水喜相逢[80]。梧桐葉落分離別，恩愛夫妻不到冬[81,82,83]。
——打一用物。

賈政看完，心內自忖道：「此物還倒有限，只是小小年紀，作此等言語，更覺不祥。看來皆非福壽之輩。」想到此處，甚覺煩悶，大有悲戚之狀，只是垂頭沉思。

賈母見賈政如此光景，想到他身體勞乏，又恐拘束了他眾姐妹，不得高興玩耍，便對賈政道：「你竟不必在這裡了，歇著去罷！讓我們再坐一會子，也就散了。」賈政一聞此言，連忙答應幾個「是」，又勉強勸了賈母一回酒，方才退出去了。回至房中，只是思索，翻來覆去，甚覺淒惋。

這裡賈母見賈政去了，便道：「你們樂一樂罷——」一語未了，只見寶玉跑至圍屏燈前，指手畫腳，信口批評：「這個這一句不好。」「那個破得不恰當。」如同開了鎖的猴兒一般。黛玉便道：「還像方才大家坐著，說說笑笑，豈不斯文些兒？」鳳姐兒自裡間屋裡出來，插口說道：「你這個人，就該老爺每日和你寸步兒不離才好。剛才我忘了，為什麼不當著老爺，攛掇著叫你作詩謎兒？這會子不怕你不出汗呢！」說得寶玉急了，扯著鳳姐兒廝纏了一會。

賈母又和李宮裁並眾姐妹等說笑了一會子，也覺得有些困倦，聽了聽，已交四鼓了，因命將食物撤去，賞給眾人，遂起身道：「我們歇著罷。明日還是節呢，該當早些起來。明日晚上再玩罷。」於是眾人方慢慢的散去。未知次日如何，且聽下回分解。

校記

❶「那怕他得罪了人」，「人」諸本作「十個人」。

❷「我本也不配和他說話，他是主子姑娘，我是奴才丫頭麼」，諸本作「我原不配說他，他是主子小姐，我是奴才丫頭，得罪了他了」。

❸「沒要緊的歪話」，諸本「的」下「歪」上有「惡誓散語」四字。

❹「紫鵑」，諸本作「襲人」。

❺「民間的丫頭」，諸本作「貧民家的丫頭」。

❻「一言也不發」，諸本「不」下有「曾」字。金本無「也」字。

❼「悶悶的」，諸本作「悶唧咄的」（脂本作「瞪瞪的」）。

❽「便拿了回房去，次日，和寶釵湘雲同看」，諸本作「便拿了回房去與湘雲同看，次日又與寶釵看」。

❾「人功」原作「無功」，從諸本改。

❿「數不通」，「通」諸本作「同」。

註釋

1 〔曲文〕 戲曲唱詞。

2 〔禪（ㄔㄢˊ／chán）機〕 佛教的名詞。禪宗和尚認為悟了道的人教授學徒，在一言一行中都含有「機要秘訣」，令其思考，即可悟道，故名「禪機」。

3 〔讖（ㄔㄣˋ／chèn）語〕 將要應驗的預言。本回「春燈謎」中所隱寓的「讖語」，使賈政預感到「不祥」之兆。這是作者在暗示四大家族終將衰亡，不可以閑筆觀之。

4 〔笄〕 一種簪類的首飾，古代女子十五歲或訂婚時才開始戴笄。後來便成為稱女子

「成年」的一個代用詞彙。

5 〔頂你老人家上五臺山〕出殯時，主喪的「孝子」在靈前領路，叫作「頂喪駕靈」。這裡的「頂」字就是頂喪的意思。五臺山是佛教的「聖地」，不敢直說到墓地，所以用到五臺山成佛來比喻。

6 〔⿰口邦啊⿰口邦的〕打更的梆子，聲音響亮輕快。這裡用來形容人的口齒伶俐清脆能說敢道。第五十九回「梆子似的」義同。

7 〔崑弋兩腔〕兩種地方劇種。崑，崑腔，起源於江蘇崑山縣，明代流行於江蘇東南部。弋，弋陽腔，起源於江西弋陽縣，流行於江西、湖南一帶。

8 〔謔笑科諢（ㄏㄨㄣˋ hùn）〕開玩笑的話。科諢，插科打諢的略稱，是戲劇中使觀眾發笑的穿插。科，多指動作；諢，多指語言。

9 〔「劉二當衣」〕又名「劉二叩當」，清代弋腔滑稽劇。內容是寫窮漢劉二清早上當鋪叩門，但當鋪大門尚未開，他就站在門外，唱著弋腔消磨時光。

10 〔「山門」〕或叫「醉打山門」，是清初邱園所作「虎囊彈」戲曲中的一齣，演魯智深在五臺山出家後醉打山門的故事。

11 〔「北點絳唇」〕點絳唇是曲牌名。曲，有南曲和北曲之分，因北曲常用，故稱北點絳唇。

12 〔搵（ㄨㄣˋ wèn）〕用巾袖擦拭。

13 〔處士〕古時稱有才德而隱居不願作官的人，後來泛指沒有作過官的讀書人。這裡指曾經接待過魯智深的七寶村趙員外。

14〔剃度〕佛教名詞。剃去鬚髮出家當和尚。

15〔蓮臺〕即佛像下的臺座。臺座雕有蓮花。

16〔緣法〕佛教認為遇到能指入法門的人為有緣法。

17〔乍（ㄓㄚˋ zhà）〕倉促。

18〔芒鞋破缽（ㄅㄛ bō）〕芒鞋，草鞋；缽，和尚用的飯碗。

19〔「山門」、「裝瘋」〕「山門」是演「水滸」魯智深在五臺山出家後醉打山門的故事；「裝瘋」是演唐尉遲敬德裝瘋的故事。黛玉用「裝瘋」戲名作諷刺。

20〔看人家的臉子〕這裡是說看人家不好的臉色。

21〔數落〕瑣碎、重複、囉唆的訴說或責備。這裡是責備的意思。

22〔巧者勞而智者憂，無能者無所求，蔬食而遨遊，泛若不繫之舟〕靈巧聰明的人往往是勞苦和憂愁的，無能的人內心沒有什麼要求，吃素食蔬菜，四處遊玩，就像江河中沒有用繩子拴繫的小船，隨意漂流。這段話見「莊子．列禦寇」，反映了莊周反對一切人為努力的無為思想。

23〔山木自寇，源泉自盜〕山中長出的好樹，自己招來了砍伐樹的賊寇；源泉有好水，自己招來偷泉水的盜賊。語見「莊子．人間世」。這句話也反映了莊子反對進步、主張無為的思想。

24〔你證我證〕證，佛教術語。佛教認為，徹底領悟了「真理」，就是「證」。

25〔是無有證，斯可云證〕到了沒有什麼可「證」的時候，這就可以說是真正的「證」了。斯，這。

26〔無可云證〕意為已經達到的最高思想境界，是不能用語言表達的，而只能意會。

27〔立足境〕佛教所追求的超現實的所謂理想天國的境界。

28〔譯文〕你我的思想達到最高之境，
只有通過內心悟徹和意會的途徑。
思想空到沒有再「證」的餘地，
這才算登上了精神境界的峰頂。
最精確的語言都無法表達思想的淨空，
那便是至高無上的理想之境。
黛玉續：
若把虛無的精神境界也乾脆拋掉，
那才算真正的純淨。

29〔簡評〕見「寄生草．參禪」簡評。

30〔原〕根本，本來。

31〔伊〕第三人稱代詞，後來專作女性的第三人稱代詞，相當於「她」。為使行文清楚，譯文改譯為「你」。

32〔無礙〕佛語，指通達自在，無障礙的意思。

33〔譯文〕客觀世界本來無「我」也無「你」，
他不了解你又有什麼關係。
自由自在任憑事物變化去，

茫茫的人生中還有什麼悲傷、憂愁和歡喜？
亂紛紛的關係還說什麼疏遠和親密？
從前我忙忙碌碌卻是為了什麼？
今天回頭想一想真覺得無趣！

34 〔簡評〕寶玉與寶釵、湘雲、黛玉之間發生了一些感情上的糾葛，與襲人、麝月也發生了一些口角。他想調解薛、史、林之間的鉤心鬥角，然而到處碰釘子，費力討苦吃。這些錯綜複雜的關係，弄得賈寶玉一時非常苦惱。無可奈何之際，他的思想走上了極端。因而在「續胠篋文」裡有「焚花散麝」、「戕寶釵之仙姿」、「灰黛玉之靈竅」等激憤的話語。他企圖實行老莊哲學，擺脫世俗的束縛，這當然是不切實際的，以致第二天，就將此事「付之度外」了。

這兩首參禪偈是什麼意思呢？佛家的偈子上說的，本來就是些模稜兩可若有若無的話，是不可懂的。如果去深究，那就是「可憐無補費精神」。寶玉被煩惱所困，走投無路，想遁入空門以求解脫；當然，這也是無濟於事的。所以，後來黛玉與他鬥機鋒，他就無言以對，只好說：「誰又參禪，不過是一時的玩話罷了！」

老莊的「清淨無為」，佛道的「色空觀念」，這些觀念，寶玉此時雖然嚮往，但還不到真正實行的時候。因為，他畢竟是一個飽享著風月詩酒的富貴閑人，他不過是以此來把精神放鬆一下，求得一時的苦惱稍微解脫些。自然，應當看到，老莊、佛道對寶玉思想上的影響是不小的。這種影響，驅使他最終走上了當和尚這條避世的道路。

35 〔道書機鋒〕道書，此指佛家的書。機鋒，禪宗因人因時因地進行的一種說教方法，對同一問題作不同回答；對不同問題或作同一回答，或不作回答。

36 〔參禪〕佛家語，指靜心安坐，窮究佛理。是一種宗教訓練活動，即按照佛教教義進行「修養」。

37〔乾淨〕指思想中一無所有，非常純淨。

38〔南宗六祖惠能〕南宗，佛教禪宗的派別之一。唐代南方惠能的「頓悟說」與北方神秀的「漸悟說」不同，故分為南北兩派。惠能的一派為南宗，他是禪宗的第六世佛祖。

39〔韶州〕古州名。管轄地相當今廣東曲江、樂昌等縣地。

40〔宏忍〕即弘忍，唐代有名的和尚。

41〔黃梅〕縣名，在今湖北省。

42〔法嗣（ㄙˋ／sì）〕佛教宗派的繼承人。

43〔菩提樹〕即銀杏。據說釋迦牟尼在此樹下成道。菩提，是佛教所謂「覺悟」的意思。

44〔衣缽〕佛教名詞。佛教僧尼傳給徒弟的袈裟和飯缽。

45〔「語錄」〕佛教禪宗僧人記錄他們的思想言論的書。

46〔詩筒、茶筅〕「宮製詩筒」，指宮廷所製裝詩箋的封筒。「茶筅」，刷洗茶具的一種器具。這都是不太珍貴而比較「雅致」的東西，所以用作猜謎的獎品。

47〔有角只八個〕古人枕頭兩端是長方形的，所以說共有八個角。

48〔獸頭〕指塑在房檐角上的兩角怪獸，是俗傳龍所生的九種怪獸之一（清代翟灝「通俗編」）。

49〔拑（ㄑㄧㄢˊ／qián）口〕閉口不言。拑，即鉗。

50〔站樹梢〕即「立枝」，與「荔枝」諧音，又與「離枝」諧音。

51〔必〕諧音「筆」。

52〔應〕應驗（應「硯」）。

53〔譯文〕形狀四方端正，
體質堅固強硬。
雖然不能說話，
但是有言必應。

54〔能使句〕傳說爆竹能驅鬼避邪。

55〔束帛〕形容爆竹像一束捲起來的絲織品。又合形容女子身材的話。

56〔氣〕氣勢，聲氣。也是物與人兩指的。

57〔譯文〕能把妖魔嚇得肝膽盡摧，
形如絲綢細捲氣勢如雷。
響聲正使人驚恐未定，
回頭一看早已烟滅灰飛。

58〔天運句〕算盤子靠人手指撥動，所以說「人功」；或碰到一起，或分離，在沒有計算出「數」之前，誰也不知道是離是合，要看注定的結果是什麼，所以叫「天運」。結果明明是人撥出來的，但又不隨人的意志、不為人所預知，這道理很難懂得，所以說「理不窮」。

59〔有功句〕如果「數」中注定兩子相離，用「人功」怎麼撥算也不會相逢的。這是雙關語，暗指賈迎春嫁給孫紹祖就「運終數盡」，人功「不可挽回」。

60〔鎮日〕整天。

61〔陰陽〕指算盤梁之上之下的算珠，它們不會被撥到一起去，即「數不通」。陰陽並指男女、夫妻，此是說迎春和孫紹祖之間不是「好合」。

62〔譯文〕注定的結果靠人撥動奧妙無窮，
數已注定即使撥動兩子也難逢。
為什麼整天紛紛亂亂？
只因陰陽命數不通。

63〔仰面〕指抬頭看風箏。

64〔清明〕清明時節多東風，最適宜放風箏。妝點，點綴清明佳節。

65〔遊絲〕本指春天飄在空中的飛絲，由昆蟲吐出，這裡指拉風箏的線。渾，全。

66〔譯文〕石階下孩子們仰面觀天，
點綴著清明佳節最適宜。
拉線一斷隨風悠悠飄去，
莫要埋怨東風送它遠離。

67〔朝罷句〕朝，早朝；烟，香烟。謎外寓有榮華過後，一無所得之意。

68〔琴邊句〕琴邊，指彈琴時所焚的香；衾裡，指薰被褥的香。

69〔曉籌句〕這句說更香的特點。曉籌，早晨的時候。籌，古代計時用的竹籌。雞人，古代宮中掌管時間，負責報曉的衛士。

70〔五夜〕五更。

71〔焦首〕香是從頭上點燃的，也喻人的苦惱。

72〔煎心〕香由外向內燒，還有一種製成篆文「心」字形狀的「心字香」，所以說煎心。

也喻人內心受煎熬。

73 〔荏苒（ㄖㄣˇㄖㄢˇ／rěn rǎn）〕時光漸進。

74 〔譯文〕上朝歸來誰袖裡帶來御香的輕烟？
這烟味與琴邊的被裡的香都無關。
有了它早晨不用宮中的雞人報曉，
「更漏」也無須侍女把水添。
朝朝暮暮總是從頭燃起，
燒心的煎熬一年又一年。
時光漸逝應當格外珍惜，
任憑風雨陰晴不斷變遷。

75 〔更香〕古代沒有鐘錶，夜間除用刻漏計時外，還用燒香計時。方法是：一根香刻五段以示五更，或一根燃盡為一更。

76 〔南面二句〕人照鏡子時，人與鏡中影的方向相反，一個面向南，一個面朝北。寓意是寶玉婚後，面對薛而心懷林。

77 〔象憂二句〕語出「孟子・萬章」，原意是說，舜這個人對他弟弟（象）很好，象憂愁，舜也憂愁，象歡喜，舜也歡喜。對謎底說，即鏡中之形象是憂，人也一定是憂，形象是喜，人也一定是喜。寓意是說，他像有憂愁，也確是有憂愁（因林黛玉死），說他像有喜事，也確是有喜事（與寶釵結婚）。

78 〔譯文〕一個面向南坐，
一個朝北對著，
他憂愁他也憂愁，

他歡喜他也歡喜。

79〔「有眼無珠」的燈謎〕這是「竹夫人」，用竹篾編成，也有整竹作的，圓柱形，中空，約長三四尺，有許多大窟窿，可以透風，睡時抱著取涼。

80〔荷花句〕荷花開時，天氣熱了，用得著竹夫人。

81〔梧桐二句〕秋冬時被棄置不用。藉此暗指她和寶玉的夫妻生活短暫。

82〔譯文〕有眼無珠腹中空，
荷花開時才得相逢。
梧桐落葉它們分離，
恩愛夫妻不能到冬。

83〔簡評〕猜春燈謎，是舊時文人的一種娛樂活動，這裡是作為貴族生活細節的一部分來描寫。但筆者不惜筆墨，寓遊戲文字以深意，從一個側面來刻畫書中的人物。

賈環那首，粗俗不通，謎如其人，「枕頭」喻草包，「獸頭」喻龍生九子不成龍。說明賈環之輩都是不肖子孫。賈母的謎語，暗示了賈府行將「樹倒猢猻散」的結局。這位賈太夫人確像一隻站在樹梢上的老猢猻；在宗法關係上，她的地位最高。自然，「登高必跌重」，是不待言的。

賈政的一首，極切合其性格。說硯臺「端方」，實在是說賈政為人「端方正直」；說硯臺堅硬，實在等於說賈政具有擇善固執的性格。

賈元春入宮為妃，賈家得以皇帝為靠山而更加烜赫起來。其謎語中的「一聲震得人方恐」，正是象徵其氣焰；「回首相看已化灰」，暗喻其潰滅之快。

賈迎春的謎語，用打算盤暗喻她嫁給中山狼孫紹祖的命運。因為「陰陽數不通」，所以過著「鎮日紛紛亂」的悲慘日子。

賈探春是庶出的，但她死心塌地地投靠了王夫人，並且一度承擔了「理家」的重任；這就像春天的風箏憑藉東風直上青雲一樣。但好景不長，正如謎語所暗示的，她後來遠嫁不歸，就像風箏斷了線，隨著「東風」遠遠飄去。

林黛玉人才出眾，所以她的謎語也富有詩意。寶、黛是一對情種，可是，「琴邊衾裡兩無緣」，這就是個悲劇。焦首朝朝暮暮，煎心日日年年，痛苦極深。然而她也不甘屈服，「光陰荏苒須當惜，風雨陰晴任變遷」。謎語中頗有「風雨如晦，雞鳴不已」的味道。

賈寶玉的謎語亦莊亦諧。小說又名「風月寶鑑」，「鑑」，就是鏡子。「紅樓夢·枉凝眉」中有「一個是水中月，一個是鏡中花」的話，也與鏡子有關。此語除了注解中的寓意之外，似乎還暗示著賈寶玉終歸空門的結局。

薛寶釵的一首，「恩愛夫妻不到冬」，恰成了她自己婚事的「讖語」；這是出於她意料之外，而在作者則是精心安排的。

總之，九首春燈謎，從一個側面再現了大觀園的生活，豐富了小說的細節描寫。

【第二十三回】

西廂記[1]妙詞通戲語　牡丹亭[2]艷曲警芳心

話說賈母次日仍領眾人過節❶。那元妃卻自幸大觀園回宮去後，便命將那日所有的題詠，命探春抄錄妥協，自己編次優劣，又令在大觀園勒石[3]，為千古風流雅事。因此賈政命人選拔精工，大觀園磨石鐫字。賈珍率領賈蓉賈薔等監工。因賈薔又管著文官等十二個女戲子並行頭等事，不得空閑，因此又將賈菖、賈菱、賈萍喚來監工。一日燙蠟釘硃[4]，動起手來。這也不在話下。

且說那玉皇廟並達摩庵兩處，一班的十二個小沙彌並十二個小道士，如今挪出大觀園來，賈政正想發到各廟去分住。不想後街上住的賈芹之母楊氏❷，正打算到賈政這邊謀一個大小事件與兒子管管，也好弄些銀錢使用，可巧聽見這件事，便坐車來求鳳姐。鳳姐因見他素日嘴頭兒乖滑❸，便依允了。想了幾句話，便回了王夫人說：「這些小和尚小道士萬不可打發到別處去，一時娘娘出來，就要應承的。倘或散了，若再用時，可又費事。依我的主意，不如將他們都送到家廟鐵檻寺去，月間不過派一個人拿幾兩銀子去買柴米就是了。說聲用，走去叫一聲就來，一點兒不費事。」

王夫人聽了，便商之於賈政。賈政聽了笑道：「倒是提醒了我。就是這樣。」即時喚賈璉。

賈璉正同鳳姐吃飯，一聞呼喚，放下飯便走。鳳姐一把拉住，笑道：「你先站住，聽我說話：要是別的事，我不管；要是為小和尚小道士們的事，好歹你依著我這麼著。」如此這般，教了一套話，賈璉搖頭笑道：「我不管！你有本事你說去。」鳳姐聽說，把頭一梗，把筷子一放，腮上帶笑不笑的瞅著賈璉道：「你是真話，還是玩話兒？」賈璉笑道：「西廊下[5]五嫂子的兒子芸兒求了我兩三遭，要件事管管，我應了，叫他等著。好容易出來這件事，你又奪了去！」鳳姐兒笑道：「你放心，園子東北角上，娘娘說了，還叫多多的種松柏樹，樓底下還叫種些花草兒，等這件事出來，我包管叫芸兒管這工程就是了。」賈璉道：「這也罷了。」因又悄悄的笑道：「我問你❹，我昨兒晚上不過要改個樣兒，你什麼就那麼扭手扭腳的呢？」鳳姐聽了，把臉飛紅❺，「嗤」[6]的一笑，向賈璉啐了一口，依舊低下頭吃飯。

賈璉笑著一徑去了。走到前面，見了賈政，果然為小和尚的事，賈璉便依著鳳姐的話，說道：「看來芹兒倒出息了，這件事，竟交給他去管，橫豎照裡頭的規例，每月支領就是了。」賈政原不大理論這些小事，聽賈璉如此說，便依允了。賈璉回房告訴鳳姐，鳳姐即命人去告訴楊氏，賈芹便來見賈璉夫妻，感謝不盡。鳳姐又作情先支三個月的費用，叫他寫了領字，賈璉畫了押，登時發了對牌出去，銀庫上按數發出三個月的供給來，——白花花三百兩。賈芹隨手拈了一塊與掌平的人，叫他們「喝了茶罷」。於是命小廝拿了回家，與母親商議。登時僱車坐上❻，又僱了幾輛車子，至榮國府角門前，喚出二十四個人來，坐上車子，一徑往城外鐵檻寺去了。當下無話。

如今且說那元妃在宮中編次「大觀園題詠」，忽然想起那園中的景致，自從幸過之後，賈政必定敬謹封鎖，不叫人進去，豈不辜負此園？況家中現有幾個能詩會賦的姐妹們，何不命他們進去居住，也不使佳人落魄，花柳無顏。卻又想寶玉自幼在姐妹叢中長大，不比別的兄弟，若不命他進去，又怕冷落了他，恐賈母王夫人心上不喜，須得也命他進去居住方妥。命太監夏忠到榮府下一道諭：「命寶釵等在園中居住，不可封錮[7]，命寶玉也隨進去讀書。」

賈政王夫人接了諭命，夏忠去後，便回明賈母，遣人進去各處收拾打掃，安設簾幔床帳。別人聽了，還猶自可，惟寶玉喜之不勝。正和賈母盤算，要這個，要那個，忽見丫鬟來說：「老爺叫寶玉。」寶玉呆了半晌，登時掃了興，臉上轉了色，便拉著賈母，扭得扭股兒糖[8]似的，死也不敢去。賈母只得安慰他道：「好寶貝，你只管去，有我呢。他不敢委屈了你。況你作了這篇好文章，想必娘娘叫你進園去住，他吩咐你幾句話，不過是怕你在裡頭淘氣。他說什麼，你只好生答應著就是了，」一面安慰，一面喚了兩個老嬤嬤來，吩咐：「好生帶了寶玉去，別叫他老子唬著他。」老嬤嬤答應了。

寶玉只得前去，一步挪不了三寸，蹭到這邊來。可巧賈政在王夫人房中商議事情，金釧兒、彩雲、彩鳳、繡鸞、繡鳳等眾丫鬟都廊檐下站著呢，一見寶玉來，都抿著嘴兒笑他。金釧兒一把拉著寶玉，悄悄的說道：「我這嘴上是才搽的香香甜甜的胭脂，你這會子可吃不吃了！」彩雲一把推開金釧兒，笑道：「人家心裡發虛❼，你還慪他！——趁這會子喜歡，快進去罷。」寶玉只得挨門進去，原來賈政和王夫人都在裡間呢。趙姨娘打起簾子來，寶玉挨身而入，只見賈政和王夫人對坐在炕上說話兒，地下一溜椅子，迎春、探春、惜春、賈環四人都坐在那裡。一見他進來，探春惜春和賈環都站起來。

賈政一舉目見寶玉站在跟前，神采飄逸[9]，秀色奪人；又看看賈環人物委瑣[10]，舉止粗糙，——忽又想起賈珠來。再看看王夫人只有這一個親生的兒子，素愛如珍；自己的鬍鬚將已蒼白：因此上，把平日嫌惡寶玉之心，不覺減了八九分。半晌說道：「娘娘吩咐說，你日日在外遊嬉，漸次疏懶了功課，如今叫禁管你和姐妹們在園裡讀書，你可好生用心學習；再不守分安常，你可仔細著！」

寶玉連連答應了幾個「是」。王夫人便拉他在身邊坐下。他姐弟三人依舊坐下，王夫人摸索著寶玉的脖項說道：「前兒的丸藥都吃完了沒有？」寶玉答應道：「還有一丸。」王夫人道：「明兒再取十丸來，天天臨睡時候，叫襲人伏侍你吃了再睡。」寶玉道：「從太太吩咐了，襲人天天臨睡打發我吃的。」

賈政便問道：「誰叫『襲人』？」王夫人道：「是個丫頭。」賈政道：「丫頭不拘叫個什麼罷了，是誰起這樣刁鑽名字？」王夫人見賈政不喜歡❽了，便替寶玉掩飾道：「是老太太起的。」賈政道：「老太太如何曉得這樣的話？一定是寶玉。」寶玉見瞞不過，只得起身回道：「因素日讀詩，曾記古人有句詩云：『花氣襲人知晝暖』，因這丫頭姓『花』，便隨意起的。」王夫人忙向寶玉說道：「你回去改了罷。——老爺也不用為這小事生氣。」賈政道：「其實也無妨礙，不用改。只可見寶玉不務正，專在這些濃詞艷詩上作工夫。」說畢，斷喝了一聲：「作孽的畜生，還不出去！」王夫人也忙道：「去罷，去罷！怕老太太等吃飯呢。」

寶玉答應了，慢慢的退出去；向金釧兒笑著伸伸舌頭，帶著兩個老嬤嬤，一溜烟去了。剛至穿堂門前，只見襲人倚門而立，見寶玉平安回來，堆下笑來，問道：「叫你作什麼？」寶玉告訴：「沒有什麼，不過怕我進園淘氣，吩咐吩咐。」一面說，一面回至賈母跟前，回明原委。只見黛玉正在那裡，寶玉便問他：「你住在那一處好？」黛玉正盤算這事，忽見寶玉一問，便笑道：「我心裡想著瀟湘館好。我愛那幾竿竹子，隱著一道曲欄，比別處幽靜些。」寶玉聽了，拍手笑道：「合了我的主意了！我也要叫你那裡住。我就住怡紅院。咱們兩個又近，又都清幽。」

二人正計議著，賈政遣人來回賈母，說是：「二月二十二日是好日子，哥兒姐兒們就搬進去罷。這幾日便遣人進去分派收拾。」寶釵住了蘅蕪院，黛玉住了瀟湘館，迎春住了綴錦樓，探春住了秋掩書齋，惜春住了蓼風軒，李紈住了稻香村，寶玉住了怡紅院。每一處添兩個老嬤嬤，四個丫頭；除各人的奶娘親隨丫頭外，另有專管收拾打掃的。至二十二日，一齊進去，登時園內花招繡帶，柳拂香風，不似前番那等寂寞了。

閑言少敘，且說寶玉自進園來，心滿意足，再無別項可生貪求之心，每日只和姐妹丫鬟們一處，或讀書，或寫字，或彈琴下棋，作畫吟詩，以至描鸞刺鳳，鬥草簪花[11]，低吟悄唱，拆字猜枚[12]，無所不至，倒也十分快意。他曾有幾首四時即事詩，雖不算好，卻是真情真景。

「春夜即事」云：

霞綃雲幄[13]任鋪陳，隔巷蛙聲❾聽未真。枕上輕寒窗外雨，眼前春色夢中人。盈盈燭淚因誰泣，點點花愁[14]為我嗔[15]。自是[16]小鬟[17]嬌懶慣，擁衾不耐笑言頻[18]。

「夏夜即事」云：

倦繡佳人幽夢[19]長，金籠鸚鵡喚茶湯。窗明麝月開宮鏡[20]，室靄檀雲品御香[21]。琥珀杯傾荷露滑[22]，玻璃[23]檻納柳風涼。水亭處處齊紈[24]動，簾捲朱樓罷晚妝[25]。

「秋夜即事」云：

絳芸軒[26]裡絕喧嘩，桂魄[27]流光[28]浸茜紗[29]。苔鎖石紋容睡鶴，井[30]飄桐露濕棲鴉。抱衾婢至舒金鳳[31]，倚檻人歸落翠花[32]。靜夜不眠因酒渴，沉烟重撥索烹茶[33]。

「冬夜即事」云：

梅魂竹夢已三更，錦罽[34]鸘衾[35]睡未成。松影一庭惟見鶴，梨花[36]滿地不聞鶯。女奴翠[37]袖詩懷冷，公子金貂酒力輕[38]。卻喜侍兒知試茗[39]，掃將新雪及時烹[40][41][42]。

不說寶玉閑吟，且說這幾首詩，當時有一等勢利人，見是榮國府十二三歲的公子作的，抄錄出來，各處稱頌；再有等輕薄子弟，愛上那風流妖艷之句，也寫在扇頭壁上，不時吟哦賞讚，因此上竟有人來尋詩覓字，倩畫求題[43]，這寶玉一發得意了，每日家作這些外務。誰想靜中生動，忽一日，不自在起來，這也不好，那也不好，出來進去，只是發悶❿。園中那些女孩子，正是混沌世界天真爛漫之時，坐臥不避，嬉笑無心，那裡知寶玉此時的心事？那寶玉不自在，便懶在園內，只想外頭鬼混，卻痴痴的，又說不出什麼滋味來⓫。茗烟見他這樣，因想與他開心，左思右想，皆是寶玉玩煩了的，只有一件，不曾見過。想畢，便走到書坊內，把那古今小說，並那飛燕、合德[44]、則天、玉環的「外傳」[45]，與那傳奇角本[46]，買了許多，孝敬寶玉。寶玉一看，如得珍寶。茗烟又囑咐道：「不可拿進園去，叫人知道了，我就『吃不了兜著走』[47]了。」寶玉那裡肯不拿進去？踟躕[48]再四，單把那文理雅道些的，揀了幾套進去，放在床頂上，無人時方看；那粗俗過露的，都藏於外面書房內。

那日正當三月中浣[49]，早飯後，寶玉攜了一套「會真記」[50]，走到沁芳閘橋那邊桃花底下一塊石上坐著，展開「會真記」，從頭細看。正看到「落紅成陣」[51]，只見一陣風過，樹上桃花吹下一大斗⓬來，落得滿身滿書滿地皆是花片。寶玉要抖將下來，恐怕腳步踐踏了，只得兜了那花瓣兒，來至池邊，抖在池內。那花瓣兒浮在水面，飄飄蕩蕩，竟流出沁芳閘去了。

回來只見地下還有許多花瓣，寶玉正踟躕間，只聽背後有人說道：「你在這裡作什麼？」寶玉一回頭，卻是黛玉來了：肩上擔著花鋤，花鋤上掛著紗囊，手內拿著花帚。寶玉笑道：「來得正好，你把這些花瓣兒都掃起來，撂在那水裡去罷。我才撂了好些在那裡了。」黛玉道：「撂在水裡不好，你看這裡的水乾淨，只一流出去，有人家的地方兒什麼

寶玉（讀書）

沒有？仍舊把花糟蹋了。那畸[52]角兒上我有一個花冢，如今把他掃了，裝在這絹袋裡，埋在那裡；日久隨土化了，豈不乾淨。」

寶玉聽了，喜不自禁，笑道：「待我放下書，幫你來收拾。」黛玉道：「什麼書？」寶玉見問，慌得藏了，便說道：「不過是『中庸』『大學』。」黛玉道：「你又在我跟前弄鬼。趁早兒給我瞧瞧，好多著呢！」寶玉道：「妹妹，要論你，我是不怕的。你看了，好歹別告訴人。真是好文章！你要看了，連飯也不想吃呢！」一面說，一面遞過去。黛玉把花具放下，接書來瞧，從頭看去，越看越愛，不頓飯時，已看了好幾齣⓭了。但覺詞句警人，餘香滿口。一面看了，只管出神⓮，心內還默默記誦。寶玉笑道：「妹妹，你說好不好？」黛玉笑著點頭兒。寶玉笑道：「我就是個『多愁多病的身』，你就是那『傾國傾城的貌』[53]。」黛玉聽了，不覺帶腮連耳的通紅了，登時豎起兩道似蹙非蹙的眉，瞪了一雙似睜非睜的眼，桃腮帶怒，薄面含嗔，指著寶玉道：「你這該死的，胡說了！好好兒的，把這些淫詞艷曲弄了來，說這些混賬話，欺負我。我告訴舅舅、舅母去！」——說到「欺負」二字，就把眼圈兒紅了，轉身就走。

寶玉急了，忙向前攔住道：「好妹妹，千萬饒我這一遭兒罷！要有心欺負你⓯，明兒我掉在池子裡，叫個癩頭黿[54]吃了，去變個大忘八，等你明兒作了『一品夫人』病老歸西的時候兒，我往你墳上替你駝一輩子碑去。」說得黛玉「噗嗤」的一聲笑了，一面揉著眼，一面笑道：「一般唬得這麼個樣兒，還只管胡說。——呸！原來也是個『銀樣蠟槍頭』[55]！」寶玉聽了，笑道：「你說說，你這個呢？我也告訴去。」黛玉笑道：「你說你會『過目成誦』，難道我就不能『一目十行』了！」寶玉一面收書，一面笑道：「正經快

黛玉

把花兒埋了罷，別提那些個了。」二人便收拾落花。

正才掩埋妥協[56]，只見襲人走來，說道：「那裡沒找到？摸在這裡來了！那邊大老爺身上不好，姑娘們都過去請安去了，老太太叫打發你去呢。快回去換衣裳罷。」寶玉聽了，忙拿了書，別了黛玉，同襲人回房換衣不提。

這裡黛玉見寶玉去了，聽見眾姐妹也不在房中，自己悶悶的。正欲回房，剛走到梨香院牆角外，只聽見牆內笛韻悠揚，歌聲婉轉，黛玉便知是那十二個女孩子演習戲文。雖未留心去聽，偶然兩句吹到耳朵內，明明白白一字不落道：「原來是姹紫嫣紅開遍，似這般，都付與斷井頹垣[57]……」黛玉聽了，倒也十分感慨纏綿，便止步側耳細聽，又唱道是：「良辰美景奈何天，賞心樂事誰家院[58]……」聽了這兩句，不覺點頭自嘆，心下自思：「原來戲上也有好文章，可惜世人只知看戲，未必能領略其中的趣味。」想畢，又後悔不該胡想，耽誤了聽曲子。再聽時，恰唱到：「只為你如花美眷，似水流年[59]……」黛玉聽了這兩句，不覺心動神搖。又聽道：「你在幽閨自憐[60]……」等句，越發如醉如痴，站立不住，便一蹲身坐在一塊山子石上，細嚼「如花美眷，似水流年」八個字的滋味。忽又想起前日見古人詩中，有「水流花謝兩無情」[61]之句；再詞中又有「流水落花春去也，天上人間」[62]之句；又兼方才所見「西廂記」中「花落水流紅，閑愁萬種」[63]之句，都一時想起來，湊聚在一處。仔細忖度[64]，不覺心痛神馳，眼中落淚。正沒個開交處，忽覺身背後有人拍了他一下，及至回頭看時⓰，——未知是誰，下回分解。

■校記

❶「賈母次日仍領眾人過節」十字，諸本無。

❷「楊氏」，諸本作「周氏」。後同。

❸「嘴頭兒乖滑」，諸本作「不大拿班作勢的」。

❹「這也罷了，因又悄悄的笑道，我問你」十四字，藤本、王本作「果然這樣，也倒罷了，但只一件」十二字。甲本、脂本略有異同，皆無「因又悄悄的笑道」七字。

❺「把臉飛紅」，四字諸本無。

❻「偏車坐上」，諸本作「偏個腳驢自己騎」。

❼「發虛」，諸本作「正不自在」。

❽「喜歡」，諸本作「自在」。

❾「蛙聲」，諸本作「蟇更」。

❿「發悶」，諸本作「悶悶的」。

⓫「只想外頭鬼混，卻痴痴的，又說不出什麼滋味來」，諸本作「只在外頭鬼混，卻又痴痴的」，無末後九字。

⓬「一大斗」，「斗」脂本作「半」。

⓭「已看了好幾齣」，諸本作「將十六齣俱已看完」。

⓮「一面看了，只管出神」，諸本作「雖看完了，卻只管出神」。

⓯「要有心欺負你」，諸本此上有「原是我說錯了」六字。

⓰「及至回頭看時」，諸本此下有「原來是個女子」六字。

■注釋

1 〔「西廂記」〕雜劇劇本，又名「會真記」，元代王實甫作。寫書生張珙（字君瑞）在蒲東普救寺遇見崔相國的女兒鶯鶯，兩人發生愛情，通過侍女紅娘的協助，而得以結合。

2 〔「牡丹亭」〕也叫「還魂記」，傳奇劇本，明代湯顯祖作。寫南安太守杜寶之女杜麗娘夢見書生柳夢梅，醒後相思致病而死。三年後柳夢梅在南安養病，杜麗娘復生，遂結為夫婦。

3 〔勒（ㄌㄜˋ／lè）石〕把字刻在石頭上。勒，刻。

4 〔燙蠟釘硃〕鐫刻碑文，先要燙蠟，即把蠟熔化塗在石碑面上，使之光潔平滑。還要釘硃，即用紅色的硃砂畫上界線，並書寫碑文，最後石工照字跡用刀鑿鐫刻。

5 〔廊下〕指正宅之外兩旁的群房。也說「廊上」。

6 〔嗤（ㄔ／chī）〕譏笑。

7 〔封錮（ㄍㄨˋ／gù）〕封閉禁錮。

8 〔扭股糖〕一種兩三股扭在一起的糕糖，這裡是用來形容撒嬌時或害羞時身形扭捏的情態。

9 〔飄逸〕形容態度瀟灑。

10 〔委瑣〕容貌鄙俗，沒有出息的樣子。

11 〔鬥草簪（ㄗㄢ／zān）花〕鬥草，舊時青少年的一種遊戲活動。簪花，戴花。簪，別住髮髻的首飾。這裡作動詞用，插、戴的意思。

12 〔拆字猜枚〕拆字，古時一種文字遊戲，把一個字變成一句話。猜枚，飲酒時助興的遊戲：取若干小物件，如錢幣、棋子、瓜子、松子、蓮子等，握於拳中，供人猜單雙、數目、顏色等，中者為勝，不中者罰飲。

13〔霞綃（ㄒㄧㄠ／syāu）雲幄（ㄨㄛˋ／wò）〕霞，紅色霞光，形容綃的顏色；綃，一種輕軟的絲織品；雲，形容綃幄的輕柔；幄，四合形的帳子。

14〔點點花愁〕言花的愁緒之多。

15〔嗔（ㄔㄣ／chēn）〕生氣、不滿。

16〔自是〕本是。

17〔小鬟〕年紀小的丫頭。

18〔譯文〕

紅雲般的絲帳裡隨意鋪開錦被，
隔著古老的街巷傳來蛙聲隱隱。
躺在床上微覺涼意因窗外落下春雨，
爛漫春色激起我無限思念夢中戀人。
蠟燭啊你行行淚水是為誰哭泣，
燈花啊你點點愁容在替我氣憤。
本是我的小丫鬟被寵得嬌懶慣了，
我圍著被仍有寒意她卻笑語頻頻。

19〔幽夢〕幽，深；幽夢，深沉的夢境。

20〔窗明句〕麝月，月亮；宮鏡，宮廷用的鏡子。

21〔室靄（ㄞˇ／ǎi）句〕靄，雲氣；檀雲，焚檀香冒的烟霧；品，仔細嗅聞；御香，宮廷中所用之香。

22〔琥珀句〕琥珀，一種化石，半透明的物質。琥珀杯就是用琥珀作成的酒杯。滑，酒味醇美。以上四句詩分別嵌鸚鵡、麝月、檀雲、琥珀四個丫鬟名。

23〔玻璃〕指形似玻璃的一種水晶石。

24〔齊紈〕紈，細絹，古代齊國「紈」最好，稱「齊紈」。這裡是「團扇」的代稱。

25〔譯文〕刺繡倦怠的美人進入甜蜜的夢鄉，
金絲籠裡的鸚鵡呼喚著「茶湯，茶湯」。
窗上月光流瀉好像打開了明亮的宮鏡，
滿屋烟霧繚繞彷彿聞到了皇家的檀香。
琥珀杯中倒出荷香露酒，
水晶欄旁微風習習正好乘涼。
水亭裡遊人的團扇頻頻舞動，
紅樓上簾捲門閉美人們卸去晚妝。

26〔絳芸軒〕寶玉住的房間名。

27〔桂魄〕月的代稱。桂，傳說月中有桂樹；魄，月初升時的微光。

28〔流光〕像清清流水似的月光。

29〔茜（ㄑㄧㄢˋ／qiàn）紗〕茜，紅色；茜紗，紅色的紗。

30〔井〕這裡指天井。

31〔抱衾句〕舒，展開；金鳳，被面上的金色鳳凰圖案。

32〔倚檻句〕椅檻，倚著欄杆；落，卸下；翠花，綠色玉石花，是婦女頭上專用的裝飾品。

33〔譯文〕絳芸軒裡停止了吵嚷喧嘩，
月光如水灑滿了紅色窗紗。
石階布滿青苔正容仙鶴露宿，
院裡梧桐落露打濕棲息的烏鴉。
專管鋪床的丫鬟展開金鳳花被，
倚著欄杆的小姐回閣卸去翠花。
深夜難以入眠因為酒後口渴，
撥旺爐中餘火要杯濃濃熱茶。

34〔錦罽（ㄐㄧˋ／ji）〕錦面毛毯。

35〔鸘（ㄕㄨㄤ／shuāng）衾〕一種水鳥毛絮的被子。

36〔梨花〕這裡指雪。唐岑參「白雪歌」：「忽如一夜春風來，千樹萬樹梨花開。」

37〔翠〕深綠色，多用形容寒冷狀態。

38〔公子句〕金貂，漢代侍中等官員帽子上作裝飾用的貂尾。這裡是借用，以帽上裝飾作帽子的代稱。

39〔試茗〕品茶。

40〔掃將句〕過去認為雪水潔淨，煮茶味道清醇。

41〔譯文〕梅花青竹進入夢鄉天已三更，
蓋著錦毛毯鸘絨被仍睡不成。

松影印滿庭院只見幾隻仙鶴，
白雪落滿地面沒有黃鸝囀鳴。
婢女衣單袖寒詩情彷彿冷卻，
公子頭戴貂帽還嫌酒不禦風。
令人高興的是侍女知道品茶，
把新雪掃來趕緊地沏茶煮茗。

42 〔簡評〕「四時即事詩」是賈寶玉移居大觀園「心滿意足」時的作品。作者說這些詩「雖不算好，卻是真情真景」。從藝術上看，這些詩徒有華麗的詞藻，並無切實的內容。其為當時「一等勢利人」、「輕薄子弟」所傳誦、讚賞，似乎就不是偶然了。

43 〔倩畫求題〕請求作畫題字。

44 〔合德〕漢成帝的一個妃子，是趙飛燕的妹妹。

45 〔外傳〕人物在「正史」上無記載而另寫傳記；或在正史外，另有別的記載，都叫外傳。

46 〔傳奇角本〕指劇本。

47 〔吃不了兜著走〕吃不消。

48 〔踟躕（ㄔˊ ㄔㄨˊ／chí chú）〕心裡猶豫，要走又不肯走的樣子。

49 〔中浣（ㄏㄨㄢˋ／huàn）〕古代每十天有一次浣濯沐浴休假的日子。引申每月前十天為「上浣」，中十天為「中浣」，後十天為「下浣」。後借作上旬、中旬、下旬的別稱。

50 〔「會真記」〕 唐元稹所作傳奇，名「鶯鶯傳」，又名「會真記」。後來金元人把這故事演為諸宮調和雜劇，稱為「西廂記」。也有仍借用唐傳奇「會真記」舊名去稱雜劇劇本的。

51 〔落紅成陣〕 落花很多。落紅，落花。這是「西廂記」中的句子。

52 〔畸（ㄐㄧ／jī）〕 偏的意思。

53 〔多愁多病身……傾國傾城貌〕 「西廂記」中的詞句。張生是「多愁多病身」，鶯鶯是「傾國傾城貌」。「漢書．孝武李夫人傳」：「北方有佳人，絕世而獨立。一顧傾人城，再顧傾人國。」後常用「傾城傾國」來形容女子的絕美。

54 〔黿（ㄩㄢˊ／yuán）〕 動物名，也稱「綠團魚」，俗稱「癩頭黿」。

55 〔銀樣蠟槍頭〕 中看不中用的意思。「蠟」，古本「西廂記」及其他雜劇或作「鑞」，是一種鉛錫的合金，都指冒充銀子。黛玉也用了「西廂記」的詞句。

56 〔妥協〕 這裡是妥當的意思。

57 〔原來是……斷井頹垣〕 這是「牡丹亭」中「驚夢」一折裡的句子。姹（ㄔㄚˋ／chà）紫嫣（ㄧㄢ／yān）紅，指各色各樣的美麗花朵。斷井殘垣，指破院斷牆。句意是，本來是萬紫千紅的花朵都開遍了，像這樣美好的景色，卻處在一個破爛院子裡。

58 〔良辰美景奈何天，賞心樂事誰家院〕 這句出處同上。良辰，美好的時光。賞心，內心愉快。句意是，這良辰美景該怎樣度過才不辜負它呢？能夠心情舒暢欣賞美景的又有誰家呢？

59〔如花美眷，似水流年〕出處同上。句意是，像花一樣的美女，像流水一樣的青春。這是對年華易逝、紅顏漸老的感傷。

60〔幽閨自憐〕出處同上。幽閨，深居在家的女子。杜麗娘（「牡丹亭」中的主人公之一）終年在深閨之中，愛情上非常苦悶，別人不理解，只有自己來憐惜自己。這裡是黛玉自憐。

61〔水流花謝兩無情〕唐代崔塗「春夕」詩：「水流花謝兩無情，送君東風過楚城」。意思是，水無情地流去了，花無情地凋謝了，在春季將盡的時候來到楚城。這裡流露了對青春易逝的感慨。

62〔流水落花春去也，天上人間〕這是南唐後主李煜的詞「浪淘沙」中的兩句。句意是，春天隨著流水、落花歸去了，到那裡去尋找呢？天上？人間？流露了年華易老無可奈何的感傷情緒。

63〔花落水流紅，閑愁萬種〕句出「西廂記」。紅花落在水裡，隨水飄流去，引人產生無限的哀愁。這也是不得意的憂傷情調。

64〔忖度（ㄘㄨㄣˇ ㄉㄨㄛˊ／cǔn duó）〕思量、考慮。

【第二十四回】

醉金剛輕財尚義俠[1]　痴女兒遺帕惹相思

話說黛玉正在情思縈逗[2]、纏綿固結之時，忽有人從背後拍了一下，說道：「你作什麼一個人在這裡？」黛玉唬了一跳，回頭看時，不是別人，卻是香菱。黛玉道：「你這個傻丫頭，冒冒失失的唬我一跳！這會子打那裡來？」香菱嘻嘻的笑道：「我來找我們姑娘，總找不著；——你們紫鵑也找你呢！說璉二奶奶送了什麼茶葉來了。回家去坐著罷。」一面說，一面拉著黛玉的手，回瀟湘館來，果然鳳姐送了兩小瓶上用新茶葉來。黛玉和香菱坐了，談講些這一個繡得好，那一個扎[3]得精，又下一回棋，看兩句書，香菱便走了，不在話下。

且說寶玉因被襲人找回房去，只見鴛鴦歪在床上看襲人的針線呢，見寶玉來了，便說道：「你往那裡去了？老太太等著你呢，叫你過那邊請大老爺的安去。還不快去換了衣裳走呢！」襲人便進房去取衣服。

寶玉坐在床沿上，褪了鞋，等靴子穿的工夫，回頭見鴛鴦穿著水紅綾子襖兒，青緞子坎肩兒，下面露著玉色綢襪，大紅繡鞋，向那邊低著頭看針線，脖子上圍著紫綢絹子。寶玉便把臉湊在脖項上，聞那香氣，不住用手摩挲：其白膩不在襲人以下。便猴上身去，涎著臉笑道：「好姐姐，把你嘴上的胭脂賞我吃了罷！」一面說，一面扭股糖似的黏在身上。

鴛鴦便叫道：「襲人，你出來瞧瞧！你跟他一輩子，也不勸勸他，還是這麼著。」襲人抱了衣裳出來，向寶玉道：「左勸也不改，右勸也不改，你到底是怎麼著？你再這麼著，這個地方兒可也就難住了。」一邊說，一邊催他穿衣裳，同鴛鴦往前面來；見過賈母，出至外面，人馬俱已齊備。剛欲上馬，只見賈璉請安回來正下馬，二人對面，彼此問了兩句話，只見旁邊轉過一個人來，說：「請寶叔安。」

寶玉看時，只見這人生得容長臉兒[4]，長挑身材，年紀只有十八九歲，甚實❶斯文清秀。雖然面善，卻想不起是那一房的，叫什麼名字。賈璉笑道：「你怎麼發呆？連他也不認得？他是廊下❷住的五嫂子的兒子芸兒。」寶玉笑道：「是了，我怎麼就忘了。」因問他：「你母親好？這會子什麼勾當[5]？」賈芸指賈璉道：「找二叔說句話。」寶玉笑道：「你倒比先越發出挑了，倒像我的兒子。」賈璉笑道：「好不害臊！人家比你大五六歲呢，就給你作兒子了？」寶玉笑道：「你今年十幾歲？賈芸道：「十八了。」

原來這賈芸最伶俐乖巧的，聽寶玉說「像他的兒子」，便笑道：「俗話說得好，『搖車兒裡的爺爺，拄拐棍兒的孫子』，雖然年紀大，『山高遮不住太陽』。——只從我父親死了，這幾年也沒人照管，寶叔要不嫌姪兒蠢，認作兒子，就是姪兒的造化了。」賈璉笑道：「你聽見了？認了兒子，不是好開交[6]的。」說著，笑著進去了。

寶玉笑道：「明兒你閑了，只管來找我，別和他們鬼鬼祟祟的。這會子我不得閑兒；

明日你到書房裡來，我和你說一天話兒，我帶你園裡玩去。」說著，扳鞍上馬，眾小廝隨往賈赦這邊來。見了賈赦，不過是偶感些風寒。先述了賈母問的話，然後自己請了安，賈赦先站起來回了賈母問的話，便喚人來：「帶進哥兒去太太屋裡坐著。」

寶玉退出來，至後面，到上房，邢夫人見了，先站了起來請過賈母的安，寶玉方請安。邢夫人拉他上炕坐了，方問別人，又命人倒茶。茶未吃完，只見賈琮[7]來問寶玉好。邢夫人道：「那裡找活猴兒去！你那奶媽子死絕了！也不收拾收拾，弄得你黑眉烏嘴的，那裡還像個大家子念書的孩子！」

正說著，只見賈環賈蘭小叔姪兩個也來請安。邢夫人叫他兩個在椅子上坐著。賈環見寶玉同邢夫人坐在一個坐褥上，邢夫人又百般摸索撫弄他，早已心中不自在了，坐不多時，便向賈蘭使個眼色兒要走，賈蘭只得依他，一同起身告辭。寶玉見他們起身，也就要一同回去，邢夫人笑道：「你且坐著，我還和你說話。」寶玉只得坐了。邢夫人向他兩個道：「你們回去，各人替我問各人的母親好罷。你姑姑姐姐❸們都在這裡呢，鬧得我頭暈！——今兒不留你們吃飯了。」賈環等答應著便出去了。

寶玉笑道：「可是姐姐❹們都過來了？怎麼不見？」邢夫人道：「他們坐了會子，都往後頭不知那屋裡去了。」寶玉說：「大娘說『有話說』，不知是什麼話？」邢夫人笑道：「那裡什麼話，不過叫你等著同姐妹們吃了飯去，還有一個好玩的東西給你帶回去玩兒。」

娘兒兩個說著，不覺又晚飯時候，請過眾位姑娘們來，調開桌椅，羅列杯盤，母女姐妹們吃畢了飯，寶玉辭別賈赦，同眾姐妹們回家❺，見過賈母王夫人等，各自回房安歇，不在話下。

且說賈芸進去，見了賈璉，因打聽：「可有什麼事情？」賈璉告訴他說：「前兒倒有一件事情出來，偏偏你嬸娘再三求了我，給了芹兒了。他許我說：『明兒園裡還有幾處要栽花木的地方，等這個工程出來，一定給你就是了。』」那賈芸聽了，半晌說道：「既這麼著，我就等著罷。叔叔也不必先在嬸娘跟前提我今兒來打聽的話，到跟前再說也不遲。」賈璉道：「提他作什麼！我那裡有這工夫說閑話呢？明日還要到興邑去走一走，必須當日趕回來方好。你先等著去，後日起更以後，你來討信，早了我不得閑。」說著，便向後面換衣服去了。

賈芸出了榮國府回家，一路思量，想出一個主意來，便一徑往他舅舅卜世仁家來。原來卜世仁現開香料鋪，方才從鋪子裡回來，一見賈芸，便問：「你作什麼來了？」賈芸道：「有件事求舅舅幫襯：要用冰片、麝香，好歹舅舅每樣賒四兩給我，八月節按數送了銀子來。」卜世仁冷笑道：「再休提賒欠一事！前日也是我們鋪子裡一個伙計，替他的親戚賒了幾兩銀子的貨，至今總沒還，因此我們大家賠上，立了合同，再不許替親友賒欠，誰要犯了，就罰他二十兩銀子的東道。況且如今這個貨也短，你就拿現銀子到我們這小鋪子裡來買，也還沒有這些，只好倒扁兒[8]去❻，這是一件。二則你那裡有正經事？不過賒了去又是胡鬧。你只說舅舅見你一遭兒就派你一遭兒不是，你小人兒家很不知好歹，也要立個主意，賺幾個錢，弄弄穿的吃的，我看著也喜歡。」

賈芸笑道：「舅舅說的有理。但我父親沒的時候兒，我又小，不知事體。後來聽見母親說，都還虧了舅舅替我們出主意料理的喪事。難道舅舅是不知道的：還是有一畝地，兩個房子，在我手裡花了不成？『巧媳婦作不出沒米的飯來』，叫我怎麼樣呢？——還虧是我呢！要是別的，死皮賴臉的三日兩頭來纏舅舅，要三升米二升豆子，舅舅也就沒法兒呢！」

卜世仁道：「我的兒，舅舅要有，還不是該當的？我天天和你舅母說，只愁你沒個算計兒。你但凡立得起來，到你們大屋裡❼，就是他們爺兒們見不著，下個氣兒和他們的管事的爺們嬉和[9]嬉和，也弄個事兒管管。前兒我出城去，碰見你們三屋裡的老四，坐著好體面車❽，又帶著四五輛車，有四五十小和尚道士兒，往家廟裡去了。他那不虧能幹，就有這個事到他身上了？」賈芸聽了嘮叨得不堪，便起身告辭。卜世仁道：「怎麼這麼忙？你吃了飯去罷——」一句話尚未說完，只見他娘子說道：「你又糊塗了！說著沒有米，這裡買了半斤麵來下給你吃，這會子還裝胖呢。留下外甥挨餓不成？」卜世仁道：「再買半斤來添上就是了。」他娘子便叫女兒：「銀姐，往對門王奶奶❾家去問：有錢借幾十個，明兒就送了來的。」夫妻兩個說話，那賈芸早說了幾個「不用費事」，去得無影無蹤了。

不言卜家夫婦，且說賈芸賭氣離了舅舅家門，一徑回來，心下正自煩惱，一邊想，一邊走，低著頭，不想一頭就碰在一個醉漢身上，把賈芸一把拉住，罵道：「你瞎了眼？碰起我來了！」

賈芸聽聲音像是熟人，仔細一看，原來是緊鄰倪二。這倪二是個潑皮，專放重利債，在賭博場吃飯，專愛喝酒打架。此時正從欠錢人家索債歸來，已在醉鄉，不料賈芸碰了他，就要動手。賈芸叫道：「老二，住手！是我衝撞了你。」倪二一聽他的語音，將醉眼睜開，一看見是賈芸，忙鬆了手，趔趄[10]著笑道：「原來是賈二爺！這會子那裡去？」賈芸道：「告訴不得你；平白的又討了個沒趣兒。」倪二道：「不妨。有什麼不平的事，告訴我，我替你出氣。這三街六巷，憑他是誰，若得罪了我醉金剛倪二的街坊❿[11]，管叫他人離家散！」

賈芸道：「老二，你別生氣，聽我告訴你這緣故。」便把卜世仁一段事告訴了倪二。倪二聽了大怒道：「要不是二爺的親戚，我就罵出來。真真把人氣死！——也罷，你也不必愁，我這裡現有幾兩銀子，你要用只管拿去。我們好街坊⓫，這銀子是不要利錢的。」一頭說，一頭從搭包[12]內掏出一包銀子來。

賈芸心下自思：「倪二素日雖然是潑皮，卻也因人而施，頗有義俠之名。若今日不領他這情，怕他臊了，反為不美。不如用了他的，改日加倍還他就是了。」因笑道：「老二，你果然是個好漢！既蒙高情，怎敢不領？回家就照例寫了文約送過來。」倪二大笑道：「這不過是十五兩三錢銀子，你若要寫文約，我就不借了。」賈芸聽了，一面接銀子，一面笑道：「我遵命就是了，何必著急！」倪二笑道：「這才是呢！天氣黑了，也不讓你喝酒了，我還有點事兒，你竟請回罷。我還求你帶個信兒給我們家：叫他們關了門睡罷，我不回家去了；倘或有事，叫我們女孩兒明兒一早到馬販子王短腿家找我。」一面說，一面趔趄著腳兒去了。不在話下。

且說賈芸偶然碰見了這件事，心下也十分稀罕，想：「那倪二倒果然有些意思；只是怕他一時醉中慷慨，到明日加倍來要，便怎麼好呢？」忽又想道：「不妨，等那件事成了，可也加倍還得起他。」因走到一個錢鋪裡，將那銀子秤了秤，分兩不錯，心上越發喜歡。到家先將倪二的話捎給他娘子兒，方回家來。他母親正在炕上拈線，見他進來，便問：「那裡去了一天？」賈芸恐母親生氣，便不提卜世仁的事，只說：「在西府裡等璉二叔來著。」問他母親：「吃了飯了沒有？」他母親說：「吃了。還留著飯在那裡。」叫小丫頭拿來給他吃。

那天已是掌燈時候，賈芸吃了飯，收拾安歇，一宿無話。次日起來，洗了臉，便出南門大街，在香鋪買了冰麝[12]，往榮府來。打聽賈璉出了門，賈芸便往後面來。到賈璉院門前，只見幾個小廝，拿著大高的笤帚在那裡掃院子呢。忽見周瑞家的從門裡出來叫小廝們：「先別掃，奶奶出來了。」賈芸忙上去笑問道：「二嬸娘那裡去？」周瑞家的道：「老太太叫，想必是裁什麼尺頭。」

正說著，只見一群人簇擁著鳳姐出來了。賈芸深知鳳姐是喜奉承愛排場的，忙把手逼著，恭恭敬敬搶上來請安。鳳姐連正眼也不看，仍往前走，只問他母親好：「怎麼不來這裡逛逛？」賈芸道：「只是身上不好，倒時常惦記著嬸娘，要瞧瞧，總不能來。」鳳姐笑道：「可是你會撒謊！不是我提，他也就不想我了。」賈芸笑道：「姪兒不怕雷劈，就敢在長輩兒跟前撒謊了？昨兒晚上還提起嬸娘來，說：『嬸娘身子單弱，事情又多，虧了嬸娘好精神，竟料理得周周全全的。要是差一點兒的，早累得不知怎麼樣了。』」

鳳姐聽了，滿臉是笑，由不得止了步，問道：「怎麼好好兒的，你們娘兒兩個在背地裡嚼說起我來？」賈芸笑著道：「只因我有個好朋友，家裡有幾個錢，現開香鋪，因他捐了個通判[13]，前兒選著了[14]雲南不知那一府，連家眷一齊去。他這香鋪也不開了，就把貨物攢了一攢，該給人的給人，該賤發的賤發[15]，像這貴重的，都送給親友，所以我得了些冰片、麝香。我就和我母親商量：賤賣了可惜；要送人也沒有人家兒配使這些香料。因想到嬸娘往年間還拿大包的銀子買這些東西呢，別說今年貴妃宮中，就是這個端陽節所用，也一定比往常要加十幾倍：所以拿來孝敬嬸娘。」一面將一個錦匣遞過去。

鳳姐正是辦節禮用香料，便笑了一笑，命豐兒：「接過芸哥兒的來，送了家去，交給平兒。」因又說道：「看你這麼知好歹，怪不得你叔叔常提起你來，說你好，說話明白，心裡有見識。」賈芸聽這話入港，便打進一步來，故意問道：「原來叔叔也常提我？」鳳姐見問，便要告訴給他事情管的話，一想，又恐他看輕了，只說得了這點兒香料，便許他管事了。因且把派他種花木的事，一字不提，隨口說了幾句淡話，便往賈母屋裡去了。

賈芸自然也難提，只得回來。因昨日見了寶玉，叫他到外書房等著，故此吃了飯，又進來，到賈母那邊儀門外綺散齋書房裡來。只見茗烟在那裡掏小雀兒呢。賈芸在他身後，把腳一跺，道：「茗烟小猴兒又淘氣了！」茗烟回頭，見是賈芸，便笑道：「何苦二爺唬我們這麼一跳。」因又笑說：「我不叫『茗烟』了，我們寶二爺嫌『烟』字不好，改了叫『焙[16]茗』了。二爺明兒只叫我焙茗罷⓭。」賈芸點頭笑著同進書房，便坐下問：「寶二爺下來了沒有？」焙茗道：「今日總沒下來。二爺說什麼，我替你探探去。」說著，便出去了。

這裡賈芸便看字畫古玩。有一頓飯的工夫，還不見來。再看看要找別的小子，都玩去了。正在煩悶，只聽門前嬌音嫩語的叫了一聲「哥哥呀」，賈芸往外瞧時，是個十五六歲的丫頭，生得倒甚齊整，兩隻眼兒水水靈靈的⓮，見了賈芸，抽身要躲，恰值焙茗走來，見那丫頭在門前，便說道：「好，好，正抓不著個信兒呢！」賈芸見了焙茗，也就趕出來，問：「怎麼樣？」焙茗道：「等了半日，也沒個人過。這就是寶二爺屋裡的。」因說道：「好姑娘，你帶個信兒，就說廊上二爺來了。」

那丫頭聽見，方知是本家的爺們，便不似從前那等迴避，下死眼把賈芸釘了兩眼。聽那賈芸說道：「什麼『廊上』『廊下』的，你只說芸兒就是了。」半晌，那丫頭似笑不笑的[15]說道：「依我說，二爺且請回去，明日再來。今兒晚上得空兒，我替回罷。」焙茗道：「這是怎麼說？」那丫頭道：「他今兒也沒睡中覺，自然吃的晚飯早，晚上又不下來，難道只是叫二爺這裡等著挨餓不成？不如家去，明兒來是正經。——就便回來有人帶信兒，也不過嘴裡答應著罷咧。」

賈芸聽這丫頭的話，簡便俏麗，待要問他的名字，因是寶玉屋裡的，又不便問，只得說道：「這話倒是。我明日再來。」說著，便往外去了。焙茗道：「我倒茶去。二爺喝了茶再去。」賈芸一面走，一面回頭說：「不用，我還有事呢。」口裡說話，眼睛瞧那丫頭還站在那裡呢。

那賈芸一徑回來。至次日，來至大門前，可巧遇見鳳姐往那邊去請安，才上了車，見賈芸過來，便命人叫住，隔著窗子笑道：「芸兒，你竟有膽子在我跟前弄鬼！怪道你送東西給我，原來你有事求我。昨兒你叔叔才告訴我，說你求他。」賈芸笑道：「求叔叔的事，嬸娘別提，我這裡正後悔呢。早知這樣，我一起頭兒就求嬸娘，這會子早完了，誰承望叔叔竟不能的！」鳳姐笑道：「哦！你那邊沒成兒，昨兒又來找我了？」賈芸道：「嬸娘辜負了我的孝心。我並沒有這個意思；要有這個意思[16]，昨兒還不求嬸娘嗎？如今嬸娘既知道了，我倒要把叔叔擱開，少不得求嬸娘，好歹疼我一點兒。」

鳳姐冷笑道：「你們要揀遠道兒走麼！早告訴我一聲兒，多大點子事，還值得耽誤到這會子！那園子裡還要種樹種花兒，我正想個人呢。早說不早完了？」賈芸笑道：「這樣明日嬸娘就派我罷。」鳳姐半晌道：「這個我看著不大好，等明年正月裡的烟火燈燭那個大宗兒下來，再派你不好？」賈芸道：「好嬸娘，先把這個派了我，果然這件辦得好，再派我那件罷。」鳳姐笑道：「你倒會拉長線兒[17]！——罷了，要不是你叔叔說，我不管你的事。我不過吃了飯就過來，你到午錯時候來領銀子，後日就進去種花兒。」說著，命人駕起香車，逕去了。

賈芸喜不自禁。來至綺散齋打聽寶玉，誰知寶玉一早便往北靜王府裡去了。賈芸便呆呆的坐到晌午，打聽鳳姐回來。去寫個領票來領對牌⑰，至院外，命人通報了，彩明走出來，要了領票進去，批了銀數、年月，一併連對牌交給賈芸。賈芸接來看那批上批著二百兩銀子，心中喜悅，翻身走到銀庫上領了銀子，回家告訴他母親，自是母子俱喜。次日五更，賈芸先找了倪二還了銀子，又拿了五十兩銀子，出西門找到花兒匠方椿家裡去買樹，不在話下。

且說寶玉自這日見了賈芸，曾說過明日著他進來說話，這原是富貴公子的口角[18]，那裡還記在心上，因而便忘懷了。這日晚上，卻從北靜王府裡回來，見過賈母王夫人等，回至園內，換了衣服，正要洗澡，——襲人被寶釵煩了去打結子去了；秋紋碧痕兩個去催水；檀雲又因他母親病了，接出去了；麝月現在家中病著；還有幾個作粗活聽使喚的丫頭，料是叫不著他，都出去尋夥覓伴的去了。不想這一刻工夫，只剩了寶玉在屋內，偏偏的寶玉要喝茶，一連叫了兩三聲，方見兩三個老婆子走進來。寶玉見了，連忙搖手說：

碧痕

「罷，罷！不用了。」老婆子們只得退出。

寶玉見沒丫頭們，只得自己下來，拿了碗，向茶壺去倒茶。只聽背後有人說道：「二爺，看燙了手，等我倒罷。」一面說，一面走上來接了碗去。寶玉倒唬了一跳，問：「你在那裡來著？忽然來了，唬了我一跳！」那丫頭一面遞茶，一面笑著回道：「我在後院裡。才從裡間後門進來，難道二爺就沒聽見腳步響麼？」

寶玉一面吃茶，一面仔細打量，那丫頭穿著幾件半新不舊的衣裳，倒是一頭黑鴉鴉的好頭髮，綰著鬢兒，容長臉面，細挑身材，卻十分俏麗甜淨。寶玉便笑問道：「你也是我屋裡的人麼？」那丫頭笑應道：「是。」寶玉道：「既是這屋裡的，我怎麼不認得？」那丫頭聽說，便冷笑一聲道：「爺不認得的也多呢！豈止我一個！從來我又不遞茶水拿東西，眼面前兒的一件也作不著，那裡認得呢？」寶玉道：「你為什麼不作眼面前兒的呢？」那丫頭道：「這話我也難說。——只是有句話回二爺：昨日有個什麼芸兒來找二爺，我想二爺不得空兒，便叫焙茗回他；今日來了，不想二爺又往北府裡去了[18]。……」

剛說到這句話，只見秋紋碧痕嘻嘻哈哈的笑著進來：兩個人共提著一桶水，一手撩衣裳，趔趔趄趄潑潑撒撒的。那丫頭便忙迎出去接。秋紋碧痕，一個抱怨「你濕了我的衣裳」，一個又說「你踹了我的鞋」。忽見走出一個人來接水，二人看時，不是別人，原來是小紅。二人便都詫異，將水放下，忙進來看時，並沒別人，只有寶玉，便心中俱不自在。只得且預備下洗澡之物，待寶玉脫了衣裳，二人便帶上門出來，走到那邊房內，找著小紅，問他：「方才在屋裡作什麼？」

小紅道：「我何曾在屋裡呢？因為我的絹子找不著，往後頭找去，不想二爺要茶喝，叫姐姐們，一個兒也沒有，我趕著進去倒了碗茶，姐姐們就來了。」秋紋兜臉啐了一口道：「沒臉面的下流東西！正經叫你催水去，你說有事，倒叫我們去，你可搶這個巧宗兒[19]！一里一里的，這不上來了嗎？難道我們倒跟不上你麼？你也拿鏡子照照，配遞茶遞水不配？」碧痕道：「明兒我說給他們，凡要茶要水拿東西的事，咱們都別動，只叫他去就完了。」秋紋道：「這麼說，還不如我們散了，單讓他在這屋裡呢！」

二人你一句，我一句，正鬧著，只見有個老嬤嬤進來，傳鳳姐的話說：「明日有人帶花兒匠來種樹，叫你們嚴緊些，衣裳裙子，別混曬混晾的。那土山上都攔著圍幕，可別混跑。」秋紋便問：「明日不知是誰帶進匠人來監工？」那婆子道：「什麼後廊上的芸哥兒。」秋紋碧痕俱不知道，只管混問別的話，那小紅心內明白，知是昨日外書房所見的那人了。

原來這小紅本姓林，小名紅玉，因「玉」字犯了寶玉黛玉的名，便改喚他作「小紅」，原來是府中世僕，他父親現在收管各處田房事務。這小紅年方十四，進府當差，把他派在怡紅院中，倒也清幽雅靜。不想後來命姐妹及寶玉等進大觀園居住，偏生這一所兒，又被寶玉點了。

這小紅雖然是個不諳事體的丫頭，因他原有幾分容貌，心內便想向上攀高，每每要在寶玉面前現弄現弄。只是寶玉身邊一干人都是伶牙利爪的，那裡插得下手去？不想今日才有些消息，又遭秋紋等一場惡話，心內早灰了一半。正沒好氣，忽然聽見老嬤嬤說起賈芸來，不覺心中一動，便悶悶的回房，睡在床上，暗暗思量；翻來覆去，自覺沒情沒趣的。忽聽得窗外低低的叫道：「紅兒，你的絹子我拾在這裡呢。」小紅聽了，忙走出來看時：

不是別人，正是賈芸。小紅不覺粉面含羞，問道：「二爺在那裡拾著的？」只見那賈芸笑道：「你過來，我告訴你。」一面說一面就上來拉他的衣裳。那小紅臊得轉身一跑，卻被門檻子絆倒。要知端底，下回分解。

校記

❶「甚實」，諸本作「著實」。
❷「廊下」，諸本作「後廊上」。
❸「姑姑姐姐」，諸本作「姑娘姐妹」。
❹「姐姐」，諸本作「姐妹」（戚本同乙本）。
❺「同眾姐妹們回家」，「同」字原缺，從諸本補（諸本無「們」字）。
❻「倒扁兒去」，甲本同。藤本、王本作「到扁兒去」；脂本作「倒辨兒去」；戚本作「倒包兒去」。
❼「大屋裡」，諸本作「大房裡」。下文「三屋裡」「屋」字亦同。
❽「坐著好體面車」，諸本作「騎著大叫驢」。
❾「王奶奶」，「王」原作「付」，從諸本改。
❿「街坊」原作「街房」，從脂本改。餘本作「街鄰」。
⓫「街坊」原作「街房」，從諸本改。
⓬「冰𡢃」原作「香𡢃」，從脂本、戚本改。
⓭「只見茗烟在那裡掏小雀兒呢」至「二爺明兒只叫我焙茗罷」一段，諸本作「只見茗烟改名焙茗的並鋤藥兩個小廝下象棋，為奪車正拌嘴呢，還有引泉、掃花、挑雲、伴鶴四五個在房檐下掏小雀兒玩，賈芸進入院內，把腳一跺，說道，猴兒們淘氣，我來了，眾小廝看見了他，都才散去」。
⓮「生得倒甚齊整，兩隻眼兒水水靈靈的」，諸本作「生得倒也十分精細乾淨那丫頭」十三字。
⓯「似笑不笑的」，諸本作「冷笑」。
⓰「要有這個意思」，「意思」原作「思意」，諸本全句但作「若有這意」。疑係活字倒置，今參上句「我並沒有這個意思」酌改為「意思」。
⓱「去寫個領票來領對牌」，「去」諸本作「便」。
⓲「我想二爺不得空兒，便叫焙茗回他；今日來了，不想二爺又往北府裡去了」，「便叫」至「來了」十字，諸本作「便叫焙茗回他今日早起來」十一字。今但依乙本文字點斷。

■注釋

1〔義俠〕指舊社會仗著自己的力量幫助被欺侮者的人或行為。

2〔縈逗〕纏繞、停留。

3〔扎〕用絲線刺繡叫作「扎花」，用散絨刺繡叫作「繡花」。

4〔容長臉兒〕美觀的長型臉。以區別於過長、過瘦等不美觀的長型臉。

5〔勾當〕辦事。引申指所辦的事。

6〔開交〕花費錢。義同「開銷」。

7〔琮（ㄘㄨㄥˊ／cóng）〕古代祭祀用的玉。

8〔倒扁兒〕無貨可買把銀子倒揣回去。又，臨時借貸錢物也叫「倒扁兒」。

9〔嬉和〕這裡是為巴結權貴而向人討好的意思。

10〔趔趄（ㄌㄧㄝˋ ㄐㄩ／liè jū）〕腳步歪斜，站不穩要摔倒的樣子。

11〔街坊〕鄰居。

12〔搭包〕又作「搭膊」，較寬的綢、布所製的腰帶，裡邊也可以裹繫錢物等。古代又有把「搭褳」通稱「搭包」的。

13〔通判〕宋代官名。宋代的地方州府和地方軍隊都設有通判，是中央的特派人員，和所在的軍政長官共同簽署（判）文告，所以叫「通判」。明清兩代只有府裡設通判，分管緝捕和儲備糧食等事務。

14〔選著了〕被選派為官的意思。

15〔賤發〕賤價發賣。

16〔焙（ㄅㄟˋ bèi）〕把東西放在器皿裡，用微火烘烤。

17〔拉長線兒〕為更大的長遠的利益預作安排。諺語：「放長線，釣大魚。」

18〔口角〕這裡是口氣的意思，表示隨便一說。

19〔巧宗兒〕取巧的事情。

【第二十五回】

魘魔法[1]叔嫂逢五鬼　通靈玉蒙蔽遇雙真[2]

話說小紅心神恍惚，情思纏綿，忽矇矓睡去，遇見賈芸要拉他，卻回身一跑，被門檻絆了一跤，唬醒過來，方知是夢。因此翻來覆去，一夜無眠，至次日天明，方才起來，有幾個丫頭來會他去打掃屋子地面，舀洗臉水。這小紅也不梳妝，向鏡中胡亂綰了一綰頭髮，洗了洗手臉，便來打掃房屋。誰知寶玉昨兒見了他，也就留心，想著指名喚他來使用，一則怕襲人等多心，二則又不知他是怎麼個情性，因而納悶。早晨起來，也不梳洗，只坐著出神。一時下了紙窗，隔著紗屜子[3]，向外看得真切，只見幾個丫頭在那裡打掃院子，都搽胭抹粉、插花帶柳的，獨不見昨兒那一個。寶玉便靸拉著鞋，走出房門，只裝作看花，東瞧西望。一抬頭，只見西南角上遊廊下欄杆旁有一個人倚在那裡，卻為一株海棠花所遮，看不真切。近前一步仔細看時，正是昨兒那個丫頭，在那裡出神。此時寶玉要迎上去，又不好意思。正想著，忽見碧痕來請洗臉，只得進去了。

卻說小紅正自出神，忽見襲人招手叫他，只得走上前來。襲人笑道：「咱們的噴壺壞了，你到林姑娘那邊借用一用。」小紅便走向瀟湘館去。到了翠烟橋，抬頭一望，只見山坡高處都攔著帷幕，方想起今日有匠役在此種樹。原來遠遠的一簇人在那裡掘土，賈芸正坐在山子石上監工。小紅待要過去，又不敢過去，只得悄悄向瀟湘館，取了噴壺而回；無精打彩，自向房內躺著。眾人只說他是身子不快，也不理論。

過了一日，原來次日是王子騰夫人的壽誕，那裡原打發人來請賈母、王夫人，王夫人見賈母不去，也不便去了。倒是薛姨媽同著鳳姐兒並賈家三個姐妹、寶釵、寶玉，一齊都去了，至晚方回。

王夫人正過薛姨媽院裡坐著，見賈環下了學，命他去抄「金剛經咒」[4]唪誦[5]。那賈環便來到王夫人炕上坐著，命人點了蠟燭，拿腔作勢的抄寫。一時又叫彩雲倒鍾茶來，一時又叫玉釧剪蠟花，又說金釧擋了燈亮兒，眾丫鬟們素日厭惡他，都不答理。只有彩霞還和他合得來，倒了茶給他，因向他悄悄的道：「你安分些罷，何苦討人厭！」賈環把眼一瞅道：「我也知道，你別哄我。如今你和寶玉好了，不理我，我也看出來了。」彩霞咬著牙，向他頭上戳了一指頭，道：「沒良心的！『狗咬呂洞賓——不識好歹[6]。』」

兩人正說著，只見鳳姐跟著王夫人都過來了。王夫人便一長一短問他今日是那幾位堂客，戲文好歹，酒席如何。不多時，寶玉也來了，見了王夫人，也規規矩矩說了幾句話，便命人除去了抹額，脫了袍服，拉了靴子，就一頭滾在王夫人懷裡；王夫人便用手摩挲撫弄他，寶玉也扳著王夫人的脖子說長說短的。王夫人道：「我的兒，又吃多了酒，臉上滾熱的。你還只是揉搓，一會子鬧上酒來！還不在那裡靜靜的躺一會子去呢。」說著，便叫人拿枕頭。

寶玉因就在王夫人身後倒下，又叫彩霞來替他拍著。寶玉便和彩霞說笑，只見彩霞淡淡的不大答理，兩眼只向著賈環。寶玉便拉他的手，說道：「好姐姐，你也理我理兒！」一面說，一面拉他的手。彩霞奪手不肯，便說：「再鬧就嚷了！」

二人正鬧著，原來賈環聽見了，——素日原恨寶玉，今見他和彩霞玩耍，心上越發按不下這口氣。因一沉思，計上心來，故作失手，將那一盞油汪汪的蠟燭，向寶玉臉上只一推；只聽寶玉「噯喲」的一聲，滿屋裡人都唬了一跳。連忙將地下的綽燈移過來一照，只見寶玉滿臉是油。王夫人又氣又急，忙命人替寶玉擦洗，一面罵賈環。鳳姐三步兩步上炕去替寶玉收拾著，一面說：「這老三還是這麼『毛腳雞』似的[7]。我說你上不得臺盤！——趙姨娘平時也該教導教導他。」

一句話提醒了王夫人，遂叫過趙姨娘來，罵道：「養出這樣黑心種子來，也不教訓教訓！幾番幾次我都不理論，你們一發得了意了！一發上來了！」那趙姨娘只得忍氣吞聲，也上去幫著他們替寶玉收拾。只見寶玉左邊臉上起了一溜燎泡，幸而沒傷眼睛。王夫人看了，又心疼，又怕賈母問時難以回答，急得又把趙姨娘罵一頓；又安慰了寶玉；一面取了「敗毒散」來敷上。寶玉說：「有些疼，還不妨事。明日老太太問，只說我自己燙的就是了。」鳳姐道：「就說自己燙的，也要罵人不小心，橫豎有一場氣生。」王夫人命人好生送了寶玉回房去。襲人等見了，都慌得了不得。

那黛玉見寶玉出了一天的門，便悶悶的，晚間打發人來問了兩三遍，知道燙了，便親自趕過來，只瞧見寶玉自己拿鏡子照呢。左邊臉上滿滿的敷了一臉藥。黛玉只當十分燙得利害，忙近前瞧瞧。寶玉卻把臉遮了，搖手叫他出去：知他素性好潔，故不肯叫他瞧。黛玉也就罷了，但問他：「疼得怎樣？」寶玉道：「也不很疼。養一兩日就好了。」黛玉坐了一會回去了。

次日，寶玉見了賈母，雖自己承認自己燙的，賈母免不得又把跟從的人罵了一頓。

過了一日，有寶玉寄名的乾娘馬道婆到府裡來，見了寶玉，唬了一大跳，問其緣由，說是燙的，便點頭嘆息，一面向寶玉臉上用指頭畫了幾畫，口內嘟嘟囔囔的，又咒誦了一回，說道：「包管好了。這不過是一時飛災。」又向賈母道：「老祖宗，老菩薩，那裡知道那佛經上說得利害！大凡王公卿相人家的子弟，只一生長下來，暗裡就有多少促狹鬼跟著他，得空兒就擰他一下，或掐他一下，或吃飯時打下他的飯碗來，或走著推他一跤，所以往往的那些大家子孫多有長不大的。」

賈母聽如此說，便問：「這有什麼法兒解救沒有呢？」馬道婆便說道：「這個容易，只是替他多作些因果善事，也就罷了。再那經上還說：西方有位大光明普照菩薩，專管照耀陰暗邪祟，若有善男信女[8]虔心供奉者，可以永保兒孫康寧，再無撞客[9]邪祟之災。」賈母道：「倒不知怎麼供奉這位菩薩？」馬道婆說：「也不值什麼，不過除香燭供奉以外，一天多添幾斤香油，點個大海燈[10]。那海燈就是菩薩現身的法像，晝夜不息的❶。」

賈母道：「一天一夜也得多少油？我也作個好事。」馬道婆說：「這也不拘多少，隨施主願心。像我家裡就有好幾處的王妃誥命供奉的：南安郡王府裡太妃，他許的願心大，一天是四十八斤油，一斤燈草，那海燈也只比缸略小些；錦鄉侯的誥命次一等，一天不過二十斤油；再有幾家，或十斤、八斤、三斤、五斤的不等，也少不得要替他點。」賈母點頭思忖。

馬道婆道：「還有一件，若是為父母尊長的，多捨些不妨；既是老祖宗為寶玉，若捨多了，怕哥兒擔不起，反折了福氣了。要捨，大則七斤，小則五斤，也就是了。」賈母道：「既這麼樣，就一日五斤，每月打總兒關了去。」馬道婆道：「阿彌陀佛慈悲大菩薩！」賈母又叫人來吩咐：「以後寶玉出門，拿幾串錢交給他的小子們，一路施捨給僧道貧苦之人。」

說畢，那道婆便往各房問安閑逛去了。一時來到趙姨娘屋裡，二人見過，趙姨娘命小丫頭倒茶給他吃，趙姨娘正黏鞋呢，馬道婆見炕上堆著些零星綢緞，因說：「我正沒有鞋面子，姨奶奶給我些零碎綢子緞子，不拘顏色，作雙鞋穿罷。」趙姨娘嘆口氣道：「你瞧，那裡頭還有塊像樣兒的麼？有好東西也到不了我這裡，你不嫌不好，挑兩塊去就是了。」馬道婆便挑了幾塊，掖在袖裡。

趙姨娘又問：「前日我打發人送了五百錢去，你可在藥王[11]面前上了供沒有？」馬道婆道：「早已替你上了。」趙姨娘嘆氣道：「阿彌陀佛！我手裡但凡從容些，也時常來上供，只是『心有餘而力不足』。」馬道婆道：「你只放心，將來熬得環哥大了，得個一官半職，那時你要作多大功德，還怕不能麼？」

趙姨娘聽了笑道：「罷，罷！再別提起！如今就是榜樣。我們娘兒們跟得上這屋裡那一個兒？寶玉兒還是小孩子家，長得得人意兒，大人偏疼他些兒，也還罷了；我只不服這個主兒！」一面說，一面伸了兩個指頭。馬道婆會意，便問道：「可是璉二奶奶？」趙姨娘唬得忙搖手兒，起身掀簾子一看，見無人，方回身向道婆說：「了不得，了不得！提起這個主兒，這一分家私要不都叫他搬了娘家去，我也不是個人！」

馬道婆見說，便探他的口氣道：「我還用你說？難道都看不出來！也虧了你們心裡不理論，只憑他去。——倒也好。」趙姨娘道：「我的娘！不憑他去，難道誰還敢把他怎麼樣嗎？」馬道婆道：「不是我說句造孽的話：你們沒本事！——也難怪。明裡不敢罷咧，暗裡也算計了！還等到如今！」

趙姨娘聽這話裡有話，心裡暗暗的喜歡，便說道：「怎麼暗裡算計？我倒有這個心，只是沒這樣的能幹人。你教給我這個法子，我大大的謝你。」馬道婆聽了這話拿攏了一處，便又故意說道：「阿彌陀佛！你快別問我，我那裡知道這些事？罪罪過過的？」趙姨娘道：「你又來了！你是最肯濟困扶危的人，難道就眼睜睜的看著人家來擺布死了我們娘兒們不成？——難道還怕我不謝你麼？」馬道婆聽如此，便笑道：「要說我不忍你們娘兒兩個受別人的委屈，還猶可，要說謝我，那我可是不想的呀❷。」趙姨娘聽這話鬆動了些，便說：「你這麼個明白人，怎麼糊塗了？果然法子靈驗，把他兩人絕了，這家私還怕不是我們的？那時候你要什麼不得呢？」馬道婆聽了，低了半日頭，說：「那時候兒事情妥當了，又無憑據，你還理我呢！」趙姨娘道：「這有何難？我攢了幾兩體己，還有些衣裳首飾，你先拿幾樣去；我再寫個欠契給你，到那時候兒，我照數還你。」馬道婆想了一回道：「也罷了！我少不得先墊上了。」

趙姨娘不及再問，忙將一個小丫頭也支開，趕著開了箱子，將首飾拿了些出來，並體己散碎銀子，又寫了五十兩欠約，遞與馬道婆道：「你先拿去作供養。」馬道婆見了這些東西，又有欠字，遂滿口應承，伸手先將銀子拿了，然後收了契。向趙姨娘要了張紙，拿剪子鉸了兩個紙人兒，問了他二人年庚[12]，寫在上面；又找了一張藍紙，鉸了五個青面鬼，叫他並在一處，拿針釘了：「回去我再作法，自有效驗的。」忽見王夫人的丫頭進來道：「姨奶奶在屋裡呢麼？太太等你呢。」於是二人散了，馬道婆自去，不在話下。

卻說黛玉因寶玉燙了臉不出門，倒常在一處說話兒。這日飯後，看了兩篇書，又和紫鵑作了一會針線，總悶悶不舒，便出來看庭前才迸出的新筍。不覺出了院門，來到園中，四望無人，惟見花光鳥語，信步便往怡紅院來。只見幾個丫頭舀水，都在遊廊上看畫眉洗澡呢。聽見房內笑聲，原來是李紈、鳳姐、寶釵都在這裡。一見他進來，都笑道：「這不又來了兩個？」

黛玉笑道：「今日齊全，誰下帖子請的？」鳳姐道：「我前日打發人送了兩瓶茶葉給姑娘，可還好麼？」黛玉道：「我正忘了，——多謝想著。」寶玉道：「我嘗了不好；也不知別人說怎麼樣。」寶釵道：「口頭[13]也還好。」鳳姐道：「那是暹羅國進貢的。我嘗了不覺怎麼好，還不及我們常喝的呢。」黛玉道：「我吃著卻好，不知你們的脾胃是怎樣的。」寶玉道：「你說好，把我的都拿了吃去罷。」鳳姐道：「我那裡還多著呢。」黛玉道：「我叫丫頭取去。」鳳姐道：「不用，我打發人送來。我明日還有一事求你，一同叫人送來罷。」

黛玉聽了，笑道：「你們聽聽：這是吃了他一點子茶葉，就使喚起人來了。」鳳姐笑道：「你既吃了我們家的茶，怎麼還不給我們家作媳婦兒？」眾人都大笑起來。黛玉脹紅了臉，回過頭去，一聲兒不言語。寶釵笑道：「二嫂子的詼諧真是好的。」黛玉道：「什麼詼諧！不過是貧嘴賤舌的討人厭罷了！」說著又啐了一口。鳳姐笑道：「你給我們家作了媳婦，還虧負你麼？」指著寶玉道：「你瞧瞧人物兒配不上？門第兒配不上？根基兒家私兒配不上？那一點兒玷辱你？」黛玉起身便走。

寶釵叫道：「顰兒急了，還不回來呢！走了倒沒意思。」說著，站起來拉住。才到房門，只見趙姨娘和周姨娘兩個人都來瞧寶玉。寶玉和眾人都起身讓坐，獨鳳姐不理。寶釵正欲說話，只見王夫人房裡的丫頭來說：「舅太太來了，請奶奶姑娘們過去呢。」李紈連忙同著鳳姐兒走了。趙周兩人也都出去了。寶玉道：「我不能出去，你們好歹別叫舅母進來。」又說：「林妹妹，你略站站，我和你說話❸。」鳳姐聽了，回頭向黛玉道：「有人叫你說話呢，回去罷。」便把黛玉往後一推，和李紈笑著去了。

這裡寶玉拉了黛玉的手，只是笑，又不說話。黛玉不覺又紅了臉，掙著要走。寶玉道：「噯喲！好頭疼！」黛玉道：「該！阿彌陀佛！」寶玉大叫一聲，將身一跳，離地有三四尺高，口內亂嚷，盡是胡話。黛玉並眾丫鬟都唬慌了，忙報知王夫人與賈母。此時王子騰的夫人也在這裡，都一齊來看。寶玉一發拿刀弄杖、尋死覓活的，鬧得天翻地覆。賈母王夫人一見，唬得抖衣亂顫，「兒」一聲「肉」一聲，放聲大哭。於是驚動了眾人，連賈赦、邢夫人、賈珍、賈政並璉、蓉、芸、萍、薛姨媽、薛蟠並周瑞家的一干家中上下人等並丫鬟媳婦等，都來園內看視，登時亂麻一般。

正沒個主意，只見鳳姐手持一把明晃晃的刀，砍進園來，見雞殺雞，見犬殺犬，見了人，瞪著眼就要殺人。眾人一發慌了。周瑞家的帶著幾個力大的女人，上去抱住，奪了刀，抬回房中。平兒豐兒等哭得哀天叫地。賈政心中也著忙。當下眾人七言八語，有說送祟[14]的，有說跳神[15]的，有薦玉皇閣張道士捉怪的，整鬧了半日，祈求禱告，百般醫治，並不見好。日落後，王子騰夫人告辭去了。

次日，王子勝❹也來問候。接著小史侯家、邢夫人弟兄並各親戚都來瞧看，也有送符水的，也有薦僧道的，也有薦醫的。他叔嫂二人，一發糊塗，不省人事，身熱如火，在床上亂說，到夜裡更甚。因此那些婆子丫鬟不敢上前，故將他叔嫂二人，都搬到王夫人的上房內，著人輪班守視。賈母、王夫人、邢夫人並薛姨媽寸步不離，只圍著哭。

此時賈赦賈政又恐哭壞了賈母，日夜熬油費火，鬧得上下不安。賈赦還各處去尋覓僧道。賈政見不效驗，因阻賈赦❺道：「兒女之數[16]，總由天命，非人力可強。他二人之病，百般醫治不效，想是天意該如此，也只好由他去。」賈赦不理，仍是百般忙亂。

看看三日的光陰，鳳姐寶玉躺在床上，連氣息都微了，合家都說沒了指望了，忙得將他二人的後事都治備下了。賈母、王夫人、賈璉、平兒、襲人等更哭得死去活來。只有趙姨娘外面假作憂愁，心中稱願❻。

至第四日早，寶玉忽睜開眼向賈母說道：「從今以後，我可不在你家了，快打發我走罷。」賈母聽見這話，如同摘了心肝一般。趙姨娘在旁勸道：「老太太也不必過於悲痛：哥兒已是不中用了，不如把哥兒的衣服穿好，讓他早些回去，也省他受些苦；只管捨不得他，這口氣不斷，他在那裡，也受罪不安——」這些話沒說完，被賈母照臉啐了一口唾沫，罵道：「爛了舌頭的混賬老婆！怎麼見得不中用了？你願意他死了，有什麼好處？你別作夢！他死了，我只合你們要命！都是你們素日調唆著，逼他念書寫字，把膽子唬破了，見了他老子就像個『避貓鼠兒』一樣。都不是你們這起小婦調唆的！這會子逼死了他，你們就隨了心了！——我饒那一個？」一面哭，一面罵。

賈政在旁聽見這些話，心裡越發著急，忙喝退了趙姨娘，委婉勸解了一番。忽有人來回：「兩口棺木都作齊了。」賈母聞之，如刀刺心，一發哭著大罵，問：「是誰叫作的棺材？快把作棺材的人拿來打死！」鬧了個天翻地覆。

忽聽見空中隱隱有木魚聲，念了一句「南無[17]解冤解結菩薩！——有那人口不利、家宅不安、中邪祟、逢凶險的，找我們醫治。」賈母王夫人都聽見了，便命人向街上找尋去。原來是一個癩和尚同一個跛道士。那和尚是怎的模樣？但見：

鼻如懸膽兩眉長，目似明星有寶光[18]；破衲芒鞋[19]無住跡[20]，腌臢更有一頭瘡[21]。

那道人是如何模樣？看他時：

一足高來一足低，渾身帶水又拖泥；相逢若問家何處，卻在蓬萊弱水[22]西[23]。

賈政因命人請進來，問他二人：「在何山修道？」那僧笑道：「長官不消多話，因知府上人口欠安，特來醫治的。」賈政道：「有兩個人中了邪，不知有何仙方可治？」那道人笑道：「你家現有稀世之寶，可治此病，何須問方！」賈政心中便動了，因道：「小兒生時雖帶了一塊玉來，上面刻著『能除凶邪』，然亦未見靈效。」那僧道：「長官有所不知。那『寶玉』原是靈的，只因為聲色貨利所迷，故此不靈了。今將此寶取出來，待我持誦持誦，自然依舊靈了。」

賈政便向寶玉項上取下那塊玉來，遞與他二人。那和尚擎在掌上，長嘆一聲，道：

「青埂峰下，別來十三載矣！人世光陰迅速，塵緣未斷，奈何奈何！可羨你當日那段好處：

天不拘兮地不羈[24]，心頭無喜亦無悲；只因鍛煉通靈後[25]，便向人間惹是非[26]。

可惜今日這番經歷呵：

粉漬脂痕汚寶光[27]，房櫳日夜困鴛鴦[28]；
沉酣一夢終須[29]醒，冤債[30]償清好散場[31][32]。」

念畢，又摩弄了一回，說了些瘋話，遞與賈政道：「此物已靈，不可褻瀆[33]，懸於臥室檻上，除自己親人外，不可令陰人沖犯。三十三日之後，包管好了。」賈政忙命人讓茶，那二人已經走了，只得依言而行。

鳳姐寶玉果一日好似一日的，漸漸醒來，知道餓了，賈母王夫人才放了心❼。眾姐妹都在外間聽消息，黛玉先念了一聲佛，寶釵笑而不言，惜春道：「寶姐姐笑什麼？」寶釵道：「我笑如來佛[34]比人還忙：又要渡化[35]眾生；又要保佑人家病痛，都叫他速好；又要管人家的婚姻，叫他成就。——你說可忙不忙？可好笑不好笑？」一時黛玉紅了臉，啐了一口道：「你們都不是好人！再不跟著好人學，只跟著鳳丫頭學得貧嘴賤舌的。」一面說，一面掀簾子出去了。欲知端詳，下回分解。

校記

❶「晝夜不息的」，諸本「不」下「息」上有「敢」字。

❷「要說謝我，那我可是不想的呀」，諸本作「若說謝我還想你們什麼東西麼」。

❸「我和你說話」，諸本作「與你說句話」。

❹「王子勝」，「勝」，諸本皆作「騰」，後文例不一，似非偶誤，疑書中曾明敘王子騰升為邊任，此時不應在都，故「王子勝」實為乙本故意改動，作為王子騰之兄弟行。然全書中凡人物出場，未有不先敘明身分、與某人是何關係之例，顯屬破綻。今仍酌從乙本不加改動。記以備考。

❺「賈赦」原作「賈政」，從諸本改。

❻「只有趙姨娘外面假作憂愁，心中稱願」，「有」原作「說」，從諸本改。

❼「賈母王夫人才放了心」，「了心」原作「心了」，從諸本改。按諸本凡「走了進來」「解了下來」之句法，乙本多改作「走進來了」「解下來了」，似非無意之偶然倒置，故皆從乙本原文不動。此例較特殊，酌改。

注釋

1〔魘（一ㄢˇ／yǎn）魔法〕施行「法術」，驅使鬼神折磨人，使人昏迷不醒，甚至於死去。這是一種極荒誕的迷信活動。

2〔雙真〕這裡的「雙真」指癩頭和尚和跛足道人。真人，對修仙得道者的稱呼。

3〔紙窗、紗屜子〕這裡「紙窗」指木櫺糊紙的「護窗」。「護窗」也有用木板作的，都是晚間擋上，早晨卸下。窗口木屜糊紗，可以透明、透風，稱為「紗屜子」。

4〔金剛經咒〕「金剛經」中的咒語。「金剛經」是佛教的一部「經典」。因文字簡短，便於念誦，所以最為流行。

5〔唪（ㄈㄥˇ／fěng）誦〕

和尚大聲念誦經文。

6 〔狗咬呂洞賓——不識好歹〕 歇後語，用來批評人們是非不分。呂洞賓，唐代長安人，名嵒（ㄧㄢˊ／yán），字洞賓，是傳說中所謂「八仙」之一。

7 〔「毛腳雞」似的〕 作事粗率、毛糙、輕躁。

8 〔善男信女〕 信佛教但不出家的人。

9 〔撞客〕 精神失常，迷信說法以為「鬼魂附體」，稱作「撞客」。

10 〔大海燈〕 用大海碗點的油燈。「海」，誇張器皿之大。

11 〔藥王〕 這裡是指佛教尊奉的菩薩名。

12 〔年庚〕 指人誕生的年月日時。

13 〔口頭〕 這裡是「味道」的意思。

14 〔送祟（ㄙㄨㄟˋ／suì）〕 焚燒紙錢等物「送走鬼祟」的儀式。

15 〔跳神〕 用巫人歌舞祭神，號稱「神來附體」，以為祈禱或治病，叫「跳神」。

16 〔兒女之數〕 這裡的數，指壽數、壽命。

17 〔南無（ㄋㄚ ㄇㄛˊ／nā mó）〕 梵文的音譯，敬禮、歸禮、渡我救我的意思。佛教徒常用來加在佛、菩薩名或經典名之前，表示對佛法的尊敬。

18 〔寶光〕 眼光明亮得像寶石一樣放著神光。

19〔破衲芒鞋〕衲，僧衣，苦修僧因用許多破布縫製僧衣，稱為百衲衣，所以稱僧衣為衲。芒鞋，草鞋。

20〔無住跡〕沒有居處可找，非凡人之意。

21〔譯文〕鼻如掛著的膽囊兩眉細長，

眼似閃耀的明星放射金光；

身穿百衲衣腳著草鞋沒有住處，

渾身極腌臢更加上滿頭癩痢瘡。

22〔蓬萊弱水〕傳說都是神仙佛祖住的地方。蓬萊在東海，弱水在崑崙山下，一東一西，無非是說渺渺真人住在渺茫難求的神仙境界。

23〔譯文〕跛足道人一腳高來一腳低，

渾身帶水又拖泥；

若問他家住何處，

渺茫仙境不在蓬萊，就在弱水西。

24〔天不句〕拘，拘束；羈（ㄐㄧˊ／jī），馬籠頭，引申為束縛。

25〔只因句〕通靈，過去說人或物具有神異的靈性（知覺、思維）為通靈。

26〔便向句〕便托生到人間世界去惹是生非。

27〔粉漬句〕這是佛教的一種說教。它認為男人本來是乾淨的，只因女人的引誘，變成骯髒醜惡了。粉漬脂痕，原指白粉浸漚和胭脂痕跡，此處指女人的影響。

28〔房櫳句〕房櫳，房屋；困鴛鴦，指男女情事。

29〔沉酣句〕沉酣一夢，痛快地睡在夢中。

30 〔冤債〕 兒女之情的冤孽之債。佛家認為：人死了是幸福，活著是受罪，是欠別人的冤債。還清了冤債，也就是離開人間的時候。

31 〔譯文〕 這頑石本來是天不拘束地不管，
心頭上沒有喜悅也沒什麼傷悲；
只因受女媧的鍛煉通了靈性，
來到苦海無邊的人間惹是生非。
女人的脂粉沾污了寶貴的光彩，
繡房裡的男女情日日夜夜沉醉；
紅塵一夢雖然痛快終究須清醒，
償清了冤孽債好把青埂峰歸。

32 〔簡評〕 王夫人、王熙鳳與趙姨娘之間嫡庶的紛爭，本來是無法解決的，然而作者卻藉茫茫大士和渺渺真人來輕而易舉地「解決」了。「紅樓夢」中不少衝突都作了類似處理。而詩句「粉漬脂痕污寶光，房櫳日夜困鴛鴦」，似有譴責寶玉生活荒唐之意。

33 〔褻瀆（ㄒㄧㄝˋ ㄉㄨˊ／xiè dú）〕 輕慢，不恭敬。

34 〔如來佛〕 梵語「多陀阿伽陀」的意譯，為佛教創始人釋迦牟尼十種稱號之一。

35 〔渡化〕 佛家認為，人死後可以被超渡成佛成仙。

【第二十六回】

蜂腰橋設言傳心事　瀟湘館春困發幽情

話說寶玉養過了三十三天之後，不但身體強壯，亦且連臉上瘡痕平復，仍回大觀園去。這也不在話下。

且說近日寶玉病的時節，賈芸帶著家下小廝坐更看守，晝夜在這裡；那小紅同眾丫鬟也在這裡守著寶玉：彼此相見日多，漸漸的混熟了。小紅見賈芸手裡拿著塊絹子，倒像是自己從前掉的，待要問他，又不好問。不料那和尚道士來過，用不著一切男人，賈芸仍種樹去了。這件事待放下又放不下，待要問去又怕人猜疑，正是猶豫不決、神魂不定之際，忽聽窗外問道：「姐姐在屋裡沒有？」小紅聞聽，在窗眼內望外一看，原來是本院的個小丫頭佳蕙，因答說：「在家裡呢，你進來罷。」

佳蕙聽了跑進來，就坐在床上，笑道：「我好造化！才在院子裡洗東西，寶玉叫往林姑娘那裡送茶葉，花大姐姐交給我送去，可巧老太太給林姑娘送錢來，正分給他們的丫頭們呢，見我去了，林姑娘就抓了兩把給我，也不知是多少，你替我收著。」便把手絹子打開，把錢倒出來，交給小紅。小紅就替他一五一十的數了收起。

佳蕙道：「你這兩日心裡到底覺著怎麼樣？依我說，你竟家去住兩日，請一個大夫來瞧瞧，吃兩劑藥，就好了。」小紅道：「那裡的話？好好兒的，家去作什麼？」佳蕙道：「我想起來了。林姑娘生得弱，時常他吃藥，你就和他要些來吃，也是一樣。」小紅道：「胡說！藥也是混吃的？」佳蕙道：「你這也不是個長法兒，又懶吃懶喝的，終久怎麼樣？」小紅道：「怕什麼？還不如早些死了倒乾淨！」佳蕙道：「好好兒的，怎麼說這些話？」小紅道：「你那裡知道我心裡的事！」

佳蕙點頭，想了一會道：「可也怨不得你。這個地方，本也難站。就像昨兒老太太因寶玉病了這些日子，說伏侍的人都辛苦了，如今身上好了，各處還香了願，叫把跟著的人都按著等兒賞他們。我們算年紀小，上不去，我也不抱怨；像你怎麼也不算在裡頭？我心裡就不服。襲人那怕他得十分兒，也不惱他，原該的。說句良心話，誰還能比他呢？別說他素日殷勤小心，就是不殷勤小心，也拚不得。只可氣晴雯綺霞他們這幾個都算在上等裡去，仗著寶玉疼他們❶，眾人就都捧著他們，你說可氣不可氣？」

小紅道：「也犯不著氣他們。俗語說的：『千里搭長棚——沒有個不散的筵席。』誰守一輩子呢？不過三年五載，各人幹各人的去了；那時誰還管誰呢？」這兩句話不覺感動了佳蕙心腸，由不得眼圈兒紅了，又不好意思無端的哭，只得勉強笑道：「你這話說的是。昨兒寶玉還說：明兒怎麼收拾房子，怎麼作衣裳。倒像有幾百年熬煎似的。」

小紅聽了，冷笑兩聲，方要說話，只見一個未留頭的小丫頭走進來，手裡拿著些花樣子並兩張紙，說道：「這兩個花樣子叫你描出來呢。」說著，向小紅撂下，回轉身就跑了。小紅向外問道：「到底是誰的？也等不得說完就跑。『誰蒸下饅頭等著你——怕冷了不成？』」那小丫頭在窗外只說得一聲：「是綺大姐姐的。」抬起腳來，「咕咚咕咚」又跑了。

小紅便賭氣把那樣子擱在一邊，向抽屜內找筆，找了半天，都是禿的，因說道：「前兒一枝新筆放在那裡了？怎麼想不起來？……」一面說，一面出神，想了一回，方笑道：「是了，前兒晚上鶯兒❷拿了去了。」因向佳蕙道：「你替我取了來。」佳蕙道：「花大姐姐還等著我替他拿箱子，你自己取去罷。」小紅道：「他等著你，你還坐著閑嗑牙[2]兒？我不叫你取去，他也不『等』你了。壞透了的小蹄子！」

說著自己便出房來。出了怡紅院，一徑往寶釵院內來。剛至沁芳亭畔，只見寶玉的奶娘李嬤嬤從那邊來。小紅立住，笑問道：「李奶奶，你老人家那裡去了？怎麼打這裡來？」李嬤嬤站住，將手一拍，道：「你說，好好兒的，又看上了那個什麼『雲哥兒』『雨哥兒』的，這會子逼著我叫了他來。明兒叫上屋❸裡聽見，可又是不好。」小紅笑道：「你老人家當真的就信著他去叫麼？」李嬤嬤道：「可怎麼樣呢？」小紅笑道：「那一個要是知好歹，就不進來才是。」李嬤嬤道：「他又不傻，為什麼不進來？」小紅道：「既是進來，你老人家該別和他一塊兒來；回來叫他一個人混碰[3]，看他怎麼樣❹！」李嬤嬤道：「我有那門大工夫和他走！不過告訴了他，回來打發個小丫頭子，或是老婆子，帶進他來就完了。」說著拄著拐一徑去了。小紅聽說，便站著出神，且不去取筆。

不多時，只見一個小丫頭跑來，見小紅站在那裡，便問道：「紅姐姐，你在這裡作什麼呢？」小紅抬頭見是小丫頭子墜兒。小紅道：「那裡去？」墜兒道：「叫我帶進芸二爺來。」說著，一徑跑了。

小紅

這裡小紅剛走至蜂腰橋門前，只見那邊墜兒引著賈芸來了。那賈芸一面走，一面拿眼把小紅一溜；那小紅只裝著和墜兒說話，也把眼去一溜賈芸：四目恰好相對。小紅不覺把臉一紅，一扭身往蘅蕪院去了。不在話下。

這裡賈芸隨著墜兒逶迤來至怡紅院中，墜兒先進去回明了，然後方領賈芸進去。賈芸看時，只見院內略略有幾點山石，種著芭蕉，那邊有兩隻仙鶴，在松樹下剔翎。一溜迴廊上吊著各色籠子❺，籠著仙禽異鳥。上面小小五間抱廈，一色雕鏤新鮮花樣槅扇，上面懸著一個匾，四個大字，題道是：「怡紅快綠」。賈芸想道：「怪道叫『怡紅院』，原來匾上是這四個字。」正想著，只聽裡面隔著紗窗子笑說道：「快進來罷！我怎麼就忘了你兩三個月！」賈芸聽見是寶玉的聲音，連忙進入房內，抬頭一看，只見金碧輝煌，文章閃爍，卻看不見寶玉在那裡。一回頭，只見左邊立著一架大穿衣鏡，從鏡後轉出兩個一對兒❻十五六歲的丫頭來，說：「請二爺裡頭屋裡坐。」

賈芸連正眼也不敢看，連忙答應了，又進一道碧紗廚，只見小小一張填漆床上，懸著大紅銷金撒花帳子。寶玉穿著家常衣服，靸著鞋，倚在床上，拿著本書；看見他進來，將書擲下，早帶笑立起身來。賈芸忙上前請了安，寶玉讓坐，便在下面一張椅子上坐了。

寶玉笑道：「只從那個月見了你，我叫你往書房裡來，誰知接接連連許多事情，就把你忘了。」賈芸笑道：「總是我沒造化，偏又遇著叔叔欠安。——叔叔如今可大安了？」寶玉道：「大好了。我倒聽見說你辛苦了好幾天。」賈芸道：「辛苦也是該當的。叔叔大安了，也是我們一家子的造化。」說著，只見有個丫鬟端了茶來與他，那賈芸嘴裡和寶玉說話，眼睛卻瞅那丫鬟：細挑身子，容長臉兒，穿著銀紅襖兒，青緞子坎肩，白綾細褶兒裙子。

那賈芸自從寶玉病了，他在裡頭混了兩天，都把有名人口記了一半；他看見這丫鬟，知道是襲人，他在寶玉房中，比別人不同，如今端了茶來，寶玉又在旁邊坐著，便忙站起來，笑道：「姐姐怎麼給我倒起茶來？我來到叔叔這裡，又不是客，等我自己倒罷了。」寶玉道：「你只管坐著罷。丫頭們跟前也是這麼著。」賈芸笑道：「雖那麼說，叔叔屋裡的姐姐們，我怎麼敢放肆呢。」一面說，一面坐下吃茶。

那寶玉便和他說些沒要緊的散話：又說道誰家的戲子好，誰家的花園好，又告訴他誰家的丫頭標致，誰家的酒席豐盛，又是誰家有奇貨，又是誰家有異物。那賈芸口裡只得順著他說。說了一回，見寶玉有些懶懶的了，便起身告辭。寶玉也不甚留，只說：「你明兒閑了只管來。」仍命小丫頭子墜兒送出去了。

賈芸出了怡紅院，見四顧無人，便慢慢的停著些走，口裡一長一短和墜兒說話。先問他：「幾歲了？名字叫什麼？你父母在那行上？在寶叔屋裡幾年了？一個月多少錢？共總寶叔屋內有幾個女孩子？」那墜兒見問，便一樁樁的都告訴他了。賈芸又道：「剛才那個和你說話的，他可是叫小紅？」墜兒笑道：「他就叫小紅。你問他作什麼？」賈芸道：「方才他問你什麼絹子，我倒揀了一塊。」墜兒聽了笑道：「他問了我好幾遍：可有看見他的絹子的。我那裡那麼大工夫管這些事？今兒他又問我。他說，我替他找著了他還謝我呢。才在蘅蕪院門口兒說的，二爺也聽見了，不是我撒謊。好二爺，你既揀了，給我罷；我看他拿什麼謝我！」

原來上月賈芸進來種樹之時，便揀了一塊羅帕，知是這園內的人失落的，但不知是那一個人的，故不敢造次[4]。今聽見小紅問墜兒，知是他的，心內不勝喜幸。又見墜兒追索，心中早得了主意，便向袖內將自己的一塊取出來，向墜兒笑道：「我給是給你，你要得了他的謝禮，可不許瞞著我。」墜兒滿口裡答應了，接了絹子，送出賈芸，回來找小紅，不在話下。

如今且說寶玉打發賈芸去後，意思懶懶的，歪在床上，似有朦朧之態。襲人便走上來，坐在床沿上推他，說道：「怎麼又要睡覺？你悶得很，出去逛逛不好？」寶玉見說，攜著他的手笑道：「我要去，只是捨不得你。」襲人笑道：「你別沒的說了！」一面說，一面拉起他來。寶玉道：「可往那裡去呢？怪膩膩煩煩的。」襲人道：「你出去了就好了。只管這麼委瑣❼，越發心裡膩煩了。」

寶玉無精打彩，只得依他。晃[5]出了房門，在迴廊上調弄了一回雀兒，出至院外，順著沁芳溪，看了一回金魚。只見那邊山坡上兩隻小鹿兒箭也似的跑來。寶玉不解何意，正自納悶，只見賈蘭在後面，拿著一張小弓兒趕來。一見寶玉在前，便站住了，笑道：「二叔叔在家裡呢，——我只當出門去了呢。」寶玉道：「你又淘氣了。好好兒的，射他作什麼？」賈蘭笑道：「這會子不念書，閑著作什麼？所以演習演習騎射。」寶玉道：「磕了牙，那時候兒才不演呢。」

說著，便順腳一徑來至一個院門前，看那鳳尾森森，龍吟細細[6]：正是瀟湘館。寶玉信步走入，只見湘簾[7]垂地，悄無人聲。走至窗前，覺得一縷幽香，從碧紗窗中暗暗透出。寶玉便將臉貼在紗窗上看時，耳內忽聽得細細的長嘆了一聲，道：「『每日家，情思睡昏昏[8]！』」寶玉聽了，不覺心內癢將起來。再看時，只見黛玉在床上伸懶腰。寶玉在窗外笑道：「為什麼『每日家情思睡昏昏』的？」一面說，一面掀簾子進來了。

黛玉自覺忘情，不覺紅了臉，拿袖子遮了臉，翻身向裡裝睡著了。寶玉才走上來，要扳他的身子，只見黛玉的奶娘並兩個婆子卻跟進來了，說：「妹妹睡覺呢，等醒來再請罷。」剛說著，黛玉便翻身坐起來，笑道：「誰睡覺呢？」那兩三個婆子見黛玉起來，便笑道：「我們只當姑娘睡著了。」說著，便叫紫鵑，說：「姑娘醒了，進來伺候。」一面說，一面都去了。

黛玉坐在床上，一面抬手整理鬢髮，一面笑向寶玉道：「人家睡覺，你進來作什麼？」寶玉見他星眼微餳，香腮帶赤，不覺神魂早蕩，一歪身坐在椅子上，笑道：「你才說什麼？」黛玉道：「我沒說什麼。」寶玉笑道：「給你個榧子[9]吃呢！我都聽見了。」

二人正說話，只見紫鵑進來，寶玉笑道：「紫鵑，把你們的好茶沏碗我喝。」紫鵑道：「我們那裡有好的？要好的只好等襲人來。」黛玉道：「別理他。你先給我舀水去罷。」紫鵑道：「他是客，自然先沏了茶來再舀水去。」說著，倒茶去了。寶玉笑道：「好丫頭！『若共你多情小姐同鴛帳，怎捨得叫你疊被鋪床？』[10]」黛玉登時急了，撂下臉來說道：「你說什麼❽？」寶玉笑道：「我何嘗說什麼？」黛玉便哭道：「如今新興的，外頭聽了村話來，也說給我聽；看了混賬書，也拿我取笑兒。我成了替爺們解悶兒的了。」一面哭，一面下床來，往外就走。寶玉心下慌了，忙趕上來說：「好妹妹，我一時該死，你好歹別告訴去！我再敢說這些話，嘴上就長個疔，爛了舌頭。」

正說著，只見襲人走來，說道：「快回去穿衣裳去罷，老爺叫你呢。」寶玉聽了，不覺打了個焦雷一般，也顧不得別的，疾忙回來穿衣服。出園來，只見焙茗在二門前等著。寶玉問道：「你可知道老爺叫我是為什麼？」焙茗道：「爺快出來罷，橫豎是見去的，到那裡就知道了。」一面說，一面催著寶玉。

轉過大廳，寶玉心裡還自狐疑，只聽牆角邊一陣呵呵大笑，回頭見薛蟠拍著手跳出來，笑道：「要不說姨夫叫你，你那裡肯出來得這麼快！」焙茗也笑著跪下了。寶玉怔了半天，方想過來——是薛蟠哄出他來。薛蟠連忙打恭作揖賠不是，又求：「別難為了小子，都是我央及他去的。」寶玉也無法了，只好笑問道：「你哄我也罷了，怎麼說是老爺呢？我告訴姨娘去，評評這個理，可使得麼？」薛蟠忙道：「好兄弟，我原為求你快些出來，就忘了忌諱這句話，改日你要哄我，也說我父親，就完了。」寶玉道：「噯喲！越發的該死了。」又同焙茗道：「反叛雜種，還跪著作什麼？」焙茗連忙叩頭起來。

薛蟠道：「要不是，我也不敢驚動：只因明兒五月初三日，是我的生日，誰知老胡和老程他們，不知那裡尋了來的，這麼粗，這麼長，粉脆的鮮藕；這麼大的西瓜；這麼長，這麼大的暹羅國[11]進貢的靈柏香薰的暹羅豬、魚❾。你說這四樣禮物，可難得不難得？——那魚、豬不過貴而難得，這藕和瓜虧他怎麼種出來的！我先孝敬了母親，趕著就給你們老太太、姨母送了些去。如今留了些，我要自己吃，恐怕折福，左思右想，除我之外，惟你還配吃，所以特請你來。可巧唱曲兒的一個小子又來了，我和你樂一天何如？」

一面說，一面來到他書房裡，只見詹光、程日興、胡斯來、單聘仁等並唱曲兒的小子都在這裡。見他進來，請安的，問好的，都彼此見過了。吃了茶，薛蟠即命人：「擺酒來。」說猶未了，眾小廝七手八腳──擺了半天，方才停當歸坐。

寶玉果見瓜藕新異，因笑道：「我的壽禮還沒送來，倒先擾了。」薛蟠道：「可是呢，你明兒來拜壽，打算送什麼新鮮物兒？」寶玉道：「我沒有什麼送的。若論銀錢吃穿等類的東西，究竟還不是我的；惟有寫一張字，或畫一張畫，這才是我的。」薛蟠笑道：「你提畫兒，我才想起來了：昨兒我看見人家一本春宮兒[12]，畫得很好，上頭還有許多的字，我也沒細看，只看落的款，原來是什麼『庚黃』的。真好得了不得！」

寶玉聽說，心下猜疑道：「古今字畫也都見過些，那裡有個『庚黃』？……」想了半天，不覺笑將起來，命人取過筆來，在手心裡寫了兩個字，又問薛蟠道：「你看真了是『庚黃』麼？」薛蟠道：「怎麼沒看真？」寶玉將手一撒給他看道：「可是這兩個字罷？──其實和『庚黃』相去不遠。」眾人都看時，原來是「唐寅」[13]兩個字，都笑道：「想必是這兩個字，大爺一時眼花了，也未可知。」薛蟠自覺沒趣，笑道：「誰知他是『糖銀』是『果銀』的！」

正說著，小廝來回：「馮大爺來了。」寶玉便知是神武將軍馮唐之子馮紫英來了。薛蟠等一齊都叫「快請」。說猶未了，只見馮紫英一路說笑，已進來了，眾人忙起席讓坐。馮紫英笑道：「好啊！也不出門了，在家裡高樂罷。」寶玉薛蟠都笑道：「一向少會。老世伯身上安好？」紫英答道：「家父倒也托庇康健。但近來家母偶著了些風寒，不好了兩天。」

薛蟠見他面上有些青傷，便笑道：「這臉上，又和誰揮拳來，掛了幌子了！」馮紫英笑道：「從那一遭把仇都尉的兒子打傷了，我記了，再不慪氣，如何又揮拳？這臉上是前日打圍，在鐵網山叫兔鶻[14]梢了一翅膀。」寶玉道：「幾時的話？」紫英道：「三月二十八日去的，前兒也就回來了。」寶玉道：「怪道前兒初三四兒我在沈世兄家赴席不見你呢！我要問，不知怎麼忘了。——單你去了，還是老世伯也去了？」紫英道：「可不是家父去！我沒法兒，去罷了。難道我閑瘋了？咱們幾個人吃酒聽唱的不樂，尋那個苦惱去？——這一次大不幸之中卻有大幸。」

薛蟠眾人見他吃完了茶，都說道：「且入席，有話慢慢的說。」馮紫英聽說，便立起身來說道：「論理，我該陪飲幾杯才是，只是今兒有一件很要緊的事，回去還要見家父面回，實不敢領。」薛蟠寶玉眾人那裡肯依，死拉著不放。馮紫英道：「這又奇了。你我這些年，那一回有這個道理的？實在不能遵命。若必定叫我喝，拿大杯來，我領兩杯就是了。」

眾人聽說，只得罷了，薛蟠執壺，寶玉把盞，斟了兩大海[15]。那馮紫英站著，一氣而盡。寶玉道：「你到底把這個『不幸之幸』說完了再走。」馮紫英笑道：「今兒說的也不盡興，我為這個，還要特治一個東兒，請你們去細談一談；二則還有奉懇之處。」說著撒手就走。薛蟠道：「越發說得人熱剌剌的扔不下，多早晚才請我們？告訴了也省了人打悶雷。」馮紫英道：「多則十日，少則八天。」一面說一面出門上馬去了。

眾人回來，依席又飲了一回方散。寶玉回至園中，襲人正惦記他去見賈政，不知是禍是福，只見寶玉醉醺醺回來，因問其緣故，寶玉一一向他說了。襲人道：「人家牽腸掛肚的等著，你且高樂去！也到底打發個人來給個信兒！」寶玉道：「我何嘗不要送信兒，因馮世兄來了，就混忘了。」

正說著，只見寶釵走進來，笑道：「偏了我們新鮮東西了！」寶玉笑道：「姐姐家的東西，自然先偏了我們了。」寶釵搖頭笑道：「昨兒哥哥倒特特的請我吃，我不吃，我叫他留著送給別人罷。我知道我的命小福薄，不配吃那個。」說著，丫鬟倒了茶來，吃茶說閑話兒，不在話下。

卻說那黛玉聽見賈政叫了寶玉去了一日不回來，心中也替他憂慮。至晚飯後，聞得寶玉來了，心裡要找他問問是怎麼樣了，一步步行來，見寶釵進寶玉的園內去了，自己也隨後走了來。剛到了沁芳橋，只見各色水禽盡都在池中浴水，也認不出名色來，但見一個個文彩閃爍，好看異常，因而站住，看了一回。再往怡紅院來，門已關了，黛玉即便叩門。

誰知晴雯和碧痕二人正拌了嘴，沒好氣，忽見寶釵來了，那晴雯正把氣移在寶釵身上，偷著在院內抱怨❿說：「有事沒事，跑了來坐著，叫我們三更半夜的不得睡覺！」忽聽又有人叫門，晴雯越發動了氣，也並不問是誰，便說道：「都睡下了，明兒再來罷！」

黛玉素知丫頭們的性情，他們彼此玩耍慣了，恐怕院內的丫頭沒聽見是他的聲音，只當別的丫頭們了，所以不開門；因而又高聲說道：「是我，還不開門麼？」晴雯偏偏還沒聽見，便使性子說道：「憑你是誰，二爺吩咐的，一概不許放進人來呢！」

黛玉聽了這話，不覺氣怔在門外，待要高聲問他，逗起氣來，自己又回思一番：「雖說是舅母家如同自己家一樣，到底是客邊。如今父母雙亡，無依無靠，現在他家依棲，若是認真慪氣，也覺沒趣。」一面想，一面又滾下淚珠來了。真是回去不是，站著不是。正沒主意，只聽裡面一陣笑語之聲，細聽一聽，竟是寶玉寶釵二人。黛玉心中越發動了氣，左思右想，忽然想起早起的事來：「畢竟是寶玉惱我告他的緣故。——但只我何嘗告你去了！你也不打聽打聽，就惱我到這步田地！你今兒不叫我進來，難道明兒就不見面了？」越想越覺傷感，便也不顧蒼苔露冷，花徑風寒，獨立牆角邊花陰之下，悲悲切切，嗚咽起來。

原來這黛玉秉絕代之姿容，具稀世之俊美，不期這一哭，那些附近的柳枝花朵上宿鳥棲鴉⓫，一聞此聲，俱「忒楞楞」飛起遠避，不忍再聽。正是：

花魂點點無情緒，鳥夢痴痴何處驚。

因又有一首詩道：

顰兒[16]才貌世應稀，獨抱幽芳出繡闈[17]；嗚咽一聲猶未了，落花滿地鳥驚飛[18][19]。

那黛玉正自啼哭，忽聽「吱嘍嘍」一聲，院門開處，不知是那一個出來，要知端的，下回分解。

校記

❶「仗著寶玉疼他們」，諸本作「仗著老子娘的臉面」。

❷「鶯兒」原作「這兒」，從藤本、王本、金本改。

❸「上屋」，諸本作「上房」。

❹「你老人家該別和他一塊兒來；回來叫他一個人混碰，看他怎麼樣」，諸本略同，唯「看他怎麼樣」作「可是不好麼」，脂本作「你老人家該同他一齊來，回來叫他一個人亂碰，可是不好呢」。

❺「吊著各色籠子」，「吊」原作「釣」，今從諸本。

❻「兩個一對兒」，脂本作「兩個一般大的」。

❼「委瑣」，諸本作「葳蕤」。三十三回「委委瑣瑣」，諸本作「葳葳蕤蕤」。

❽「你說什麼」，諸本此上有「二哥哥」三字。

❾「這麼長，這麼大的暹羅國進貢的靈柏香薰的暹羅豬、魚」，「這麼長」下脂本有「一尾新鮮的鱘魚」七字，無句末「魚」字。

❿「偷著在院內抱怨」，「偷著在」諸本作「正在」。

⓫「那些附近的柳枝……」句，「那」上原有「把」字，從諸本刪。

注釋

1 〔造化〕　舊指運氣，福分。這是宿命論的說法。

2 〔閑嗑牙〕　閑談。

3 〔混碰〕　即亂碰亂撞。

4 〔造次〕　鹵莽、輕率。

5 〔⿰身光（ㄏㄨㄤˋ／huàng）〕　搖搖擺擺地走。

6〔鳳尾森森二句〕古人曾用「鳳尾」來比美觀的竹葉，用「龍吟」來比竹管所作音調好聽的笛子。這裡總的用來形容一片竹林。

7〔湘簾〕湖南出產的斑竹——湘妃竹作成的簾子。

8〔每日家，情思睡昏昏〕出自「西廂記」，是說少女陷入了深深的情網之中。

9〔榧子〕用拇指和其他指肚相拈，發出清脆聲音，是向人調笑的一種動作。一說：拈指聲音和剝開硬殼果核類食品「榧子」聲音相近，假作剝果食聲音給人吃的戲弄行為。又一說：拈指只是代替彈擊。總之從前最多用作「打情罵俏」的行動。

10〔「每日家」二句、「若共你多情小姐同鴛帳」二句〕都是「西廂記」中詞句，後二句是寶玉自比張生，把紫鵑比紅娘，也就是把黛玉比作鶯鶯了。

11〔暹（ㄒㄧㄢ／xiān）羅國〕泰國的舊稱。

12〔春宮兒〕即春宮圖，男女淫穢的圖畫。

13〔唐寅〕明代著名畫家，擅長畫山水人物和花鳥等。傳說他有過很多的「風流故事」。

14〔兔鶻〕這裡指一種局部羽毛帶赭色的白鷹。

15〔大海〕指特大的酒杯。

16〔顰兒〕這裡的「顰」是寶玉給黛玉起的字。顰兒，是對黛玉的親切稱呼。

17〔獨抱句〕獨抱，獨自懷抱。幽芳，幽怨的情懷和孤芳自傲的操守。繡闈，女子住的地方。

18 〔譯文〕

黛玉的才華容貌舉世無雙，
獨懷幽怨深情走出了繡房；
一聲悲切的哭泣還沒完了，
感動得花落滿地鳥兒驚飛。

19 〔簡評〕

林黛玉的多愁善感，是由於她父母雙亡寄人籬下的生活環境造成的。林黛玉的哭，是對賈寶玉的同情和感情的外露，當然這種感情說明她性格的軟弱。作者用特殊的筆調來描寫林黛玉的病態美，這一方面說明了作者對她的同情，另一方面也表明了曹雪芹的美學觀。

【第二十七回】滴翠亭楊妃戲彩蝶　埋香冢飛燕泣殘紅[1]

話說黛玉正自悲泣，忽聽院門響處，只見寶釵出來了，寶玉襲人一群人都送出來。待要上去問著寶玉，又恐當著眾人問羞了寶玉不便，因而閃過一旁，讓寶釵去了，寶玉等進去關了門，方轉過來，尚望著門灑了幾點淚。自覺無味，轉身回來，無精打彩的卸了殘妝。

紫鵑雪雁素日知道黛玉的情性：無事悶坐，不是愁眉，便是長嘆，且好端端的，不知為著什麼，常常的便自淚不乾的。先時還有人解勸，或怕他思父母，想家鄉，受委屈，用話來寬慰。誰知後來一年一月的，竟是常常如此，把這個樣兒看慣了，也都不理論了。所以也沒人去理他，由他悶坐，只管外間自便去了。

那黛玉倚著床欄杆，兩手抱著膝，眼睛含著淚，好似木雕泥塑的一般，直坐到二更多天，方才睡了。一宿無話。

至次日乃是四月二十六日，原來這日未時交芒種節。尚古風俗：凡交芒種節的這日，都要設擺各色禮物，祭餞花神[2]，——言芒種一過，便是夏日了，眾花皆卸，花神退位，需要餞行。閨中更興這件風俗，所以大觀園中之人，都早起來了；那些女孩子們，或用花瓣柳枝編成轎馬的，或用綾錦紗羅疊成干旄旌幢[3]的，都用彩線繫了。每一棵樹頭，每一枝花上，都繫了這些物事。滿園裡繡帶飄颻，花枝招展。更兼這些人打扮得桃羞杏讓，燕妒鶯慚，一時也道不盡。

且說寶釵、迎春、探春、惜春、李紈、鳳姐等並大姐兒、香菱與眾丫鬟們，都在園裡玩耍，獨不見黛玉，迎春因說道：「林妹妹怎麼不見？好個懶丫頭！這會子難道還睡覺不成？」寶釵道：「你們等著，等我去鬧了他來。」說著，便撂下眾人，一直往瀟湘館來。正走著，只見文官等十二個女孩子也來了，上來問了好，說了一回閑話兒，才走開。寶釵回身指道：「他們都在那裡呢，你們找他們去；我找林姑娘去，就來。」說著，逶迤往瀟湘館來。忽然抬頭見寶玉進去了，寶釵便站住，低頭想了一想：「寶玉和黛玉是從小兒一處長大的，他兄妹間多有不避嫌疑之處，嘲笑不忌，喜怒無常；況且黛玉素多猜忌，好弄小性兒，此刻自己也跟進去，一則寶玉不便，二則黛玉嫌疑，倒是回來的妙。」想畢，抽身回來。

剛要尋別的姐妹去，忽見面前一雙玉色蝴蝶，大如團扇，一上一下，迎風翩躚，十分有趣。寶釵意欲撲了來玩耍，遂向袖中取出扇子來，向草地下來撲；只見那一雙蝴蝶，忽起忽落，來來往往，將欲過河去了。引得寶釵躡手躡腳的。一直跟到池邊滴翠亭上，香汗淋漓，嬌喘細細。寶釵也無心撲了，剛欲回來，只聽那亭裡邊嘁嘁喳喳有人說話。原來這亭子四面俱是遊廊曲欄，蓋在池中水上，四面雕鏤槅子，糊著紙。

寶釵在亭外聽見說話，便煞住腳，往裡細聽，只聽說道：「你瞧這絹子果然是你丟的

寶釵

那一塊，你就拿著；要不是，就還芸二爺去。」又有一個說：「可不是我那塊！拿來給我罷。」又聽道：「你拿什麼謝我呢？難道白找了來不成？」又答道：「我已經許了謝你，自然是不哄你的。」又聽說道：「我找了來給你，自然謝我；但只是那揀的人，你就不謝他麼？」那一個又說道：「你別胡說。他是個爺們[4]家，揀了我們的東西，自然該還的；叫我拿什麼謝他呢？」又聽說道：「你不謝他，我怎麼回他呢？況且他再三再四的和我說了，若沒謝的，不許我給你呢。」半晌，又聽說道：「也罷，拿我這個給他，算謝他的罷。——你要告訴別人呢？須得起個誓。」又聽說道：「我要告訴人，嘴上就長一個疔，日後不得好死！」又聽說道：「噯喲！咱們只顧說，看仔細有人來悄悄的在外頭聽見！不如把這槅子都推開了，就是人見咱們在這裡，他們只當我們說玩話兒呢。走到跟前，咱們也看得見，就別說了。」

寶釵外面聽見這話，心中吃驚，想道：「怪道從古至今那些奸淫狗盜的人，心機都不錯！這一開了，見我在這裡，他們豈不臊了？況且說話的語音，大似寶玉房裡的小紅。他素昔眼空心大，是個頭等刁鑽古怪的丫頭，今兒我聽了他的短兒，『人急造反，狗急跳牆』，不但生事，而且我還沒趣。如今便趕著躲了，料也躲不及，少不得要使個『金蟬脫殼』[5]的法子——」猶未想完，只聽「咯吱」一聲，寶釵便故意放重了腳步，笑著叫道：「顰兒！我看你往那裡藏！」一面說一面故意往前趕。

那亭內的小紅墜兒剛一推窗，只聽寶釵如此說著往前趕，兩個人都唬怔了。寶釵反向他二人笑道：「你們把林姑娘藏在那裡了？」墜兒道：「何曾見林姑娘了？」寶釵道：「我才在河那邊看著林姑娘在這裡蹲著弄水兒呢。我要悄悄的唬他一跳，還沒有走到跟前，他倒看見我了，朝東一繞，就不見了。——別是藏在裡頭了？」一面說，一面故意進去，尋了一尋，抽身就走，口內說道：「一定又鑽在山子洞裡去了。遇見蛇，咬一口也罷了！」一面說，一面走，心中又好笑：「這件事算遮過去了。不知他二人怎麼樣？」

誰知小紅聽了寶釵的話，便信以為真，讓寶釵去遠，便拉墜兒道：「了不得了！林姑娘蹲在這裡，一定聽了話去了！」墜兒聽了，也半日不言語。小紅又道：「這可怎麼樣呢？」墜兒道：「聽見了，管誰筋疼[6]！各人幹各人的就完了。」小紅道：「要是寶姑娘聽見還罷了；那林姑娘嘴裡又愛刻薄人，心裡又細，他一聽見了，倘或走漏了，怎麼樣呢？」

二人正說著，只見香菱、臻兒、司棋、侍書等上亭子來了。二人只得掩住這話❶，且和他們玩笑。只見鳳姐兒站在山坡上招手兒，小紅便連忙棄了眾人，跑至鳳姐前，堆著笑問：「奶奶使喚作什麼事？」鳳姐打量了一回，見他生得乾淨俏麗，說話知趣，因笑道：「我的丫頭們今兒沒跟進我來。我這會子想起一件事來，要使喚個人出去，不知你能幹不能幹？說得齊全不齊全？」小紅笑道：「奶奶有什麼話，只管吩咐我說去；要說的不齊全，誤了奶奶的事，任憑奶奶責罰就是了。」鳳姐笑道：「你是那位姑娘屋裡的？我使你出去，他回來找你，我好替你說。」小紅道：「我是寶二爺屋裡的。」

鳳姐聽了笑道：「嗳喲！你原來是寶玉屋裡的，怪道呢，也罷了！等他問，我替你說。——你到我們家告訴你平姐姐，外頭屋裡桌子上汝窯盤子架兒底下放著一卷銀子，那是一百二十兩，給繡匠的工價，等張材家的來，當面秤給他瞧了，再給他拿去。還有一件事：裡頭床頭兒上有個小荷包兒，拿了來。」

小紅聽說，答應著，撤身去了。不多時回來，不見鳳姐在山坡上了，因見司棋從山洞裡出來，站著繫帶子，便趕來問道：「姐姐，不知道二奶奶往那裡去了？」司棋道：「沒理論[7]。」小紅聽了，回身又往四下裡一看，只見那邊探春寶釵在池邊看魚，小紅上來陪笑道：「姑娘們可知道二奶奶剛才那裡去了？」探春道：「往你大奶奶院裡找去。」

小紅聽了，再往稻香村來，頂頭見晴雯、綺霞、碧痕、秋紋、麝月、侍書、入畫、鶯兒等一群人來了。晴雯一見小紅，便說道：「你只是瘋[8]罷！院子裡花兒也不澆，雀兒也不餵，茶爐子也不弄，就在外頭逛！」小紅道：「昨兒二爺說了，今兒不用澆花兒，過一日澆一回。我餵雀兒的時候兒，你還睡覺呢❷。」碧痕道：「茶爐子呢？」小紅道：「今兒不該我的班兒，有茶沒茶，別問我。」綺霞道：「你聽聽他的嘴！你們別說了，讓他逛罷。」小紅道：「你們再問問，我逛了沒逛。二奶奶才使喚我說話取東西去。」說著，將荷包舉給他們看，方沒言語了。

大家走開。晴雯冷笑道：「怪道呢！原來爬上高枝兒去了，就不服我們說了❸。不知說了一句話半句話，名兒姓兒知道了沒有，就把他興頭[9]得這個樣兒！這一遭半遭兒的也算不得什麼；過了後兒，還得聽呵！——有本事從今兒出了這園子，長長遠遠的在高枝兒上才算好的呢！」一面說著去了。

這裡小紅聽了，不便分證，只得忍氣來找鳳姐。到了李氏房中，果見鳳姐在這裡和李氏說話兒呢。小紅上來回道：「平姐姐說：奶奶剛出來了，他就把銀子收起來了；才張材家的來取，當面秤了給他拿了去了。」說著，將荷包遞上去。又道：「平姐姐叫我來回奶奶：才旺兒進來討奶奶的示下，好往那家子去，平姐姐就把那話按著奶奶的主意打發他去了。」鳳姐笑道：「他怎麼按著我的主意打發去了呢？」小紅道：「平姐姐說：『我們奶奶問這裡奶奶好。我們二爺沒在家。雖然遲了兩天，只管請奶奶放心。等五奶奶好些，我們奶奶還會了五奶奶來瞧奶奶呢。五奶奶前兒打發了人來說：舅奶奶帶了信來了，問奶奶好，還要和這裡的姑奶奶尋幾丸延年神驗萬金丹；若有了，奶奶打發人來，只管送在我們奶奶這裡。——明兒有人去，就順路給那邊舅奶奶帶了去。』」

小紅還未說完，李氏笑道：「噯喲！這話我就不懂了，什麼『奶奶』『爺爺』的一大堆。」鳳姐笑道：「怨不得你不懂，這是四五門子的話呢。」說著，又向小紅笑道：「好孩子，難為你說得齊全，不像他們扭扭捏捏蚊子似的。——嫂子不知道，如今除了我隨手使的這幾個丫頭老婆之外，我就怕和別人說話：他們必定把一句話拉長了，作兩三截兒，咬文嚼字，拿著腔兒，哼哼唧唧的，急得我冒火，他們那裡知道？我們平兒先也是這麼著。我就問著他：難道必定裝蚊子哼哼就算美人兒了？說了幾遭兒，才好些兒了。」李紈笑道：「都像你潑辣貨才好！」鳳姐道：「這個丫頭就好。剛才這兩遭說話雖不多，口角兒就很剪斷[10]。」說著，又向小紅笑道：「明兒你伏侍我罷，我認你作乾女孩兒❹。我一調理，你就出息了！」

小紅聽了，「噗哧」一笑。鳳姐道：「你怎麼笑？你說我年輕，比你能大幾歲，就作你的媽了？你作春夢呢！你打聽打聽，這些人比你大的趕著我叫媽，我還不理呢！今兒抬舉了你了！」小紅笑道：「我不是笑這個，我笑奶奶認錯了輩數兒了，——我媽是奶奶的乾女孩兒，這會子又認我作乾女孩兒！」鳳姐道：「誰是你媽？」李紈笑道：「你原來不認得他？他是林之孝的女孩兒。」鳳姐聽了，十分詫異，因說道：「哦！是他的丫頭啊！」又笑道：「林之孝兩口子，都是錐子扎不出一聲兒來[11]的；我成日家說，他們倒是配就了的一對兒：一個天聾，一個地啞，那裡承望養出這麼個伶俐丫頭來！──你十幾了？」小紅道：「十七歲了。」又問名字。小紅道：「原叫『紅玉』，因為重了寶二爺，如今只叫小紅了。」

鳳姐聽說，將眉一皺，把頭一回，說道：「討人嫌得很！得了『玉』的便宜似的，你也『玉』，我也『玉』。」因說：「嫂子不知道，我和他媽說：『賴大家的如今事多，也不知這府裡誰是誰，你替我好好兒的挑兩個丫頭我使。』他只管答應著；他饒[12]不挑，倒把他的女孩兒送給別處去。難道跟我必定不好？」李紈笑道：「你可是又多心了。進來在先，你說在後，怎麼怨得他媽？」鳳姐也笑道：「既這麼著，明兒我和寶玉說，叫他再要人，叫這丫頭跟我去。──可不知本人願意不願意？」小紅笑道：「願意不願意？──我們也不敢說。只是跟著奶奶，我們學些眉眼高低，出入上下，大小的事兒，也得見識見識。」剛說著，只見王夫人的丫頭來請，鳳姐便辭了李紈去了。小紅自回怡紅院去，不在話下。

如今且說黛玉因夜間失寢，次日起來遲了，聞得眾姐妹都在園中作餞花會，恐人笑他痴懶，連忙梳洗了出來。剛到了院中，只見寶玉進門來了便笑道：「好妹妹，你昨兒告了我了沒有？叫我懸了一夜的心。」黛玉便回頭叫紫鵑：「把屋子收拾了，下一扇紗屜子，看那大燕子回來，把簾子放下來，拿獅子[13]倚住，燒了香，就把爐罩上。」一面說，一面又往外走。

寶玉見他這樣，還認作是昨日晌午的事，那知晚間的這件公案？還打恭作揖的。黛玉正眼兒也不看，各自出了院門，一直找別的姐妹去了。寶玉心中納悶，自己猜疑：「看起這樣光景來，不像是為昨兒的事。——但只昨日我回來得晚了，又沒有見他，再沒有衝撞他的去處兒了。」一面想，一面由不得隨後跟了來。

只見寶釵探春，正在那邊看鶴舞，見黛玉來了，三個一同站著說話兒。又見寶玉來了，探春便笑道：「寶哥哥，身上好？我整整的三天沒見你了。」寶玉笑道：「妹妹身上好？我前兒還在大嫂子跟前問你呢。」探春道：「寶哥哥，你往這裡來，我和你說話。」寶玉聽說，便跟了他，離了釵玉兩個，到了一棵石榴樹下。

探春因說道：「這幾天，老爺沒叫你嗎？」寶玉笑道：「沒有叫。」探春道：「昨兒我恍惚聽見說，老爺叫你出去來著。」寶玉笑道：「那想是別人聽錯了，並沒叫我。」探春又笑道：「這幾個月，我又攢下有十來吊錢了。你還拿了去，明兒出門逛去的時候，或是好字畫，好輕巧玩意兒，替我帶些來。」

寶玉道：「我這麼逛去，城裡城外大廊大廟的逛，也沒見個新奇精緻東西，總不過是那些金、玉、銅、磁器，沒處撂的古董兒，再麼就是綢緞、吃食、衣服了。」探春道：「誰要那些作什麼！像你上回買的那柳枝兒編的小籃子兒，竹子根兒挖的香盒兒，膠泥垛的風爐子兒，就好了。我喜歡得了不得，誰知他們都愛上了，都當寶貝兒似的搶了去了。」寶玉笑道：「原來要這個。這不值什麼，拿幾吊錢出去給小子們，管拉兩車來。」探春道：「小廝們知道什麼？你揀那有意思兒又不俗氣的東西，你多替我帶幾件來，我還像上回的鞋作一雙你穿，比那雙環加工夫，如何呢？」

寶玉笑道：「你提起鞋來，我想起故事來了：一回穿著，可巧遇見了老爺，老爺就不受用，問：『是誰作的？』我那裡敢提三妹妹？我就回說，是前兒我的生日舅母給的。老爺聽了是舅母給的，才不好說什麼了。半日還說：『何苦來！虛耗人力，作踐綾羅，作這樣的東西。』我回來告訴了襲人，襲人說：『這還罷了，趙姨娘氣得抱怨得了不得：正經親兄弟，鞋塌拉襪塌拉的，沒人看見；且作這些東西！』」

探春聽說，登時沉下臉來道：「你說，這話糊塗到什麼田地！怎麼我是該作鞋的人？環兒難道沒有份例的？衣裳是衣裳，鞋襪是鞋襪，丫頭老婆一屋子，怎麼抱怨這些話？給誰聽呢！我不過閑著沒事作一雙半雙，愛給那個哥哥兄弟，隨我的心。誰敢管我不成？這也是他瞎氣。」寶玉聽了，點頭笑道：「你不知道，他心裡自然又有個想頭了。」

探春聽說，一發動了氣，將頭一扭，說道：「連你也糊塗了！他那想頭，自然是有的。不過是那陰微下賤的見識。他只管這麼想，我只管認得老爺太太兩個人，別人我一概不管。就是姐妹弟兄跟前，誰和我好，我就和誰好；什麼偏的，庶的，我也不知道。論理，我不該說他，但他忒昏聵得不像了！——還有笑話兒呢：就是上回我給你那錢，替我買那些玩的東西，過了兩天，他見了我，就說是怎麼沒錢，怎麼難過。我也不理。誰知後來丫頭們出去了，他就抱怨起我來，說我攢的錢，為什麼給你使，倒不給環兒使呢！我聽見這話，又好笑，又好氣，我就出來往太太跟前去了。」

正說著，只見寶釵那邊笑道：「說完了，來罷。顯見得是哥哥妹妹了，撂下別人，且說體己[14]去。我們聽一句兒就使不得了？」說著，探春寶玉二人方笑著來了。

寶玉因不見了黛玉，便知是他躲了別處去了。想了一想：「索性遲兩日，等他的氣息一息再去也罷了。」因低頭看見許多鳳仙石榴等各色落花，錦重重的落了一地，因嘆道：「這是他心裡生了氣，也不收拾這花兒來了。等我送了去，明兒再問著他。」說著，只見寶釵約著他們往後頭去。寶玉道：「我就來。」等他二人去遠，把那花兒兜起來，登山渡水，過樹穿花，一直奔了那日和黛玉葬桃花的去處。

將已到了花冢，猶未轉過山坡，只聽那邊有嗚咽之聲，一面數落著，哭得好不傷心。寶玉心下想道：「這不知是那屋裡的丫頭，受了委屈，跑到這個地方來哭？」一面想，一面煞住腳步，聽他哭道是：

花謝花飛飛滿天，紅消香斷[15]有誰憐？遊絲軟繫[16]飄春榭[17]，落絮[18]輕沾撲繡簾。閨中女兒惜春暮[19]，愁緒滿懷無著處❺[20]；手把花鋤出繡簾，忍踏落花來復去？柳絲榆莢[21]自芳菲[22]，不管桃飄與李飛；桃李明年能再發，明年閨中知有誰？三月香巢初壘成❻，梁間燕子太無情！明年花發雖可啄，卻不道人去梁空巢已傾。一年三百六十日，風刀霜劍嚴相逼；明媚鮮妍能幾時，一朝飄泊難尋覓。花開易見落難尋，階前愁殺葬花人❼；獨把花鋤偷灑淚❽，灑上空枝見血痕。杜鵑[23]無語正黃昏，荷鋤歸去掩重門[24]；青燈照壁人初睡，冷雨敲窗被未溫。怪儂[25]底事[26]倍傷神？半為憐春[27]半惱春：憐春忽至惱忽去，至又無言去不聞。昨宵庭外悲歌發，知是花魂與鳥魂？花魂鳥魂總難留，鳥自無言花自羞；願儂此日❾生雙翼，隨花飛到天盡頭❿。天盡頭！何處有香丘[28]？未若錦囊[29]收艷骨，一抔[30]淨土掩風流；質本潔來還潔去，不教污淖[31]陷渠溝。爾今死去儂收葬，未卜儂身何日喪？儂今葬花人笑痴，他年葬儂知是誰？試看春殘花漸落，便是紅顏[32]老死時。——一朝春盡紅顏老，花落人亡兩不知[33][34]！

正是一面低吟，一面哽咽，那邊哭得自己傷心，卻不道這邊聽得早已痴倒了⓫。要知端詳，下回分解。

校記

❶「二人只得掩住這話」，「掩住」原作「掩著」，從諸本改。
❷「你還睡覺呢」，「你」諸本作「姐姐」。
❸「就不服我們說了」，諸本作「把我們不放在眼裡了」。
❹「乾女孩兒」，諸本作「女兒」（脂本作「乾女兒」）。後同。
❺「愁緒滿懷無著處」，「著」諸本作「釋」。
❻「三月香巢初壘成」，「初」諸本作「已」。
❼「階前愁殺葬花人」，「愁」諸本作「悶」。
❽「偷灑淚」，諸本作「淚暗灑」。
❾「此日」，諸本作「脅下」。
❿「隨花飛到天盡頭」原作「隨到花飛天盡頭」，從諸本改。
⓫「正是」至「痴倒了」三十字，諸本作「寶玉聽了不覺痴倒」八字。

注釋

1 〔楊妃、飛燕〕 楊妃，即楊玉環；飛燕，即趙飛燕。她們都是古代著名美人。楊妃體胖，這裡指寶釵；飛燕體瘦，這裡指黛玉。

2 〔祭餞（ㄐㄧㄢˋ／jiàn）花神〕 以酒食祭花神。餞，以酒食送行；花神，據「淮南子．天文訓」說「女夷」就是花神。

3 〔干旄（ㄇㄠˊ／máo）旌幢〕 干，盾牌。旄，以旄牛尾裝飾的旗杆，豎於車後，以為威儀；旌，用羽毛裝飾的旗；幢，類似傘形的儀仗。

4 〔爺們〕「爺們」一詞有三義：一、泛稱男子；二、指丈夫；三、指「男主人」們。這裡是第三義。

5 〔金蟬脫殼〕金蟬，昆蟲名，即知了。蟬變為成蟲時要脫去幼蟲的殼。比喻用計脫身。

6 〔管誰筋疼〕不相干，不關痛癢。

7 〔沒理論〕這裡如同說「不知道」、「沒打聽」或「沒談到」。

8 〔瘋〕這裡是舊社會對女孩們自由放縱行動的用語，引申為一般的亂跑。

9 〔興頭〕這裡作動詞用，相當於「高興」。

10 〔剪斷〕這裡是果斷、決斷的意思。

11 〔錐子扎不出一聲兒來〕比喻人的性格柔韌、沉默。

12 〔饒〕這裡和「不但」同義。

13 〔獅子〕石雕帶座小獅子，作頂門壓簾等用的。

14 〔體己〕這裡是「知心話」的意思。

15 〔紅消香斷〕花謝香絕。紅，以紅色代指花。

16 〔軟繫〕柔軟地連接著。

17 〔榭（ㄒㄧㄝˋ／xiè）〕臺上的房子。

18 〔落絮〕飄落的柳花。絮，本意指棉花，因柳花輕柔似棉，故稱柳絮。

19〔春暮〕晚春。
20〔無著處〕沒有寄托感情的地方。著，寄托。
21〔榆莢〕即榆錢。
22〔芳菲〕芳香。
23〔杜鵑〕鳥名，傳說杜鵑聲悲，能啼出血來。
24〔重門〕一層一層的門。
25〔儂〕古代吳語稱「我」為儂。
26〔底事〕什麼事。底，相當於「何」。
27〔憐春〕愛惜春光。
28〔香丘〕丘，墳。因花香，故稱葬花的墳為香丘。
29〔錦囊〕有彩色花紋的絲袋。
30〔一抔（ㄆㄟˊ／péi）淨土〕
一堆乾淨土。
31〔污淖〕骯污。污，臭水；淖，爛泥。
32〔紅顏〕指年輕女子。
33〔譯文〕風吹著凋謝的花兒漫天飛旋，
褪了紅色失了芳香有誰來哀憐？
柔軟的遊絲繫接在亭榭上飄蕩，
柳絮隨風吹來輕輕沾滿繡花門簾。

閨房中的少女惋惜這殘春景色，
這滿懷的憂愁又能向何處排遣；
手拿著花鋤走出繡房之門，
怎忍心在這飄落滿地的殘花上走來走去？
柳絮和榆錢只顧顯耀自己的芳香，
那管得桃花與李花正在飄零紛飛；
待到明年桃花李花雖說仍會開放，
可來年的閨房中啊還能有誰？
新春三月燕子啣來百花把窩兒剛剛壘成，
梁間的燕子啊你這樣糟蹋香花也太無情！
明年花開雖然可以啄食，
恐怕是佳人不在巢傾梁也空。
一年三百六十天啊！
寒風似刀嚴霜似劍無情地摧殘著花朵；
明媚的春光與艷麗的花朵又能多久，
良辰一過無影無蹤任飄泊。
花開容易見，花落難找尋，
愁壞了站在臺階前的葬花人；
我手拿著花鋤默默地流著眼淚，
淚水灑滿空枝現出斑斑血痕。
杜鵑啼乾了血淚默默地對著慘淡的黃昏，
我扛著花鋤歸去關上重重院門；
青冷的燈光照著牆壁人們剛剛睡下，
冷颼颼雨點敲窗被褥冰人。
要問我為什麼這樣傷心？

因為對春光我半是愛憐半是惱恨：
春光突然來臨使我喜愛而匆匆歸去又使我煩惱，
竟這樣悄悄地來臨卻又不察覺地歸去。
昨晚院外傳來陣陣悲涼的歌聲，
不知道是花兒的靈魂還是鳥兒的靈魂？
花魂和鳥魂都難以挽留，
你看那鳥兒默默無語花兒低頭含羞；
但願我今天能生出一雙翅膀，
隨著花兒飛到那天的盡頭。
天地的盡頭啊！
又那裡有埋葬這殘花的墳丘？
不如用錦囊收殮你的艷尸香骨，
讓一堆乾淨的黃土掩埋風流；
願你那高貴的身體潔淨地生來還是潔淨地逝去，
不要被拋在那骯髒的河溝。
花兒你今天死去有我來收葬，
但不知我這薄命人兒什麼時候命喪？
我今天把落花埋葬人們會笑我痴，
等我死時掩埋我的又知是誰呢？
請看凋殘的春色中花兒正在漸漸地飄去，
正像是閨中的少女漸近衰老死亡之時。
一旦春天過去少女衰老，
鮮花零落美人死去兩不相知！

34

〔簡評〕

「葬花辭」是「紅樓夢」韻文中的傑出之作，與「芙蓉女兒誄」相映生輝。曹雪芹在他的主要人物身上是不吝惜筆墨的。試想，如果沒有這些生動的辭和誄，黛玉、晴雯的形象恐怕就會大為減色了。

〔葬花辭〕寫黛玉葬花，其實是寫她在埋葬自己的青春。林黛玉，美貌多情，嚮往婚姻自主，但卻天不從人願，含恨而終。「一年三百六十日，風刀霜劍嚴相逼」。她覺得孤獨，倍感淒涼；她看不到光明，找不到出路。她「願儂此日生雙翼，隨花飛到天盡頭」，去找一個能夠葬身的「香丘」也辦不到。只能哀嘆「一朝春盡紅顏老，花落人亡兩不知」。情調是哀怨纏綿，悲觀絕望的。

然而，讀過「葬花辭」，人們並不責備林黛玉的多愁善感，倒是頗為同情她的不幸遭遇，欣賞她「質本潔來還潔去，不教污淖陷渠溝」的高風亮節。

林黛玉是舊社會的人物，如果，今天還有人仿效這位弱不禁風的小姐的情調，而無病呻吟起來，那當然是十分可笑的了。

「葬花辭」充滿了詩情畫意。藝術形象是生動的。以「花謝花飛」比喻紅顏易老，意味深長；以「冷雨敲窗」寫孤淒之情，感情逼真；「花魂鳥魂」，想像奇特；「淨土掩風流」，口吻決絕如聞。

這是一篇情文並茂的詩作，後來的戲劇作家據以編戲演出，不是無因的。

【第二十八回】

蔣玉菡情贈茜香羅　薛寶釵羞籠紅麝串[1]

話說林黛玉只因昨夜晴雯不開門一事，錯疑在寶玉身上。次日又可巧遇見餞花之期，正在一腔無明[2]，未曾發泄，又勾起傷春愁思，因把些殘花落瓣去掩埋，由不得感花傷己，哭了幾聲，便隨口念了幾句。不想寶玉在山坡上聽見，先不過點頭感嘆；次又聽到「儂今葬花人笑痴，他年葬儂知是誰？……一朝春盡紅顏老，花落人亡兩不知」等句，不覺慟倒山坡上，懷裡兜的落花撒了一地。試想林黛玉的花顏月貌，將來亦到無可尋覓之時，寧不心碎腸斷❶，既黛玉終歸無可尋覓之時，推之於他人，如寶釵、香菱、襲人等，亦可以到無可尋覓之時矣。寶釵等終歸無可尋覓之時，則自己又安在呢？且自身尚不知何在何往，將來斯處、斯園、斯花、斯柳，又不知當屬誰姓？——因此一而二，二而三，反覆推求了去，真不知此時此際，如此解釋這段悲傷！正是：花影不離身左右，鳥聲只在耳東西。

那黛玉正自傷感，忽聽山坡上也有悲聲，心下想道：「人人都笑我有痴病，難道還有一個痴的不成？」抬頭一看，見是寶玉，黛玉便啐道：「呸！我打量是誰，原來是這個狠心短命的——」剛說到「短命」二字，又把口掩住，長嘆一聲，自己抽身便走。

這裡寶玉悲慟了一回，見黛玉去了，便知黛玉看見他，躲開了。自己也覺無味，抖抖土起來，下山尋歸舊路，往怡紅院來。可巧看見黛玉在前頭走，連忙趕上去，說道：「你且站著。我知道你不理我；我只說一句話，從今以後，撩開手。」黛玉回頭見是寶玉，待要不理他，聽他說「只說一句話」，便道：「請說。」寶玉笑道：「兩句話，說了你聽不聽呢？」黛玉聽說，回頭就走。寶玉在身後面嘆道：「既有今日，何必當初？」

黛玉聽見這話，由不得站住，回頭道：「當初怎麼樣？今日怎麼樣？」寶玉道：「噯！當初姑娘來了，那不是我陪著玩笑？憑我心愛的，姑娘要，就拿去；我愛吃的，聽見姑娘也愛吃，連忙收拾得乾乾淨淨收著，等著姑娘回來。一個桌子上吃飯，一個床兒上睡覺。丫頭們想不到的，我怕姑娘生氣，替丫頭們都想到了。我想著：姐妹們從小兒長大，親也罷，熱也罷，和氣到了兒，才見得比別人好。如今誰承望姑娘人大心大，不把我放在眼裡，三日不理、四日不見的，倒把外四路兒[3]的什麼『寶姐姐』『鳳姐姐』的放在心坎兒上。我又沒個親兄弟、親妹妹，——雖然有兩個，你難道不知道是我隔母的？我也和你是獨出，只怕你和我的心一樣，——誰知我是白操了這一番心，有寃無處訴！」說著，不覺哭起來。

那時黛玉耳內聽了這話，眼內見了這光景❷，心內不覺灰了大半，也不覺滴下淚來，低頭不語。寶玉見這般形象，遂又說道：「我也知道，我如今不好了；但只任憑我怎麼不好，萬不敢在妹妹跟前有錯處。——就有一二分錯處，你或是教導我，戒我下次，或罵我幾句，打我幾下，我都不灰心。誰知你總不理我，叫我摸不著頭腦兒，少魂失魄，不知怎麼樣才好。就是死了，也是個『屈死鬼』。任憑高僧高道懺悔，也不能超生❸；還得你說明了緣故，我才得托生呢！」

黛玉聽了這話，不覺將昨晚的事都忘在九霄雲外了，便說道：「你既這麼說，為什麼我去了，你不叫丫頭開門呢！」寶玉詫異道：「這話從那裡說起？我要是這麼著，立刻就死了！」黛玉啐道：「大清早起『死』呀『活』的，也不忌諱！你說有呢就有，沒有就沒有，起什麼誓呢！」寶玉道：「實在沒有見你去，就是寶姐姐坐了一坐，就出來了。」

黛玉想了一想，笑道：「是了，必是丫頭們懶怠動，喪聲歪氣[4]的，也是有的。」寶玉道：「想必是這個緣故。等我回去問了是誰，教訓教訓他們就好了。」黛玉道：「你的那些姑娘們，也該教訓教訓。只是論理我不該說。——今兒得罪了我的事小，倘或明兒『寶姑娘』來，什麼『貝姑娘』來，也得罪了，事情可就大了。」說著，抿著嘴兒笑。寶玉聽了，又是咬牙，又是笑。

二人正說話，見丫頭來請吃飯，遂都往前頭來了。王夫人見了黛玉，因問道：「大姑娘，你吃那鮑太醫的藥可好些？」黛玉道：「也不過這麼著。老太太還叫我吃王大夫的藥呢。」寶玉道：「太太不知道，林妹妹是內症[5]，先天生得弱，所以禁不住一點兒風寒；不過吃兩劑煎藥，疏散了風寒，還是吃丸藥的好。」王夫人道：「前兒大夫說了個丸藥的名字，我也忘了。」

寶玉道：「我知道那些丸藥，不過叫他吃什麼人參養榮丸。」王夫人道：「不是。」寶玉又道：「八珍益母丸[6]？左歸，右歸[7]？——再不就是八味地黃丸[8]？」王夫人道：「都不是。我只記得有個『金剛』兩個字的。」寶玉拍手笑道：「從來沒聽見有個什麼『金剛丸』！若有了『金剛丸』，自然有『菩薩散』了！」說得滿屋裡人都笑了。寶釵抿嘴笑道：「想是天王補心丹[9]。」王夫人笑道：「是這個名兒。如今我也糊塗了。」寶玉道：「太太倒不糊塗，都是叫『金剛』[10]『菩薩』[11]支使糊塗了。」王夫人道：「扯你娘的臊！又欠你老子捶你了。」寶玉笑道：「我老子再不為這個捶我。」

王夫人又道：「既有這個名兒，明兒就叫人買些來吃。」寶玉道：「這些藥都是不中用的。太太給我三百六十兩銀子，我替妹妹配一料丸藥，包管一料不完就好了。」王夫人道：「放屁！什麼藥就這麼貴？」寶玉笑道：「當真的呢。我這個方子比別的不同，那個藥名兒也古怪，一時也說不清，只講那頭胎紫河車，人形帶葉參，三百六十兩不足❹，龜，大何首烏，千年松根茯苓膽，——諸如此類的藥，不算為奇，只在群藥裡算；那為君的藥[12]，說起來唬人一跳。前年薛大哥哥求了我一二年，我才給了他這方子。他拿了方子去，又尋了二三年，花了有上千的銀子，才配成了。太太不信，只問寶姐姐。」

寶釵聽說，笑著搖手兒說道：「我不知道，也沒聽見。你別叫姨娘問我。」王夫人笑道：「到底是寶丫頭好孩子，不撒謊。」寶玉站在當地，聽見如此說，一回身把手一拍，說道：「我說的倒是真話呢，倒說撒謊！」口裡說著，忽一回身，只見林黛玉坐在寶釵身後，抿著嘴笑，用手指頭在臉上畫著羞他。

鳳姐因在裡間屋裡，看著人放桌子，聽如此說，便走來笑道：「寶兄弟不是撒謊，這倒是有的。前日薛大爺親自和我來尋珍珠，我問他：『作什麼？』他說：『配藥。』他還抱怨說：『不配也罷了，如今那裡知道這麼費事！』我問：『什麼藥？』他說是寶兄弟說的方子，說了多少藥，我也不記得。他又說：『不是❺，我就買幾顆珍珠了，只是必要頭上戴過的，所以才來尋幾顆。要沒有散的花兒，就是頭上戴過的拆下來也使得。過後兒我揀好的再給穿了來。』我沒法兒，只得把兩枝珠子花兒現拆了給他。——還要一塊三尺長、上用的大紅紗，拿乳鉢[13]研了面子呢。」

鳳姐說一句，寶玉念一句佛。鳳姐說完了，寶玉又道：「太太打量怎麼著？這不過也是將就罷咧：正經按方子，這珍珠寶石是要在古墳裡找，有那古時富貴人家兒裝裹的頭面[14]拿了來才好。如今那裡為這個去刨墳掘墓？所以只是活人帶過的，也使得。」王夫人聽了道：「阿彌陀佛！不當家花拉的[15]，就是墳裡有，人家死了幾百年，這會子翻尸倒骨的，作了藥也不靈啊！」

寶玉因向黛玉道：「你聽見了沒有？難道二姐姐也跟著我撒謊不成？」臉望著黛玉說，卻拿眼睛瞟著寶釵。黛玉便拉王夫人道：「舅母聽聽，寶姐姐不替他圓謊，他只問著我！」王夫人也道：「寶玉很會欺負你妹妹。」寶玉笑道：「太太不知道這個緣故。寶姐姐先在家裡住著，薛大哥的事，他也不知道，何況如今在裡頭住著呢？自然是越發不知道了。林妹妹才在背後，以為是我撒謊，就羞我。」

正說著，見賈母房裡的丫頭找寶玉和黛玉去吃飯。黛玉也不叫寶玉，便起身帶著那丫頭走。那丫頭說：「等著寶二爺一塊兒走啊。」黛玉道：「他不吃飯，不和咱們走，我先走了。」說著，便出去了。寶玉道：「我今兒還跟著太太吃罷。」王夫人道：「罷，罷！我今兒吃齋，你正經吃你的去罷。」寶玉道：「我也跟著吃齋。」說著，便叫那丫頭：「去罷。」自己跑到桌子上坐了。王夫人向寶釵等笑道：「你們只管吃你們的，由他去罷。」寶釵因笑道：「你正經去罷。吃不吃，陪著林妹妹走一趟，他心裡正不自在呢。何苦來？」寶玉道：「理他呢，過一會子就好了。」

一時吃過飯，寶玉一則怕賈母惦記，二則也想著黛玉，忙忙的要茶漱口。探春惜春都笑道：「二哥哥，你成日家忙的是什麼？吃飯吃茶也是這麼忙碌碌的。」寶釵笑道：「你叫他快吃了瞧黛玉妹妹去罷。叫他在這裡胡鬧什麼呢？」

寶玉吃了茶，便出來，一直往西院來，可巧走到鳳姐兒院前，只見鳳姐兒在門前站著，蹬著門檻子，拿耳挖子剔牙，看著十來個小廝們挪花盆呢。見寶玉來了，笑道：「你來得好，進來，進來，替我寫幾個字兒。」寶玉只得跟了進來，到了房裡，鳳姐命人取過筆硯紙來，向寶玉道：「大紅妝緞四十疋，蟒緞四十疋，各色上用紗❻一百疋，金項圈四個。」寶玉道：「這算什麼？又不是賬，又不是禮物，怎麼個寫法兒？」鳳姐兒道：「你只管寫上，橫豎我自己明白就罷了。」寶玉聽說，只得寫了。

鳳姐一面收起來，一面笑道：「還有句話告訴你，不知依不依？——你屋裡有個丫頭叫小紅的，我要叫了來使喚，明兒我再替你挑一個，可使得麼？」寶玉道：「我屋裡的人也多得很，姐姐喜歡誰，只管叫了來，何必問我？」鳳姐笑道：「既這麼著，我就叫人帶他去了。」寶玉道：「只管帶去罷。」說著要走。

鳳姐道：「你回來，我還有一句話呢。」寶玉道：「老太太叫我呢，有話等回來罷！」說著，便至賈母這邊。只見都已吃完了飯了。賈母因問道：「跟著你娘吃了什麼好的了？」寶玉笑道：「也沒什麼好的，我倒多吃了一碗飯。」因問：「林姑娘在那裡？」賈母道：「裡頭屋裡呢！」

寶玉進來，只見地下一個丫頭吹熨斗，炕上兩個丫頭打粉線，黛玉彎著腰拿剪子裁什麼呢。寶玉走進來，笑道：「哦！這是作什麼呢？才吃了飯，這麼控著頭[16]，一會子又頭疼了。」黛玉並不理，只管裁他的。有一個丫頭說道：「那塊綢子角兒還不好呢，再熨熨罷。」黛玉便把剪子一撂，說道：「『理他呢！過一會子就好了。』」

寶玉聽了，自是納悶。只見寶釵、探春等也來了，和賈母說了一回話，寶釵也進來問：「妹妹作什麼呢？」因見林黛玉裁剪，笑道：「越發能幹了，連裁鉸都會了。」黛玉笑道：「這也不過是撒謊哄人罷了。」寶釵笑道：「我告訴你個笑話兒，才剛為那個藥，我說了個不知道，寶兄弟心裡就不受用了。」黛玉道：「『理他呢，過會子就好了。』」

寶玉向寶釵道：「老太太要抹骨牌，正沒人，你抹骨牌去罷。」寶釵聽說，便笑道：「我是為抹骨牌才來麼？」說著便走了。黛玉道：「你倒是去罷，這裡有老虎，看吃了你！」說著又裁。寶玉見他不理，只得還陪笑說道：「你也去逛逛，再裁不遲。」黛玉總不理。寶玉便問丫頭們：「這是誰叫他裁的？」黛玉見問丫頭們，便說道：「憑他誰叫我裁，也不管[17]二爺的事！」寶玉方欲說話，只見有人進來回說：「外頭有人請呢。」寶玉聽了，忙撤身出來。黛玉向外頭說道：「阿彌陀佛，趕你回來，我死了也罷了！」

寶玉來到外面，只見焙茗說：「馮大爺家請。」寶玉聽了，知道是昨日的話，便說：「要衣裳去。」就自己往書房裡來。

焙茗一直到了二門前等人，只見出來了一個老婆子，焙茗上去說道：「寶二爺在書房裡等出門的衣裳，你老人家進去帶個信兒。」那婆子啐道：「呸！放你娘的屁！寶玉如今在園裡住著，跟他的人都在園裡，你又跑了這裡來帶信兒了！」焙茗聽了笑道：「罵的是，我也糊塗了！」說著，一徑往東邊二門前來，可巧門上小廝在甬路底下踢球，焙茗將緣故說了，有個小廝跑了進去，半日，才抱了一個包袱出來，遞給焙茗，回到書房裡。

寶玉換上，叫人備馬，只帶著焙茗、鋤藥、雙瑞、壽兒四個小廝去了。一徑到了馮紫英門口，有人報與馮紫英，出來迎接進去。只見薛蟠早已在那裡久候了，還有許多唱曲兒的小廝們，並唱小旦的蔣玉菡，錦香院的妓女雲兒。大家都見過了，然後吃茶。

寶玉擎茶笑道：「前兒說的『幸與不幸』之事，我晝夜懸想，今日一聞呼喚即至。」馮紫英笑道：「你們令姑表弟兄倒都心實。前日不過是我的設辭，誠心請你們喝一杯酒，恐怕推托，才說下這句話。誰知都信了真了。」說畢，大家一笑。然後擺上酒來，依次坐定。馮紫英先叫唱曲兒的小廝過來遞酒，然後叫雲兒也過來敬三鍾。

那薛蟠三杯落肚，不覺忘了情，拉著雲兒的手，笑道：「你把那體己新鮮曲兒唱個我聽，我喝一罈子，好不好？」雲兒聽說，只得拿起琵琶來，唱道：

兩個冤家，都難丟下，想著你來又惦記著他。兩個人，形容俊俏都難描畫。想昨宵，幽期[18]私訂在荼蘼架。一個偷情，一個尋拿，拿住了，三曹對案[19]我也無回話。

唱畢，笑道：「你喝一罈子罷了。」薛蟠聽說，笑道：「不值一罈，再唱好的來。」

寶玉笑道：「聽我說罷，這麼濫飲，易醉而無味，我先喝一大海，發一個新令，有不遵者，連罰十大海，逐出席外，給人斟酒。」馮紫英蔣玉菡等都道：「有理，有理。」寶玉拿起海來，一氣飲盡，說道：「如今要說『悲』『愁』『喜』『樂』四個字，卻要說出『女兒』來，還要註明這四個字的緣故。說完了，喝門杯[20]，酒面[21]要唱一個新鮮曲子，酒底[22]要席上生風[23]一樣東西——或古詩、舊對，『四書』『五經』成語。」

薛蟠不等說完，先站起來攔道：「我不來，別算我。這竟是玩我呢！」雲兒也站起來，推他坐下，笑道：「怕什麼？這還虧你天天喝酒呢！難道連我也不及？我回來還說呢。說是了，罷；不是了，不過罰上幾杯，那裡就醉死了？你如今一亂令，倒喝十大海，下去斟酒不成？」眾人都拍手道：「妙！」薛蟠聽說無法，只得坐了。聽寶玉說道：「女兒悲，青春已大守空閨；女兒愁，悔教夫婿覓封侯[24]；女兒喜，對鏡晨妝顏色美；女兒樂，秋千架上春衫薄。」

眾人聽了，都說道：「好！」薛蟠獨揚著臉，搖頭說：「不好！該罰！」眾人問：「如何該罰？」薛蟠道：「他說的我全不懂，怎麼不該罰？」雲兒便擰他一把，笑道：「你悄悄兒的想你的罷。回來說不出來，又該罰了。」於是拿琵琶聽寶玉唱道：

滴不盡相思血淚拋紅豆[25]；開不完春柳春花滿畫樓。睡不穩紗窗風雨黃昏後；忘不了新愁與舊愁。咽不下玉粒金波[26]噎滿喉；照不盡菱花鏡裡形容瘦。展不開的眉頭；捱不明的更漏：呀！恰便似遮不住的青山隱隱，流不斷的綠水悠悠。

唱完，大家齊聲喝采，獨薛蟠說：「沒板兒。」寶玉飲了門杯，便拈起一片梨來，說道：「『雨打梨花深閉門』[27]。」完了令。

下該馮紫英，說道：「女兒喜，頭胎養了雙生子；女兒樂，私向花園掏蟋蟀；女兒悲，兒夫染病在垂危；女兒愁，大風吹倒梳妝樓。」說畢，端起酒來，唱道：

你是個可人[28]，你是個多情，你是個刁鑽古怪鬼靈精；——你是個神仙也不靈。我說的話兒你全不信，只叫你去背地裡細打聽，才知道我疼你不疼！

唱完，飲了門杯，說道：「『雞鳴茅店月』[29]。」令完，下該雲兒。

雲兒便說道：「女兒悲，將來終身倚靠誰？——」薛蟠笑道：「我的兒，有你薛大爺在，你怕什麼？」眾人都道：「別混他，別混他！」雲兒又道：「女兒愁，媽媽打罵何時休？——」薛蟠道：「前兒我見了你媽，還囑咐他，不叫他打你呢。」眾人都道：「再多說的，罰酒十杯！」薛蟠連忙自己打了一個嘴巴子，說道：「沒耳性，再不許說了。」雲兒又說：「女兒喜，情郎不捨還家裡；女兒樂，住了簫管弄弦索[30]。」說完，便唱道：

豆蔻花開三月三，一個蟲兒往裡鑽；鑽了半日鑽不進去，爬到花兒上打秋千。肉兒小心肝，我不開了，你怎麼鑽？

唱畢，飲了門杯，說道：「『桃之夭夭』[31]。」令完，下該薛蟠。

薛蟠道：「我可要說了：女兒悲——」說了半日，不見說底下的。馮紫英笑道：「悲什麼？快說。」薛蟠登時急得眼睛鈴鐺一般，便說道：「女兒悲——」又咳嗽了兩聲，方說道：「女兒悲，嫁了個男人是烏龜。」眾人聽了都大笑起來。薛蟠道：「笑什麼？難道我說的不是？一個女兒嫁了漢子，要作忘八，怎麼不傷心呢？」眾人笑得彎著腰說道：「你說的是！快說底下的罷。」薛蟠瞪了瞪眼，又說道：「女兒愁——」說了這句，又不言語了。眾人道：「怎麼愁？」薛蟠道：「繡房鑽出個大馬猴。」眾人哈哈笑道：「該罰，該罰！先還可恕，這句更不通了。」說著，便要斟酒。寶玉道：「押韻就好。」薛蟠道：「令官都准了，你們鬧什麼！」眾人聽說，方罷了。

雲兒笑道：「下兩句越發難說了，我替你說罷。」薛蟠道：「胡說！當真我就沒好的了？聽我說罷：女兒喜，洞房花燭朝慵起。」眾人聽了，都詫異道：「這句何其太雅？」薛蟠道：「女兒樂，一根𣬛𣬠往裡戳。」眾人聽了，都回頭說道：「該死，該死！快唱了罷。」薛蟠便唱道：「一個蚊子哼哼哼……」眾人都怔了，說道：「這是個什麼曲兒？」薛蟠還唱道：「兩個蒼蠅嗡嗡嗡……」眾人都道：「罷，罷，罷！」薛蟠道：「愛聽不聽。——這是新鮮曲兒，叫作『哼哼韻』兒，你們要懶怠聽，連酒底兒都免了，我就不唱。」眾人都道：「免了罷，倒別耽誤了別人家。」

於是蔣玉菡說道：「女兒悲，丈夫一去不回歸；女兒愁，無錢去打桂花油；女兒喜，燈花並頭結雙蕊；女兒樂，夫唱婦隨真和合。」說畢，唱道：

可喜你天生成百媚嬌，恰便似活神仙離碧霄。度青春，年正小；配鸞鳳，真也巧。呀！看天河正高；聽譙樓鼓敲，剔銀燈，同入鴛幃悄。

唱畢，飲了門杯，笑道：「這詩詞上我倒有限，幸而昨日見了一副對子❼，只記得這句，可巧席上還有這件東西。」說畢，便乾了酒；拿起一朵木樨[32]來，念道：「『花氣襲人知晝暖』。」

眾人都倒依了，完令。薛蟠又跳起來喧嚷道：「了不得，了不得！該罰，該罰！這席上並沒有寶貝，你怎麼說起寶貝來了？」蔣玉菡忙說道：「何曾有寶貝？」薛蟠道：「你還賴呢！你再說。」蔣玉菡只得又念了一遍。薛蟠道：「這『襲人』可不是寶貝是什麼？——你們不信只問他！」說畢，指著寶玉。寶玉沒好意思起來，說：「薛大哥，你該罰多少？」薛蟠道：「該罰，該罰！」說著，拿起酒來，一飲而盡。馮紫英和蔣玉菡等還問他緣故，雲兒便告訴了出來，蔣玉菡忙起身賠罪。眾人都道：「不知者不作罪。」

少刻，寶玉出席解手，蔣玉菡隨著出來，二人站在廊檐下，蔣玉菡又賠不是。寶玉見他嫵媚溫柔，心中十分留戀，便緊緊的攥著他的手，叫他：「閑了往我們那裡去。還有一句話問你，也是你們貴班中，有一個叫琪官兒的，他如今名馳天下，可惜我獨無緣一見。」蔣玉菡笑道：「就是我的小名兒。」寶玉聽說，不覺欣然跌足笑道：「有幸，有幸！果然名不虛傳！今兒初會，卻怎麼樣呢？」想了一想，向袖中取出扇子，將一個玉玦[33]扇墜解下來，遞給琪官，道：「微物不堪，略表今日之誼。」琪官接了，笑道：「無功受祿，何以克當？——也罷，我這裡也得了一件奇物，今日早起才繫上，還是簇新，聊可表我一點親熱之意。」說畢，撩衣將繫小衣[34]兒的一條大紅汗巾子解下來，遞給寶玉，道：「這汗巾子是茜香國[35]女國王所貢之物，夏天繫著肌膚生香，不生汗漬。昨日北靜王給的，今日才上身。若是別人，我斷不肯相贈。二爺請把自己繫的解下來給我繫著。」

寶玉聽說，喜不自禁，連忙接了，將自己一條松花汗巾[36]解下來，遞給琪官。二人方束好，只聽一聲大叫：「我可拿住了！」只見薛蟠跳出來，拉著二人道：「放著酒不喝，兩個人逃席出來，幹什麼？快拿出來我瞧瞧。」二人都道：「沒有什麼。」薛蟠那裡肯

蔣玉函

依？還是馮紫英出來，才解開了。復又歸坐飲酒，至晚方散。

寶玉回至園中，寬衣吃茶，襲人見扇上的墜兒沒了，便問他：「往那裡去了？」寶玉道：「馬上丟了。」襲人也不理論。及睡時，見他腰裡一條血點似的大紅汗巾子，便猜著了八九分，因說道：「你有了好的繫褲子了，把我的那條還我罷？」寶玉聽說，方想起那汗巾子，原是襲人的，不該給人。心裡後悔，口裡說不出來，只得笑道：「我賠你一條罷。」襲人聽了，點頭嘆道：「我就知道你又幹這些事了！也不該拿我的東西給那些混賬人那！也難為你心裡沒個算計兒。——」還要說幾句，又恐慪上他的酒來，少不得也睡了。一宿無話。

次日天明方醒，只見寶玉笑道：「夜裡失了盜也不知道，你瞧瞧褲子上。」襲人低頭一看，只見昨日寶玉繫的那條汗巾子，繫在自己腰裡了，便知是寶玉夜裡換的，忙一頓就解下來，說道：「我不稀罕這行子，趁早兒拿了去！」寶玉見他如此，只得委婉解勸了一回。襲人無法，暫且繫上。過後寶玉出去，終久解下來，扔在個空箱子裡了，自己又換了一條繫著。

寶玉並未理論。因問起：「昨日可有什麼事情？」襲人便回說：「二奶奶打發人叫了小紅去了。他原要等你來著，我想什麼要緊，我就作了主，打發他去了。」寶玉道：「很是。我已經知道了，不必等我罷了。」襲人又道：「昨兒貴妃打發夏太監出來送了一百二十兩銀子，叫在清虛觀初一到初三打三天平安醮[37]，唱戲獻供，叫珍大爺領著眾位爺們跪香拜佛呢。還有端午兒的節禮也賞了。」說著，命小丫頭來，將昨日的所賜之物取出來：卻是上等宮扇兩柄，紅麝香珠二串，鳳尾羅二端，芙蓉簟一領。

寶玉見了，喜不自勝，問：「別人的也都是這個嗎？」襲人道：「老太太多著一個香玉如意，一個瑪瑙枕。老爺、太太、姨太太的，只多著一個香玉如意。你的和寶姑娘的一樣。林姑娘和二姑娘、三姑娘、四姑娘只單有扇子和數珠兒，別的都沒有。大奶奶、二奶奶他兩個是每人兩疋紗，兩疋羅，兩個香袋兒，兩個錠子藥。」寶玉聽了，笑道：「這是怎麼個緣故？怎麼林姑娘的倒不和我的一樣，倒是寶姐姐的和我一樣？別是傳錯了罷？」

襲人道：「昨兒拿出來，都是一份一份的寫著籤子，怎麼會錯了呢！你的是在老太太屋裡，我去拿了來了的。老太太說了，明兒叫你一個五更天進去謝恩呢。」寶玉道：「自然要走一趟。」說著，便叫了紫鵑來：「拿了這個到你們姑娘那裡去，就說是昨兒我得的，愛什麼留下什麼。」紫鵑答應了，拿了去。不一時回來，說：「姑娘說了，昨兒也得了，二爺留著罷。」

寶玉聽說，便命人收了。剛洗了臉出來要往賈母那裡請安去，只見黛玉頂頭來了，寶玉趕上去笑道：「我的東西叫你揀，你怎麼不揀？」黛玉昨日所惱寶玉的心事，早又丟開，只顧今日的事了，因說道：「我沒這麼大福氣禁受，比不得寶姑娘，什麼『金』哪『玉』的！我們不過是個草木人兒罷了！」

寶玉聽他提出「金玉」二字來，不覺心裡疑猜，便說道：「除了別人說什麼『金』什麼『玉』，我心裡要有這個想頭，天誅地滅，萬世不得人身！」黛玉聽他這話，便知他心裡動了疑了，忙又笑道：「好沒意思，白白的起什麼誓呢？誰管你什麼『金』什麼『玉』的！」寶玉道：「我心裡的事也難對你說，日後自然明白。除了老太太、老爺、太太這三個人，第四個就是妹妹了。有第五個人，我也起個誓。」黛玉道：「你也不用起誓，我很知道，你心裡有『妹妹』，但只是見了『姐姐』，就把『妹妹』忘了。」寶玉道：「那是你多心，我再不是這麼樣的。」黛玉道：「昨兒寶丫頭他不替你圓謊，你為什麼問著我呢？那要是我，你又不知怎麼樣了！」

正說著，只見寶釵從那邊來了，二人便走開了。寶釵分明看見，只裝沒看見，低頭過去了。到了王夫人那裡，坐了一回，然後到了賈母這邊，只見寶玉也在這裡呢。寶釵因往日母親對王夫人曾提過「金鎖是個和尚給的，等日後有玉的方可結為婚姻」等語❽，所以總遠著寶玉。昨日見元春所賜的東西，獨他和寶玉一樣，心裡越發沒意思起來。幸虧寶玉被一個黛玉纏綿住了，心心念念只惦記著黛玉，並不理論這事。此刻忽見寶玉笑道：「寶姐姐，我瞧瞧你的那香串子呢？」可巧寶釵左腕上籠著一串，見寶玉問他，少不得褪了下來。

寶釵原生得肌膚豐澤，一時褪不下來，寶玉在旁邊看著雪白的胳膊，不覺動了羨慕之心，暗暗想道：「這個膀子，若長在林姑娘身上，或者還得摸一摸；偏長在他身上，正是恨我沒福。」忽然想起「金玉」一事來，再看看寶釵形容，只見臉若銀盆，眼同水杏；唇不點而含丹，眉不畫而橫翠，比黛玉另具一種嫵媚風流；不覺又呆了❾。寶釵褪下串子來給他，他也忘了接。

寶釵見他呆呆的，自己倒不好意思的，起來扔下串子，回身才要走，只見黛玉蹬著門檻子，嘴裡咬著絹子笑呢。寶釵道：「你又禁不得風吹，怎麼又站在那風口裡？」黛玉笑道：「何曾不是在房裡來著？只因聽見天上一聲叫，出來瞧了瞧，原來是個呆雁[39]。」寶釵道：「呆雁在那裡呢？我也瞧瞧。」黛玉道：「我才出來，他又『忒兒』的一聲飛了。」口裡說著，將手裡的絹子一甩，向寶玉臉上甩去。寶玉不知，正打在眼上，「噯喲」了一聲。要知端的，下回分解。

校記

❶「心碎腸斷」，「心碎」原作「碎心」，從諸本改。
❷「光景」，諸本作「形景」。
❸「超生」原作「脫生」，但下句即又有「托生」一語，似無一詞連用、兩種寫法之理。諸本作「超脫」，脂本作「超生」，今酌從脂本改「脫」為「超」。
❹「不足」，藤本、王本、金本等作「四足」。
❺「不是」，諸本作「不然」。
❻「上用紗」原作「用上紗」，從藤本、王本、金本改。
❼「一副對子」，「副」原作「幅」，從諸本改。
❽「寶釵因往日母親對王夫人曾提過『金鎖……等日後有玉的方可結為婚姻』等語」，「王夫人」下諸本有「等」字。
❾「不覺又呆了」，「又」諸本作「就」。

注釋

1 〔紅麝串〕 用麝香和其他質料製成的念珠。雄麝的麝香腺中的分泌物，乾燥後為紅棕至暗棕色的顆粒狀，所以叫「紅麝串」。

2 〔一腔無明〕 無明，佛教用語，有「痴」、「沒有智慧」、「愚闇」等意思。他們認為，因為不解「正理」，所以引起煩惱。人的發怒也屬於這一類情況。後來因而對怒火也稱為「無明」。

3 〔外四路兒〕 外面的，外人，不是親近的人。

4 〔喪聲歪氣〕 惡聲惡氣。

5 〔內症〕 中醫指內熱的病。「素問・調經論」：「陰虛則內熱。」

6 〔八珍益母丸〕 以人參、炒白朮、益母草等製成蜜丸的中成藥。主治氣血兩虧、體弱無力、月經不調、白帶過多、腰痠倦怠、不思飲食等症。

7 〔左歸，右歸〕 左歸丸、右歸丸。兩種治氣血的丸藥名。

8 〔八味地黃丸〕 中成藥。以熟地黃、山藥、丹皮、肉桂等製成的蜜丸。主治肝腎陰虛，頭目眩暈等症。

9 〔天王補心丹〕 今名「補心丹」。中成藥，以生地黃、五味子、當歸等製成的蜜丸。有滋陰清熱、補心安神的功能。

10 〔金剛〕 佛家稱佛的侍從力士叫金剛，因其手拿金剛杵（ㄔㄨˇ／chǔ）而得名。

11 〔菩薩〕 佛教名詞。「菩提薩埵」的略稱。原為釋迦牟尼修行而未成佛道時的稱號，後廣泛用作對大乘思想的實行者的稱呼。舊時一般人對偶像神靈，也稱為菩薩。

12 〔為君的藥〕 中醫認為一個藥方用藥應有主有次，互相配合，稱為「君臣佐使」。為君的藥，就是發揮主要作用的藥。

13 〔乳缽〕 研細藥粉用的小石臼。

14 〔裝裹的頭面〕 殮葬的服裝稱為「裝裹」；「頭面」指首飾。

15 〔不當家花拉的〕 「不當家」亦作「不當價」，如同說「不當的」；即「不該」、「罪過」的意思。「花拉的」是個詞尾，也說「花拉拉」或「花拉子」。

16 〔控著頭〕 懸空低垂著頭。

17 〔不管〕 這裡是「不關」、「不干」的意思。

18 〔幽期〕 指男女私情約會。

19〔三曹對案〕過去把原告、被告、中證人三方面對證供詞，稱三曹對案；三曹，三方；對案，對證。

20〔門杯〕面前酒杯中的酒。

21〔酒面〕行酒令時唱的曲子。

22〔酒底〕酒令說完時的「引語」。

23〔席上生風〕取席上現有的一樣東西，說一句成語，使大家都感到有趣。生風，產生風趣的意思。

24〔悔教夫婿覓封侯〕唐代王昌齡的「閨怨」詩云：「閨中少婦不知愁，春日凝妝上翠樓。忽見陌頭楊柳色，悔教夫婿覓封侯。」

25〔紅豆〕相思豆。這裡以紅豆形容血淚，又以紅豆表達相思之情。

26〔玉粒金波〕玉粒，大米飯；金波，美酒。

27〔雨打梨花深閉門〕宋代秦觀「鷓鴣天」詞：「甫能炙得燈兒了，雨打梨花深閉門。」甫，才。

28〔可人〕本是指有資格作某一事的人。後來轉指可愛的人。

29〔雞鳴茅店月〕雞啼時明月正照著店家的茅草屋。唐代溫庭筠「商山早行」中的詩句。

30〔弦索〕古代對弦樂器的總稱。

31〔桃之夭夭〕「詩經・周南」中的一句，夭夭，形容茂盛而艷麗。意思是說，桃花開得很盛而且很美。

32〔木樨（ㄒㄧ／xī）〕即桂花。

33〔玦（ㄐㄩㄝˊ／jué）〕　環形有缺口的佩玉。

34〔小衣〕　此指褲子。

35〔茜香國〕　作者杜撰的一個國名。

36〔松花汗巾〕　一種近似松花嫩綠的顏色叫作松花色；汗巾，指褲腰帶，也說「汗巾子」。

37〔平安醮〕　「醮」是道教誦經祈禱的儀式。非喪事的平常祈福誦經，稱為「平安醮」。

38〔錠子藥〕　中藥作成錠子的都可稱「錠子藥」或「藥錠子」。這裡是專指「紫金錠」一類暑藥。有時作成各種形狀的小玩物。作成「十八子」念珠的叫作「香串子」（見第十六回），夏天佩帶，既有香氣，又可隨時搗碎服食治病。

39〔呆雁〕　諷刺人們痴呆，如同說「傻子」、「呆子」。這裡把「雁」字具體化，故意引到天邊飛雁，作為戲謔。

【第二十九回】

享福人福深還禱福　多情女情重愈斟情[1]

話說寶玉正自發怔，不想黛玉將手帕子扔了來，正碰在眼睛上，倒唬了一跳，問：「這是誰？」黛玉搖著頭兒笑道：「不敢，是我失了手。因為寶姐姐要看呆雁，我比給他看，不想失了手。」寶玉揉著眼睛，待要說什麼，又不好說的。

一時鳳姐兒來了，因說起初一日在清虛觀打醮的事來，約著寶釵、寶玉、黛玉等看戲去。寶釵笑道：「罷，罷！怪熱的，什麼沒看過的戲！我不去。」鳳姐道：「他們那裡涼快，兩邊又有樓。咱們要去，我頭幾天先打發人去，把那些道士都趕出去，把樓上打掃了，掛起簾子來，一個閑人不許放進廟去，才是好呢！我已經回了太太了，你們不去，我自家去。這些日子也悶得很了，家裡唱動戲[2]，我又不得舒舒服服的看。」

賈母聽說，就笑道：「既這麼著，我和你去。」鳳姐聽說，笑道：「老祖宗也去？敢仔[3]好！——可就是我又不得受用了。」賈母道：「到明兒我在正面樓上，你在旁邊樓上，你也不用到我這邊來立規矩[4]，可好不好？」鳳姐笑道：「這就是老祖宗疼我了。」賈母因向寶釵道：「你也去，連你母親也去；長天老日[5]的，在家裡也是睡覺。」寶釵只得答應著。

賈母又打發人去請了薛姨媽，順路告訴王夫人，要帶了他們姐妹去。王夫人因一則身上不好，二則預備元春有人出來，早已回了不去的；聽賈母如此說，笑道：「還是這麼高興。打發人去到園裡告訴，有要逛去的，只管初一跟老太太逛去。」這個話一傳開了，別人還可已，只是那些丫頭們，天天不得出門檻兒，聽了這話，誰不要去！就是各人的主子懶怠去，他也百般的攛掇了去：因此李紈等都說去。賈母心中越發喜歡，早已吩咐人去打掃安置，不必細說。

單表到了初一這一日，榮國府門前車輛紛紛，人馬簇簇，那底下執事人等，聽見是貴妃作好事，賈母親去拈香，況是端陽佳節❶：因此凡動用的物件，一色都是齊全的，不同往日。

少時賈母等出來。賈母坐一乘八人大轎，李氏、鳳姐、薛姨媽每人一乘四人轎，寶釵、黛玉二人共坐一輛翠蓋珠纓八寶車，迎春、探春、惜春三人共坐一輛朱輪華蓋車。然後賈母的丫頭鴛鴦、鸚鵡、琥珀、珍珠，黛玉的丫頭紫鵑、雪雁、鸚哥❷，寶釵的丫頭鶯兒、文杏，迎春的丫頭司棋、繡橘，探春的丫頭侍書、翠墨，惜春的丫頭入畫、彩屏，薛姨媽的丫頭同喜、同貴，外帶香菱，香菱的丫頭臻兒，李氏的丫頭素雲、碧月，鳳姐兒的丫頭平兒、豐兒、小紅，並王夫人的兩個丫頭金釧、彩雲，也跟了鳳姐兒來。奶子抱著大姐兒，另在一輛車上。還有幾個粗使的丫頭，連上各房的老嬤嬤奶媽子，並跟著出門的媳婦子們，黑壓壓的站了一街的車。

那街上的人見是賈府去燒香，都站在兩邊觀看。那些小門小戶的婦女，也都開了門在門口站著，七言八語，指手畫腳，就像看那過會的一般。只見前頭的全副執事擺開，一位青年公子，騎著銀鞍白馬，彩轡[6]朱纓，在那八人轎前領著那些車轎人馬，浩浩蕩蕩，一片錦繡香烟，遮天壓地而來。卻是鴉雀無聞，只見車輪馬蹄之聲。

不多時，已到了清虛觀門口❸，只聽鐘鳴鼓響，早有張法官執香披衣，帶領眾道士在路旁迎接。寶玉下了馬，賈母的轎剛至山門以內，見了本境城隍土地[7]各位泥塑聖像，便命住轎。賈珍帶領各子弟上來迎接。鳳姐兒的轎子卻趕在頭裡先到了，帶著鴛鴦等迎接上來。見賈母下了轎，忙要攙扶，可巧有個十二三歲的小道士兒，拿著個剪筒，照管各處剪蠟花兒，正欲得便且藏出去，不想一頭撞在鳳姐兒懷裡，鳳姐便一揚手，照臉打了個嘴巴，把那小孩子打了一個筋斗，罵道：「小野雜種！往那裡跑？」那小道士也不顧拾燭剪，爬起來往外還要跑，正值寶釵等下車，眾婆娘媳婦正圍隨得風雨不透，但見一個小道士滾了出來，都喝聲叫：「拿，拿！打，打！」

賈母聽了，忙問：「是怎麼了？」賈珍忙過來問。鳳姐上去攙住賈母，就回說：「一個小道士兒剪蠟花的，沒躲出去，這會子混鑽呢。」賈母聽說，忙道：「快帶了那孩子來，別唬著他！小門小戶的孩子，都是嬌生慣養慣了的，那裡見過這個勢派？倘或唬著他，倒怪可憐見兒的。他老子娘豈不疼呢？」說著，便叫賈珍：「去，好生帶了來。」賈珍只得去拉了那孩子，——一手拿著蠟剪，跪在地下亂顫。賈母命賈珍拉起來，叫他：「不用怕。」問他：「幾歲了？」那孩子總說不出話來。賈母還說：「可憐見兒的！」又向賈珍道：「珍哥帶他去罷。給他幾個錢買果子吃，別叫人難為了他。」賈珍答應，領出去了。

這裡賈母帶著眾人，一層一層的瞻拜觀玩。外面小廝們見賈母等進入二層山門，忽見賈珍領了個小道士出來，叫人來帶了去，給他幾百錢，別難為了他。家人聽說，忙上來領去。

賈珍站在臺階上，因問：「管家在那裡？」底下站的小廝們見問，都一齊喝聲說：「叫管家！」登時林之孝一手整理著帽子，跑進來，到了賈珍跟前。賈珍道：「雖然這裡地方兒大，今兒咱們的人多，你使的人，你就帶了在這院裡罷；使不著的，打發到那院裡去，把小么兒們多挑幾個在這二層門上和兩邊的角門上，伺候著要東西傳話。你可知道不知道？今兒姑娘奶奶們都出來，一個閑人也不許到這裡來。」林之孝忙答應：「知道。」又說了幾個「是」。賈珍道：「去罷。」又問：「怎麼不見蓉兒？」

一聲未了，只見賈蓉從鐘樓裡跑出來了。賈珍道：「你瞧瞧，我這裡沒熱，他倒涼快去了！」喝命家人啐他。那小廝們都知道賈珍素日的性子，違拗不得，就有個小廝上來向賈蓉臉上啐了一口。賈珍還瞪著他，那小廝便問賈蓉：「爺還不怕熱，哥兒怎麼先涼快去了？」賈蓉垂著手，一聲不敢言語。那賈芸、賈萍、賈芹等聽見了，不但他們慌了，並賈璉、賈㻞、賈瓊等也都忙了，一個一個都從牆根兒底下慢慢的溜下來了。

賈珍又向賈蓉道：「你站著作什麼？還不騎了馬跑到家裡告訴你娘母子[8]去？老太太和姑娘們都來了，叫他們快來伺候！」賈蓉聽說，忙跑了出來，一疊連聲的要馬。一面抱怨道：「早都不知作什麼的，這會子尋趁[9]我！」一面又罵小子：「捆著手呢麼？馬也拉不來！」要打發小廝去，又恐怕後來對出來，說不得親自走一趟，騎馬去了。

且說賈珍方要抽身進來，只見張道士站在旁邊，陪笑說道：「論理，我不比別人，應該裡頭伺候；只因天氣炎熱，眾位千金都出來了，法官不敢擅入，請爺的示下。恐老太太問，或要隨喜那裡，我只在這裡伺候罷了。」

賈珍知道這張道士雖然是當日榮國公的替身，曾經先皇御口親呼為「大幻仙人」，如今現掌「道錄司」印，又是當今封為「終了真人」，現今王公藩鎮都稱為「神仙」，所以不敢輕慢。二則他又常往兩個府裡去，太太姑娘們都是見的；今見他如此說，便笑道：「咱們自己，你又說起這話來；再多說，我把你這鬍子還揪了你的呢！還不跟我進來呢！」那張道士呵呵的笑著，跟了賈珍進來。

賈珍到賈母跟前，控身陪笑，說道：「張爺爺進來請安。」賈母聽了，忙道：「請他來❹。」賈珍忙去攙過來。那張道士先呵呵笑道：「無量壽佛！老祖宗一向福壽康寧，眾位奶奶姑娘納福！一向沒到府裡請安，老太太氣色越發好了。」賈母笑道：「老神仙，你好？」張道士笑道：「托老太太的萬福，小道也還康健。別的倒罷了，只記掛著哥兒，一向身上好？前日四月二十六，我這裡作遮天大王的聖誕，人也來得少，東西也很乾淨，我說請哥兒來逛逛，怎麼說不在家？」賈母說道：「果真不在家。」一面回頭叫寶玉。

誰知寶玉解手兒去了，才來，忙上前問：「張爺爺好？」張道士也抱住問了好，又向賈母笑道：「哥兒越發發福[10]了。」賈母道：「他外頭好，裡頭弱。又搭著他老子逼著他念書，生生兒的把個孩子逼出病來了。」張道士道：「前日我在好幾處看見哥兒寫的字，作的詩，都好得了不得。怎麼老爺還抱怨哥兒不大喜歡念書呢？依小道看來，也就罷了。」又嘆道：「我看見哥兒的這個形容身段，言談舉動，怎麼就和當日國公爺一個稿子[11]！」說著，兩眼酸酸的❺。賈母聽了，也由不得有些戚慘❻，說道：「正是呢！我養了這些兒子孫子，也沒一個像他爺爺的，就只這玉兒還像他爺爺。」

那張道士又向賈珍道：「當日國公爺的模樣兒，爺們一輩兒的不用說了，自然沒趕上；大約連大老爺、二老爺也記不清楚了罷？」說畢，又呵呵大笑道：「前日在一個人家兒，看見位小姐，今年十五歲了，長得倒也好個模樣兒。我想著哥兒也該提親了。——要論這小姐的模樣兒，聰明智慧，根基家當，倒也配得過。但不知老太太怎麼樣？小道也不敢造次，等請了示下，才敢提去呢！」賈母道：「上回有個和尚說了，這孩子命裡不該早娶，等再大一大兒再定罷。你如今也訊聽著，不管他根基富貴，只要模樣兒配得上，就來告訴我。就是那家子窮，也不過幫他幾兩銀子就完了。只是模樣兒，性格兒，難得好的。」

說畢，只見鳳姐兒笑道：「張爺爺，我們丫頭的寄名符兒，你也不換去。前兒虧你還有那麼大臉，打發人和我要鵝黃緞子去！要不給你，又恐怕你那老臉上下不來。」張道士哈哈大笑道：「你瞧，我眼花了！也沒見奶奶在這裡，也沒道謝！寄名符早已有了，前日原想送去，不承望娘娘來作好事，也就混忘了。還在佛前鎮著呢。等著我取了來。」說著，跑到大殿上，一時拿了個茶盤，搭著大紅蟒緞經袱子[12]，托出符來。

大姐兒的奶子接了符，張道士才要抱過大姐兒來，只見鳳姐笑道：「你就手裡拿出來罷了，又拿個盤子托著！」張道士道：「手裡不乾不淨的，怎麼拿？用盤子潔淨些。」鳳姐笑道：「你只顧拿出盤子，倒唬了我一跳：我不說你是為送符，倒像和我們化布施來了。」眾人聽說，哄然一笑，連賈珍❼也掌不住笑了。賈母回頭道：「猴兒，猴兒！你不怕下割舌地獄？」鳳姐笑道：「我們爺兒們不相干，他怎麼常常的說我該積陰騭、遲了就短命呢？」

張道士也笑道：「我拿出盤子來，一舉兩用，倒不為化布施[13]，倒要把哥兒的那塊玉請下來，托出去給那些遠來的道友和徒子徒孫們見識見識。」賈母道：「既這麼著，你老人家老天拔地的，跑什麼呢，帶著他去瞧了叫他進來，就是了。」張道士道：「老太太不知道：看著小道是八十歲的人，托老太太的福，倒還硬朗；二則外頭的人多氣味難聞，況且大暑熱的天，哥兒受不慣，倘或哥兒中了腌臢氣味，倒值多了。」賈母聽說，便命寶玉摘下「通靈玉」來，放在盤內。那張道士兢兢業業的用蟒袱子墊著，捧出去了。

這裡賈母帶著眾人各處遊玩一回。方去上樓，只見賈珍回說：「張爺爺送了玉來。」剛說著，張道士捧著盤子走到跟前，笑道：「眾人托小道的福，見了哥兒的玉，實在稀罕，都沒什麼敬賀的，這是他們各人傳道的法器，都願意為敬賀之禮。雖不稀罕，哥兒只留著玩耍賞人罷。」

賈母聽說，向盤內看時，只見也有金璜[14]，也有玉玦，或有「事事如意」，或有「歲歲平安」，皆是珠穿寶嵌，玉琢金鏤，共有三五十件。因說道：「你也胡鬧。他們出家人，是那裡來的？何必這樣？這斷不能收。」張道士笑道：「這是他們一點敬意，小道也不能阻擋。老太太要不留下，倒叫他們看著小道微薄，不像是門下出身了。」賈母聽如此說，方命人接下了。寶玉笑道：「老太太，張爺爺既這麼說，又推辭不得，我要這個也無用，不如叫小子捧了這個，跟著我出去散給窮人罷。」賈母笑道：「這話說的也是。」張道士忙攔道：「哥兒雖要行好，但這些東西雖說不甚稀罕，也到底是幾件器皿，若給了窮人，一則與他們也無益，二則反倒糟蹋了這些東西。要捨給窮人，何不就散錢給他們呢？」寶玉聽說，便命：「收下，等晚上拿錢施捨罷。」說畢，張道士方才退出。

這裡賈母和眾人上了樓，在正面樓上歸坐。鳳姐等上了東樓。眾丫頭等在西樓輪流伺候。一時賈珍上來回道：「神前拈了戲，頭一本是『白蛇記』[15]。」賈母便問：「是什麼故事？」賈珍道：「漢高祖斬蛇起首的故事。第二本是『滿床笏』[16]。」賈母點頭道：「倒是第二本也還罷了。神佛既這樣❽，也只得如此。」又問：「第三本？」賈珍道：「第三本是『南柯夢』[17]。」賈母聽了，便不言語。賈珍退下來，走至外邊，預備著申表、焚錢糧[18]、開戲，不在話下。

且說寶玉在樓上，坐在賈母旁邊，因叫個小丫頭子，捧著方才那一盤子東西，將自己的玉帶上，用手翻弄尋撥，一件一件的挑與賈母看。賈母因看見有個赤金點翠[19]的麒麟[20]，便伸手拿起來，笑道：「這件東西，好像是我看見誰家的孩子也帶著一個的。」寶釵笑道：「史大妹妹有一個，比這個小些。」賈母道：「原來是雲兒有這個。」寶玉道：「他這麼往我們家去住著，我也沒看見。」探春笑道：「寶姐姐有心，不管什麼他都記得。」黛玉冷笑道：「他在別的上頭心還有限，惟有這些人帶的東西上，他才是留心呢。」寶釵聽說，回頭裝沒聽見。

寶玉聽見史湘雲有這件東西，自己便將那麒麟忙拿起來，揣在懷裡。忽又想到怕人看見他聽是史湘雲有了，他就留著這件，因此，手裡揣著，卻拿眼睛瞟人。只見眾人倒都不理論，惟有黛玉瞅著他點頭兒，似有讚嘆之意。寶玉心裡不覺沒意思起來，又掏出來，瞅著黛玉赸笑道：「這個東西有趣兒，我替你拿著，到家裡穿上個穗子你帶，好不好？」黛玉將頭一扭道：「我不稀罕。」寶玉笑道：「你既不稀罕，我可就拿著了。」說著，又揣起來。剛要說話，只見賈珍之妻尤氏和賈蓉續娶的媳婦胡氏❾，婆媳兩個來了，見過賈母。賈母道：「你們又來作什麼，我不過沒事來逛逛。」一句話說了，只見人報：「馮將軍家有人來了。」原來馮紫英家聽見賈府在廟裡打醮，連忙預備豬羊、香燭、茶食之類，趕來送禮。鳳姐聽了，忙趕過正樓來，拍手笑道：「噯呀！我卻沒防著這個。只說咱們娘兒們來閑逛逛，人家只當咱們大擺齋壇的來送禮，——都是老太太鬧的！這又不得預備賞封兒。」剛說了，只見馮家的兩個管家女人上樓來了。馮家兩個未去，接著趙侍郎家也有禮來了。於是接二連三，都聽見賈府打醮，女眷都在廟裡：凡一應遠親近友，世家相與[21]，都來送禮。

賈母才後悔起來，說：「又不是什麼正經齋事，我們不過閑逛逛，沒得驚動人。」因此雖看了一天戲，至下午便回來了；次日便懶怠去。鳳姐又說：「『打牆也是動土』[22]！已經驚動了人，今兒樂得還去逛逛。」賈母因昨日見張道士提起寶玉說親的事來，誰知寶玉一日心中不自在，回家來生氣，嗔著張道士與他說了親，口口聲聲說：「從今以後，再不見張道士了。」別人也並不知為什麼緣故。二則黛玉昨日回家，又中了暑：因此二事，賈母便執意不去了。鳳姐見不去，自己帶了人去，也不在話下。

且說寶玉因見黛玉病了，心裡放不下，飯也懶怠吃，不時來問，只怕他有個好歹。黛玉因說道：「你只管聽你的戲去罷；在家裡作什麼？」寶玉因昨日張道士提親之事，心中大不受用，今聽見黛玉如此說，心裡因想道：「別人不知道我的心，還可恕；連他也奚落起我來。」因此心中更比往日的煩惱加了百倍。要是別人跟前，斷不能動這肝火，只是黛玉說了這話，倒又比往日別人說這話不同，由不得立刻沉下臉來，說道：「我白認得你了！罷了，罷了！」黛玉聽說，冷笑了兩聲道：「你白認得了我嗎？我那裡能夠像人家有什麼配得上你的呢！」寶玉聽了，便走來，直問到臉上道：「你這麼說，是安心咒我天誅地滅？」黛玉一時解不過這話來。寶玉又道：「昨兒還為這個起了誓呢，今兒你到底兒又重我一句！我就『天誅地滅』，你又有什麼益處呢？」黛玉一聞此言，方想起昨日的話來。今日原自己說錯了，又是急，又是愧，便抽抽搭搭的哭起來，說道⑩：「我要安心咒你，我也『天誅地滅』！……何苦來呢！我知道昨日張道士說親，你怕攔了你的好姻緣⑪，你心裡生氣，來拿我煞性子。」

原來寶玉自幼生成來的有一種下流痴病，況從幼時和黛玉耳鬢廝磨，心情相對，如今稍知些事，又看了些邪書僻傳，凡遠親近友之家所見的那些閨英闈秀[23]，皆未有稍及黛玉者，所以早存一段心事，只不好說出來。故每每或喜或怒，變盡法子暗中試探。那黛玉偏生也是個有些痴病的，也每用假情試探。因你也將真心真意瞞起來，我也將真心真意瞞起來，都只用假意試探，如此「兩假相逢，終有一真」，其間瑣瑣碎碎，難保不有口角之事。

即如此刻，寶玉的心內想的是：「別人不知我的心，還可恕；難道你就不想我的心裡眼裡只有你？你不能為我解煩惱，反來拿這個話堵噎我，可見我心裡時時刻刻白有你⑫，你心裡竟沒我了。」寶玉是這個意思，只口裡說不出來。那黛玉心裡想著：「你心裡自然有我，雖有『金玉相對』之說，你豈是重這邪說不重人的呢？我就時常提這『金玉』，你只管了然無聞的，方見得是待我重，無毫髮私心了。怎麼我只一提『金玉』的事，你就著急呢？可知你心裡時時有這個『金玉』的念頭。我一提，你怕我多心，故意兒著急，安心哄我。」

那寶玉心中又想著：「我不管怎麼樣都好，只要你隨意，我就立刻因你死了，也是情願的；你知也罷，不知也罷，只由我的心，那才是你和我近，不和我遠。」黛玉心裡又想著：「你只管你就是了；你好，我自然好。你要把自己丟開，只管周旋我，是你不叫我近你，竟叫我遠了⓭。」

看官，你道兩個人原是一個心，如此看來，卻都是多生了枝葉，將那求近之心，反弄成疏遠之意了。此皆他二人素昔所存私心，難以備述。如今只說他們外面的形容。

那寶玉又聽見他說「好姻緣」三個字，越發逆了己意，心裡乾噎，口裡說不出來；便賭氣向頸上摘下「通靈玉」來，咬咬牙，狠命往地下一摔，道：「什麼勞什子！我砸了你，就完了事了！」偏生那玉堅硬非常，摔了一下，竟文風不動。寶玉見不破，便回身找東西來砸。黛玉見他如此，早已哭起來，說道：「何苦來你砸那啞巴東西？有砸他的，不如來砸我！」

二人鬧著，紫鵑雪雁等忙來解勸。後來見寶玉下死勁的砸那玉，忙上來奪，又奪不下來。見比往日鬧得大了，少不得去叫襲人。襲人忙趕了來，才奪下來。寶玉冷笑道：「我是砸我的東西，與你們什麼相干！」襲人見他臉都氣黃了，眉眼都變了，從來沒氣得這麼樣，便拉著他的手，笑道：「你合妹妹拌嘴，不犯著砸他；倘或砸壞了，叫他心裡臉上怎麼過得去呢？」黛玉一行哭著，一行聽了這話，說到自己心坎兒上來，可見寶玉連襲人不如，越發傷心大哭起來。心裡一急，方才吃的香薷飲[24]，便承受不住，「哇」的一聲，都吐出來了。紫鵑忙上來用絹子接住，登時一口一口的，把塊絹子吐濕。雪雁忙上來捶揉。紫鵑道：「雖然生氣，姑娘到底也該保重些。才吃了藥，好些兒，這會子因和寶二爺拌嘴，又吐出來了；倘或犯了病，寶二爺怎麼心裡過得去呢？」寶玉聽了這話，說到自己心坎兒上來，可見黛玉竟還不如紫鵑呢。又見黛玉臉紅頭脹，一行啼哭，一行氣湊，一行是淚，一行是汗，不勝怯弱。寶玉見了這般，又自己後悔：「方才不該和他較證，這會子他這樣光景，我又替不了他。」心裡想著，也由不得滴下淚來了。

襲人守著寶玉，見他兩個哭得悲痛，也心酸起來；又摸著寶玉的手冰涼，要勸寶玉不哭罷，一則恐寶玉有什麼委屈悶在心裡，二則又恐薄了黛玉：兩頭兒為難。正是女兒家的心性，不覺也流下淚來。紫鵑一面收拾了吐的藥，一面拿扇子替黛玉輕輕的搧著，見三個人都鴉雀無聲，各自哭各自的，索性也傷起心來，也拿著絹子拭淚。

四個人都無言對泣。還是襲人勉強笑向寶玉道：「你不看別的，你看看這玉上穿的穗子，也不該和林姑娘拌嘴呀。」黛玉聽了，也不顧病，趕來奪過去，順手抓起一把剪子來就鉸。襲人紫鵑剛要奪，已經剪了幾段。黛玉哭道：「我也是白效力，他也不稀罕，自有別人替他再穿好的去呢！」襲人忙接了玉道：「何苦來！這是我才多嘴的不是了。」寶玉向黛玉道：「你只管鉸！我橫豎不帶他，也沒什麼。」

只顧裡頭鬧，誰知那些老婆子們見黛玉大哭大吐，寶玉又砸玉，不知道要鬧到什麼田地兒，便連忙的一齊往前頭去回了賈母王夫人知道，好不至於連累了他們。那賈母王夫人見他們忙忙的作一件正經事來告訴，也都不知有了什麼緣故⓮，便一齊進園來瞧。急得襲人抱怨紫鵑：「為什麼驚動了老太太、太太？」紫鵑又只當是襲人著人去告訴的，也抱怨襲人。

那賈母王夫人進來，見寶玉也無言，黛玉也無話，問起來，又沒為什麼事，便將這禍移到襲人紫鵑兩個人身上，說：「為什麼你們不小心伏侍，這會子鬧起來都不管呢？」因此將二人連罵帶說，教訓了一頓。二人都沒得說，只得聽著。還是賈母帶出寶玉去了，方才平服。

過了一日，至初三日，乃是薛蟠生日，家裡擺酒唱戲，賈府諸人都去了。寶玉因得罪了黛玉，二人總未見面，心中正自後悔，無精打彩，那裡還有心腸去看戲？因而推病不去。黛玉不過前日中了些暑溽[25]之氣，本無甚大病，聽見他不去，心裡想：「他是好吃酒聽戲的，今日反不去，自然是因為昨兒氣著了；再不然他見我不去，他也沒心腸去。只是昨兒千不該，萬不該，鉸了那玉上的穗子。管定他再不帶了，還得我穿了他才帶。」因而心中十分後悔。

那賈母見他兩個都生氣，只說趁今兒那邊去看戲，他兩個見了，也就完了，不想又都不去。老人家急得抱怨說：「我這老冤家，是那一世裡造下的孽障？偏偏兒的遇見了這麼兩個不懂事的小冤家兒，沒有一天不叫我操心！真真的是俗語兒說的，『不是冤家不聚頭』了。幾時我閉了眼，斷了這口氣，任憑你們兩個冤家鬧上天去，我『眼不見，心不煩』，也就罷了──偏他娘的又不嚥這口氣！」自己抱怨著，也哭起來了。

誰知這個話傳到寶玉黛玉二人耳內，他二人竟從來沒有聽見過「不是冤家不聚頭」的這句俗話兒，如今忽然得了這句話，好似參禪的一般，都低著頭細嚼這句話的滋味兒，不覺得潸然[26]淚下。雖然不曾會面，卻一個在瀟湘館臨風灑淚，一個在怡紅院對月長吁，正是「人居兩地，情發一心」了。

襲人因勸寶玉道：「千萬不是，都是你的不是。往日家裡的小廝們和他的姐姐妹妹拌嘴，或是兩口子分爭，你要是聽見了，還罵那些小廝們蠢，不能體貼女孩兒們的心腸；今兒怎麼你也這麼著起來了？明兒初五，大節下的，你們兩個再這麼仇人似的，老太太越發要生氣了，一定弄得大家不安生。依我勸你，正經下個氣[27]兒，賠個不是，大家還是照常一樣兒的，這麼著不好嗎？」寶玉聽了，不知依與不依。要知端詳，下回分解。

校記

❶「況是端陽佳節」，諸本作「正是初一日乃月之首日，況是端陽節間」。

❷「鸚哥」，諸本作「春纖」。

❸「那街上的人見是賈府去燒香」至「已到了清虛觀門口」一段，諸本作「賈母等已經坐轎去了多遠，這門前尚未坐完，這個說我不同你在一處，那個說你壓了我們奶奶的包袱，那邊車上又說招了我的花兒，這邊又說磞了我的扇子，咭咭呱呱，說笑不絕，周瑞家的走來過去的說道，姑娘們，這是街上，看人笑話，說了兩遍，方見好了，前頭的全副執事擺開，早已到了清虛觀門口，寶玉騎著馬在賈母轎前，街上人都站在兩邊，將至觀前」。

❹「請他來」，「請」諸本作「攙」。

❺「酸酸的」，諸本作「流下淚來」。

❻「有些戚慘」，諸本作「滿臉淚痕」。

❼「賈珍」原作「賈璉」，從諸本改。

❽「神佛既這樣」，「既」諸本作「要」。

❾「胡氏」二字諸本無。

❿「便抽抽搭搭的哭起來，說道」，諸本作「便戰戰兢兢的說道」。

⓫「好姻緣」，「好」字原無。與下文明言「好姻緣三個字」不符，從脂本補。

⓬「白有你」，「白」藤本、王本、金本作「皆」。

⓭「你要把自己丟開，只管周旋我，是你不叫我近你，竟叫我遠了」，諸本作「你何必為我把自己失了，殊不知你失我也失，可見你不叫我近你，竟叫我遠你了」。

⓮「緣故」，諸本作「大禍」。

注釋

1〔斟情〕　傾注感情。

2〔唱動戲〕　唱一次戲，在指不是輕易的、比較繁重的行動次數時常用「動」。

3 〔敢仔〕 又作「敢是」、「敢情」。如同說原是、當然，有「求之不得」的意思。

4 〔立規矩〕 指按規矩地肅立伺候。

5 〔長天老日〕 日長的天氣。

6 〔轡（ㄆㄟˋ／pèi）〕 駕牲口的嚼子和韁繩。

7 〔城隍土地〕 城隍，道教所傳守護城池的神；土地，傳說管理一個小地面的神。

8 〔娘母子〕 母子們，母女們，婆媳們。

9 〔尋趁〕 尋找毛病、追求不止。

10 〔發福〕 「福」指胖，是世俗客氣話。第三十回「富胎」義同。

11 〔一個稿子〕 這裡指一樣的相貌。

12 〔經袱子〕 一種用錦緞等作成包裹書卷的小包袱，古代叫作「袱」，僧道用以包裹經卷，所以稱為「經袱子」。

13 〔化布施〕 佛家語，即化緣。一般人給出家人東西叫布施，和尚向人們要東西叫化布施。

14 〔璜（ㄏㄨㄤˊ／huáng）〕 半璧形的玉。

15 〔「白蛇記」〕 演劉邦斬蛇起義的故事。其實這是劉邦假托此事，藉以號召群眾。

16 〔「滿床笏」〕 據說是清代龔鼎孳所作的劇本。演的是郭子儀「七子八婿，富貴壽考」的故事。光是笏板就堆滿一床，說明士族家庭的烜赫。

17 〔「南柯夢」〕 傳奇劇本，明代湯顯祖作。取材唐代李公佐小說「南柯太守傳」。寫淳于棼夢入大槐安國，與公主成婚，因功拜將，終被放逐，夢醒後看破紅塵而「得道」。作者有意排列「白蛇記」、「滿床笏」、「南柯太守傳」三個劇本，恰成興起、極盛、幻滅三部曲，以此暗示四大家族由盛到衰的結局。

18〔申表、焚錢糧〕申表是向神前焚燒「申奏」的「表章」；焚錢糧是焚燒紙錢和金銀紙錠等一類東西的總稱。

19〔點翠〕剪裁翡翠鳥的毛，平貼在金首飾上，構成圖案的一部分，叫作「點翠」。

20〔麒麟（ㄑㄧˊ ㄌㄧㄣˊ／qí lín）〕古代傳說中的一種動物，像鹿，比鹿大，有角。舊時多作吉祥的象徵。

21〔相與〕有親友關係的人。

22〔打牆也是動土〕舊時，在開始作土木工程時，必先「祭告土神」，叫作「動土」。這個諺語的意思是說，為小事費了大手續，便不如索性作起大事來。

23〔閨英闈秀〕指閨閣繡樓中的女子。

24〔香薷（ㄖㄨˊ／rú）飲〕香薷，又名香茸，味香，可以作菜，也可以代茶，治霍亂、水腫等病。

25〔溽（ㄖㄨˋ／rù）〕濕。

26〔潸（ㄕㄢ／shān）然〕輕輕流淚的樣子。

27〔下個氣〕低聲下氣，向人賠禮道歉。

【第三十回】寶釵借扇機帶雙敲　椿齡畫薔痴及局外

話說林黛玉自與寶玉口角後，也覺後悔，但又無去就他之理，因此日夜悶悶，如有所失。紫鵑也看出八九，便勸道：「論前兒的事，竟是姑娘太浮躁了些。別人不知寶玉的脾氣，難道咱們也不知道？為那玉也不是鬧了一遭兩遭了！」黛玉啐道：「呸！你倒來替人派我的不是！我怎麼浮躁了？」紫鵑笑道：「好好兒的，為什麼鉸了那穗子？不是寶玉只有三分不是，姑娘倒有七分不是？我看他素日在姑娘身上就好，皆因姑娘小性兒，常要歪派[1]他，才這麼樣。」

黛玉欲答話，只聽院外叫門，紫鵑聽了聽，笑道：「這是寶玉的聲音，想必是來賠不是來了。」黛玉聽了，說：「不許開門！」紫鵑道：「姑娘又不是了！這麼熱天，毒日頭地下，曬壞了他，如何使得呢？」口裡說著，便出去開門，果然是寶玉。一面讓他進來，一面笑著說道：「我只當寶二爺再不上我們的門了，誰知道這會子又來了。」寶玉笑道：「你們把極小的事，倒說大了。好好的，為什麼不來？我就死了，魂也要一日來一百遭。——妹妹可大好了？」紫鵑道：「身上病好了，只是心裡氣還不大好。」寶玉笑道：「我知道了。有什麼氣呢！」一面說著，一面進來。只見黛玉又在床上哭。

那黛玉本不曾哭，聽見寶玉來，由不得傷心，止不住滾下淚來。寶玉笑著走近床來道：「妹妹身上可大好了？」黛玉只顧拭淚，並不答應。寶玉因便挨在床沿上坐了，一面笑道：「我知道你不惱我，但只是我不來，叫旁人看見，倒像是咱們又拌了嘴似的。要等他們來勸咱們，那時候兒，豈不咱們倒覺生分[2]了？不如這會子，你要打要罵，憑你怎麼樣，千萬別不理我！」說著，又把「好妹妹」叫了幾十聲。

黛玉心裡原是再不理寶玉的，這會子聽見寶玉說「別叫人知道咱們拌了嘴就生分了似的」這一句話，又可見得比別人原親近，因又掌不住，便哭道：「你也不用來哄我！從今以後，我也不敢親近二爺，權當我去了。」寶玉聽了笑道：「你往那裡去呢？」黛玉道：「我回家去。」寶玉笑道：「我跟了去。」黛玉道：「我死了呢？」寶玉道：「你死了，我作和尚。」黛玉一聞此言，登時把臉放下來，問道：「想是你要死了！胡說的是什麼？你們家倒有幾個親姐姐親妹妹呢！明兒都死了，你幾個身子作和尚去呢？等我把這個話告訴別人評評理。」

寶玉自知說得造次了，後悔不來，登時臉上紅脹，低了頭，不敢作聲。幸而屋裡沒人。黛玉兩眼直瞪瞪的瞅了他半天，氣得「噯」了一聲，說不出話來。見寶玉憋得臉上紫脹，便咬著牙，用指頭狠命的在他額上戳了一下子，「哼」了一聲，說道：「你這個——」剛說了三個字，便又嘆了一口氣，仍拿起絹子來擦眼淚。

寶玉心裡原有無限的心事，又兼說錯了話，正自後悔；又見黛玉戳他一下子，要說也說不出來，自嘆自泣：因此自己也有所感，不覺掉下淚來。要用絹子揩拭，不想又忘了帶來，便用衫袖去擦。

黛玉雖然哭著，卻一眼看見他穿著簇新藕合紗衫，竟去拭淚，便一面自己拭淚，一面回身，將枕上搭的一方綃帕拿起來，向寶玉懷裡一摔，一語不發，仍掩面而泣。寶玉見他摔了帕子來，忙接住拭了淚，又挨近前些，伸手拉了他一隻手，笑道：「我的五臟都揉碎了，你還只是哭。——走罷，我和你到老太太那裡去罷。」黛玉將手一摔道：「誰和你拉拉扯扯的！一天大似一天，還這麼涎皮賴臉的，連個理也不知道——」

一句話沒說完，只聽嚷道：「好了！」寶黛兩個不防，都唬了一跳，回頭看時，只見鳳姐兒跑進來，笑道：「老太太在那裡抱怨天，抱怨地，只叫我來瞧瞧你們好了沒有，我說：『不用瞧，過不了三天，他們自己就好了。』老太太罵我，說我『懶』；我來了，果然應了我的話了。——也沒見你們兩個！有些什麼可拌的，三日好了，兩日惱了，越大越成了孩子了！有這會子拉著手哭的，昨兒為什麼又成了『烏眼雞』[3]似的呢？還不跟著我到老太太跟前，叫老人家也放點兒心呢。」說著，拉了黛玉就走。

黛玉回頭叫丫頭們，一個也沒有。鳳姐道：「又叫他們作什麼，有我伏侍呢。」一面說，一面拉著就走。寶玉在後頭跟著，出了園門，到了賈母跟前，鳳姐笑道：「我說他們不用人費心，自己就會好的，老祖宗不信，一定叫我去說和；趕我到那裡說和，誰知兩個人在一塊兒對賠不是❶呢。倒像『黃鷹抓住鷂子的腳』，——兩個人都『扣了環了』[4]！那裡還要人去說呢？」說得滿屋裡都笑起來。

此時寶釵正在這裡，那黛玉只一言不發，挨著賈母坐下。寶玉沒什麼說的，便向寶釵笑道：「大哥哥好日子，偏我又不好，沒有別的禮送，連個頭也不磕去。大哥哥不知道我病，倒像我推故不去似的。倘或明兒姐姐閑了，替我分辯分辯。」寶釵笑道：「這也多事。你就要去，也不敢驚動，何況身上不好。弟兄們常在一處，要存這個心，倒生分了。」寶玉又笑道：「姐姐知道體諒我就好了。」又道：「姐姐怎麼不聽戲去？」寶釵道：「我怕熱。聽了兩齣，熱得很，要走呢，客又不散；我少不得推身上不好，就躲了。」

寶玉聽說，自己由不得臉上沒意思，只得又搭赸[5]笑道：「怪不得他們拿姐姐比楊妃，原也富胎些❷。」寶釵聽說，登時紅了臉❸，待要發作，又不好怎麼樣；回思了一回，臉上越下不來，便冷笑了兩聲，說道：「我倒像楊妃，只是沒個好哥哥好兄弟可以作得楊國忠[6]的！」

正說著，可巧小丫頭靚兒因不見了扇子，和寶釵笑道：「必是寶姑娘藏了我的。好姑娘，賞我罷！」寶釵指著他厲聲說道：「你要仔細！你見我和誰玩過！有和你素日嘻皮笑臉的那些姑娘們，你該問他們去！」說得靚兒跑了。寶玉自知又把話說造次了，當著許多人，比才在黛玉跟前更不好意思，便急回身，又向別人搭赸去了。

黛玉聽見寶玉奚落寶釵，心中著實得意，才要搭言，也趁勢取個笑兒，不想靚兒因找扇子，寶釵又發了兩句話，他便改口說道：「寶姐姐，你聽了兩齣什麼戲？」寶釵因見黛玉面上有得意之態，一定是聽了寶玉方才奚落之言，遂了他的心願。忽又見他問這話，便笑道：「我看的是李逵罵了宋江，後來又賠不是。」寶玉便笑道：「姐姐通今博古，色色都知道，怎麼連這一齣戲的名兒也不知道，就說了這麼一套。這叫作『負荊請罪』[7]。」寶釵笑道：「原來這叫『負荊請罪』！你們通今博古，才知道『負荊請罪』，我不知什麼叫『負荊請罪』。」

一句話未說了，寶玉黛玉二人心裡有病，聽了這話，早把臉羞紅了。鳳姐這些上雖不通，但只看他三人的形景，便知其意，也笑問道：「這們大熱的天④，誰還吃生薑呢？」眾人不解，便道：「沒有吃生薑的。」鳳姐故意用手摸著腮，詫異道：「既沒人吃生薑，怎麼這麼辣辣的呢？」寶玉黛玉二人聽見這話，越發不好意思了。寶釵再欲說話，見寶玉十分羞愧，形景改變，也就不好再說，只得一笑收住。別人總沒解過他們四個人的話來，因此付之一笑。

一時寶釵鳳姐去了，黛玉向寶玉道：「你也試著比我利害的人了。誰都像我心拙口夯[8]的，由著人說呢！」寶玉正因寶釵多心，自己沒趣兒，又見黛玉問著他，越發沒好氣起來。欲待要說兩句，又怕黛玉多心，說不得忍氣，無精打彩，一直出來。

誰知目今盛暑之際，又當早飯已過，各處主僕人等多半都因日長神倦，寶玉背著手，到一處，一處鴉雀無聲。從賈母這裡出來，往西走過了穿堂，便是鳳姐的院落。到他院門前，只見院門掩著，知道鳳姐素日的規矩，每到天熱，午間要歇一個時辰的，進去不便，遂進角門，來到王夫人上房裡。只見幾個丫頭手裡拿著針線，卻打盹兒。王夫人在裡間涼床上睡著，金釧兒坐在旁邊捶腿，也乜斜著眼亂恍。

寶玉輕輕的走到跟前，把他耳朵上的墜子一摘，金釧兒睜眼，見是寶玉。寶玉便悄悄的笑道：「就困得這麼著？」金釧抿嘴兒一笑，擺手叫他出去，仍合上眼。寶玉見了他，就有些戀戀不捨的，悄悄的探頭瞧瞧王夫人合著眼，便自己向身邊荷包裡帶的香雪潤津丹掏了一丸出來，向金釧兒嘴裡一送，金釧兒也不睜眼，只管噙了。寶玉上來，便拉著手，悄悄的笑道：「我和太太討了你，咱們在一處吧？」金釧兒不答。寶玉又道：「等太太醒了，我就說。」金釧兒睜開眼，將寶玉一推，笑道：「你忙什麼？『金簪兒掉在井裡頭，——有你的只是有你的。』連這句俗語難道也不明白？我告訴你個巧方兒：你往東小院兒裡頭拿環哥兒和彩雲去。」寶玉笑道：「誰管他的事呢！咱們只說咱們的。」

只見王夫人翻身起來，照金釧兒臉上就打了個嘴巴，指著罵道：「下作[9]小娼婦兒！好好兒的爺們，都叫你們教壞了！」寶玉見王夫人起來，早一溜烟跑了。這裡金釧兒半邊臉火熱，一聲不敢言語。登時眾丫頭聽見王夫人醒了，都忙進來。王夫人便叫：「玉釧兒，把你媽叫來，帶出你姐姐去。」金釧兒聽見，忙跪下哭道：「我再不敢了！太太要打要罵，只管發落，別叫我出去，就是天恩了！我跟了太太十來年，這會子攆出去，我還見人不見人呢！」

王夫人固然是個寬仁慈厚的人，從來不曾打過丫頭們一下子，今忽見金釧兒行此無恥之事，這是平生最恨的，所以氣忿不過，打了一下子，罵了幾句。雖金釧兒苦求，也不肯收留；到底叫了金釧兒的母親白老媳婦兒領出去了。那金釧兒含羞忍辱的出去，不在話下。

且說寶玉見王夫人醒了，自己沒趣，忙進大觀園來。只見赤日當天，樹陰匝地，滿耳蟬聲，靜無人語。剛到了薔薇架，只聽見有人哽噎之聲。寶玉心中疑惑，便站住細聽，果然那邊架下有人。此時正是五月，那薔薇花葉茂盛之際，寶玉悄悄的隔著藥欄❺一看，只見一個女孩子蹲在花下，手裡拿著根別頭的簪子在地下摳土，一面悄悄的流淚。

寶玉心中想道：「難道這也是個痴丫頭，又像顰兒來葬花不成？」因又自笑道：「若真也葬花，可謂『東施效顰』[10]了；不但不為新奇，而且更是可厭。」想畢，便要叫那女子，說：「你不用跟著林姑娘學了。」話未出口，幸而再看時，這女孩子面生，不是個侍兒，倒像是那十二個學戲的女孩子裡頭的一個，卻辨不出他是生、旦、淨、丑那一個腳色來。

寶玉把舌頭一伸，將口掩住，自己想道：「幸而不曾造次；上兩回皆因造次了，顰兒也生氣，寶兒也多心，如今再得罪了他們，越發沒意思了。」一面想，一面又恨不認得這個是誰。再留神細看，見這女孩子眉蹙春山，眼顰秋水[11]，面薄腰纖，裊裊婷婷，大有黛玉之態。寶玉早又不忍棄他而去，只管痴看，只見他雖然用金簪畫地，並不是掘土埋花，竟是向土上畫字。

寶玉拿眼隨著簪子的起落，一直到底，一畫、一點、一勾的看了去，數一數，十八筆，自己又在手心裡拿指頭按著他方才下筆的規矩寫了，猜是個什麼字。寫成一想，原來就是個薔薇花的「薔」字。寶玉想道：「必定是他也要作詩填詞，這會子見了這花，因有所感，或者偶成了兩句，一時興至，怕忘了，在地下畫著推敲，也未可知。且看他底下再寫什麼。」一面想，一面又看，只見那女孩子還在那裡畫呢。畫來畫去，還是個「薔」字。——再看，還是個「薔」字。

裡面的原是早已痴了，畫完一個「薔」又畫一個「薔」，已經畫了有幾十個。外面的不覺也看痴了，兩個眼睛珠兒只管隨著簪子動，心裡卻想：「這女孩子一定有什麼說不出的心事，才這麼個樣兒。外面他既是這個樣兒，心裡還不知怎麼熬煎呢！看他的模樣兒，這麼單薄，心裡那裡還擱得住熬煎呢？——可恨我不能替你分些過來。」

齡官

卻說伏中陰晴不定，片雲可以致雨，忽然涼風過處，颯颯的落下一陣雨來。寶玉看那女孩子頭上往下滴水，把衣裳登時濕了。寶玉想道：「這是下雨了，他這個身子，如何禁得驟雨一激。」因此禁不住便說道：「不用寫了，你看身上都濕了。」

那女孩子聽說，倒唬了一跳，抬頭一看，只見花外一個人叫他「不用寫了」，一則寶玉臉面俊秀；二則花葉繁茂，上下俱被枝葉隱住，剛露著半邊臉兒：那女孩子只當也是個丫頭，再不想是寶玉，因笑道：「多謝姐姐提醒了我。——難道姐姐在外頭有什麼遮雨的？」

一句提醒了寶玉，「噯喲」了一聲，才覺得渾身冰涼。低頭看看自己身上，也都濕了。說：「不好！」只得一氣跑回怡紅院去了；心裡卻記掛著那女孩子沒處避雨。

原來明日是端陽節，那文官等十二個女孩子都放了學，進園來各處玩耍，可巧小生寶官正旦玉官兩個女孩子，正在怡紅院和襲人玩笑，被雨阻住，大家堵了溝，把水積在院內，拿些綠頭鴨、花鸂鶒[12]、彩鴛鴦，捉的捉，趕的趕，縫了翅膀，放在院內玩耍，將院門關了。襲人等都在遊廊上嘻笑。

寶玉見關著門，便用手叩門，裡面諸人只顧笑，那裡聽見？叫了半日，拍得門山響，裡面方聽見了。料著寶玉這會子再不回來的，襲人笑道：「誰這會子叫門？沒人開去。」寶玉道：「是我。」麝月道：「是寶姑娘的聲音。」晴雯道：「胡說！寶姑娘這會子作什麼來？」襲人道：「等我隔著門縫兒瞧瞧，可開就開，別叫他淋著回去。」說著，便順著遊廊到門前往外一瞧，只見寶玉淋得「雨打雞」一般。襲人見了，又是著忙，又是好笑，忙開了門，笑著，彎腰拍手，道：「那裡知道是爺回來了！你怎麼大雨裡跑了來？」

寶玉一肚子沒好氣，滿心裡要把開門的踢幾腳，方開了門，並不看真是誰，還只當是那些小丫頭們，便一腳踢在肋上。襲人「噯喲」了一聲。寶玉還罵道：「下流東西們，我素日擔待你們得了意，一點兒也不怕，越發拿著我取笑兒了！」口裡說著，一低頭見是襲人哭了，方知踢錯了。忙笑道：「噯喲！是你來了！踢在那裡了？」

襲人從來不曾受過一句大話兒的，今忽見寶玉生氣踢了他一下子，又當著許多人，又是羞，又是氣，又是疼，真一時置身無地。待要怎麼樣，料著寶玉未必是安心踢他，少不得忍著說道：「沒有踢著，還不換衣裳去呢！」

寶玉一面進房解衣，一面笑道：「我長了這麼大，頭一遭兒生氣打人，不想偏偏兒就碰見你了！」襲人一面忍痛換衣裳，一面笑道：「我是個起頭兒的人，也不論事大事小，是好是歹，自然也該從我起。但只是別說打了我，明日順了手，只管打起別人來。」寶玉道：「我才也不是安心。」襲人道：「誰說是安心呢！素日開門關門的都是小丫頭們的事，他們是憨皮慣了的，早已恨得人牙癢癢，他們也沒個怕懼，要是他們，踢一下子唬唬也好。剛才是我淘氣，不叫開門的。」

說著，那雨已住了，寶官玉官也早去了。襲人只覺肋下疼得心裡發鬧，晚飯也不曾吃。到晚間脫了衣服，只見肋上青了碗大的一塊，自己倒唬了一跳，又不好聲張。一時睡下，夢中作痛，由不得「噯喲」之聲，從睡中哼出。

寶玉雖說不是安心，因見襲人懶懶的，心裡也不安穩。半夜裡聽見襲人「噯喲」，便知踢重了，自己下床來，悄悄的秉燈來照。剛到床前，只見襲人嗽了兩聲，吐出一口痰來，「噯喲」一聲，睜眼見了寶玉，倒唬了一跳，道：「作什麼？」寶玉道：「你夢裡『噯喲』，必是踢重了。我瞧瞧。」襲人道：「我頭上發暈，嗓子裡又腥又甜，你倒照一照地下罷。」寶玉聽說，果然持燈向地下一照，只見一口鮮血在地。寶玉慌了，只說：「了不得了！」襲人見了，也就心冷了半截。要知端的，下回分解。

校記

❶「對賠不是」，諸本此下有「對笑對說」四字。

❷「富胎些」，諸本作「體胖怯熱」。

❸「登時紅了臉」，諸本作「不由得大怒」。

❹「這們大熱的天」，脂本作「你們大暑天」，餘本「這們」作「這麼」。

❺「藥欄」，諸本作「籬笆洞兒」。

注釋

1〔歪派〕錯怪。

2〔生分〕感情疏遠。

3〔烏眼雞〕拿鬥雞瞪著眼珠的神態來形容人意見不合時怒目相視的態度。

4〔扣了環了〕鷹抓雀、兔等物時，爪距相對扣緊，不能輕易撒開，叫作「扣環」。打架不鬆手，也常拿「扣環」相比。這裡是反喻親密得不肯分手。

5〔搭赸（ㄕㄢˋ／shàn）〕為了想跟生人接近，或想把尷尬的局面敷衍過去，而故意地找話說。

6〔楊國忠〕唐玄宗李隆基時期的宰相，他妹妹楊玉環是玄宗的貴妃，仗勢專權，胡作非為。這裡，寶玉比寶釵為楊妃，寶釵覺得是個侮辱，就反唇相稽，說道：「我倒像楊妃，只是沒個好哥哥好兄弟可以作得楊國忠的！」這是反話，是對寶玉的回擊。

7〔「負荊請罪」〕原劇名「李逵負荊」（見臧晉叔編「元曲選」第四），寫賊漢李剛冒充宋江掠奪民女，李逵以為真宋江所為，便詰罵宋江，大鬧一場。後查明真相，李逵乃負荊向宋江請罪。負，背著。荊，荊條，古時用作打人的刑具。背上荊條向對方請罪，表示完全承認自己的錯誤，請求對方懲罰。

8〔夯（ㄏㄤ／hāng）〕是建築學上的名詞，如「夯土」，「砸夯」。本書中借作拙笨的「笨」字。第七十四回即寫作「笨」。

9〔下作〕無恥地貪得。

10〔東施效顰〕「顰」是皺眉。古代美女西施常因病捧心和皺眉，她的東鄰女子勉強學她的動作，被人恥笑。後世用來比喻無聊的模仿行為。

11〔眉蹙（ㄘㄨˋ／cù）春山，眼顰（ㄆㄧㄣˊ／pín）秋水〕蹙，顰，都是皺眉的意思。這兩句是說，眉頭皺得像春天的山那樣碧青，眼睛像秋水那樣明亮。

12〔鸂鶒（ㄒㄧ ㄔˋ／xī chì）〕水鳥名。形像鴛鴦，多紫色，因此也叫紫鴛鴦。

【第三十一回】

撕扇子作千金一笑　因麒麟伏白首雙星

話說襲人見了自己吐的鮮血在地，也就冷了半截，想著往日常聽人說：「少年吐血，年月不保；縱然命長，終是廢人了。」想起此言，不覺將素日想著後來爭榮誇耀之心，盡皆灰了；眼中不覺得滴下淚來。寶玉見他哭了，也不覺心酸起來，因問道：「你心裡覺著怎麼樣？」襲人勉強笑道：「好好兒的，覺怎麼樣呢！」

寶玉的意思即刻便要叫人燙黃酒，要山羊血𥑽峒[1]丸來。襲人拉著他的手，笑道：「你這一鬧不大緊❶，鬧起多少人來，倒抱怨我輕狂。分明人不知道，倒鬧得人知道了，你也不好，我也不好。正經明兒你打發小子問問王大夫去，弄點子藥吃吃就好了。人不知鬼不覺的，不好嗎？」寶玉聽了有理，也只得罷了；向案上斟了茶來，給襲人漱口。襲人知寶玉心內也不安，待要不叫他伏侍，他又必不依；況且定要驚動別人，不如且由他去罷：因此倚在榻上，由寶玉去伏侍。

那天剛亮❷，寶玉也顧不得梳洗，忙穿衣出來，將王濟仁叫來，親自確問。王濟仁問其緣故，不過是傷損，便說了個丸藥的名字，怎麼吃，怎麼敷。寶玉記了，回園來，依方調治，不在話下。

這日正是端陽佳節，蒲艾簪門，虎符繫臂[2]，午間王夫人治了酒席，請薛家母女等過節。寶玉見寶釵淡淡的，也不和他說話，自知是昨日的緣故。王夫人見寶玉沒精打彩，也只當是昨日金釧兒之事，他沒好意思的，越發不理他。黛玉見寶玉懶懶的，只當是他因為得罪了寶釵的緣故，心中不受用，形容也就懶懶的。鳳姐昨日晚上王夫人就告訴了他寶玉金釧兒的事，知道王夫人不喜歡，自己如何敢說笑，也就隨著王夫人的氣色行事，更覺淡淡的。迎春姐妹見眾人沒意思，也都沒意思了。因此，大家坐了一坐，就散了。

那黛玉天性喜散不喜聚，他想的也有個道理。他說：「人有聚就有散，聚時喜歡，到散時豈不清冷？既清冷則生感傷，所以不如倒是不聚的好。比如那花兒開的時候兒叫人愛，到謝的時候兒便增了許多惆悵，所以倒是不開的好。」故此，人以為歡喜時，他反以為悲慟。那寶玉的性情只願人常聚不散，花常開不謝；及到筵散花謝，雖有萬種悲傷，也就沒奈何了。因此今日之筵，大家無興散了，黛玉還不覺怎麼著，倒是寶玉心中悶悶不樂，回至房中，長吁短嘆。

偏偏晴雯上來換衣裳，不防又把扇子失了手，掉在地下，將骨子跌折。寶玉因嘆道：「蠢才，蠢才！將來怎麼樣！明日你自己當家立業，難道也是這麼顧前不顧後的？」晴雯冷笑道：「二爺近來氣大得很，行動[3]就給臉子瞧。前兒連襲人都打了，今兒又來尋我的不是。要踢要打憑爺去。——就是跌了扇子，也算不得什麼大事；先時候兒什麼玻璃缸、瑪瑙碗，不知弄壞了多少，也沒見個大氣兒。這會子一把扇子就這麼著。何苦來呢！嫌我們就打發了我們，再挑好的使。好離好散的倒不好？」

寶玉聽了這些話，氣得渾身亂顫。因說道：「你不用忙，將來橫豎有散的日子！」襲人在那邊早已聽見，忙趕過來，向寶玉道：「好好兒的，又怎麼了？可是我說的：『一時我不到就有事故兒。』」晴雯聽了冷笑道：「姐姐既會說，就該早來呀，省了我們惹得生氣。自古以來，就只是你一個人會伏侍，我們原不會伏侍。因為你伏侍得好，為什麼昨兒才挨窩心腳啊❸！我們不會伏侍的，明日還不知犯什麼罪呢？」

襲人聽了這話，又是惱，又是愧；待要說幾句，又見寶玉已經氣得黃了臉，少不得自己忍了性子道：「好妹妹，你出去逛逛兒，原是我們的不是。」晴雯聽他說「我們」兩字，自然是他和寶玉了，不覺又添了醋意，冷笑幾聲道：「我倒不知道，你們是誰？別叫我替你們害臊了！你們鬼鬼祟祟幹的那些事，也瞞不過我去。——不是我說：正經明公正道的，連個姑娘還沒掙上去呢，也不過和我似的，那裡就稱起『我們』來了！」

襲人羞得臉紫脹起來，想想原是自己把話說錯了。寶玉一面說道：「你們氣不忿，我明日偏抬舉他。」襲人忙拉了寶玉的手道：「他一個糊塗人，你和他分證什麼？況且你素日又是有擔待的，比這大的，過去了多少，今日是怎麼了？」晴雯冷笑道：「我原是糊塗人，那裡配和我說話！我不過奴才罷咧！」襲人聽說，道：「姑娘到底是和我拌嘴，是和二爺拌嘴呢？要是心裡惱我，你只和我說，不犯著當著二爺吵；要是惱二爺，不該這麼吵得萬人知道。我才也不過為了事，進來勸開了，大家保重。姑娘倒尋上我的晦氣！又不像是惱我，又不像是惱二爺，夾槍帶棒[4]，終久是個什麼主意？——我就不說，讓你說去。」說著便往外走。

寶玉向晴雯道：「你也不用生氣，我也猜著你的心事了。我回太太去，你也大了，打發你出去，可好不好？」晴雯聽了這話，不覺越傷起心來，含淚說道：「我為什麼出去？要嫌我，變著法兒打發我去，也不能夠的。」寶玉道：「我何曾經過這樣吵鬧？一定是你要出來了；不如回太太，打發你去罷。」說著，站起來就要走。

襲人忙回身攔住，笑道：「往那裡去？」寶玉道：「回太太去！」襲人笑道：「好沒意思！認真的去回，你也不怕臊了他！就是他認真要去，也等把這氣下去了，等無事中說話兒回了太太也不遲。這會子急急的當一件正經事去回，豈不叫太太犯疑！」寶玉道：「太太必不犯疑，我只明說是他鬧著要去的。」晴雯哭道：「我多早晚鬧著要去了？饒生了氣，還拿話壓派[5]我。——只管去回，我一頭碰死了，也不出這門兒。」寶玉道：「這又奇了。你又不去，你又只管鬧，我經不起這麼吵，不如去了，倒乾淨。」說著，一定要去回。

襲人見攔不住，只得跪下了。碧痕、秋紋、麝月等眾丫鬟見吵鬧得利害，都鴉雀無聞的在外頭聽消息，這會子聽見襲人跪下央求，便一齊進來，都跪下了。寶玉忙把襲人拉起來，嘆了一聲，在床上坐下，叫眾人起去。向襲人道：「叫我怎麼樣才好！這個心使碎了，也沒人知道。」說著，不覺滴下淚來。襲人見寶玉流下淚來，自己也就哭了。晴雯在旁哭著，方欲說話，只見黛玉進來，晴雯便出去了。黛玉笑道：「大節下，怎麼好好兒的哭起來了？難道是為爭粽子吃，爭惱了不成？」寶玉和襲人都「噗嗤」的一笑。黛玉道：「二哥哥，你不告訴我，我不問就知道了❹。」一面說，一面拍著襲人的肩膀，笑道：「好嫂子，你告訴我。必定是你們兩口兒❺拌了嘴了？告訴妹妹，替你們和息和息。」襲人推他道：「姑娘，你鬧什麼！我們一個丫頭，姑娘只是混說。」黛玉笑道：「你說你是丫頭，我只拿你當嫂子待。」

寶玉道：「你何苦來替他招罵呢？饒這麼著，還有人說閑話，還擱得住你來說這些個！」襲人笑道：「姑娘，你不知道我的心，除非一口氣不來，死了，倒也罷了。」黛玉笑道：「你死了，別人不知怎麼樣，我先就哭死了。」寶玉笑道：「你死了，我作和尚去。」襲人道：「你老實些兒罷！何苦還混說。」黛玉將兩個指頭一伸，抿著嘴兒笑道：「作了兩個和尚了！我從今以後，都記著你作和尚的遭數兒。」寶玉聽了，知道是點他前日的話，自己一笑，也就罷了。

一時黛玉去了，就有人來說：「薛大爺請。」寶玉只得去了，原來是吃酒，不能推辭，只得盡席而散。晚間回來，已帶了幾分酒，踉蹌[6]來至自己院內，只見院中早把乘涼的枕榻設下，榻上有個人睡著。寶玉只當是襲人，一面在榻沿上坐下，一面推他，問道：「疼得好些了？」只見那人翻身起來，說：「何苦來又招我！」

寶玉一看，原來不是襲人，卻是晴雯。寶玉將他一拉，拉在身旁坐下，笑道：「你的性子越發慣嬌了，早起就是跌了扇子，我不過說了那麼兩句，你就說上那些話。你說我也罷了，襲人好意勸你，又刮拉[7]上他。你自己想想，該不該？」晴雯道：「怪熱的，拉拉扯扯的作什麼！叫人看見什麼樣兒呢！我這個身子本不配坐在這裡。」寶玉笑道：「你既知道不配，為什麼躺著呢？」

晴雯沒得說，「嗤」的又笑了，說道：「你不來使得，你來了就不配了。——起來讓我洗澡去。襲人麝月都洗了，我叫他們來。」寶玉笑道：「我才喝了好些酒，還得洗洗。你既沒洗，拿水來，咱們兩個洗。」晴雯搖手笑道：「罷，罷！我不敢惹爺。還記得碧痕打發你洗澡啊！只有兩三個時辰，也不知道作什麼呢；我們也不好進去。後來洗完了，進去瞧瞧，地下的水，淹著床腿子；連席子上都汪著水，也不知是怎麼洗的。笑了幾天！

——我也沒工夫收拾水，你也不用和我一塊兒洗。今兒也涼快，我也不洗了，我倒是舀一盆水來你洗洗臉，篦篦頭。才鴛鴦送了好些果子來，都湃[8]在那水晶缸裡呢。叫他們打發你吃不好嗎？」

寶玉笑道：「既這麼著，你不洗，就洗洗手，給我拿果子來吃罷。」晴雯笑道：「可是說的，我一個蠢才，連扇子還跌折了，那裡還配打發吃果子呢！倘或再砸了盤子，更了不得了！」寶玉笑道：「你愛砸就砸。這些東西，原不過是借人所用❻，你愛這樣，我愛那樣，各有性情；比如那扇子，原是搧的，你要撕著玩兒，也可以使得，只是別生氣時拿他出氣；就如杯盤，原是盛東西的，你喜歡聽那一聲響，就故意砸了，也是使得的，只別在氣頭兒上拿他出氣。——這就是愛物[9]了。」晴雯聽了，笑道：「既這麼說，你就拿了扇子來我撕。我最喜歡聽撕的聲兒。」寶玉聽了，便笑著遞給他。晴雯果然接過來，「嗤」的一聲，撕了兩半。接著又聽「嗤」「嗤」幾聲。寶玉在旁笑著說：「撕得好，再撕響些。」

正說著，只見麝月走過來，瞪了一眼，啐道：「少作點孽兒罷！」寶玉趕上來，一把將他手裡的扇子也奪了遞給晴雯。晴雯接了，也撕作幾半子，二人都大笑起來。麝月道：「這是怎麼說？拿我的東西開心兒！」寶玉笑道：「你打開扇子匣子揀去，什麼好東西！」麝月道：「既這麼說，就把扇子搬出來，讓他盡力撕不好嗎？」寶玉笑道：「你就搬去。」麝月道：「我可不造這樣孽！他沒折了手，叫他自己搬去。」晴雯笑著，便倚在床上，說道：「我也乏了，明兒再撕罷。」寶玉笑道：「古人云，『千金難買一笑』，幾把扇子，能值幾何？」一面說，一面叫襲人。襲人才換了衣服走出來，小丫頭佳蕙過來拾去破扇，大家乘涼，不消細說。

至次日午間，王夫人、寶釵、黛玉眾姐妹正在賈母房中坐著，有人回道：「史大姑娘來了。」一時，果見史湘雲帶領眾多丫鬟媳婦走進院來。寶釵黛玉等忙迎至階下相見。青年姐妹，經月不見，一旦相逢，自然是親密的。一時進入房中，請安問好，都見過了。賈母因說：「天熱，把外頭的衣裳脫脫罷！」湘雲忙起身寬衣。王夫人因笑道：「也沒見穿上這些作什麼！」湘雲笑道：「都是二嬸娘叫穿的，誰願意穿這些！」

寶釵一旁笑道：「姨媽不知道：他穿衣裳，還更愛穿別人的，可記得舊年三四月裡，他在這裡住著，把寶兄弟的袍子穿上，靴子也穿上，帶子也繫上，猛一瞧，活脫兒[10]就像是寶兄弟——就是多兩個墜子[7]。他站在那椅子後頭，哄得老太太只是叫：『寶玉，你過來，仔細那上頭掛的燈穗子招下灰來，迷了眼。』他只是笑，也不過去。後來大家忍不住笑了，老太太才笑了，還說：『扮作小子樣兒，更好看了。』」黛玉道：「這算什麼！惟有前年正月裡接了他來，住了兩日，下起雪來，老太太和舅母那日想是才拜了影[11]回來，老太太的一件新大紅猩猩氈的斗篷放在那裡，誰知眼不見他就披上了，又大又長，他就拿了條汗巾子攔腰繫上，和丫頭們在後院子裡撲雪人兒玩，一跤栽倒了，弄了一身泥！」說著，大家想起來，都笑了。

寶釵笑問那周奶媽道：「周媽，你們姑娘還那麼淘氣不淘氣了？」周奶媽也笑了。迎春笑道：「淘氣也罷了，我就嫌他愛說話；也沒見睡在那裡還是咭咭呱呱，笑一陣，說一陣，也不知是那裡來的那些謊話！」王夫人道：「只怕如今好了。——前日有人家來相看，眼見有婆婆家了，還是那麼著？」賈母因問：「今日還是住著，還是家去呢？」周奶媽笑道：「老太太沒有看見，衣裳都帶了來了，可不住兩天？」湘雲問寶玉，道：「寶哥哥不在家麼❽？」寶釵笑道：「他再不想別人，只想寶兄弟。兩個人好玩笑，這可見還沒改了淘氣。」賈母道：「如今你們大了，別提小名兒了。」

剛說著，只見寶玉來了，笑道：「雲妹妹來了！怎麼前日打發人接你去，不來？」王夫人道：「這裡老太太才說這一個，他又來提名道姓的了。」黛玉道：「你哥哥有好東西等著給你呢。」湘雲道：「什麼好東西？」寶玉笑道：「你信他！——幾日不見，越發高了。」湘雲笑道：「襲人姐姐好？」寶玉道：「好，多謝你想著。」湘雲道：「我給他帶了好東西來了。」說著，拿出絹子來，挽著一個扢搭。寶玉道：「又是什麼好物兒？你倒不如把前日送來的那絳紋石的戒指兒帶兩個給他。」湘雲笑道：「這是什麼？」說著便打開，眾人看時，果然是上次送來的那絳紋戒指，一包四個。

黛玉笑道：「你們瞧瞧他這個人，前日一般的打發人給我們送來，你就把他的也帶了來，豈不省事？今日巴巴兒的自己帶了來，——我打量又是什麼新奇東西呢，原來還是他！真真你是個糊塗人。」湘雲笑道：「你才糊塗呢！我把這理說出來，大家評評誰糊塗：給你們送東西，就是使來的人不用說話，拿進來一看，自然就知道是送姑娘們的；要帶了他們的來，須得我告訴來人，這是那一個女孩兒的，那是那一個女孩兒的；那使來的人明白還好，再糊塗些，他們的名字多了，記不清楚，混鬧胡說的，反倒連你們的都攪混了。要是打發個女人來還好，偏前日又打發小子來，可怎麼說女孩兒們的名字呢？還是我來給他們帶了來，豈不清白！」說著，把戒指放下，說道：「襲人姐姐一個，鴛鴦姐姐一個，金釧兒姐姐一個，平兒姐姐一個：這倒是四個人的，難道小子們也記得這麼清楚？」

眾人聽了，都笑道：「果然明白。」寶玉笑道：「還是這麼會說話，不讓人。」黛玉聽了，冷笑道：「他不會說話，就配帶『金麒麟』了！」一面說著，便起身走了。幸而諸人都不曾聽見，只有寶釵抿著嘴兒一笑。寶玉聽見了，倒自己後悔又說錯了話；忽見寶釵一笑，由不得也一笑。寶釵見寶玉笑了，忙起身走開，找了黛玉說笑去了。

賈母因向湘雲道：「喝了茶，歇歇兒，瞧瞧你嫂子們去罷。園裡也涼快，和你姐姐們去逛逛。」湘雲答應了，因將三個戒指兒包上，歇了歇，便起身要瞧鳳姐等去。眾奶娘丫頭跟著，到了鳳姐那裡，說笑了一回。出來，便往大觀園來，見過了李紈，少坐片時，便往怡紅院來找襲人。因回頭說道：「你們不必跟著，只管瞧你們的親戚去。留下縷兒伏侍就是了。」眾人應了，自去尋姑覓嫂，單剩下湘雲翠縷兩個。

翠縷道：「這荷花怎麼還不開？」湘雲道：「時候兒還沒到呢。」翠縷道：「這也和咱們家池子裡的一樣，也是樓子花兒。」湘雲道：「他們這個還不及咱們的。」翠縷道：「他們那邊有棵石榴，接連四五枝，真是樓子上起樓子，這也難為他長。」湘雲道：「花草也是和人一樣，氣脈充足，長得就好。」翠縷把臉一扭，說道：「我不信這話！要說和人一樣，我怎麼沒見過頭上又長出一個頭來的人呢？」

湘雲聽了，由不得一笑，說道：「我說你不用說話，你偏愛說。這叫人怎麼答言呢？天地間都賦陰陽二氣所生，或正或邪，或奇或怪，千變萬化，都是陰陽順逆；就是一生出來，人人罕見的，究竟道理還是一樣。」翠縷道：「這麼說起來，從古至今，開天闢地，都是些陰陽了？」湘雲笑道：「糊塗東西，越說越放屁。什麼『都是些陰陽』！況且『陰』『陽』兩個字，還只是一個字：陽盡了，就是陰；陰盡了，就是陽；不是陰盡了又有一個陽生出來；陽盡了又有個陰生出來。」

翠縷道：「這糊塗死我了！什麼是個陰陽，沒影沒形的？我只問姑娘：這陰陽是怎麼個樣兒？」湘雲道：「這陰陽不過是個氣罷了。器物賦了，才成形質❾。譬如天是陽，地就是陰；水是陰，火就是陽；日是陽，月就是陰。」翠縷聽了，笑道：「是了，是了！我今兒可明白了。怪道人都管著日頭叫『太陽』呢，算命的管著月亮叫什麼『太陰星』，就是這個理了。」湘雲笑道：「阿彌陀佛！剛剛兒的明白了。」

翠縷道：「這些東西有陰陽也罷了，難道那些蚊子、虼蚤、蠓蟲兒、花兒、草兒、瓦片兒、磚頭兒，也有陰陽不成？」湘雲道：「怎麼沒有呢！比如那一個樹葉兒，還分陰陽呢：向上朝陽的就是陽，背陰覆下的就是陰了。」翠縷聽了，點頭笑道：「原來這麼著，我可明白了。——只是咱們這手裡的扇子，怎麼是陽，怎麼是陰呢？」湘雲道：「這邊正面就為陽，那反面就為陰。」

翠縷又點頭笑了。還要拿幾件東西要問，因想不起什麼來，猛低頭看見湘雲宮絛上的金麒麟，便提起來，笑道：「姑娘，這個難道也有陰陽？」湘雲道：「走獸飛禽，雄為陽，雌為陰；牝[12]為陰，牡為陽：怎麼沒有呢。」翠縷道：「這是公的，還是母的呢？」湘雲啐道：「什麼『公』的『母』的！又胡說了。」翠縷道：「這也罷了，——怎麼東西都有陰陽，咱們人倒沒有陰陽呢？」湘雲沉了臉說道：「下流東西，好生走罷！越問越說出好的來了！」翠縷道：「這有什麼不告訴我的呢？我也知道了，不用難我。」湘雲「噗嗤」的笑道：「你知道什麼？」翠縷道：「姑娘是陽，我就是陰。」湘雲拿著絹子掩著嘴笑起來。翠縷道：「說的是了，就笑得這麼樣？」湘雲道：「很是，很是！」翠縷道：「人家說主子為陽，奴才為陰，我連這個大道理也不懂得？」湘雲笑道：「你很懂得。」

翠縷

正說著，只見薔薇架下金晃晃的一件東西，湘雲指著問道：「你看那是什麼？」翠縷聽了，忙趕去拾起來，看著笑道：「可分出陰陽來了！」說著，先拿湘雲的麒麟瞧。湘雲要把揀的瞧瞧，翠縷只管不放手，笑道：「是件寶貝，姑娘瞧不得！這是從那裡來的？好奇怪！我只從來在這裡沒見人有這個。」湘雲道：「拿來我瞧瞧。」翠縷將手一撒，笑道：「姑娘請看。」

湘雲舉目一看，卻是文彩輝煌的一個金麒麟，比自己佩的又大又有文彩。湘雲伸手擎在掌上，心裡不知怎麼一動，似有所感⑩。忽見寶玉從那邊來了，笑道：「你在這日頭底下作什麼呢？怎麼不找襲人去呢？」湘雲連忙將那個麒麟藏起，道：「正要去呢！咱們一處走。」說著，大家進了怡紅院來。

襲人正在階下倚檻迎風，忽見湘雲來了，連忙迎下來，攜手笑說一向別情，一面進來讓坐。寶玉因問道：「你該早來，我得了一件好東西，專等你呢。」說著，一面在身上掏了半天，「噯呀」了一聲，便問襲人：「那個東西你收起來了麼？」襲人道：「什麼東西？」寶玉道：「前日得的麒麟。」襲人道：「你天天帶在身上的，怎麼問我？」寶玉聽了，將手一拍，說道：「這可丟了！往那裡找去？」就要起身自己尋去。

湘雲聽了，方知是寶玉遺落的，便笑問道：「你幾時又有個麒麟了？」寶玉道：「前日好容易得的呢！不知多早晚丟了。──我也糊塗了。」湘雲笑道：「幸而是個玩的東西，還是這麼慌張。」說著，將手一撒，笑道：「你瞧瞧，是這個不是？」寶玉一見，由不得歡喜非常。要知後事，下回分解。

校記

❶「不大緊」，藤本、王本、金本作「不打緊」。
❷「那天剛亮」，諸本作「一交五更」。
❸「為什麼昨兒才挨窩心腳啊」，諸本作「昨日才挨窩心腳」。
❹「我不問就知道了」，甲本、王本作「我不問你也就知道了」，藤本、金本作「我只問你也就知道了」。
❺「兩口兒」，諸本作「兩個」。
❻「借人所用」，「借」藤本、王本、金本作「供」。
❼「墜子」，藤本、王本作「耳墜子」。
❽「湘雲問寶玉道寶哥哥不在家麼」，「寶玉」二字，藤本、王本、金本、脂本無。
❾「器物賦了，才成形質」，「賦」原作「付」，從王本、金本、脂本改。
❿「心裡不知怎麼一動，似有所感」，諸本作「只是默默不語正自出神」。

注釋

1 〔⿰山黎峒（ㄌㄧˊ ㄊㄨㄥˊ／lí tóng）〕治跌打及癰腫的一種藥。

2 〔蒲艾簪門，虎符繫臂〕蒲，菖蒲；艾，艾蒿；簪，插；虎符，在布條上畫的老虎。據說每年端午節這天，將艾蒿插在門上，把虎符繫在臂上，能避邪。

3 〔行動〕這裡是「動不動」的意思。

4 〔夾槍帶棒〕這裡指說的話內容複雜，含有譏誚，牽涉旁人。

5 〔壓派〕壓迫與編派。

6 〔踉蹌〕走路歪歪斜斜不穩的樣子。

7〔刮拉〕牽連、帶累。

8〔湃（ㄆㄞˋ pài）〕用冰鎮或用冷水浸，使東西變冷叫「湃」。

9〔愛物〕寶玉認為，如果喜歡那種東西，砸了它，聽聽響聲，也算是「愛物」。這議論，表現了他自由任性的一面。

10〔活脫兒〕模樣兒。

11〔拜了影〕古代供奉祖先，除木製「神主」（又稱「牌位」）外，還有畫像，叫作「影像」，簡稱「影」。新年或一定的時期懸掛，子孫叩拜。

12〔牝（ㄆㄧㄣˋ pìn）〕雌性的鳥獸。

【第三十二回】

訴肺腑[1] 心迷活寶玉　含恥辱情烈死金釧

話說寶玉見那麒麟，心中甚是歡喜，便伸手來拿，笑道：「虧你揀著了！你是怎麼拾著的？」湘雲笑道：「幸而是這個；明日倘或把印也丟了[2]，難道也就罷了不成？」寶玉笑道：「倒是丟了印平常；若丟了這個，我就該死了。」

襲人倒了茶來與湘雲吃，一面笑道：「大姑娘，我前日聽見你大喜呀。」湘雲紅了臉，扭過頭去吃茶，一聲也不答應。襲人笑道：「這會子又害臊了？你還記得那幾年，咱們在西邊暖閣上住著，晚上你和我說的話？那會子不害臊，這會子怎麼又臊了？」湘雲的臉越發紅了，勉強❶笑道：「你還說呢！那會子咱們那麼好，後來我們太太沒了，我家去住了一程子，怎麼就把你配給了他❷；我來了，你就不那麼待我了。」

襲人也紅了臉❸，笑道：「罷呦！先頭裡，『姐姐』長，『姐姐』短，哄著我替❹梳頭洗臉，作這個，弄那個；如今拿出小姐款兒來了。你既拿款[3]，我敢親近嗎？」湘雲道：「阿彌陀佛！冤枉冤哉！我要這麼著，就立刻死了。你瞧瞧，這麼大熱天，我來了，必定先瞧瞧你。你不信，問縷兒，我在家時時刻刻，那一回不想念你幾句？」

襲人和寶玉聽了，都笑勸道：「說玩話兒，你又認真了。還是這麼性兒急。」湘雲道：「你不說你的話咽人[4]，倒說人性急。」一面說，一面打開絹子，將戒指遞與襲人。襲人感謝不盡，因笑道：「你前日送你姐姐們的，我已經得了；今日你親自又送來，可見是沒忘了我。就為這個試出你來了❺。戒指兒能值多少，可見你的心真。」

史湘雲道：「是誰給你的？」襲人道：「是寶姑娘給我的。」湘雲嘆道：「我只當林姐姐送你的；原來是寶姐姐給了你。我天天在家裡想著，這些姐姐們，再沒一個比寶姐姐好的。可惜我們不是一個娘養的；——我但凡[5]有這麼個親姐姐，就是沒了父母，也沒妨礙的！」說著，眼圈兒就紅了。

寶玉道：「罷，罷，罷！不用提起這個話了。」史湘雲道：「提這個便怎麼？我知道你的心病：恐怕你的林妹妹聽見，又嗔我讚了寶姐姐了。可是為這個不是？」襲人在旁「嗤」的一笑，說道：「雲姑娘，你如今大了，越發心直嘴快了。」寶玉笑道：「我說你們這幾個人難說話，果然不錯。」史湘雲道：「好哥哥，你不必說話叫我噁心；只會在我跟前說話，見了你林妹妹，又不知怎麼好了。」

襲人道：「且別說玩話，正有一件事要求你呢。」史湘雲便問：「什麼事？」襲人道：「有一雙鞋，摳了墊心子[6]，我這兩日身上不好，不得作，你可有工夫替我作作？」史湘雲道：「這又奇了。你家放著這些巧人不算，還有什麼針線上的，裁剪上的，怎麼叫我作起來？你的活計叫人作，誰好意思不作呢？」襲人笑道：「你又糊塗了！你難道不知道：我們這屋裡的針線，是不要那些針線上的人作的。」

史湘雲聽了，便知是寶玉的鞋，因笑道：「既這麼說，我就替你作作罷。——只是一件：你的我才作，別人的我可不能。」襲人笑道：「又來了！我是個什麼兒，就敢煩你作鞋了！實告訴你：可不是我的，——你別管是誰的，橫豎我領情就是了。」史湘雲道：「論理，你的東西也不知煩我作了多少。今日我倒不作的緣故，你必定也知道。」襲人道：「我倒也不知道。」史湘雲冷笑道：「前日我聽見把我作的扇套兒拿著和人家比，賭氣又鉸了。我早就聽見了，你還瞞我？這會子又叫我作，我成了你們奴才了。」

寶玉忙笑道：「前日的那個本不知是你作的。」襲人也笑道：「他本不知是你作的，是我哄他的話，說是『新近外頭有個會作活的，扎得絕出奇的好花兒，叫他們拿了一個扇套兒試試看好不好』，他就信了，拿出去給這個瞧、那個看的。不知怎麼又惹惱了那一位，鉸了兩段。回來他還叫趕著作去，我才說了是你作的，他後悔得什麼似的！」史湘雲道：「這越發奇了。林姑娘也犯不上生氣，他既會剪，就叫他作。」襲人道：「他可不作呢。饒這麼著，老太太還怕他勞碌著了。大夫又說好生靜養才好。誰還肯煩他作呢？舊年好一年的工夫，作了個香袋兒；今年半年，還沒見拿針線呢。」

正說著，有人來回說：「興隆街的大爺來了，老爺叫二爺出去會。」寶玉聽了，便知賈雨村來了，心中好不自在。襲人忙去拿衣服。寶玉一面登著靴子，一面抱怨道：「有老爺和他坐著就罷了，回回定要見我！」史湘雲一邊搖著扇子，笑道：「自然你能迎賓接客，老爺才叫你出去呢！」寶玉道：「那裡是老爺？都是他自己要請我見的。」湘雲笑道：「『主雅客來勤』[7]，自然你有些警動他的好處，他才要會你。」寶玉道：「罷，罷！我也不過❻俗中又俗的一個俗人罷了，並不願和這些人來往。」湘雲笑道：「還是這個性兒，改不了。如今大了，你就不願意去考舉人進士的，也該常會會這些為官作宦的，談講談講那些仕途經濟[8]，也好將來應酬事務，日後也有個正經朋友。讓你成年家只在我們隊裡，攬得出些什麼來？」

寶玉聽了，大覺逆耳，便道：「姑娘請別的屋裡坐坐罷，我這裡仔細腌臢了你這樣知經濟的人！」襲人連忙解說道：「姑娘快別說他。上回也是寶姑娘說過一回，他也不管人臉上過不去，『咳』[9]了一聲，拿起腳來就走了。寶姑娘的話也沒說完，見他走了，登時羞得臉通紅：說不是，不說又不是。——幸而是寶姑娘，那要是林姑娘，不知又鬧得怎麼樣、哭得怎麼樣呢！提起這些話來，寶姑娘叫人敬重，自己過了一會子去了，我倒過不去，只當他惱了，誰知過後還是照舊一樣，真真是有涵養、心地寬大的。誰知這一位反倒和他生分了。那林姑娘見他賭氣不理，他後來不知賠多少不是呢。」寶玉道：「林姑娘從來說過這些混賬話嗎？要是他也說過這些混賬話，我早和他生分了。」襲人和湘雲都點頭笑道：「這原是混賬話麼❼？」

原來黛玉知道史湘雲在這裡，寶玉一定又趕來說麒麟的緣故，因心下忖度著，近日寶玉弄來的外傳野史，多半才子佳人，都因小巧玩物上撮合，或有鴛鴦，或有鳳凰，或玉環金佩，或鮫帕鸞條[10]：皆由小物而遂終身之願；今忽見寶玉也有麒麟，便恐藉此生隙，同湘雲也作出那些風流佳事來，因而悄悄走來，見機行事，以察二人之意。不想剛走進來，正聽見湘雲說「經濟」一事，寶玉又說：「林妹妹不說這些混賬話，要說這話，我也和他生分了。」

黛玉聽了這話，不覺又喜又驚，又悲又嘆。所喜者：果然自己眼力不錯，素日認他是個知己，果然是個知己；所驚者：他在人前一片私心稱揚於我，其親熱厚密，竟不避嫌疑；所嘆者：你既為我的知己，自然我亦可為你的知己，即你我為知己，又何必有「金玉」之論呢？既有「金玉」之論，也該你我有之，又何必來一寶釵呢？所悲者：父母早逝，雖有銘心刻骨之言，無人為我主張；況近日每覺神思恍惚，病已漸成，醫者更云：「氣弱血虧，恐致勞怯之症。」我雖為你的知己，但恐不能久待；你縱為我的知己，奈我薄命何！——想到此間，不禁淚又下來。待要進去相見，自覺無味，便一面拭淚，一面抽身回去了。

這裡寶玉忙忙的穿了衣裳出來，忽見黛玉在前面慢慢的走著，似乎有拭淚之狀，便忙趕著上來笑道：「妹妹往那裡去？怎麼又哭了？又是誰得罪了你了？」黛玉回頭見是寶玉，便勉強笑道：「好好的，我何曾哭來。」寶玉笑道：「你瞧瞧，眼睛上的淚珠兒沒乾，還撒謊呢！」一面說，一面禁不住抬起手來，替他拭淚。黛玉忙向後退了幾步，說道：「你又要死了！又這麼動手動腳的。」寶玉笑道：「說話忘了情，不覺的動了手，也就顧不得死活。」黛玉道：「死了倒不值什麼，只是丟下了什麼『金』，又是什麼『麒麟』，可怎麼好呢！」

一句話，又把寶玉說急了，趕上來問道：「你還說這些話，到底是咒我還是氣我呢？」黛玉見問，方想起前日的事來，遂自悔這話又說造次了；忙笑道：「你別著急，我原說錯了，這有什麼要緊，筋都疊暴起來，急得一臉汗！」一面說，一面也近前伸手替他拭面上的汗。

寶玉瞅了半天，方說道：「你放心。」黛玉聽了，怔了半天，說道：「我有什麼不放心的？我不明白你這個話。你倒說說，怎麼放心不放心？」寶玉嘆了一口氣，問道：「你果然不明白這話？難道我素日在你身上的心都用錯了？連你的意思若體貼不著，就難怪你天天為我生氣了！」黛玉道：「我真不明白放心不放心的話。」寶玉點頭嘆道：「好妹妹，你別哄我；你真不明白這話，不但我素日白用了心，且連你素日待我的心也都辜負了。你皆因都是不放心的緣故，才弄了一身的病了。但凡寬慰些，這病也不得一日重似一日了！」

黛玉聽了這話，如轟雷掣電，細細思之，竟比自己肺腑中掏出來的還覺懇切，竟有萬句言語，滿心要說，只是半個字也不能吐出，只管怔怔的瞅著他。此時寶玉心中也有萬句言詞，不知一時從那一句說起，卻也怔怔的瞅著黛玉。兩個人怔了半天，黛玉只「咳」了一聲，眼中淚直流下來，回身便走。寶玉忙上前拉住道：「好妹妹，且略站住，我說一句話再走。」黛玉一面拭淚，一面將手推開，說道：「有什麼可說的？你的話我都知道了。」口裡說著，卻頭也不回，竟去了。

寶玉望著只管發起呆來。原來方才出來忙了，不曾帶得扇子，襲人怕他熱，忙拿了扇子，趕來送給他；猛抬頭看見黛玉和他站著，一時黛玉走了，他還站著不動，因而趕上來說道：「你也不帶了扇子去，虧了我看見，趕著送來。」

寶玉正出了神，見襲人和他說話，並未看出是誰，只管呆著臉說道❽：「好妹妹，我的這個心，從來不敢說，今日膽大說出來，就是死了也是甘心的！我為你也弄了一身的病，又不敢告訴人；只好捱著。等你的病好了，只怕我的病才得好呢。——睡裡夢裡也忘不了你！」

襲人聽了，驚疑不止，又是怕，又是急，又是臊，連忙推他道：「這是那裡的話？你是怎麼著了？還不快去嗎❾？」寶玉一時醒過來，方知是襲人；雖然羞得滿面紫脹，卻仍是呆呆的，接了扇子，一句話也沒有，竟自走去❿。

這裡襲人見他去後，想他方才之言，必是因黛玉而起，如此看來，倒怕將來難免不才之事[11]，令人可驚可畏。卻是如何處治，方能免此醜禍？——想到此間，也不覺呆呆的發起怔來。

誰知寶釵恰從那邊走來，笑道：「大毒日頭地下，出什麼神呢？」襲人見問，忙笑說道：「我才見兩個雀兒打架，倒很有個玩意兒，就看住了。」寶釵道：「寶兄弟才穿了衣服，忙忙的那裡去了？我要叫住問他呢，只是他慌慌張張的走過去，竟像沒理會我的，所以沒問⓫。」襲人道：「老爺叫他出去的。」寶釵聽了，忙說道：「噯喲！這麼大熱的天，叫他作什麼？別是想起什麼來，生了氣，叫他出去教訓一場罷？」襲人笑道：「不是這個，想必有客要會。」寶釵笑道：「這個客也沒意思，這麼熱天，不在家裡涼快，跑什麼！」襲人笑道：「你可說麼！」

寶釵因問：「雲丫頭在你們家作什麼呢？」襲人笑道：「才說了會子閑話兒，又瞧了會子我前日黏的鞋幫子，明日還求他作去呢！」寶釵聽見這話，便兩邊回頭，看無人來往，笑道：「你這麼個明白人，怎麼一時半刻的就不會體諒人？我近來看著雲姑娘的神情兒，風裡言、風裡語的[12]，聽起來，在家裡一點兒作不得主。他們家嫌費用大，竟不用那些針線上的人，差不多兒的東西都是他們娘兒們動手：為什麼這幾次他來了，他和我說話兒，見沒人在跟前，他就說家裡累得慌？我再問他兩句家常過日子的話，他就連眼圈兒都紅了，嘴裡含含糊糊，待說不說的。看他的形景兒，自然從小兒沒了父母是苦的。我看見他也不覺的傷起心來。」

襲人見說這話，將手一拍，道：「是了，怪道上月我求他打十根蝴蝶兒結子，過了那些日子，才打發人送來；還說：『這是粗打的，且在別處將就使罷；要勻淨的，等明日來住著，再好生打。』如今聽姑娘這話，想來我們求他，他不好推辭，不知他在家裡怎麼三更半夜的作呢！——可是我也糊塗了，早知道是這麼著，我也不該求他。」寶釵道：「上次他告訴我，說在家裡作活作到三更天，要是替別人作一點半點兒，那些奶奶太太們，還不受用呢。」

襲人道：「偏我們那個牛心的小爺，憑著小的大的活計，一概不要家裡這些活計上的人作，我又弄不開這些。」寶釵笑道：「你理他呢！只管叫人作去，就是了。」襲人道：「那裡哄得過他？他才是認得出來呢！說不得我只好慢慢的累去罷了。」寶釵笑道：「你不必忙，我替你作些就是了。」襲人笑道：「當真的？這可就是我的造化了！晚上我親自過來——」

一句話未了，忽見一個老婆子忙忙走來，說道：「這是那裡說起！金釧兒姑娘好好兒的投井死了！」襲人聽得，唬了一跳，忙問：「那個金釧兒？」那老婆子道：「那裡還有兩個金釧兒呢？就是太太屋裡的。前日不知為什麼攆出去，在家裡哭天抹淚的，也都不理會他，誰知找不著他，才有打水的人說：『那東南角上井裡打水，見一個屍首。』趕著叫人打撈起來，誰知是他！他們還只管亂著要救，那裡中用了呢？」寶釵道：「這也奇了！」襲人聽說，點頭讚嘆，想素日同氣之情，不覺流下淚來。寶釵聽見這話，忙向王夫人處來⓬。這裡襲人自回去了。

寶釵來至王夫人房裡，只見鴉雀無聞，獨有王夫人在裡間房內坐著垂淚。寶釵便不好提這事，只得一旁坐下。王夫人便問：「你打那裡來？」寶釵道：「打園裡來。」王夫人道：「你打園裡來，可曾見你寶兄弟？」寶釵道：「才倒看見他了；穿著衣裳出去了，不知那裡去。」王夫人點頭嘆道：「你可知道一件奇事？——金釧兒忽然投井死了！」寶釵見說，道：「怎麼好好兒的投井？這也奇了！」王夫人道：「原是前日他把我一件東西弄壞了，我一時生氣，打了他兩下子，攆了下去。我只說氣他幾天，還叫他上來，誰知他這麼氣性大，就投井死了，豈不是我的罪過！」寶釵笑道：「姨娘是慈善人，固然是這麼想；據我看來，他並不是賭氣投井，多半他下去住著，或是在井旁邊兒玩，失了腳掉下去的。他在上頭拘束慣了，這一出去，自然要到各處去玩玩逛逛兒，豈有這樣大氣的理？縱然有這樣大氣，也不過是個糊塗人，也不為可惜。」王夫人點頭嘆道：「雖然如此，到底我心裡不安！」

寶釵笑道：「姨娘也不勞關心。十分過不去，不過多賞他幾兩銀子，發送他，也就盡了主僕之情了。」王夫人道：「才剛我賞了五十兩銀子給他媽，原要還把你姐妹們的新衣裳給他兩件裝裹，誰知可巧都沒有什麼新作的衣裳，只有你林妹妹作生日的兩套。我想你林妹妹那孩子，素日是個有心的，況且他也三災八難的，既說了給他作生日，這會子又給人去裝裹，豈不忌諱？因這麼著，我才現叫裁縫趕著作一套給他。要是別的丫頭，賞他幾兩銀子，也就完了。金釧兒雖然是個丫頭，素日在我跟前，比我的女孩兒差不多兒！」口裡說著，不覺流下淚來。寶釵忙道：「姨娘這會子何用叫裁縫趕去，我前日倒作了兩套，拿來給他，豈不省事？況且他活的時候兒也穿過我的舊衣裳，身量也相對。」王夫人道：

「雖然這樣，難道你不忌諱？」寶釵笑道：「姨娘放心，我從來不計較這些。」一面說，一面起身就走。王夫人忙叫了兩個人跟寶釵去。

一時寶釵取了衣服回來，只見寶玉在王夫人旁邊坐著垂淚。王夫人正才說他，因見寶釵來了，就掩住口不說了。寶釵見此景況，察言觀色，早知覺了七八分。於是將衣服交明王夫人，王夫人便將金釧兒的母親叫來拿了去了。後事如何，下回分解。

校記

❶「的臉越發紅了勉強」八字，諸本無。
❷「配給了他」，諸本作「派了跟二哥哥」。
❸「也紅了臉」四字，諸本無。
❹「替」下諸本有「你」字。
❺「就為這個試出你來了」，諸本作「只這個就試出你來了」。
❻「罷罷我也不過」，諸本作「我也不稱雅我乃」。
❼「這原是混賬話麼」，「麼」字，諸本無。
❽「只管呆著臉說道」，諸本作「便一把拉住說道」。
❾「驚疑不止」至「還不快去嗎」一段，諸本作「嚇得驚疑不止，只叫神天菩薩，坑死我了，便推他道，這是那裡的話，敢是中了邪，還不快去」。
❿「雖然羞得滿面紫脹」至「竟自走去」，諸本作「寶玉羞得（的）滿面紫脹，奪了扇子便抽身的跑了」。
⓫「我要叫住問他呢」至「所以沒問」，諸本作「我才看見走過去，倒要叫住問他呢，他如今說話越發沒了經緯，我故此沒叫他，由他過去罷」。
⓬「來」下，諸本有「安慰」二字。

注釋

1 〔訴肺腑〕 互相傾訴知心話。

2 〔把印也丟了〕 印是官員行使職權的憑據，所以「作官丟印」是最大的罪過，也幾乎是極少可能的笑談。

3 〔拿款〕 這裡指擺出身分、架子來。

4 〔咽（ㄧㄝˋ／yè）人〕 這裡指用話激刺、堵塞人。

5 〔但凡〕「只要可能」的意思。指不可能中萬一的希望。

6 〔摳（ㄎㄡ／kōu）了墊心子〕摳，「挖出」的意思。這裡是說，將作鞋面的材料挖空，背後襯上其他顏色的材料，成為各色圖案。

7 〔主雅客來勤〕這是一句成話，意思是主人高雅，客人的走訪就來得勤。

8 〔仕途經濟〕通過學而優則仕的道路，去作官為宦。仕途，作官的道路。經濟，經國濟民的大事。

9 〔咳（ㄏㄞ／hāi）〕這裡作嘆息口氣用，與咳嗽的「咳」不同。一般寫作「嗐」。

10 〔鮫（ㄐㄧㄠ／jiāo）帕鸞條〕鮫帕，神話中鮫人（人魚）所織的手帕，也就是薄紗手帕。鸞條，繡著鳳鳥的彩色絲帶。

11 〔不才之事〕指男女之間的不正當關係。下文的「醜禍」，也是這個意思。

12 〔風裡言、風裡語的〕非正式地透露出來的。

【第三十三回】手足[1]眈眈[2]小動唇舌　不肖種種大承笞撻[3]

卻說王夫人喚上金釧兒的母親來，拿了幾件簪環，當面賞了；又吩咐：「請幾眾僧人念經超渡他。」金釧兒的母親磕了頭，謝了出去。

原來寶玉會過雨村回來，聽見金釧兒含羞自盡，心中早已五內摧傷，進來又被王夫人數說教訓了一番，也無可回說。看見寶釵進來，方得便走出，茫然不知何往，背著手，低著頭，一面感嘆，一面慢慢的信步走至廳上。剛轉過屏門，不想對面來了一人，正往裡走，可巧撞了個滿懷。只聽那人喝一聲：「站住！」寶玉唬了一跳，抬頭看時，不是別人，卻是他父親。早不覺倒抽了一口涼氣，只得垂手一旁站著。

賈政道：「好端端的，你垂頭喪氣的嗐什麼？方才雨村來了，要見你，那半天才出來！既出來了，全無一點慷慨揮灑[4]的談吐，仍是委委瑣瑣的。我看你臉上一團私欲愁悶氣色！這會子又噯聲嘆氣，你那些還不足、還不自在？無故這樣，是什麼緣故？」寶玉素日雖然口角伶俐，此時一心卻為金釧兒感傷，恨不得也身亡命殞❶，如今見他父親說這些話，究竟不曾聽明白了，只是怔怔的站著。

賈政見他惶悚，應對不似往日，原本無氣的，這一來，倒生了三分氣。方欲說話，忽有門上人來回：「忠順親王府裡有人來，要見老爺。」賈政聽了，心下疑惑，暗暗思忖道：「素日並不與忠順府來往，為什麼今日打發人來？……」一面想，一面命：「快請廳上坐。」一急忙進內更衣。出來接見時，卻是忠順府長府官[5]，一面彼此見了禮，歸坐獻茶。未及敘談，那長府官先就說道：「下官此來，並非擅造潭府[6]；皆因奉命而來，有一件事相求。看王爺面上，敢煩老先生作主。不但王爺知情❷，且連下官輩亦感謝不盡。」

賈政聽了這話，摸不著頭腦，忙陪笑起身問道：「大人既奉王命而來，不知有何見諭？望大人宣明，學生好遵諭承辦。」那長府官冷笑道：「也不必承辦，只用老先生一句話就完了。我們府裡有一個作小旦[7]的琪官，一向好好在府，如今竟三五日不見回去，各處去找，又摸不著他的道路，因此各處察訪；這一城內，十停人倒有八停[8]人都說：他近日和銜玉的那位令郎相與甚厚。下官輩聽了：尊府不比別家，可以擅來索取，因此啟明王爺。王爺亦說：『若是別的戲子呢，一百個也罷了；只是這琪官，隨機應答，謹慎老成，甚合我老人家的心境，斷斷少不得此人。』故此求老先生轉致令郎，請將琪官放回：一則可慰王爺諄諄奉懇之意，二則下官輩也可免操勞求覓之苦。」說畢，忙打一躬。

賈政聽了這話，又驚又氣，即命喚寶玉出來。寶玉也不知是何緣故，忙忙趕來，賈政便問：「該死的奴才！你在家不讀書也罷了，怎麼又作出這些無法無天的事來！那琪官現是忠順王爺駕前承奉的人，你是何等草莽[9]，無故引逗他出來，如今禍及於我！」寶玉聽了，唬了一跳，忙回道：「實在不知此事。究竟『琪官』兩個字，不知為何物，況更加以『引逗』二字！」說著便哭。

賈政未及開口，只見那長府官冷笑道：「公子也不必隱飾；或藏在家，或知其下落，早說出來，我們也少受些辛苦。豈不念公子之德呢？」寶玉連說：「實在不知。恐是訛傳，也未見得。」那長府官冷笑兩聲道：「現有證據，必定當著老大人說出來，公子豈不吃虧？——既說不知，此人那紅汗巾子怎得到了公子腰裡？」

寶玉聽了這話，不覺轟了魂魄，目瞪口呆，心下自思：「這話他如何知道？他既連這樣機密事都知道了，大約別的瞞不過他，不如打發他去了，免得再說出別的事來。」因說道：「大人既知他的底細，如何連他置買房舍這樣大事倒不曉得了？聽得說：他如今在東郊離城二十里有個什麼紫檀堡，他在那裡置了幾畝田地，幾間房舍。想是在那裡，也未可知。」那長府官聽了，笑道：「這樣說，一定是在那裡了！我且去找一回，若有了便罷；若沒有，還要來請教。」說著，便忙忙的告辭走了。

賈政此時氣得目瞪口歪，一面送那官員，一面回頭命寶玉：「不許動！回來有話問你！」一直送那官去了。才回身時，忽見賈環帶著幾個小廝一陣亂跑，賈政喝命小廝：「給我快打！」賈環見了他父親，嚇得骨軟筋酥，趕忙低頭站住。賈政便問：「你跑什麼！帶著你的那些人都不管你，不知往那裡去，由你野馬一般！」喝叫：「跟上學的人呢？」

賈環見他父親甚怒，便乘機說道：「方才原不曾跑，是因從那井邊一過，那井裡淹死了一個丫頭，我看腦袋這麼大，身子這麼粗，泡得實在可怕，所以才趕著跑過來了。」賈政聽了，驚疑問道：「好端端，誰去跳井？我家從無這樣事情，自祖宗以來，皆是寬柔待下。——大約我近年於家務疏懶，自然執事人操克奪之權，致使弄出這暴殄輕生的禍來！

若外人知道，祖宗的顏面何在！」喝命：「叫賈璉、賴大來！」

小廝們答應了一聲，方欲去叫，賈環忙上前，拉住賈政袍襟，貼膝跪下，道：「老爺不用生氣。此事除太太屋裡的人，別人一點也不知道，我聽見我母親說——」說到這句，便回頭四顧一看；賈政知其意，將眼色一丟，小廝們明白，都往兩邊後面退去。賈環便悄悄說道：「我母親告訴我說：『寶玉哥哥，前日在太太屋裡，拉著太太的丫頭金釧兒，強姦不遂，打了一頓，金釧兒便賭氣投井死了——』」

話未說完，把個賈政氣得面如金紙，大叫：「拿寶玉來！」一面說，一面便往書房去，喝命：「今日再有人來勸我，我把這冠帶家私一應就交與他和寶玉過去，我免不得作個罪人，把這幾根煩惱鬢毛剃去，尋個乾淨去處自了，也免得上辱先人、下生逆子之罪！」

眾門客僕從見賈政這個形景，便知又是為寶玉了，一個個咬指吐舌，連忙退出。賈政喘吁吁直挺挺的坐在椅子上，滿面淚痕，一疊連聲：「拿寶玉來！拿大棍拿繩來！把門都關上！有人傳信到裡頭去，立刻打死！」眾小廝們只得齊齊答應著，有幾個來找寶玉。

那寶玉聽見賈政吩咐他「不許動」，早知凶多吉少；那裡知道賈環又添了許多的話？正在廳上旋轉，怎得個人往裡頭捎信，偏偏的沒個人來，連焙茗也不知在那裡。正盼望時，只見一個老嬤嬤出來，寶玉如得了珍寶，便趕上來拉他，說道：「快進去告訴：老爺要打我呢！快去，快去！要緊，要緊！」寶玉一則急了，說話不明白；二則老婆子偏偏又耳聾，不曾聽見是什麼話，把「要緊」二字，只聽作「跳井」二字，便笑道：「跳井讓他跳去，二爺怕什麼？」寶玉見是個聾子，便著急道：「你出去叫我的小廝來罷！」那婆子道：「有什麼不了的事？老早的完了，太太又賞了銀子，怎麼不了事呢？」

寶玉急得手腳正沒抓尋處，只見賈政的小廝走來，逼著他出去了。賈政一見，眼都紅了，也不暇問他在外流蕩優伶[11]，表贈私物，在家荒疏學業，逼淫母婢；只喝命：「堵起嘴來，著實打死！」小廝們不敢違，只得將寶玉按在凳上，舉起大板，打了十來下。寶玉自知不能討饒，只是嗚嗚的哭。賈政還嫌打得輕，一腳踢開掌板的，自己奪過板子來，狠命的又打了十幾下。

寶玉生來未經過這樣苦楚，起先覺得打得疼不過，還亂嚷亂哭，後來漸漸氣弱聲嘶，哽咽不出。眾門客見打得不祥了，趕著上來，懇求奪勸。賈政那裡肯聽？說道：「你們問問他幹的勾當，可饒不可饒！素日皆是你們這些人把他醲壞了，到這步田地，還來勸解！明日釀到他弒父弒君[12]，你們才不勸不成？」

眾人聽這話不好，知道氣急了，忙亂著覓人進去給信。王夫人聽了，不及去回賈母，便忙穿衣出來，也不顧有人沒人，忙忙扶了一個丫頭，趕往書房中來。慌得眾門客小廝等避之不及。賈政正要再打，一見王夫人進來，更加火上澆油，那板子越下去得又狠又快。按寶玉的兩個小廝，忙鬆手走開，寶玉早已動彈不得了。

賈政還欲打時，早被王夫人抱住板子。賈政道：「罷了，罷了！今日必定要氣死我才罷！」王夫人哭道：「寶玉雖然該打，老爺也要保重。且炎暑天氣，老太太身上又不大好，打死寶玉事小，倘或老太太一時不自在了，豈不事大？」賈政冷笑道：「倒休提這話！我養了這不肖的孽障，我已不孝；平昔教訓他一番，又有眾人護持；不如趁今日結果了他的狗命，以絕將來之患！」說著，便要繩來勒死。王夫人連忙抱住哭道：「老爺雖然應當管教兒子，也要看夫妻份上。我如今已五十歲的人，只有這個孽障，必定苦苦的以他為法，我也不敢深勸，今日越發要弄死他，豈不是有意絕我呢？既要勒死他，索性先勒死我，再勒死他！我們娘兒們不如一同死了，在陰司裡也得個倚靠。」說畢，抱住寶玉，放聲大哭起來。

賈政聽了此話，不覺長嘆一聲，向椅上坐了，淚如雨下。王夫人抱著寶玉，只見他面白氣弱，底下穿著一條綠紗小衣，一片皆是血漬❸。禁不住解下汗巾去，由腿看至臀脛❹，或青或紫，或整或破，竟無一點好處，不覺失聲大哭起「苦命的兒」來。因哭出「苦命兒」來，又想起賈珠來，便叫著賈珠，哭道：「若有你活著，便死一百個，我也不管了。」

此時裡面的人聞得王夫人出來，李紈、鳳姐及迎、探姐妹兩個，也都出來了。王夫人哭著賈珠的名字，別人還可，惟有李紈禁不住也抽抽搭搭的哭起來了❺。賈政聽了，那淚更似走珠一般滾了下來。正沒開交處，忽聽丫鬟來說：「老太太來了——」一言未了，只聽窗外顫巍巍的聲氣說道：「先打死我，再打死他，就乾淨了！」

賈政見母親來了，又急又痛，連忙迎出來。只見賈母扶著丫頭，搖頭喘氣的走來。賈政上前躬身陪笑說道：「大暑熱的天，老太太有什麼吩咐，何必自己走來，只叫兒子進去吩咐便了。」賈母聽了，便止步喘息，一面厲聲道：「你原來和我說話！我倒有話吩咐，只是我一生沒養個好兒子，卻叫我和誰說去！」

賈政聽這話不像，忙跪下含淚說道：「兒子管他，也為的是光宗耀祖。老太太這話，兒子如何當得起？」賈母聽說，便啐了一口，說道：「我說了一句話，你就禁不起！你那樣下死手的板子，難道寶玉兒就禁得起了？你說教訓兒子是光宗耀祖，當日你父親怎麼教訓你來著！」說著，也不覺淚往下流。賈政又陪笑道：「老太太也不必傷感，都是兒子一時性急，從此以後，再不打他了。」賈母便冷笑兩聲道：「你也不必和我賭氣，你的兒子，自然你要打就打。想來你也厭煩我們娘兒們，不如我們早離了你，大家乾淨！」說著，便令人：「去看轎！─我和你太太、寶玉兒立刻回南京去！」家下人只得答應著。

賈母又叫王夫人道：「你也不必哭了，如今寶玉兒年紀小，你疼他；他將來長大，為官作宦的，也未必想著你是他母親了。你如今倒是不疼他，只怕將來還少生一口氣呢！」賈政聽說，忙叩頭說道：「母親如此說，兒子無立足之地了！」賈母冷笑道：「你分明使我無立足之地，你反說起你來！只是我們回去了，你心裡乾淨，看有誰來不許你打！」一面說，一面只命：「快打點行李車輛轎馬回去！」賈政直挺挺跪著，叩頭謝罪。

賈母一面說，一面來看寶玉，只見今日這頓打，不比往日，又是心疼，又是生氣，也抱著哭個不了。王夫人與鳳姐等解勸了一會，方漸漸的止住。

早有丫鬟媳婦等，上來要攙寶玉，鳳姐便罵：「糊塗東西！也不睜開眼瞧瞧，這個樣兒，怎麼攙著走的？還不快進去把那藤屜子春凳[13]抬出來呢！」眾人聽了，連忙飛跑進去，果然抬出春凳來，將寶玉放上，隨著賈母王夫人等進去，送至賈母屋裡。

彼時賈政見賈母怒氣未消，不敢自便，也跟著進來。看看寶玉果然打重了，再看看王夫人一聲「肉」一聲「兒」的哭道：「你替珠兒早死了，留著珠兒，也免你父親生氣，我也不白操這半世的心了！這會子你倘或有個好歹，撂下我，叫我靠那一個？」數落一場，又哭「不爭氣的兒」。賈政聽了，也就灰心自己不該下毒手打到如此地步。先勸賈母，賈母含淚說道：「兒子不好，原是要管的，不該打到這個份兒！你不出去，還在這裡作什麼！難道於心不足，還要眼看著他死了才算嗎？」賈政聽說，方諾諾的退出去了。

此時薛姨媽、寶釵、香菱、襲人、湘雲等也都在這裡。襲人滿心委屈，只不好十分使出來。見眾人圍著，灌水的灌水，打扇的打扇，自己插不下手去，便索性走出門，到二門前，命小廝們找了焙茗來細問：「方才好端端的，為什麼打起來？你也不早來透個信兒！」焙茗急得說：「偏我沒在跟前，打到半中間，我才聽見了，忙打聽緣故，卻是為琪官兒和金釧兒姐姐的事。」襲人道：「老爺怎麼知道了？」焙茗道：「那琪官兒的事，多半是薛大爺素昔吃醋，沒法兒出氣，不知在外頭挑唆了誰來，在老爺跟前下的蛆[14]。那金釧兒姐姐的事，大約是三爺說的。——我也是聽見跟老爺的人說。」

襲人聽了這兩件事都對景[15]，心中也就信了八九分，然後回來，只見眾人都替寶玉療治調停完備。賈母命：「好生抬到他屋裡去。」眾人一聲答應，七手八腳，忙把寶玉送入怡紅院內自己床上臥好，又亂了半日，眾人漸漸的散去了，襲人方才進前來，經心伏侍細問。要知端底，究竟如何，且聽下回分解。

校記

❶「恨不得也身亡命殞」下，諸本有「跟了金釧兒去」六字。

❷「知情」原作「支情」，從藤本、王本、脂本改。金本作「感情」。

❸「血漬」原作「血蹟」，從藤本、王本、金本改。

❹「臀脛」原作「豚脛」，從藤本、王本、金本改。

❺「惟有李紈禁不住也抽抽搭搭的哭起來了」，諸本作「惟有李宮裁禁不住也放聲哭了」。

注釋

1 〔手足〕　舊時常以手足比喻兄弟。此指賈環。

2 〔眈眈（ㄉㄢ／dān）〕　惡意地注視著。

3 〔笞撻（ㄔ ㄊㄚˋ／chī tà）〕　笞，打人的竹板子。撻，打。笞撻，用板子打人。

4 〔慷慨揮灑〕　慷慨，人的精神昂揚；揮灑，本指畫畫運筆自如，比喻人的態度自然、大方。

5 〔長府官〕　總管王府內部事務的長官。

6 〔擅造潭府〕　擅自到貴府來。造，到，前往。潭，深淵，比喻深宅大院。潭府是舊時對貴人住宅的尊稱。

7 〔小旦〕　舊戲中扮演婦女的叫旦角。小旦是扮演青年女性的角色。

8 〔停〕　成數。一成叫一停。「十停人倒有八停」，即十個裡頭有八個的意思。

9〔草莽〕官員對長官講話的謙詞。如同說「身居草野」、「不夠高貴」的意思。

10〔冠帶家私〕指官爵、財產。

11〔流蕩優伶〕流蕩，結交、玩弄。優伶，對戲曲演員的舊稱。舊時認為優伶都是作風不正派的下賤之人。

12〔弒（ㄕˋ／shi）父弒君〕古時下殺上叫「弒」。這裡說的是殺父親、殺皇帝——犯彌天大罪。

13〔春凳〕比較寬大的長條凳子。

14〔下的蛆〕使壞，說別人的壞話。

15〔對景〕由於情景恰巧相同，引起聯想或共鳴。

【第三十四回】情中情因情感妹妹　錯裡錯以錯勸哥哥

話說襲人見賈母王夫人等去後，便走來寶玉身邊坐下，含淚問他：「怎麼就打到這步田地？」寶玉嘆氣說道：「不過為那些事，問他作什麼！只是下半截疼得很，你瞧瞧，打壞了那裡？」襲人聽說，便輕輕的伸手進去，將中衣脫下，略動一動，寶玉便咬著牙叫「噯喲」，襲人連忙停住手：如此三四次，才褪下來了。襲人看時，只見腿上半段青紫，都有四指闊的僵痕高起來。襲人咬著牙說道：「我的娘！怎麼下這般的狠手！——你但凡聽我一句話，也不到這個份兒。幸而❶沒動筋骨；倘或打出個殘疾來，可叫人怎麼樣呢？」

正說著，只聽丫鬟們說：「寶姑娘來了。」襲人聽見，知道穿不及中衣，便拿了一床夾紗被，替寶玉蓋了。只見寶釵手裡托著一丸藥走進來，向襲人說道：「晚上把這藥用酒研開，替他敷上，把那淤血的熱毒散開，就好了。」說畢，遞與襲人。又問：「這會子可好些？」寶玉一面道謝，說：「好些了。」又讓坐。

寶釵見他睜開眼說話，不像先時，心中也寬慰了些，便點頭嘆道：「早聽人一句話，也不致有今日！別說老太太、太太心疼，就是我們看著，心裡也——」剛說了半句，又忙咽住，不覺眼圈微紅，雙腮帶赤，低頭不語了❷。寶玉聽得這話如此親切，大有深意；忽見他又咽住，不往下說，紅了臉，低下頭，含著淚，只管弄衣帶，那一種軟怯嬌羞、輕憐痛惜之情，竟難以言語形容，越覺心中感動，將疼痛早已丟在九霄雲外去了。想道：「我不過挨了幾下打，他們一個個就有這些憐惜之態，令人可親可敬。假若我一時竟別有大故❸[1]，他們還不知何等悲感呢！既是他們這樣，我便一時死了，得他們如此，一生事業，縱然盡付東流，也無足嘆惜了。」正想著，只聽寶釵問襲人道：「怎麼好好的動了氣，就打起來了？」襲人便把焙茗的話悄悄說了。寶玉原來還不知賈環的話，見襲人說出，方才知道；因又拉上薛蟠，惟恐寶釵沉心[2]，忙又止住襲人道：「薛大哥從來不是這樣，你們別混猜度。」

寶釵聽說，便知寶玉是怕他多心，用話攔襲人。因心中暗暗想道：「打得這個形象，疼還顧不過來，還這樣細心，怕得罪了人。你既這樣用心，何不在外頭大事上做工夫，老爺也歡喜了，也不能吃這樣虧。你雖然怕我沉心，所以攔襲人的話，難道我就不知我哥哥素日恣心縱欲、毫無防範的那種心性嗎？當日為個秦鐘，還鬧得天翻地覆，自然如今比先又加利害了。」想畢，因笑道：「你們也不必怨這個，怨那個，據我想，到底寶兄弟素日肯和那些人來往，老爺才生氣。就是我哥哥說話不防頭[3]，一時說出寶兄弟來，也不是有心挑唆：一則也是本來的實話；二則他原不理論這些防嫌小事。襲姑娘從小兒只見過寶兄弟這樣細心的人，何曾見過我哥哥那天不怕、地不怕，心裡有什麼、口裡說什麼的人呢？」

襲人因說出薛蟠來，見寶玉攔他的話，早已明白自己說造次了，恐寶釵沒意思；聽寶釵如此說，更覺羞愧無言。寶玉又聽寶釵這一番話，半是堂皇正大，半是體貼自己的私心，更覺比先心動神移。方欲說話時，只見寶釵起身道：「明日再來看你，好生養著罷。方才我拿了藥來，交給襲人，晚上敷上，管就好了。」說著，便走出門去。襲人趕著送出院外，說：「姑娘倒費心了。改日寶二爺好了，親自來謝。」寶釵回頭笑道：「這有什麼的？只勸他好生養著，別胡思亂想，就好了。要想什麼吃的玩的，悄悄的往我那裡只管取去，不必驚動老太太、太太、眾人。倘或吹到老爺耳朵裡，雖然彼時不怎麼樣，將來對景，終是要吃虧的。」說著去了。

襲人抽身回來，心內著實感激寶釵。進來見寶玉沉思默默，似睡非睡的模樣，因而退出房外櫛沐[4]。寶玉默默的躺在床上，無奈臀上作痛，如針挑刀挖一般，更熱如火炙，略輾轉時，禁不住「噯喲」之聲。那時天色將晚，因見襲人去了，卻有兩三個丫鬟伺候，此時並無呼喚之事，因說道：「你們且去梳洗，等我叫時再來。」眾人聽了，也都退出。

這裡寶玉昏昏沉沉，只見蔣玉菡走進來了，訴說忠順府拿他之事；一時又見金釧兒進來，哭說為他投井之情。寶玉半夢半醒，剛要訴說前情，忽又覺有人推他，恍恍惚惚，聽得悲切之聲。寶玉從夢中驚醒，睜眼一看，不是別人，卻是黛玉。——猶恐是夢，忙又將身子欠起來，向臉上細細一認，只見他兩個眼睛腫得桃兒一般，滿面淚光，不是黛玉，卻是那個？寶玉還欲看時，怎奈下半截疼痛難禁，支持不住，便「噯喲」一聲，仍舊倒下；嘆了口氣，說道：「你又作什麼來了？太陽才落，那地上還是怪熱的，倘或又受了暑，怎麼好呢？我雖然捱了打，卻也不很覺疼痛。這個樣兒是裝出來哄他們，好在外頭布散給老爺聽。其實是假的，你別信真了。」

此時黛玉雖不是嚎啕大哭，然越是這等無聲之泣，氣噎喉堵，更覺利害。聽了寶玉這些話，心中提起萬句言詞，要說時卻不能說得半句。半天，方抽抽噎噎的道：「你可都改了罷！」寶玉聽說，便長嘆一聲道：「你放心！別說這樣話。我便為這些人死了，也是情願的。」

一句話未了，只見院外人說：「二奶奶來了。」黛玉便知是鳳姐來了，連忙立起身，說道：「我從後院子裡去罷，回來再來。」寶玉一把拉住，道：「這又奇了。好好的，怎麼怕起他來了？」黛玉急得跺腳，悄悄的說道：「你瞧瞧我的眼睛！又該他們拿咱們取笑兒了。」寶玉聽說，趕忙的放了手。黛玉三步兩步轉過床後，剛出了後院，鳳姐從前頭已進來了。問寶玉：「可好些了？想什麼吃？叫人往我那裡取去。」接著薛姨媽又來了。一時賈母又打發了人來。

至掌燈時分，寶玉只喝了兩口湯，便昏昏沉沉的睡去。接著周瑞媳婦、吳新登媳婦、鄭好時媳婦，這幾個有年紀長來往的，聽見寶玉捱了打，也都進來。襲人忙迎出來，悄悄的笑道：「嬸娘們略來遲了一步，二爺睡著了。」說著，一面陪他們到那邊屋裡坐著，倒茶給他們吃。那幾個媳婦子都悄悄的坐了一回，向襲人說：「等二爺醒了，你替我們說罷。」

襲人答應了，送他們出去。剛要回來，只見王夫人使個老婆子來說：「太太叫一個跟二爺的人呢。」襲人見說，想了一想，便回身悄悄的告訴晴雯、麝月、秋紋等人說：「太太叫人，你們好生在屋裡，我去了就來。」說畢，同那老婆子一徑出了園子，來至上房。

王夫人正坐在涼榻上搖著芭蕉扇子，見他來了，說道：「你不管叫誰來也罷了，又撂下他來了，誰伏侍他呢？」襲人見說，連忙陪笑回道：「二爺才睡了，那四五個丫頭，如今也好了，會伏侍了。太太請放心。恐怕太太有什麼話吩咐，打發他們來，一時聽不明白，倒耽誤了事。」王夫人道：「也沒什麼話，白問問他這會子疼得怎麼樣了？」襲人道：「寶姑娘送來的藥，我給二爺敷上了，比先好些了。先疼得躺不住，這會子都睡沉了：可見好些。」

王夫人又問：「吃了什麼沒有？」襲人道：「老太太給的一碗湯，喝了兩口，只嚷乾渴，要吃酸梅湯。我想酸梅是個收斂東西，剛才捱打，又不許叫喊，自然急得熱毒熱血未免存在心裡，倘或吃下這個去，激在心裡，再弄出病來，那可怎麼樣呢？因此我勸了半天，才沒吃。只拿那糖醃的玫瑰滷子和了，吃了小半碗，嫌吃絮[5]了，不香甜。」王夫人道：「噯喲！你何不早來和我說？前日倒有人送了幾瓶子香露來，原要給他一點子，我怕胡糟蹋了，就沒給；既是他嫌那玫瑰膏子吃絮了，把這個拿兩瓶子去，一碗水裡，只用挑上一茶匙，就香得了不得呢。」說著，就喚彩雲來：「把前日的那幾瓶香露拿了來。」襲人道：「只拿兩瓶來罷，多也白糟蹋；等不夠，再來取，也是一樣。」

彩雲聽了，去了半日，果然拿了兩瓶來，付與襲人。襲人看時，只見兩個玻璃小瓶，卻有三寸大小，上面螺絲銀蓋，鵝黃箋上寫著「木樨清露」，那一個寫著「玫瑰清露」。襲人笑道：「好尊貴東西！這麼個小瓶兒，能有多少？」王夫人道：「那是進上的，你沒看見鵝黃箋子？你好生替他收著，別糟蹋了。」

襲人答應著。方要走時，王夫人又叫：「站著，我想起一句話來問你。」襲人忙又回來。王夫人見房內無人，便問道：「我恍惚聽見寶玉今日捱打，是環兒在老爺跟前說了什麼話，你可聽見這個話沒有？」襲人道：「我倒沒聽見這個話，只聽見說：為二爺認得什麼王府的戲子，人家來和老爺說了，為這個打的。」王夫人搖頭說道：「也為這個。只是還有別的緣故呢。」襲人道：「別的緣故，實在不知道。」又低頭遲疑了一會，說道：「今日大膽在太太跟前說句冒撞話，論理——」說了半截，卻又咽住。王夫人道：「你只管說。」襲人道：「太太別生氣，我才敢說。」王夫人道：「你說就是了。」襲人道：「論理寶二爺也得老爺教訓教訓才好呢！要老爺再不管，不知將來還要作出什麼事來呢。」

王夫人聽見了這話，便點頭嘆息，由不得趕著襲人叫了一聲：「我的兒！你這話說得很明白，和我的心裡想的一樣。其實，我何曾不知道寶玉該管？比如先時你珠大爺在，我是怎麼樣管他，難道我如今倒不知管兒子了？只是有個緣故：如今我想我已經五十歲的人了，通共剩了他一個，他又長得單弱，況且老太太寶貝似的，要管緊了他，倘或再有個好歹兒，或是老太太氣著，那時上下不安，倒不好，所以就縱壞了他了。我時常掰著嘴兒說一陣，勸一陣，哭一陣：彼時也好，過後來還是不相干；到底吃了虧才罷！設若打壞了，將來我靠誰呢！」說著，由不得又滴下淚來。

襲人見王夫人這般悲感，自己也不覺傷了心，陪著落淚。又道：「二爺是太太養的，太太豈不心疼；就是我們作下人的，伏侍一場，大家落個平安，也算造化了。要這樣起來，連平安都不能了。那一日、那一時，我不勸二爺？只是再勸不醒。偏偏那些人又肯親近他，也怨不得他這樣。如今我們勸的倒不好了❹。今日太太提起這話來，我還惦記著一件事，要來回太太，討太太個主意，——只是我怕太太疑心，不但我的話白說了，且連葬身之地都沒有了！」

王夫人聽了這話內中有因，忙問道：「我的兒！你只管說。近來我因聽見眾人背前面後都誇你，我只說你不過在寶玉身上留心，或是諸人跟前和氣——這些小意思。誰知你方才和我說的話，全是大道理，正合我的心事。你有什麼，只管說什麼，只別叫別人知道就是了。」襲人道：「我也沒什麼別的說，我只想著討太太一個示下，怎麼變個法兒，以後竟還叫二爺搬出園外來住，就好了。」

王夫人聽了，吃一大驚，忙拉了襲人的手，問道：「寶玉難道和誰作怪了不成？」襲人連忙回道：「太太別多心，並沒有這話，這不過是我的小見識：如今二爺也大了，裡頭姑娘們也大了，況且林姑娘寶姑娘又是兩姨姑表姐妹，雖說是姐妹們，到底是男女之分，日夜一處，起坐不方便，由不得叫人懸心。既蒙老太太和太太的恩典，把我派在二爺屋裡，如今跟在園中住，都是我的干係。太太想，多有無心中作出，有心人看見，當作有心事，反說壞了的，倒不如預先防著點兒❺。況且二爺素日的性格，太太是知道的：他又偏好在我們隊裡鬧。倘或不防，前後錯了一點半點，不論真假，人多嘴雜——那起壞人的嘴，太太還不知道呢：心順了，說得比菩薩還好；心不順，就沒有忌諱了。二爺將來倘或有人說好，不過大家落個直過兒[6]；設若叫人哼出一聲不是來，我們不用說，粉身碎骨，還是平常，後來二爺一生的聲名品行，豈不完了呢？那時老爺太太也白疼了，白操了心了。不如這會子防避些，似乎妥當❻。太太事情又多，一時固然想不到；我們想不到便罷了，既想到了，要不回明了太太，罪越重了。近來我為這件事，日夜懸心，又恐怕太太聽著生氣，所以總沒敢言語。」

王夫人聽了這話❼，正觸了金釧兒之事，直呆了半晌，思前想後，心下越發感愛襲人。笑道：「我的兒！你竟有這個心胸，想得這樣周全，我何曾又不想到這裡？只是這幾次有事就混忘了。你今日這話提醒了我，難為你這樣細心❽。真真好孩子！——也罷了，你且去罷，我自有道理。只是還有一句話，你如今既說了這樣的話，我索性就把他交給你了，好歹留點心兒，別叫他糟蹋了身子才好❾。自然不辜負你。」

襲人低了一回頭，方道：「太太吩咐，敢不盡心嗎。」說著，慢慢的退出，回到院中，寶玉方醒❿。襲人回明香露之事，寶玉甚喜，即命調來吃，果然香妙非常。因心下惦著黛玉，要打發人去，只是怕襲人攔阻，便設法先使襲人往寶釵那裡去借書。

襲人去了，寶玉便命晴雯來，吩咐道：「你到林姑娘那裡，看他作什麼呢。他要問我，只說我好了。」晴雯道：「白眉赤眼兒的[7]，作什麼去呢？到底說句話兒，也像件事啊。」寶玉道：「沒有什麼可說的麼。」晴雯道：「或是送件東西，或是取件東西；不然，我去了，怎麼搭訕呢？」寶玉想了一想，便伸手拿了兩條舊絹子，撂與晴雯，笑道：「也罷，就說我叫你送這個給他去了。」晴雯道：「這又奇了，他要這半新不舊的兩條絹子？他又要惱了，說你打趣他。」寶玉笑道：「你放心，他自然知道。」

晴雯聽了，只得拿了絹子，往瀟湘館來。只見春纖正在欄杆上晾手巾，見他進來，忙搖手兒說：「睡下了。」晴雯走進來，滿屋漆黑，並未點燈，黛玉已睡在床上，問：「是誰？」晴雯忙答道：「晴雯。」黛玉道：「作什麼？」晴雯道：「二爺叫給姑娘送絹子來了。」

黛玉聽了，心中發悶，暗想：「作什麼送絹子來給我？」因問：「這絹子是誰送他的，必定是好的，叫他留著送別人罷，我這會子不用這個。」晴雯笑道：「不是新的，就是家常舊的。」黛玉聽了，越發悶住了。細心揣度，一時方大悟過來，連忙說：「放下，去罷。」晴雯只得放下，抽身回去；一路盤算，不解何意。

這黛玉體貼出絹子的意思來，不覺神痴心醉，想到「寶玉能領會我這一番苦意，又令我可喜。我這番苦意，不知將來可能如意不能，又令我可悲。要不是這個意思，忽然好好的送兩塊帕子來，竟又令我可笑了⓫。再想到私相傳遞，又覺可懼。他既如此，我卻每每煩惱傷心，反覺可愧……」如此左思右想，一時五內沸然，由不得餘意纏綿，便命掌燈，也想不起嫌疑避諱等事，研墨蘸筆，便向那兩塊舊帕上寫道：

其一

眼空蓄淚淚空垂，暗灑閑拋更向誰⓬？尺幅鮫綃[8]勞惠贈，為君那得不傷悲！

其二

拋珠滾玉只偷潸[9]，鎮日[10]無心鎮日閑；枕上袖邊難拂拭，任他點點與斑斑。

其三

彩線難收面上珠，湘江舊跡已模糊[11]；床前亦有千竿竹，不識香痕漬也無[12][13][14]？

那黛玉還要往下寫時，覺得渾身火熱，面上作燒，走至鏡臺，揭起錦袱一照，只見腮上通紅，真合壓倒桃花，——卻不知病由此起⓭。一時方上床睡去，猶拿著絹子思索，不在話下。

卻說襲人來見寶釵，誰知寶釵不在園內，往他母親那裡去了。襲人不便空手回來，等至起更，寶釵方回。

原來寶釵素知薛蟠情性，心中已有一半疑是薛蟠挑唆了人來告寶玉了，誰知又聽襲人說出來，越發信了。究竟襲人是焙茗說的，那焙茗也是私心窺度，並未據實，大家都是一半猜度，竟認作十分真切了。

可笑那薛蟠因素日有這個名聲，其實這一次卻不是他幹的，竟被人生生的把個罪名坐定。這日正從外頭吃了酒回來，見過了母親，只見寶釵在這裡坐著，說了幾句閑話兒，忽然想起，因問道：「聽見寶玉挨打，是為什麼？」薛姨媽正為這個不自在，見他問時，便咬著牙道：「不知好歹的冤家，都是你鬧的，你還有臉來問！」薛蟠見說，便怔了，忙問道：「我鬧什麼？」薛姨媽道：「你還裝腔呢！人人都知道是你說的。」薛蟠道：「人人說我殺了人，也就信了罷？」薛姨媽道：「連你妹妹都知道是你說的⓮，難道他也賴你不成？」

寶釵忙勸道：「媽媽和哥哥且別叫喊，消消停停的，就有個青紅皂白了。」又向薛蟠道：「是你說的也罷，不是你說的也罷，事情也過去了，不必較正，把小事倒弄大了。我只勸你，從此以後，少在外頭胡鬧，少管別人的事。天天一處大家胡逛，你是個不防頭的人，過後沒事就罷了，倘或有事，不是你幹的，人人都也疑惑說是你幹的。——不用別人，我先就疑惑你。」

薛蟠本是個心直口快的人，見不得這樣藏頭露尾的事；又是寶釵勸他別再胡逛去；他母親又說他犯舌[15]，寶玉之打，是他治的：早已急得亂跳，賭神發誓的分辯；又罵眾人：「誰這麼編派我？我把那囚攮的牙敲了！分明是為打了寶玉，沒有獻勤兒，拿我來作幌子。難道寶玉是天王？他父親打他一頓，一家子定要鬧幾天！那一回為他不好，姨父打了他兩下子，過後兒老太太不知怎麼知道了，說是珍大哥治的，好好兒的叫了去罵了一頓。今日越發拉上我了！——既拉上我，也不怕；索性進去把寶玉打死了，我替他償命！」一面嚷，一面找起一根門閂來就跑。慌得薛姨媽拉住罵道：「作死的孽障，你打誰去？你先打我來。」薛蟠的眼急得銅鈴一般，嚷道：「何苦來！又不叫我去，為什麼好好的賴我？將來寶玉活一日，我擔一日的口舌，不如大家死了清淨！」

寶釵忙也上前勸道：「你忍耐些兒罷。媽媽急得這個樣兒，你不說來勸，你倒反鬧得這樣。別說是媽媽，就是旁人來勸你，也是為好，——倒把你的性子勸上來！」薛蟠道：「你這會子又說這話。都是你說的！」寶釵道：「你只怨我說，再不怨你那顧前不顧後的形景。」薛蟠道：「你只會怨我顧前不顧後，你怎麼不怨寶玉外頭招風惹草的呢？別說別的，就拿前日琪官兒的事比給你們聽：那琪官兒我們見了十來次，他並沒和我說一句親熱話，怎麼前兒他見了，連姓名還不知道，就把汗巾子給他？難道這也是我說的不成？」薛姨媽和寶釵急得說道：「還提這個！可不是為這個打他呢！可見是你說的了。」薛蟠道：「真真的氣死人了！賴我說的我不惱，我只氣一個寶玉鬧得這麼天翻地覆的！」寶釵道：「誰鬧來著？你先持刀動杖的鬧起來，倒說別人鬧。」

薛蟠見寶釵說的話句句有理，難以駁正，比母親的話反難回答，因此便要設法拿話堵回他去，就無人敢攔自己的話了；也因正在氣頭兒上，未曾想話之輕重，便道：「好妹妹，你不用和我鬧，我早知道你的心了，從先媽媽和我說：『你這金鎖要揀有玉的才可配』，你留了心，見寶玉有那勞什子，你自然如今行動護著他。」話未說了，把個寶釵氣怔了，拉著薛姨媽哭道：「媽媽，你聽哥哥說的是什麼話！」薛蟠見妹子哭了，便知自己冒撞，便賭氣走到自己屋裡安歇不提。

寶釵滿心委屈氣忿，待要怎樣，又怕他母親不安，少不得含淚別了母親，各自回來。到屋裡整哭了一夜。次日一早起來，也無心梳洗，胡亂整理了衣裳，便出來瞧母親。可巧遇見黛玉，獨立在花陰之下，問他：「那裡去？」寶釵因說：「家去。」口裡說著，便只管走。黛玉見他無精打彩的去了，又見眼上好似有哭泣之狀，大非往日可比，便在後面笑道：「姐姐也自己保重些兒，就是哭出兩缸淚來，也醫不好棒瘡！」不知寶釵如何答對，且聽下回分解。

■校記

❶「幸而」原作「幸兒」，從藤本、王本、金本改。

❷「不覺眼圈微紅，雙腮帶赤，低頭不語了」，諸本作「自悔說的話太急了，不覺紅了臉低下頭來」。

❸「別有大故」，諸本作「遭殃橫死」。

❹「如今我們勸的倒不好了」，「如今」諸本作「總是」。

❺「既蒙老太太和太太的恩典」至「倒不如預先防著點兒」一段，諸本作「便是外人看著（一作了），也不像大家子的體統，俗語說得好，沒事常思有事，世上多少沒頭腦的事，多半因為無心中（人）作出，有心人看見，當作有心事反說壞了，只是預先不防著，斷然不好」。

❻「那時老爺太太也白疼了，白操了心了。不如這會子防避些，似乎妥當」，諸本作「二則太太也難見老爺，俗語又說，君子防未然，不如這會子防避（一作備）的為是。」

❼「王夫人聽了這話」，此下諸本有「如雷轟電掣的一般」八字。

❽「難為你這樣細心」，諸本作「難為你成全（了）我娘兒兩個聲名體面」。

❾「別叫他糟蹋了身子才好」，諸本作「保全了他，就是保全了我」。

❿「襲人低了一回頭」至「回到院中，寶玉方醒」，諸本作「襲人連連答應著去了，回來正值（一作直）寶玉睡醒」。

⓫「要不是這個意思，忽然好好的送兩塊帕子來，竟又令我可笑了」，諸本作，「忽然好好的送兩塊帕子來，若不是領我深意，單看了這帕子，又令我可笑」。

⓬「暗灑閑拋更向誰」，「更向」諸本作「卻為」。

⓭「卻不知病由此起」，「起」藤本、王本、金本作「深」（甲本作「茗」）。

⓮「連你妹妹都知道是你說的」，「的」字原無，從金本、脂本增。

■注釋

1〔大故〕原指父母死亡，此指喪亡大事。

2〔沉心〕又作「嗔心」、「吃心」，懷疑旁人指說自己，因而不愉快。

3〔不防頭〕說話莽撞，不注意。

4〔櫛（ㄓˋ／zhì）沐〕梳頭洗髮。櫛，梳子；這裡指梳頭。沐，洗髮。

5〔絮〕「頻繁生厭」的意思，或說「絮煩」。

6〔落個直過兒〕僅僅沒出錯誤，過得去，但談不上功勞。

7〔白眉赤眼兒的〕白，平白無故地。這裡是說這次行動沒有個題目或藉口。

8〔鮫綃（ㄐㄧㄠ ㄒㄧㄠ／jiāo xiāo）〕參看第三十二回鮫帕的注釋，即一種珍貴的絲織品。這裡指手絹。

9〔拋珠句〕珠，珍珠；玉，玉石。這裡是說淚水像珍珠、玉石。潸（ㄕㄢ／shān），淚水輕輕流淌。

10〔鎮日〕整天。

11〔湘江句〕傳說堯的兩個女兒娥皇、女英，都是舜的妃子，舜南巡時死在湘江一帶，她倆追到湘江，悲痛哭泣。淚水滴在竹上，形成斑竹。舊跡，指湘妃竹上的斑痕。

12〔不識句〕不識，不知；香痕，淚水裡混有臉上的脂粉，所以叫「香痕」。

13〔譯文〕眼裡含著淚水，淚水空自下垂。
暗中簌簌灑，幽情訴向誰？
珍貴的絲帕勞你贈給我呵，
你今受痛楚，我怎不傷悲！

如珠似玉的淚水悄悄流滿面，
整天價無心緒，整天無著落似的清閑。
淚水啊，枕上袖邊擦也擦不乾，
只好任憑它點點斑斑流到完。

彩色的絲線難以串起臉上的淚珠，
娥皇女英的淚跡早已模糊；
瀟湘館窗前也有翠竹千竿，
不知我的淚痕是否把它們浸漬成了斑竹點點？

14〔簡評〕寶玉被其父賈政毒打，黛玉深感委屈和同情，更堅定了對寶玉的真摯愛戀。這三首題帕詩，可以說是定情詩。它表明寶、黛之間由掩飾、猜疑、百般試探，發展到私相傳遞信物。這是黛玉情感上的一個大發展。詩中的眼淚太多了，這可以理解。這株靈河岸上三生石畔的「絳珠仙草」，是在以眼淚還債。這是作者的藝術調遣，無須加以責怪。事實上，在那種環境中，一個孤弱的少女，恐怕也只能如此而已。

15〔犯舌〕惹動口舌糾紛。

【第三十五回】

白玉釧親嘗蓮葉羹　黃金鶯巧結梅花絡

話說寶釵分明聽見黛玉刻薄他，因惦記著母親哥哥，並不回頭，一徑去了。

這裡黛玉仍舊立於花陰之下，遠遠的卻向怡紅院內望著。只見李紈、迎春、探春、惜春並丫鬟人等，都向怡紅院內去過之後，一起一起的散盡了；只不見鳳姐兒來。心裡自己盤算說道：「他怎麼不來瞧瞧寶玉呢？便是有事纏住了，他必定也是要來打個花胡哨[1]，討老太太、太太的好兒才是呢。今兒這早晚不來，必有緣故。」一面猜疑，一面抬頭再看時，只是花花簇簇一群人，又向怡紅院內來了。定睛看時，卻是賈母搭著鳳姐的手，後頭邢夫人、王夫人，跟著周姨娘並丫頭媳婦等人，都進院去了。

黛玉看了，不覺點頭，想起有父母的好處來，早又淚珠滿面。少頃，只見薛姨媽寶釵等也進去了。忽見紫鵑從背後走來說道：「姑娘吃藥去罷，開水又冷了。」黛玉道：「你到底要怎麼樣？只是催！我吃不吃，與你什麼相干！」紫鵑笑道：「咳嗽的才好了些，又不吃藥了？如今雖是五月裡，天氣熱，到底也還該小心些。大清早起，在這個潮地上站了半日，也該回去歇歇了。」

一句話提醒了黛玉，方覺得有點兒腿痠，呆了半日，方慢慢的扶著紫鵑，回到瀟湘館來。一進院門，只見滿地下竹影參差，苔痕濃淡，不覺又想起「西廂記」中所云「幽僻處，可有人行？點蒼苔，白露泠泠❶」二句來，因暗暗的嘆道：「雙文[3]雖然命薄，尚有孀母弱弟；今日我黛玉之薄命，一併連孀母弱弟俱無。」想到這裡，又欲滴下淚來，不防廊下的鸚哥，見黛玉來了，「嘎」的一聲，撲了下來，倒嚇了一跳。因說道：「你作死呢，又搧了我一頭灰！」那鸚哥又飛上架去，便叫：「雪雁，快掀簾子，姑娘來了！」

黛玉便止住步，以手扣架，道：「添了食水不曾？」那鸚哥便長嘆一聲，竟大似黛玉素日吁嗟音韻，接著念道：「儂今葬花人笑痴，他年葬儂知是誰？」黛玉紫鵑聽了，都笑起來。紫鵑笑道：「這都是素日姑娘念的，難為他怎麼記了！」黛玉便命將架摘下來，另掛在月洞窗外的鉤上，於是進了屋子，在月洞窗內坐了。吃畢藥，只見窗外竹影映入紗窗，滿屋內陰陰翠潤，几簟生涼。黛玉無可釋悶，便隔著紗窗，調逗鸚哥作戲，又將素日所喜的詩詞也教與他念。這且不在話下。

且說寶釵來至家中，只見母親正梳頭呢，看見他進來，便笑著說道：「你這麼早就梳上頭了！」寶釵道：「我瞧瞧媽媽，身上好不好？昨兒我去了，不知他可又過來鬧了沒有？」一面說，一面在他母親身旁坐下，由不得哭將起來。薛姨媽見他一哭，自己掌不住也就哭了一場，一面又勸他：「我的兒，你別委屈了。你等我處分那孽障！你要有個好歹，叫我指望那一個呢？」

薛蟠在外聽見，連忙的跑過來，對著寶釵左一個揖，右一個揖，只說：「好妹妹，恕我這次罷！原是我昨兒吃了酒，回來得晚了，路上撞客著了，來家沒醒，不知胡說了些什麼，連自己也不知道，怨不得你生氣。」

寶釵原是掩面而哭，聽如此說，由不得也笑了，遂抬頭向地下啐了一口，說道：「你不用作這些像生兒[4]了！我知道你的心裡多嫌我們娘兒們，你是變著法兒叫我們離了你就心淨了。」薛蟠聽說，連忙笑道：「妹妹，這從那裡說起？妹妹從來不是這麼多心說歪話的人哪。」薛姨媽忙又接著道：「你只會聽你妹妹的『歪話』，難道昨兒晚上你說的那些話，就使得嗎？當真是你發昏了？」

薛蟠道：「媽媽也不必生氣，妹妹也不用煩惱，從今以後，我再不和他們一塊兒喝酒了。好不好？」寶釵笑道：「這才明白過來了。」薛姨媽道：「你要有個橫勁[5]，那龍也下蛋了！」薛蟠道：「我要再和他們一處喝，妹妹聽見了，只管啐我，再叫我畜生、不是人，如何？何苦來為我一個人，娘兒兩個天天兒操心。媽媽為我生氣，還猶可；要只管叫妹妹為我操心，我更不是人了。如今父親沒了，我不能多孝順媽媽，多疼妹妹，反叫娘母子生氣，妹妹煩惱，連個畜生不如了！」口裡說著，眼睛裡掌不住掉下淚來。

薛姨媽本不哭了，聽他一說，又傷起心來。寶釵勉強笑道：「你鬧夠了，這會子又來招著媽媽哭了。」薛蟠聽說，忙收淚笑道：「我何曾招媽媽哭來著？罷，罷，罷！扔下這個別提了，叫香菱來倒茶妹妹喝。」寶釵道：「我也不喝茶，等媽媽洗了手，我們就進去了。」薛蟠道：「妹妹的項圈我瞧瞧，只怕該炸一炸[6]去了。」寶釵道：「黃澄澄的，又炸他作什麼？」薛蟠又道：「妹妹如今也該添補些衣裳了，要什麼顏色花樣，告訴我。」寶釵道：「連那些衣裳我還沒穿遍了，又作什麼？」一時薛姨媽換了衣裳，拉著寶釵進去，薛蟠方出去了。

這裡薛姨媽和寶釵進園來看寶玉，到了怡紅院中，只見抱廈裡外迴廊上，許多丫頭老婆站著，便知賈母等都在這裡。母女兩個進來，大家見過了，只見寶玉躺在榻上，薛姨媽問他：「可好些？」寶玉忙欲欠身，口裡答應著：「好些。」又說：「只管驚動姨娘姐姐，我當不起。」薛姨媽忙扶他睡下，又問他：「想什麼，只管告訴我。」寶玉笑道：「我想起來，自然和姨娘要去。」王夫人又問：「你想什麼吃？回來好給你送來。」寶玉笑道：「也倒不想什麼吃。——倒是那一回作的那小荷葉兒小蓮蓬兒的湯還好些。」

鳳姐一旁笑道：「都聽聽！口味倒不算高貴，只是太磨牙[7]了。巴巴兒的想這個吃！」賈母便一疊連聲的叫：「作去！」鳳姐笑道：「老祖宗別急，我想想這模子是誰收著呢？……」因回頭吩咐個老婆問管廚房的去要。

那老婆去了半天，來回話：「管廚房的說：『四副湯模子都繳上來了。』」鳳姐聽說，又想了一想，道：「我也記得交上來了，就只不記得交給誰了。——多半是在茶房裡。」又遣人去問管茶房的，也不曾收。次後還是管金銀器的送了來了。

薛姨媽先接過來瞧時，原來是個小匣子，裡面裝著四副銀模子，都有一尺多長，一寸見方。上面鑿著豆子大小，也有菊花的，也有梅花的，也有蓮蓬的，也有菱角的：共有三四十樣，打得十方精巧。因笑向賈母王夫人道：「你們府上也都想絕了！吃碗湯，還有這些樣子，要不說出來，我見了這個，也不認得是作什麼用的。」鳳姐兒也不等人說話，便笑道：「姑媽不知道：這是舊年備膳的時候兒，他們想的法兒，不知弄什麼麵印出來，借點新荷葉的清香，全仗著好湯，我吃著究竟也沒什麼意思。誰家長吃他？那一回呈樣，作了一回。他今兒怎麼想起來了！」說著，接過來遞與個婦人：「吩咐廚房裡立刻拿幾隻雞，另外添了東西，作十碗湯來。」

王夫人道：「要這些作什麼？」鳳姐笑道：「有個緣故：這一宗東西，家常不大作；今兒寶兒弟提起來了，單作給他吃，老太太、姑媽、太太都不吃，似乎不大好，不如就勢兒弄些大家吃吃，——托賴著連我也嘗個新兒！」賈母聽了，笑道：「猴兒，把你乖的！拿著官中的錢作人情。」說得大家笑了。鳳姐忙笑道：「這不相干。這個小東道兒我還孝敬得起。」便回頭吩咐婦人：「說給廚房裡，只管好生添補著作了，在我賬上領銀子。」婆子答應著去了。

寶釵一旁笑道：「我來了這麼幾年，留神看起來，二嫂子憑他怎麼巧，再巧不過老太太。」賈母聽說，便答道：「我的兒！我如今老了，那裡還巧什麼？當日我像鳳丫頭這麼大年紀，比他還來得呢！他如今雖說不如我，也就算好了，——比你姨娘強遠了！你姨娘可憐見的，不大說話，和木頭似的，公婆跟前就不獻好兒。鳳兒嘴乖，怎麼怨得人疼他。」寶玉笑道：「要這麼說，不大說話的就不疼了？」賈母道：「不大說話的又有不大說話的可疼之處；嘴乖的也有一宗可嫌的，倒不如不說的好。」

寶玉笑道：「這就是了。我說大嫂子倒不大說話呢，老太太也是和鳳姐姐一樣的疼。要說單是會說話的可疼，這些姐妹裡頭也只鳳姐姐和林妹妹可疼了。」賈母道：「提起姐妹，不是我當著姨太太的面奉承：千真萬真，從我們家裡四個女孩兒算起，都不如寶丫頭。」薛姨媽聽了，忙笑道：「這話是老太太說偏了。」王夫人忙又笑道：「老太太時常背地裡和我說寶丫頭好，這倒不是假話。」寶玉勾著賈母，原為要讚黛玉，不想反讚起寶釵來，倒也意出望外，便看著寶釵一笑。寶釵早扭過頭去和襲人說話去了。

忽有人來請吃飯，賈母方立起身來，命寶玉：「好生養著罷。」把丫頭們又囑咐了一回，方扶著鳳姐兒，讓著薛姨媽，大家出房去了；猶問：「湯好了不曾？」又問薛姨媽等：「想什麼吃，只管告訴我，我有本事叫鳳丫頭弄了來咱們吃。」薛姨媽笑道：「老太太也會慪他，時常他弄了東西來孝敬，究竟又吃不多兒。」鳳姐兒笑道：「姑媽倒別這麼說。我們老祖宗只是嫌人肉酸，要不嫌人肉酸，早已把我還吃了呢！」

一句話沒說了，引得賈母眾人都哈哈的大笑起來。寶玉在屋裡也掌不住笑了。襲人笑道：「真真的二奶奶的嘴，怕死人。」寶玉伸手拉著襲人笑道：「你站了這半日，可乏了。」一面說，一面拉他身旁坐下。襲人笑道：「可是又忘了，趁寶姑娘在院子裡，你和他說，煩他們鶯兒來打上幾根條子。」寶玉笑道：「虧了你提起來。」說著，便仰頭向窗外道：「寶姐姐，吃過飯叫鶯兒來，煩他打幾根條子，可得閑兒？」寶釵聽見，回頭道：「是了，一會兒就叫他來。」

賈母等尚未聽真，都止步問寶釵何事。寶釵說明了，賈母便說道：「好孩子，你叫他來替你兄弟打幾根罷。你要人使，我那裡閑的丫頭多著的呢。你喜歡誰，只管叫來使喚。」薛姨媽寶釵等都笑道：「只管叫他來作就是了。有什麼使喚的去處！他天天也是閑著淘氣。」大家說著，往前正走，忽見湘雲、平兒、香菱等在山石邊掐鳳仙花呢，見了他們走來，都迎上來了。

少頃出至園外，王夫人恐賈母乏了，便欲讓至上房內坐；賈母也覺腳痠，便點頭依允。王夫人便命丫頭忙先去鋪設坐位。那時趙姨娘推病，只有周姨娘與那老婆丫頭們忙著打簾子，立靠背，鋪褥子。賈母扶著鳳姐兒進來，與薛姨媽分賓主坐了；寶釵湘雲坐在下面。王夫人親自捧了茶來，奉與賈母；李宮裁捧與薛姨媽。賈母向王夫人道：「讓他們小妯娌們伏侍罷，你在那裡坐下，好說話兒。」

王夫人方向一張小杌子上坐下，便吩咐鳳姐兒道：「老太太的飯，放在這裡，添了東西來。」鳳姐兒答應出去，便命人去賈母那邊告訴。那邊的老婆們忙往外傳了，丫頭們忙都趕過來，王夫人便命：「請姑娘們去。」請了半天，只有探春惜春兩個來了；迎春身上不耐煩，不吃飯；那黛玉是不消說，十頓飯只好吃五頓，眾人也不著意了。

少頃飯至，眾人調放了桌子，鳳姐兒用手巾裹了一把牙箸，站在地下，笑道：「老祖宗和姨媽❷不用讓，還聽我說就是了。」賈母笑向薛姨媽道：「我們就是這樣。」薛姨媽笑著應了，於是鳳姐放下四雙箸：上面兩雙是賈母薛姨媽，兩邊是寶釵湘雲的。王夫人李宮裁等都站在地下，看著放菜。鳳姐先忙著要乾淨傢伙來，替寶玉揀菜。

少頃，蓮葉湯來了，賈母看過了，王夫人回頭見玉釧兒在那裡，便命玉釧兒與寶玉送去。鳳姐道：「他一個人難拿。」可巧鶯兒和同喜都來了，寶釵知道他們已吃了飯，便向鶯兒道：「寶二爺正叫你去打條子，你們兩個同去罷。」鶯兒答應著，和玉釧兒出來。

鶯兒道：「這麼遠，怪熱的，那可怎麼端呢？」玉釧兒笑道：「你放心，我自有道理。」說著，便命一個婆子來，將湯飯等類放在一個捧盒裡，命他端了跟著，他兩個卻空著手走。一直到了怡紅院門口，玉釧兒方接過來了，同著鶯兒進入房中；襲人、麝月、秋紋三個人正和寶玉玩笑呢，見他兩個來了，都忙起來笑道：「你們兩個來的怎麼碰巧一齊來了❸？」一面說，一面接過來。玉釧兒便向一張杌子上坐下，鶯兒不敢坐，襲人便忙端了個腳踏來，鶯兒還不敢坐。

寶玉見鶯兒來了，卻倒十方歡喜；見了玉釧兒，便想起他姐姐金釧兒來了，又是傷心，又是慚愧，便把鶯兒丟下，且和玉釧兒說話。襲人見把鶯兒不理，恐鶯兒沒好意思的，又見鶯兒不肯坐，便拉了鶯兒出來，到那邊屋裡去吃茶說話兒去了。

這裡麝月等預備了碗箸，來伺候吃飯。寶玉只是不吃，問玉釧兒道：「你母親身上好？」玉釧兒滿臉嬌嗔❹，正眼也不看寶玉，半日，方說了一個「好」字。寶玉便覺沒趣，半日，只得又陪笑問道：「誰叫你替我送來的？」玉釧兒道：「不過是奶奶太太們！」

寶玉見他還是哭喪著臉，便知他是為金釧兒的緣故，待要虛心下氣哄他，又見人多，不好下氣的，因而便尋方法，將人都支出去，然後又陪笑問長問短。那玉釧兒先雖不欲理他，只管見寶玉一些性氣也沒有，憑他怎麼喪謗[8]，還是溫存和氣，自己倒不好意思的了，臉上方有三分喜色。

寶玉便笑央道：「好姐姐，你把那湯端了來，我嘗嘗。」玉釧兒道：「我從不會餵人東西，等他們來了再喝。」寶玉笑道：「我不是要你餵我，我因為走不動，你遞給我喝了，你好趕早回去交代了，好吃飯去。我只管耽誤了時候，豈不餓壞了你。你要懶怠動，我少不得忍著疼下去取去。」說著，便要下床，扎掙起來，禁不住「噯喲」之聲。玉釧兒見他這般，也忍不過，起身說道：「躺下去罷！那世裡造的孽，這會子現世現報，叫我那一個眼睛瞧得上！」一面說，一面「哧」的一聲又笑了，端過湯來，寶玉笑道：「好姐姐，你要生氣，只管在這裡生罷！見了老太太、太太，可和氣著些。若還這樣，你就要挨罵了。」玉釧兒道：「吃罷，吃罷！你不用和我甜嘴蜜舌的了，我都知道啊❺！」說著，催寶玉喝了兩口湯，寶玉故意說：「不好吃。」玉釧兒撇嘴道：「阿彌陀佛！這個還不好吃，也不知什麼好吃呢！」寶玉道：「一點味兒也沒有，你不信嘗一嘗，就知道了。」玉釧兒果真賭氣嘗了一嘗，寶玉笑道：「這可好吃了！」

玉釧兒聽說，方解過他的意思來：原是寶玉哄他喝一口。便說道：「你既說不喝，這會子說好吃，也不給你喝了。」寶玉只管陪笑央求要喝，玉釧兒又不給他，一面又叫人打發吃飯。丫頭方進來時，忽有人來回話，說：「傅二爺家的兩個嬤嬤來請安，來見二爺。」

寶玉聽說，便知是通判傅試家的嬤嬤來了。那傅試原是賈政的門生，原來都賴賈家的名聲得意❻，賈政也著實看待，與別的門生不同；他那裡常遣人來走動。寶玉素昔最厭勇男蠢婦的，今日卻如何又命這兩個婆子進來？其中原來有個緣故。只因那寶玉聞得傅試有個妹子，名喚傅秋芳，也是個瓊閨秀玉，常聽人說，才貌俱全，雖自未親睹，雖遐思遙愛之心，十分誠敬；不命他們❼進來，恐薄了傅秋芳，因此連忙命讓進來。

那傅試原是暴發的，因傅秋芳有幾分姿色，聰明過人，那傅試安心仗著妹子，要與豪門貴族結親，不肯輕易許人，所以耽誤到如今。目今傅秋芳已二十三歲，尚未許人。怎奈那些豪門貴族，又嫌他本是窮酸，根基淺薄，不肯求配。那傅試與賈家親密，也自有一段心事。

今日遣來的兩個婆子，偏偏是極無知識的，聞得寶玉要見，進來，只剛問了好，說了沒兩句話，那玉釧兒見生人來，也不和寶玉廝鬧了，手裡端著湯，卻只顧聽。寶玉又只顧和婆子說話，一面吃飯，伸手去要湯，兩個人的眼睛都看著人，不想伸猛了手，便將碗撞翻，將湯潑了寶玉手上。玉釧兒倒不曾燙著，嚇了一跳，忙笑道：「這是怎麼了？」慌得丫頭們忙上來接碗。寶玉自己燙了手，倒不覺得，只管問玉釧兒：「燙了那裡了？疼不疼？」玉釧兒和眾人都笑了。玉釧兒道：「你自己燙了，只管問我。」寶玉聽了，方覺自己燙了。眾人上來，連忙收拾。寶玉也不吃飯了，洗手吃茶，又和那兩個婆子說了兩句話，然後兩個婆子告辭出去。晴雯等送至橋邊方回。

那兩個婆子見沒人了，一行走，一行談論；這一個笑道：「怪道有人說他們家的寶玉是相貌好，裡頭糊塗，中看不中吃，果然竟有些呆氣。他自己燙了手，倒問別人疼不疼，這可不是呆了嗎！」那個又笑道：「我前一回來，還聽見他家裡許多人說，千真萬真有些呆氣：大雨淋得水雞兒似的，他反告訴別人：『下雨了，快避雨去罷。』你說可笑不可笑？時常沒人在跟前，就自哭自笑的；看見燕子就和燕子說話，河裡看見了魚就和魚兒說話，見了星星月亮，他不是長吁短嘆的，就是咕咕噥噥的。且一點剛性兒也沒有，連那些毛丫頭的氣都受到了。愛惜起東西來，連個線頭兒都是好的；糟蹋起來，那怕值千值萬，都不管了。」兩個人一面說，一面走出園來回去，不在話下。

且說襲人見人去了，便攜了鶯兒過來，問寶玉：「打什麼條子？」寶玉笑向鶯兒道：「才只顧說話，就忘了你了。煩你來，不為別的，替我打幾根絡子。」鶯兒道：「裝什麼的絡子？」寶玉見問，便笑道：「不管裝什麼的，你都每樣打幾個罷。」鶯兒拍手笑道：「這還了得！要這樣，十年也打不完了。」寶玉笑道：「好姑娘，你閑著也沒事，都替我打了罷。」襲人笑道：「那裡一時都打得完？如今先揀要緊的打幾個罷。」鶯兒道：「什麼要緊：不過是扇子，香墜兒，汗巾子。」寶玉道：「汗巾子就好。」鶯兒道：「汗巾子是什麼顏色？」寶玉道：「大紅的。」鶯兒道：「大紅的須是黑絡子才好看；或是石青的，才壓得住顏色。」寶玉道：「松花色配什麼？」鶯兒道：「松花配桃紅。」寶玉笑道：「這才姣艷。再要雅淡之中帶些姣艷。」鶯兒道：「蔥綠柳黃可倒還雅致。」寶玉道：「也罷了。也打一條桃紅，再打一條蔥綠。」鶯兒道：「什麼花樣呢？」寶玉道：「也有幾樣花樣？」鶯兒道：「『一炷香』，『朝天凳』，『象眼塊』，『方勝』，『連環』，『梅花』，『柳葉』[9]。」寶玉道：「前兒你替三姑娘打的那花樣是什麼？」鶯兒道：「是『攢心梅花』。」寶玉道：「就是那樣好。」一面說，一面襲人剛拿了線來。窗外婆子說：「姑娘們的飯都有了。」寶玉道：「你們吃飯去，快吃了來罷。」襲人笑道：「有客在這裡。我們怎麼好意思去呢？」鶯兒一面理線，一面笑道：「這打那裡說起？正經快吃去罷。」襲人等聽說，方去了，只留下兩個小丫頭呼喚。

寶玉一面看鶯兒打絡子，一面說閑話。因問他：「十幾歲了？」鶯兒手裡打著，一面答話：「十五歲了。」寶玉道：「你本姓什麼？」鶯兒道：「姓黃。」寶玉笑道：「這個姓名倒對了，果然是個『黃鶯兒』。」鶯兒笑道：「我的名字本來是兩個字，叫作金鶯，姑娘嫌拗口，只單叫鶯兒，如今就叫開了。」寶玉道：「寶姐姐也就算疼你了。明兒寶姐姐出嫁，少不得是你跟了去了。」鶯兒抿嘴一笑。寶玉笑道：「我常常和你花大姐姐說，明兒也不知那一個有造化的消受你們主兒兩個呢。」鶯兒笑道：「你還不知我們姑娘，有幾樣世上的人沒有的好處呢，模樣兒還在其次。」寶玉見鶯兒姣腔婉轉，語笑如痴，早不勝其情了，那堪更提起寶釵來？便問道：「什麼好處？你細細兒的告訴我聽。」鶯兒道：「我告訴你，你可不許告訴他。」寶玉笑道：「這個自然。」

正說著，只聽見外頭說道：「怎麼這麼靜悄悄的！」二人回頭看時，不是別人，正是寶釵來了。寶玉忙讓坐。寶釵坐下，因問鶯兒：「打什麼呢？」一面問，一面向他手裡去瞧，才打了半截兒。寶釵笑道：「這有什麼趣兒！倒不如打個絡子，把玉絡上呢。」一句話提醒了寶玉，便拍手笑道：「倒是姐姐說得是，我就忘了。只是配個什麼顏色才好？」寶釵道：「用鴉色斷然使不得❽，大紅又犯了色，黃的又不起眼，黑的太暗；依我說，竟把你的金線拿來配著黑珠兒線，一根一根的拈上，打成絡子，那才好看。」

寶玉聽說，喜之不盡，一疊連聲就叫襲人來取金線。正值襲人端了兩碗菜走進來，告訴寶玉道：「今兒奇怪，剛才太太打發人給我送了兩碗菜來。」寶玉笑道：「必定是今兒菜多，送給你們大家吃的。」襲人道：「不是，說指名給我的，還不叫過去磕頭，這可是奇了！」寶釵笑道：「給你的你就吃去，這有什麼猜疑的。」襲人道：「從來沒有的事！倒叫我不好意思的。」寶釵抿嘴一笑，說道：「這就不好意思了？明兒還有比這個更叫你不好意思的呢！」

襲人聽了話內有因，素知寶釵不是輕嘴薄舌奚落人的，自己想起上日王夫人的意思來，便不再提了。將菜給寶玉看了，說：「洗了手來拿線。」說畢，便一直出去了。吃過飯，洗了手進來，拿金線給鶯兒打絡子。此時寶釵早被薛蟠遣人來請出去了。

這裡寶玉正看著打絡子，忽見邢夫人那邊遣了兩個丫頭送了兩樣果子來給他吃，問他：「可走得了麼？要走得動，叫哥兒明兒過去散散心，太太著實惦記著呢。」寶玉忙道：「要走得了，必定過來請太太的安去。疼得比先好些，請太太放心罷。」一面叫他兩個坐下，一面就叫：「秋紋來，把才那果子拿一半送給林姑娘去。」秋紋答應了，剛欲去時，只聽黛玉在院內說話。寶玉忙叫：「快請。」要知端底，且看下回分解。

校記

❶「點蒼苔，白露泠泠」，「泠泠」原作「冷冷」，從脂本改。
❷「姨媽」，藤本作「姨娘」，脂本原抄作「姑娘」，後筆改「姑媽」。
❸「你們兩個來得怎麼碰巧一齊來了」，脂本作「你兩個怎麼來得這麼磞巧，一齊來了」。
❹「玉釧兒滿臉嬌嗔」，「嬌嗔」諸本作「怒色」。
❺「我都知道啊」，諸本作「我可不信這樣話」。
❻「原來都賴賈家的名聲得意」，「名聲」脂本作「名勢」。
❼「他們」，「們」原作「每」。按此若在元曲等作品，原不誤；在本書中與「們」字雜出，於例欠合，從戚本改（脂本原抄同乙本，後筆改「們」）。
❽「用鴉色斷然使不得」，「鴉」諸本作「雜」（「用」上有「若」字）。

注釋

1〔打個花胡哨〕　意思是，用花言巧語敷衍敷衍，或虛應故事，走走過場。

2〔幽僻處，可有人行？點蒼苔，白露泠泠（ㄌㄧㄥˊ／líng）〕　這幾句出自「西廂記」。泠泠，形容露水清涼。句意是，這幽深僻靜的去處，可有人走過嗎？這點點青綠的苔蘚，多麼清涼的露水啊！

3〔雙文〕　指「西廂記」裡的崔鶯鶯。「鶯鶯」，兩字重文，故稱「雙文」。

4〔像生兒〕　「像生兒」今作「相聲兒」，這裡說薛蟠的滑稽行動，好似表演像生兒。

5〔橫勁〕　指堅持克服自己惰性的決心。

6〔炸〕　金器舊了，加一次工，使它重增光彩，術語叫「炸」。

7〔磨牙〕　鬥口齒，費唇舌。

8〔喪謗〕態度不柔和。物件的韌性不夠，如厚布硬皮等，也說「喪謗」。

9〔一炷香……柳葉〕各種圖案名稱。簡單地說：「一炷香」是直線形；「朝天凳」是梯形；「象眼塊」是斜方形；「方勝」是一角相疊的兩個方形；「連環」是兩環套聯；「梅花」、「柳葉」都是因象形得名。

【第三十六回】

繡鴛鴦夢兆絳芸軒　識分定情悟梨香院

話說賈母自王夫人處回來，見寶玉一日好似一日，心中自是歡喜，因怕將來賈政又叫他，遂命人將賈政的親隨小廝頭兒喚來，吩咐：「以後倘有會人待客諸樣的事，你老爺要叫寶玉，你不用上來傳話，就回他說我說的：一則打重了，得著實將養幾個月才走得；二則他的星宿不利[1]，祭了星，不見外人，過了八月，才許出二門。」那小廝頭兒聽了，領命而去。賈母又命李嬤嬤襲人等來將此話說與寶玉，使他放心。

那寶玉素日本就懶與士大夫諸男人接談，又最厭峨冠禮服賀弔往還等事；今日得了這句話，越發得意了，不但將親戚朋友一概杜絕了，而且連家庭中晨昏定省，一發都隨他的便了，日日只在園中遊玩坐臥，不過每日一清早到賈母王夫人處走走就回來了。卻每日甘心為諸丫頭充役，倒也得十分消閑日月。或如寶釵輩有時見機勸導，反生起氣來，只說：「好好的一個清淨潔白女子，也學得釣名沽譽，入了國賊祿鬼之流！這總是前人無故生事，立意造言，原為引導後世的鬚眉濁物。不想我生不幸，亦且瓊閨繡閣中亦染此風，真真有負天地鍾靈毓秀[2]之德了！」眾人見他如此❶，也都不向他說正經話了。獨有黛玉自幼兒不曾勸他去立身揚名，所以深敬黛玉。

閑言少述，如今且說鳳姐自見金釧兒死後，忽見幾家僕人常來孝敬他些東西，又不時的來請安奉承，自己倒生了疑惑，不知何意。這日又見人來孝敬他東西，因晚間無人時，笑問平兒。平兒冷笑道：「奶奶連這個都想不起來了？我猜他們的女孩兒，都必是太太屋裡的丫頭，如今太太屋裡有四個大的，一個月一兩銀子的份例，下剩的都是一個月只幾百錢。如今金釧兒死了，必定他們要弄這一兩銀子的窩兒呢。」鳳姐聽了，笑道：「是了，是了，倒是你想的不錯。只是這起人也太不知足。錢也賺夠了，苦事情又攤不著他們，弄個丫頭搪塞身子兒也就罷了，又要想這個巧宗兒！他們幾家的錢也不是容易花到我跟前的，這可是他們自尋，送什麼我就收什麼，橫豎我有主意。」鳳姐兒安下這個心，所以只管耽延著，等那些人把東西送足了，然後乘空方回王夫人。

這日午間，薛姨媽、寶釵、黛玉等正在王夫人屋裡，大家吃西瓜。鳳姐兒得便回王夫人道：「自從玉釧兒的姐姐死了，太太跟前少著一個人，太太或看準了那個丫頭，就吩咐了，下月好發放月錢。」王夫人聽了，想了一想道：「依我說，什麼是例，必定四個五個的？夠使就罷了，竟可以免了罷。」鳳姐笑道：「論理，太太說的也是；只是原是舊例。別人屋裡還有兩個呢，太太倒不按例了！況且省下一兩銀子，也有限的。」

王夫人聽了，又想了想，道：「也罷，這個份例只管關[3]了來，不用補人，就把這一兩銀子給他妹妹玉釧兒罷。他姐姐伏侍了我一場，沒個好結果，剩下他妹妹跟著我，吃個雙份兒也不為過。」

鳳姐答應著，回頭望著玉釧兒笑道：「大喜，大喜！」玉釧兒過來磕了頭。

王夫人又問道：「正要問你：如今趙姨娘周姨娘的月例多少？」鳳姐道：「那是定

例，每人二兩，趙姨娘有環兄弟的二兩，共是四兩；另外四串錢。」王夫人道：「月月可都按數給他們？」鳳姐見問得奇，忙道：「怎麼不按數給呢！」王夫人道：「前兒恍惚聽見有人抱怨，說短了一串錢，什麼緣故？」鳳姐忙笑道：「姨娘們的丫頭月例，原是人各一吊錢，從舊年他們外頭商量的，姨娘們每位丫頭，份例減半，人各五百錢。每位兩個丫頭，所以短了一吊錢。這事其實不在我手裡，我倒樂得給他們呢！只是外頭扣著，這裡我不過是接手兒，怎麼來，怎麼去，由不得我作主。我倒說了兩三回，仍舊添上這兩份兒為是；他們說了：『只有這個數兒。』叫我也難再說了。如今我手裡給他們，每月連日子都不錯，先時候兒在外頭關，那個月不打飢荒？何曾順順溜溜的得過一遭兒呢！」

王夫人聽說，就停了半晌，又問：「老太太屋裡幾個一兩的？」鳳姐道：「八個。如今只有七個。——那一個是襲人。」王夫人道：「這就是了。你寶兄弟也並沒有一兩的丫頭，襲人還算老太太房裡的人。」鳳姐笑道：「襲人還是老太太的人，不過給了寶兄弟使，他這一兩銀子還在老太太的丫頭份例上領。如今說因為襲人是寶玉的人，裁了這一兩銀子，斷乎使不得。若說再添一個人給老太太，這個還可以裁他。若不裁他，須得環兄弟屋裡也添上一個，才公道均勻了。就是晴雯、麝月他們七個大丫頭，每月人各月錢一吊，佳蕙他們八個小丫頭們，每月人各月錢五百，還是老太太的話，別人也惱不得氣不得呀。」

薛姨媽笑道：「你們只聽鳳丫頭的嘴，倒像倒了核桃車子[4]似的，賬也清楚，理也公道。」鳳姐笑道：「姑媽，難道我說錯了嗎？」薛姨媽笑道：「說的何嘗錯，只是你慢著些兒說，不省力些！」

鳳姐才要笑，忙又忍住了，聽王夫人示下。王夫人想了半日，向鳳姐道：「明兒挑一個丫頭送給老太太使喚，補襲人，把襲人的一份裁了。把我每月的月例二十兩銀子裡，拿出二兩銀子一吊錢來，給襲人去。以後凡事有趙姨娘周姨娘的，也有襲人的，只是襲人的這一份，都從我的份例上勻出來，不必動官中的就是了。」

鳳姐一一的答應了，笑推薛姨媽道：「姑媽聽見了？我素日說的話如何？今兒果然應了。」薛姨媽道：「早就該這麼著。那孩子模樣兒不用說，只是他那行事兒的大方，見人說話兒的和氣，裡頭帶著剛硬要強，倒實在難得的。」王夫人含淚說道：「你們那裡知道襲人那孩子的好處？比我的寶玉還強十倍呢！寶玉果然有造化，能夠得他長長遠遠的伏侍一輩子，也就罷了！」鳳姐道：「既這麼樣，就開了臉，明放他在屋裡不好？」王夫人道：「這不好：一則年輕；二則老爺也不許；三則寶玉見襲人是他的丫頭，縱有放縱的事，倒能聽他的勸，如今作了跟前人[5]，那襲人該勸的也不敢十分勸了，如今且渾著，等再過二三年再說。」

說畢，鳳姐見無話，便轉身出來，剛至廊檐下，只見有幾個執事的媳婦子正等他回事呢；見他出來，都笑道：「奶奶今兒回什麼事，說了這半天？可別熱著罷。」鳳姐把袖子挽了幾挽，跐[6]著那角門的門檻子，笑道：「這裡過堂風，倒涼快，吹一吹再走。」又告訴眾人道：「你們說我回了這半日的話！太太把二百年的事都想起來問我，難道我不說罷？」又冷笑道：「我從今以後，倒要幹幾件刻薄事了。抱怨給太太聽，我也不怕？糊塗油蒙了心[7]、爛了舌頭、不得好死的下作娼婦們，別作娘的春夢了！明兒一裹腦子[8]扣的日子還有呢。如今裁了丫頭的錢，就抱怨了咱們！也不想想自己，也配使三個丫頭！」一面罵，一面方走了，自去挑人回賈母話去，不在話下。

卻說薛姨媽等這裡吃畢西瓜，又說了一回閑話兒，各自散去。寶釵與黛玉回至園中，寶釵要約著黛玉往藕香榭去，黛玉因說：「還要洗澡。」便各自散了。寶釵獨自行來，順路進了怡紅院，意欲尋寶玉去說話兒，以解午倦。不想步入院中，鴉雀無聞，一併連兩隻仙鶴在芭蕉下都睡著了。寶釵便順著遊廊，來至房中，只見外間床上橫三豎四，都是丫頭們睡覺。轉過十錦槅子，來至寶玉的房內，寶玉在床上睡著了，襲人坐在身旁，手裡作針線，旁邊放著一柄白犀麈[9]。

寶釵走近前來，悄悄的笑道：「你也過於小心了。這個屋裡還有蒼蠅蚊子？還拿蠅刷子趕什麼？」襲人不防，猛抬頭見是寶釵，忙放針線起身，悄悄笑道：「姑娘來了！我倒不防，唬了一跳。——姑娘不知道：雖然沒有蒼蠅蚊子，誰知有一種小蟲子，從這紗眼裡鑽進來，人也看不見，只睡著了，咬一口，就像螞蟻叮的。」寶釵道：「怨不得。這屋子後頭又近水，又都是香花兒，這屋子裡頭又香，這種蟲子都是花心裡長的，聞香就撲。」說著，一面就瞧他手裡的針線。原來是個白綾紅裡的兜肚，上面扎著鴛鴦戲蓮的花樣，紅蓮綠葉，五色鴛鴦。寶釵道：「噯喲！好鮮亮活計！這是誰的，也值得費這麼大工夫？」襲人向床上努嘴兒。寶釵笑道：「這麼大了，還帶這個？」襲人笑道：「他原是不帶，所以特特的作得好了，叫他看見，由不得不帶。如今天熱，睡覺都不留神，哄他帶上了，就是夜裡縱蓋不嚴些兒，也就罷了。——你說這一個就用了工夫，還沒看見他身上帶的那一個呢！」寶釵笑道：「也虧你耐煩！」襲人道：「今兒作的工夫大了，脖子低得怪痠的。」又笑道：「好姑娘，你略坐一坐，我出去走走就來。」說著，就走了。

寶釵只顧看著活計，便不留心，一蹲身，剛剛的也坐在襲人方才坐的那個所在，因又見那個活計實在可愛，不由得拿起針來，就替他作。

不想黛玉因遇見湘雲，約他來與襲人道喜，二人來至院中，見靜悄悄的，湘雲便轉身先到廂房裡去找襲人去了。那黛玉卻來至窗外，隔著窗紗往裡一看，只見寶玉穿著銀紅紗衫子，隨便睡著在床上，寶釵坐在身旁作針線，旁邊放著蠅刷子。

黛玉見了這個景況，早已呆了，連忙把身子一躲，半日又握著嘴笑，卻不敢笑出來，便招手兒叫湘雲。湘雲見他這般，只當有什麼新聞，忙也來看，才要笑，忽然想起寶釵素日待他厚道，便忙掩住口。知道黛玉口裡不讓人，怕他取笑，便忙拉過他來，道：「走罷。我想起襲人來，他說晌午要到池子裡去洗衣裳，想必去了，咱們找他去罷。」黛玉心下明白，冷笑了兩聲，只得隨他走了。

這裡寶釵只剛作了兩三個花瓣，忽見寶玉在夢中喊罵，說：「和尚道士的話如何信得？什麼『金玉姻緣』？我偏說『木石姻緣』！」

寶釵聽了這話，不覺怔了。忽見襲人走進來，笑道：「還沒醒呢嗎？」寶釵搖頭，襲人又笑道：「我才碰見林姑娘史大姑娘，他們進來了麼？」寶釵道：「沒見他們進來。」因向襲人笑道：「他們沒告訴你什麼？」襲人紅了臉，笑道：「總不過是他們那些玩話，有什麼正經說的！」寶釵笑道：「今兒他們說的可不是玩話，我正要告訴你呢，你又忙忙的出去了。」

一句話未完，只見鳳姐打發人來叫襲人。寶釵笑道：「就是為那話了。」襲人只得叫起兩個丫頭來，同著寶釵出怡紅院，自往鳳姐這裡來。果然是告訴他這話，又教他給王夫人磕頭，且不必去見賈母，——倒把襲人說得甚覺不好意思。及見過王夫人回來，寶玉已醒，問起緣故，襲人且含糊答應。至夜間人靜，襲人方告訴了。

寶玉喜不自禁，又向他笑道：「我可看你回家去不去了！那一回往家裡走了一趟，回來就說你哥哥要贖你，又說在這裡沒著落，終久算什麼，說那些無情無義的生分話唬我，從今我可看誰來敢叫你去？」襲人聽了，冷笑道：「你倒別這麼說，從此以後，我是太太的人了，我要走，連你也不必告訴，只回了太太就走。」寶玉笑道：「就算我不好，你回了太太去了，叫別人聽見，說我不好，你去了，你有什麼意思呢？」襲人笑道：「有什麼沒意思的？難道下流人❷，我也跟著罷？再不然，還有個死呢！人活百歲，橫豎要死，這口氣沒了，聽不見，看不見，就罷了。」

寶玉聽見這話，便忙握他的嘴，說道：「罷，罷！你別說這些話了。」襲人深知寶玉性情古怪，聽見奉承吉利話，又厭虛而不實；聽了這些近情❸的實話，又生悲感。——也後悔自己冒撞，連忙笑著，用話截開，只揀寶玉那素日喜歡的，說些春風秋月，粉淡脂紅，然後又說到女兒如何好。——不覺又說到女兒死的上頭。襲人忙掩住口。

寶玉聽至濃快處，見他不說了，便笑道：「人誰不死？只要死得好。那些鬚眉濁物只聽見『文死諫』『武死戰』這二死是大丈夫的名節，便只管胡鬧起來❹；那裡知道有昏君方有死諫之臣，只顧他邀名，猛拚一死，將來置君父於何地？必定有刀兵，方有死戰，他只顧圖汗馬之功，猛拚一死，將來棄國於何地❺？——」襲人不等說完，便道：「古時候兒這些人也因出於不得已他才死啊！」寶玉道：「那武將要是疏謀少略的，他自己無能，白送了性命，這難道也是不得已麼？那文官更不比武官了：他念兩句書，記在心裡，若朝廷少有瑕疵，他就胡彈亂諫，邀忠烈之名；倘有不合，濁氣一湧，即時拚死，這難道也是不得已？要知道那朝廷是受命於天，若非聖人，那天也斷斷不把這萬幾重任交代，可知那些死的，都是沽名釣譽，並不知君臣的大義。比如我此時若果有造化，趁著你們都在眼前，我就死了，再能夠你們哭我的眼淚，流成大河，把我的尸首漂起來，送到那鴉雀不到的幽僻處，隨風化了，自此再不托生為人，這就是我死得得時了。」

襲人忽見說出這些瘋話來，忙說：「困了。」不再答言。那寶玉方合眼睡著。次日也就丟開。

一日，寶玉因各處遊得膩煩，便想起「牡丹亭」曲子來，自己看了兩遍，猶不愜懷，因聞得梨香院的十二個女孩兒中，有個小旦齡官，唱得最妙，因出了角門來找時，只見葵官藥官都在院內，見寶玉來了，都笑迎讓坐。寶玉因問：「齡官在那裡？」都告訴他說：「在他屋裡呢！」

寶玉忙至他屋內，只見齡官獨自躺在枕上，見他進來，動也不動。寶玉身旁坐下，因素昔與別的女孩子玩慣了的，只當齡官也和別人一樣，遂近前陪笑，央他起來，唱一套「裊晴絲」[11]。不想齡官見他坐下，忙抬起身來躲避，正色說道：「嗓子啞了，前兒娘娘傳進我們去，我還沒有唱呢。」寶玉見他坐正了，再一細看，原來就是那日薔薇花下畫「薔」字的那一個。又見如此景況，從來未經過這樣被人棄厭，自己便訕訕的，紅了臉，只得出來了。藥官等不解何故，因問其所以，寶玉便告訴了他。寶官笑說道：「只略等一等，薔二爺來了，他叫唱，是必唱的。」

寶玉聽了，心下納悶，因問：「薔哥兒那裡去了？」寶官道：「才出去了，一定就是齡官兒要什麼，他去變弄去了。」

寶玉聽了，以為奇特，少站片時，果見賈薔從外頭來了，手裡提著個雀兒籠子，上面紮著小戲臺，並一個雀兒，興興頭頭往裡來找齡官。見了寶玉，只得站住。寶玉問他：「是個什麼雀兒？」賈薔笑道：「是個玉頂兒，還會銜旗串戲。」寶玉道：「多少錢買的？」賈薔道：「一兩八錢銀子。」一面說，一面讓寶玉坐，自己往齡官屋裡來。

寶玉此刻把聽曲子的心都沒了，且要看他和齡官是怎麼樣。只見賈薔進去，笑道：「你來瞧這個玩意兒。」齡官起身問：「是什麼？」賈薔道：「買了個雀兒給你玩，省了你天天兒發悶。我先玩個你瞧瞧。」說著，便拿些穀子，哄得那個雀兒果然在那戲臺上銜著鬼臉兒和旗幟亂串。眾女孩子都笑了；獨齡官冷笑兩聲，賭氣仍睡著去了。賈薔還只管陪笑問他：「好不好？」齡官道：「你們家把好好兒的人弄了來，關在這牢坑裡，學這個還不算，你這會子又弄個雀兒來，也幹這個浪事！你分明弄了來打趣形容我們，還問『好不好』！」賈薔聽了，不覺站起來，連忙賭神起誓，又道：「今兒我那裡的糊塗油蒙了心，費一二兩銀子買他，原說解悶兒，就沒想到這上頭。——罷了！放了生，倒也免你的災。」說著，果然將那雀兒放了，一頓把那籠子拆了❻。齡官還說：「那雀兒雖不如人，他也有個老雀兒在窩裡，你拿了他來，弄這個勞什子，也忍得？今兒我咳嗽出兩口血來，太太打發人來找你，叫你請大夫來細問問，你且弄這個來取笑兒。偏是我這沒人管沒人理的，又偏愛害病！」賈薔聽說，連忙說道：「昨兒晚上我問了大夫，他說：『不相干，吃兩劑藥，後兒再瞧。』誰知今兒又吐了？——這會子就請他去。」說著便要請去，齡官又

賈薔

叫：「站住，這會子大毒日頭地下，你賭氣去請了來，我也不瞧。」賈薔聽如此說，只得又站住。

寶玉見了這般景況，不覺痴了。這才領會過畫「薔」深意。自己站不住，便抽身走了。賈薔一心都在齡官身上，竟不曾理會。倒是別的女孩子送出來了。那寶玉一心裁奪盤算，痴痴的回至怡紅院中。正值黛玉和襲人坐著說話兒呢。寶玉一進來，就和襲人長嘆，說道：「我昨兒晚上的話，竟說錯了，怪不得老爺說我是『管窺蠡測』！昨夜說：你們的眼淚單葬我，這就錯了。看來我竟不能全得。從此後，只好各人得各人的眼淚罷了。」襲人只道昨夜不過是些玩話，已經忘了，不想寶玉又提起來，便笑道：「你可真真有些個瘋了！」寶玉默默不對。自此深悟人生情緣，各有份定，只是每每暗傷：「不知將來葬我灑淚者為誰？」

且說黛玉當下見寶玉如此形象，便知是又從那裡著了魔來，也不便多問。因說道：「我才在舅母跟前，聽見說，明兒是薛姨媽的生日，叫我順便來問你出去不出去。你打發人前頭說一聲去。」寶玉道：「上回連大老爺的生日我也沒去，這會子我又去，倘或碰見了人呢？——我一概都不去。這麼怪熱的，又穿衣裳！我不去，姨媽也未必惱。」襲人忙道：「這是什麼話？他比不得大老爺。這裡又住得近，又是親戚，你不去，豈不叫他思量？你怕熱，就清早起來，到那裡磕個頭、吃鍾茶再來，豈不好看？」

寶玉尚未說話，黛玉便先笑道：「你看著人家趕蚊子的份上，也該去走走。」寶玉不解，忙問：「怎麼趕蚊子？」襲人便將昨日睡覺無人作伴，寶姑娘坐了一坐的話，告訴寶玉。寶玉聽了，忙說：「不該！我怎麼睡著了？就褻瀆[12]了他！」一面又說：「明日必去。」

正說著，忽見湘雲穿得齊齊整整的走來，辭說家裡打發人來接他。寶玉黛玉聽說，忙站起來讓坐，湘雲也不坐，寶黛兩個只得送他至前面。那湘雲只是眼淚汪汪的，見他有家的人在跟前，又不敢十分委屈。少時寶釵趕來，愈覺繾綣難捨。還是寶釵心內明白，他家裡人若回去告訴了他嬸娘，待他家去了，又恐怕他受氣，因此，倒催著他走了。眾人送至二門前，寶玉還要往外送他，倒是湘雲攔住了。一時，回身又叫寶玉到跟前，悄悄的囑咐道：「就是老太太想不起我來，你時常提著，好等老太太打發人接我去。」寶玉連連答應了；眼前著他上車去了，大家方才進來。要知端底，且看下回分解。

■校記

❶「眾人見他如此」，諸本此下有「瘋顛」二字。

❷「下流人」，諸本作「強盜賊」。

❸「近情」，諸本作「盡情」。

❹「的名節便只管胡鬧起來」，諸本作「死名死節究竟何如不死的好」十二字。

❺「將來棄國於何地」，諸本此下有「所以這皆非正死」七字。

❻「一頓把那籠子拆了」，「把那」原作「把將」，從戚本改。金本作「便將」。

■注釋

1 〔星宿（ㄒㄧㄡˋ／xiù）不利〕 古代把天上某些星的集合體叫「星宿」，認為人的命運是與星宿相通的，人有疾病，是因為他的星宿不利，必須祭星神。

2 〔鍾靈毓秀〕 鍾，聚積；毓，同「育」，生育，養育。意思是，把天地間「靈秀之氣」聚集在一起。

3 〔關、月例〕 領俸、領錢糧等的「領」常說「關」。在大家庭裡成員的每月用費，由管家人發給，叫作「月例」。也說「月錢」、「份例」。

4 〔倒了核桃車子〕 用裝卸車運核桃的撞擊聲音來比喻、諷刺人的說話一氣連貫，不容旁人插言的態度。

5 〔跟前人〕 在身邊伏侍的人，這裡指作了「妾」的丫頭，和「屋裡人」同義。與說「跟前兒女」的意思不同。

6 〔跐（ㄘˇ／cǐ）〕 腳尖著地，腳跟抬起，叫作跐腳。蹬在門檻上叫跐門檻，舊社會認為婦女跐門檻是輕浮的舉動。

7〔糊塗油蒙了心〕比喻人的主觀、不明事理、想不通。

8〔一裹腦子〕一總，一齊。也作「一古腦兒」。

9〔白犀麈（ㄓㄨˇ／zhǔ）〕用犀牛角作柄的拂塵，作撣去灰塵及驅趕蚊蠅之用。

10〔文死諫、武死戰〕文官不惜以死規勸皇帝，武將不惜以死為皇帝打仗。

11〔裊晴絲〕「牡丹亭・驚夢」中有一支曲子叫「步步嬌」，唱詞開頭是「裊晴絲吹來閑庭院，搖漾春如線」。此處用這支曲中的一句來代指「驚夢」一齣戲。

12〔褻瀆（ㄒㄧㄝˋ ㄉㄨˊ／xiè dú）〕輕慢，冒犯，不敬。

【第三十七回】

秋爽齋偶結海棠社　蘅蕪院夜擬菊花題

話說史湘雲回家後，寶玉等仍不過在園中嬉遊吟詠不提。

且說賈政自元妃歸省之後，居官更加勤慎，以期仰答皇恩。皇上見他人品端方，風聲清肅，雖非科第出身，卻是書香世代，因特將他點了學差[1]，也無非是選拔真才之意。這賈政只得奉了旨，擇於八月二十日起身。是日拜別過宗祠及賈母，便起身而去。寶玉等如何送行，以及賈政出差外面諸事，不及細述。

單表寶玉自賈政起身之後，每日在園中任意縱性遊蕩，真把光陰虛度，歲月空添。這日甚覺無聊，便往賈母王夫人處來混了一混，仍舊進園來了。剛換了衣裳，只見翠墨進來，手裡拿著一幅花箋，送與他看。寶玉因道：「可是我忘了，才要瞧瞧三妹妹去。你來得正好。可好些了？」翠墨道：「姑娘好了，今兒也不吃藥了，不過是冷著一點兒❶。」

寶玉聽說，便展開花箋看時，上面寫道：

妹探謹啟

二兄文几：前夕新霽，月色如洗，因惜清景難逢，未忍就臥，漏已三轉[2]，猶徘徊桐檻之下，竟為風露所欺，致獲采薪之患[3]。昨親勞撫囑，已復遣侍兒問切，兼以鮮荔並真卿[4]墨跡見賜，抑何惠愛之深耶！今因伏几處默，忽思歷來古人，處名攻利奪之場，猶置些山滴水[5]之區，遠招近揖[6]，投轄攀轅[7]，務結二三同志，盤桓其中，或豎詞壇，或開吟社：雖因一時之偶興，每成千古之佳談。妹雖不才，幸叨陪泉石之間，兼慕薛林雅調。風庭月榭，惜未宴集詩人；帘杏溪桃，或可醉飛吟盞[8]。孰謂雄才蓮社[9]，獨許鬚眉；不教雅會東山[10]，讓余脂粉耶？若蒙造雪而來❷[11]，敢請掃花以俟[12]。謹啟。

寶玉看了，不覺喜得拍手笑道：「倒是三妹妹高雅，我如今就去商議。」一面說，一面就走。翠墨跟在後面。剛到了沁芳亭，只見園中後門上值日的婆子手裡拿著一個字帖兒走來❸，見了寶玉，便迎上去，口內說道：「芸哥兒請安，在後門等著呢。這是叫我送來的。」寶玉打開看時，寫道：

不肖男芸恭請

父親大人萬福金安：男思自蒙

天恩，認於　膝下，日夜思一孝順，竟無可孝順之處。前因買辦花草，上托　大人洪福，竟認得許多花兒匠，並認得許多名園。前因忽見有白海棠一種，不可多得，故變盡方法，只弄得兩盆。　大人若視男是親男一般，便留下賞玩。因天氣暑熱，

恐園中姑娘們妨礙不便，故不敢面見：謹奉書恭啟；並叩

臺安

男芸跪書。一笑❹。

寶玉看了，笑問道：「他獨來了，還有什麼人？」婆子道：「還有兩盆花兒。」寶玉道：「你出去說：我知道了，難為他想著。你就把花兒送到我屋裡去就是了。」一面說，一面同翠墨往秋爽齋來。只見寶釵、黛玉、迎春、惜春已都在那裡了。

眾人見他進來，都大笑說：「又來了一個。」探春笑道：「我不算俗，偶然起了個念頭，寫了幾個帖兒試一試，誰知一招皆到。」寶玉笑道：「可惜遲了！早該起個社的。」黛玉說道：「此時還不算遲，也沒什麼可惜，但只你們只管起社，可別算我，我是不敢的。」迎春笑道：「你不敢！誰還敢呢？」寶玉道：「這是一件正經大事，大家鼓舞起來，別你謙我讓的；各有主意，只管說出來，大家評論。寶姐姐也出個主意，林妹妹也說句話兒。」

寶釵道：「你忙什麼！人還不全呢。」一語未了，李紈也來了，進門笑道：「雅得很哪！要起詩社，我自舉我掌壇。前兒春天，我原有這個意思的，我想了一想，我又不會作詩，瞎鬧❺什麼！因而也忘了，就沒有說。既是三妹妹高興，我就幫著你作興[13]起來。」

黛玉道：「既然定要起詩社，咱們就是詩翁了，先把這些『姐妹叔嫂』的字樣改了，才不俗。」李紈道：「極是！何不起個別號，彼此稱呼倒雅。我是定了『稻香老農』，再無人占的。」探春笑道：「我就是『秋爽居士』罷。」寶玉道：「『居士』『主人』，到底不雅❻，又累贅。這裡梧桐芭蕉盡有，或指桐蕉起個，倒好。」探春笑道：「有了，我卻

愛這芭蕉，就稱『蕉下客』罷。」眾人都道：「別致有趣！」

黛玉笑道：「你們快牽了他來燉了肉脯子來吃酒！」眾人不解，黛玉笑道：「莊子說的『蕉葉覆鹿』[14]，他自稱『蕉下客』，可不是一隻鹿麼？快作了鹿脯來！」眾人聽了，都笑起來。探春因笑道：「你又使巧話來罵人！你別忙，我已替你想了個極當的美號了。」又向眾人道：「當日娥皇女英灑淚竹上成斑，故今斑竹又名湘妃竹；如今他住的是瀟湘館，他又愛哭，將來他那竹子想來也是要變成斑竹的，以後都叫他作『瀟湘妃子』就完了。」

大家聽說，都拍手叫妙！黛玉低了頭，也不言語，李紈笑道：「我替薛大妹妹也早已想了個好的，也只三個字。」眾人忙問：「是什麼？」李紈道：「我是封他為『蘅蕪君』，不知你們以為如何？」探春道：「這個封號極好。」

寶玉道：「我呢？你們也替我想一個。」寶釵笑道：「你的號早有了：『無事忙』三字恰當得很！」李紈道：「你還是你的舊號『絳洞花主』就是了。」寶玉笑道：「小時候幹的營生，還提他作什麼！」寶釵道：「還是我送你個號罷；有最俗的一個號，卻於你最當：天下難得的是富貴，又難得的是閑散，這兩樣再不能兼，不想你兼有了，就叫你『富貴閑人』也罷了。」寶玉笑道：「當不起！當不起！倒是隨你們混叫去罷。」黛玉道：「混叫如何使得！你既住怡紅院，索性叫『怡紅公子』不好？」眾人道：「也好。」

李紈道：「二姑娘，四姑娘，起個什麼？」迎春道：「我們又不大會詩，白起個號作什麼！」探春道：「雖如此，也起個才是。」寶釵道：「他住的是紫菱洲，就叫他『菱洲』；四丫頭住藕香榭，就叫他『藕榭』就完了。」

李紈道：「就是這樣好。但序齒我大，你們都要依我的主意；管教說了，大家合意：我們七個人起社，我和二姑娘四姑娘都不會作詩，須得讓出我們三個人去。我們三個人各分一件事。」探春笑道：「已有了號，還只管這樣稱呼，不如不有了。以後錯了，也要立個罰約才好。」李紈道：「立定了社，再定罰約。我那裡地方兒大，竟在我那裡作社，我雖不能作詩，這些詩人竟不厭俗，容我作個東道主人[15]，我自然也清雅起來了；還要推我作社長。我一個社長，自然不夠，必要再請兩位副社長。就請菱洲藕榭二位學究來，一位出題限韻，一位謄錄監場。亦不可拘定了我們三個不作，若遇見容易些的題目韻腳，我們也隨便作一首，你們四個卻是要限定的。——是這麼著就起；若不依我，我也不敢附驥[16]了。」

迎春惜春本性懶於詩詞，又有薛林在前，聽了這話，深合己意，二人皆說：「是極。」探春等也知此意，見他二人悅服，也不好相強，只得依了。因笑道：「這話罷了。只是自想好笑：好好兒的我起了個主意，反叫你們三個管起我來了。」寶玉道：「既這樣，咱們就往稻香村去。」李紈道：「都是你忙。今日不過商議了，等我再請。」寶釵道：「也要議定幾日一會才好。」探春道：「若只管會多了，又沒趣兒了。一月之中，只可兩三次。」寶釵說道：「一月只要兩次就夠了。擬定日期，風雨無阻。除這兩日外，倘有高興的，他情願加一社，或請到他那裡去，或附就了來，也使得。豈不活潑有趣？」眾人都道：「這個主意更好。」

探春道：「這原是我起的意，我須得先作個東道，方不負我這番高興。」李紈道：「既這樣說，明日你就先開一社，不好嗎？」探春道：「明日不如今日，就是此刻好。你就出題，菱洲限韻，藕榭監場。」迎春道：「依我說，也不必隨一人出題限韻，竟是拈鬮兒公道。」李紈道：「方才我來時，看見他們抬進兩盆白海棠來，倒很好。你們何不就詠起他來呢？」迎春道：「都還未賞，先倒作詩？」寶釵道：「不過是白海棠，又何必定要見了才作。古人的詩賦也不過都是寄興寓情；要等見了作，如今也沒這些詩了！」

迎春道：「這麼著，我就限韻了。」說著，走到書架前，抽出一本詩來，隨手一揭，這首詩竟是一首七言律，遞與眾人看了，都該作七言律。迎春掩了詩，又向一個小丫頭道：「你隨口說個字來。」那丫頭正倚門站著，便說了個「門」字，迎春笑道：「就是『門』字韻，『十三元』[17]了。起頭一個韻定要『門』字。」說著又要了韻牌匣子[18]過來，抽出「十三元」一屜，又命那丫頭隨手拿四塊。那丫頭便拿了「盆」「魂」「痕」「昏」四塊來。

寶玉道：「這『盆』『門』兩個字不大好作呢！」侍書一樣預備下四份紙筆，便都悄然各自思索起來。獨黛玉或撫弄梧桐，或看秋色，或又和丫鬟們嘲笑。迎春又命丫鬟點了一枝「夢甜香」。原來這「夢甜香」只有三寸來長，有燈草粗細，以其易燼，故以此為限；如香燼未成，便要受罰。

一時探春便先有了，自己提筆寫出，又改抹了一回，遞與迎春。因問寶釵：「蘅蕪君，你可有了？」寶釵道：「有卻有了，只是不好。」寶玉背著手在迴廊上踱來踱去，因向黛玉說道：「你聽他們都有了。」黛玉道：「你別管我。」寶玉又見寶釵已謄寫出來，因說道：「了不得！香只剩下一寸了！我才有了四句。」又向黛玉道：「香要完了，只管蹲在那潮地下作什麼？」黛玉也不理。寶玉道：「我可顧不得你了，管他好歹，寫出來

賈芸

罷。」說著，走到案前寫了。

李紈道：「我們要看詩了。若看完了還不交卷，是必罰的。」寶玉道：「稻香老農雖不善作，卻善看，又最公道，你的評閱，我們是都服的。」眾人點頭。於是先看探春的稿上寫道：

詠白海棠

斜陽寒草帶重門[19]，苔翠盈鋪雨後盆[20]。玉是精神[21]難比潔，雪為肌骨易銷魂[22]。芳心一點嬌無力，倩影[23]三更月有痕。莫道縞仙能羽化[24]，多情伴我詠黃昏[25]。

大家看了，稱賞一回，又看寶釵的道：

珍重[26]芳姿晝掩門，自攜手甕[27]灌苔盆。胭脂洗出秋階影[28]，冰雪招來露砌[29]魂，淡極始知花更艷，愁多焉得玉無痕？欲償白帝[30]宜清潔，不語婷婷[31]日又昏[32]。

李紈笑道：「到底是蘅蕪君！」說著，又看寶玉的道：

秋容[33]淺淡映重門，七節[34]攢[35]成雪滿盆。出浴[36]太真冰作影，捧心西子玉為魂[37]。曉風不散愁千點，宿雨還添淚一痕。獨倚畫欄如有意，清砧[38]怨笛送黃昏[39]。

大家看了，寶玉說探春的好。李紈終要推寶釵：「這詩有身分。」因又催黛玉。黛玉道：「你們都有了？」說著，提筆一揮而就，擲與眾人。李紈等看他寫的道：

半捲湘簾[40]半掩門，碾冰為土玉為盆[41]。

看了這句，寶玉先喝起采來，說：「從何處想來！」又看下面道：

偷來梨蕊三分白，借得梅花一縷魂。

眾人看了，也都不禁叫好，說：「果然比別人又是一樣心腸。」又看下面道：

月窟仙人[42]縫縞袂[43]，秋閨怨女拭啼痕。嬌羞默默同誰訴？倦倚西風夜已昏[44]。

眾人看了，都道：「是這首為上。」李紈道：「若論風流別致，自是這首；若論含蓄渾厚，終讓蘅稿。」探春道：「這評得有理。瀟湘妃子當居第二。」李紈道：「怡紅公子是壓尾，你服不服？」寶玉道：「我的那首原不好，這評得最公。」又笑道：「只是蘅瀟二首，還要斟酌。」李紈道：「原是依我評論，不與你們相干，再有多說者必罰。」

寶玉聽說，只得罷了。李紈道：「從此後，我定於每月初二、十六這兩日開社；出題限韻，都要依我。這其間你們有高興的，只管另擇日子補開，那怕一個月每天都開社，我也不管。只是到了初二、十六這兩日，是必往我那裡去。」寶玉道：「到底要起個社名才是。」探春道：「俗了又不好，忒新了刁鑽古怪也不好，可巧才是海棠詩開端，就叫個『海棠詩社』罷。雖然俗些，因真有此事，也就不礙了。」說畢，大家又商議了一回，略用些酒果，方各自散去。也有回家的，也有往賈母王夫人處去的。當下無話。

且說襲人因見寶玉看了字帖兒，便慌慌張張同翠墨去了，也不知何事；後來又見後門上婆子送了兩盆海棠花來，襲人問：「那裡來的？」婆子們更將前番緣故說了。襲人聽說，便命他們擺好，讓他們在下房裡坐了，自己走到屋裡，秤了六錢銀子封好，又拿了三百錢走來，都遞給那兩個婆子，道：「這銀子賞那抬花兒的小子們。這錢你們打酒喝罷。」

那婆子們站起來，眉開眼笑，千恩萬謝的不肯受；見襲人執意不收，方領了。襲人又道：「後門上外頭可有該班的小子們？」婆子忙應道：「天天有四個，原預備裡頭差使的。姑娘有什麼差使？我們吩咐去。」襲人笑道：「我有什麼差使！今兒寶二爺要打發人到小侯爺家給史大姑娘送東西去，可巧你們來了，順便出去叫後門上小子們僱輛車來，回來你們就往這裡拿錢，不用叫他們往前頭混碰去。」婆子答應著去了。

襲人回至房中，拿碟子盛東西與湘雲送去，卻見槅子[45]上碟子槽兒空著，因回頭見晴雯、秋紋、麝月等都在一處作針黹，襲人問道：「那個纏絲白瑪瑙[46]碟子那裡去了？」眾人見問，你看我，我看你，都想不起來。半日，晴雯笑道：「給三姑娘送荔枝去了，還沒送來呢。」襲人道：「家常送東西的傢伙多著呢，巴巴兒的拿這個。」晴雯道：「我也這

麼說，但只那碟子配上鮮荔枝才好看。我送去，三姑娘也見了，說好看，連碟子放著，就
沒帶來。你再瞧那槅子盡上頭的一對聯珠瓶[47]還沒收來呢！」

秋紋笑道：「提起這瓶來，我又想起笑話兒來了。我們寶二爺說聲孝心一動，也孝敬
到二十分：那日見園裡桂花，折了兩枝，原是自己要插瓶的，忽然想起來，說：『這是自
己園裡才開的新鮮花兒，不敢自己先玩。』巴巴兒的把那對瓶拿下來，親自灌水插好了，
叫個人拿著，親自送一瓶進老太太，又進一瓶給太太。誰知他孝心一動，連跟的人都得了
福了。可巧那日是我拿去的，老太太見了，喜得無可不可[48]，見人就說：『到底是寶玉孝
順我，連一枝花兒也想得到。別人還只抱怨我疼他！』你們知道老太太素日不大和我說
話，有些不入他老人家的眼；那日竟叫人拿幾百錢給我，說我：『可憐見兒的，生得單
弱。』這可是再想不到的福氣。——幾百錢是小事，難得這個臉面。及至到了太太那裡，
太太正和二奶奶趙姨奶奶好些人翻箱子，找太太當日年輕的顏色衣裳，不知要給那一個，
一見了，連衣裳也不找了，且看花兒。又有二奶奶在旁邊湊趣兒，誇寶二爺又是怎麼孝
順，又是怎麼知好歹，有的沒的，說了兩車話；當著眾人，太太臉上又增了光，堵了眾人
的嘴。太太越發喜歡了，現成的衣裳，就賞了我兩件。——衣裳也是小事，年年橫豎也
得，卻不像這個彩頭[49]。」

晴雯笑道：「呸！好沒見世面的小蹄子！那是把好的給了人，挑剩下的才給你，你還
充有臉呢！」秋紋道：「憑他給誰剩的，到底是太太的恩典。」晴雯道：「要是我，我就
不要。若是給別人剩的給我，也罷了；一樣這屋裡的人，難道誰又比誰高貴些？把好的給
他，剩的才給我，我寧可不要，衝撞了太太，我也不受這口氣！」

秋紋忙問道：「給這屋裡誰的？我因為前日病了幾天，家去了，不知是給誰的。好姐姐，你告訴我知道。」晴雯道：「我告訴了你，難道你這會子退還太太去不成？」秋紋笑道：「胡說！我白聽了喜歡喜歡，那怕是給這屋裡的狗剩下的，我只領太太的恩典，也不管別的事。」眾人聽了都笑道：「罵得巧，可不是給了那西洋花點子哈巴兒[50]了！」襲人笑道：「你們這起爛了嘴的！得空兒就拿我取笑打牙兒[51]，一個個不知怎麼死呢！」秋紋笑道：「原來姐姐得了！我實在不知道。我賠個不是罷。」

襲人笑道：「少輕狂罷！你們誰取了碟子來是正經。」麝月道：「那瓶也該得空兒收來了。老太太屋裡還罷了，太太屋裡人多手雜，別人還可已，那個主兒的一夥子人見是這屋裡的東西，又該使黑心弄壞了才罷。太太又不大管這些，不如早收來是正經。」晴雯聽說，便放下針線，道：「這是等我取去呢❼。」秋紋道：「還是我取去罷，你取你的碟子去。」晴雯道：「我偏取一遭兒！是巧宗兒，你們都得了，難道不許我得一遭兒嗎？」麝月笑道：「統共秋丫頭得了一遭兒衣裳，那裡今兒又巧，你也遇見找衣裳不成？」晴雯冷笑道：「雖然碰不見衣裳，或者太太看見我勤謹，也把太太的公費裡，一個月分出二兩銀子來給我，也定不得！」說著，又笑道：「你們別和我裝神弄鬼的，什麼事我不知道！」一面說，一面往外跑了。

秋紋也同他出來，自去探春那裡取了碟子來。襲人打點齊備東西，叫過本處的一個老宋嬤嬤來，向他說道：「你去好生梳洗了，換了出門的衣裳來，回來打發你給史大姑娘送東西去。」宋嬤嬤道：「姑娘只管交給我，有話說與我，我收拾了，就好一順去。」襲人聽說，便端過兩個小攝絲盒子[52]來，先揭開一個，裡面裝的是紅菱、雞頭兩樣鮮果；又揭開那個，是一碟子桂花糖蒸的新栗粉糕。又說道：「這都是今年咱們這裡園裡新結的果子，寶二爺送來給姑娘嘗嘗。再前日姑娘說這瑪瑙碟子好，姑娘就留下玩罷。這絹包兒裡頭是姑娘前日叫我作的活計，姑娘別嫌粗糙，將就著用罷。替二爺問好，替我們請安，就是了。」

宋嬤嬤道：「寶二爺不知還有什麼說的，姑娘再問問去；回來別又說忘了。」襲人因問秋紋：「方才可是在三姑娘那裡麼？」秋紋道：「他們都在那裡商議起什麼詩社呢，又是作詩；想來沒話，你只管去罷。」宋嬤嬤聽了，便拿了東西出去，穿戴了，襲人又囑咐他：「你打後門去，有小子和車等著呢。」宋嬤嬤去了，不在話下。

一時寶玉回來，先忙著看了一回海棠，至屋裡告訴襲人起詩社的事，襲人也把打發宋嬤嬤給史湘雲送東西去的話告訴了寶玉。寶玉聽了，拍手道：「偏忘了他！我只覺心裡有件事，只是想不起來，虧你提起來，正要請他去。這詩社裡要少了他，還有個什麼意思！」襲人勸道：「什麼要緊！不過玩意兒。他比不得你們自在，家裡又作不得主兒。告訴他，他要來，又由不得他；要不來，他又牽腸掛肚的：沒的叫他不受用。」寶玉道：「不妨事，我回老太太，打發人接他去。」正說著，宋嬤嬤已經回來道生受[53]，給襲人道乏，又說：「問二爺作什麼呢，我說：『和姑娘們起什麼詩社作詩呢。』史姑娘道，他們作詩，也不告訴他去。急得了不得！」

寶玉聽了，轉身便往賈母處來，立逼著叫人接去。賈母因說：「今兒天晚了，明日一早去。」寶玉只得罷了，回來悶悶的。次日一早，便又往賈母處來催逼人接去。直到午後，湘雲才來了，寶玉方放了心。見面時，就把始末緣由告訴他，又要與他詩看。李紈等因說道：「且別給他看，先說給他韻腳；他後來的，先罰他和了詩，要好，就請入社；要不好，還要罰他一個東道兒再說。」湘雲笑道：「你們忘了請我，我還要罰你們呢！就拿韻來，我雖不能，只得勉強出醜。容我入社，掃地焚香，我也情願。」眾人見他這般有趣，越發喜歡，都埋怨：「昨日怎麼忘了他呢！」遂忙告訴他詩韻。

湘雲一心興頭，等不得推敲刪改，一面只管和人說著話，心內早已和成，即用隨便的紙筆錄出，先笑說道：「我卻依韻和了兩首，好歹我都不知，不過應命而已。」說著，遞與眾人。眾人道：「我們四首也算想絕了，再一首也不能了，你倒弄了兩首！那裡有許多話說？必要重了我們的。」一面說，一面看時，只見那兩首詩寫道：

白海棠和韻

其一

神仙昨日降都門[54]，種得藍田玉[55]一盆。
自是霜娥偏愛冷[56]，非關倩女欲離魂[57]。
秋陰[58]捧出何方雪？雨漬添來隔宿[59]痕。
卻喜詩人吟不倦，肯令寂寞度朝昏[60]？

其二

蘅芷[61]階通蘿薜[62]門，也宜牆角也宜盆[63]，
花因喜潔難尋偶，人為悲秋易斷魂[64]。
玉燭[65]滴乾風裡淚，晶簾[66]隔破月中痕。
幽情欲向嫦娥訴，無那[67]虛廊[68]月色昏[69][70]！

眾人看一句，驚訝一句，看到了，讚到了，都說：「這個不枉作了海棠詩！真該要起『海棠社』了。」湘雲道：「明日先罰我個東道兒，就讓我先邀一社，可使得？」眾人道：「這更妙了。」因又將昨日的詩與他評論了一回。

至晚，寶釵將湘雲邀往蘅蕪院去安歇。湘雲燈下計議如何設東擬題，寶釵聽他說了半日，皆不妥當，因向他說道：「既開社，就要作東。雖然是個玩意兒，也要瞻前顧後；又要自己便宜，又要不得罪了人，然後方大家有趣。你家裡你又作不得主，一個月統共那幾吊錢，你還不夠使；這會子又幹這沒要緊的事，你嬸娘聽見了越發抱怨你了。況且你就都拿出來，作這個東也不夠。難道為這個家去要不成？還是和這裡要呢？」

一席話提醒了湘雲，倒躊躇起來。寶釵道：「這個我已經有個主意了。我們當鋪裡有個伙計，他們地裡出的好螃蟹，前兒送了幾個來；現在這裡的人，從老太太起，連上屋裡的人，有多一半都是愛吃螃蟹的，前日姨娘還說：『要請老太太在園裡賞桂花吃螃蟹。』因為有事，還沒有請。你如今且把詩社別提起，只普同[71]一請，等他們散了，咱們有多少詩作不得的？我和我哥哥說，要他幾簍極肥極大的螃蟹來，再往鋪子裡取上幾罈好酒來，

再備四五桌果碟子，豈不又省事，又大家熱鬧呢？」

湘雲聽了，心中自是感服，極讚：「想得周到！」寶釵又笑道：「我是一片真心為你的話，你可別多心，想著我小看了你，咱們兩個就白好了。你要不多心，我就好叫他們辦去。」湘雲忙笑道：「好姐姐！你這麼說，倒不是真心待我了。我憑怎麼糊塗，連個好歹也不知，還是個人嗎！我要不把姐姐當親姐姐待，上回那些家常煩難事，我也不肯盡情告訴你了。」寶釵聽說，便喚一個婆子來：「出去和大爺說，照前日的大螃蟹要幾簍來，明日飯後請老太太、姨娘賞桂花。你說：大爺好歹別忘了，我今兒已經請下人了。」那婆子出去說明，回來無話。

這裡寶釵又向湘雲道：「詩題也別過於新巧了。你看古人中，那裡有那些刁鑽古怪的題目和那極險的韻[72]呢？若題目過於新巧，韻過於險，再不得好詩，倒小家子氣。詩固然怕說熟話，然也不可過於求生；頭一件，只要主意清新，措詞就不俗了。——究竟這也算不得什麼，還是紡績針黹是你我的本等。一時閑了，倒是把那於身心有益的書看幾章，卻還是正經。」

湘雲只答應著，因笑道：「我心裡想著，昨日作了海棠詩，我如今要作個菊花詩如何？」寶釵道：「菊花倒也合景，只是前人太多了。」湘雲道：「我也是這麼想著，恐怕落套[73]。」寶釵想了一想，說道：「有了，如今以菊花為賓，以人為主，竟擬出幾個題目來，都要兩個字：一個虛字，一個實字；實字就用『菊』字，虛字便用通用門的[74]。如此，又是詠菊，又是賦事，前人雖有這麼作的，還不很落套。賦景詠物兩關著，也倒新鮮大方。」湘雲笑道：「很好，只是不知用什麼虛字才好？你先想一個我聽聽。」

寶釵想了一想，笑道：「『菊夢』就好。」湘雲笑道：「果然好。我也有一個：『菊影』可使得？」寶釵道：「也罷了，只是也有人作過。若題目多，這個也搭得上。我又有了一個。」湘雲道：「快說出來。」寶釵道：「『問菊』如何？」湘雲拍案叫：「妙！」因接說道：「我也有了：『訪菊』好不好？寶釵也讚：「有趣。」因說道：「索性擬出十個來，寫上再來。」

說著，二人研墨蘸筆，湘雲便寫，寶釵便念，一時湊了十個。湘雲看了一遍，又笑道：「十個還不成幅，索性湊成十二個，就全了；也和人家的字畫冊頁一樣。」寶釵聽說，又想了兩個，一共湊成十二個，說道：「既這麼著，一發編出個次序來。」湘雲道：「更妙，竟弄成個『菊譜』了。」

寶釵道：「起首是『憶菊』；憶之不得，故訪，第二是『訪菊』；訪之既得，便種，第三是『種菊』；種既盛開，故相對而賞，第四是『對菊』；相對而興有餘，故折來供瓶為玩，第五是『供菊』；既供而不吟，亦覺菊無彩色，第六便是『詠菊』；既入詞章，不可以不供筆墨，第七便是『畫菊』；既然畫菊，若是默默無言，究竟不知菊有何妙處，不禁有所問，第八便是『問菊』；菊若能解語，使人狂喜不禁，便越要親近他，第九竟是『簪菊』；如此人事雖盡，猶有菊之可詠者，『菊影』『菊夢』二首，續在第十、第十一；末卷便以『殘菊』總收前題之感。——這便是三秋的妙景妙事都有了。」

湘雲依言將題錄出，又看了一回，又問：「該限何韻？」寶釵道：「我平生最不喜限韻，分明有好詩，何苦為韻所縛；咱們別學那小家派。只出題，不拘韻；原為大家偶得了好句取樂，並不為以此難人。」湘雲道：「這話很是。既這樣，自然大家的詩還進一層。

——但只咱們五個人，這十二個題目，難道每人作十二首不成？」寶釵道：「那也太難人了。將這題目謄好，都要七言律詩，明日貼在牆上，他們看了，誰能那一個，就作那一個。有力量者十二首都作也可；不能的作一首也可，高才捷足[75]者為尊。若十二首已全，便不許他趕著又作，罰他便完了。」湘雲道：「這也罷了。」二人商議妥貼，方才熄燈安寢。要知端底，下回分解。

■校記

❶「不過是冷著一點兒」，「冷」甲本、藤本、王本作「涼」。金本全句作「不過是著了一點涼兒」。

❷「造雪而來」，「造」脂本作「掉」，戚本作「綽」（疑並是「棹」抄誤），藤本、王本、金本作「踏」。

❸「只見園中後門上值日的婆子手裡拿著一個字帖兒走來」，「見」原作「有」，從諸本改。

❹「一笑」二字，按戚本係夾批，脂本無二字，亦無夾批。

❺「瞎鬧」，原作「轄鬧」，從諸本改。

❻「到底不雅」，「雅」諸本作「确」。

❼「這是等我取去呢」，甲本、金本作「這話倒是，等我取去」。

■注釋

1 〔點了學差〕指派學差。學差，有關文教的差事，如主考官之類的職務。

2 〔漏已三轉〕漏，漏壺，是古時的計時器具。壺是銅製的，底面有孔，壺中裝水，水中立箭，箭上有刻度，看水減到的刻度，就知道是什麼時間。漏已三轉，因水漏而刻度露出很多，意思是說夜已深了。

3 〔采薪之患〕「孟子・公孫丑下」：「有采薪之患，不能造朝」。朱熹注：「言病不能采薪。」這裡是探春自稱有病的婉辭。

4 〔真卿〕即顏真卿，唐代書法家。

5 〔些山滴水〕指盆景中的假山石和小滴水。元人稱盆景為「些子景」，這裡是布置一些小山小水。

6 〔遠招近揖（ㄐㄧˊ／jí）〕把遠近的親友召集在一起。揖，同「輯」，集會。

7 〔投轄攀轅〕意即殷勤熱情地挽留客人。投轄，「漢書・陳遵傳」：「遵嗜酒，每大飲，賓客滿堂，輒關門，取客車轄投井中，雖有急，終不得去。」轄，車軸的鍵，去車轄則車不能行。後以投轄比喻主人留客的殷勤。攀轅，即牽挽車轅不讓車子走。

8 〔醉飛吟盞〕指在喝酒的同時作詩。

9 〔蓮社〕東晉慧遠於廬山東林寺，同和尚慧永、名儒劉程之等一百多人結社念佛，因掘池植白蓮，故稱蓮社。

10 〔東山〕在浙江會稽。晉朝謝安和王羲之等人曾在此遨遊山水，吟詩著文。

11 〔造雪而來〕踏雪而來。

12 〔掃花以俟（ㄙˋ／sì）〕殷勤相待。反用杜甫詩「花徑不曾緣客掃」之意。俟，等待。

13 〔作興〕始創，創建。

14 〔蕉葉覆鹿〕本出自「列子・周穆王」，這裡引「莊子」是誤記。寫鄭國有人打死一隻鹿，怕人看見了，蓋在蕉葉下，後來卻忘卻藏在什麼地方了，以為是作了一場夢。黛玉說這個典故，是取笑探春為「蕉下客」等於自稱是鹿。

15 〔東道主人〕本指東路上的主人。後泛指居停主人，或花錢請客的主人。本文是後一個意思。

16 〔附驥〕蒼蠅附在馬尾上可以到達千里遠的地方。比喻依附他人而成名。附，依附；驥，好馬。「史記」司馬貞索隱：「蒼蠅附驥尾而至千里。」

17 〔十三元〕「佩文詩韻」「元」字韻次序列在上平聲第十三，所以稱為「十三元」。後文「十五刪」是上平聲第十五的「刪」字韻，「二蕭」是下平聲第二的「蕭」

字韻。「一先」是下平聲第一的「先」字韻。

18〔韻牌匣子〕按詩韻各字分別刻在牌子上，以備作詩「限韻」時抽取和檢查韻字的方便。

19〔斜陽句〕斜陽，夕陽；寒草，秋草；帶，關；重門，層層院門。

20〔苔翠句〕苔，苔蘚；翠，深綠色；盈鋪，鋪滿；雨後盆，雨後淋過的花盆。

21〔精神〕品格。

22〔銷魂〕使人陶醉。

23〔倩影〕美好的影子，此指花影。

24〔莫道句〕縞（ㄍㄠˇ gǎo），白綢子；縞仙，白衣仙女；羽化，道家稱人得道成仙，叫「羽化」。

25〔譯文〕夕陽斜照著秋草關上了重重院門，
青青的苔蘚長滿了雨後的花盆。
白海棠品格純潔白玉難比，
它的肌骨如雪真是陶情醉人。
芳香的花蕊點點多麼的嬌美柔嫩，
在明月之下仍印有它美好的影痕。
莫羨慕白衣仙女成道飛天，
不如多情的白海棠陪伴我吟詠到黃昏。

26〔珍重〕珍愛。

27〔手甕〕手提的水罐。

28〔階影〕階，臺階；影，指海棠花身影。

29〔露砌（ㄑㄧˋ／qì）〕砌，臺階；露砌，放置海棠花的地方，用來代指海棠。

30〔白帝〕神話傳說中西方主管秋事的神。

31〔婷婷〕美好，常用於形容女子站立的姿態。

32〔譯文〕珍愛芬芳的花姿白天關上了院門，
手提水罐淺灑那長滿青苔的花盆。
秋天臺階上的海棠花像是洗去了胭脂，
冰雪招來它潔淨的靈魂，
清淡到極點才顯得花格外鮮艷，
愁思太多怎能使白玉般的花朵沒有淚痕？
為了報答秋神應當保持純淨，
默默地婷婷玉立又到黃昏。

33〔秋容〕秋天的景色。這裡指秋花，即白海棠。

34〔七節〕形容花枝繁盛。

35〔攢（ㄘㄨㄢˊ／cuán）〕聚集。

36〔出浴〕剛洗完澡出來。

37〔捧心句〕西子，就是古代的美女西施。傳說，西施心疼時捧著胸的姿態更美。以上兩句是舊時文人沿用的詞句。

38〔砧（ㄓㄣ／zhēn）〕洗衣時墊著捶衣服的石頭，這裡指捶衣的聲音。

39〔譯文〕淺淡的海棠花映照著層層院門，
繁枝上的花朵像雪團開滿花盆。
似剛出浴的楊妃，如冰雪的潔淨，
像捧著心口的西施，白玉般的精魂。
晨風吹不散哀愁重重，
夜雨又給它添了一抹淚痕。
獨倚畫欄像在深沉地思索，
清冷的砧聲哀怨的笛音送走了黃昏。

40〔湘簾〕用湘妃竹作的門簾。

41〔碾冰句〕用冰清玉潔來從側面烘托花。

42〔月窟仙人〕指嫦娥。月窟，月宮。

43〔縞袂〕白衣。袂，袖口。

44〔譯文〕半捲湘妃竹簾，半關著院門，
碾碎冰霜作土，雕琢白玉為盆。
偷來梨花的三分純白，
借得白梅的一縷精魂。
如月宮仙人縫製的潔白天衣，
像秋天閨房中哀怨的少女在抹淚痕。
嬌美而又羞怯地在向誰默默傾訴？
西風中疲倦地倚著欄杆夜色已深。

45〔槅子〕槅子又作「槅子」，是類似書架式的木器。中分不同樣式的許多層小格，格內陳設各種器皿、玩具，名為「十錦槅子」、「集錦槅子」或「多寶槅子」。

46〔纏絲白瑪瑙〕一種有絲紋的白瑪瑙，比較珍貴。

47〔聯珠瓶〕兩瓶相聯，取「珠聯璧合」的吉祥意思。

48〔無可不可〕不知所措。這裡形容高興得不知怎樣才好。

49〔彩頭〕這裡指比賽優勝的獎品。

50〔哈巴兒〕一種體型較小的小狗，名哈巴狗，毛色種類很多。

51〔打牙兒〕鬥口齒。這裡是當作笑柄的意思。

52〔攝絲盒子〕細竹絲編成部分加漆的盒子。

53〔生受〕說自己的時候，是「受苦」、「活受罪」的意思；對別人說，是「難為」、「辛苦」、「有勞」的意思。

54〔降都門〕在京城門前降臨。

55〔藍田玉〕藍田，山名，在陝西藍田縣，古時出美玉，叫藍田玉。這裡喻白海棠花。

56〔自是句〕自，本來；霜娥，即青女或青娥，神話中管冰霜的女神。

57〔倩女離魂〕唐陳玄佑「離魂記」，敘張倩娘與王宙相愛，張父不同意，王宙憤恨遠行，倩娘不能同去，但她的魂魄離開軀體，和王宙共同起居數年之久。

58〔秋陰〕深秋時節。

59〔隔宿〕昨夜。

60〔譯文〕神仙昨天降臨京城之門，是她種的海棠像藍田出產的白玉一盆。

花兒白得寒森森，那是因為霜娥女神偏愛冰冷，
並不是倩娘因多情而離魂。
秋天季節從何處捧來的白雪？
昨夜的雨點又給它增添了濕潤。
可喜的是詩人們吟詠不倦，
怎能叫白海棠寂寞地從清晨度到黃昏？

61〔蘅芷〕即蘅蕪，香草名。

62〔蘿薜〕蔓生常綠植物。

63〔也宜句〕宜，適合。此指白海棠花既適宜種在牆角，也適合栽在盆裡。

64〔斷魂〕形容悲愁之深。

65〔玉燭〕白燭。

66〔晶簾〕水晶門簾。

67〔無那〕無奈。

68〔虛廊〕空曠的長廊。

69〔譯文〕長清蘅芷的臺階接連蘿薜攀繞的園門，
白海棠適宜種在牆角也適宜栽到花盆。
花兒因為喜歡潔淨就難以尋到伴侶，
正如人在秋天倍感孤獨欲斷魂。
它像白蠟燭在風中滴乾了眼淚，
又像天上明月被水晶簾隔破出現微痕。
滿懷深情想向嫦娥訴說，

無奈廊檐下月色已昏！

70〔簡評〕詠白海棠是繼大觀園題詩之後的一次重要詩會。這些詩，用來刻畫人物，無論在思想上或藝術上都很符合人物的性格。如：林黛玉那首詩構思巧妙，形象清新，表現了她聰明銳敏、潔身自好、卑視庸俗而又多愁善感的性格。薛寶釵那首則雍容典雅，表現了她與世無爭的君子姿態。但就其思想內容來說，「白海棠詩」都比較空虛貧乏，抒發的是公子、小姐的閑情逸致。

71〔普同〕普遍地。

72〔險韻〕指作詩用生僻字為詩韻。

73〔落套〕落入俗套。

74〔通用門的〕指不受限制的一般詞彙。

75〔捷足〕本指動作迅速敏捷，此處指作詩快速。

【第三十八回】
林瀟湘魁奪菊花詩　薛蘅蕪諷和螃蟹詠

話說寶釵湘雲計議已定，一宿無話。次日湘雲便請賈母等賞桂花。賈母等都說道：「倒是他有興頭，需要擾他這雅興。」至午，果然賈母帶了王夫人鳳姐，兼請薛姨媽等進園來。賈母因問：「那一處好？」王夫人道：「憑老太太愛在那一處，就在那一處。」鳳姐道：「藕香榭已經擺下了。那山坡下兩棵桂花開得又好，河裡的水又碧清，坐在河當中亭子上，不敞亮嗎？看看水，眼也清亮。」

賈母聽了，說：「很好。」說著，引了眾人往藕香榭來。原來這藕香榭蓋在池中，四面有窗，左右有迴廊，也是跨水接峰，後面又有曲折橋。眾人上了竹橋，鳳姐忙上來攙著賈母，口裡說道：「老祖宗只管邁大步走，不相干，這竹子橋規矩[1]是『咯吱咯吱』的。」

一時進入榭中，只見欄杆外另放著兩張竹案，一個上面設著杯箸酒具，一個上頭設著茶筅[2]茶具各色盞碟。那邊有兩三個丫頭煽風爐煮茶，這邊另有幾個丫頭也煽風爐燙酒呢。賈母忙笑問：「這茶想得很好❶，且是地方東西都乾淨。」湘雲笑道：「這是寶姐姐幫著我預備的。」賈母道：「我說那孩子細緻，凡事想得妥當。」一面說，一面又看見柱子上掛的黑漆嵌蚌[3]的對子，命湘雲念道：

芙蓉影破歸蘭槳，菱藕香深瀉竹橋[4]。

賈母聽了，又抬頭看匾，因回頭向薛姨媽道：「我先小時，家裡也有這麼一個亭子，叫作什麼枕霞閣。我那時也只像他姐妹們這麼大年紀，同著幾個人，天天玩去。誰知那日一下子失了腳掉下去，幾乎沒淹死，好容易救上來了，到底叫那木釘把頭碰破了。如今這鬢角上那指頭頂兒大的一個坑兒，就是那碰破的。眾人都怕經了水，冒了風，說『了不得了』；誰知竟好了。」鳳姐不等人說，先笑道：「那時要活不得，如今這麼大福可叫誰享呢？可知老祖宗從小兒福壽就不小：神差鬼使，碰出那個坑兒來，好盛福壽啊！壽星老兒頭上原是個坑兒，因為萬福萬壽盛滿了，所以倒凸出些來了。」

未及說完，賈母和眾人都笑軟了。賈母笑道：「這猴兒慣得了不得了，拿著我也取笑兒來了！恨得我撕你那油嘴！」鳳姐道：「回來吃螃蟹，怕存住冷在心裡，慪老祖宗笑笑兒，就是高興多吃兩個，也無妨了。」賈母笑道：「明日叫你黑家白日跟著我，我倒常笑笑兒，也不許你回屋裡去。」王夫人笑道：「老太太因為喜歡他，才慣得這麼樣；還這麼說，他明兒越發沒理❷了。」賈母笑道：「我倒喜歡他這麼著，——況且他又不是那真不知高低的孩子。家常沒人，娘兒們原該說說笑笑，橫豎大禮不錯就罷了，沒的倒叫他們神鬼似的作什麼！」

說著，一齊進入亭子。獻過茶，鳳姐忙安放杯箸，上面一桌：賈母、薛姨媽、寶釵、黛玉、寶玉。東邊一桌：湘雲、王夫人、迎、探、惜。西邊靠門一小桌：李紈和鳳姐，虛設座位，二人皆不敢坐，只在賈母王夫人兩桌上伺候。鳳姐吩咐：「螃蟹不可多拿來，仍舊放在蒸籠裡，拿十個來，吃了再拿。」一面又要水洗了手，站在賈母跟前剝蟹肉。頭次讓薛姨媽，薛姨媽道：「我自己掰著吃香甜，不用人讓。」鳳姐便奉與賈母；二次的便與寶玉。又說：「把酒燙得滾熱的拿來。」又命小丫頭們去取菊花葉兒桂花蕊薰的綠豆麵子，預備著洗手。

湘雲陪著吃了一個，便下座來讓人，又出至外頭，命人盛兩盤子給趙姨娘送去。又見鳳姐走來道：「你張羅不慣，你吃你的去，我先替你張羅，等散了，我再吃。」湘雲不肯，又命人在那邊廊上擺了兩席，讓鴛鴦、琥珀、彩霞、彩雲、平兒去坐。鴛鴦因向鳳姐笑道：「二奶奶在這裡伺候，我可吃去了。」鳳姐兒道：「你們只管去，都交給我就是了。」說著，湘雲仍入了席。

鳳姐和李紈也胡亂應了個景兒。鳳姐仍舊下來張羅，一時出至廊上，鴛鴦等正吃得高興，見他來了，鴛鴦等站起來道：「奶奶又出來作什麼？讓我們也受用一會子！」鳳姐笑道：「鴛鴦丫頭越發壞了！我替你當差，倒不領情，還抱怨我，還不快斟一鍾酒來我喝呢！」鴛鴦笑著，忙斟了一杯酒，送至鳳姐脣邊，鳳姐一挺脖子喝了。琥珀彩霞二人，也斟上一杯，送至鳳姐脣邊，那鳳姐也吃了。平兒早剔了一殼黃子送來，鳳姐道：「多倒些薑醋。」一回也吃了，笑道：「你們坐著吃罷，我可去了。」

鴛鴦笑道：「好沒臉！吃我們的東西。」鳳姐兒笑道：「你少和我作怪，你知道你璉二爺愛上了你，要和老太太討了你作小老婆呢。」鴛鴦紅了臉，咂著嘴，點著頭道：「哎

❸！這也是作奶奶說出來的話！我不拿腥手抹你一臉算不得！」說著，站起來就要抹。鳳姐道：「好姐姐！饒我這遭兒罷！」琥珀笑道：「鴛丫頭要去了，平丫頭還饒他？你們看看，他沒吃兩個螃蟹，倒喝了一碟子醋了！」

平兒手裡正剝了個滿黃螃蟹，聽如此奚落他，便拿著螃蟹照琥珀臉上來抹，口內笑罵：「我把你這嚼舌根的小蹄子兒……」琥珀也笑著往旁邊一躲。平兒使空了，往前一撞，恰恰的抹在鳳姐腮上。鳳姐正和鴛鴦嘲笑，不防嚇了一跳，「噯喲」了一聲，眾人掌不住都哈哈的大笑起來。鳳姐也禁不住笑罵道：「死娼婦！吃離了眼[5]了！混抹你娘的！」平兒忙趕過來替他擦了，親自去端水。鴛鴦道：「阿彌陀佛！這才是現報呢！」

賈母那邊聽見，一疊連聲問：「見了什麼了，這麼樂？告訴我們也笑笑。」鴛鴦等忙高聲笑回道：「二奶奶來搶螃蟹吃，平兒惱了，抹了他主子一臉螃蟹黃子：主子奴才打架呢！」賈母和王夫人等聽了，也笑起來。賈母笑道：「你們看他可憐見兒的，那小腿子、臍子，給他點子吃罷。」鴛鴦等笑著答應了，高聲的說道：「這滿桌子的腿子，二奶奶只管吃就是了。」鳳姐笑著洗了臉，走來又伏侍賈母等吃了一回。

黛玉弱，不敢多吃，只吃了一點夾子肉[6]，就下來了。賈母一時也不吃了。大家都洗了手。也有看花的，也有弄水看魚的，遊玩了一回。王夫人因問賈母：「這裡風大，才又吃了螃蟹，老太太還是回屋裡去歇歇罷。若高興，明日再來逛逛。」賈母聽了，笑道：「正是呢。我怕你們高興，我走了，又怕掃了你們的興；既這麼說，咱們就都去罷。」回頭囑咐湘雲：「別讓你寶哥哥多吃了。」湘雲答應著。又囑咐湘雲寶釵二人說：「你們兩個也別多吃了。那東西雖好吃，不是什麼好的，吃多了肚子疼。」

二人忙應著，送出園外，仍舊回來，命將殘席收拾了另擺。寶玉道：「也不用擺，咱們且作詩。把那大團圓桌子放在當中，酒菜都放著，也不必拘定坐位，有愛吃的去吃，大家散坐，豈不便宜[7]？」寶釵道：「這話極是。」湘雲道：「雖這麼說，還有別人。」因又命另擺一桌，揀了熱螃蟹來，請襲人、紫鵑、司棋、侍書、入畫、鶯兒、翠墨等一處共坐。山坡桂樹底下鋪下兩條花毯，命支應[8]的婆子並小丫頭等也都坐了，只管隨意吃喝，等使喚再來。

湘雲便取了詩題，用針綰在牆上，眾人看了，都說：「新奇！只怕作不出來。」湘雲又把不限韻的緣故說了一番，寶玉道：「這才是正理。我也最不喜限韻。」黛玉因不大吃酒，又不吃螃蟹，自命人掇了一個繡墩，倚欄坐著，拿著釣竿釣魚。寶釵手裡拿著一枝桂花，玩了一回，俯在窗檻上，掐了桂蕊，扔在水面，引得那游魚浮上來唼喋[9]。湘雲出一回神，又讓一回襲人等，又招呼山坡下的眾人只管放量吃。探春和李紈惜春正立在垂柳陰中看鷗鷺。迎春卻獨在花陰下，拿著個針兒穿茉莉花。寶玉又看了一回黛玉釣魚；一回又俯在寶釵旁邊說笑兩句；一回又看襲人等吃螃蟹，自己也陪他喝兩口酒，襲人又剝一殼肉給他吃。

黛玉放下釣竿，走至座間，拿起那烏銀梅花自斟壺❹[10]來，揀了一個小小的海棠凍石蕉葉杯[11]。丫頭看見，知他要飲酒，忙著走上來斟，黛玉道：「你們只管吃去，讓我自己斟才有趣兒。」說著，便斟了半盞，看時，卻是黃酒，因說道：「我吃了一點子螃蟹，覺得心口微微的疼，須得熱熱的吃口燒酒。」寶玉忙接道：「有燒酒。」便命將那合歡花浸的酒燙一壺來。

黛玉也只吃了一口，便放下了。寶釵也走過來，另拿了一隻杯來，也飲了一口放下，便蘸筆至牆上把頭一個「憶菊」勾了，底下又贅一個「蘅」字。寶玉忙道：「好姐姐，第二個我已有了四句了，你讓我作罷。」寶釵笑道：「我好容易有了一首，你就忙得這樣。」黛玉也不說話，接過筆來把第八個「問菊」勾了，接著把第十一個「菊夢」也勾了；也贅上了一個「瀟」字。寶玉也拿起筆來將第二個「訪菊」也勾了，也贅上一個「怡」字。探春起來看著道：「竟沒人作『簪菊』？讓我作。」又指著寶玉笑道：「才宣過：總不許帶出閨閣字樣來，你可要留神。」說著，只見湘雲走來，將第四第五「對菊」「供菊」一連兩個都勾了，也贅上一個「湘」字。

探春道：「你也該起個號。」湘雲笑道：「我們家裡如今雖有幾處軒館，我又不住著，借了來也沒趣。」寶釵笑道：「方才老太太說，你們家裡也有一個水亭，叫作枕霞閣，難道不是你的？如今雖沒了，你到底是舊主人。」眾人都道：「有理。」寶玉不待湘雲動手，便代將「湘」字抹了，改了一個「霞」字。

沒有頓飯工夫，十二題已全，各自謄出來，都交與迎春，另拿了一張雪浪箋過來，一併謄錄出來，某人作的，底下贅明某人的號。李紈等從頭看道：

憶菊　蘅蕪君

悵望[12]西風抱悶思[13]，蓼紅葦白[14]斷腸時。
空籬舊圃秋無跡[15]，冷月清霜夢有知[16]。
念念心隨歸雁遠[17]，寥寥坐聽晚砧遲[18]。

誰憐我為黃花瘦[19]，慰語重陽會有期[20][21]。

訪菊　怡紅公子

閑趁霜晴試一遊，酒杯藥盞[22]莫淹留[23]。
霜前月下誰家種？檻外籬邊何處秋？
蠟屐[24]遠來情得得[25]，冷吟[26]不盡興悠悠。
黃花若解憐詩客，休負今朝掛杖頭[27][28]。

種菊　怡紅公子

攜鋤秋圃自移來，籬畔庭前處處栽。
昨夜不期[29]經雨活，今朝猶喜帶霜開[30]。
冷吟秋色[31]詩千首，醉酹[32]寒香酒一杯❺。
泉溉泥封[33]勤護惜，好和井徑[34]絕塵埃❻[35][36]。

對菊[37]　枕霞舊友

別圃移來貴比金，一叢淺淡一叢深。
蕭疏籬畔科頭[38]坐，清冷香[39]中抱膝吟[40]。
數去更無君傲世，看來惟有我知音[41]！
秋光荏苒[42]休孤負[43]，相對原宜惜寸陰[44][45]。

供菊[46]　枕霞舊友

彈琴酌酒喜堪[47]儔[48]，几案婷婷點綴幽。
隔坐香分[49]三徑[50]露，拋書人對一枝秋[51]。
霜清紙帳[52]來新夢，圃冷斜陽憶舊遊。
傲世也因同氣味，春風桃李未淹留[53][54]。

詠菊　瀟湘妃子

無賴詩魔[55]昏曉侵，繞籬欹石自沉音[56]。
毫端蘊秀臨霜寫[57]，口角噙香[58]對月吟。
滿紙自憐題素怨[59]，片言誰解訴秋心[60]？
一從陶令評章[61]後，千古高風[62]說到今[63]。

畫菊　蘅蕪君

詩餘戲筆不知狂，豈是丹青[64]費較量？
聚葉[65]潑[66]成千點墨，攢花[67]染出幾痕霜。
淡濃神會風前影，跳脫秋生腕底香。
莫認東籬[68]閑採掇[69]，黏屏[70]聊以慰重陽[71]。

問菊　瀟湘妃子

欲訊[72]秋情[73]眾莫知，喃喃[74]負手[75]扣[76]東籬：
孤標[77]傲世偕[78]誰隱？一樣開花為底遲[79]？
圃露庭霜何寂寞？雁歸蛩病[80]可相思？
莫言舉世無談者，解語何妨話片時❼[81]。

簪菊[82]　蕉下客

瓶供籬栽日日忙，折來休認[83]鏡中妝[84]。
長安公子[85]因花癖，彭澤先生[86]是酒狂。
短鬢冷沾三徑[87]露，葛巾[88]香染九秋[89]霜。
高情不入時人[90]眼，拍手憑他笑路旁[91]。

菊影　枕霞舊友

秋光[92]疊疊復重重，潛度偷移[93]三徑中。
窗隔疏燈描遠近，籬篩[94]破月鎖玲瓏。
寒芳留照魂[95]應駐[96]，霜印[97]傳神夢也空。
珍重暗香[98]踏碎處❽，憑誰醉眼認矇矓[99]。

菊夢　瀟湘妃子

籬畔秋酣一覺清，和雲伴月不分明。
登仙非慕莊生蝶[100]，憶舊還尋陶令盟[101]。
睡去依依隨雁斷，驚迴故故[102]惱蛩鳴。
醒時幽怨[103]同誰訴：衰草寒烟無限情[104][105]！

殘菊　蕉下客

露凝霜重漸傾欹[106]，宴賞[107]才過小雪[108]時。
蒂[109]有餘香金淡泊[110]，枝無全葉翠離披[111]。
半床落月蛩聲切[112]，萬里寒雲雁陣遲[113]。
明歲秋分[114]知再會，暫時分手莫相思[115][116]！

眾人看一首，讚一首，彼此稱揚不絕。李紈笑道：「等我從公評來。通篇看來，各人有各人的警句，今日公評：『詠菊』第一，『問菊』第二，『菊夢』第三，——題目新，詩也新，立意更新了，只得要推瀟湘妃子為魁了。然後『簪菊』、『對菊』、『供菊』、『畫菊』、『憶菊』次之。」寶玉聽說，喜得拍手叫道：「極是！極公！」黛玉道：「我那個也不好，到底傷於纖巧[117]些。」李紈道：「巧得卻好，不露堆砌生硬。」黛玉道：「據我看來，頭一句好的是『圃冷斜陽憶舊遊』，這句背面傅粉；『拋書人對一枝秋』，已經妙絕，將供菊說完，沒處再說，故翻回來想到未折未供之先，意思深遠！」李紈笑道：「固如此說，你的『口角噙香』一句也敵得過了。」探春又道：「到底要算蘅蕪君沉著：『秋無跡』，『夢有知』，把個『憶』字竟烘染出來了。」寶釵笑道：「你的『短鬢冷沾』，『葛巾香染』，也就把簪菊形容得一個縫兒也沒有。」湘雲笑道：「『偕誰隱』，『為底遲』，真真把個菊花問得無言可對！」李紈笑道：「那麼著，像『科頭坐』，『抱膝吟』，竟一時也捨不得離了菊花，菊花有知，倒還怕膩煩了呢！」說得大家都笑了。

寶玉笑道：「這場我又落第了！難道『誰家種』，『何處秋』，『蠟屐遠來』，『冷吟不盡』，那都不是訪不成？『昨夜雨』，『今朝霜』，都不是種不成？但恨敵不上『口角噙香對月吟』、『清冷香中抱膝吟』、『短鬢』、『葛巾』、『金淡泊』、『翠離披』、『秋無跡』、『夢有知』這幾句罷了。」又道：「明日閑了，我一個人作出十二首來。」李紈道：「你的也好，只是不及這幾句新雅就是了。」大家又評了一回，復又要了熱螃蟹來，就在大圓桌上吃了一回。

寶玉笑道：「今日持螯賞桂，亦不可無詩，我已吟成，誰還敢作？」說著，便忙洗了手，提筆寫出，眾人看道：

持螯更喜桂陰涼[118]，潑醋擂薑興欲狂[119]。
饕餮[120]王孫應有酒，橫行公子竟無腸[121]！
臍間積冷饞忘忌[122]，指上沾腥洗尚香。
原為世人美口腹，坡仙曾笑一生忙[123][124]。

黛玉笑道：「這樣的詩，一時要一百首也有。」寶玉笑道：「你這會子才力已盡，不說不能作了，還褒貶人家！」黛玉聽了，也不答言，略一仰首微吟，提起筆來一揮，已有了一首。眾人看道：

鐵甲[125]長戈[126]死未忘，堆盤色相[127]喜先嘗。
螯封嫩玉[128]雙雙滿，殼凸紅脂[129]塊塊香。
多肉更憐卿[130]八足，助情誰勸我千觴？
對茲[131]佳品酬[132]佳節，桂拂清風菊帶霜[133]。

寶玉看了，正喝采時，黛玉便一把撕了，命人燒去，因笑道：「我作的不及你的，我燒了罷；你那個很好，比方才的菊花詩還好，你留著他給人看看。」寶釵笑道：「我也勉強了一首，未必好，寫出來取笑兒罷。」說著，也寫出來，大家看時，寫道：

桂靄桐陰坐舉觴[134]，長安涎口[135]盼重陽。
眼前道路無經緯[136]，皮裡春秋空黑黃[137]！

看到這裡，眾人不禁叫絕。寶玉道：「罵得痛快！我的詩也該燒了。」看底下道：

酒未滌腥還用菊，性防積冷定須薑[138]。

今於落釜成何益？月浦空餘禾黍香[139][140][141]。

眾人看畢，都說：「這方是食蟹的絕唱！這些小題目，原要寓大意思，才算是大才。——只是諷刺世人太毒了些！」說著，只見平兒復進園來。不知卻作什麼，且聽下回分解。

校記

❶「這茶想得很好」，甲本、王本同；金本作「這茶想必很好」；藤本作「這茶烹得很好」；脂本、戚本作「這茶想得到」。

❷「沒理」，諸本作「無理」，脂本原抄亦同，後筆改「無禮」。

❸「哎」，諸本作「啐」。

❹「烏銀梅花自斟壺」，原作「烏梅銀花自斟壺」，從諸本改。

❺「醉酹寒香酒一杯」，「酹」原作「酧」，即「酬」字，平聲不合，從脂本、戚本改。

❻「好和井徑絕塵埃」，「和」脂本、戚本作「知」。

❼「解語何妨話片時」，「話」王本、脂本作「語」。

❽「珍重暗香踏碎處」，「踏碎處」脂本、戚本作「休踏碎」。

注釋

1 **〔規矩〕** 這裡是照例的意思。

2 **〔筅（ㄒㄧㄢˇ／xiǎn）〕** 用竹子作成的刷茶具的器物。

3 **〔嵌蚌〕** 利用蚌殼裡面有光彩的部分，加以雕琢，拼成圖案，嵌入木器或漆器家具，作為裝飾。又名「螺鈿」。

4 **〔芙蓉影破歸蘭槳，菱藕香深瀉竹橋〕** 划船歸來，蕩破了蓮花的影子；飄香的菱藕深處，流水瀉過竹橋。芙蓉，指水芙蓉，即蓮花；蘭槳，用木蘭製的槳，代指小船。

5 **〔離了眼〕** 眼睛看不清。

6 **〔夾子肉〕** 螃螯中的肉。

7〔便（ㄅㄧㄢˋ／biàn）宜〕又作便益、便意，都是「方便」的意思。與價格便宜的「便（ㄆㄧㄢˊ／pián）宜」，意思不同。

8〔支應〕伺候。

9〔唼喋〕這裡指魚嘴開合，吞食咂水的聲音。

10〔烏銀梅花自斟壺〕烏銀，一種夾用硫黃、特殊方法熔鑄的黑色銀質。這裡所說的是用烏銀所製、上有梅花圖案、隨手自斟用的小酒壺。

11〔海棠凍石蕉葉杯〕淡紅色透明凍石作的蕉葉形淺酒杯。一說，海棠指秋海棠花形；蕉葉杯泛指淺酒杯。

12〔悵望〕惆悵地凝望。

13〔悶思〕愁悶的情思。

14〔蓼（ㄌㄧㄠˇ／liǎo）紅葦白〕蓼，水蓼，秋天開紅花；葦，蘆葦，秋天抽白穗。

15〔空籬句〕空籬，籬笆裡空無菊花。舊圃，原來的花園裡。秋無跡，沒有菊花的痕跡；秋，代指菊花。

16〔冷月句〕在冷月清霜時，只有在夢中還能把菊花記憶。

17〔念念句〕秋天來臨，大雁南歸，引起無限的思念菊花的情感。因傳說雁有傳遞信息的使命。

18〔寥寥句〕寥寥，寂寞空虛的樣子；砧，搗衣石，此指搗衣聲；遲，很晚。在舊詩裡，常把搗衣聲與思念遠方的親人相連。這句從側面烘托思念菊花的心情。

19 〔為黃花瘦〕 黃花，菊花，因思念菊花而身體消瘦。宋李清照詞「醉花陰」：「莫道不消魂，簾捲西風，人比黃花瘦。」

20 〔慰語句〕 安慰我的話是，重陽佳節到來，就有和菊花相會的日子。重陽，陰曆九月初九，古人以九為陽數，有兩個「九」，所以叫重陽，古人在這天有賞菊的風俗。

21 〔譯文〕

迎著西風滿懷惆悵地眺望秋色，
蓼紅葦白正是十分悲傷之時。
花園裡籬笆邊都不見菊花蹤跡，
只有在月夜霜晨才能夢見你。
懷念你的心隨著南歸雁飛遠，
寂寞地坐聽搗衣聲響直到夜裡。
誰憐惜我為思念菊花而消瘦，
只好自我安慰：來年的重陽節也許會面有期。

22 〔酒杯藥盞〕 舊俗認為，重陽節飲菊花酒，可以消災免禍。

23 〔淹留〕 沉溺停留。

24 〔蠟屐（ㄐㄧ／jī）〕 屐是兩齒的木底鞋，屐上塗蠟保護，叫蠟屐。見「晉書・阮孚傳」。

25 〔得得〕 唐代方言，特意的意思。情得得，情緒很高。

26 〔冷吟〕 在寒秋季節吟詠。

27 〔掛杖頭〕 即用錢買酒的意思。「晉書・阮修傳」：「阮修嘗步行，百錢掛杖頭，至酒肆，便獨酣暢。」

28〔譯文〕

閑暇中趁著晴朗的秋天遊一遊，
那酒杯藥碗再也不可沉溺太久。
霜前月下是誰家種的菊花？
檻外籬邊那裡來的新秋？
我興高采烈穿著蠟屐遠道尋芳，
時節雖冷興致勃勃吟唱不休。
菊花啊，你若懂得憐惜鍾情的詩人，
請別辜負良辰，咱們挑著錢囊去沽美酒。

29〔不期〕想不到。

30〔帶霜開〕菊花在秋天下霜的時候開，所以說是「帶霜開」。

31〔秋色、寒香〕指的都是菊花。

32〔酹（ㄌㄟˋ／lèi）〕以酒澆地表示祭奠。這裡是對著菊花舉杯飲酒的意思。

33〔泉溉泥封〕用清泉水來澆灌，用泥土來封培。

34〔井徑〕指田間小路，這裡比喻世俗的人生道路。

35〔絕塵埃〕賈寶玉認為當時的社會到處是污濁的塵埃，願意和它決絕。

36〔譯文〕

用鋤頭從秋天的花圃裡移來，
籬笆邊庭院前到處把菊花培栽。
想不到一夜甘雨花苗成活，
更喜今晨菊花帶著霜露盛開。
清風中對秋景吟詩千首，
寒霜下聞菊香醉飲一杯。
泉水澆、沃土培辛勤護理，
寧願與花常處斷絕世俗塵埃。

37 〔對菊〕賞菊。

38 〔科頭〕唐代王維詩「與盧員外象過崔處士興宗林」：「科頭箕踞長林下，白眼看他世上人。」科頭，光著頭，是一種疏狂的態度。箕踞，坐時兩腿伸直岔開，形似簸箕，是一種輕慢態度。

39 〔冷香〕宋代王十朋取園中花草，評為十八香，稱菊花為「冷香」。

40 〔抱膝吟〕漢末諸葛亮曾隱居隆中，「抱膝長吟」，形容態度閑雅。

41 〔知音〕「列子・湯問」：「伯牙鼓琴，志在高山，鍾子期曰：『峨峨然若泰山』；志在流水，曰：『洋洋然若江河』。子期死，伯牙絕弦，以無知音者。」「知音」本意是能聽懂音樂，後引申為知己的朋友。唐代杜甫「哭李常侍嶧」詩：「斯人不重見，老夫失知音。」

42 〔荏苒（ㄖㄣˇ ㄖㄢˇ／rěn rǎn）〕時間不知不覺地過去了。

43 〔孤負〕同辜負。

44 〔寸陰〕陰，指日影，光陰。寸陰是說時間的短暫。「晉書・陶侃傳」：「常語人曰：『大禹聖者，乃惜寸陰，至於眾人，當惜分陰。豈可逸遊荒醉……是自棄也。』」

45 〔譯文〕從別的花園移來的菊花珍如黃金，
一叢顏色淺淡，一叢顏色濃深。
在疏籬畔光著頭對菊靜坐，
清香沁人我抱膝對菊長吟。
算來再沒有像你那樣傲視世俗，

看來只有我才是你的知心之人！
不要辜負即將消逝的美好秋光，
我們相對欣賞珍惜每一寸光陰。

46〔供菊〕將菊花插瓶中，供觀賞。

47〔堪〕可以。

48〔儔（ㄔㄡˊ／chóu）〕伴侶，朋友。

49〔分〕分散，散布。

50〔三徑〕本指院中小路。晉代陶潛「歸去來辭」中有「三徑就荒，松菊猶存」的句子，因此，「三徑」就成為菊花所在地，這裡代指菊花。「三徑露」，即帶露的菊花。

51〔一枝秋〕菊花在秋天盛開，可作秋色的代表。

52〔紙帳〕本是古人在戶外乘涼的帳子，用有縐的紙縫成。這裡指一般帳子。

53〔淹留〕停留，逗留。此指觀賞。

54〔譯文〕彈琴飲酒更喜同菊花為友，
一枝菊花立在桌案上點綴清幽。
隔著座位聞到帶露菊花沁人肺腑的香味，
拋開書本我一意觀賞著它的美秀。
清涼的紙帳中帶來新的夢境，
花園淒冷在斜陽下回憶訪菊舊遊。
傲對世俗咱們是氣味相投，

55〔詩魔〕桃李雖美它們面前也不值得逗留。對詩情的暱稱。是說詩興不可抑制，使人如同著了魔。

56〔沉音〕即沉吟，邊思索邊低聲吟誦。

57〔毫端句〕毫端，指毛筆尖兒；蘊秀：蘊，蘊藏，飽蘸；秀，指菊花的秀美。

58〔噙香〕含著芳香。

59〔題素怨〕抒發平時的怨憤。素，平時。

60〔秋心〕合成「愁」字，用作愁的代字。

61〔陶令評章〕陶令是晉代詩人陶潛（淵明），他作過彭澤縣令，一生酷愛菊花，並以菊花的清高自比。他曾寫過讚美菊花的詩文。評章就是品評的意思。

62〔高風〕菊花的高尚品格。

63〔譯文〕
無賴的詩情從早到晚一味纏磨人，
我只好繞著籬笆倚著山石獨自低吟。
筆尖上飽沾著菊的秀美在霜天揮寫，
嘴角裡淺噙著花之芳香對月光長吟。
滿紙抒寫著平日的哀怨自我憐惜，
有誰能從詩句中了解我的憂心？
自從陶淵明對菊花作了評論之後，
菊花的高尚品格千秋萬代傳誦到今。

64〔丹青〕丹，紅色；青，青色。丹青代指繪畫。

65〔聚葉〕密集的葉子。

66〔潑〕潑墨，國畫技法，用很多的墨色揮灑畫面。
67〔攢（ㄘㄨㄢˊ／cuán）花〕花團錦簇。
68〔東籬〕晉陶潛「飲酒詩」：「採菊東籬下，悠然見南山。」
69〔掇（ㄉㄨㄛˊ／duó）〕摘取。
70〔黏屏〕貼在屏風上。
71〔譯文〕作了詩又拿起畫筆不自以為輕狂。
那裡是畫菊和真菊相互較量？
千萬點水墨潑成團團綠葉，
幾縷白粉渲染出花朵如霜。
風前晃動的菊影濃淡逼真，
畫筆揮灑腕底菊花氣味芳香。
不要以為東籬邊悠閑地採來的菊花最好，
這幅畫菊貼在屏風上一樣安慰你度過重陽。
72〔欲訊〕想打聽打聽。
73〔秋情〕指秋天的消息。
74〔喃喃〕低聲自言自語。
75〔負手〕把兩手交放在背後，有所思的樣子。
76〔扣〕問。

77〔孤標〕孤高的人格。

78〔偕（ㄒㄧㄝˊ／xié）〕共同，在一起。

79〔為底遲〕為什麼晚。

80〔蛩（ㄑㄩㄥˊ／qióng）病〕蛩，蟋蟀；病，指深秋蟋蟀的悲鳴。

81〔譯文〕想問訊一下秋天的消息眾人都不知，
我只好背著手去和東籬邊菊花私語：
你的人格孤高傲世將和誰一起歸隱？
世界上千萬種花兒為啥只你開得遲？
滿園的露水滿院的冰霜你多麼寂寞？
大雁南歸蟋蟀悲鳴你是否相思？
不要說整個人間沒有一個知己，
你若會說話何妨跟我談一會兒心思。

82〔簪菊〕把菊花插在頭上。古代風俗，重陽節時頭上插菊花。

83〔休認〕不要誤認為。

84〔鏡中妝〕鏡中的普通裝飾品。

85〔長安公子〕似指唐代詩人杜牧。他是長安人，祖父杜佑當過宰相，因此稱長安公子。他的「九日齊山登高」詩中有「塵世難逢開口笑，菊花須插滿頭歸」等句。

86〔彭澤先生〕指晉代曾任彭澤縣令的陶潛。「續晉陽秋」記載：「陶潛嘗九月九日無酒，宅邊東籬上菊叢中，摘菊盈把，坐倒。未幾，望見白衣人至，乃王弘送酒也，即便就酌，醉而後歸。」

87〔三徑〕見前史湘雲「供菊」詩注。

88〔葛巾〕葛布作的頭巾。

89〔九秋〕秋季三個月九十天，故稱九秋。

90〔時人〕現時的世俗庸人。

91〔譯文〕供在瓶裡栽在籬旁天天為菊而忙，
折來菊花插在頭上休認作普通的束裝。
猶如長安公子愛花成癖，
恰似彭澤先生嗜酒發狂。
鬢角沾有菊花的露珠，
頭巾上染了霜花菊香。
高尚的情操世俗庸人看不上眼，
任憑他們譏笑指手畫腳在大路旁。

92〔秋光〕指在秋天陽光照射下的花影。

93〔潛度偷移〕指菊影隨著陽光的轉移而不聲不響地變化著。以上二句寫白晝的菊影。

94〔籬篩〕從籬笆縫中透露出來星星點點的月光。「窗隔」「籬篩」二句，寫月光下的菊影。

95〔魂〕此指菊花的精神。

96〔駐〕留。

97〔霜印〕菊影。

98〔暗香〕仍指菊影。

99〔譯文〕
陽光照耀下菊花陰影疊疊重重，
不聲不響地搖曳在庭院之中。
燈光透過窗櫺映得花影遠遠近近，
月色穿碎籬笆籠罩著玲瓏的菊影。
菊花留下了美好形象也留下了高尚風格，
仙姿印在霜地上勝過進入我的夢境。
莫要踏碎那菊影的淡香，
憑藉醉眼努力辨認朦朧的小徑。

100〔莊生蝶〕「莊子・齊物論」記載，莊周有一次作夢，化為蝴蝶，翩翩飛舞。

101〔憶舊句〕懷念老朋友，夢中還想找陶潛敘敘舊情（陶潛最愛菊花，所以說有盟約）。

102〔故故〕屢次、多次（指蛩鳴）。

103〔幽怨〕心靈深處的哀怨。

104〔衰草句〕衰草、寒烟是慘淡的秋景，用以襯托無限的哀愁。

105〔譯文〕
秋菊在籬邊酣睡進入夢境，
雲影伴著月影模糊不清。
夢入仙境並非羨慕莊周化蝶，
懷念舊友想和陶潛敘敘舊情。
菊花睡去依依隨雁直到無影無蹤，
可惱的是蟋蟀長鳴把好夢驚醒。
醒來後心底的哀怨向誰傾訴，
滿眼是衰草寒烟無限淒涼之景。

106〔漸傾欹〕指菊枝因霜露的摧殘而衰敗。

107〔宴賞〕指九月九日重陽節設宴賞菊。

108〔小雪〕指初冬的一個節氣。

109〔蒂〕花托。

110〔金淡泊〕金，指金黃的菊瓣；淡泊，即淡薄，指菊花顏色消退。

111〔翠離披〕翠，指青翠的菊葉；離披，葉子散亂破碎的樣子。

112〔半床句〕將落的月光照射半邊床幃，蟋蟀叫聲悲切。

113〔萬里句〕天空布滿寒雲，一行行的大雁飛得緩慢。

114〔秋分〕秋季中間的一個節氣，這時菊花開放。

115〔譯文〕

露多霜重菊花漸漸衰萎，
設宴賞菊剛過就到小雪節氣。
花蒂上雖有餘香金色的花瓣卻已淡薄，
花枝上翠葉已不完整顯得散亂破碎。
殘月照進半邊床幃蟋蟀鳴聲凄切，
寒雲滿天南歸的雁陣飛行緩遲。
要知道明年秋分還會和菊花再見，
暫時分手莫要日夜相思！

116〔簡評〕

吟詩聯句是曹雪芹在「紅樓夢」中刻畫人物的藝術手法之一。這十二首詠菊詩，都表現了人物各自的性格，流露了各自的思想感情。「孤標傲世」、「千古高風」，正是林黛玉的自我寫照，同時詩中也流露出自怨自憐的情調。寶玉的「訪菊」、「種菊」則表現了對另一種生活的渴望和追求。

薛寶釵的「憶菊」等詩，充滿「悵望」、「斷腸」、「念念」等詞語，表現了她的惆悵心理。不過這些詩大多仍是反映公子、小姐們的悠閒情調。

117 〔傷於纖巧〕 過於纖細小巧，而成了缺點。

118 〔持螯（ㄠˊ/áo）句〕 持，拿著。螯，螃蟹夾子。

119 〔潑醋句〕 擂薑，搗薑末調味。句意是，蟹肉澆了醋，放了薑，使人食興欲狂。

120 〔饕餮（ㄊㄠ ㄊㄧㄝˋ/tāo tiè）〕 傳說中凶惡貪吃的猛獸。饕餮王孫，貪吃的公子，寶玉自比。應有酒，據說蟹性涼，酒性熱，所以吃蟹必須多飲酒。

121 〔橫行句〕 橫行公子指蟹，寶玉以蟹自喻。竟無腸，是說蟹沒肝腸。寶玉以蟹無腸自況，表明腹無孔孟之道，不走仕途，不作祿蠹。

122 〔臍間句〕 雖然說螃蟹肚臍間性最冷，可是只要我喜歡吃，就不管它。

123 〔坡仙句〕 坡仙，指北宋文人蘇軾，自號東坡居士。他的「初到黃州」詩裡說：「自笑平生為口忙，老來事業轉荒唐，長江繞郭知魚美，好竹連山覺筍香。」意思是，蘇東坡不是曾經「自笑平生為口忙」嗎？螃蟹「為世人美口腹」，正是作了一件大好事。

124 〔譯文〕

手持螃蟹高興地坐在桂花樹陰，
調上醋拌上薑令人食興欲狂。
貪婪的王孫饞涎欲滴還要飲酒，
綽號「橫行公子」的螃蟹竟然無腸！
蟹臍間性陰冷貪吃者早已忘忌，

手指上沾腥味洗了又洗還有餘香。
螃蟹生來就為滿足世人的口福，
蘇東坡莫自笑「平生為口忙」。

125〔鐵甲〕指螃蟹的硬殼。

126〔長戈〕指一雙蟹螯。

127〔色相〕佛教的術語，即事物的顏色和形狀。這裡指螃蟹被煮熟後鮮紅的軀體。

128〔嫩玉〕借喻螃蟹鮮嫩的白肉。

129〔紅脂〕此指蟹黃。

130〔卿〕你，對螃蟹的愛稱。

131〔茲〕這，指螃蟹。

132〔酬〕答謝，不辜負的意思。

133〔譯文〕披鐵甲持長槍永遠奮鬥至死不忘，
堆滿盤盞的蟹肉鮮美惹人喜愛先嘗。
一對大螯封滿嫩肉好像白玉一般誘人，
蟹殼飽鼓鼓一塊塊蟹黃撲鼻噴香。
多肉的蟹啊，我更愛你八足橫行敢稱狂，
飲酒助興啊，誰來勸我千杯淋漓更酣暢？
對螃蟹美味盡情地品嘗莫辜負這佳節重陽，
正是秋風輕拂桂花飄香菊黃帶霜。

134〔桂靄句〕靄，雲氣，此指桂花香氣。觴，酒杯。

135 〔長安涎口〕長安人由於饞酒而口流涎水。杜甫「飲中八仙歌」詠的都是長安的事，所以說「長安涎口」。這裡指一般嗜酒的人。

136 〔眼前句〕經緯，織布的線，縱為經，橫為緯。這裡比喻道路的縱橫。這句是說，螃蟹看不清眼前的道路，只是一味橫行。暗罵寶玉不走「仕途經濟」的「正路」。

137 〔皮裡句〕皮裡，即肚子裡；皮裡春秋，成語（見「晉書・褚裒（ㄆㄡˊ póu）傳」），意思是，嘴裡不說好壞，心裡有所褒貶。這句表面上說，螃蟹殼裡淨是些亂七八糟的廢物，實際上是罵寶玉不讀「聖經賢傳」，還好批駁誚謗孔孟之道，是一肚子「異端邪說」。

138 〔酒未二句〕飲酒並不能洗盡螃蟹的腥氣，還得泡飲菊花茶。螃蟹性冷，一定要多吃些薑才能防其鬱積腹中。

139 〔今於二句〕釜，鍋。浦，水邊。這兩句的意思是，螃蟹橫行霸道一陣子，只落得個上鍋烹煮的下場，有什麼益處呢？而月光照耀下的水邊上，空剩下芳香的稻穀，螃蟹再也不能得而食之了。

140 〔譯文〕

桂花香裡梧桐陰下端坐舉觴，
流著口水瞧著螃蟹盼望重陽。
眼前道路經緯為什麼看不清楚？
只因蟹肚裡盡是廢物黑黑黃黃！
美酒洗不去蟹腥還得喝杯菊茶，
防備螃蟹性冷定要多加生薑。
橫行到今落到鍋裡有何益處？
月下水邊空有稻穀香。

141 〔簡評〕這三首詠螃蟹的詩，內容比菊花詩更具特色。寶玉以狂喜的心情，讚揚螃蟹橫行無忌，並以螃蟹自況。黛玉則一往情深地歌頌螃蟹至死不忘作最後掙扎，色美味香；她竟至引螃蟹為同調。黛玉從來沒有表現過這種豪爽樂觀的情緒。而寶釵呢？她以蟹喻世間的某些橫行者。旁觀的眾人，也看出了寶釵是藉小題目，寓大意思，雖然恭維她是「大才」，卻不能不指出她是「太毒了些」！

這三首詩比菊花有更深的意義。它說明寶、黛和寶釵之間的關係漸漸明朗。

【第三十九回】

村姥姥是信口開河[1]　情哥哥偏尋根究柢

話說眾人見平兒來了，都說：「你們奶奶作什麼呢？怎麼不來了？」平兒笑道：「他那裡得空兒來？因為說沒得好生吃，又不得來，所以叫我來問還有沒有，叫我再要幾個，拿了家去吃罷。」湘雲道：「有，多著呢！」忙命人拿盒子裝了十個極大的，平兒道：「多拿幾個團臍的。」眾人又拉平兒坐，平兒不肯，李紈瞅著他笑道：「偏叫你坐！」因拉他身旁坐下，端了一杯酒，送到他嘴邊，平兒忙喝了一口，就要走，李紈道：「偏不許你去！顯見得你只有鳳丫頭，就不聽我的話了。」說著，又命嬤嬤們：「先送了盒子去，就說我留下平兒了。」那婆子一時拿了盒子回來，說：「二奶奶說：『叫奶奶和姑娘們別笑話要嘴吃。這個盒子裡，方才舅太太那裡送來的菱粉糕和雞油捲兒，給奶奶姑娘們吃的。』」又向平兒道：「說了：『使喚你來，你就貪住嘴，不去了，叫你少喝鍾兒罷。』」平兒笑道：「多喝了，又把我怎麼樣？」一面說，一面只管喝，又吃螃蟹。李紈攬著他笑道：「可惜這麼個好體面模樣兒，命卻平常，只落得屋裡使喚！不知道的人，誰不拿你當作奶奶太太看？」

平兒一面和寶釵湘雲等吃喝著，一面回頭笑道：「奶奶，別這麼摸得我怪癢癢的。」

李氏道：「噯喲！這硬的是什麼？」平兒道：「是鑰匙。」李氏道：「有什麼要緊的東西怕人偷了去，這麼帶在身上？我成日家和人說：有個唐僧取經，就有個白馬來馱[2]著他；劉智遠打天下，就有個瓜精來送盔甲[3]；有個鳳丫頭，就有個你！你就是你奶奶的一把總鑰匙，還要這鑰匙作什麼？」平兒笑道：「奶奶吃了酒，又拿我來打趣著取笑兒了。」

寶釵笑道：「這倒是真話。我們沒事評論起來，你們這幾個，都是百個裡頭挑不出一個來的。妙在各人有各人的好處。」李紈道：「大小都有個天理：比如老太太屋裡，要沒鴛鴦姑娘，如何使得？從太太起，那一個敢駁老太太的回？他現敢駁回，——偏老太太只聽他一個人的話。老太太的那些穿帶的，別人不記得，他都記得。要不是他經管著，不知叫人誆騙了多少去呢！況且他心也公道，雖然這樣，倒常替人上好話兒，還倒不倚勢欺人的。」惜春笑道：「老太太昨日還說呢，他比我們還強呢！」平兒道：「那原是個好的，我們那裡比得上他？」寶玉道：「太太屋裡的彩霞，是個老實人。」探春道：「可不是『老實』！心裡可有數兒呢。太太是那麼『佛爺』似的，事情上不留心，他都知道。凡一應事，都是他提著太太行，連老爺在家出外去的一應大小事，他都知道，太太忘了，他背後告訴太太。」

李紈道：「那也罷了。」指著寶玉道：「這一個小爺屋裡，要不是襲人，你們度量到個什麼田地？鳳丫頭就是個楚霸王，也得兩隻膀子好舉千斤鼎[4]，他不是這丫頭，他就得這麼周到了？」平兒道：「先時賠了四個丫頭來，死的死，去的去，只剩下我一個孤鬼兒[5]了。」李紈道：「你倒是有造化的，鳳丫頭也是有造化的。想當初你大爺在日，何曾也沒兩個人？你們看，我還是那容不下人的？天天只是他們不如意，所以你大爺一沒了，我趁著年輕都打發了。要是有一個好的守得住，我到底也有個膀臂了！」說著不覺眼圈兒紅了。

眾人都道：「這又何必傷心，不如散了倒好。」說著，便都洗了手，大家約著往賈母王夫人處問安。眾婆子丫頭打掃亭子，收洗杯盤。襲人便和平兒一同往前去。

襲人因讓平兒到屋裡坐坐，再喝碗茶去。平兒回說：「不喝茶了，再來罷。」一面說，一面便要出去。襲人又叫住，問道：「這個月的月錢，連老太太、太太屋裡還沒放，是為什麼？」平兒見問，忙轉身至襲人跟前，又見無人，悄悄說道：「你快別問！橫豎再遲兩天就放了。」襲人笑道：「這是為什麼，唬得你這個樣兒？」平兒悄聲告訴他道：「這個月的月錢，我們奶奶早已支了，放給人使呢。等別處利錢收了來，湊齊了才放呢。因為是你，我才告訴你，可不許告訴一個人去！」

襲人笑道：「他難道還短錢使？還沒個足厭？何苦還操這心？」平兒笑道：「何曾不是呢！他這幾年，只拿著這一項銀子翻出有幾百來了。他的公費月例又使不著，十兩八兩零碎攢了，又放出去，單他這體己利錢，一年不到，上千的銀子呢！」襲人笑道：「拿著我們的錢，你們主子奴才賺利錢，哄得我們呆等著！」平兒道：「你又說沒良心的話！你難道還少錢？」襲人道：「我雖不少，只是我也沒處兒使去，就只預備我們那一個。」平兒道：「你倘若有緊要事用銀錢使時，我那裡還有幾兩銀子，你先拿來使，明日我扣下你的就是了。」襲人道：「此時也用不著，怕一時要用起來不夠了，我打發人去取就是了。」

平兒答應著，一徑出了園門，只見鳳姐那邊打發人來找平兒，說：「奶奶有事等你。」平兒道：「有什麼事，這麼要緊？我叫大奶奶拉扯住說話兒，我又沒逃了，這麼連三接四的叫人來找！」那丫頭說道：「這又不是我的主意，姑娘這話自己和奶奶說去！」

平兒啐道：「好了，你們越發上臉[6]了！」說著走來，只見鳳姐兒不在屋裡，忽見上回來打抽豐[7]的劉姥姥和板兒來了，坐在那邊屋裡，還有張材家的周瑞家的陪著。又有兩三個丫頭在地下倒口袋裡的棗兒、倭瓜並些野菜。眾人見他進來，都忙站起來。劉姥姥因上次來過，知道平兒的身分，忙跳下地來，問：「姑娘好？」又說：「家裡都問好。早要來請姑奶奶的安、看姑娘來的，因為莊家忙，好容易今年多打了兩石糧食，瓜果菜蔬也豐盛，這是頭一起摘下來的，並沒敢賣呢，留的尖兒[8]，孝敬姑奶奶、姑娘們嘗嘗。姑娘們天天山珍海味的，也吃膩了，吃個野菜兒，也算我們的窮心。」

平兒忙道：「多謝費心。」又讓坐，自己坐了，又讓：「張嬸子周大娘坐了。」命小丫頭子：「倒茶去。」周瑞張材兩家的因笑道：「姑娘今日臉上有些春色，眼圈兒都紅了。」平兒笑道：「可不是！我原不喝，大奶奶和姑娘們只是拉著死灌，不得已喝了兩鍾，臉就紅了。」張材家的笑道：「我倒想著要喝呢，又沒人讓我。明日再有人請姑娘，可帶了我去罷。」說著，大家都笑了。

周瑞家的道：「早起我就看見那螃蟹了，一斤只好秤兩個三個，這麼兩三大簍，想是有七八十斤呢。」周瑞家的又道❶：「要是上上下下，只怕還不夠！」平兒道：「那裡都吃？不過都是有名兒的吃兩個子。那些散眾兒的，也有摸著的，也有摸不著的。」劉姥姥道：「這樣螃蟹，今年就值五分一斤，十斤五錢，五五二兩五，三五一十五，再搭上酒菜，一共倒有二十多兩銀子。阿彌陀佛！這一頓的銀子，夠我們莊家人過一年了！」

平兒因問：「想是見過奶奶了？」劉姥姥道：「見過了，叫我們等著呢。」說著，又往窗外看天氣，說道：「天好早晚了，我們也去罷，別出不去城，才是飢荒呢！」周瑞家的道：「等著我替你瞧瞧去❷。」說著，一徑去了，半日方來，笑道：「只是姥姥的福來了，竟投了這兩個人的緣了。」平兒等問：「怎麼樣？」周瑞家的笑道：「二奶奶在老太太跟前呢，我原是悄悄的告訴二奶奶：『劉姥姥要家去呢，怕晚了趕不出城去。』二奶奶說：『大遠的，難為他扛了些東西來，晚了就住一夜，明日再去。』這可不是投上二奶奶的緣了嗎？——這也罷了，偏老太太又聽見了，問：『劉姥姥是誰？』二奶奶就回明白了。老太太又說：『我正想個積古[9]的老人家說話兒！請了來我見見。』這可不是想不到的投上緣了？」說著，催劉姥姥下來前去。

劉姥姥道：「我這生像兒，怎麼見得呢？好嫂子，你就說我去了罷！」平兒忙道：「你快去罷，不相干的。我們老太太最是惜老憐貧的，比不得那個狂三詐四的那些人。想是你怯上，我和周大娘送你去。」說著，同周瑞家的帶了劉姥姥往賈母這邊來。

二門口該班的小廝們見了平兒出來，都站起來，有兩個又跑上來，趕著平兒叫「姑娘」。平兒問道：「又說什麼？」那小廝笑道：「這會子也好早晚了，我媽病著，等我去請大夫。好姑娘，我討半日假，可使得？」平兒道：「你們倒好，都商量定了，一天一個，告假又不回奶奶，只和我胡纏。前日住兒去了，二爺偏叫他，叫不著，我應[10]起來了，還說我作了情了。你今日又來了！」周瑞家的道：「當真的他媽病了，姑娘也替他應著，放了他罷。」平兒道：「明日一早來。——聽著，我還要使你呢。再睡得日頭曬著屁股再來！你這一去，帶個信兒給旺兒，就說奶奶的話，問他那剩的利錢，明日要還不交來，奶奶不要了，索性送他使罷。」那小廝歡天喜地，答應去了。

平兒等來至賈母房中，彼時大觀園中姐妹們都在賈母前承奉，劉姥姥進去，只見滿屋裡珠圍翠繞、花枝招展的，並不知都係何人。只見一張榻上，獨歪著一位老婆婆，身後坐著一個紗羅裹的美人一般的丫鬟，在那裡捶腿。鳳姐兒站著正說笑。劉姥姥便知是賈母了，忙上來，陪著笑，拜了幾拜，口裡說：「請老壽星安。」賈母也忙欠身問好，又命周瑞家的端過椅子來坐著。那板兒仍是怯人，不知問候。

賈母道：「老親家，你今年多大年紀了？」劉姥姥忙起身答道：「我今年七十五了。」賈母向眾人道：「這麼大年紀了，還這麼硬朗。比我大好幾歲呢！我要到這個年紀，還不知怎麼動不得呢！」劉姥姥笑道：「我們生來是受苦的人，老太太生來是享福的，我們要也這麼著，那些莊家活也沒人作了。」賈母道：「眼睛牙齒還好？」劉姥姥道：「還都好，就是今年左邊的槽牙活動了。」賈母道：「我老了，都不中用了，眼也花，耳也聾，記性也沒了。你們這些老親戚，我都不記得了。親戚們來了，我怕人笑話，我都不會。不過嚼得動的吃兩口，睡一覺；悶了時，和這些孫子孫女兒玩笑會子就完了。」劉姥姥笑道：「這正是老太太的福了。我們想這麼著不能。」賈母道：「什麼『福』，不過是老廢物罷咧！」說得大家都笑了。

賈母又笑道：「我才聽見鳳哥兒說，你帶了好些瓜菜來，我叫他快收拾去了。我正想個地裡現結的瓜兒菜兒吃，外頭買的不像你們地裡的好吃。」劉姥姥笑道：「這是野意兒，不過吃個新鮮。依我們，倒想魚肉吃，只是吃不起。」賈母又道：「今日既認著了親，別空空的就去，不嫌我這裡，就住一兩天再去。我們也有個園子，園子裡頭也有果子，你明日也嘗嘗，帶些家去，也算是看親戚一趟。」

鳳姐兒見賈母喜歡，也忙留道：「我們這裡雖不比你們的場院大，空屋子還有兩間，你住兩天，把你們那裡的新聞故事兒，說些給我們老太太聽聽。」賈母笑道：「鳳丫頭，別拿他取笑兒，他是屯[11]裡人，老實，那裡擱得住你打趣？」說著，又命人去先抓果子給板兒吃。板兒見人多了，又不敢吃。賈母又命拿些錢給他，叫小么兒們帶他外頭玩去。劉姥姥吃了茶，便把些鄉村中所見所聞的事情說給賈母聽，賈母越發得了趣味。

正說著，鳳姐兒便命人請劉姥姥吃晚飯，賈母又將自己的菜揀了幾樣，命人送過去給劉姥姥吃。鳳姐知道合了賈母的心，吃了飯便又打發過來。鴛鴦忙命老婆子帶了劉姥姥去洗了澡，自己去挑了兩件隨常的衣裳，叫給劉姥姥換上。那劉姥姥那裡見過這般行事？忙換了衣裳出來，坐在賈母榻前，又搜尋些話出來說。彼時寶玉姐妹們也都在這裡坐著，他們何曾聽見過這些話，自覺比那些瞽目先生說的書還好聽。

那劉姥姥雖是個村野人，卻生來得有些見識，況且年紀老了，世情上經歷過的，見頭一件賈母高興，第二件這些哥兒姐兒都愛聽，便沒話也編出些話來講。因說道：「我們村莊上種地種菜，每年每日，春夏秋冬，風裡雨裡，那裡有個坐著的空兒？天天都是在那地頭上作歇馬涼亭[12]，什麼奇奇怪怪的事不見呢！就像舊年冬天，接連下了幾天雪，地下壓了三四尺深，我那日起得早，還沒出屋門，只聽外頭柴草響，我想著必定有人偷柴草來了，我巴著窗戶眼兒一瞧，不是我們村莊上的人——」賈母道：「必定是過路的客人們冷了，見現成的柴火，抽些烤火，也是有的。」劉姥姥笑道：「也並不是客人，所以說來奇怪。老壽星打量什麼人？原來是一個十七八歲極標致的個小姑娘兒，梳著溜油兒光的頭，穿著大紅襖兒，白綾子裙兒——」

剛說到這裡，忽聽外面人吵嚷起來，又說：「不相干，別唬著老太太！」賈母等聽了，忙問：「怎麼了？」丫鬟回說：「南院子馬棚裡走了水[13]了，不相干，已經救下去了。」賈母最膽小的，聽了這話，忙起身扶了人出至廊上來瞧時，只見那東南角上火光猶亮。賈母唬得口內念佛，又忙命人去火神跟前燒香，王夫人等也忙都過來請安，回說：「已經救下去了。老太太請進去罷。」賈母足足的看著火光熄了，方領眾人進來。

寶玉且忙問劉姥姥：「那女孩兒大雪地裡作什麼抽柴火？倘或凍出病來呢？」賈母道：「都是才說抽柴火，惹出事來了，你還問呢！別說這個了，說別的罷。」寶玉聽說，心內雖不樂，也只得罷了。

劉姥姥便又想了想，說道：「我們莊子東邊莊上有個老奶奶子，今年九十多歲了，他天天吃齋念佛，誰知就感動了觀音菩薩[14]，夜裡來托夢，說：『你這麼虔心，原本你該絕後的，如今奏了玉皇，給你個孫子。』原來這老奶奶只有一個兒子，這兒子也只一個兒子，好容易養到十七八歲上，死了，哭得什麼兒似的。後起間，真又養了一個，今年才十三四歲，長得粉團兒似的，聰明伶俐得了不得呢。這些神佛是有的不是！」

這一夕話，暗合了賈母王夫人的心事，連王夫人也都聽住了。寶玉心中只惦記抽柴的事，因悶得心中籌畫。探春因問他：「昨日擾了史大妹妹，咱們回去商議著邀一社，又還了席，也請老太太賞菊何如？」寶玉笑道：「老太太說了，還要擺酒還史妹妹的席，叫咱們作陪呢。等吃了老太太的，咱們再請不遲。」探春道：「越往前越冷了，老太太未必高興。」寶玉道：「老太太又喜歡下雨下雪的，咱們等下頭場雪，請老太太賞雪不好嗎？咱們雪下吟詩，也更有趣了。」黛玉笑道：「咱們雪下吟詩，依我說，還不如弄一捆柴火，雪下抽柴，還更有趣兒呢！」說著，寶釵等都笑了。寶玉瞅了他一眼，也不答話。

一時散了，背地裡寶玉到底拉了劉姥姥，細問：「那女孩兒是誰？」劉姥姥只得編了告訴他：「那原是我們莊子北沿兒地埂子上，有個小祠堂兒，供的不是神佛，當先有個什麼老爺——」說著，又想名姓。寶玉道：「不拘什麼名姓，也不必想了，只說緣故就是了。」劉姥姥道：「這老爺沒有兒子，只有一位小姐，名字叫什麼若玉，知書兒識字的，老爺太太愛得像珍珠兒。可惜了兒的，這小姐兒長到十七歲了，一病就病死了。」寶玉聽了，跌足嘆惜，又問：「後來怎麼樣？」劉姥姥道：「因為老爺太太疼得心肝兒似的，蓋了那祠堂，塑了個像兒，派了人燒香兒撥火的。如今年深日久了，人也沒了，廟也爛了，那泥胎兒可就成了精咧。」

寶玉忙道：「不是成精，規矩這樣人是不死的❸。」劉姥姥道：「阿彌陀佛！是這麼著嗎？不是哥兒說，我們還當他成了精了呢！他時常變了人出來閑逛。我才說抽柴火的，就是他了。我們村莊上的人商量著還要拿榔頭[15]砸他呢。」寶玉忙道：「快別如此，要平了廟，罪過不小！」劉姥姥道：「幸虧哥兒告訴我，明日回去，攔住他們就是了。」寶玉道：「我們老太太、太太都是善人，就是合家大小，也都好善喜捨，最愛修廟塑神的。我明日作一個疏頭[16]，替你化些布施，你就作香頭[17]，攢了錢，把這廟修蓋，再裝塑了泥像，每月給你香火錢燒香，好不好？」劉姥姥道：「若這樣時，我托那小姐的福，也有幾個錢使了。」

寶玉又問他地名莊名，來往遠近，坐落何方，劉姥姥便順口謅了出來。寶玉信以為真，回至房中，盤算了一夜，次日一早，便出來給了焙茗幾百錢，按著劉姥姥說的方向地名，著焙茗去先踏看明白，回來再作主意。

那焙茗去後，寶玉左等也不來，右等也不來，急得熱地裡的蚰蜒似的。好容易等到日落，方見焙茗興興頭頭的回來了。寶玉忙問：「可找著了？」焙茗笑道：「爺聽得不明白，叫我好找！那地名坐落，不像爺聽的一樣，所以找了一天，找到東北角田埂子上，才有一個破廟。」寶玉聽說，喜得眉開眼笑，忙說道：「劉姥姥有年紀的人，一時錯記了，也是有的。你且說你見的。」焙茗道：「那廟門卻倒也朝南開，也是稀破的。我找得正沒好氣，一見這個，我說：『可好了！』連忙進去，一看泥胎，唬得我又跑出來了，——活像真的似的！」寶玉喜得笑道：「他能變化人了，自然有些生氣。」焙茗拍手道：「那裡是什麼女孩兒？竟是一位青臉紅髮的瘟神爺！」

寶玉聽了，啐了一口，罵道：「真是個沒用的殺材，這點子事也幹不來！」焙茗道：「爺又不知看了什麼書，或者聽了誰的混賬話❹，信真了，把這件沒頭腦的事，派我去碰頭❺；怎麼說我沒用呢？」寶玉見他急了，忙撫慰他道：「你別急，改日閑了，你再找去。要是他哄我們呢，自然沒了；要竟是有的，你豈不也積了陰騭呢？我必重重的賞你。」

說著，只見二門上的小廝來說：「老太太屋裡的姑娘們站在二門口找二爺呢。」不知何事，下回分解。

校記

❶「周瑞家的又道」，原無「又」字，從戚本補。
❷「等著我替你瞧瞧去」，諸本此上有「這話倒是」四字。
❸「規矩這樣人是不死的」，「是」下諸本有「雖死」二字。
❹「混賬話」，「話」原作「語」；諸本作「混話」，今酌改「語」為「話」。
❺「派我去碰頭」，「碰」原作「磕」，從諸本改。

注釋

1 〔信口開河〕
毫無根據地隨便亂說。「元曲選・爭報恩」：那妮子一尺水翻騰作一丈波，怎當他只留支剌，信口開合。」合，後訛作「河」，現在已經通用。

2 〔唐僧取經，白馬來馱〕
唐僧，姓陳，即唐代著名的僧人玄奘。唐太宗時，曾去印度取經，回國後翻譯佛經，研究佛學。神話小說「西遊記」第十五回，寫了龍王三太子小白龍化成「白馬」，馱著唐僧去西天取經的故事。

3 〔劉智遠打天下，瓜精來送盔甲〕
劉智遠，五代時後漢王朝的建立者。明初無名氏的南戲「白兔記」第十二齣「看瓜」，寫劉智遠遇難，有一個瓜精送給他一套盔甲，幫他打天下。下文說「有個鳳丫頭，就有個你」，「你」是指平兒。這裡把唐僧、劉智遠比作鳳姐，白馬和瓜精比作平兒，說明平兒是鳳姐的得力助手。

4 〔是個楚霸王，也得兩隻膀子好舉千斤鼎〕
楚霸王，即項羽，名籍，是秦末起義領袖之一。秦亡後，自立為「西楚霸王」。「史記・項羽本紀」中說他「力能舉鼎」，力大無比。此處仍喻指平兒是鳳姐的得力臂膀。

5〔孤鬼兒〕孤孤零零的人。

6〔上臉〕卑幼對尊長開玩笑叫「上臉」，又說「訕臉」。

7〔打抽豐〕向有錢的人討點財物。意思是說，從豐富之中抽取。由於字音的轉變，也寫作「打秋風」。

8〔尖兒〕指在同類中所選出最優等、最上品的。

9〔積古〕有豐富的社會經驗，知道很多古老事情的。

10〔應〕承當。

11〔屯〕北方有的地方稱鄉、村為「屯」。

12〔歇馬涼亭〕本是驛路中供休息的亭子。這裡借指工作之餘把地頭樹蔭當「涼亭」，休息一會兒的意思。

13〔走了水〕這裡是「失火」的意思。

14〔觀音菩薩〕佛教菩薩之一，也叫觀世音或觀自在。佛教說他能救渡眾生，只要念其名號，即尋聲往救。

15〔榔頭〕錘子。

16〔疏頭〕疏，原是逐條書寫的意思，引申稱書信為「書疏」，稱奏章為「奏疏」。作為名詞時，讀去聲（ㄕㄨˋ shù）。這裡指為修廟募化錢財的啟事文章。

17〔香頭〕主管一個廟的香火的巫人。

【第四十回】史太君兩宴大觀園　金鴛鴦三宣牙牌[1]令

話說寶玉聽了，忙進來看時，只見琥珀站在屏風跟前，說：「快去罷。立等你說話呢！」寶玉來至上房，只見賈母正和王夫人眾姐妹商議給史湘雲還席。寶玉因說：「我有個主意：既沒有外客，吃的東西也別定了樣數，誰素日愛吃的，揀樣兒作幾樣，也不必按桌席，每人跟前擺一張高几，各人愛吃的東西一兩樣，再一個十錦攢心盒子[2]、自斟壺，豈不別致？」賈母聽了，說：「很是。」即命人傳與廚房：「明日就揀我們愛吃的東西作了；按著人數，再裝了盒子來。早飯也擺在園裡吃。」商議之間，早又掌燈，一夕無話。

次日清早起來，可喜這日天氣清朗。李紈清晨起來，看著老婆子丫頭們掃那些落葉，並擦抹桌椅，預備茶酒器皿；只見豐兒帶了劉姥姥板兒進來，說：「大奶奶倒忙得很！」李紈笑道：「我說你昨兒去不成，只忙著要去。」劉姥姥笑道：「老太太留下我，叫我也熱鬧一天去。」豐兒拿了幾把大小鑰匙，說道：「我們奶奶說了：外頭的高几兒怕不夠使，不如開了樓，把那收的拿下來使一天罷。奶奶原該親自來，因和太太說話呢；請大奶奶開了，帶著人搬罷。」李氏便命素雲接了鑰匙，又命婆子出去，把二門上小廝叫幾個來，李氏站在大觀樓下，往上看著，命人上去開了綴錦閣，一張一張的往下抬。小廝、老婆子、丫頭一齊動手，抬了二十多張下來。

李紈道：「好生著，別慌慌張張鬼趕著似的，仔細碰了牙子[3]！」又回頭向劉姥姥笑道：「姥姥也上去瞧瞧。」劉姥姥聽說，巴不得一聲兒，拉了板兒登梯上去。進裡面，只見烏壓壓的，堆著些圍屏、桌、椅、大小花燈之類，雖不大認得，只見五彩閃灼，各有奇妙。念了幾聲佛，便下來了。然後鎖上門，一齊下來。李紈道：「恐怕老太太高興，越發把船上划子、篙、槳、遮陽幔子，都搬下來預備著。」眾人答應，又復開了門，色色的搬下來。命小廝傳駕娘[4]們，到船塢裡撐出兩隻船來。

正亂著，只見賈母已帶了一群人進來了，李紈忙迎上去，笑道：「老太太高興，倒進來了；我只當還沒梳頭呢，才掐了菊花要送去。」一面說，一面碧月早已捧過一個大荷葉式的翡翠盤子來，裡面養著各色折枝菊花，賈母便揀了一朵大紅的簪在鬢上；因回頭看見了劉姥姥，忙笑道：「過來戴花兒。」一語未完，鳳姐兒便拉過劉姥姥來，笑道：「讓我打扮你。」說著，把一盤子花，橫三豎四的插了一頭。賈母和眾人笑得了不得。劉姥姥也笑道：「我這頭也不知修了什麼福，今兒這樣體面起來！」眾人笑道：「你還不拔下來摔到他臉上呢，把你打扮得成了老妖精了！」劉姥姥笑道：「我雖老了，年輕時也風流，愛個花兒粉兒的，今兒索性作個老風流！」

說話間，已來至沁芳亭上，丫鬟們抱了個大錦褥子來，鋪在欄杆榻板上。賈母倚欄坐下，命劉姥姥也坐在旁邊，因問他：「這園子好不好？」劉姥姥念佛說道：「我們鄉下人，到了年下，都上城來買畫兒貼，閑了的時候兒，大家都說：『怎麼得到畫兒上逛逛！』想著畫兒也不過是假的，那裡有這個真地方兒？誰知今兒進這園裡一瞧，竟比畫兒還強十倍！怎麼得有人也照著這個園子畫一張，我帶了家去給他們見見，死了也得好處！」

賈母聽說，指著惜春笑道：「你瞧我這個小孫女兒他就會畫；等明兒叫他畫一張如何？」劉姥姥聽了，喜得忙跑過來，拉著惜春說道：「我的姑娘！你這麼大年紀兒，又這麼個好模樣兒，還有這個能幹，別是個神仙托生的罷？」

賈母眾人都笑了。歇了歇，又領著劉姥姥都見識見識；先到了瀟湘館。一進門，只見兩邊翠竹夾路，土地下蒼苔布滿，中間羊腸一條石子漫的甬路。劉姥姥讓出來與賈母眾人走，自己卻走土地。琥珀拉他道：「姥姥，你上來走，看青苔滑倒了。」劉姥姥道：「不相干，我們走熟了，姑娘們只管走罷。可惜你們的那鞋❶，別沾了泥。」他只顧上頭和人說話，不防腳底下果跴[5]滑了，「咕咚」一跤跌倒，眾人都拍手呵呵的大笑。賈母笑罵道：「小蹄子們！還不攙起來，只站著笑！」說話時，劉姥姥已爬起來了，自己也笑了，說道：「才說嘴，就打了嘴了。」賈母問他：「可扭了腰了沒有？叫丫頭們捶捶。」劉姥姥道：「那裡說得我這麼姣嫩了？那一天不跌兩下子？都要捶起來，還了得呢！」

紫鵑早打起湘簾，賈母等進來坐下，黛玉親自用小茶盤兒捧了一蓋碗茶來，奉與賈母。王夫人道：「我們不吃茶，姑娘不用倒了。」黛玉聽說，便命丫頭把自己窗下常坐的一張椅子挪到下手，請王夫人坐了。劉姥姥因見窗下案上設著筆硯，又見書架上放著滿滿的書，劉姥姥道：「這必定是那一位哥兒的書房了？」賈母笑指黛玉道：「這是我這外孫女兒的屋子。」劉姥姥留神打量了黛玉一番，方笑道：「這那裡像個小姐的繡房？竟比那上等的書房還好呢！」

賈母因問：「寶玉怎麼不見？」眾丫頭們答說：「在池子裡船上呢。」賈母道：「誰又預備下船了？」李紈忙回說：「才開樓拿的。我恐怕老太太高興，就預備下了。」賈母聽了，方欲說話時，有人回說：「姨太太來了。」賈母等剛站起來，只見薛姨媽早進來了，一面歸坐，笑道：「今兒老太太高興，這早晚就來了。」賈母笑道：「我才說，來遲了的要罰他，不想姨太太就來遲了。」說笑一回。

賈母因見窗上紗顏色舊了，便和王夫人說道：「這個紗新糊上好看，過了後兒就不翠了。這院子裡頭又沒有個桃杏樹，這竹子已是綠的，再拿綠紗糊上，反倒不配。我記得咱們先有四五樣顏色糊窗的紗呢，明兒給他把這窗上的換了。」鳳姐兒忙道：「昨兒我開庫房，看見大板箱裡還有好幾疋銀紅蟬翼紗，也有各樣折枝花樣的，也有『流雲蝙蝠』花樣的，也有『百蝶穿花』花樣的，顏色又鮮，紗又輕軟，我竟沒見這個樣的，拿了兩疋出來，作兩床綿紗被，想來一定是好的。」賈母聽了笑道：「呸！人人都說你沒有沒經過沒見過的，連這個紗還不能認得，明兒還說嘴！」薛姨媽等都笑說：「憑他怎麼經過見過，怎麼敢比老太太呢！老太太何不教導了他，連我們也聽聽。」鳳姐兒也笑說：「好祖宗！教給我罷。」

賈母笑向薛姨媽眾人道：「那個紗，比你們的年紀還大呢！怪不得他認作蟬翼紗，原也有些像。不知道的都認作蟬翼紗。正經名字叫『軟烟羅』。」鳳姐兒道：「這個名兒也好聽，只是我這麼大了，紗羅也見過幾百樣，從沒聽見過這個名色。」賈母笑道：「你能活了多大？見過幾樣東西？就說嘴來了。那個軟烟羅只有四樣顏色：一樣雨過天青，一樣秋香色，一樣松綠的，一樣就是銀紅的。要是作了帳子，糊了窗屜，遠遠的看著，就和烟霧一樣，所以叫作『軟烟羅』，那銀紅的又叫作『霞影紗』。如今上用的府紗，也沒有這樣軟厚輕密的了。」薛姨媽笑道：「別說鳳丫頭沒見，連我也沒聽見過。」

鳳姐兒一面說話，早命人取了一疋來了，賈母說：「可不是這個！先時原不過是糊窗屜，後來我們拿這個作被作帳子試試，也竟好。明日就找出幾疋來，拿銀紅的替他糊窗戶。」鳳姐答應著。眾人看了，都稱讚不已。劉姥姥也覷著眼看，口裡不住的念佛，說道：「我們想作衣裳也不能，拿著糊窗子豈不可惜？」賈母道：「倒是作衣裳不好看。」鳳姐忙把自己身上穿的一件大紅棉紗襖的襟子拉出來，向賈母薛姨媽道：「看我的這襖兒。」賈母薛姨媽都說：「這也是上好的了，這是如今上用內造[6]的，——竟比不上這個。」鳳姐兒道：「這個薄片子還說是內造上用呢，竟連這個官用的也比不上啊。」賈母道：「再找一找，只怕還有；要有，就都拿出來，送這劉親家兩疋。有雨過天青的，我作一個帳子掛上。剩的配上裡子，作些個夾坎肩兒給丫頭們穿，白收著霉壞了。」鳳姐兒忙答應了，仍命人送去。

賈母便笑道：「這屋裡窄，再往別處逛去罷。」劉姥姥笑道：「人人都說：『大家子住大房』，昨兒見了老太太正房，配上大箱、大櫃、大桌子、大床，果然威武。那櫃子比我們一間房子還大，還高。怪道後院子裡有個梯子，我想又不上房曬東西❷，預備這梯子作什麼？後來我想起來，一定是為開頂櫃取東西；離了那梯子怎麼上得去呢？如今又見了這小屋子，更比大的越發齊整了；滿屋裡東西都只好看，可不知叫什麼。我越看越捨不得離了這裡了！」鳳姐道：「還有好的呢，我都帶你去瞧瞧。」

說著，一徑離了瀟湘館，遠遠望見池中一群人在那裡撐船。賈母道：「他們既備下船，咱們就坐一回。」說著，向紫菱洲蓼漵一帶走來。未至池前，只見幾個婆子手裡都捧著一色攝絲戧金[7]五彩大盒子走來，鳳姐忙問王夫人：「早飯在那裡擺？」王夫人道：「問老太太在那裡就在那裡罷了。」賈母聽說，便回頭說：「你三妹妹那裡好，你就帶了人擺去，我們從這裡坐了船去。」

鳳姐兒聽說，便回身和李紈、探春、鴛鴦、琥珀帶著端飯的人等，抄著近路到了秋爽齋，就在曉翠堂上調開桌案。鴛鴦笑道：「天天咱們說外頭老爺們：吃酒吃飯，都有個湊趣兒的，拿他取笑兒。咱們今兒也得了個女清客了。」李紈是個厚道人，倒不理會；鳳姐兒卻聽著是說劉姥姥，便笑道：「咱們今兒就拿他取個笑兒。」二人便如此這般商議。李紈笑勸道：「你們一點好事兒不作！又不是個小孩兒，還這麼淘氣。仔細老太太說！」鴛鴦笑道：「很不與大奶奶相干，有我呢。」

正說著，只見賈母等來了，各自隨便坐下，先有丫鬟挨人遞了茶，大家吃畢，鳳姐手裡拿著西洋布手巾，裹著一把烏木三鑲銀箸[8]，按席擺下。賈母因說：「把那一張小楠木桌子抬過來，讓劉親家挨著我這邊坐。」一眾人聽說，忙抬過來。鳳姐一面遞眼色與鴛鴦，鴛鴦便忙拉劉姥姥出去，悄悄的囑咐了劉姥姥一席話，又說：「這是我們家的規矩，要錯了，我們就笑話呢。」

調停已畢，然後歸坐。薛姨媽是吃過飯來的，不吃了，只坐在一邊吃茶。賈母帶著寶玉、湘雲、黛玉、寶釵一桌，王夫人帶著迎春姐妹三人一桌，劉姥姥挨著賈母一桌。賈母素日吃飯，皆有小丫鬟在旁邊拿著漱盂、麈尾、巾帕之物，如今鴛鴦是不當這差的了，今日偏接過麈尾來拂著。丫鬟們知他要捉弄劉姥姥，便躲開讓他。鴛鴦一面侍立，一面遞眼色。劉姥姥道：「姑娘放心。」

那劉姥姥入了座，拿起箸來，沉甸甸的不伏手，[9]——原是鳳姐和鴛鴦商議定了，單拿了一雙老年四楞象牙鑲金的筷子給劉姥姥。劉姥姥見了，說道：「這個叉巴子，比我們那裡的鐵掀[10]還沉，那裡拿得動他？」說得眾人都笑起來。只見一個媳婦端了一個盒子站在當地，一個丫鬟上來揭去盒蓋，裡面盛著兩碗菜，李紈端了一碗放在賈母桌上，鳳姐偏揀了一碗鴿子蛋放在劉姥姥桌上。

賈母這邊說聲「請」，劉姥姥便站起身來，高聲說道：「老劉，老劉，食量大如牛：吃個老母豬，不抬頭！」說完，卻鼓著腮幫子，兩眼直視，一聲不語。眾人先還發怔，後來一想，上上下下都一齊哈哈大笑起來。湘雲掌不住，一口茶都噴出來。黛玉笑岔了氣，伏著桌子只叫「噯喲」！寶玉滾到賈母懷裡，賈母笑得摟著叫「心肝」，王夫人笑得用手指著鳳姐兒，卻說不出話來。薛姨媽也掌不住，口裡的茶噴了探春一裙子。探春的茶碗都合在迎春身上。惜春離了座位，拉著他奶母，叫「揉揉腸子」。地下無一個不彎腰屈背，也有躲出去蹲著笑去的，也有忍著笑上來替他姐妹換衣裳的。獨有鳳姐鴛鴦二人掌著，還只管讓劉姥姥。

劉姥姥拿起箸來，只覺不聽使，又道：「這裡的雞兒也俊，下的這蛋也小巧，怪俊的。我且得一個兒！」眾人方住了笑，聽見這話，又笑起來。賈母笑得眼淚出來，只忍不住；琥珀在後搥著。賈母笑道：「這定是鳳丫頭促狹鬼兒鬧的！快別信他的話了。」

那劉姥姥正誇雞蛋小巧，鳳姐兒笑道：「一兩銀子一個呢！你快嘗嘗罷，冷了就不好吃了。」劉姥姥便伸筷子要夾，那裡夾得起來？滿碗裡鬧了一陣，好容易撮起一個來，才伸著脖子要吃，偏又滑下來，滾在地下。忙放下筷子，要親自去揀，早有地下的人揀出去了❸。劉姥姥嘆道：「一兩銀子也沒聽見個響聲兒就沒了！」

眾人已沒心吃飯，都看著他取笑。賈母又說：「誰這會子又把那個筷子拿出來了，又不請客擺大筵席！都是鳳丫頭支使的！還不換了呢。」地下的人原不曾預備這牙箸，本是鳳姐和鴛鴦拿了來的，聽如此說，忙收過去了，也照樣換上一雙烏木鑲銀的。劉姥姥道：「去了金的，又是銀的，到底不及俺們那個伏手。」鳳姐兒道：「菜裡要有毒，這銀子下去了就試得出來。」劉姥姥道：「這個菜裡有毒，我們那些都成了砒霜了！那怕毒死了，也要吃盡了。」賈母見他如此有趣，吃得又香甜，把自己的菜也都端過來給他吃。又命一個老嬤嬤來，將各樣的菜給板兒夾在碗上。

一時吃畢，賈母等都往探春臥室中去閑話，這裡收拾殘桌，又放了一桌。劉姥姥看著李紈與鳳姐兒對坐著吃飯，嘆道：「別的罷了，我只愛你們家這行事！怪道說：『禮出大家』。」鳳姐兒忙笑道：「你可別多心，才剛不過大家取樂兒。」一言未了，鴛鴦也進來笑道：「姥姥別惱，我給你老人家賠個不是兒罷。」劉姥姥忙笑道：「姑娘說那裡的話？咱們哄著老太太開個心兒，有什麼惱的！你先囑咐我，我就明白了，不過大家取笑兒。我要惱，也就不說了。」鴛鴦便罵人：「為什麼不倒茶給姥姥吃！」劉姥姥忙道：「才剛那個嫂子倒了茶來，我吃過了，姑娘也該用飯了。」鳳姐兒便拉鴛鴦坐下道：「你和我們吃罷，省了回來又鬧。」鴛鴦便坐下了，婆子們添上碗箸來，三人吃畢。

劉姥姥笑道：「我看你們這些人，都只吃這一點兒就完了，虧你們也不餓！怪道風兒都吹得倒！」鴛鴦便問：「今兒剩得不少，都那裡去了？」婆子們道：「都還沒散呢，在這裡等著，一齊散給他們吃。」鴛鴦道：「他們吃不了這些，挑兩碗給二奶奶屋裡平丫頭送去。」鳳姐道：「他早吃了飯了，不用給他。」鴛鴦道：「他吃不了，餵你的貓。」婆子聽了，忙揀了兩樣，拿盒子送去。鴛鴦道：「素雲那裡去了？」李紈道：「他們都在這裡一處吃，又找他作什麼？」鴛鴦道：「這就罷了。」鳳姐道：「襲人不在這裡，你倒是叫人送兩樣給他去。」鴛鴦聽說，便命人也送兩樣去。鴛鴦又問婆子們：「回來吃酒的攢盒，可裝上了？」婆子道：「想必還得一會子。」鴛鴦道：「催著些兒。」婆子答應了。

鳳姐等來至探春房中，只見他娘兒們正說笑，探春素喜闊朗，這三間屋子並不曾隔斷，當地放著一張花梨大理石大案，案上堆著各種名人法帖，並數十方寶硯，各色筆筒；筆海內插的筆如樹林一般；那一邊設著斗大的一個汝窯花囊[11]，插著滿滿的一囊水晶球❹的白菊。西牆上當中掛著一大幅米襄陽「烟雨圖」。左右掛著一副對聯，乃是顏魯公[12]墨跡。其聯云：

烟霞閑骨格，泉石野生涯[13]。

案上設著大鼎，左邊紫檀架上放著一個大官窯的大盤，盤內盛著數十個嬌黃玲瓏大佛手；右邊洋漆架上懸著一個白玉比目磬[14]，旁邊掛著小槌。

那板兒略熟了些，便要摘那槌子去擊，丫鬟們忙攔住他。他又要那佛手吃，探春揀了一個給他，說：「玩罷，吃不得的。」東邊便設著臥榻拔步床[15]，上懸著蔥綠雙繡花卉草蟲的紗帳。板兒又跑來看，說：「這是蟈蟈，這是螞蚱。」劉姥姥忙打了他一巴掌，道：

「下作黃子[16]！沒乾沒淨的亂鬧，倒叫你進來瞧瞧，就上臉[17]了！」打得板兒哭起來，眾人忙勸解方罷。

賈母隔著紗窗往院內看了一回，因說道：「後廊檐下的梧桐也好了，只是細些。」正說話，忽一陣風過，隱隱聽得鼓樂之聲。賈母問：「是誰家娶親呢？這裡臨街倒近。」王夫人等笑回道：「街上的那裡聽得見？這是咱們的那十來個女孩子們演習吹打呢。」賈母便笑道：「既他們演，何不叫他們進來演習，他們也逛一逛，咱們也樂了，不好嗎？」鳳姐聽說，忙命人出去叫來，趕著吩咐擺下條桌，鋪上紅氈子。

賈母道：「就鋪排在藕香榭的水亭子上，借著水音更好聽。回來咱們就在綴錦閣底下吃酒，又寬闊，又聽得近。」眾人都說：「好。」賈母向薛姨媽笑道：「咱們走罷，他們姐妹們都不大喜歡人來，生怕腌臢了屋子。咱們別沒眼色兒，正經坐會子船，喝酒去罷。」說著，大家起身便走。探春笑道：「這是那裡的話？求著老太太、姨媽、太太來坐坐還不能呢！」賈母笑道：「我的這三丫頭倒好，只有兩個玉兒可惡；——回來喝醉了，咱們偏往他們屋裡鬧去！」

說著眾人都笑了，一齊出來。走不多遠，已到了荇葉渚[18]。那姑蘇選來的幾個駕娘，早把兩隻棠木舫撐來，眾人扶了賈母、王夫人、薛姨媽、劉姥姥、鴛鴦、玉釧兒上了這一隻船，次後李紈也跟上去。鳳姐也上去，立在船頭上，也要撐船。賈母在艙內道：「那不是玩的！雖不是河裡，也有好深的，你快給我進來！」鳳姐笑道：「怕什麼！老祖宗只管放心。」說著，便一篙點開，到了池當中；船小人多，鳳姐只覺亂晃，忙把篙子遞與駕娘，方蹲下去。

然後迎春姐妹等並寶玉上了那隻，隨後跟來。其餘老嬤嬤眾丫鬟俱沿河隨行。寶玉道：「這些破荷葉可恨，怎麼還不叫人來拔去？」寶釵笑道：「今年這幾日，何曾饒了這園子閑了一閑，天天逛，那裡還有叫人來收拾的工夫呢？」黛玉道：「我最不喜歡李義山的詩[19]，只喜他這一句：『留得殘荷聽雨聲。』偏你們又不留著殘荷了。」寶玉道：「果然好句！以後咱們別叫拔去了。」

說著已到了花漵的蘿港之下，覺得陰森透骨，兩灘上衰草殘菱，更助秋興。賈母因見岸上的清廈曠朗，便問：「這是薛姑娘的屋子不是？」眾人道：「是。」賈母忙命攏岸，順著雲步石梯上去，一同進了蘅蕪院，只覺異香撲鼻。那些奇草仙藤，愈冷愈蒼翠，都結了實，似珊瑚豆子一般，累垂可愛。及進了房屋，雪洞一般，一色的玩器全無。案上止有一個土定瓶[20]，瓶中供著數枝菊花❺，並兩部書，茶奩、茶杯而已；床上只吊著青紗帳幔，衾褥也十分樸素。

賈母嘆道：「這孩子太老實了！你沒有陳設，何妨和你姨娘要些？我也沒理論，也沒想到。你們的東西，自然在家裡沒帶了來。」說著，命鴛鴦去取些古董來，又嗔著鳳姐兒：「不送些玩器來給你妹妹，這樣小器！」王夫人鳳姐等都笑回說：「他自己不要麼！我們原送了來，都退回去了！」薛姨媽也笑說道：「他在家裡也不大弄這些東西。」

賈母搖頭道：「那使不得！雖然他省事，倘或來個親戚，看著不像；二則年輕的姑娘們，屋裡這麼素淨，也忌諱。我們這老婆子，越發該住馬圈[21]去了！你們聽那些書上戲上說的小姐們的繡房，精緻的還了得呢！他們姐妹們雖不敢比那些小姐們，也別很離了格兒。有現成的東西，為什麼不擺呢？要很愛素淨，少幾樣倒使得。我最會收拾屋子，如今老了，沒這個閑心了。他們姐妹們也還學著收拾得好。只怕俗氣，有好東西也擺壞了。我看他們還不俗。如今等我替你收拾，包管又大方又素淨。我的兩件體己，收到如今，沒給寶玉看見過，——若經了他的眼，也沒了。」說著，叫過鴛鴦來，吩咐道：「你把那石頭盆景兒和那架紗照屏，還有個墨烟凍石鼎[22]拿來：這三樣擺在這案上就夠了。再把那水墨字畫白綾帳子拿來，把這帳子也換了。」

鴛鴦答應著，笑道：「這些東西都擱在東樓上不知那個箱子裡，還得慢慢找去，明兒再拿去也罷了。」賈母道：「明日後日，都使得，只別忘了。」說著，坐了一回，方出來，一徑來至綴錦閣下。文官等上來請過安，因問：「演習何曲？」賈母道：「只揀你們熟的演習幾套罷。」文官等下來，往藕香榭去不提。

這裡鳳姐已帶著人擺設齊整，上面左右兩張榻，榻上都鋪著錦裀蓉簟[23]，每一榻前兩張雕漆几，也有海棠式的，也有梅花式的，也有荷葉式的，也有葵花式的，也有方的，有圓的：其式不一。一個上頭放著一分爐瓶[24]，一個攢盒。上面二榻四几，是賈母薛姨媽；下面一椅兩几，是王夫人的。餘者都是一椅一几。東邊劉姥姥，劉姥姥之下便是王夫人。西邊便是湘雲，第二便是寶釵，第三便是黛玉，第四迎春，探春惜春挨次排下去，寶玉在末。李紈鳳姐二人之几設於三層檻內，二層紗櫥之外。攢盒式樣，亦隨几之式樣。每人一把烏銀洋鏨自斟壺，一個十錦琺瑯杯。

大家坐定，賈母先笑道：「咱們先吃兩杯，今日也行一個令，才有意思。」薛姨媽笑說道：「老太太自然有好酒令，我們如何會呢！安心叫我們醉了，我們都多吃兩杯就有了。」賈母笑道：「姨太太今兒也過謙起來，想是厭我老了。」薛姨媽笑道：「不是謙，只怕行不上來，倒是笑話了。」王夫人忙笑道：「便說不上來，只多吃了一杯酒，醉了睡覺去，還有誰笑話咱們不成！」薛姨媽點頭笑道：「依令。老太太到底吃一杯令酒才是。」賈母笑道：「這個自然。」說著便吃了一杯。

鳳姐兒忙走至當地，笑道：「既行令，還叫鴛鴦姐姐來行才好。」眾人都知賈母所行之令，必得鴛鴦提著，故聽了這話，都說：「很是。」鳳姐便拉著鴛鴦過來。王夫人笑道：「既在令內，沒有站著的理。」回頭命小丫頭子：「端一張椅子，放在你二位奶奶的席上。」鴛鴦也半推半就，謝了坐，便坐下，也吃了一鍾酒，笑道：「酒令大如軍令，不論尊卑，惟我是主，違了我的話，是要受罰的。」王夫人等都笑道：「一定如此，快些說。」鴛鴦未開口，劉姥姥便下席，擺手道：「別這樣捉弄人！我家去了。」眾人都笑道：「這卻使不得。」鴛鴦喝令小丫頭子們：「拉上席去！」小丫頭子們也笑著，果然拉入席中。劉姥姥只叫：「饒了我罷！」鴛鴦道：「再多言的罰一壺。」劉姥姥方住了。

鴛鴦道：「如今我說骨牌副兒[25]，從老太太起，順領下去，至劉姥姥止。比如我說一副兒，將這三張牌拆開，先說頭一張，再說第二張，說完了，合成這一副兒的名字，無論詩詞歌賦，成語俗話，比上一句，都要合韻。錯了的罰一杯。」眾人笑道：「這個令好，就說出來。」

鴛鴦道：「有了一副了。左邊是張『天』。」賈母道：「頭上有青天。」眾人道：「好！」鴛鴦道：「當中是個五合六。」賈母道：「六橋梅花香徹骨。」鴛鴦道：「剩了一張六合么。」賈母道：「一輪紅日出雲霄。」鴛鴦道：「湊成卻是個『蓬頭鬼』。」賈母道：「這鬼抱住鍾馗[26]腿。」說完，大家笑著喝采。賈母飲了一杯。

鴛鴦又道：「又有一副了。左邊是個『大長五』。」薛姨媽道：「梅花朵朵風前舞。」鴛鴦道：「右邊是個『大五長』。」薛姨媽道：「十月梅花嶺上香。」鴛鴦道：「當中『二五』是雜七。」薛姨媽道：「織女牛郎會七夕[27]。」鴛鴦道：「湊成『二郎遊五岳』。」薛姨媽道：「世人不及神仙樂。」說完，大家稱賞，飲了酒。

鴛鴦又道：「有了一副了。左邊『長么』兩點明。」湘雲道：「雙懸日月照乾坤[28]。」鴛鴦道：「右邊『長么』兩點明。」湘雲道：「閑花落地聽無聲[29]。」鴛鴦道：「中間還得『么四』來。」湘雲道：「日邊紅杏倚雲栽[30]。」鴛鴦道：「湊成一個『櫻桃九熟』。」湘雲道：「御園卻被鳥銜出[31]。」說完，飲了一杯。

鴛鴦道：「有了一副了。左邊是『長三』。」寶釵道：「雙雙燕子語梁間[32]。」鴛鴦道：「右邊是『三長』。」寶釵道：「水荇牽風翠帶長[33]。」鴛鴦道：「當中『三六』九點在。」寶釵道：「三山半落青天外[34]。」鴛鴦道：「湊成『鐵鎖練孤舟』。」寶釵道：「處處風波處處愁[35]。」說完飲畢。

鴛鴦又道：「左邊一個『天』。」黛玉道：「良辰美景奈何天。」寶釵聽了，回頭看著他，黛玉只顧怕罰，也不理論。鴛鴦道：「中間『錦屏』顏色俏。」黛玉道：「紗窗也沒有紅娘報。」鴛鴦道：「剩了『二六』八點齊。」黛玉道：「雙瞻玉座引朝儀❻[36]。」鴛鴦道：「湊成『籃子』好採花❼。」黛玉道：「仙杖香挑芍藥花。」說完，飲了一口。

鴛鴦道：「左邊『四五』成花九。」迎春道：「桃花帶雨濃[37]。」眾人笑道：「該罰！錯了韻，而且又不像。」迎春笑著，飲了一口[38]。

原是鳳姐和鴛鴦都要聽劉姥姥的笑話兒，故意都叫說錯了。至王夫人，鴛鴦便代說了一個，下便該劉姥姥。劉姥姥道：「我們莊家閑了，也常會幾個人弄這個兒，可不像這麼好聽就是了。少不得我也試試。」眾人都笑道：「容易的，你只管說，不相干。」鴛鴦笑道：「左邊『大四』是個『人』。」劉姥姥聽了，想了半日，說道：「是個莊家人罷！」眾人哄堂笑了。賈母笑道：「說得好，就是這麼說。」劉姥姥也笑道：「我們莊家人不過是現成的本色兒，姑娘姐姐別笑。」鴛鴦道：「中間『三四』綠配紅。」劉姥姥道：「大火燒了毛毛蟲。」眾人笑道：「這是有的，還說你的本色。」鴛鴦笑道：「右邊『么四』真好看。」劉姥姥道：「一個蘿蔔一頭蒜。」眾人又笑了。鴛鴦笑道：「湊成便是『一枝花』。」劉姥姥兩隻手比著，也要笑，卻又掌住了，說道：「花兒落了結個大倭瓜。」眾人聽了，由不得大笑起來。只聽外面亂嚷嚷的，不知何事，且聽下回分解。

■校記

❶「那鞋」，諸本作「繡鞋」。

❷「上房曬東西」，「曬」原作「晌」，從諸本改。

❸「早有地下的人揀出去了」，「了」下原疊一「了」字，今酌刪。按甲本等皆作「早有地下人揀了出去了」，故句尾可有「了」字。疑乙本既改「揀了出去」為「揀出去了」（此種情形全書甚多，參看第二十五回〔❼〕），又漏刪此句尾「了」字（原書此「了」字不在本頁，係次頁首行首字）。一說：「了了」如第一「了」重讀，第二「了」輕讀，亦有義可循。記此備考。

❹「水晶球」，「水」原作「冰」，從諸本改。

❺「瓶中供著數枝菊花」，「花」字原無，從諸本增。

❻「雙瞻玉座引朝儀」，「座」原作「坐」，從諸本改。

❼「湊成『籃子』好採花」，「籃」原作「藍」，從王本、金本改。

■注釋

1〔牙牌〕又稱骨牌，即用獸骨或竹木製成的牌，是自南宋開始出現的一種玩具，點子從一至十二，顏色有紅綠兩種。各種點色，都有名稱，共三十二張。

2〔攢心盒子〕一種盛菜、果的盤盒，中分許多格子，都攢向中心，所以叫「攢心盒子」。

3〔牙子〕這是指桌凳周圍的雕花裝飾的木片。

4〔駕娘〕專供划船的女僕。

5〔跴〕同「踩」。

6〔上用內造〕上用，皇帝所用。內造，宮廷內所織造。

7〔戧（ㄑㄧㄤˋ／qiàng）金〕器物漆地上刻畫裝飾圖案，在畫內填金，稱為「戧金」。

8〔烏木三鑲銀箸〕烏木質料，堅實不易彎曲，所以常用作筷子（箸、筯）或菸袋桿等。一些奢華的筷子，除用銀包下截外，還裝飾上頂和中腰兩部分，叫作「三鑲」。

9〔不伏手〕不合手，不聽使。

10〔叉巴子、鐵掀〕叉巴子，一種木製叉樣的農具；鐵掀又名「鐵鍁」，是鏟土工具。

11〔汝窯花囊〕汝窯，宋代一個著名瓷窯；花囊，這裡是指一種瓷製瓶罐類的器皿，周身多孔，中間可以插花。

12〔米襄陽、顏魯公〕宋代名畫家米芾，襄陽人，世稱「米襄陽」。唐代名書家顏真卿，封魯國公，世稱「顏魯公」。他們的遺跡，極為珍貴，以此表明室內裝飾的豪華。

13〔烟霞閑骨格，泉石野生涯〕意思是，閑靜自得的風骨格調，好似烟雲舒捲自如；生活在山水之間，有田野之趣。

14〔比目磬〕比目魚形的掛磬，是一種案頭陳設的裝飾品。

15〔拔步床〕又稱「八步床」，一種高腿大架的床。

16〔下作黃子〕「下作」見第三十回；「黃子」即「行子」（第五十七回「混賬行子」，「行子」也說「行貨子」）。這裡如同說「下作的東西」。

17〔上臉〕又作「上頭上臉」、「上頭鋪臉」、「上臉兒」，恃寵撒嬌、不知好歹的意思。

18〔荇葉渚（ㄓㄨˇ／zhǔ）〕荇葉，即荇菜的葉子。荇菜，水生植物，白莖，葉紫赤色，正圓，浮在水上。渚，水中的小塊陸地，其狀如荇葉，故稱荇葉渚。

19〔李義山的詩〕唐朝詩人李商隱，字義山。書中引的詩出自「宿駱氏亭寄懷崔雍崔袞」：

「秋陰不散霜風晚，留得枯荷聽雨聲。」（「枯」字本書作「殘」）晚秋的殘荷，遭受霜侵雨打，一片淒涼的景象。林黛玉當時的處境，是「風刀霜劍嚴相逼」，近似「殘荷」，所以她喜歡這句詩。

20 〔土定瓶〕 古代定州瓷窯所產的瓷器名定窯。世傳有粗細二種：細的叫「粉定」，珍貴、價昂；粗的叫「土定」，不夠珍貴。

21 〔馬圈（ㄐㄩㄢˋ／juàn）〕 圈，養家畜的地方，馬圈即是馬棚，馬廄。第四十七回「圈（ㄑㄩㄢ／quān）馬回來」的「圈」，是兜轉馬頭的意思。

22 〔墨烟凍石鼎〕 用黑色的凍石雕刻的鼎。墨烟，即墨黑色；凍石，一名蠟石，屬滑石一類，質地細密、滑澤透明如水晶，可作文房用品或印章。多為白色、灰色、綠褐色或淡紅色，墨黑色尤名貴。

23 〔錦裀蓉簟〕 鮮艷華美的毯子和有芙蓉花圖案的席子。裀，毯子；簟，竹席。

24 〔一分爐瓶〕 爐、瓶，焚香用具。一個香爐、一個香盒、一個小瓶，瓶中插香箸、香鏟，總稱「爐瓶三事」，所以說一分（份）。

25 〔骨牌副兒〕 骨牌又稱牙牌，骨牌遊戲，各種成套點色，都有名稱。下文所說即是一部分成套點色的名稱。

26 〔鍾馗（ㄎㄨㄟˊ／kuí）〕 傳說故事中的人物。相傳是唐代人，曾應武舉未中，死後專門捉鬼吃鬼。

27 〔織女牛郎會七夕〕 神話傳說。織女，是天帝的孫女，他愛戀河西牛郎並私自結為夫妻。天帝得知後大怒，強迫他們分離，只允許他們在每年七月七日隔河相望。喜鵲為之感動，群集搭橋，讓他們在橋上相會。

28 〔雙懸日月照乾坤〕李白「上皇西巡南京歌」中的詩句。日月，指唐玄宗及其子唐肅宗。乾坤，即天地。

29 〔閑花落地聽無聲〕唐朝詩人劉長卿的「別嚴士元」：「細雨濕衣看不見，閑花落地聽無聲。」意思是，毛毛細雨浸濕了衣裳使人看不見，寂靜的殘花飄落在地上，使人聽不到聲音。

30 〔日邊紅杏倚雲栽〕此句見唐代詩人高蟾的「上高侍郎」詩。意思是，太陽邊上的紅杏栽植在白雲裡。作者把「日」比喻皇帝，「紅杏」是比喻受皇帝器重的大官。全句的意思是，大官有皇帝作依靠，就能青雲直上。

31 〔御園卻被鳥銜出〕唐代詩人王維「敕賜百官櫻桃」：「才是寢園春薦後，非關御苑鳥銜殘。」寢園，皇帝陵園。春薦，即春祭。御苑，即皇帝遊樂的花園。意思是，皇帝陵園裡櫻花殘跡，是春祭之後皇帝賜給百官們吃過櫻桃留下的，而不是御園的鳥吃的殘跡。

32 〔雙雙燕子語梁間〕宋代劉孝孫「題饒州酒務廳屏」：「底事未驚夢裡客，呢喃燕子語梁間。」底事，何事。呢喃，燕子叫的聲音。意思是，什麼聲音還沒有驚動夢中的客人，原來是燕子在屋梁間呢喃地叫著。

33 〔水荇牽風翠帶長〕杜甫「曲江對雨」：「林花著雨燕脂濕，水荇牽風翠帶長。」意思是，樹上的花朵被雨水沾濕，像胭脂一樣鮮艷；水中的荇菜，被風吹動，長長的鬚根，像青翠色的衣帶。

34 〔三山半落青天外〕李白「登金陵鳳凰臺」：「三山半落青天外，二水中分白鷺洲。」三山，山名，在今南京市西南長江東岸，因有三峰得名。二水，秦淮河從句容、溧水兩山間流出，到了南京，分為二支，一支入城，一支繞城外，共夾一個白鷺洲。意思是，三山的下半截隱落在雲霧之中，上半截好像坐落在青天之上；秦淮河分成兩支，中間一個白鷺洲好像把這兩條水分開來。

35 〔處處風波處處愁〕唐代薛瑩「秋日湖上」：「落日五湖遊，烟波處處愁。」意思是，秋天的傍晚在五湖上遊玩，湖面上瀰漫著烟霧，使人非常哀愁。

36 〔雙瞻玉座引朝儀〕杜甫「紫宸殿退朝口號」：「戶外昭容紫袖垂，雙瞻玉座引朝儀。」昭容，宮中女官名。意思是，紫宸殿門外的女官們紫袖垂地，必恭必敬，殿下百官排成左右兩行，瞻仰皇帝的寶座，聽候傳引舉行朝見儀式。

37 〔桃花帶雨濃〕李白「訪戴天山道士不遇」：「犬吠水聲中，桃花帶露濃。」「露濃」，本書作「雨濃」。

38 〔簡評〕牙牌令是飲酒、賭博、文字遊戲三者的結合，是大戶人家消遣作樂的方式之一。作者描寫這些，都很符合人物各自的身分，對表現人物有一定作用。

紅樓夢（上冊）

作　　者—[清] 曹雪芹
內圖繪者—[清] 改　琦
封面題字—董陽孜
執行主編—鍾岳明
校　　對—呂佳真、詹宜蓁、陳佩伶、王君彤、李佳晏、彭小恬
美術設計—張治倫工作室
執行企劃—劉凱瑛

總 編 輯—余宜芳
董 事 長—趙政岷
出 版 者—時報文化出版企業股份有限公司
108019台北市和平西路3段240號4樓
發行專線—（02）2306-6842
讀者服務專線—0800-231-705・（02）2304-7103
讀者服務傳真—（02）2304-6858
郵撥—19344724時報文化出版公司
信箱—10899臺北華江橋郵局第99信箱
時報悅讀網— http://www.readingtimes.com.tw
電子郵件— ctliving@readingtimes.com.tw
法律顧問—理律法律事務所　陳長文律師、李念祖律師
印　　刷—勁達印刷有限公司
初版一刷—二〇一六年七月一日
二版一刷—二〇一六年八月二十三日
二版三刷—二〇二三年十月十八日
平裝本定價—新台幣四〇〇元
精裝本定價—新台幣五四〇元

時報文化出版公司成立於一九七五年，
並於一九九九年股票上櫃公開發行，於二〇〇八年脫離中時集團非屬旺中，
以「尊重智慧與創意的文化事業」為信念。
（缺頁或破損的書，請寄回更換）

紅樓夢 / 曹雪芹著. -- 初版. -- 臺北市：時報文化, 2016.07
冊； 公分
ISBN 978-957-13-6688-3（上冊：平裝）
ISBN 978-957-13-6689-0（中冊：平裝）
ISBN 978-957-13-6690-6（下冊：平裝）
ISBN 978-957-13-6691-3（全套：平裝）
ISBN 978-957-13-6692-0（上冊：精裝）
ISBN 978-957-13-6693-7（中冊：精裝）
ISBN 978-957-13-6694-4（下冊：精裝）
ISBN 978-957-13-6695-1（全套：精裝）
847.49　　105010209

本書由財團法人趙廷箴文教基金會贊助出版

ISBN：978-957-13-6688-3（平裝）
ISBN：978-957-13-6692-0（精裝）
Printed in Taiwan